W.E.B.

Griffin

IN DER FEUER LINIE

DAS MARINECORPS

Aus dem Amerikanischen von
Joachim Honnef

BASTEI
LÜBBE

BASTEI LÜBBE TASCHENBUCH
Band 14 933

1. Auflage: Juli 2003

Vollständige Taschenbuchausgabe

Bastei Lübbe Taschenbücher
ist ein Imprint der
Verlagsgruppe Lübbe

Deutsche Erstveröffentlichung
Titel der amerikanischen Originalausgabe:
Under Fire

Lektorat: Rainer Delfs
Umschlaggestaltung: Gisela Kullowatz
Satz: QuadroMedienService, Bensberg
Druck und Verarbeitung:
Elsnerdruck, Berlin
Printed in Germany

ISBN 3-404-14933-5

Sie finden uns im Internet unter
http://www.luebbe.de

Der Preis dieses Bandes versteht sich einschließlich der gesetzlichen Mehrwertsteuer

DAS MARINE-CORPS ist mit hohem Respekt dem Andenken von drei Männern gewidmet:

Second Lieutenant Drew James Barrett III., USMC
Company K, 3rd Battalion, 26th Marines,
geboren in Denver, Colorado, am 3. Januar 1945,
gestorben in Quang Nam Province,
Republik von Vietnam, am 27. Februar 1969

Major Alfred Lee Butler, III. USMC Headquarters
22nd Marine Amphibious Unit
geboren in Washington D.C. am 4. September 1950,
gestorben in Beirut, Libanon, am 8. Februar 1984

Donald L. Schomp, einem Marine-Corps-Kampfflieger,
der ein legendärer U.S. Army Master Aviator wurde
RIP 9. April 1989

SEMPER FI!

BASTEI LÜBBE

W.E.B. GRIFFIN IM
TASCHENBUCH-PROGRAMM:

HONOR BOUND

14 382 Band 3 Die Akte Galahad

PHILADELPHIA-COPS

14 154 Band 7 Die Ermittler

DIE OSS-SAGA

13 937 Band 1 Die letzten Helden
14 181 Band 2 Schattenkrieger
14 308 Band 3 Spione in Uniform
14 592 Band 4 Die Kämpfer von Mindanao
14 778 Band 5 Geheimauftrag »Roter Drache«

Prolog

1944 wurde Vizepräsident Henry A. Wallace von vielen hochrangigen Demokraten – vielleicht von den meisten – als echte Bedrohung für die Wiederwahl von Präsident Franklin D. Roosevelt betrachtet.

Die Republikaner – und viele konservative Demokraten der südlichen Staaten – verabscheuten ihn zutiefst wegen seiner liberalen Innenpolitik und seiner unverfrorenen Bewunderung für die Sowjetunion.

Vielleicht ist es gleichermaßen wichtig, zu erwähnen, dass der schlechte – und sich verschlimmernde – Gesundheitszustand von Präsident Roosevelt, zwar sorgfältig vor der amerikanischen Öffentlichkeit geheim gehalten, für viele Republikaner kein Geheimnis war, einschließlich ihres möglichen Kandidaten für die Präsidentschaft, Gouverneur Thomas E. Dewey von New York.

Es bestand die Gefahr, dass Dewey diesen Punkt zu einem Thema seines Wahlkampfs machen würde: »Wenn Roosevelt wiedergewählt wird, überlebt er seine Amtszeit nicht. Wollt ihr Henry Wallace im Oval Office? Oder mich?«

Wallace, wurde entschieden, musste von der Bildfläche verschwinden.

Als Bewerber für das Amt des Vizepräsidenten hatte Roosevelt Senator Harry S. Truman von Missouri ausgewählt, der zwar ein wichtiger Senator war, jedoch nicht zum inneren Kreis des Präsidenten zählte.

Es war eine brillante politische Wahl. Truman hatte sich landesweit Ansehen als Vorsitzender eines Senatsausschusses zur Ermittlung in Fällen von Betrug und Verschwendung von Rüstungsmaterial erworben. In den Kinos der Nation war fast jede Woche in den Wochenschauen ›Das Truman-Komitee‹ zu sehen, gut aussehende Männer, die sichtlich wütend auf Rüstungskonzerne waren, die dabei erwischt worden waren, wie sie die Regierung und Offiziere des Militärs betrogen hatten und unbehelligt geblieben waren.

Und man konnte ihn auch nicht des Antimilitarismus beschuldigen, denn er hatte als Captain der Artillerie im Ersten Weltkrieg in Frankreich mit Auszeichnung gedient und war als Colonel der Nationalgarde Missouris verabschiedet worden.

Das Kandidatengespann Roosevelt-Truman gewann die Wahl mit überwältigender Mehrheit. Vizepräsident Truman erschien mit Roosevelt bei der Amtseinsetzung, und dann wurde er mehr oder weniger höflich aufgefordert, sich still und leise davonzuschleichen und keinen Ärger zu machen, während Roosevelt und seine weitaus besser qualifizierten Spezis das Land regierten.

Während der ersten einundachtzig Tage seiner vierten Amtszeit traf sich Präsident Roosevelt zweimal mit Vizepräsident Truman, und bei beiden Anlässen sprachen sie nicht unter vier Augen.

Am 82. Tag seiner vierten Amtszeit – am 12. April 1945 – während er Ferien in Warm Springs, Georgia, mit einer Lady machte, die nicht seine Frau war, starb Franklin Delano Roosevelt plötzlich.

Das machte es dringend erforderlich, Präsident Harry S. Truman über eine Reihe von Dingen zu informieren, die man ihm vorenthalten hatte, einschließlich einer neuen Waffe namens Atombombe.

Und man musste ihm von einigen beunruhigenden Theorien der Nachrichtendienste – hauptsächlich vom Office of Strategic Services (OSS) – berichten, dass Josef Stalin nicht vorhatte, zu Mütterchen Russland heimzukehren, um seine Kriegswunden zu lecken, sondern dass er das zwangsläufige Chaos nach dem Krieg als Gelegenheit nutzen wollte, um dem Rest der Welt die Freuden des Kommunismus zu bringen.

Es hatte bereits Beweise gegeben.

Die UdSSR – sprich Stalin – hatten den König von Rumänien gezwungen, eine von Kommunisten dominierte Regierung zu ernennen; Titos Kommunisten hatten die Kontrolle über Jugoslawien übernommen; Kommunisten waren dominant in Ungarn und Bulgarien (wo laut Berichten zwanzigtausend Menschen liquidiert worden waren). In Polen waren Führer der polnischen Untergrundbewegung, die eine Einladung angenommen hatten, sich mit Offizieren der Roten Armee zu ›beraten‹, festgenommen worden und die meisten waren danach ›verschwunden‹.

Und Stalin machte kein Geheimnis aus seinen Absichten. Kurz

vor Kriegsende, berichtete das OSS, hatte er dem jugoslawischen Kommunisten Milovan Djilas gesagt: »In diesem Krieg zwingt jede Seite dem Land ihr System auf, so weit ihre Armeen vorrücken können. Es kann nicht anders sein.«

Präsident Harry S. Truman war noch keinen Monat im Amt, als am 8. Mai 1945 um 2 Uhr 41 in General Dwight Eisenhowers Hauptquartier in Reims, Frankreich, Deutschland vor den Alliierten kapitulierte.

Drei Tage später, am 11. Mai 1945, befahl Truman abrupt die Beendigung der Hilfe für die UdSSR nach dem Leih-Pacht-Gesetz von 1941. Doch dann machte Truman auf den Rat des links gerichteten Harry Hopkins hin einen Fehler, den er später als schwer wiegend bezeichnete. Um Stalin Amerikas guten Willen nach dem Krieg zu zeigen, bewahrte er Stillschweigen über das Thema ›verschwundene‹ und inhaftierte polnische Führer, und dann erkannte er die ›neue‹ polnische Regierung in Warschau als legitim an, obwohl er wusste, dass sie fast völlig aus sowjetischen Statthaltern bestand.

Im Juli traf sich Truman mit Stalin in Potsdam bei Berlin. Truman kehrte von dem Treffen mit der Überzeugung zurück, dass Roosevelt sich geirrt hatte: ›Onkel Joe‹ (Josef Stalin) konnte nicht wie ein schwieriger Senator behandelt und mit ein paar Highways und Postämtern in seiner Heimatstadt bestochen werden, denn er hatte die Absicht, die Welt zu übernehmen.

Truman kehrte von Potsdam zurück, dachte darüber nach und befahl den Einsatz der Atombombe gegen Japan. Der Einsatz der Bombe würde, so dachte er, hauptsächlich das Leben von einer halben Million amerikanischer Soldaten retten, die nach Schätzungen militärischer Experten bei einer ›konventionellen‹ Invasion der japanischen Heimatinseln fallen würden.

Es würde ebenfalls, so hoffte Truman, ›Onkel Joe‹ veranlassen, sich zu benehmen. Nur ein Narr oder Wahnsinniger würde einen Krieg gegen eine Nation riskieren, die mit der verheerendsten Waffe ausgerüstet war, die jemals entwickelt worden war.

Am 6. August 1945 wurde Hiroshima von einer Atombombe buchstäblich ausgelöscht. Am 8. August erklärte die Sowjetunion Japan den Krieg. Am nächsten Tag, als die Rote Armee in die Mandschurei einmarschierte und die Kwantung-Armee angriff, die nur hinhaltenden Widerstand leisten konnte, warf eine B-29 eine zweite Atombombe ab, diesmal auf Nagasaki.

Am 2. September 1945, an Bord des Schlachtschiffs USS Missouri im Hafen von Tokio, kapitulierte der japanische Außenminister Shigemitsu Mamoru im Namen von Kaiser Hirohito bedingungslos vor Army-General Douglas MacArthur, dem Offizier, den Truman zum ›Supreme Commander Allied Forces‹ ernannt hatte.

Schon vor der offiziellen japanischen Kapitulation hatten ranghohe Offiziere der Navy und des Marine-Corps gewusst – wiederum hauptsächlich durch Berichte von OSS-Agenten in China –, dass der Bürgerkrieg in China zwischen den Kommunisten unter Mao Tse-tung und den Nationalisten unter Tschiang Kai-schek, eine Bedrohung der Stabilität in der Welt bedeutete, mit der sich die Vereinigten Staaten würden befassen müssen, und dass höchstwahrscheinlich die Marines dorthin geschickt werden würden, um das Problem zu lösen.

Keine achtundvierzig Stunden nach der Kapitulation wurden die Marines, die zum III. Amphibious Corps zusammengeschlossen worden und für die Invasion der japanischen Inseln ausgebildet worden waren, alarmiert, sich auf eine Verlegung nach China vorzubereiten.

Im Oktober 1945 – einen Monat später – gab Truman die Anweisung, das Office of Strategic Services (OSS) ›abzuschaffen‹.

In Washingtoner Kreisen wurde gescherzt, dass dies die einzige Möglichkeit für Truman war, William J. ›Wild Bill‹ Donovan loszuwerden, der die Organisation seit deren Gründung im Juni 1942 leitete.

Donovan, der sich in Frankreich im Ersten Weltkrieg die Tapferkeitsmedaille verdient hatte, war ein Kommilitone von Franklin D. Roosevelt auf der Rechtsakademie und ein lebenslanger Freund gewesen. Obwohl es wenig Zweifel daran gab, dass das OSS – und Donovan – ein wirkungsvolles Werkzeug des Krieges war, wurde es vom militärischen Establishment zutiefst verabscheut, deren hohe Tiere den neuen Oberbefehlshaber ermunterten, wann immer sie sein Gehör fanden, es schnell aus dem Verkehr zu ziehen.

Was auch immer die Gründe waren, das OSS – seine Kritiker

sagten, OSS bedeute »Oh, So Social« – wurde ›abgeschafft‹, und die große Mehrheit seiner zwölftausend Männer und Frauen wurden fast sofort in ihre zivilen Beschäftigungen entlassen. Der sehr kleine Prozentsatz von OSS-Personal, daser Mitglied des ›regulären‹ militärischen Establishments war, kehrte ins reguläre Marine-Corps, in die Army und Navy zurück, wo es oftmals mit weit offenen Armen willkommen geheißen wurde.

Truman, der sich nie sträubte, einen Fehler zuzugeben, räumte in den ersten Monaten des Jahres 1946 ein, dass die Auflösung des OSS einer gewesen war.

Unterdessen begannen die sowjetischen Absichten bereits klar zu werden, und der bürokratische Hickhack der ›befreiten‹ unabhängigen Nachrichtendienste von Army, Navy und State Department hatte klargemacht, dass die Nation tatsächlich einen zentralen Nachrichtendienst brauchte, ob es den verschiedenen Chefs der Nachrichtendienste nun gefiel oder nicht.

Truman gab die Präsidenten-Anweisung, einen solchen zentralen Nachrichtendienst zu schaffen. Er ›gründete‹ die ›Central Intelligence Group‹ und die ›National Intelligence Authority‹. Dann peitschte er 1947 im Kongress eine Gesetzesvorlage durch. Die Central Intelligence Agency (CIA) war geboren. Vielleicht weil es ein Beschwich-tigungsmittel für das reguläre militärische Establishment war, und vielleicht weil er einzigartig für das Amt qualifiziert war, wurde Rear Admiral Roscoe Hillenkoetter, USN, zum ersten Direktor der CIA ernannt.

Am 5. März 1946 sagte der britische Premierminister bei einer Rede in Fulton, Missouri: »Von Stettin im Baltikum bis Triest an der Adria hat sich ein Eiserner Vorhang quer durch den Kontinent gesenkt.«

Das stimmte sicherlich, doch es war nicht der einzige Eiserne Vorhang Sowjetrusslands.

Es gab einen anderen in Korea, eine Halbinsel auf dem asiatischen Kontinent, die sich bis zum Gelben Meer und zum Japanischen Meer erstreckte. Sie war seit 1895 ziemlich brutal von Japan regiert worden.

Als die Sowjetunion schließlich zustimmte, in den Krieg gegen Japan einzutreten, wurde ziemlich beiläufig entschieden, dass die Sowjets die Kapitulation japanischer Streitkräfte im nördlichen

Korea akzeptieren würden und die Amerikaner im südlichen. Der 38. Breitengrad, gerade nördlich von Seoul, teilte Korea in zwei grob gleiche Hälften und wurde die Demarkationslinie.

Sofort nachdem die Sowjets in ›ihren‹ Sektor von Korea eingezogen waren, brachten sie einen koreanischen Marxisten namens Kim Il Sung an die Macht und verwandelten prompt den 38. Breitengrad in einen Eisernen Vorhang, der genauso undurchdringlich war wie der in Europa.

Die sowjetische Regierung erwartete, dass Japan wie Deutschland in vier Zonen aufgeteilt werden würde – jede einzeln unter Kontrolle der vier Siegermächte – Frankreich, England, Russland und Vereinigte Staaten. Doch das geschah nicht.

Die Präsenz der Engländer und Franzosen im besetzten Japan war unbedeutend. Japan konnte nicht auferlegt werden, eine Besatzungsarmee zu unterstützen, weil einfach die Mittel fehlten. Und die Engländer und Franzosen, denen selbst noch schwindelig von den Kosten des Zweiten Weltkriegs war, konnten es sich einfach nicht leisten, für eine Besatzungsarmee in Japan zu zahlen. Die Engländer hatten große Probleme mit Indien – das aus dem britischen Empire herauswollte – und mit den Franzosen in Kotschinchina, das als Vietnam bekannt wurde.

Und die Franzosen und Engländer mussten natürlich die Kosten für ihre Armeen im besetzten Deutschland tragen, nicht so sehr, um die besiegten Deutschen in Schach zu halten, als vielmehr um zu verhindern, dass die Sowjetunion ihre Armeen durch die Fuldaer Bresche vorrücken ließ, um Kontinentaleuropa zu übernehmen.

Die Briten hatten zusätzliche Probleme mit der Unterstützung ihrer Streitkräfte im befreiten Griechenland, wo kommunistische Kräfte – hauptsächlich Albaner, die von der Sowjetunion unterstützt wurden – versuchten, Griechenland in die Einflusssphäre der Sowjets zu bringen. 1948 kündigten die Briten einfach an, dass sie es sich nicht länger leisten konnten, in Griechenland zu bleiben, und zogen ihre Truppen ab.

Truman übernahm diese Verantwortung, versorgte die griechische Armee und schickte Lt. General James Van Fleet und eine amerikanische Gruppe von Militärberatern nach Athen. Der amerikanische antikommunistische Kampf in Griechenland – der amerikanischen Öffentlichkeit fast unbekannt – wird von vielen als der erste ›heiße Krieg‹ des Kalten Kriegs betrachtet, und die amerikanischen ›Berater‹, von denen viele in kleinen Gruppen die griechischen Einheiten an der Front ›berieten‹, als Vorgänger der U.S. Special Forces.

Die Abwesenheit britischer und französischer Streitkräfte machte es dem Oberbefehlshaber in Japan Douglas MacArthur – der keine Zweifel an den sowjetischen Absichten hatte und nicht wollte, dass seine Besetzung Japans die gleichen Probleme der Besatzungsarmee von Deutschland gegenüber den Kommunisten hatte – einfach, sich zu weigern, irgendwelche sowjetische Präsenz in Japan zu erlauben.

Die Sowjets protestierten bei Truman, dass sie aus Japan herausgehalten wurden, doch er ignorierte sie.

Washington ignorierte ebenfalls, was in Korea vorging. Der amerikanische Kommandeur, General John R. Hodge, nahm mangels besonderer Befehle aus Washington – genau gesagt, keinerlei Befehle – die Dinge in die eigenen Hände.

Ende 1945 begann er eine südkoreanische Polizei und dann eine südkoreanische Armee aufzustellen. Um der sowjetischen Marionette Kim Il Sung entgegenzuwirken, erlaubte Hodge einem antikommunistischen Koreaner, Syngman Rhee, die Rückkehr aus dem Exil in den Vereinigten Staaten nach Korea.

1948 war die koreanische Division längs des 38. Breitengrades komplett. Nord- und Südkorea hatten jeweils einen Präsidenten, eine Regierung und bewaffnete Streitkräfte, und beide bezeichneten sich als die einzige legitime Regierung für das gesamte Land.

Der einzige wesentliche Unterschied zwischen den beiden bestand darin, dass Nordkorea weitaus besser bewaffnet war – mit erbeuteter japanischer und frisch gelieferter sowjetischer Ausrüstung – als Südkorea. Aus Furcht, dass der hitzige Syngman Rhee gegen Nordkorea marschieren würde, brachte das US-Außenministerium Truman dazu, Südkorea schwere Artillerie, moderne Flugzeuge und Panzer zu versagen und schließlich alle Soldaten außer ein paar Hundert als ›koreanische Militärberater‹ nach griechischem Muster aus dem Land zu befehlen.

Die Feindseligkeiten zwischen Nord- und Südkorea nahmen zu. In den acht Monaten vor dem Juni 1950 starben über dreitausend südkoreanische Soldaten und Grenzpolizisten bei ›Zwischenfällen‹ längs des 38. Breitengrades.

Am 12. Januar 1950 umriss der amerikanische Außenminister Dean Acheson in einer Rede im National Press Club in Washington, D.C. Trumans Asienpolitik. Acheson ›zog eine Grenze‹ bei den Ländern, die von den Vereinigten Staaten als ›wesentlich für die nationalen Interessen‹ betrachtet wurden, eine sprachliche Verhüllung, die jeder verstand und die meinte, dass die Vereinigten Staaten Krieg führen würden, um sie zu verteidigen.

Acheson setzte Japan, Okinawa und die Philippinen in den amerikanischen Verteidigungsbereich. Taiwan und Korea wurden nicht erwähnt.

Fünf Monate später, am 25. Juni, begannen die Nordkoreaner die Invasion über den 38. Breitengrad.

I

1

An Bord Trans-Global Airways Flug 907
36° 50′ nördlicher Breite
143° 77′ östlicher Länge
Über dem Pazifik bei Japan

1. Juni 1950, 11 Uhr

»Hier spricht der Erste Offizier«, sagte der Kopilot von Trans-Global Airways (TGA) Flug 907 ins Mikrofon der Lautsprecheranlage. »Wir beginnen unseren Sinkflug auf Tokios Flughafen Haneda und möchten Sie informieren, dass es in niedrigeren Höhen ein wenig böig werden kann. Nehmen Sie also bitte Ihre Plätze ein und legen Sie Ihren Sicherheitsgurt an.«

Trans-Global Flug 907 war eine fünf Monate alte Lockheed L-1049 Constellation, getauft auf den Namen *Los Angeles*.

Der Navigator, der das Pilotenabzeichen trug und sich auf den Kopilotensitz setzen konnte – nächste Woche wie er hoffte –, wenn TGA die Maschine akzeptierte, die die Achtzehnte in der TGA-Flotte werden würde, stellte auf seinem Pult einige Berechnungen an, stand auf und murmelte »Verzeihen Sie, Sir« zu dem Mann auf dem Notsitz.

Der Mann auf dem Notsitz (ein Klappsitz zwischen und sofort hinter den Sitzen des Piloten und Kopiloten) blickte ärgerlich über die Schulter, begriff schließlich, was er wollte, murmelte »'tschuldigung« und machte dem Navigator Platz, damit er dem Kopiloten ein Blatt reichen konnte.

Der Navigator ging zurück zu seinem kleinen Pult, schnallte sich an, setzte die Kopfhörer auf und hörte:

»Ladies and Gentlemen, hier ist wieder der Erste Offizier. Ich habe soeben von unserem Navigator erfahren, dass uns ein sehr, sehr günstiger Rückenwind in den letzten paar Stunden vermutlich erlauben wird, abermals einen Weltrekord im schnellsten planmäßigen Linienflug von San Francisco nach Tokio mit Zwischenstopps in Honolulu und Wake Island aufzustellen. Der gegenwärtige Geschwindigkeitsrekord wird von einer TGA-Constellation gehalten, die von Captain M.S. Pickering geflogen wurde, der heute unser Flugkapitän ist. Wenn unsere Berechnungen stimmen und von den entsprechenden Behörden bestätigt werden, wird TGA Ihnen mit Vergnügen eine Urkunde schicken, die Ihre heutige Anwesenheit an Bord bestätigt. Drücken Sie uns die Daumen.«

Captain M.S. Pickering wandte den Kopf und sah den Mann auf dem Notsitz an. »Du solltest besser nach hinten gehen, Dad.«

Fleming Pickering – groß, gut aussehend, mit silberweißem Haar und *ein Jahr über die große Fünf-Null,* wie er es insgeheim bezeichnete – nickte bestätigend zu dem Befehl und erhob sich, um ihn zu befolgen, obwohl er wirklich gehofft hatte, während der Landung auf dem Notsitz sitzen bleiben zu dürfen.

Er trug keine Kopfhörer und hatte kein Wort von den Ankündigungen des Kopiloten verstanden.

Er verließ das Cockpit, und als er dann seinen Sitz und den Sitznachbarn sah, sagte er sich, dass es zwar sein Gutes hatte, den Pazifik mit 325 Knoten zu überqueren, es jedoch einige Nachteile hatte, besonders, neben einem Arschloch sitzen musste, das man den Rest des Fluges ertragen musste.

Auf einem Schiff war das anders, dort konnte man solchen Leuten aus dem Weg gehen.

Es ist anders gewesen, korrigierte er sich. Passagierschiffe, Linienschiffe auf dem Ozean, waren so altmodisch wie Pferdekutschen. Einst hatte es in der Flotte der Pacific & Far East (P&FE) vierzehn Passagierschiffe gegeben. Jetzt gab es noch eins.

Pickering nickte dem Arschloch auf dem Fensterplatz höflich zu, setzte sich neben ihn und legte den Sicherheitsgurt an.

»Waren Sie vorne?«, fragte das Arschloch. »Ich wusste gar nicht, dass man Passagiere ins Cockpit lässt.«

»Mein Sohn ist der Pilot«, sagte Pickering.

»Ich nehme an, wenn man der Pilot ist, kann man für seinen alten Herrn gegen die Vorschriften verstoßen.«

»Und ich arbeite für die Fluggesellschaft«, sagte Pickering.

»Im Ernst? Was machen Sie?«

»Ich bin in der Verwaltung«, erwiderte Pickering.

Das war nicht die ganze Wahrheit. Trans-Global Airways war eine hundertprozentige Tochtergesellschaft der Pacific & Far East Shipping Company. Als das *Wall Street Journal* in einem Artikel über Trans-Global die P&FE erwähnt hatte, war die Formulierung ›in Privatbesitz‹ verwendet worden. Die Familie Pickering besaß P&FE, und Fleming Pickering war der Aufsichtsratsvorsitzende.

»Sie sind also auf einer Geschäftsreise?«, fragte das Arschloch.

»So ist es«, sagte Pickering mit gezwungenem Lächeln.

Das entsprach ebenfalls nicht ganz der Wahrheit.

Es stimmte zwar, dass er nach Tokio flog, um an einer Konferenz zwischen einem Dutzend Transportgesellschaften – sowohl in der Luft als auch auf dem Wasser – teilzunehmen, die den Fernen Osten bedienten, aber es stimmte ebenso, dass er so wenig Zeit wie möglich mit irgendjemandem konferierte. Stattdessen würde er einige Zeit mit einem jungen Paar – einem Captain des Marine-Corps und seiner Frau – verbringen, die in Tokio stationiert waren. Er hatte es keinem von beiden jemals gesagt, aber er betrachtete sie als seine Kinder, obwohl es keine Blutsverwandtschaft gab.

Als Pickering ein junger Mann gewesen und von seinem Vater, Captain Richard Pickering, auf die Übernahme von P&FE vorbereitet worden war, hatte ihm sein Vater immer wieder die grundsätzlichen Erfolgsregeln für den Kapitän eines Handelschiffes oder für einen Geschäftsmann eingetrichtert. *Such dir fähige Untergebene, gib ihnen einen klaren Auftrag und geh ihnen dann aus dem Weg und lass sie ihren Job erledigen.*

Fleming Pickering hatte fähige Untergebene, die genau wussten, was er von ihnen erwartete. Und sie erledigten ihre Jobs sehr gut, nach seiner Meinung weitaus besser als ihre Kollegen sonst wo im Transportgeschäft. Wahrscheinlich deshalb, weil er ihnen nicht im Weg stand und sie ihre Jobs erledigen ließ.

Sie würden ihre Konferenz in Tokio abhalten, und er würde ihnen aus dem Weg bleiben. Am vergangenen Mittwoch war der Aufsichtsratsvorsitzende Pickering wie üblich um punkt neun Uhr in seinem Büro in San Francisco eingetroffen.

Es war ein beeindruckendes Büro, welches das südwestliche Viertel des obersten (zehnten) Stocks des P&FE Building einnahm. Auf gewisse Weise erinnerte es an ein Museum:

Es enthielt vier Glasvitrinen. Zwei der vier Vitrinen enthielten originalgetreu nachgebaute Modelle von jedem der einundneunzig Schiffe der P&FE Flotte, alle im gleichen Maßstab, und jedes ungefähr dreißig Zentimeter lang. Da gab es Tanker, Transportflugzeuge, Frachter und eine Passagier-Linienmaschine.

Die anderen beiden Vitrinen enthielten weit größere Modelle. Eines war ungefähr ein Meter achtzig lang, ein vorzüglich detailliertes Modell des Schnellseglers *Pacific Princess* (Kapitän Richard Pickering), das den – immer noch gültigen – Geschwindigkeitsrekord für Segelschiffe auf der Strecke San Francisco-Schanghai aufgestellt hatte. Die andere Glasvitrine enthielt ein drei Meter neunzig langes Modell des 51-Tonnen-Dampfschiffs *Pacific Princess* (Kapitän Fleming Pickering), ein schnittiges Passagierschiff, das auf seiner Jungfernfahrt im Jahre 1941 den – immer noch gültigen – Geschwindigkeitsrekord auf der Strecke San Francisco-Schanghai aufgestellt hatte.

An fast unsichtbaren Drähten hing über der Glasvitrine mit dem Segelschiff das Modell eines Chance Vought CORSAIR F4U Jagdflugzeuges. Es war von den Könnern derselben Firma gebaut worden, von denen die Schiffsmodelle stammten, und wie bei ihnen stimmte jedes Detail. Auf dem Rumpf war in Großbuchstaben ›MARINES‹ aufgemalt. Darunter stand ›VMF-229‹ und unter dem Cockpitfenster befanden sich die Aufschrift ›M.S. Pickering, Major, USMCR‹ und neun kleine Darstellungen der japanischen Flagge, jede ein Symbol für ein feindliches Flugzeug, das von Major Pickering abgeschossen worden war.

Über der Glasvitrine mit dem Modell des Dampfschiffs *Pacific Princess* hing ein Modell der Trans-Global Airways Lockheed Modell L049 Constellation *San Francisco,* eine viermotorige Linienmaschine, mit der TGA-Chefpilot Captain Malcolm S. Pickering zwei Weltrekorde aufgestellt hatte, einen für den schnellsten kommerziellen Flug zwischen San Francisco und Honolulu, der andere für den schnellsten kommerziellen Flug zwischen Honolulu und Schanghai. Der letztere Rekord würde vermutlich einige Zeit lang Bestand haben, denn jetzt waren die chinesischen Kommunisten in Schanghai, und amerikanische Fluggesellschaften waren nicht mehr willkommen im Land.

Hinter dem großen, antiken Mahagoni-Schreibtisch war das

gewaltige Steuerrad des Schnellseglers *Pacific Princess* an der Wand befestigt, und ihr Achterdeck-Kompass stand bei einer zwei Meter vierzig hohen und drei Meter sechzig breiten Weltkarte Wache.

Jeden Morgen um sechs Uhr, kurz bevor der Nachtdienst des Operations-Managers endete, kam er vom dritten Stock hoch, legte eine Kopie der wichtigsten Fernschreiben der Nacht auf den Schreibtisch des Aufsichtsratsvorsitzenden, und dann ging er zu der Weltkarte und bewegte einundneunzig kleine Schiffsmodelle auf Magnetknöpfen von einer Position zur anderen, damit sie ihrer letzten gemeldeten Position entsprachen.

Als Aufsichtsratsvorsitzender Pickering am vergangenen Mittwoch um eine Minute nach neun Uhr einen Blick auf die Weltkarte geworfen, die Fernschreiben der Nacht gelesen, sich eine Tasse Kaffee eingeschenkt hatte und damit aus dem Weg gegangen war, war es neun Uhr neun gewesen, genau wie an den Tagen zuvor und wie es höchstwahrscheinlich morgen sein würde.

Mit anderen Worten, äußerst langweilig und mit verdammt nichts zu tun für den Rest des Tages.

Es sei denn, man zählte am Mittwoch das zweite Frühstück im Quarterback Club der ›Greater San Francisco United Charities, Inc.‹, und daran wollte er nicht einmal denken.

Captain Richard Rickering hatte auch in diesen Dingen Recht gehabt: »*Flem, das Dumme ist, wenn man Leute etwas schenkt, dass sie dazu neigen, es als wertlos zu betrachten, weil sie es umsonst bekommen.*«

Fleming Pickering war längst zu der schmerzlichen Erkenntnis gelangt, dass die Greater San Francisco United Charities – und mindestens sechs andere wohltätige oder soziale Organisationen – nur seinen Namen auf ihrem Briefkopf und seine Unterschrift auf einem hohen Scheck haben wollten und als Gegenleistung dafür bereit waren, bei Versammlungen höflich seine Vorschläge anzuhören, während sie sich ihre Option vorbehielten und zwangsläufig davon Gebrauch machten, sie zu ignorieren.

Um 9 Uhr 11 hatte Mrs Helen Florian, seine Sekretärin seit über zwei Jahrzehnten, über die Gegensprechanlage verkündet: »Boss, Pick ist auf Leitung drei.«

Pickering, der mit den Füßen auf der Fensterbank die Aktivitäten in der Bucht von San Francisco beobachtet hatte – es hatte nicht viel gegeben –, hatte sich umgedreht und sich den Telefonhörer geschnappt.

Ich bin, hatte er erkannt, *in einer meiner ›Junge, tut mir der arme alte Flem Pickering Leid‹-Stimmungen, und ich möchte nicht, das Pick das mitbekommt.*

»Guten Morgen«, sagte er fröhlich. »Was ist los?«

»Ist Mom noch in New York?«, fragte Pick.

»Ich glaube, heute ist sie in Saint Louis«, erwiderte Pickering. »Du weißt, wie deine Mutter ist.«

Vor seinem geistigen Auge sah er seine Frau, als sie dreißig gewesen war – groß, attraktiv, mit platinblondem Haar und atemberaubenden blauen Augen –, und er vermisste sie schrecklich, und nicht nur, weil sie ihm das Gefühl gegeben hatte, immer noch einundzwanzig zu sein.

Als Fleming Pickering dem Ruf der Trompeten und dem Krachen der Waffen in den Zweiten Weltkrieg gefolgt war, hatte Patricia Foster Pickering ›vorübergehend‹ für ihren Mann den Vorsitz über den Aufsichtsrat von P&FE übernommen. Sie hatte jeden außer ihrem Mann überrascht und nicht nur sofort die Zügel der Autorität in ihre zarten Finger genommen, sondern sie auch mit höchstem Geschick und Kunstfertigkeit angezogen.

Als er nach Hause gekommen war, hatte es einiges Gerede darüber gegeben, dass sie beide bei P&FE arbeiteten, doch Patricia hatte von Anfang an eines gewusst: Wenn ihre Ehe von Dauer sein sollte, musste sie sich eine andere Beschäftigung suchen, anstatt die Kontrolle über P&FE mit ihrem Mann zu teilen.

Die vorübergehende Aufsichtsratsvorsitzende von P&FE war die Aufsichtsratsvorsitzende von Foster Hotels, Inc. geworden, teils weil sie die einzige Tochter von Andrew Forster, dem Hauptaktionär der Kette von zweiundvierzig Hotels, war, teils weil ihr Vater – der sich zur Ruhe hatte setzen wollen – die kühle geschäftliche Entscheidung getroffen hatte, dass sie die am besten qualifizierte Person war, die er für die Führung der Gesellschaft finden konnte.

Patricia Foster Pickering teilte zwar den Glauben ihres Mannes – und ihres Vaters –, dass man ein Unternehmen am besten führte, indem man die bestmöglichen Untergebenen auswählte und ihnen dann freie Hand ließ, doch sie teilte auch die Überzeugung ihres Vaters, dass man sich am besten vergewisserte, ob die

Untergebenen taten, was man von ihnen wollte, indem man ›*ohne Ankündigung vorbeischaut, um zu sehen, ob kein Staub unter den Betten liegt oder die Flüssigkeit in den Schnapsflaschen kein gefärbtes Wasser ist*‹.

Was bedeutete, dass sie viel unterwegs war, oftmals von Dienstagmorgen bis Freitagabend. Und das wiederum bedeutete, dass ihr Mann oftmals von Dienstagmorgen bis Freitagabend allein war, entweder in ihrem Penthouse-Apartment im Foster San Francisco oder in ihrem Haus am Pazifischen Ozean in der Nähe von Carmel.

Während er sich ständig in Erinnerung rief, dass er sich nun wirklich nicht über etwas beklagen konnte – dass er zusätzlich zu seinem beträchtlichen Vermögen eine Frau hatte, die ihn liebte, einen Sohn, der ihn liebte und auf den er sehr stolz war, und seine Gesundheit – verfiel er dann und wann, vielleicht einmal pro Monat, in eine seiner ›Junge, tut mir der arme Flem Pickering Leid‹-Stimmungen, und – Logik beiseite – verspürte tatsächlich Selbstmitleid.

»Lass uns nach Tokio fliegen«, sagte Pick.

»Warum sollten wir nach Tokio fliegen?«

»Weil deine Alternative darin besteht, den Wellengang in der San Francisco Bay zu beobachten, bis Mom heimkehrt«, fuhr Pick fort. »Komm schon, Pop. Lass sie einmal auf *dich* warten.«

Ich bin vermutlich ein schrecklich mieser Ehemann, dachte Fleming Pickering, *aber es wäre eine gewisse Gerechtigkeit darin, dass Patti mal zur Abwechslung im Apartment herumhängt und auf mich wartet.*

Dann kam ihm ein anderer Gedanke:

»Ich dachte, es wäre entschieden, dass du nicht nach Tokio fliegst«, sagte er.

Er hatte nicht befohlen, dass Pick der Konferenz fern blieb, doch er hatte zufällig erwähnt, was Picks Großvater über die Auswahl kompetenter Untergebener, denen man dann freie Hand lassen musste, gesagt hatte.

»Bartram Stevens von Pacific Cathay wird dort sein. Charley Ansley rief mich gestern Abend aus Hongkong an und erzählte mir das. Charley möchte nicht, dass er sich in den Vordergrund spielt und die Konferenz an sich reißt. Er hat mich gebeten, hinzukommen.«

Bartram Stevens war Präsident der Pacific Cathay Airways, was für Trans-Pacific Shipping das Gleiche war wie Trans-Global für P&FE. J. Charles Ansley, der länger bei P&FE war, als Pick alt, war der General Manager von Trans-Global.

Charley hat nicht mich angerufen. Ich nehme an, es gibt auch keinen Grund für ihn. Er bittet/erzählt das, damit Pick hinfährt, und das würde Picks Entscheidung sein, nicht meine.

Aber wenn ich einen weiteren Beweis brauche, dass ich jetzt nutzlos bin wie Titten bei einem Eber, dann voilà!

»Und wenn ich dort auftauchte, würde das nicht das Spiel in die Höhe treiben?«, dachte Fleming Pickering laut.

»Bei allem Respekt, General, Sir, ich hatte im Sinn – und Charley ist meiner Meinung –, dich still und leise im Imperial zu verstecken, jedoch die Welt wissen zu lassen, dass du dort bist. Falls zum Beispiel Commodore Ford zufällig in der Nähe ist.«

Commodore Hiram Ford war Aufsichtsratsvorsitzender von Trans-Pacific Shipping.

Und diesem Hurensohn ist völlig zuzutrauen, dass er dort auftaucht und versucht, die Konferenz an sich zu reißen.

»Ist das deine Idee oder die von Charley?«

»Meine, Pop«, sagt Pick. »Na komm schon! Was, zum Teufel, soll's? Du könntest den Killer und Ernie wiedersehen. Und ich werde dich bis nächsten Donnerstag zurückbringen.«

»Wenn du und Charley einer Meinung seid, dass ich das tun sollte …«

»Das sind wir«, sagte Pick.

Was soll's. Die Alternative ist, den Wellengang in der San Francisco Bay zu beobachten, bis Patti heimkehrt. Und es kann nicht schaden, wenn sie zur Abwechslung mal auf mich warten muss.

»Ich selbst bin im Außenministerium«, erklärte das Arschloch auf dem Fensterplatz.

Warum überrascht mich das nicht?

»Tatsächlich?«

»Ich bin soeben General MacArthurs Stab zugeteilt worden.«

»Das sollte eine interessante Verwendung sein«, sagte Pickering höflich.

»Ich werde sein Berater für psychologische Kriegsführung.«
»Tatsächlich?«
»Ich freue mich darauf, mit ihm zu arbeiten«, sagte das Arschloch. »Nach dem, was ich hörte, ist er ein unglaublicher Mann.«
»Ja, ich würde sagen, das ist er«, pflichtete ihm Pickering bei.
Und erstens musst du lernen, du Blödmann, dass keiner mit *El Supremo arbeitet, sondern* für *ihn.*
Und zweitens, dass Douglas MacArthur nur auf einen Rat hört, der in jeder kleinen Einzelheit genau seinem Standpunkt entspricht.

2

Flugplatz Haneda
Tokio, Japan

1. Juni 1950, 11 Uhr 55

Fleming schüttelte dem Arschloch vom Außenministerium – das tatsächlich glaubte, Douglas MacArthur würde ihm für seinen Rat dankbar sein – höflich die Hand und wünschte ihm viel Glück für seine neue Verwendung.

Dann ging er zum Cockpit und wartete im Stehen, während Pick den erforderlichen Papierkram am Ende eines Trans-Global-Fluges erledigte. Schließlich folgte er Pick und dem Rest der Crew die Leiter hinab, die an der Cockpittür aufgestellt worden war.

Pick wartete auf ihn am Fuß der Leiter, berührte seinen Arm und nickte zum Hallenvorfeld hin, wo zwei Militärpolizisten bei einer auf Hochglanz polierten C-54 standen, das die Kennzeichnung eines amerikanischen Militärflugzeugs trug und auf dessen Nase ›Bataan‹ stand.

»Das ist MacArthurs Maschine, richtig?«, fragte Pick.

»Es steht ›Bataan‹ drauf«, erwiderte Pikering leicht sarkastisch. »Ich nehme an, dann stimmt deine Vermutung.«

»Sieht ziemlich gut in Schuss aus, nicht wahr?«, meinte Pick.

»Ich glaube, es ist vermutlich das am besten gewartete Flugzeug im Fernen Osten«, sagte Pickering. »Worauf willst du hinaus?«

»Kurz bevor wir hier rüberkamen«, sagte Pick, »erhielt ich einen Anruf von Lockheed. Das Militär hat ihnen eine Priorität für eine neue 1049 auferlegt, um die kriegsmüde C-54 deines Spezis Mac Arthur zu ersetzen. So gab ihm Lockheed die nächste Maschine außer der Reihe, die meine sein sollte und die ich brauche.«

»Er ist nun mal Supreme Commander, Allied Powers«, sagte Pickering, »und du bist nur ein lausiger Zivilist.«

»Da spricht der wahre General«, sagte Pick mit einem Lächeln.

»Ja, in der Tat, und warum stehst du in meiner Anwesenheit nicht stramm?«

Pick lachte und forderte seinen Vater mit einer Geste auf, mit ihm zur Tür in der Abfertigungshalle zu gehen, auf der CUSTOMS AIR CREWS ONLY stand.

Tokios Stationsleiter von Trans-Global erwartete sie außerhalb der Zollkontrolle. Pickering kannte ihn nicht, doch der Mann wusste offensichtlich, wer er war.

Ich nehme an, wie MacArthur El Supremo von Japan ist, bin ich El Supremo von Pacific & Far East. Aber was denkt dieser Knabe, was ich mit ihm mache? Dass ich ihn lebend auffresse?

»Ich bin Fleming Pickering«, sagte er und gab ihm lächelnd die Hand.

»Ja, Sir, ich weiß. Willkommen in Tokio. Wie war Ihr Flug, Sir?«

»Sehr schön«, sagte Pickering. »Haben Sie erfahren, wie wenig Zeit wir gebraucht haben?«

»Ja, Sir«, antwortete der Mann. »Und wir sollten binnen einer Stunde die offizielle Bestätigung haben.« Er wandte sich an Pick. »Meinen Glückwunsch, Captain.«

»Sparen Sie sich den, bis es bestätigt ist«, sagte Pick. »Aber trotzdem vielen Dank.«

»Captain, Mr Ansley bittet Sie, zur Abfertigung zu kommen. Offenbar ist mit der Bestätigung einiger Papierkram verbunden …«

»Das dachte ich mir schon«, sagte Pick. »Dad, es gibt keinen Grund, weshalb du hier Gott weiß wie lange warten solltest.« Er wandte sich an den Stationsleiter. »Wir haben einen fahrbaren Untersatz, um meinen Vater zum Hotel zu bringen, richtig?«

»Gleich draußen«, bestätigte der Stationsleiter.

»Wir sehen uns dann im Hotel«, sagte Pick.

Der ›fahrbare Untersatz‹ entpuppte sich als eine 1941er Cadillac Limousine. Pickering war nicht erfreut über das Alter des Wagens, doch es war ihm klar, dass es undankbar klingen würde, wenn er den Stationsleiter darauf ansprechen würde.

»Charley Ansley hat mir erzählt, dass Sie hier einen prima Job machen«, sagte Pickering und gab dem Stationsleiter zum Abschied die Hand.

Das entsprach nicht ganz der Wahrheit. Es war eine Folgerung. *Wenn dieser Knabe seinen Job nicht gut machen würde, hätte ihn Charley Ansley längst gefeuert.*

»Das ist sehr freundlich von Mr Ansley, Sir«, erwiderte der Stationsleiter – dessen Name nie gefallen war – und wurde fast rot vor Freude.

Pickering setzte sich auf den Rücksitz der Limousine. Der Stationsleiter wartete am Straßenrand, bis der Cadillac außer Sicht war.

Dies ist nicht das erste Mal, dass ich mit einer Limousine von einem Flughafen nach Tokio gefahren werde. Beim letzten Mal waren jedoch die Umstände anders. Damals säumten japanische Soldaten und Polizisten und normale Zivilisten die Straßen und verbeugten sich vor den Wagen der amerikanischen Sieger.

Ich war an diesem gottverdammten Krieg beteiligt, buchstäblich von den ersten Schüssen bis zum letzten Akt.

Aber das ist lange her, General, und zufällig, General, bist du kein General mehr …

Am 7. Dezember 1941 erwachte Fleming Pickering vom Geräusch tief fliegender Flugzeuge, stand aus seinem Bett in der Penthouse-Suite des Forster Waikiki Beach Hotel in Honolulu auf und beobachtete den japanischen Angriff auf den Navy-Stützpunkt Pearl Harbor.

Er war erzürnt, nicht nur über den hinterhältigen Angriff der Japaner, sondern auch über das, was er von der nahezu kriminellen Unfähigkeit der ranghohen Offiziere – besonders der Navy-Offiziere – auf Hawaii bemerkte, die er pflichtvergessen fand, weil sie einen solchen Angriff geschehen ließen.

Er war an diesem Abend an Bord der *Pacific Princess,* des

Flaggschiffs der Pacific & Far East-Flotte, das in den Dienst der U.S. Navy gezwungen und in einen Truppentransporter umgebaut worden war, nach Seattle gefahren. Die Geschwindigkeit dieses Schiffs, lautete die Theorie – die später bewiesen wurde – würde es immun gegen japanische U-Boot-Angriffe machen.

In den Vereinigten Staaten fuhr Pickering sofort nach Washington, wo er sich wieder freiwillig für den Dienst im Marine-Corps meldete. Brigadier General D. G. McInerney, USMC, mit dem er im Ersten Weltkrieg bei Belleau in Frankreich gedient hatte – beide damals als Sergeants –, sagte ihm mehr oder weniger freundlich, dass für ihn kein Platz im Marine-Corps sei und er einen größeren Beitrag für die Kriegsbemühungen leisten könne, indem er die Pacific & Far East leitete.

Das war das zweite Mal gewesen, dass man ihm sozusagen den Dienst für die Regierung verweigert hatte.

Bevor die Vereinigten Staaten in den Krieg eingetreten waren – aber als er gewusst hatte, dass es unweigerlich Krieg geben würde –, war ihm eine ›geeignete Position‹ im ›Office of the Coordinator of Information‹, später umbenannt in ›Office of Strategic Services‹ angeboten worden. Er hatte seine starke Abneigung gegen den Coordinator of Information, Colonel ›Wild Bill‹ Donovan, hintergeschluckt, war zu einem Gespräch nach Washington gefahren und hatte festgestellt, dass Donovan für ihn einen bürokratischen Posten unter einem Mann im Sinn hatte, den Pickering zutiefst verabscheute.

Gezwungen zuzugeben, dass McInerney Recht hatte – er war nicht qualifiziert, um Captain des Marine-Corps, geschweige denn Colonel zu sein, was er ziemlich egoistisch im Sinn gehabt hatte – war Pickering von McInerneys Büro aus zum Foster Lafayette Hotel gegenüber vom Weißen Haus gegangen, wo er im Apartment eines engen Freundes, Senator Richardson K. Fowler (Republikaner, Kalifornien) gewohnt hatte. Dort hatte er sich mit fast einem Viertel der Flasche Famous Grouse Whisky des Senators über die Ablehnung getröstet.

Als Marineminister Frank Knox unangemeldet in dem Apartment auftauchte, um Senator Fowler zu besuchen, verlor Pickering keine Zeit, um dem Minister seine Meinung mitzuteilen, dass ›diese Pearl-Harbor-Admirals‹ vor das Kriegsgericht kommen und Knox selbst seinen Abschied einreichen sollte. Nebenbei erklärt er Knox, dass er gegen die Absichten der Navy, die gesamte Pacific & Far East Flotte in ihren Dienst zu pressen, kämpfen würde, notfalls bis zum Obersten Gerichtshof.

Am nächsten Tag, als er mit einem gewaltigen Kater nach San Francisco zurückflog, war er überzeugt, dass sein betrunkener Angriff auf Knox – denn das war es zweifellos gewesen – ein für alle Mal jede Chance beendet hatte, dass er jemals wieder in Uniform dienen würde.

Er irrte sich. Ein paar Tage später steckte Helen Florian, seine Sekretärin, ihren Kopf in sein Büro und kündigte an, dass Marineminister Frank Knox in ihrem Vorzimmer sei und ihn zu sprechen wünsche.

Pickering war überzeugt, dass Knox ihm die Konfrontation in Senator Fowlers Apartment heimzahlen wollte. Höchstwahrscheinlich würde er ihm mit großer Genugtuung sagen, dass die U.S. Navy jedes Schiff der P&FE-Flotte und das P&FE Building ›für die Dauer des Krieges‹ requirieren würde und dass er das Gebäude bis 17 Uhr räumen müsse.

Aber das war überhaupt nicht das, was Knox im Sinn hatte.

Knox sprach den Verdacht aus, dass er von den Admirals im Pazifik – Männer mit lebenslanger Hingabe für die Navy – Berichte erhielt und erhalten würde, die verständlicherweise die Lage zum Vorteil der Navy schilderten und nicht die tatsächlichen.

Was er brauchte, sagte Knox, war die kühle Einschätzung der Vorgänge von einem Experten, von jemandem, der sich mit Schiffen, Werften und dem Pazifik auskannte und sich nicht von dicken Reihen goldener Tressen auf den Ärmeln von Admirals einschüchtern ließ.

Jemand, der zum Beispiel sein Leben lang im Zusammenhang mit dem Pazifischen Ozean verbracht hatte; jemand, der so wenig Ehrfurcht vor Diensträngen und Titeln hatte, dass er den Marineminister sagte, er sollte seinen Abschied einreichen.

Binnen weniger Tage ging ein hastig ernannter Captain Fleming S. Pickering, U.S. Navy Reserve, an Bord eines Flugzeugs der Navy und flog nach Hawaii, und seine Befehle identifizierten ihn als persönlichen Repräsentanten des Marineministers.

Erfreut über die Berichte, die Pickering ihm aus Pearl Harbor lieferte, befahl Knox ihn nach Australien, um dort die Häfen, Werften und andere Einrichtungen einzuschätzen. Er traf kurz vor General Douglas MacArthur ein, der nach seiner Flucht von den Philippinen – auf Präsident Roosevelts direkten Befehl hin – sein Hauptquartier in Australien aufschlug.

Pickering wurde ein inoffizielles Mitglied von MacArthurs Stab, war jedoch zurzeit der Invasion Guadalcanals durch die 1. Division des Marine-Corps überzeugt, dass seine Nützlichkeit so ziemlich am Ende war.

Es war Pickering klar – und es machte ihm nichts aus –, dass Knox sicherlich ärgerlich und vermutlich wütend sein würde, doch er ging mit den Marines auf Guadalcanal an Land und bot dem Kommandeur der 1. Division, Major General A. A. Vandegrift seine Dienste an – in jeder Eigenschaft, in der er nach Vandegrifts Meinung nützlich sein könnte, bis hinab zum Schützen einer Frontkompanie.

In den ersten paar Stunden der Invasion war der Nachrichtenoffizier der 1. Division gefallen, und Vandegrift – der inzwischen Pickerings Verstand und Wissen bewunderte, während er die Logistik für die Invasion plante – ernannte Pickering ›vorübergehend, bis ein qualifizierter Ersatz von den Vereinigten Staaten eingeflogen werden kann‹ als Ersatz des gefallenen Nachrichtenoffiziers.

Am Tag nach der Ankunft seiner qualifizierten Ablösung traf auch der Zerstörer *Gregory* der U.S. Navy ein und hatte zwei Befehle vom Navy Department: Liefern Sie dringend benötigtes Flugbenzin auf die Insel und verlassen Sie Guadalcanal nicht, bis Fleming Pickering, USNR, an Bord ist.

Auf dem Weg nach Pearl Harbor wurde die *Gregory* von japanischen Bombern angegriffen. Pickering war mit dem Kapitän auf der Brücke, als der getötet wurde. Pickering, als der ranghöchste Offizier an Bord – und mit einem Kapitänspatent für *jeden Ozean, jede Tonnage* – übernahm das Kommando über den Zerstörer und manövrierte ihn erfahren und geschickt, bis der Angriff vorüber war, woraufhin er vom Blutverlust durch die Wunden, die er beim ersten Bombenangriff erlitten hatte, das Bewusstsein verlor.

Er wurde zum Navy-Lazarett in San Diego ausgeflogen, wo er sich während der Genesung sagte, dass seine Verwundung ihm vermutlich eine Verurteilung vor dem Kriegsgericht ersparen und dass er in aller Stille aus der Navy entlassen werden würde.

Stattdessen wurde er nach Washington gerufen, wo ihm Präsident Roosevelt auf der präsidentschaftlichen Jacht *Sequoia* nicht nur – auf Empfehlung des Oberbefehlshabers Pazifik der Navy – den Silver Star für seine Tapferkeit verlieh, weil er das Kommando über die *Gregory* ›trotz seiner schweren Verwundung‹ übernommen hatte, sondern ihn auch informierte, dass er an diesem Tag seinen Namen zum Senat geschickt hatte – auf eine Bitte von Minister Knox hin –, um seiner Ernennung als Brigadier General, U.S. Marine Corps Reserve, zuzustimmen. Der Präsident erklärte ihm, er würde in Knox' persönlichem Stab dienen.

Bald fand er heraus, was Knox mit ihm vorhatte.

Buchstäblich versteckt in einem der ›provisorischen‹ Holzgebäude, die während des Ersten Weltkrieges in der Washingtoner Mall errichtet worden waren, lag das USMC Office of Management Analysis. Sogar der Name sollte seine Rolle als persönliche geheime Nachrichtenorganisation für Minister Knox verbergen.

Pickering wurde zusätzlich zu seinen anderen Aufgaben als Kommandant ernannt und war nun in Wirklichkeit Direktor für geheime Nachrichtenoperationen für die Navy.

Im Februar 1943, nachdem General Douglas MacArthur, Supreme Commander Southwest Pacific Ocean Area, und Admiral Chester W. Nimitz, U.S. Navy Commander-in-Chief Pacific, ausreichend klar gemacht hatten, dass sie in ihren Kriegsschauplätzen nichts mit Colonel ›Wild Will‹ Donovans Office of Strategic Services zu tun haben wollten, löste Präsident Roosevelt dieses Problem, indem er Brigadier General Fleming Pickering, USMCR, zum ›OSS Deputy Director for the Pacific‹ ernannte.

Obwohl Pickering die Ernennung hasste – vor dem Krieg hatte er sich mit Donovan in der Halle des Century Club in New York City fast verprügelt, und er grollte immer noch wegen des beleidigend niedrigen Jobs, den Donovan ihm vor dem Krieg angeboten hatte –, musste er zugeben, dass Roosevelt eine machiavellistische Meisterleistung vollbracht hatte.

Weder MacArthur noch Nimitz würden – oder konnten – gegen die Ernennung protestieren. MacArthur hatte Pickerings Dienst in Australien in einem Brief an Roosevelt überschwänglich gelobt, und Nimitz hatte persönlich befohlen, dass Pickering für seine Tapferkeit an Bord des Zerstörers, der ihn von Guadalcanal hatte holen sollen, mit dem Silver Star ausgezeichnet wurde.

Pickering hatte den Rest des Krieges als OSS Deputy Director for the Pacific gedient, was sowohl China als auch Indien einschloss, soweit es das OSS anbetraf. Bei seinem letzten Besuch Tokios war er das zweitranghöchste Mitglied des Teams gewesen, das nach Japan geflogen war, um die Einzelheiten der Kapitulation auszuhandeln. Zwei Wochen später hatte er Tokio verlassen und eine Woche danach seine Uniform an den Nagel gehängt.

3

Dewey-Suite im Imperial Hotel
Tokio, Japan

1. Juni 1950, 14 Uhr 30

»Ich glaube, wir haben es geschafft«, sagte Malcolm S. Pickering zu seinem Vater, als er die Suite betrat. »Unsere Zeit offiziell gemacht und einen neuen Rekord aufgestellt, meine ich.«

»Wer hat das geschafft?«, fragte Pickering und wies durch die große, elegant eingerichtete Suite.

»Ich hoffe es jedenfalls«, sagte Pick und ignorierte die Frage. »Ford ist hier. Ich möchte wirklich, dass er sich verpisst.«

»Wer hat das geschafft?«, wiederholte sein Vater. »Ist das nicht ein bisschen viel für einen Mann?«

»Mom hat es geschafft«, sagte Pick ein wenig verlegen. »Sie kennt den zuständigen Mann – oder vielleicht den Generalmanager, jedenfalls jemanden an der Spitze – und hat das geregelt. Ich glaube, er schuldete ihr einen Gefallen oder so.«

Und so bleiben ihr die Schuldgefühle erspart: Wenn Flem mit Pick zusammen und in der besten Suite des besten Hotels in Tokio ist, gibt es keinen Grund, mich schuldig zu fühlen, weil ich den guten Flem allein gelassen habe.

»Und wann treffen die Geisha-Mädchen ein?«

Ein sanfter Glockenton ertönte.

»Das müssen sie sein«, meinte Pick lächelnd.

Stattdessen war es ein Voll-Colonel der Vereinigten Staaten in Tropenuniform, von deren Schulter die Achselschnur eines Adjutanten hing und auf deren Rockaufschlägen ein Schild prangte, in dessen Mitte sich fünf Sterne in einem Kreis befanden, was die Insignien des Adjutanten eines Generals der Army waren.

Es laufen nicht viele Fünf-Sterner herum und nur einer in Japan. Dieser Typ ist El Supremos Adjutant.

Woher, zur Hölle, weiß er, dass ich hier bin?

»Kann ich Ihnen helfen, Colonel?«, fragte Pickering.

»Sir, sind Sie General Pickering?«

»Das ist lange her, Colonel.«

»Sir, ich bin Colonel Stanley. Ich bin der Adjutant von General MacArthur ...«

»Ich hatte schon erraten, wer Sie sind«, sagte Pickering lachend und wies auf die Uniform des Colonels. Er wandte sich um und forderte den Colonel mit einer Geste auf, ihm in die Suite zu folgen.

»Colonel Stanley«, fuhr Pickering fort, »dies ist mein Sohn, Captain Pickering von Trans-Global Airways, der mir sagte, dass er Grund zu der Annahme hat, heute auf unserem Hinflug einen neuen Geschwindigkeitsrekord aufgestellt zu haben. Wir wollten das gerade mit einem Drink feiern, und ich hoffe, Sie werden uns Gesellschaft leisten.«

Der Colonel schüttelte Pick die Hand, murmelte »es ist mir ein Vergnügen« und sprach seine Glückwünsche aus. »Aber mit Ihrer Erlaubnis, General, möchte ich auf den Drink verzichten. Es ist ein wenig früh.«

»Entspannen Sie sich, Colonel«, sagte Pickering. »Ich werde El Supremo nichts verraten. Geht Scotch in Ordnung?«

»Jawohl, Sir«, sagte der Colonel. »Scotch wäre prima.«

Pick ging zur Bar.

»Dad«, sagte er belustigt, »da liegt eine Notiz. Darauf steht: ›Wenn Service oder ein Barmann gewünscht wird, drücken Sie bitte den Knopf.‹ Soll ich den Knopf drücken?«

»Nein«, sagte Pickering. »Ist Famous Grouse da?«

»Dein Ruf und Geschmack eilen dir voraus, General, Sir«, sagte Pick und hielt eine Flasche Famous Grouse Whisky hoch.

»Sind Sie damit einverstanden, Colonel?«

»Das wäre prima, Sir, danke«, sagte der Colonel, und dann erinnerte er sich an seine Mission. Er nahm ein Kuvert aus seiner Tasche und reichte es Pickering. »Mit den Grüßen des Supreme Commander, General.«

Pickering nahm den Umschlag und öffnete ihn.

Der Supreme Commander
und Mrs Douglas MacArthur
erbitten die Ehre der Anwesenheit von

BRIG. GEN. FLEMING PICKERING, USMCR

Beim

LUNCH/COCKTAILS/DINNER
WAS AUCH IMMER MEINEM WAFFENBRUDER BELIEBT
IN DER RESIDENZ DES SUPREME COMMANDER

WANN IMMER SIE DIE ZEIT FINDEN KÖNNEN.
JEAN UND ICH HEISSEN SIE IN JAPAN WILLKOMMEN,
MEIN LIEBER FLEMING!!!!!
SAGEN SIE EINFACH DEM COLONEL,
WAS SIE MÖCHTEN.

DOUGLAS

Gesellschaftskleidung

Pickering gab die Einladung seinem Sohn, der sie las, mit den Schultern zuckte und belustigt die Lippen spitzte.

»Wie ich schon sagte, dein Ruf eilt dir voraus, General, Sir.«

»Colonel«, sagte Pickering. »Wären Sie so nett, General MacArthur meine Grüße auszurichten und ihm zu sagen, dass ich Kontakt mit ihm aufnehmen werde, sobald ich meinen Terminplan kenne?«

»Jawohl, Sir«, erwiderte der Colonel. »General, ich glaube, der Supreme Commander hatte Cocktails und Dinner für heute Abend im Sinn, Sir.«

»Woher wissen Sie das?«, fragte Pickering, als ob ihn die Frage amüsierte.

»Colonel Huff hat es erwähnt, Sir.«

»Der gute alte Sid«, sagte Pickering, und sein Tonfall ließ darauf schließen, dass er überhaupt nicht so über Huff dachte. Es folgte sofort die Bestätigung: »Der ist immer noch El Supremos oberster Lakai, nehme ich an?«

Colonel Stanleys Miene zeigte – nur für einen Moment –, dass ihn die Frage überraschte und er sie lieber nicht direkt beantworten sollte. Er zog ein Notizbuch aus der Tasche seines Uniformrocks, schrieb eine Nummer auf, riss das Blatt heraus und gab es Pickering.

»Das ist Colonel Huffs private Telefonnummer, Sir. Vielleicht können Sie ihn anrufen?«

»Ich wollte Sie nicht in Verlegenheit bringen, Colonel«, sagte Pickering. »Ich kenne Huff seit langer Zeit.«

»Ich verstehe, Sir«, sagte Stanley.

Er nippte an seinem Famous Grouse und stellte das Glas ab.

»Mit Ihrer Erlaubnis, General?«, fragte er.

»Sie brauchen von mir keine Erlaubnis für irgendetwas, Colonel. Es ist lange her, dass ich General war. Und ich verstehe, dass Sie vielbeschäftigt sind.«

Stanley reichte Pick die Hand.

»Es war mir ein Vergnügen, Sie kennen zu lernen, Sir«, sagte er. »Und nochmals meinen Glückwunsch für den Geschwindigkeitsrekord.«

»Sie sollten sich merken, Sir«, sagte Pick lächelnd, »dass zwar Hunde, die bellen, nicht beißen, aber dass der Biss meines Daddys schlimmer ist als sein Bellen.«

Stanley lächelte, schüttelte Pickering die Hand und verließ die Suite.

Vater und Sohn tauschten Blicke.

»Amüsiert über irgendetwas, Captain?«, fragte Pickering.

»Etwas versetzt mich in Ehrfurcht«, sagte Pick. »Ich habe soeben erkannt, dass ich in der Gesellschaft des einzigen Mannes in

Japan bin, der es wagt, Douglas MacArthurs Adjutanten gnädig zu versprechen, den General in seinen Terminplan einzuschieben.«

»Ich mag Douglas MacArthur«, sagte Pickering. »Und Jean. Und ich werde sie besuchen, während ich hier bin, doch ich bin hergekommen, um Ernie und Ken zu besuchen. Wie machen wir das jetzt?«

»Ist was nicht in Ordnung mit der Limousine? Mom hat auch das arrangiert. Ich weiß aus zuverlässiger Quelle, dass es eine der beiden 1941er Cadillac-Limousinen in Japan ist. Und dass sie in diesem Moment draußen geparkt wartet, um dich zu Kens Haus zu bringen.«

»Kommst du nicht mit?«

»Charley Ansley möchte, dass ich zum Hotel Hokkaido komme – dort findet die Konferenz statt –, um sicherzustellen, dass alles mit der Rekordzeit peinlich genau bestätigt ist. *Bevor* wir Trans-Pacific unseren neuen Geschwindigkeitsrekord unter die Nase reiben. Er sagte etwas von einer Pressekonferenz. Sobald das vorüber ist, komme ich zu Kens Haus.« Er überlegte kurz. »Oder willst du mit mir zum Hokkaido fahren?«

Pickering ließ sich das durch den Kopf gehen.

»Ich werde nicht in einer Limousine mit Fahrer vor der Haustür des Killers auftauchen. Ich habe seine Adresse und werde mir ein Taxi nehmen.«

»Wunderbar. Dann fahre ich mit dem Cadillac zum Hokkaido. Ich habe mir einen Ford gemietet. Den kannst du benutzen.«

Pickering dachte darüber nach und nickte.

Dann kam ihm ein neuer Gedanke.

»Ich habe nicht daran gedacht, ein Geschenk für sie mitzunehmen.«

»Im Kofferraum der Limousine steht eine Kiste Famous Grouse. Soll ich sie in den Ford umpacken oder soll ich sie mitbringen, wenn ich komme?«

»Stell sie in den Ford.«

»Fährst du jetzt gleich dort raus?«

»Sobald ich geduscht und mich umgezogen habe.«

»Pop, denk daran, ihn nicht ›Killer‹ zu nennen.«

»Es macht ihm nichts aus. Ich bin einer der wenigen Privilegierten, die das dürfen.«

»Aber Ernie macht es etwas aus.«

»Ich gebe meinen Fehler zu. Und du denkst daran, bei der Pressekonferenz bescheiden aufzutreten.«

»Du weißt, was Frank Lloyd Wright darüber gesagt hat: ›Es ist schwer, bescheiden zu sein, wenn man so großartig ist.‹«

»Er ist großartig. Du bist ein Busfahrer der Luft, der günstigen Rückenwind gehabt hat.«

Pick grinste seinen Vater an.

»Wright hat dies hier gestaltet, nicht wahr?«, fragte er und wies in der Suite in die Runde.

»Ja, das hat er.«

4

Saku-Tun Nr. 7
Denenchofu, Tokio, Japan

1. Juni 1950, 17 Uhr 05

Als der 1946er Ford Fordor an den Rand einer schmalen Kopfsteinpflasterstraße fuhr und vor einer Mauer an einem hölzernen Schild mit der Aufschrift ›Corporal K.R. McCoy USMC‹ hielt, sprang der Fahrer heraus, flitzte um die Schnauze des Wagens, riss Pickerings Tür auf und verneigte sich mit breitem Lächeln vor seinem Passagier.

Pickering erwiderte das Lächeln und ging dann zum Heck, um die Kiste Famous Grouse aus dem Kofferraum zu holen. Der Fahrer riss sie ihm nach kurzem Tauziehen aus den Händen, und Pickering ging zu der Tür in der Mauer, wo er schließlich eine Art Klingelzug fand, der zu einer Türglocke gehören konnte.

Als er daran zog, ertönte ein gedämpftes Bimmeln. Eine Minute später öffnete eine Japanerin in mittlerem Alter in einem schwarzen Kimono die Tür, verneigte sich und sah ihn neugierig an.

»Ich möchte entweder mit Corporal oder mit Mrs McCoy sprechen«, sagte Pickering.

Es war offenkundig, dass sie kein Wort Englisch verstand.

»Corporal McCoy«, wiederholte Pickering sehr langsam.

Dann war eine weibliche Stimme zu hören. Es war eine junge Stimme, die Japanisch sprach, vermutlich eine Frage stellte.

Pickering versuchte sein Glück. Er hob die Stimme.

»Ernie?«

Keine Antwort.

»Ernie! Ich bin's, Flem Pickering!«

Jetzt sprach die weibliche Stimme Englisch.

»O mein Gott!«

Einen Augenblick später lief eine bemerkenswert schöne junge Frau zur Tür und warf sich in seine Arme.

»Onkel Flem!«, rief sie.

Ihre Stimme brach plötzlich.

Jesus, hoffentlich vor Glück!

Einen Moment später sah Pickering über Ernies Schulter ihren Ehemann. Es war ein gut gebauter – eher leichter als muskulöser – Mann mit ebenmäßigen Gesichtszügen, hellem Teint und Bürstenhaarschnitt. Er trug Khakihemd und Khakihose des Marine-Corps.

»Wie geht es Ihnen, Ken?«, fragte Pickering und löste sich aus Ernies Umarmung, um ihm die Hand zu geben.

»Sie sind die letzte Person auf der Welt, die ich zu sehen erwartet habe, General«, sagte McCoy.

Hier stimmt etwas nicht. Bin ich mitten in einen Familienkrach geraten?

»Bin ich uneingeladen zu einer unpassenden Zeit hereingeplatzt?«

»Sei nicht albern, Onkel Flem«, sagte Ernie. »Komm rein.«

»Es ist nur – Sie sind die letzte Person, die ich zu sehen erwartet habe«, wiederholte McCoy.

»Pick wird später auch noch kommen«, sagte Pickering. »Er hat gerade einen neuen Geschwindigkeitsrekord auf dem Flug hierhin aufgestellt, und er und Charley Ansley sind dabei, es offiziell bekannt zu machen.«

»Wunderbar!«, sagte McCoy.

Seine Begeisterung und sein Lächeln wirkten gekünstelt.

Das ist sonderbar. Man weiß für gewöhnlich nie, was er denkt.

Das ist das Merkmal – nicht zu zeigen, was man denkt – von guten Pokerspielern und Nachrichtenoffizieren. Und Ken McCoy ist beides.

Was hatte Ed Banning an jenem Tag in Washington gesagt?

»Es ist, als sei er zum Nachrichtenoffizier geboren.«

Offenbar traf das nicht auf Pokerspieler oder Nachrichtenoffiziere zu, wenn sie sich mit ihren Frauen stritten.

Nun, was soll's, verheiratete Leute streiten sich schon mal. Dies ist nur ein weiteres Beispiel für dein lausiges Timing, mitten in einen Ehekrach zu platzen.

Ernestine Sage McCoy war fast so etwas wie eine Tochter für Fleming Pickering. Ihre Mutter und Patricia Foster Fleming waren Zimmergenossinnen im Internat Sarah Lawrence gewesen. Er hatte praktisch mit Ernies Vater im Hospital in der Nacht gelitten, in der sie geboren worden war.

Obwohl er es nie ausgesprochen hatte, betrachtete Pickering Kenneth R. McCoy als zweiten Sohn, und er war überzeugt, dass Pick in Ken einen Bruder sah. Patricia Fleming *mochte* Ken, doch sie hatte ihm nie ganz verzeihen können, dass er Ernie geheiratet hatte. Elaine Sage, Ernies Mutter, und Patricia hatten beschlossen, als ihre Kinder noch in den Windeln gewesen waren, dass Ernie und Pick heiraten würden und sollten.

Doch Pick hatte Ken auf der Offiziersanwärterschule des Marine-Corps kennen gelernt, und sie waren Freunde geworden, und dann hatte Pick seinen Freund Ernie vorgestellt, und damit war die Idee, dass Ernie Pick heiratete, ins Wasser gefallen.

Fleming Pickering hatte den frisch beförderten First Lieutenant Kenneth R. McCoy beerbt, als ihm das Kommando über das Office of Management Analysis des U.S. Marine Corps übertragen worden war.

Und er hatte schnell mehr über ihn erfahren, als Pick ihm jemals erzählt hatte, vermutlich, weil Pick sich gesagt hatte, je weniger er über Kens Hintergrund erzählte, desto besser.

Gleich nach dem Kennenlernen hatte Ernie erklärt, dass Ken der Mann war, mit dem sie den Rest ihres Lebens verbringen wollte, eine Erklärung, die das Gegenteil von Freude bei ihren Eltern und Patricia Fleming auslöste.

Zum einen hatte er weder College-Bildung noch irgendwelches Geld. Das reichte, um bei den Sages für Unbehagen zu sorgen.

Dass ›Killer‹ McCoy so etwas wie eine Legende im Marine-Corps war und warum, verschlimmerte die Dinge nur noch mehr.

Der damalige Brigadier General Fleming Pickering erfuhr die meisten Einzelheiten über Lieutenant McCoys Hintergrund von einem anderen Offizier, der dem Office of Management Analysis zugeteilt war, dem damaligen Major Ed Banning, der selbst so etwas wie eine Legende im Marine-Corps war.

Zuerst erfuhr Pickering die Details über Bannings Großtaten. Er war der Nachrichtenoffizier des 4th Marine Regiments in Schanghai und mit dem Regiment auf den Philippinen gewesen, wo er im Einsatz bei einer Aktion gegen die Japaner vorübergehend erblindete. Er – und ein Dutzend anderer erblindeter Unteroffiziere und Offiziere – wurden aus der Inselfestung Corregidor in Manila evakuiert, kurz bevor Corregidor fiel.

Als seine Sehkraft zurückkehrte, wurde Banning wieder beim Office of Management Analysis verwendet, wo er sich sofort auf die Suche nach Lieutenant McCoy machte, um ihn der Nachrichteneinheit zuteilen zu lassen.

Er fand Second Lieutenant McCoy im Marinelazarett in Pearl Harbor, wo er sich von Wunden erholte, die er mit den Marine Raiders während des tollkühnen Angriffs auf Makin Island erlitten hatte.

Es war mühsam gewesen, die Einzelheiten über McCoys Hintergrund aus Banning herauszuholen, denn er war der Ansicht – und sagte das auch –, dass sie geheim bleiben sollten. Doch schließlich brachte Pickering Banning dazu, sie ihm mitzuteilen. Als Captain Banning den damaligen Corporal K.R. McCoy in Schanghai kennen lernte, war er ›zusätzlich zu seinen anderen Pflichten‹ ernannt worden, als Verteidigungsanwalt für den Angeklagten beim Kriegsgerichtsprozess *Vereinigte Staaten gegen Corporal K.R. McCoy, USMC,* zu fungieren.

Es gab verschiedene Anklagepunkte, und Mord stand auf der Liste an oberster Stelle.

Wie der Fall Captain Banning erklärt wurde, hatte ein harter kleiner Corporal aus einer der Frontkompanien einen italienischen Marineinfanteristen erstochen und bei demselben Kampf fast zwei der anderen Augenzeugen der so genannten Marines getötet.

Es wurde natürlich nie so deutlich gesagt, doch es würde eindeutig im Interesse des Marine-Corps sein, den internationalen Zwischenfall so schnell wie möglich unter den diplomatischen Teppich zu kehren. Wenn Banning den angeklagten Corporal dazu bringen konnte, sich der geringeren Anklage des Totschlags für schuldig zu bekennen, würde der Colonel bei der Revisionsverhandlung die Strafe zu relativ milden fünf bis zehn Jahren im Marinegefängnis Portsmouth verkürzen; er könnte dann in vielleicht drei Jahren aus dem Gefängnis heraus sein.

Bevor Banning McCoy aufsuchte, um mit ihm zu sprechen, ging er zuerst die offiziellen Berichte über den Zwischenfall und das Beweismaterial durch. Es gab keine Frage, dass ein italienischer Marineinfanterist an Messerwunden gestorben war und dass McCoy das Messer geführt hatte. Dann las er McCoys Personalakte. Er erfuhr, dass sich McCoy mit siebzehn, sofort nach dem Besuch der High School in einem Industrievorort in Philadelphia, freiwillig beim Marine-Corps gemeldet hatte. Er hatte nie Probleme gemacht und war in bemerkenswert kurzer Zeit Corporal geworden, bevor seine erste Dienstzeit vorüber gewesen war. Normalerweise dauerte es sechs bis acht Jahre – manchmal sogar länger – bis man Corporal wurde.

Schließlich besuchte Banning Corporal McCoy im Bau und stellte fest, dass er tatsächlich ein harter, mit allen Wassern gewaschener kleiner Typ war. Und intelligent, jedoch nicht klug genug, um zu erkennen, in welch ernsten Schwierigkeiten er steckte.

Bei einer Verurteilung wegen Mordes würde er für zwanzig Jahre bis Lebenslänglich nach Portsmouth kommen.

McCoy, der klar machte, dass er Banning nicht ganz so weit traute, wie jemand einen zwei Meter großen, zweihundert Pfund schweren Offizier schmeißen konnte, lehnte das Angebot ab, und sein Tonfall grenzte an Anmaßung.

»Nein, danke, Sir, versuchen Sie nicht, eine geringere Strafe für mich auszuhandeln, Sir. Mit Verlaub, Sir, es war Notwehr, Sir, und ich werde es vor dem Kriegsgericht darauf ankommen lassen, Sir.«

Banning gab bei Pickering zu, dass er nur mit Mühe die Beherrschung bei dem unverschämten jungen Corporal behalten hatte.

»Aber es war keine Blödheit, General«, sagte Banning und

lächelte jetzt über den Zwischenfall. »McCoy war mir einen Schritt – ein paar Schritte – voraus.«

»Wie das?«, fragte Pickering.

»Als ich ins Büro zurückkehrte, lag dort eine Botschaft, mit der ich gebeten wurde, Captain Bruce Fairbairn anzurufen. Weiß der General, wen ich meine?«

»Den englischen Captain Fairbairn? Den Leiter der Schanghaier Polizei?«

Banning nickte. »Und der Erfinder des kunstgerechten Messerkampfs«, sagte Banning. »Und des Fairbairn-Messers. Sagt Ihnen das was, General?«

»Ich habe mehrmals in Schanghai mit Fairbairn etwas getrunken und gegessen, und ich habe natürlich von seinen Messern gehört, jeder hat das, aber ich habe niemals eines gesehen.«

»Das dritte, das ich jemals gesehen hatte, sah ich an diesem Morgen«, sagte Banning mit einem Lächeln. »Als ich das Beweisstück gegen Corporal McCoy betrachtete.«

Pickering dachte: *Jetzt, da ihm klar ist, dass ihm nichts anderes übrig bleibt, als mir alles über Killer McCoy zu erzählen, scheint es ihm Spaß zu machen.*

»Ich wollte nicht glauben, dass es ein Fairbairn-Messer war«, fuhr Banning fort. »Fairbairn verkaufte seine Messer nicht. Er gab sie an seine Polizisten aus, und nur, nachdem sie seinen Messerkampf-Kursus absolviert hatten. Als ich das Messer sah, das McCoy gegen den Italiener eingesetzt hatte, sagte ich mir, dass McCoy es irgendwo gestohlen hatte, wenn es tatsächlich ein Fairbairn sein sollte.«

»Und er hatte es nicht gestohlen?«

»Ich rief Fairbairn an, und er erklärte mir sehr höflich, dass ich mich auf eines gefasst machen sollte: Wenn die Marines auf dem dummen Gedanken bestehen würden, McCoy vors Kriegsgericht zu stellen, würden drei seiner Polizisten bereit sein, unter Eid aussagen, dass sie den ganzen Zwischenfall gesehen haben und dass sich McCoy nur verteidigt hat.«

»Warum hatten sie sich nicht vorher gemeldet?«

»Fairbairn – die Briten können unglaublich indirekt sein – sagte, seine Polizisten seien ›darauf vorbereitet, unter Eid auszusagen, dass sie den Zwischenfall gesehen hatten …‹«

»Was nicht dasselbe ist, als wenn er gesagt hätte, sie hatten ihn gesehen?«

»So ist es, Sir.«

»Nun, war es Notwehr oder nicht?«

»McCoy erzählte mir – später, als ich ihn bereits gut kennen gelernt hatte –, dass es Notwehr war. Ich glaube ihm.«

»›Als Sie ihn bereits gut kennen gelernt hatten‹?«, zitierte Pickering.

»Ich ging zum Colonel und berichtete ihm, dass sich McCoy geweigert hatte, sich schuldig zu bekennen, und dass Fairbairns Polizisten für ihn aussagen würden. Unter diesen Umständen war es unmöglich, den Zwischenfall unter den Teppich zu kehren.«

»Es gab also keinen Kriegsgerichtsprozess?«

»Keinen Kriegsgerichtsprozess. McCoy bekam sogar sein Messer zurück.«

»War es ein Fairbairn?«

»Es war eins, und er hatte es auf die gleiche Weise bekommen wie Fairbairns Polizei, nämlich indem er bewiesen hatte, wie es zu benutzen ist.«

»Wie hat er Fairbairn kennen gelernt?«

»Jeden Freitag gab es im Metropol Hotel eine Pokerpartie mit hohen Einsätzen.«

»Er war nur Corporal«, sagte Pickering. »Major, ich bin selbst mal Corporal gewesen. Ich habe niemals mit Offizieren gepokert.«

»McCoy war ein ungewöhnlicher Corporal«, sagte Banning lächelnd. »Das fand ich schnell heraus, als er mir zugeteilt wurde.«

»Ihnen zugeteilt?«

»Der Colonel bemühte sich, klar zu machen, dass Corporal Killer McCoy besser in keinen weiteren Zwischenfall verwickelt sein sollte.«

»Nannte man ihn deshalb ›Killer‹? Weil er den Italiener getötet hatte?«

»Das war der Anfang davon, nehme ich an, doch der Spitzname blieb wirklich an ihm haften, nachdem er praktisch allein einen verstärkten Zug von chinesischen ›Banditen‹ ausgelöscht hatte, die für die Kempae Tai (die japanische Geheimpolizei) gearbeitet hatten. Bei diesem ›Zwischenfall‹ gab es zwanzig Tote.«

»Wie ist das passiert?«

»Als er sich bei mir meldete – und es gefiel ihm nicht; er wäre lieber in der Schützenkompanie gewesen, wo er Sergeant werden wollte, bevor seine zweite Dienstzeit um war –, sagte ich ihm offen, dass von ihm nur erwartet wird, keinen Ärger zu machen, bis mir einfallen würde, was wir mit ihm anfangen sollten. Er würde offenbar von wenig Nutzen für mich sein, das sagte ich ihm. Ich war der Nachrichtenoffizier, und jemand, der nicht Chinesisch oder Japanisch sprach, konnte nicht sehr nützlich für mich sein.«

»Und er sprach ein bisschen Chinesisch?«

»Er sagte mir, er könne Kantonesisch und Mandarin lesen und schreiben, plus Japanisch, plus Französisch und Deutsch und sogar ein wenig Russisch, wobei er allerdings Probleme mit dem kyrillischen Alphabet habe.«

»Und? Konnte er?«

»Ein Naturtalent für Sprachen. Vielleicht ist das nicht die richtige Bezeichnung. Vielleicht *übernatürliches* Talent. *Unheimliches* Talent.«

»So haben Sie ihn an die Arbeit geschickt?«

»Ich musste es tun, ohne es den Colonel wissen zu lassen«, sagte Banning. »So schickte ich ihn mit den regulären Lastwagenkonvois zwischen Peking und Schanghai und anderen Orten. Sie dauerten von fünf Tagen bis zu ein paar Wochen. McCoy verschwand dann für einige Stunden – oder ein paar Tage – von dem Konvoi, um sich anzusehen, was die Japse trieben. Gott, er war gut darin!«

»Und der Zwischenfall mit den chinesischen ›Banditen‹?«

»Die Kempae Tai heuerte chinesische Banditen an, um uns zu überfallen, wann immer sie dachten, ungestraft davonzukommen. Besonders gern überfielen sie die Konvois. Die Japaner bezahlten sie, und was sich auf den Lastwagen befand, gehörte dann ihnen. Sie machten den Fehler, einen Konvoi zu überfallen, bei dem McCoy mitfuhr. Er und ein Sergeant namens Zimmerman erwarteten sie mit Thompson-MPis. Und sie waren sehr gut mit Thompsons. Die ›Banditen‹ ließen zwanzig Leichen zurück. McCoy und Zimmerman luden sie auf Lastwagen und brachten sie nach Peking. Daher, Sir, hat der ›Killer‹ seinen Namen.«

Pickering hatte Banning noch nicht erzählt, dass die Lieutenants Pickering und McCoy Freunde waren, doch er hatte Pick im Sinn, als Banning von Killer McCoy sprach.

Als Malcolm S. Pickering in seinem ersten Jahr in Harvard gewesen war und sich durch den Pro-forma-Widerstand vor der Paarung der heiratsfähigen Jungfrauen von Wellesley, Sarah Lawrence und anderen höheren Lehranstalten für die weiblichen Nachkommen der vermögenden Klasse gearbeitet hatte, war McCoy ein Marine in China gewesen; wenn sich Pick also ein Handicap vier auf den Poloplätzen in Rampano Valley, Palm Beach und Los Angeles verdient hatte, war McCoy auf mongolischen Ponys durch die ländlichen Gegenden Chinas geritten und hatte mit beträchtlichem Risiko für sein Leben die kaiserliche japanische Armee im Auge behalten.

»Wie ist er Offizier geworden?«

»Das Corps forderte dazu auf, Unteroffiziere für die Offiziersanwärterschule zu empfehlen. Ich dachte, McCoy würde ein feiner Offizier werden. Der Colonel sah eine gute Möglichkeit darin, ihn aus Schanghai herauszubekommen, indem er ihn in die Staaten schickte. Ich glaube, ich war der einzige Offizier im Marine-Corps, der davon überzeugt war, dass er die Offiziersausbildung bestehen würde.«

»Er hatte einige Mühe, sie zu bestehen«, sagte Pickering. »Es gab Probleme mit einigen Offizieren, die dachten, ein Corporal ohne College-Abschluss sollte kein Offizier des Marine-Corps werden.«

»Woher, zum Teufel ...«, platzte Banning heraus und verstummte.

»Woher, zum Teufel, ich das weiß?«, vollendete Pickering. »Mein Sohn war in seiner Klasse. Sie wurden ziemlich enge Freunde. Sie sind es noch.«

»Nun, er schaffte es«, sagte Banning.

»Und dann meldete er sich freiwillig für die Marine Raiders?«, sagte Pickering, doch es war mehr eine Feststellung als eine Frage. Er wusste, dass McCoy ein Raider gewesen war.

»Jawohl, Sir. Aber nicht ganz auf die Art, wie es klingt.«

»Ich verstehe nicht ...«

»McCoys Sprachkenntnisse – und sein Dienst in China – kamen dem G-2 zu Ohren«, erklärte Banning. »Er sagte sich, dass McCoy genau der Mann war, den er suchte.«

»Als Dolmetscher, meinen Sie?«

»Nein, Sir. Um ein Auge auf Colonel Evans Carlson zu haben, den Commander der Marine Raiders.«

»Das verstehe ich nicht«, bekannte Pickering.

»Es gab eine Reihe von Offizieren im Marine-Corps, die dachten, Carlson hätte gefährliche Ideen«, sagte Banning. »Und einige, die ihn verdächtigten, Kommunist zu sein.«

»Mein Gott!«

»So rief der G-2 McCoy zu sich und bat ihn, diesen Auftrag zu übernehmen.«

»Ich wusste, dass McCoy bei den Raiders war«, sagte Pickering. »Aber was ich jetzt gehört habe, war mir neu.«

»Er kam vom Stoßtruppunternehmen Makin zurück – wo er übrigens verwundet wurde – und meldete, dass Colonel Carson kein Kommunist war. Und dann fand ich ihn im Lazarett in San Diego und ließ ihn zu mir versetzen. Er hatte gehofft, bei den Raiders zu bleiben, doch er gehört hierhin.«

»Ja, dessen bin ich sicher«, erwiderte Pickering.

»Es ist – als sei er der geborene Nachrichtenoffizier«, hatte Banning gesagt.

»So klingt es, nicht wahr?«, hatte Pickering ihm zugestimmt.

II

1

Saku-Tun Nr. 7
Denenchofu, Tokio, Japan

1. Juni 1950, 17 Uhr 45

Ernestine Sage McCoy sprach sehr schnell mit der Frau, die die Tür geöffnet hatte – fließend Japanisch, wie es für Pickering klang –, und bevor McCoy Pickering etwas zu trinken eingeschenkt hatte, brachte sie eine Platte mit Appetithäppchen.

»Willkommen bei uns zu Hause, General«, sagte McCoy und hob sein Glas.

»General ist lange her, Ken«, erwiderte Pickering. »Jetzt bin ich nur eine Galionsfigur. Sie wissen, was eine Galionsfigur ist? Die dumme Figur am Bug eines Schiffes.«

Es folgte pflichtschuldiges Gelächter.

Nicht nur pflichtschuldig, sondern gezwungen.

Keinem von beiden ist zum Lachen zu Mute.

Himmel, ich muss hier reingeschneit sein, bevor sie ihm eine Bratpfanne an den Kopf schmeißen wollte. Was mag er ihr getan haben?

Pickering übermittelte die Grüße seiner Frau und erzählte ihr, dass Patricia vor einiger Zeit mit ihren Eltern in New York zu Abend gegessen hatte, und Ernie bat ihn, Patricia herzlich zu grüßen, wenn er wieder daheim sein würde.

»Wie lange werden Sie in Japan bleiben, General?«, erkundigte sich Ken McCoy.

»Drei oder vier Tage, nicht länger.«

Es folgte Stille, die etwas Peinliches hatte.

Pickering überlegte, was er sagen sollte, und es fiel ihm etwas ein.

»Ich wollte mich ein bisschen umsehen«, sagte er und fügte hinzu: »Als ich zum letzten Mal hier war, traf ich fünf Tage vor dem Kriegsende ein.«

»Ich erinnere mich«, sagte McCoy.

»Fünf Tage *vor* dem Kriegsende?«

»Richtig.«

»Diese Story habe ich nie gehört«, sagte Ernie.

»Sie erzählten«, sagte McCoy, und zum ersten Mal bei dieser Begegnung lag die Andeutung eines Lächelns auf seinem Gesicht, »dass es das erste Mal war, an dem El Supremo jemals einen Nachrichtendienst-Bericht des OSS verlangt hat.«

»Den ersten und einzigen«, bestätigte Pickering.

»Erzähl mir davon«, bat Ernie.

Das bricht wenigstens das Schweigen.

»Major McCoy und ich waren in Okinawa …«, begann Pickering.

Und mein erstes Wort ist eine Katastrophe, denn ich erinnere ihn – sie – daran, dass er nach dem Krieg zum Captain herabgestuft wurde.

»… und Sid Huff …«

»Wer?«

»MacArthurs Adjutant.«

»Das ist er immer noch«, sagte Ernie.

»Das habe ich gehört.« Pickering nickte. »Jedenfalls tauchte Sid in Okinawa auf. Er kam von Manila, wo El Supremo zu dieser Zeit war. Er erklärte, MacArthur wünschte, dass ich in das erste Flugzeug steige. Natürlich konnte er es nicht so schlicht formulieren …«

»General«, sagte McCoy und ahmte Huffs schwülstige Sprechweise nach, »es ist der Wunsch des Supreme Commanders, dass Sie sich unverzüglich mit dem Vorauskommando nach Tokio begeben …«

»Sehr gut, Ken«, sagte Pickering lachend.

»Es war so, Liebste«, sagte McCoy, »ursprünglich hatte El Supremo Huff schicken wollen, doch er besann sich in letzter Minute anders und befahl ihm, den Boss hier zu fragen …«

Liebste? Das bedeutet, dass er in Ungnade gefallen ist. Was mag er nur getan haben? Oder was mag er ihrer Meinung *nach verbrochen haben?*

»Liebling, lass ihn die Geschichte erzählen, ja?«

»Liebling?« Das klingt nicht nach einer sehr verärgerten Ehefrau.

»Er wird nicht alles erzählen, Baby«, sagte McCoy. »Huff konnte sich nicht entscheiden, ob er glücklich oder unglücklich darüber sein sollte, dass er nicht mit dem ersten Flugzeug in Japan landen durfte. Es gab viel Gerüchte, dass die Japse außer Kontrolle waren und den ersten Amerikanern, die landeten, vielleicht den Kopf abhacken würden. In diesem Fall fand es Huff besser, wenn nicht sein Kopf, sondern der vom Boss rollt …«

Schatz? Liebling? Baby? Diese beiden haben keinen Krach, zumindest nicht miteinander. Was, zum Teufel, ist hier los?

»Ich entscheide im Zweifelsfall zu Colonel Huffs Gunsten, dass er enttäuscht war, weil er keine Chance erhielt, in dieser C-46 zu sein«, sagte Pickering.

»Was ist eine C-46?«

»Curtiss Commando. Zweimotorige Transportmaschine«, erklärte McCoy.

»Aber welche C-46?«

»Ich erinnere mich nicht an das genaue Datum, aber es war, nachdem wir die zweite Atombombe abgeworfen hatten und der Kaiser sich zur Kapitulation entschloss, fünfzehnter August 'fünfundvierzig, glaube ich.«

»15. August 1945«, bestätigte McCoy.

»Mein Mann erinnert sich an jedes Datum, das er jemals gehört hat, außer an zwei«, sagte Ernie und lächelte McCoy an. »Außer an unseren Hochzeitstag und meinen Geburtstag.«

Was immer er getan haben mag, sie hat ihm anscheinend verziehen.

»Also, am 26. – ich erinnere mich an das Datum, denn es war beschlossen worden, am 28. ein Flugzeug hinzuschicken, nach Atsugi, um einen Überblick über das Land zu bekommen«, fuhr Pickering fort. »Ich spielte mit dem Gedanken, hinzufliegen, entschied mich dann jedoch dagegen. Es gab besser qualifizierte Leute als mich, die dorthin hätten fliegen sollen.«

»General, es ist der Wunsch des Supreme Commanders, dass Sie sich mit dem Vorauskommando nach Tokio begeben …«, zitierte McCoy von neuem.

»Und so flog ich«, sagte Pickering. »Wir verließen Okinawa um null Uhr herum …«

»Vier Uhr«, korrigierte McCoy.

»… und flogen nach Atsugi, wo uns die Japse mit Verbeugungen begrüßten.«

»Ich hätte gewettet, dass zu fünfzig Prozent etwas passieren würde«, sagte McCoy.

»Was natürlich beweist, dass K. McCoy, der perfekte Nachrichtenoffizier, in Wirklichkeit mindestens eine Fehleinschätzung begangen hat«, sagte Pickering lachend. »Es geschah absolut nichts. Ich stieg in einen Wagen – eine alte englische Limousine, kein Rolls, ein anderes Fabrikat – und ein Japaner fuhr mich zum Imperial Hotel, wo ich für McCoy und andere verdiente OSS-Typen, die bald aus Okinawa eintreffen würden, einen Flügel reservierte …«

McCoy und seine Frau tauschten Blicke.

Was, zum Teufel, habe ich gesagt, um sie dazu zu veranlassen?

Was ist los?

Zur Hölle damit! Sie können mich höchstens rausschmeißen!

»Sagt mir bitte jemand, was hier vorgeht? Was ist nicht in Ordnung?«

»Sir?«, fragte McCoy.

Zu unschuldig.

Pickering schaute Ernie an. Sie wirkte den Tränen nahe.

»Was ist los, Schatz?«, fragte Pickering sanft.

Sie blickte einen Moment zwischen Pickering und ihrem Mann hin und her.

»Sie werfen uns aus dem gottverdammten Corps, Onkel Flem«, sagte sie. »Das ist los.«

Da muss ich mich verhört haben.

»Ich habe das nicht verstanden, Schatz«, sagte er.

»Man wirft uns aus dem gottverdammten Marine-Corps«, sagte Ernie klar und deutlich. »Wir werden per Schiff in die Heimat verfrachtet. Man zieht Kens Offizierspatent ein.«

»Was, zur Hölle, ist passiert?«, fragte Pickering.

»Wir haben einen Bericht geschrieben, der niemandem gefiel«, sagte sie, »und uns geweigert, ihn abzuändern.«

»Ein Bericht über was?«

»Er will es mir nicht sagen. Aber ich weiß, dass er sich um Korea dreht.«

Pickering sah McCoy an.

»Man schmeißt euch aus dem Marine-Corps? Ihr redet nicht von einem Kriegsgerichtsprozess?«

»Ich rede von einem TWX von Eighth & Eye«, sagte Ernie.

Ein TWX war ein Fernschreiben. Eighth & Eye bedeutete Hauptquartier des U.S. Marine Corps, das sich an den Straßen Eighth und I in Washington, D.C., befand.

»In einem TWX steht das?«

»Sie sind von Ihren gegenwärtigen Pflichten entbunden und mit sofortiger Wirkung Camp Pendleton, California, zugeteilt. Sie werden unfreiwillig von aktivem Dienst als Captain, USMCR, mit Wirkung vom 1. Juli 1950 entbunden, und hiermit teilen wir Ihnen mit, dass die Beurteilung Ihrer Personalakte unterwegs ist, um zu entscheiden, in welchem Dienstgrad Sie sich wieder bewerben können, wenn dies nach der Entlassung Ihr Wunsch sein sollte. Ich habe das ganze verdammte Fernschreiben auswendig gelernt.«

»Es ist kaum zu glauben«, murmelte Pickering.

»Nicht wahr?«, sagte Ernie bitter.

»Ich sollte das nicht betonen, aber ich werde tun, was immer ich kann, um zu helfen.«

Er sagte es zu Ernie und schaute dann McCoy an. McCoy sah ihn an, aber es war unmöglich, zu erraten, was der Blick bedeutete.

Dann erhob sich McCoy aus seinem Sessel und verließ das Zimmer.

»Es gefällt ihm nicht, dass ich es dir gesagt habe, Onkel Flem«, sagte Ernie.

»He! Ich bin froh, dass du es gesagt hast. Du gehörst zur Familie. Du und Ken.«

Sie lächelte ihn schwach an.

McCoy kehrte einen Moment später mit einer Aktentasche zurück. Eine Handschelle hing an einem Stahlkabel daran.

So eine habe ich lange nicht mehr gesehen.

Was, zum Teufel, ist mit dem gottverdammten Marine-Corps los? Ken McCoy ist der beste Nachrichtenoffizier, den ich jemals gekannt habe, und das schließt Ed Banning ein.

McCoy legte die Aktentasche auf den Tisch vor der Couch, auf der Pickering saß, stellte das Kombinationsschloss ein, öffnete die Tasche und entnahm ihr einen Stapel Papiere, die mit einer Heftklammer zusammengehalten wurden. Er überreichte sie Pickering.

Das Dokument war mit einem Deckblatt bedeckt, auf dem drei

diagonale rote Streifen zu beiden Seiten der Worte TOP SECRET aufgedruckt waren.

»Was ist das?«, fragte Pickering, als er die Seiten durchzublättern begann.

Die zweite Seite, auf der oben und unten TOP SECRET stand, beantwortete die Frage:

TOP SECRET

Document No. NE/May50/ 2333 Copy 3 of 4
Duplication Forbidden

Naval Element
Headquarters
The Supreme Commander for Allied Powers
Room 2022 The Dai Ichi Building, Tokyo, Japan

(APO 901/FPO 3347, San Francisco, Cal.)

23 May 1950

Subject: Intelligence Evaluation/Korea

To: The Supreme Commander, Allied Powers

ATTN: Major General Charles A. Willoughby

1. Beigefügt ist eine »Einschätzung möglicher feindlicher Aktionen binnen neunzig Tagen gegen die Republik Südkorea durch die Demokratische Volksrepublik Korea«.

2. Die Einschätzung und die Anlagen I bis VII wurden hauptsächlich von Captain Kenneth R. McCoy, USMCR, von Naval Element, Hq, SCAP, vorbereitet.

Edward C. Wilkerson
Edward C. Wilkerson
Captain, USN
Chief, Naval Element SCAP

Eine (1) Anlage wie folgt:

Einschätzung zum obigen Thema, Anlagen:

I. Zusammenfassung der Agentenberichte.
II. Nordkoreanische Gefechtsaufstellung (NKOB; einschließlich Stärke) der Infanterieeinheiten.
III: NKOB(IS) Artillerieeinheiten.
IV: NKOB (IS) Panzereinheiten.
V: NKOB (IS) Motorisierte Transporteinheiten.
VI: NKOB (IS) Flugeinheiten.
VII: NKOB Depots, POL, Munition.
VIII: NKOB: Logistische Einrichtungen (Rationen, Sanitätseinrichtungen, Kriegsgefangenenlager, Verschiedenes).
IX: Chinesische Gefechtsaufstellung (einschließlich Stärke) der Infanterieeinheiten binnen 300 Meilen von der nordkoreanischen Grenze.
X: ChiComOB Artillerieeinheiten binnen 300 Meilen von der nordkoreanischen Grenze.
XI: ChiComOB Panzereinheiten binnen 300 Meilen von der nordkoreanischen Grenze.
XII: ChiComOB Motorisierte Transporteinheiten binnen 300 Meilen von der nordkoreanischen Grenze.
XIII: ChiComOB Flugeinheiten binnen 300 Meilen von der nordkoreanischen Grenze.
XIV: ChiComOB Logistische Einrichtungen (Rationen, Sanitätseinrichtungen, Kriegsgefangenenlager, Verschiedenes) binnen 300 Meilen von der nordkoreanischen Grenze.

TOP SECRET

»Mein Gott«, sagte Pickering, als er gelesen hatte. »Sind sie sicher, Ken?«

»So sicher wie ich nur sein kann, General.«

»Ist das der Bericht?«, fragte Ernie. »Bekomme ich ihn zu sehen?«

»Nein, Baby. Tut mir Leid. Er ist als TOP SECRET erklärt.«

»Ken, ich habe seit Jahren keine Unbedenklichkeitsbescheinigung für TOP SECRET gehabt – keinerlei Unbedenklichkeitsbescheinigung«, sagte Pickering. »Warum zeigen Sie mir dies?«

»Vielleicht können Sie etwas damit anfangen«, erwiderte McCoy.

»Ich verstehe nicht«, sagte Pickering. »Ich verstehe überhaupt nichts mehr. ›Etwas damit anfangen‹?«

»Ich kann nicht an Willoughby vorbeikommen«, sagte McCoy. »Was bedeutet, dass es nicht aus dem Dai Ichi Building herauskommt und jemand an der Eighth & Eye wissen sollte, was droht.«

Major General Charles A. Willoughby, der auf den Philippinen und im Zweiten Weltkrieg General Douglas A. MacArthurs Nachrichtenoffizier gewesen war, übte nun dieselbe Funktion für ihn in dem großartig benannten ›Office of the Supreme Commander Allied Powers‹ aus, was in Wirklichkeit die Besatzungsarmee in Japan war.

Während des Zweiten Weltkriegs war Pickering mehr als einmal mit General Willoughby aneinander gerasselt; verschiedene Konfrontationen hatten sich um McCoy gedreht.

Wieder dieser Hurensohn Willoughby!

»Hat er Ihnen irgendeinen Grund gegeben, Ken?«, fragte Pickering, doch bevor McCoy antworten konnte, fügt er hinzu: »Woher haben Sie dies?«

»Ich habe es geklaut«, sagte McCoy.

»Und was wird mit Ihnen geschehen, wenn es vermisst wird? Mein Gott, Ken, Sie können sich nicht einfach TOP-SECRET-Dokumente unter den Nagel reißen!«

»Das kann man, wenn das Dokument nicht existiert. Dieses existiert nicht. Es gibt keine Akte mehr davon.«

»Lassen Sie mich das klarstellen«, sagte Pickering. »Sie haben diese Einschätzung vorbereitet?«

»Jawohl, Sir.«

»Auf eigene Faust oder offiziell?«

»Den koreanischen Teil offiziell, den chinesischen Teil auf eigene Faust.«

»Und Sie haben den Bericht an Captain Wilkerson übermittelt?«

»Und der hat ihn zu Willoughby raufgeschickt. Und am nächsten Tag ließ mich Wilkerson antanzen und sagte mir, (a) dass ich abgelöst bin, (b) dass der Bericht nicht existiert und dass ich (c) mit dem Packen anfangen sollte.«

»Warum?«

»Ich kann nur raten«, sagte McCoy.

»Dann raten Sie.«

»Erinnern Sie sich, als behauptet wurde, dass auf den Philippinen unmöglich Guerillas sein können?«, fragte McCoy.

Supreme Commander Southwest Pacific Ocean Areas – Mac Arthur – hatte es offiziell für absolut unmöglich gehalten, dass irgendwelche amerikanischen Guerillas auf den von Japan besetzten philippinischen Inseln funktionieren könnten.

»Bevor Sie in Mindanao an Land gingen und den Kontakt zu General Fertig herstellten, meinen Sie?«

Sie lächelten beide.

Gottverdammt, warum grinsen wir? Wenn es das ist, was sich abspielt, dann ist es nicht lustig.

»Ich halte es für durchaus möglich, dass Willoughby gerade erst El Supremo versichert hat, es bestehe absolut kein Risiko von Gefahr in Korea«, sagte McCoy, »und er will seine Meinung nicht von einem Captain in Frage stellen lassen. Einen anderen Grund kann ich mir nicht denken …«

»Aber was ist, wenn Sie Recht haben?«

»Die Einschätzung existiert nicht. Das schlimmste Szenario für ihn ist, zu behaupten, die Entwicklung hätte ihn völlig überrascht, und anzudeuten, dass er von unfähigen jungen Nachrichtenoffizieren im Stich gelassen worden ist.«

»Aber Ihre Einschätzung …«

»Existiert nicht«, fiel McCoy ihm ins Wort.

Pickering warf einen Blick auf seine Armbanduhr.

»Pick müsste jeden Moment hier sein«, sagte er. »Wir können ihn das nicht wissen lassen.«

»Warum nicht?«, fragte McCoy.

»Sie wollen es Pick zeigen und Ernie nicht?«, fragte Pickering herausfordernd.

McCoy ging zu Pickering, nahm den Bericht entgegen und gab ihn seiner Frau.

Sie hatte soeben zu lesen begonnen, als die Türglocke anschlug.

»Ihr geht öffnen«, befahl Ernie. »Ich lese das.«

Einen Augenblick später betrat Pick Pickering das Zimmer.

Er und McCoy schlossen sich in die Arme.

»Du darfst mich jetzt den *schnellen* Pickering nennen«, sagte Pick. »Es ist offiziell.«

Pickering gab ihm den Zettel, auf den Colonel Stanley Colonel Huffs private Telefonnummer geschrieben hatte.

»Ruf Colonel Huff an, stell dich als Captain Pickering vor, der in meinem Namen anruft – für General Pickering – und sage, dass es dir eine Ehre sei, wenn General und Mrs MacArthur mir im Imperial bei Cocktails und Dinner Gesellschaft leisten würden …«

»Boss, El Supremo geht nie ins Imperial«, unterbrach McCoy. »Und ebenso nirgendwo sonst hin.«

»Das habe ich in der *Time* gelesen«, erwiderte Pickering. »Erledige den Anruf, Pick.«

»Was, zur Hölle, ist los?«, wollte Pick wissen.

»Ruf an, und wir setzen dich ins Bild«, sagte Pickering. »Aber um dir eine schnelle Antwort zu geben, es scheint wie in den alten Zeiten zu sein.«

2

Saku-Tun Nr. 7
Denenchofu, Tokio, Japan

1. Juni 1950, 18 Uhr 05

Die japanische Haushälterin kam ins Zimmer und sagte etwas auf Japanisch zu Ernie Sage McCoy.

»Colonel Huff für Sie, Captain Pickering«, übersetzte Ernie. »Da ist ein Nebenanschluss bei Kens Sessel.«

»Huff ruft an, um zu sagen, dass der Supreme Commander und Mrs MacArthur es vorziehen würden, wenn du in die Botschaft kommst«, meinte Ken McCoy.

»Vermutlich«, sagte Fleming Pickering mit einem Lächeln. Er folgte Pick zum Telefon, das auf dem Tisch neben Ken McCoys Lehnsessel stand.

Pick nahm den Hörer ab.

»Captain Pickering«, meldete er sich.

Er hielt den Hörer vom Ohr weg, damit sein Vater das Gespräch mithören konnte.

»Hier spricht Colonel Huff, Captain.«

»Wie geht es Ihnen, Colonel?«

»Captain, ich habe dem Supreme Commander General Pickerings Einladung ausgerichtet. Er bat mich, General Pickering mitzuteilen, dass er und Mrs MacArthur es vorziehen würden, wenn der General zu Cocktails und Dinner in das Hauptquartier des Supreme Commanders kommen würde. Wird das ein Problem für den General sein?«

»Ich werde ihn fragen müssen, Colonel. Würden Sie bitte dranbleiben?«

Das war nicht die Antwort, die Colonel Huff erwartet hatte. Das war seiner Stimme anzuhören, als er »selbstverständlich« sagte.

Pick hielt die Sprechmuschel mit der Hand zu und flüsterte: »Wie lange sollen wir ihn warten lassen?«

»Eine Minute«, erwiderte Pickering lächelnd. »Sechzig Sekunden sind eine sehr lange Zeit, wenn man am Telefon wartet.«

Pick klemmte sich den Hörer zwischen Schulter und Kinn und drückte die Stoppuhrfunktion auf seinem Piloten-Chronometer.

Sechzig Sekunden waren anscheinend wirklich eine lange Zeit. Ernie Sage McCoy schüttelte den Kopf und lächelte ihren Mann an.

Schließlich nahm Pick den Telefonhörer von seiner Schulter.

»Das wird in Ordnung gehen, Colonel. Wann wünscht General MacArthur das Erscheinen meines Vaters?«

»Die Limousine des Supreme Commanders wird um neunzehn Uhr beim Hotel Imperial sein. Wäre das passend?«

Fleming Pickering berührte Pick am Arm und schüttelte verneinend den Kopf.

»Mein Vater befindet sich nicht im Imperial, Colonel.«

»So?«

Es war offenbar eine indirekte Bitte um Information. Pickering schüttelte abermals den Kopf.

»Und er hat einen Wagen«, sagte Pick. »Ich bin sicher, er würde es vorziehen, ihn bei sich zu haben. Seine Pläne nach dem Dinner kenne ich nicht, aber ich bin sicher, dass es einige geben wird.«

»Dann um neunzehn Uhr dreißig in der Botschaft«, sagte Huff. Sein Tonfall klang leicht, jedoch unverkennbar ärgerlich. »Wäre das passend?«

»Wenn sich etwas anderes ergeben wird, Colonel, werde ich anrufen. Aber ich bin überzeugt, mein Vater wird den Termin einhalten können.«

»Vielen Dank, Captain.«

»Nichts zu danken, Colonel.«

Pick legte den Hörer auf.

»Wie war ich?«

»Du hast Huff verärgert. Dafür wird es im Himmel eine Belohnung geben.«

Ernie Sage McCoy schüttelte wieder lächelnd den Kopf.

Die Haushälterin kam fast sofort wieder und übermittelte eine weitere Botschaft auf Japanisch.

»Noch ein Anruf für Captain Pickering«, übersetzte Ernie.

»Ich wette, ich weiß von wem, Ken«, sagte Fleming Pickering, und als er McCoys Aufmerksamkeit hatte, fuhr er in einer glaubwürdigen Parodie von General Charles Willoughbys deutschem Akzent fort: »Wenn der Supreme Commander sagt, er wird seine Limousine schicken, dann *wird* General Pickering mit der Limousine fahren, oder ich lasse ihn erschießen!«

McCoy lachte.

Pick nahm den Telefonhörer ab.

»Captain Pickering«, sagte er und dann: »Oh, Hallo, Onkel Charley. Worum geht's?«

Es folgte eine Pause.

»Oh, Teufel, ich dachte, das hätten Sie vergessen. Und es ist nicht möglich, dass mir das erspart bleibt?«

Wiederum eine Pause.

»Okay. Ich bin gleich da. Aber sehen Sie zu, dass Sie es kurz machen können, okay? Ich möchte mit dem Typen, der das Schätzchen meiner Jugendzeit geheiratet hat, zu Abend essen.«

Er lachte und legte auf.

»Charley Ansley lässt dich grüßen, Ernie«, sagte er.

»Und?«, fragte Ernie.

»Es gibt eine Pressekonferenz, und die ganze Zukunft von Trans-Global Airways hängt davon ab, dass ich dort bin.«

»Warum nimmt du nicht Ken und Ernie mit«, schlug Fleming Pickering vor, »und führst sie dann zum Abendessen aus?«

Er sah McCoy am Gesicht an, dass er nicht mitfahren wollte. Und Ernie sah er an, dass sie es wollte.

»Schatz?«, fragte sie.

»Klar, warum nicht?«, sagte McCoy.

3

Residenz des Supreme Commander, Allied Powers
Tokio, Japan

1. Juni 1950, 19 Uhr 30

Die beiden angetretenen Militärpolizisten der Army am Tor der ehemaligen US-Botschaft und jetzigen Residenz des Supreme Commander Allied Powers, die in ›Parade Rest‹ gestanden hatten – steif und gerade, die Hände hinter dem Rücken verschränkt –, standen sehr präzise und sehr langsam still und hoben die Hand gemessen zum Gruß, als sich die 1941er Cadillac Limousine dem Tor näherte.

Sie salutierten, bis das Tor geöffnet wurde und die Limousine sie langsam passierte. Dann zogen sie die steif gestreckte Hand von ihrem Stahlhelm und nahmen wieder die Haltung Parade Rest ein.

Die Bewegungen waren kunstvoll, mehr die eines Balletts als bei einer militärischen Geste …

Wie die der Clowns, die mit ihren komischen Opern-Bärenfellmützen vor dem Buckingham Palast in London stehen, dachte der Passagier der Limousine ein wenig unfreundlich.

Was soll dieser ganze Zirkus? Hält sich El Supremo für einen Mikado? Es gibt bereits einen Kaiser von Japan, ich bin soeben an seinem Palast vorbeigefahren.

Ja, aber die Wahrheit ist, dass dieser lächerliche Kaiser im Gegensatz zu El Supremo keine Macht hat.

Er ist der Supreme Commander, Allied Powers.

Er lässt den Kaiser zu sich rufen – das habe ich in der Zeitung gelesen –, und der Kaiser tanzt an. Mein Gott, Douglas MacArthur ist der König *von Japan.*

Nimm dich zusammen, Fleming Pickering!

Du bist hier, um Killer McCoy zu helfen, nicht, um El Supremo zu sagen, welch aufgeblasenes Arschloch er ist.

Ein zweites Paar MPs stand auf beiden Seiten der Eingangstür der ehemaligen Residenz des US-Botschafters, und diese beiden wiederholten den Zeitlupengruß, als die Limousine vor dem Gebäude vorfuhr und ein Offizier – ein Major mit den Insignien eines Adjutanten – schnellen Schrittes die kurze Treppe herunterkam.

Er zog die Beifahrertür auf und stand still.

»Guten Abend, General Pickering«, sagte er. »Der Supreme Commander erwartet Sie, Sir. Wenn Sie so nett sein möchten, mich zu begleiten?«

»Danke«, sagte Pickering, stieg aus und ging vor dem Major in die Residenz.

Colonel Stanley, der ins Hotel Imperial gekommen war, erwartete Pickering auf dem Hauptkorridor des Gebäudes.

»Guten Abend, General«, sagte er und reichte ihm die Hand. »Der Supreme Commander und Mrs MacArthur befinden sich in der Bibliothek.«

»Hallo, Colonel«, sagte Pickering.

Stanley schob eine Doppeltür auf, trat in die Mitte der Öffnung und kündigte an:

»Brigadier General Pickering, USMC!«

Es fehlen nur vier Clowns in Purpurkleidung, die Trompeten mit Flaggen daran blasen.

Ein Steward mit weißem Jackett – offensichtlich ein Filipino, aber nicht der philippinischen Späher und Master Sergeant, der MacArthurs persönlicher Diener gewesen war, wie Pickering sich erinnerte – stand fast still neben einem kleinen Tisch, auf dem Flaschen, Gläser, Silberschalen mit Eis, Limonenscheiben und Maraschino-Kirschen standen.

MacArthur stand mit seiner Frau und drei Offizieren am fernen Ende eines langen, ziemlich schmalen Tisches mit einer silbernen Schale. Pickering kannte zwei der drei Offiziere, Major General Charles A. Willoughby und Colonel Sidney Huff. Den dritten Offizier, ein stämmiger Major General mit blassem Gesicht, hatte er noch nie gesehen.

Pickering vermisste Lieutenant General Richard Sutherland, der im Zweiten Weltkrieg MacArthurs Stabschef gewesen war, und hielt Ausschau nach ihm, bis er sich erinnerte, gelesen zu haben, dass Sutherland aus nicht näher bezeichneten Gesundheitsgründen in die Heimat zurückgekehrt war.

Sutherland, Willoughby und Huff – und ihre Untergebenen – waren die ›Bataan Gang‹ gewesen, MacArthurs vertrauter Kreis.

Wenn dieser Zwei-Sterne-General mit der Bataan Gang hier ist, dann muss er der Ersatz für Sutherland sein.

»Fleming, mein Freund«, rief MacArthur mit sonorer Stimme. »Wie schön, Sie zu sehen!«

Pickering ging an dem Tisch entlang zu ihm.

»Es ist gut, Sie zu sehen, General«, sagte er und reichte ihm die Hand.

Jean MacArthur trat näher, bot ihm ihre Hand und dann ihre Wange dar.

»General«, sagte Willoughby. Er war ein großer, beeindruckender Mann mit kerzengerader Haltung.

Er sprach »General« wie »Ch-eneral« aus. *Ob der gute Charley weiß, dass er hinter seinem Rücken ›Adolf‹ und ›Der Führer‹ genannt worden ist – und vermutlich immer noch genannt wird?*

»General«, erwiderte Pickering und wandte sich dann Colonel Huff zu.

»Schön, Sie zu sehen, Sid«, sagte er. »Wie geht es Ihnen?«

»General«, sagte Huff. Sein Lächeln war gezwungen.

»Und sie kennen General Almond noch nicht«, sagte Mac Arthur. »Ned löste Dick Sutherland als Stabschef ab.«

Almond gab Pickering die Hand.

»Ich habe viel über Sie gehört, General«, sagte er.

»Wenn Sie es von diesen beiden gehört haben«, erwiderte Pickering und wies auf Huff und Willoughby, »dann leugne ich alles.«

Jean MacArthur lachte. MacArthur lächelte, und auch Huff und Willoughby bemühten sich um ein Lächeln, doch es bereitete ihnen sichtlich Mühe.

Ein Fotograf, ein Master Sergeant in mittlerem Alter, tauchte mit einer Kamera auf.

Sie ließen sich in dreierlei Positionen aufnehmen; alle Offiziere zusammen, mit MacArthur und Pickering in der Mitte; MacArthur und Pickering zusammen; und MacArthur, dessen Frau und die Offiziere und Pickering in der Mitte.

Der Fotograf zog sich zurück, und der Filipino servierte Getränke. Pickering wurde keine Wahl angeboten, doch als er an seinem Whisky nippte, war ihm der Geschmack vertraut.

Irgendwo ist offenbar in den Akten vermerkt, dass Pickering, Fleming, Brig. Gen., USMCR, Famous Grouse Whisky mag.

»Auf die alten Zeiten, mein lieber Fleming«, sagte MacArthur und hob sein Glas.

»Auf die alten Zeiten, General«, wiederholte Pickering.

»Ich habe soeben Almond erzählt«, sagte MacArthur, »dass Sie in Australien waren, als ich von Corregidor fort befohlen wurde und mit Jean und den anderen eintraf.«

»Ich erinnere mich gut«, sagte Pickering.

»Ich erinnere mich daran, dass Sie ein Captain der Navy waren«, sagte Jean MacArthur, »der mich an einen Freund erinnerte, an einen Captain der Handelsmarine in Manila. Und dann nahmen Sie an der Invasion Guadalcanals teil, und als ich Sie das nächste Mal sah, waren Sie General des Marine-Corps. Das habe ich nie so ganz verstanden.«

»Ich auch nicht, Jean«, sagte Pickering. »Es gab viele von uns, die Offizierspatente erhielten, für die sie eindeutig nicht qualifiziert waren.«

»Aber, aber, das stimmt einfach nicht«, widersprach MacArthur. »Sie waren ein hervorragender Offizier. Ihre Beiträge, nicht nur für meine Feldzüge, sondern für die gesamten Kriegsbemühungen im Pazifikraum, beweisen das ohne Frage.«

Er wandte sich an General Almond.

»General Pickering war nicht nur stark beteiligt an der Planung der Invasion von Guadalcanal, sondern er ging auch mit der ersten Welle der Marines an Land …«

Das stimmt nicht.

Er war an der Invasion beteiligt, aber nur, weil er sich mit Schiffen auskannte und das praktische Wissen bei den an der Logistik Beteiligten – Army, Navy und Marine-Corps – praktisch nicht vorhanden war.

Und ich war nicht bei der ersten Welle der Marines, die in Guadalcanal landeten, auch nicht bei der zweiten und dritten. Ich ging erst an Land, als ich erfuhr, dass die McCawley im Begriff war, davonzufahren und die Marines am Strand zu lassen und mir klar wurde, dass ich nicht damit leben konnte, mit ihr abzuhauen und die Marines im Stich zu lassen. Da *ging ich an Land.*«

»… wo General Vandegrift ihn sofort zu seinem Nachrichtenoffizier machte, damit er einen Offizier ersetzte, der im Einsatz gefallen war …«

Nun, das stimmt.

»Und als er Guadalcanal auf einem Zerstörer verließ«, fuhr Mac Arthur mit sonorer Stimme fort, »übernahm Pickering trotz seiner schweren Verwundungen das Kommando, als der Kapitän des Zerstörers bei einem japanischen Angriff getötet wurde …«

Es war nicht annähernd so heldenhaft, wie du es schilderst. Ich befand mich auf der Brücke, als der Kapitän getötet wurde; ich hatte ein Kapitänspatent; und wenn der Kapitän seine Pflicht nicht erfüllen kann, übernimmt der nächstbeste qualifizierte Mann das Kommando. Das geht bis auf die Phönizier zurück. Das war alles, was ich getan habe.

»… wofür er auf persönlichen Befehl von Admiral Nimitz ausgezeichnet wurde«, fuhr MacArthur fort.

Und ich habe mich stets gefragt, ob Nimitz das nicht bereut hat, als Roosevelt ihm hinter meinem Rücken das OSS zu schlucken gab.

»Und ich hatte das Privileg, Ihnen eine der vielen Distinguished Service Medals zu verleihen, Fleming. Ich weiß keinen, der sie mehr verdient hatte als Sie.«

Was sagte der Killer über die DSM? Es ist die Medaille der ranghohen Offiziere für gutes Benehmen, verliehen an Sesselfurzer des rückwärtigen Stabs, die drei aufeinander folgende Monate überstanden haben, ohne sich den Tripper einzufangen.

»Das war sehr freundlich von Ihnen, General«, sagte Pickering. Er wandte sich an General Almond. »Marineminister Knox wollte, dass ich einige nachrichtendienstliche Arbeiten für ihn erledige, weil er sich sagte, ich könnte den Job besser machen als jemand aus dem Marine-Corps.«

»Sie waren zuvor nie ein Marine?«, fragte Almond überrascht.

»Im Ersten Weltkrieg war ich als junger Kerl einfacher Sergeant im Marine-Corps«, sagte Pickering.

»Und im Ersten Weltkrieg wurde Pickering, dem jungen Kerl und Unteroffizier, das Navy Cross verliehen«, sagte MacArthur fast triumphierend, als hätte er einen Streit gewonnen. »Ich kann Sie wirklich nicht verstehen, Fleming. Bescheidenheit ist gewiss eine Tugend, aber es ist einfach absurd, zu leugnen, dass Sie nicht genauso Soldat sind wie jeder der anwesenden Gentlemen. Sie sind einer von uns, Fleming. Sind Sie nicht auch dieser Meinung, Willoughby?«

»Jawohl, Sir, das bin ich«, sagte General Willoughby.

»Huff?«

»Absolut, General«, sagte Colonel Huff.

»Es ist von Ihnen allen sehr freundlich, dies so zu sehen«, sagte Pickering.

Und es ist völlig unmöglich, mit MacArthur allein ein paar Minuten über McCoy und die Nordkoreaner zu sprechen. Diese drei werden den ganzen Abend hier bleiben – dies ist ihnen offenbar befohlen worden.

Ich könnte ihn natürlich um ein kurzes Gespräch unter vier Augen bitten und das Thema zur Sprache bringen. Doch das würde klar machen, dass McCoy vom ›Dienstweg‹ abgewichen ist, und Tatsache ist, dass ich nicht wissen sollte, was ich über die Sache weiß. McCoy denkt über mich noch als »sein General«, aber er irrt sich. Ich bin nicht sein General, und er hätte mir das Fernschreiben nicht zeigen dürfen.

Allmächtiger! Was, zum Teufel, soll ich tun?

4

Konferenzraum B
Hotel Hokkaido
Tokio, Japan

1. Juni 1950, 21 Uhr 15

Charley Ansley wartete auf Pick im Flur vor dem eilig gemieteten Raum, in dem ein Tisch und vier Reihen Klappstühle aufgestellt worden waren.

Als er Ernie Sage McCoy und Ken McCoy in Picks Begleitung sah, lächelte er. Er hatte beide in den frühen Jahren des Zweiten Weltkriegs gut kennen gelernt, als er ihnen auf Pickerings Wunsch hin in San Diego die Benutzung seines Kabinenkreuzers erlaubt hatte. Zu jener Zeit war der Wohnungsmarkt in San Diego äußerst angespannt gewesen, und für unverheiratete Paare war es völlig unmöglich gewesen, eine Wohnung zu bekommen.

Später hatte er dann ihre Hochzeitsfeier besucht, als Ken von seiner geheimen Mission in der Wüste Gobi mit dem brandneuen Blatt des Majors auf der Uniform zurückgekehrt war.

»Mann, ist das schön, euch zu sehen«, sagte er und streckte McCoy die Hand hin, während er Ernie kurz an sich drückte. »Wie geht es meinem liebsten Marine?«

»Ich dachte, *ich* sei dein liebster Marine«, sagte Pick.

»Nein, du bist mein liebster Trans-Global-Pilot, und das nicht nur, weil du dort reingehen, lächeln und bescheiden sein wirst und deine nur zu bekannte Neigung, ein Klugscheißer zu sein, unterdrücken wirst.«

»Schön, Sie zu sehen, Mr Ansley«, sagte McCoy lächelnd.

»Vielleicht nicht ›Onkel Charley‹, wie der verlorene Sohn hier sagt, aber zumindest ›Charley‹, okay?«

McCoy nickte.

»Pick. Meinst du, es würde deinem Vater etwas ausmachen, wenn ich beim Imperial anrufen und eine Bar und Horsd'œuvres in seiner Suite aufbauen ließe?«

»Ja«, antwortete Pick nur lächelnd.

»Der PR-Knabe sagt, er möchte ihn in diese Sache einbeziehen, und ich weiß verdammt genau, dass er nicht hierher kommen würde.«

»Stimmt, das würde er nicht«, sagte Pick.

»Du meinst also, ich soll es nicht tun?«

»Nein, ich halte das für eine gute Idee. Ich habe nur gesagt, dass es ihm nicht gefallen würde, und ich stimme zu, dass er nicht hierher kommen würde, es sei denn, aufgespießt von einem Bajonett. Aber wenn ich dort reingehen und charmant und bescheiden sein muss, kann der Alte zumindest die Presse und wen auch immer anlächeln.«

»Der Charme ist für Pick leicht«, sagte Ernie. »Nur mit der Bescheidenheit hat er Probleme.«

»Danke dir, Killer, weil du mir diese Dame mit der gespaltenen Zunge vom Leib hältst«, sagte Pick.

»Nenn ihn nicht ›Killer‹, verdammt!«, fuhr Ernie ihn an.

»Es ist schon okay, Baby«, sagte McCoy.

»Wir sind für Sie bereit, Captain«, sagte ein Mann in grauem Anzug.

»Und jetzt wird Captain Pickering ein paar Fragen beantworten«, kündigte der Mann im grauen Anzug an. »Und dann haben wir Wagen bereitstehen, um alle zu einem kleinen Cocktail-Empfang ins Imperial Hotel zu fahren.«

Wie nicht anders erwartet von Pickering, waren die Fragen voraussehbar.

Frage (kleiner bebrillter Furzer): »Ist das nicht alles Theater, das die Passagiere in Gefahr bringt?«

Antwort: »Die Sicherheit unserer Passagiere steht für uns an erster Stelle; wir sind bisher kein Risiko für sie eingegangen und werden das auch weiterhin nicht tun.«

Frage (großer, dünner Mann mit Teiggesicht; vermutlich einst Klassensprecher auf der High School): »Aber Geschwindigkeitsrekorde bedeuten rasen, und rasen ist gefährlich, wie können Sie also behaupten, dass es nicht gefährlich gewesen ist?«

Antwort: »Die Flugingenieure des Herstellers Lockheed und unsere eigenen Flugingenieure haben so genannte ›Rahmenvorschriften‹ entwickelt. Darin wird festgelegt, wann ein Flug sicher ist. Fluggeschwindigkeit, Motordrehzahl, diese Art Dinge. Wir sind niemals außerhalb der Rahmenvorschriften gewesen; wenn das der Fall gewesen wäre, dann hätte der Rekord nicht gezählt.«

Frage (Teiggesicht setzt nach): »Aber warum versuchen Sie dann, Geschwindigkeitsrekorde aufzustellen?«

Antwort: »Wir haben nicht *versucht,* einen Geschwindigkeitsrekord aufzustellen. Wir haben versucht, unsere Passagiere so schnell – und bequem – wie möglich im Rahmen der Sicherheitsvorschriften hierhin zu bringen. Dabei ist zufällig ein Geschwindigkeitsrekord herausgekommen.«

Frage (hübsche Lady, große Oberweite): »Sind Sie nicht ein bisschen jung, um Captain zu sein?«

Antwort: »Wie bitte?«

Frage (große Bobbys setzt nach, auch das Gesicht ist schön): »Die allgemeine Vorstellung vom Kapitän einer Fluggesellschaft – besonders bei einer mit transozeanischen Flügen – ist, sagen wir mal, vierzig bis fünfzig Jahre alt, graue Schläfen, erfahren wirkend.«

Antwort: »Da muss ich die Ausnahme von dieser Regel sein.«

Frage (schöne Bobbys, plus schöne Zähne in einem sehr schönen Mund setzt nach): »Wie sind Sie Captain geworden? Haben Sie im Militärdienst Transporter oder Bomber geflogen?«

Antwort: »Nein, Ma'am, ich habe im Militärdienst keine mehrmotorigen Flugzeuge, Bomber oder Transporter geflogen.«

Frage (Schöne Bobbys, schönes Gesicht, schöne Zähne, *alles* schön, setzt nach): »Wie kommt es dann, dass Sie ein so junger Captain sind?«

Antwort: »Mein Daddy hat mir das Geld gepumpt, um Trans-Global zu starten.«

Frage (Lady schöner als schön und alles setzt nach): »Ich bezweifle, dass Sie scherzen.«

Antwort: »Mein Pfadfinder-Ehrenwort.«

Frage (Einfach-Alles-Schön setzt nach): »Wer ist ihr Daddy?«

Antwort: »Sein Name lautet Fleming Pickering.«

Frage: »Es gibt Gerüchte, dass er in Tokio weilt. Stimmt das?«

Antwort (Mann in grauem Anzug): »Wir müssen dies leider beenden, Ladies and Gentlemen, weil uns die Zeit ausgeht. Ich danke Ihnen, Ladies and Gentlemen. Die Wagen warten vor dem

Hotel und werden dann beim Imperial bereitstehen, um Sie hierhin zurückzubringen.«

»Abgesehen von dem Witz, dass dein Daddy dir das Geld für den Start der Fluggesellschaft gepumpt hat, hast du deine Sache sehr gut gemacht, Pick. Ich bin stolz auf dich«, sagte Ernie, als sie die Straße entlanggingen, in der Pick den Ford geparkt hatte.

»Danke, Ma'am.«

»Ist dieser Scheiß wirklich wichtig?«, fragte McCoy.

»Laut Charley ist er das. Er bringt Passagiere, und darum geht es.«

»He, Captain Pickering, warten Sie einen Moment!«

Pick blickte über die Schulter, um die Quelle der weiblichen Stimme zu finden. Lady Alles-Schön kam über den Bürgersteig auf sie zu.

Auch schöne Beine. Verdammt schöne.

»Ob Sie's glauben oder nicht, es war eine legitime Frage«, sagte Lady Alles-Schön.

»Was war eine legitime Frage?«

»Sie sind – oder wirken zumindest – zu jung, um Captain einer Fluggesellschaft zu sein.«

»Ich glaube, ich habe Ihren Namen nicht mitbekommen«, sagte Pick.

»Jeanette Priestly, *Chicago Tribune*«, sagte sie und gab ihm die Hand.

Schöne Hand, weich und warm.

»Meine Freunde nennen mich ›Pick‹«, sagte er. »Dies sind meine Freunde, Captain und Mrs McCoy. Ken und Ernie.«

»Wer ist Ernie?«

»Ich.«

Lady Alles-Schön wandte sich an Ken McCoy.

»Sie sind ebenfalls Pilot?«

»Ich bin ein Marine, kein Pilot.«

Jeanette wandte sich Pick zu.

»Der PR-Mann sagte mir, warum Sie keine ›mehrmotorigen‹ Flugzeuge geflogen haben, als *Sie* ein Marine gewesen sind«, sagte sie. »Sie hätten mir das sagen sollen. Das würde eine prima Schlagzeile sein: ›*Jagdflieger-Ass des Marine-Corps stellt Geschwin-*

digkeitsrekord eines Transpazifischen Linienflugzeugs auf‹.«

»Sie müssen verstehen«, sagte Ernie mit ausdruckslosem Gesicht, »wenn sie im Lexikon unter ›bescheiden‹ nachschlagen, sehen Sie das Bild unseres Helden.«

Die beiden Frauen lächelten sich an.

»Und so war die Frage, ob Ihr Vater hier ist, legitim«, sagte Jeanette. »Ich möchte ihn wirklich gerne interviewen.«

»Ich weiß nichts über ein Interview«, sagte Pick. »Aber wenn Sie mit uns zum Imperial kommen wollen, werde ich Sie mit meinem Vater bekannt machen – vorausgesetzt, er ist vom Abendessen zurückgekehrt.«

»Abendessen mit MacArthur, richtig?«, fragte sie.

Pick gab keine Antwort.

»He, ich bin auch gut in meiner Arbeit«, sagte Jeanette. »Ja, vielen, vielen Dank, Captain Pickering, ich fahre liebend gern mit Ihnen zum Imperial.«

»Und wie wäre es mit Dinner danach?«

»Wenn ich in guter Stimmung bin – und ein Interview mit Ihrem Daddy würde mich in sehr gute Stimmung versetzen –, wäre ich entzückt.«

5

Dewey-Suite
Imperial Hotel
Tokio, Japan

1. Juni 1950, 22 Uhr 45

Auf der Fahrt in der Limousine zum Hotel Imperial hatte sich Fleming Pickering mit dem Gedanken getröstet, dass er zwar absolut keine Ahnung hatte, was er wegen McCoys misslicher Lage unternehmen konnte, ihn im Augenblick aber auch nicht damit konfrontieren musste. Jetzt würde er sich einen starken Drink genehmigen – vielleicht auch zwei, aber bestimmt einen wirklich starken – und ins Bett fallen.

Manchmal, vielleicht sogar des Öfteren, ging er mit einem Problem ins Bett, für das er scheinbar keine Lösung fand, und hatte beim Erwachen am Morgen – bisweilen um drei Uhr – eine gefunden. Er konnte es nicht erklären, sich nur fragen, ob das Gehirn weiter arbeitete, während er schlief, aber so war es, und mit ein wenig Glück würde es auch heute Nacht so sein.

Auf dem Weg zur Dewey-Suite hörte er die Geräusche einer Party, und als er nach seinem Zimmerschlüssel tastete, erkannte er überrascht, dass sie aus seiner Suite drangen.

Was, zur Hölle, ist da los?

Er hatte gerade den Schlüssel ins Schloss geschoben, als die Tür von einem japanischen Barmann mit weißem Jackett geöffnet wurde.

Pickering blickte sich schnell um und sah zwei Dutzend oder mehr Leute im Wohnzimmer der Suite, einschließlich Charley Ansley und den Stationsleiter, den er auf dem Flughafen kennen gelernt hatte und dessen Name er immer noch nicht kannte. Dann entdeckte er Picks Kopilot bei dem Flug.

Beim Rekordflug.

Darum dreht sich also alles! Charley schmeißt eine Party für die Crew, für das Personal der Firma in Tokio und höchstwahrscheinlich für die Presseleute.

Wie um das zu bestätigen stand ein Barkeeper hinter der Bar, und ein anderer Japaner mit weißem Jackett machte mit einem Tablett voller Appetithäppchen die Runde.

Mein Gott! Das hat mir gerade noch gefehlt!

Er sah Pick, der hingerissen einer großen, attraktiven Brünetten lauschte, und dann – überraschend – entdeckte er Captain und Mrs Kenneth R. McCoy, USMCR.

Pick und Charley Ansley bemerkten ihn gleichzeitig, und Ansley, ein stattlicher Mittfünfziger, der sein verbliebenes Haar sorgfältig über den fast kahlen Schädel gekämmt trug, eilte auf ihn zu.

»Sei gegrüßt, Vater unseres siegreichen Helden«, sagte Charley.

Pickering lächelte, hoffte, dass er nicht so unsicher wirkte, wie er sich fühlte, und gab ihm die Hand.

»Schön, dich zu sehen, Charley«, sagte er.

»Dies war der beste Ort, der mir dafür einfiel …«

»Gibt es keine Partyräume im Hokkaido Hotel?«

»… und selbst wenn ich mir einen anderen hätte einfallen lassen, wärst du nicht dorthin gekommen. »Ich hätte Bart Stevens einladen müssen, was ich nicht tun wollte.«

»Es war eine gute Idee, Charley«, sagte Pickering.

»Wie sind die Dinge bei MacArthur gelaufen?«, wollte Charley wissen.

»Er ist ein erstaunlicher Mann«, sagte Pickering.

»Wenn ihr über den Supreme Commander sprecht«, schaltete sich Pick ein, »dann wäre Jeanette hier sehr dankbar für Einzelheiten.«

Pickering hatte Pick und die große Brünette gar nicht nahen gesehen.

»Jeanette, dies ist mein Dad«, fuhr Pick fort. »Pop, dies ist Jeanette Priestly.«

Sie reichte ihm die Hand.

»Pick sagte mir, Sie haben soeben mit General MacArthur zu Abend gegessen. Richtig?«

»Miss Priestly. Ich fühle mich moralisch verpflichtet, Ihnen zu sagen, dass niemand – besonders keine sehr attraktive junge Frau – irgendetwas glauben sollte, was mein Sohn sagt.«

»Stimmt es oder nicht?«, beharrte sie.

»Jeanettes Interesse ist beruflicher Natur«, sagte Pick. »Sie ist Reporterin.«

»*Chicago Tribune*«, ergänzte sie.

»Es war ein privates Abendessen zwischen alten Freunden«, sagte Pickering. »General MacArthur ist nicht von Interesse für den Zeitungsleser.«

Und selbst wenn er das wäre, denkst du wirklich, ich würde dir etwas erzählen, so reizend dein Lächeln auch ist?

»Was auch immer General MacArthur sagt, ist von Interesse der Leser«, erwiderte sie mit einem strahlenden Lächeln.

»Wie ist es gelaufen, Pop?«, fragte Pick.

»Wir haben in Erinnerungen geschwelgt.«

»Nur du und MacArthur und Mrs Supreme Commander?«

Er fragt das, damit er bei dem Mädchen einen Stein im Brett hat. Nun, warum nicht?

»Erst haben wir etwas getrunken«, sagte Pickering. »General

Willoughby, Colonel Huff und MacArthurs Stabschef, General Almond. Ihm war ich zuvor noch nicht begegnet. Nur die MacArthurs und ich haben zu Abend gegessen.«

»Was halten Sie von General Almond?«, fragte Jeanette.

»Er ist ein erfahrener Offizier der Army, und er muss fähig sein, dann sonst wäre er nicht MacArthurs Stabschef. Netter Kerl, fand ich. Und Sie können mich zitieren, Miss Priestly.«

»Es macht eine Geschichte über General Almond die Runde«, sagte sie. »Ich möchte wissen, ob sie stimmt oder nicht.«

»Ich bezweifle wirklich, dass ich die Geschichte hören will«, sagte Pickering ziemlich kühl. »Ist das nicht im Schmutz herumwühlen?«

»Ich weiß nur nette Dinge über General Almond«, sagte sie. »Aber früher – bevor er Stabschef des Supreme Commander wurde – soll er während des Zweiten Weltkriegs eine der beiden Neger-Divisionen in Italien gehabt haben.«

»Ich kann Ihnen nicht folgen«, sagte Pickering.

»Sind Sie diplomatisch beschränkt, General?«

»Bitte nennen Sie mich nicht ›General‹, Miss Priestly, es ist lange her, seit ich eine Uniform getragen habe.«

»Verzeihung«, sagte sie, und dann lächelte sie ihn an. »Sie sagen das, als sei es etwas, dessen Sie sich schämen.«

»Ich wollte andeuten, Miss Priestley«, entgegnete Pickering kalt, »dass ›General‹ ein Ehrentitel ist, auf den ich kein Anrecht mehr habe.«

Nun, du führst dich auf wie ein aufgeblasener Armleuchter, Fleming Pickering!

Verdammt, sie hat mich wütend gemacht.

Und vermutlich mit Absicht.

Sorge dafür, dass sich der alte Furzer aufregt, und vielleicht verrät er etwas, das er nicht sagen sollte.

»Und ich weiß nicht, was Sie mit ›diplomatisch beschränkt‹ meinen«, sagte Pickering.

»Das bedeutet, dass Sie vorgeben, nicht zu verstehen, was Ihnen soeben jemand gesagt hat.«

»Ich habe verstanden, dass General Almond in Italien eine Division aus Afroamerikanern befehligt hat. Ich habe nicht verstanden, wieso das von Belang sein soll.«

»Tatsächlich nicht? Oder ist das diplomatische Beschränktheit?«

Er gab keine Antwort.

»Ist diese Geschichtslektion langweilig für Sie, General?«

Er schaute sie einen Moment an, bevor er antwortete.

»Nein. Wenn Sie meine Aufmerksamkeit erringen wollten, ist Ihnen das gelungen. Bitte fahren Sie fort.«

»Okay«, sagte sie, und dann wartete sie, als Pickering einen herumgehenden Kellner anhielt.

»Famous Grouse, einen doppelten, ohne Wasser«, bestellte er.

»Jawohl, Sir.«

»Zwei«, sagte Jeanette.

»Drei«, fügte Pick hinzu.

»Ah, was soll's«, meldete sich Charley Ansley. »Vier.«

»Bitte fahren Sie fort, Miss Priestly«, sagte Pickering.

»Sie können mich Jeanette nennen«, erwiderte sie. »Wie sollte ich Sie ansprechen?«

»›Sir‹ wäre nett.«

Charley Ansley lachte.

»Einen Punkt für den Sir«, sagte Jeanette. »Aber das Spiel ist noch nicht vorüber ...«

»... sagte die unersättliche Lady, als sie zu jubeln begann«, äußerte Pick.

»Und einen halben Punkt für den kleinen Sir«, sagte Jeanette.

Jetzt lachte Pickering. Jeanette lächelte ihn an.

Dieses Lächeln ist ehrlich.

»Wir warten mit angehaltenem Atem auf Ihre Geschichtslektion, Jeanette.«

»Okay, Sir. Denken wir an das Ende des Zweiten Weltkriegs.«

»Der Sir war in dem ersten Flugzeug, das in Japan landete«, sagte Pick.

»Wie faszinierend. Heben Sie beim nächsten Mal die Hand, bevor Sie mich unterbrechen.«

»Ein Punkt für Jeanette«, sagte Pickering.

»Wie haben zwei Fünf-Sterne-Generäle, Eisenhower in Deutschland, genauer gesagt in Frankfurt, und El Supremo hier. Jeder hat einen Stabschef mit drei Sternen. Ike hatte Walter Bedell Smith, der während des Kriegs in Europa sein Stabschef gewesen ist, und MacArthur hatte hier Sutherland.«

»Okay«, stimmte Pickering zu.

»Kurz bevor er starb, ernannte Roosevelt einen weiteren Drei-Sterne-General, Lucius D. Clay, der unter Ike stellvertretender Militärgouverneur war. Als Ike heimkehrte, um Stabschef zu werden, löste Clay ihn als Oberbefehlshaber Europa ab. Truman gab Clay einen vierten Stern und schickte ihm eine Reihe von Drei-Sternern, um die Seventh Army zu befehligen.«

»Sie haben offensichtlich Ihre Hausaufgaben gemacht«, dachte Pickering laut.

»Ich arbeite hart für das, was ich tue, um meinen Lebensunterhalt zu verdienen, Sir. Wie Sie, Sir.«

Pick musste lachen.

»Walter Bedell Smith, bekannt als ›The Beetle‹ – aus Gründen, die ich mir nicht vorstellen kann – kehrte mit Ike heim. Zuerst wurde er DCSOPS – Sie wissen, was das ist, Sir?«

»Klären Sie mich auf.«

»Deputy Chief of Staff for Operations«, sagte Jeanette. »Dann ernannte Truman ihn zum Botschafter in der Sowjetunion. Jetzt gibt es Gerüchte, dass er zum Direktor der Central Intelligence Agency ernannt wird, um Admiral Hillenkoetter abzulösen.«

»Dies ist alles sehr faszinierend, Jeanette«, sagte Pickering lächelnd, »und ich bin überzeugt, dass Sie irgendwann Ihren Punkt machen werden.«

»So ist es, Sir«, sagte sie und erwiderte das Lächeln. »Nun hatten wir an *diesem* Ende der Welt den General der Army Douglas MacArthur und seinen Stabschef Lieutenant General Richard Sutherland. General Sutherland setzte sich aus ›gesundheitlichen Gründen‹ zur Ruhe – und ich möchte liebend gern wissen, was dahinter steckt. Er verschwand daraufhin von der Bildfläche. Kein Job im Pentagon, nichts.«

»Vielleicht war er krank«, sagte Pickering.

»Vielleicht«, fuhr Jeanette fort, »bleibt ein Drei-Sterne-General unter MacArthur hier, Lieutenant General Walton H. ›Johnny‹ Walker, der Kommandeur der Eighth Army. Ich nehme an, er war heute Abend bei dem Essen nicht dabei?«

Pickering schüttelte den Kopf. »Nein.«

»Das überrascht mich nicht. Er ist kein Mitglied der Elite, auch bekannt als die ›Bataan Gang‹.«

»Es gibt eine Pointe bei alldem, richtig?«, sagte Pickering.

»Man würde logischerweise annehmen, nicht wahr, dass der Fünf-Sterne-Supreme Commander in Japan ein Anrecht auf die gleiche Art Stab hat wie der Fünf-Sterne-Oberbefehlshaber in Europa?«

»Das könnte man annehmen.«

»Ein Vier-Sterne-General wie Lucius Clay wäre geeignet, nicht wahr?«

»Könnte man meinen.«

»Und mangels Vier-Sterne-General ein Drei-Sterne-General, richtig?«

»Das scheint logisch zu sein.«

»Und mangels Drei-Sterne-General ein Ass mit zwei Sternen und weiteren Sternen deutlich sichtbar an seinem Horizont. Da kommt mir Max Taylor in den Sinn. Und ebenfalls I.D. White.«

»Wer?«, fragte Pick.

»Max Taylor befehligte die 101st Airborne Division; White befehligte die 2nd Panzerdivision, genannt ›Hölle auf Rädern‹. Er hätte Paris befreit, wenn er nicht die Franzosen durch seine Linien hätte passieren lassen müssen, damit sie den Ruhm einheimsen, und er hatte die Spitze seiner Panzer jenseits der Elbe und war darauf vorbereitet, Berlin einzunehmen, als Ike ihm befahl, dass er den Russen den Vortritt lassen soll. Ich bin mir ziemlich sicher, dass sie beiden einen dritten Stern bekommen werden, dass beide eine gute Chance auf einen vierten haben, und ich wette sogar Geld darauf, dass der eine oder andere Stabschef der Army werden wird. Und welche bessere Möglichkeit, dieses Handwerk zu lernen, gibt es, als Stabschef von MacArthur zu sein?«

»Das scheint Sinn zu ergeben«, meinte Pickering.

»Wen schickt also die Army – sprich Eisenhower, einst Adjutant von MacArthur – zum Supreme Commander? Edward M. Almond, der für sich den Ruhm beansprucht, Kommandeur von einer der beiden Neger-Divisionen in Italien gewesen zu sein. Übrigens ziemlich still und leise beansprucht. Er erledigte seinen Job, aber er war kein Ass. Ich glaube, er ist nicht mal Westpointer. Ich glaube, er kommt von VMI oder Citadel.«

Bei der Erwähnung der Militärakademie Citadel musste

Pickering an Colonel Ed Banning denken. Banning war einer der feinsten Offiziere, die er jemals kennen gelernt hatte.

»Und Sie haben daraus eine Art Schlussfolgerung gezogen?«, fragte Pickering.

»Wenn ich Douglas MacArthur wäre, dann wäre ich wohl beleidigt.«

»Wenn Douglas MacArthur es beleidigend finden würde, dass ihm General Almond zugeteilt worden ist, wäre General Almond nicht sein Stabschef«, sagte Pickering.

Das glaube ich selbst nicht; warum sage ich es? MacArthurs Reaktion auf Beleidigungen besteht darin, sie zu ignorieren. Er wusste verdammt genau, dass man ihn ›in Deckung gehender Doug‹ genannt hat, und gab vor, es nicht zu hören. Es war irgendwie unfair. Er ging dumme Risiken ein, indem er in der Feuerlinie – von Artillerie und Handfeuerwaffen – blieb, als er in Deckung hätte gehen sollen.

Jeanette schnaubte bei Pickerings Antwort.

»Und was ist mit VMI und Citadel falsch?«, fragte Pickering herausfordernd. »George Catlett Marshall besuchte VMI. Und ich kenne persönlich eine Reihe von feinen Offizieren, die VMI und Norwich besucht haben.«

»Ein Punkt für Sie«, sagte Jeanette. »I.D. White hat Norwich besucht. Sie sehen nichts Kleinkariertes – ganz zu schweigen Schlimmes – in Almonds Verwendung bei MacArthur?«

»Überhaupt nichts.«

Warum habe ich das gesagt? Ich glaube die Geschichte, dass MacArthur, als er Stabschef war, damals noch Colonel, in einer Beurteilung über Marshall schrieb, ihm sollte kein Kommando über irgendetwas gegeben werden, das größer als ein Regiment ist. Es war wirklich böses Blut zwischen den beiden. Einer von Marshalls Anhängern – vielleicht sogar Eisenhower persönlich – könnte MacArthur die Beleidigung Marshalls heimgezahlt haben, indem er ihm einen Zwei-Sterne-General geschickt hat, der kein West Pointer ist und dessen einziger Ruhm darin besteht, eine Farbigen-Division befehligt zu haben.

Das werde ich jedoch nicht bei dieser Frau, dieser Journalistin zugeben.

Warum nicht?

Weil es schmutzige Wäsche des Offizierskorps in der Öffentlichkeit waschen würde, und das will ich nicht.

Warum?

Vermutlich, weil ich daran gewöhnt gewesen bin, General Pickering genannt zu werden. Ich glaube, das ist wie ›Einmal Marine, immer Marine‹.

Aber meine Generalskollegen können kleinkariert sein. Einfach blöde.

El Supremo weigerte sich, den 4th Marines für Corregidor die Unit Citation zu verleihen, obwohl jeder sonst auf der Insel sie bekam. Als ich ihn fragte, warum nicht, sagte er, die Marines hätten bereits genügend Medaillen.

Und Charley Willoughby ist blöde und kleinkariert genug, um McCoys Bericht zu ignorieren – ihn zu vernichten –, weil er mit seiner Einschätzung der Lage nicht übereinstimmt. Oder zuzugeben, dass er nicht mal eine Einschätzung hat. Captains dürfen nicht anderer Meinung als Generals sein, geschweige denn darauf hinweisen, dass Generals ihren Job schlecht oder überhaupt nicht erledigt haben.

Was, zur Hölle, mache ich mit diesem Bericht?

Wie, zur Hölle, kann ich McCoy helfen?

»Nach dem, was ich von General Almond gesehen habe, General«, sagte McCoy, »ist er so gescheit wie jeder andere.«

Es überraschte Pickering, dass McCoy sich zu irgendetwas äußerte, und auch noch eine Meinung über einen Offizier im Generalsrang.

Warum hat er das getan?

Um mir etwas zu sagen, das ich seiner Meinung nach wissen sollte?

Um die Theorie dieser Frau in Frage zu stellen, dass etwas Schlimmes an Almonds Verwendung ist?

Und wenn er Almond mag, warum geht er dann nicht mit seiner Einschätzung zu ihm und übergeht Willoughby?

Weil das eine Umgehung des Dienstwegs wäre, und beim Militär ist das wie die Vergewaltigung einer Nonne in der Kirche.

Pickering blickte zu McCoy.

Und er hatte einen anderen Gedanken:

Almond muss eine harte Zeit mit Willoughby gehabt haben, obwohl der G-2 unter dem Stabschef steht. Willoughby findet bei MacArthur nicht nur Gehör, er ist auch ein dienstaltes Mitglied der Bataan Gang, das nach El Supremos Ansicht nichts Falsches tun kann.

»Jeanette«, sagte Pick, »nachdem Sie jetzt mit dem Sir gesprochen haben, werden Sie Ihren Teil der Abmachung einhalten?«

»Welche Abmachung war das?«

»Dinner. Ich komme um vor Hunger. Das Letzte, was ich gegessen habe, war ein altes Sandwich im Flughafen.«

»Abgemacht ist abgemacht«, sagte Jeanette.

»Dad, willst du mitkommen?«

»Ich habe gegessen, danke. Und ich bin müde. Das Restaurant hier soll ziemlich gut sein.«

»Ken sagt, er kennt ein gutes japanisches Restaurant«, sagte Pick.

Jeanette Priestly streckte Pickering die Hand hin.

»Es war mir ein Vergnügen, Sie kennen zu lernen, General«, sagte sie. »Vielleicht werden wir uns ein anderes Mal wiedersehen.«

»Das Vergnügen war ganz meinerseits«, sagte Pickering.

6

Dewey-Suite
Hotel Imperial
Tokio, Japan

2. Juni 1950, 1 Uhr 40

Sowohl der Vater als auch der Sohn waren überrascht, einander zu sehen, als Pick das Wohnzimmer der Dewey-Suite betrat. Pick hatte angenommen, sein Vater wäre längst zu Bett gegangen, und sein Vater hatte mehr oder weniger das Gleiche von seinem Sohn angenommen: Pick würde zu dieser Uhrzeit ebenfalls im Bett liegen – mit Jeanette Priestly.

»Noch auf, Pop?«, fragte Pick.

»Nein, was du siehst, ist ein Geist«, erwiderte Pickering, erhob sich aus einem Lehnsessel und ging zur Bar. Er nahm eine Flasche Famous Grouse. »Absacker?«

»Warum nicht? Nur ein bisschen Wasser, kein Eis.« Pick ging zu seinem Vater.

Pickering überreichte ihm den Drink.

»Ida M. Tarbell hat dich abblitzen lassen, wie?«, fragte Pickering.

»Was? Wer?«

»Ida M. Tarbell, die Skandalreporterin«, erklärte sein Vater.

»Sie heißt Jeanette Priestly«, sagte Pick. »Und ja, da du schon fragst, sie hat mich abblitzen lassen.«

»Ich kann mir nicht vorstellen, warum«, meinte Pickering.

»Sie sagte, ich sei ein gut aussehender, charmanter, intelligenter, fescher und reicher Mann, und unter diesen Umständen könne sie nicht das Risiko eingehen, sich auf mich einzulassen.«

Pickering lächelte.

»Das hat sie tatsächlich gesagt?«

»Es ist fast wortwörtlich zitiert.«

»Nun, ich wusste vom ersten Augenblick an, dass sie eine intelligente Frau ist«, sagte Pickering. »Manchmal – ich nehme an, das weißt du – ist das ein Trick von ihnen. Jemandem zu sagen, dass er ein gut aussehender, charmanter et cetera ist. Ein ›Nein‹ ist vielleicht der erste Schritt bei einem hastig gefassten Plan, dich vor den Traualtar zu schleppen.«

»Das bezweifle ich«, erwiderte Pick ernst. »Ich glaube nicht, dass sie einen Mann in ihrem Leben haben will.«

»Aber du hast vor, sie wiederzusehen?«

»Ich weiß es nicht, Pop«, sagte Pick, immer noch ernst, und sein Verhalten verriet seinem Vater, dass Jeanette Priestley – ob absichtlich oder nicht – seinen Sohn mehr beeindruckt hatte, als es den meisten jungen Frauen jemals gelungen war.

»Was wirst du wegen des Killers untenehmen?«, fragte Pick.

»Deshalb habe ich hier herumgesessen und überlegt.«

»Und?«

»Es gibt eigentlich zwei Probleme«, sagte Pickering. »Erstens, dass Ken degradiert wird …«

»Das macht mich rasend!«

»… und zweitens sein Bericht. Was immer auch der Killer ist, er ist kein Dummkopf. Wenn er glaubt, dass Nordkorea einen Krieg anfangen wird, dann besteht diese Möglichkeit.«

»Also?«

»Ich habe soeben ein Funktelegramm an Dick Fowler geschickt, ihm mitgeteilt, dass ich ihn sofort treffen möchte, wenn ich wieder in den Staaten bin, und ihn gebeten, mein Büro anzurufen und Mrs Florian wissen zu lassen, wo er zu erreichen ist.«

Senator Richardson K. Fowler (Republikaner; California), ein korpulenter, grauhaariger, würdevoll aussehender Siebenundsechzigjähriger, der vom *Time Magazin* als ›eines der drei mächtigsten Mitglieder des World's Most Exclusive Club‹ beschrieben worden war, zählte zu Fleming Pickerings engsten Freunden.

»Ich hatte gehofft, du könntest bei dem Essen mit MacArthur sprechen«, sagte Pick.

»Ich auch«, erwiderte sein Vater. »Aber es hat einfach nicht geklappt. Er hätte Willoughby gedeckt und wäre sauer auf mich gewesen. Nicht, dass mir das etwas ausmachen würde, aber es würde sicherlich die Lage des Killers verschlechtern.«

»Ich hatte – gerade eben auf der Heimfahrt, als mein männliches Ego am Boden lag – einen vielleicht unloyalen Gedanken.«

»Welchen?«

»Scheiß auf das Marine-Corps. Wenn es nicht weiß, was es an dem Killer hat, nicht schätzt, was er geleistet hat und ihn zum Sergeant degradieren will, dann soll es mich am Arsch lecken.«

Pickering sah seinen Sohn einen Moment an, bevor er etwas sagte.

»Ich hatte einen ähnlichen Gedanken. Ken braucht das Marine-Corps nicht, um seinen Lebensunterhalt zu verdienen.«

»Er will nicht auf Ernies Kosten leben«, sagte Pick.

»Ken ist ein fähiger Bursche. Er würde gut machen, was immer er sich vornimmt. Und ich glaube, sie sind zu einer Art Einvernehmen über ihr Geld gekommen. Die Möbel in ihrem Haus – ist dir das aufgefallen? – stammen nicht von der Heilsarmee.«

»Und was hat dieser schlaue Knabe gesagt: ›Geld mag nicht alles sein, aber es kommt weit vor dem, was auch immer an zweiter Stelle steht‹?«

Pickering lachte.

»Hast du eine Stelle für ihn bei Trans-Global?«

»Daran habe ich auch schon gedacht. Ja. Klar. Es gibt ein halbes Dutzend Stellen. Es gibt ein halbes Dutzend freie Jobs bei uns, in denen er prima wäre. Aber das Problem ist, dass er das für Almosen halten könnte.« Pick schwieg kurz. »Das *verdammte* Marine-Corps!«

»Es ist nicht *das* Corps«, sagte Pickering. »Es sind einige Sesselfurzer im Corps, die denjenigen im Corps nachgegeben haben, die McCoy für einen Stachel in MacArthurs Fleisch halten und meinen, zum Besten für das Corps müsse er gehen.« Er legte eine Pause ein. »Wenn General Vandegrift Kommandant wäre, könnte ich – würde ich – zu ihm gehen. Aber ich weiß nicht einmal, wer der gegenwärtige Kommandant ist.«

»Cates«, sagte Pick. »Wusstest du das nicht?«

»Cliff Cates?«, fragte Pickering. Pick nickte. »Ich wusste es nicht, aber ich kenne ihn. Er befehligte die 1st Marines, als wir auf Guadalcanal landeten. Und er machte kein Geheimnis aus seiner Meinung, dass Vandegrift einen viel besseren Mann als Ersatz für den G-2 der Division hätte auswählen können als deinen Alten.« Er schwieg kurz. »Aber er ist ein guter Marine. Ein hervorragender Offizier. Ich glaube, er würde mich empfangen und – noch wichtiger – mir zuhören. Ich werde Dick Fowler fragen, was er davon hält.«

Pick nickte.

»Ich habe Ken gar nicht gefragt, wann sie tatsächlich heimkehren«, dachte Pickering laut.

»Übermorgen, mit uns«, sagte Pick.

Pickering sah ihn überrascht an.

»Es kam beim Abendessen zur Sprache«, erklärte Pick. »Der Killer entschuldigte sich und kam ein paar Minuten später zurück und sagte, sein Boss – irgendein Navy Captain – habe ihm genehmigt, mit einer zivilen Transportmaschine in die Staaten zurückzukehren, also mit uns. Ich nehme an, der Hurensohn sagt sich, je früher er den Killer aus Japan hinaus hat, desto besser für ihn.«

»Und wann fliegen wir heim?«

»Übermorgen. Trans-Global Airways, wie du als Aufsichtsratsvorsitzender wissen solltest, bietet dreimal wöchentlich planmäßig Luxusdienst in beiden Richtungen zwischen San Francisco und Tokio.«

»Und diese dreimal wöchentlich Luxusdienst bringen uns Geld ein?«

»Ja. Mehr Geld, als wir zuerst geglaubt haben.«

»Sag Ken nichts von diesem Gespräch«, bat Pickering.

»Nein. Natürlich nicht. Ich fahre morgen dorthin, um ihnen beim Packen zu helfen.«

»Ich komme mit«, sagte Pickering.

»Und wenn er dich fragt, was du unternehmen wirst?«

»Das wird er nicht«, sagte Pickering. »Er vertraut mir, dass ich das tue, was ich für passend halte, auch wenn es nichts ist. Und er ist nicht zu mir gekommen, weil er degradiert wird – das ist nicht sein Stil. Er glaubt, dass es Krieg geben wird und dass jemand dem Corps die Augen öffnen muss.«

»Pop, meinst du, er ist blöde genug, um die Degradierung hinzunehmen? Um Staff Sergeant – oder Gunnery Sergeant – McCoy zu sein?«

»Ich bezweifle, dass er meint, ein Gunnery Sergeant müsste sich seines Rangs schämen.«

»Ich auch. Aber der Killer sollte ein Colonel sein, kein beschissener Sergeant.«

»Wenn er ganz aussteigt, dann weil er denkt, Ernie würde sich als Frau eines Gunnery Sergeant unbehaglich fühlen. Sie würde sich zwar bemühen, sich damit abzufinden …«

»Verdammtes Marine-Corps!«, sagte Pick bitter.

»Lass uns abwarten, was geschieht, Pick, nachdem ich mit Dick Fowler gesprochen habe.«

III

1

Büro des stellvertretenden Leiters
der Abteilung Offizier-Personalakten
Büro des stellvertretenden Stabschefs G-1
Headquarters, Camp Pendleton, California

7. Juni 1950, 7 Uhr 05

Major Robert B. Macklin, USMC, parkte seinen dunkelgrünen 1949er Buick Roadmaster auf dem Parkplatz, der für den Deputy Chief der Abteilung Offizier-Personalakten reserviert war, ging um das Gebäude herum und trat ein.

Major Macklin wusste, dass die Leute manchmal – nicht unfreundlich – sagten, er sehe wie ein Schauspieler aus, der von Central Casting zu einer Filmgesellschaft in Hollywood geschickt worden sei, weil die Statistenrolle eines Offiziers des Marine-Corps besetzt werden musste. Major Macklin war überhaupt nicht unglücklich darüber, dass man sein Aussehen für das eines perfekten Offiziers des Marine-Corps hielt.

Er war groß und gut gebaut, 35, ein gut aussehender Mann mit fein geschnittenen Gesichtszügen, der sein braunes Haar im Bürstenschnitt trug. Ein Siegelring symbolisierte, dass er die US-Marine-Akademie absolviert hatte, und auf der Brust seines tadellos sitzenden, kurzärmeligen Tropenhemdes der Sommer-Uniform prangten beeindruckende Ordensbänder, die Zeugnis von seinem Dienst gaben.

Sie wurden von dem Verwundetenabzeichen übertroffen, das davon zeugte, dass er für sein Land und das Corps im Kampf Blut vergossen hatte. Sein Ordensband für asiatisch-pazifischen Dienst trug Sterne, die symbolisierten, dass er im Zweiten Weltkrieg an jedem Feldzug im Pazifik teilgenommen hatte.

Innen im Gebäude bei der Tür hielten sich ein Unteroffizier und ein Mannschaftsdienstgrad auf. Der eine war Staff Sergeant John B. Adair, USMC, der Nachtdienst als Quartiermeister gehabt hatte, und der andere war PFC Wilson J. Coughlin, USMC, der Nachtbereitschaft als Fahrer des 1949 Chevrolet Stabswagens gehabt hatte, sollte das Fahrzeug während Staff Sergeant Adairs Dienst benötigt werden.

Als Staff Sergeant Adair – ein kleiner, gedrungener, fast kahlköpfiger Mann, der nicht aussah, als wäre er von Central Casting geschickt worden, um einen Sergeant des Marine-Corps zu spielen – Major Macklin sah, knallte er die Hacken zusammen und bellte: »Aach-tung!«

PFC Coughlin stand ruckartig still.

Auf Coughlins Hemd gab es nur zwei Ordensbänder, doch Staff Sergeant Adairs Reihen von Ordensbändern waren sogar noch beeindruckender als die Major Macklins. An erster Stelle stand das Ordensband, das die Verleihung der Silver-Star-Medaille symbolisierte, und er trug ebenfalls das Verwundetenabzeichen, jedoch mit zwei Spangen, zum Zeichen, dass er dreimal verwundet worden war.

Insgeheim hielt Staff Sergeant Adair Major Robert B. Macklin für einen blöden, arroganten Armleuchter, und er wusste, dass seine Meinung von den meisten seiner Kameraden geteilt wurde.

»Weitermachen«, sagte Major Macklin und marschierte durch das Vorzimmer des Büros des G-1 in die Abteilung Offizier-Personalakten und zwischen den Schreibtischen dieser Abteilung entlang zu seinem Büro, das sich am Ende des Raums befand.

Er hängte sein Schiffchen auf einen Haken und setzte sich an seinen Schreibtisch, der nahezu unberührt war. Macklin liebte tadellose Ordnung. Es gab ein kunstvoll eingraviertes Namensschild, das er nach dem Krieg für eine Packung Zigaretten in Tientsin, China, hatte anfertigen lassen. Auf dem Schreibtisch befanden sich ein Telefon und eine in Kunstleder eingebundene Kladde. Auf der linken Seite stand ein Körbchen mit der Aufschrift POST – EINGÄNGE und rechts eines mit der Aufschrift AUSGÄNGE. Das Körbchen AUSGÄNGE war leer. Im Körbchen EINGÄNGE lag ein Fernschreiben.

Major Macklin öffnete die obere rechte Schublade seines Schreibtischs und entnahm ihr einen großen Aschenbecher, in dessen Mitte eine Schachtel Streichhölzer lag. Er stellte ihn auf die rechte Seite des Schreibtisches und nahm dann eine Pfeife mit geradem Stiel und einen ledernen Tabaksbeutel aus der Schublade. Er stopfte die Pfeife sorgfältig und zündete sie dann mit einem Streichholz aus der Schachtel im Aschenbecher an. Nachdem er den Tabaksbeutel wieder in die Schublade gelegt hatte, nahm er das Fernschreiben, das offenbar über Nacht eingetroffen war.

ROUTINE

HQ USMC WASH DC 1405 6 June 1950

TO: COMANDING GENERAL
CAMP PENDLETON, CAL
ATTN: G-1

Betrifft die Botschaft vom 27. Mai 1950 an HQ USMC bezüglich Ablösung von Captain K.R. McCoy von Naval Element HQ SCAP Tokio, Japan, und Zuteilung zu Camp Pendleton, Cal., zur Entlassung aus aktivem Dienst.

Betreffender Offizier, begleitet von seiner Ehefrau, reiste am 4. Juni 1950 aus Tokio, Japan, mit zivilem Flug nach Camp Pendleton ab. Geschätzte Reisezeit sechsundneunzig (96) Stunden.

Die Personalakte des betreffenden Offiziers wird gegenwärtig von der Personalabteilung Unteroffiziere und Mannschaften, G-1, HQ USMC, ausgewertet, um zu entscheiden, welcher Unteroffiziersrang betreffendem Offizier gewährt werden kann, sollte er es nach seiner Entlassung aus dem Offiziersstatus wünschen. Vor seinem Eintritt in vorübergehenden aktiven Dienst als durch Patent bestallter Offizier im Jahre 1941 war der betreffende Offizier Corporal, USMC.

Bei seiner Ankunft in Camp Pendleton sollte Captain McCoy von einem Offizier gleichen oder höheren Dienstgrads beraten werden, um ihm Folgendes klar zu machen:

Das HQ USMC wünscht kein Gesuch um Prüfung seiner Entlassung aus dem aktiven Dienst als durch Patent bestallter Offizier. Er wird bis spätestens 30. Juni 1950 aus dem USMC entlassen werden.

Es ist die Absicht der Abteilung G-1 USMC, zu bestimmen, welchen Unteroffiziers-Dienstgrad Captain McCoy wählen kann, um sich nach der Entlassung zum frühestmöglichen Zeitpunkt zum Dienst als Unteroffizier zu melden. Eine diesbezügliche Entscheidung wird per Fernschreiben an den G-1 Camp Pendleton mitgeteilt werden, und es wird erwartet, dass dies vor dem 30. Juni geschieht. Bei Erhalt der Wahl einer Meldung als Unteroffizier wird Captain McCoy die Wahl angeboten werden, zum Zweck des Wiedereintritts in das USMC sofort aus aktivem Dienst entlassen zu werden, oder sofort aus dem Marine-Dienst entlassen zu werden, um ins Zivilleben einzutreten. Sollte Captain McCoy sich für Letzteres entscheiden, kann er bis zum 30. Juni 1950 in aktivem Dienst bleiben.

Captain McCoy hat neunundzwanzig (29) Tage aufgelaufenen Urlaub. Es sollte ihm die Möglichkeit angeboten werden, Urlaub zu nehmen, wenn er es wünscht, bis er die Wiederaufnahme in dem ihm angebotenen Dienstgrad annimmt oder verweigert, oder bis zum 28. Juni 1950, wenn er vor der Entlassung abwesend ist und wie oben erwähnt die Entlassungsprozedur beginnen muss.

IM AUFTRAG DES KOMMANDANTEN

ROSCOE L. QUINCY LT COL USMC
ASST CHIEF OFFICER PERSONNELL
OFFICE OF THE ASSISTANT CHIEF OF STAFF, G-1
HQ USMC

ROUTINE

Major Macklin paffte nachdenklich an seiner Pfeife, als er über die Botschaft nachdachte, und las sie dann noch einmal, um sich die Einzelheiten einzuprägen.

Obwohl es seiner Miene nicht anzusehen war, hatte er eine gefühlsmäßige Reaktion auf die Botschaft. Er war überrascht über die Stärke dieser Reaktion.

Um 7 Uhr 35, fünf Minuten, nachdem Lieutenant Colonel Peter S. Brewer, USMC – ein kleiner, muskulöser Siebenunddreißigjähriger, der Chef der Abteilung Personalakten von Offizieren und Major Macklins direkter Vorgesetzter war – sein Büro betreten hatte, sah er Major Macklin in der offenen Tür seines Büros stehen und auf die Erlaubnis zum Eintreten warten.

Er winkte ihn herein.

»Guten Morgen, Macklin«, sagte Lieutenant Colonel Brewer. »Was gibt es?«

»Guten Morgen, Sir«, erwiderte Macklin. »Ich frage mich, ob der Colonel dies hier gesehen hat.«

Er überreichte Brewer das Fernschreiben von Eighth & Eye.

Brewer las es und blickte dann auf, um zu hören, was Macklin dazu zu sagen hatte.

»Der Satz, diesen Offizier zu ermuntern, Urlaub zu nehmen, bevor er entlassen wird, Sir«, sagte Macklin.

»Was ist damit?«

»Sir, ich möchte hier eine Beschäftigung für diesen Offizier finden, damit er keinen Urlaub zu nehmen braucht.«

»Warum?«

»Sir, ich kenne diesen Offizier. Darf ich offen sprechen?«

Lieutenant Colonel Brewer forderte ihn mit einer Geste »Na los!« auf.

»Sir, McCoy wurde zum Offizier ernannt, als das Corps dringend welche brauchte. Und er war, ehrlich gesagt, einer derjenigen, die niemals zum Offizier ernannt hätten werden sollen.«

»Warum nicht?«

»Nun, Sir, es mangelt ihm an Bildung, um Offizier zu sein – dies ist schwierig in Worten auszudrücken. Er versteht nicht die ungeschriebenen Gesetze, nach denen ein Offizier sein Leben gestalten muss. Er ist kein Offizier und Gentleman, Sir, wenn Sie verstehen, was ich meine.«

»Worauf wollen Sie hinaus, Macklin?«, fragte Lieutenant Colonel Brewer.

»Ich kenne McCoy gut genug, um zu wissen, dass er von Zahltag zu Zahltag lebt«, sagte Macklin. »Ich kenne den Typ, Sir. Keine Gedanken an morgen …«

»Okay, na und?«

»Ich denke, Sir, wenn McCoy keinen Urlaub nimmt, wird er bei der Entlassung dafür ausbezahlt. Ob er das Corps verlässt oder sich neu meldet. Ich bin überzeugt, dass er einen Monat Sold gerne in bar hätte – wirklich brauchen wird.«

Lieutenant Colonel Brewer dachte einen Moment darüber nach, fand es zuerst wirklich nett von Macklin, sich so einzusetzen – er wirkte nicht wie der Typ dazu –, und dann kam ihm in den Sinn, was Macklin da verlangte. In dem Fernschreiben von Eighth & Eye stand, McCoy ›sollte die Gelegenheit geboten werden‹, Urlaub zu nehmen; es war kein Befehl.

»Klar«, sagte Brewer. »Warum nicht? Lassen Sie ihn Inventur beim Nachschub machen oder sonst was. Es wird immer jemand für diese Tätigkeit gebraucht.«

»Und Sir, mit Ihrer Erlaubnis, möchte ich nicht, dass er denkt, wir tun das aus – Mitleid, ist vermutlich das richtige Wort.«

Brewer dachte einen Moment darüber nach.

»Handhaben Sie das, wie Sie es für das Beste halten, Macklin.«

»Jawohl, Sir. Danke, Sir. Mit Ihrer Erlaubnis, Sir?«

Lieutenant Colonel Brewer gab mit einer lässigen Handbewegung Major Macklin die Erlaubnis, wegzutreten.

Major Macklin kehrte in sein Büro zurück und war ziemlich selbstzufrieden.

Dass ›Killer‹ McCoy aus dem Corps geschmissen wird, ist wirklich keine Überraschung. Der elende kleine Hurensohn hätte niemals zum Offizier ernannt werden sollen. Es überrascht mich nur, dass er sich so lange gehalten hat.

Ihn hier in seinen letzten neunundzwanzig Tagen als Offizier unter meinem Kommando zu haben ist wirklich ausgleichende Gerechtigkeit. Die schulde ich ihm.

Ein Offizier und Gentleman hätte niemals einem Offizierskollegen angetan, was dieser dreckige Hundesohn mir angetan hat. Und er wäre niemals ungestraft davongekommen.

Bis jetzt.

Die nächsten neunundzwanzig Tage gehören mir.

Es ist an der Zeit, es ihm heimzuzahlen.

Als er hinter seinem Schreibtisch saß, kam ihm ein weiterer Gedanke, der ihm sogar noch besser gefiel.

Wenn er den Dienstgrad annimmt, den Eighth & Eye ihm zubilligt, und sich neu meldet – wie sonst kann er seinen Lebensunterhalt bestreiten? –, kann ich vielleicht arrangieren, dass er hier stationiert wird.

»Heruntergestuft zum Unteroffizier«? Ich möchte, dass der Hurensohn bis zum PFC degradiert wird.

Und mit ein wenig Glück werde ich genau das schaffen.

2

Through With Engines
Bei Carmel-by-the-Sea, California

7. Juni 1950, 9 Uhr 05

Als Trans-Global Airways Flug 637 die letzte Etappe (Honolulu-San Francisco) begonnen hatte, nutzte Fleming Pickering Kens Besuch der Toilette dazu, das Thema ›Through with Engines‹ bei Ernie Sage McCoy zur Sprache zu bringen.

Through with Engines war Pickerings ungefähr 110 Acres großes Grundstück bei Carmel. Darauf stand ein großes, weitläufiges, jedoch nicht protziges eingeschossiges Haus, das gestaltet war, um so viele Räume wie möglich mit dem bestmöglichen Ausblick auf den Pazifischen Ozean zu bieten: ein Bootshaus, ein kleiner Hangar, eine kleine Hütte für das Personal und ein Schuppen, in dem Rasenmäher und andere Geräte und Werkzeuge standen und eine Garage untergebracht war. Keines der Gebäude – oder der Pazifische Ozean – war von der Straße aus zu sehen.

Das Land, das damals nur die jetzige Hütte für das Personal und das Bootshaus enthalten hatte, war das Hochzeitsgeschenk von Andrew Foster für Patricia, seine einzige Tochter, gewesen, als sie Fleming Pickering geheiratet hatte. Das Haus – eigentlich die ersten vier Räume davon, acht weitere waren hinzugebaut worden, oftmals nur eines im Laufe der Jahre – war ein Geschenk von Commodore Pickering an seinen Sohn Fleming anlässlich seiner bestandenen Prüfungen der U.S. Coast Guard und des Erhalts des Patents als Kapitän für ›jede Tonnage, jeden Ozean‹ und seines ersten Kommandos über ein Schiff der Pacific & Far East.

Das Land wurde ursprünglich von dem jungen Paar genutzt als ein Ort, an dem es ungestört war, wenn es von einer Reise zurückkehrte, und Patricia hatte fast sofort darauf hingewiesen, dass sie einem Namen dafür brauchten, weil es keine Straßennummern gab und man von der Straße aus nichts davon sehen konnte. Außerdem brauchte es ein Schild, um die Öffentlichkeit darüber zu informieren, dass es sich um Privatbesitz handelte.

Patricia hatte über den Vorschlag ihres Mann ›Through with Engines‹ – das Signal ›Maschinen aus!‹ von der Brücke an den Maschinenraum am Ende einer Fahrt – nachgedacht und ihn ziemlich süß gefunden. Sie war entschlossen gewesen, ein Schild anfertigen zu lassen.

»Du wirst mehr als ein Schild brauchen«, hatte er erwidert. »Ich kümmere mich darum.«

Sie hatte auch das für süß gehalten, bis sie bei ihrem nächsten Besuch dessen, was sie insgeheim als ›Strandplatz‹ bezeichnete, feststellte, dass die Straße in Intervallen von hundert Metern mit gelb, rot und schwarz lackierten Sperrholzschildern gesäumt war.

PRIVATBESITZ
THROUGH WITH ENGINES
UNBEFUGTES BETRETEN
GESETZLICH VERBOTEN

Die Schilder stammten aus der Malerei der Instandsetzungsabteilung von P&FE und waren folglich von höchster Qualität, geschaffen, um den verheerenden Stürmen der See zu widerstehen.

Patricia hatte die meiste Zeit von Pick Pickerings Leben dafür gebraucht, die Schilder loszuwerden und durch etwas Attraktiveres – und weniger Aggressives – zu ersetzen. Ein Originalschild hatte überlebt und war jetzt an der Wand dessen befestigt, was sie als ›Spielzimmer‹ und ihr Mann als ›die große Bar‹ bezeichnete, im Gegensatz zu einer anderen, der ›kleinen Bar‹ beim Swimmingpool.

»Schatz«, sagte Fleming Pickering zu Ernie McCoy. »Ich hatte soeben eine großartige Idee. Warum wohnst du nicht in Through with Engines, während Ken in Camp Pendleton ist?«

Sie lächelte ihn an, doch es war ein *Ich weiß, worauf du hinaus willst*-Ausdruck in ihren Augen.

Was soll's, im Zweifelsfall soll man die Wahrheit sagen.

»Es wird nicht viel Spaß für dich hier unten geben, Ernie«, sagte er. »Und Patricia – wenn sie nicht bereits zurück ist – wird dich wiedersehen wollen.«

Und sie wird mit dir reden wollen, besonders, nachdem ich ihr erzählt habe, dass Ken degradiert wird. Es stimmt, dass sie dich als eine Tochter betrachtet. Und mit Patricia zu reden wird dir sicherlich gut tun.

»Ich gehe dorthin, wo Ken hingeht«, sagte Ernie. »Aber vielen Dank, Onkel Flem.«

»Hast du in Erwägung gezogen, dass er es vielleicht gern sähe, wenn du in Through with Engines wohnen würdest?«

»Pick meinte das auch, als er uns Through with Engines anbot«, sagte Ernie. »Ihr denkt in ähnlichen Bahnen.« Sie schwieg kurz und fügte dann hinzu: »Ich gehe dorthin, wo Ken hingeht.«

»Okay.«

»Pick wird uns in seinem Flugzeug dorthin fliegen«, sagte sie. »Vom Flugplatz aus fahren wir nach Through with Engines, übernachten dort und fliegen am Morgen nach San Diego zur North

Island Naval Air Station. Pick vertreibt dann seine Mädchen aus seiner Suite im Coronado Beach und übergibt die Suite uns.«

»Ich weiß nicht«, sagte Pickering.

»So werde ich ein wenig Zeit mit Tante Pat haben«, fuhr Ernie fort. »Die Pickerings kümmern sich gut um die McCoys, Onkel Flem, und die McCoys wissen das zu schätzen.«

»Ernie. Ich weiß nicht, wie viel Gutes ich für Ken bewirken kann«, sagte Pickering.

»Ich weiß, dass du tun wirst, was dir möglich ist«, sagte sie, und dann tauchte Ken auf dem Gang auf, und er wechselte schnell das Thema.

Picks Flugzeug war eine ›Staggerwing‹ Beechcraft, so genannt, weil sich die obere Tragfläche des einmotorigen Doppeldeckers weiter hinten befand als die untere. Die Maschine war knallgelb angestrichen, und auf dem Rumpf stand: ›Einmal reicht‹.

»Was ist denn das?«, fragte Ernie und wies auf die Aufschrift, nachdem ihr Mann und Pick Pickering das Flugzeug aus dem Hangar hinter dem Haupthaus von Through with Engines gerollt hatten. »Einmal reicht?«

»Einmal unter der Golden Gate Bridge«, sagte McCoy und grinste sie an.

»Moms Vater gab mir die Beech, als ich vom Pazifik heimkehrte«, sagte Pick. »Sie gehörte den Foster Hotels; jetzt haben sie eine R4D. Zusammen mit einer langen Predigt ›Einmal reicht‹. So ließ ich das auf den Rumpf schreiben.«

»*Was* reicht einmal?«, wollte Ernie wissen.

»Ich habe es dir gesagt, Baby.« McCoy grinste sie an. »Einmal unter der Golden Gate Bridge.«

»Er ist unter der Golden Gate Bridge hindurchflogen?«, fragte Ernie ungläubig.

»Und der arme George Hart war bei ihm«, sagte McCoy und lachte in der Erinnerung.

»Damals schien das eine tolle Idee zu sein«, sage Pick.

»George hatte gerade seine Arbeit für den Boss angefangen«, erzählte McCoy. »Colonel Rickabee entschied, dass der Boss einen Leibwächter brauchte, und so fuhr ich nach Parris Island und fand

George im Ausbildungslager. Zuvor war er Detective in Saint Louis gewesen …«

»Ist er noch«, warf Pick ein. »Ich habe ihn dort vor ein paar Monaten gesehen. Er ist zweimaliger Captain, einmal bei den Cops und einmal in der Reserve des Marine-Corps. Er hat eine Infanterie-Kompanie.«

»Das wusste ich nicht«, sagte McCoy. »Jedenfalls, an einem Tag ist George noch Rekrut und am nächsten Sergeant und Bodyguard für den Boss, und am übernächsten Tag bricht der Boss zusammen – Malaria und Erschöpfung. Das war, gleich nachdem er auf dem U-Boot, das Guadalcanal verließ, getroffen wurde und sie ihn zum Brigadier General machten. Er klappt also in der Suite des Foster Lafayette in Washington zusammen und landet im Hospital. Rickabee schickt George hier raus, um dem Irren hier zu sagen, dass sein Vater gesund werden wird, und der Irre lädt ihn in diesen Vogel – den er übrigens für diesen Anlass seinem Großvater klaute – und fliegt unter der Golden Gate hindurch. George erzählte mir, er hat darum gebetet, in die Sicherheit des Ausbildungslagers Parris Island zurückkehren zu können.«

»Hart war mit deinem Dad im ganzen Krieg zusammen, nicht wahr?«, fragte Ernie.

»Bis zum Ende. Er war sogar in dem Flugzeug, als der Alte vor der Kapitulation nach Japan flog«, sagte Pick. »Guter Mann, dieser George.«

»Und du bist damit durchgekommen?«, wollte Ernie wissen. »Du bist unter der Brücke durchgeflogen und ungestraft geblieben?«

»Ich war ein neu zugelassener Marineflieger«, sagte Pick. »Mit vielleicht zweihundert Stunden Flugzeit, und deshalb überzeugt, dass ich überall fliegen könnte …«

»Er ist mit knapper Not davongekommen«, sagte McCoy. »Und mit beträchtlicher Hilfe von Senator Fowler.«

»Mir gefällt nicht der Ausdruck in deinen Augen, Pick«, sagte Ernie. »Heute keine Sperenzchen mit dem Flugzeug, okay?«

»Nichts könnte mir ferner liegen«, behauptete Pick und lächelte boshaft.

»Sie meint es ernst, Pick«, sagte McCoy. »Nichts Verrücktes mit dem Flugzeug.«

Pick blickte zu McCoy, überrascht über seine Ernsthaftigkeit.

»Ernie ist schwanger«, sagte McCoy. »Zum vierten Mal. Bei den ersten drei Malen …«

»Allmächtiger!«, stieß Pick hervor. »Mensch, Ernie, du hast nichts gesagt …«

»Beim ersten Mal habe ich es jedem erzählt, und jeder hatte wirklich Mitleid, als ich die Fehlgeburt hatte«, sagte Ernie. »Wie gesagt: ›Einmal reicht‹.«

»Du bist der Einzige, der es weiß«, sagte McCoy. »Lass es uns nicht bereuen, dass wir es dir gesagt haben.«

Pick blickte einen Moment zwischen den beiden hin und her.

»Kann man gratulieren?«

»Netter Gedanke«, sagte Ernie. »Aber es ist ein bisschen voreilig. Warte sechs Monate und versuch es noch einmal.«

3

North Island Naval Air Station
San Diego, California

8. Juni 1950, 14 Uhr

»North Island«, sprach Pick Pickering in sein Mikrofon. »Beech Two Oh Two.«

Pick trug ein bunt geblümtes Hawaiihemd, eine gelbe Freizeithose und Mokassins ohne Socken.

Ernie McCoy saß neben ihm in einem Kleid. Pick hatte sich angesichts ihrer Schwangerschaft geweigert, dass sie sich der Regel beugte, nach der Männer in einem Fahrzeug – ob mit Tragflächen oder Rädern – vorne sitzen und Frauen hinten. McCoy saß in seiner Uniform hinten mit dem Gepäck, das nicht in das Frachtabteil gepasst hatte.

»Ziviles Flugzeug ruft North Island. Kommen.«

Ernie konnte das Gespräch über Kopfhörer verfolgen.

»North Island, dies ist Beech Two Oh Two, VFR auf 4.500 Fuß über dem schönen blauen Wasser, ungefähr zehn Meilen nördlich Ihrer Station. Erbitte Anflug- und Landegenehmigung.«

»Beech Two Oh Two, North Island ist ein Navy-Flugplatz, geschlossen für Zivilverkehr. Ich schlage vor, Sie nehmen Kontakt mit Lindberg Field auf 214,6 auf.«

»North, Two Oh Two, ich schlage vor, Sie nehmen Kontakt mit demjenigen auf, der die Ausnahme von der Regel bestimmen kann, und erteilen mir dann Anflug- und Landeerlaubnis.«

»Bleiben Sie dran, Two Oh Two.«

Es folgte eine Pause von sechzig Sekunden.

»Two Oh Two, North.«

»Kommen.«

»North erteilt Beech Two Oh Two Genehmigung, auf 2.500 Fuß für einen Landeanflug auf Landebahn eins acht zu gehen. Melden Sie, wenn Sie den Flugplatz in Sicht haben.«

»Roger. Verstanden 2.500 Landebahn eins acht. Beginne Sinkflug in diesem Moment.«

»Flugzeuge im Bereich North, achten Sie auf einen zivilen Beech-Doppeldecker im Landeanflug.«

»North, Two Oh Two, auf 2.500, Kurs acht null, ich habe die Landebahn in Sicht.«

»Two Oh Two, North. Sie haben Genehmigung als Nummer eins für Anflug und Landung auf Landebahn eins acht. Achten Sie darauf, dass in diesem Gebiet Düsenflugzeuge operieren.«

»North, Two Oh Two, verstanden, Nummer eins auf eins acht. Ich bin über der äußeren Markierung.«

»Two Oh Two, North. Ich informiere Sie, dass Lieutenant Colonel Dunn Sie im Abfertigungsgebäude erwartet.«

»Danke, North.«

Hinten in der Staggerwing gab es keinen Kopfhörer, und McCoy hatte das Gespräch zwischen dem Mann im Kontrollturm von North Island und Pick Pickering nicht verfolgen können. Und weil er hinten im Rumpf saß, entriegelte er, als das Flugzeug nach der Landung stoppte und der Motor ausging, die Tür und stieg rückwärts aus. Als er auf dem Boden war und sich umdrehte, erschrak er, denn vor ihm stand ein Lieutenant Colonel. Der Mann trug die goldenen Schwingen eines Marinefliegers und jede Menge ›Fruchtsalat‹ auf der Brust. Sein missbilligender Blick und die

Tatsache, dass er die Hände auf die Hüften gestemmt hatte, ließen darauf schließen, dass ihm irgendetwas äußerst missfiel.

Vermutlich ist er wütend auf Pick. Dies ist eine Naval Air Station, und zivile Flugzeuge dürfen dort nicht landen.

Captain McCoy tat das Einzige, was er seiner Meinung nach unter den gegebenen Umständen tun konnte. Er grüßte schneidig und sagte: »Guten Tag, Sir.«

Und dann kam verspätet das Wiedererkennen. Seither war viel Zeit vergangen.

Lieutenant Colonel William C. Dunn, USMC, klein, dünn und hundertachtunddreißig Pfund leicht, erwiderte den Gruß ebenso zackig.

»Wie geht es Ihnen, McCoy?«, fragte er, und dann trat er um McCoy herum, um Mrs McCoy beim Aussteigen aus dem Flugzeug behilflich zu sein.

»Oh, Bill«, sagte Ernie. »Welch eine nette Überraschung!«

»Sie sind so schön wie immer«, sagte Lieutenant Colonel Dunn. »Und so leichtsinnig wie immer, was die Gesellschaft anbetrifft, in die Sie sich begeben.«

Pick Pickering stieg aus dem Flugzeug.

»Wee Willy!«, rief er erfreut, schloss ›Pipi Willy‹ Lieutenant Colonel Dunn in die Arme und drückte ihm einen feuchten Kuss auf die Stirn.

Second Lieutenant Malcolm S. Pickering, USMCR, war bei der Staffel 229 First Lieutenant William C. Dunns Flügelmann gewesen, als sie auf Guadalcanal Grumman Wildcats geflogen hatten. Im Abstand von Tagen waren sie Asse geworden – hatten also feindliche Flugzeuge abgeschossen. Dunn war sogar ein Doppel-Ass geworden. An erster Stelle von Dunns Reihen mit ›Fruchtsalat‹ prangte das Navy Cross, der zweithöchste Orden der Nation für Tapferkeit.

Dunn löste sich aus Pickerings Umarmung.

»Welche Schande für das Marine-Corps«, sagte Dunn, schaffte jedoch nicht die empörte Miene, zu der er sich bemüßigt fühlte. »Mein Gott, du trägst ja nicht mal Socken!«

»*Ich* habe keine liebende Frau und Helferin, die mich bemuttert«, sagte Pick. »Wie geht es der Braut?«

»Sie ist im Begriff, mich zum viertel Mal zum Vater zu machen«, sagte Dunn, »und sie weiß nicht, dass ich in dieser Ecke des Landes bin.«

»Was treibst du hier – in dieser Ecke des Landes – und *hier?*«

»*Hier*«, sagte Dunn und machte eine Geste, um den Flugplatz oder vielleicht das südliche California anzuzeigen, »weil ich von unseren Brüdern bei der Navy Corsair-Ersatzteile leihen, erbetteln oder letztendlich klauen muss, und *hier hier* ...«, weil ich nach der Landung im Coronado Hotel anrief, um festzustellen, ob du vielleicht in der Stadt bist. Man sagte mir, dass du zu dieser Zeit erwartet wirst. Und so überprüfte ich bei der Abfertigung, ob eine Corsair angekündigt ist. Der Flughafenoffizier vom Dienst war ganz aus dem Häuschen wegen irgendeiner zivilen Maschine, die landen will. Da wusste ich, dass du der Pilot sein musst.«

»Als Beweis des Respekts der Navy vor der Reserve des Marine-Corps habe ich die Erlaubnis, hier im Zusammenhang mit meinen Pflichten für die Reserve zu landen«, sagte Pick. »Es ist alles absolut legal, Colonel, Sir.«

»Das habe ich schon gehört«, bemerkte Dunn.

»Ken meldet sich in Pendleton«, sagte Pick. »Wir alle kommen gerade von Japan, und auf dem Flug dorthin – die Unbescheidenheit zwingt mich dazu, dies zu sagen – habe ich einen neuen Rekord aufgestellt.«

»Den am meisten kotzenden Passagier in einem Flugzeug in der Geschichte der zivilen Luftfahrt?«, fragte Dunn unschuldig.

McCoy lachte.

»Diejenigen, die sich nichts zu rühmen haben, verspotten diejenigen, die das können«, sagte Pick. »Aber da du schon fragst, es ist ein neuer Geschwindigkeitsrekord für Flüge nach Japan.«

»Zweifellos bewirkt von einem Zug wütender Ehemänner, die den Piloten jagten?«

McCoy lachte von neuem.

»Kannst du verstehen, Ernie«, sagte Pickering traurig und verblüfft, »dass diese beiden – der sarkastische Sam und der lachende Junge – meine beiden besten Freunde sein sollen?«

»Wie ich hörte, sind sie deine einzigen Freunde«, sagte Ernie.

»Du auch, Lady Brutus?«, sagte Pick entgeistert.

Dunn wandte sich lachend McCoy zu. »Was sollen Sie denn in Pendleton machen, Ken?«

»Ich weiß es wirklich nicht, Colonel«, erwiderte McCoy.

Dunn fragte nicht weiter. So lange Dunn ihn kannte – und er hatte ihn auf Guadalcanal kennen gelernt – war McCoy in die eine oder andere geheime Operation verwickelt gewesen, über die er nicht hatte sprechen dürfen.

»Captain McCoy«, sagte Pick, »sei bitte so freundlich und bestell uns im Abfertigungsgebäude telefonisch ein Taxi, während der Colonel und ich das Flugzeug sichern. Wir müssen etwas essen, und das Essen ist im Coronado Beach Hotel viel besser als hier im O-Club.«

Pickering ging um die Nase der Staggerwing herum, wo sich Dunn strecken musste, um ein Halteseil durch eine Öse in der Tragfläche zu ziehen.

»Bill, damit du in deiner Unschuld nichts Falsches sagst – der Killer muss sich in Pendleton entscheiden, ob er als Unteroffizier beim Corps weitermachen soll oder nicht.«

»Mein Gott!«, stieß Dunn überrascht hervor. »Ich dachte, wenigstens er würde die Ausnahme von der Regel sein ...«

»Welche Regel meinst du?«

»Offiziere müssen ein College-Studium haben«, sagte Dunn. »In den letzten drei Monaten habe ich vier Piloten wegen dieser Politik verloren. Aber ich dachte, man macht für jemanden wie McCoy eine Ausnahme.«

Pickering hatte nichts von dieser Politik gehört.

Aber wenn ich Wee Willy in dem Glauben lasse, dass dies der Grund für das verdammte Corps ist, ihm einen Tritt zu geben, brauche ich nicht die Theorie des Killers zu erwähnen: »Es wird in neunzig Tagen oder früher einen Krieg in Korea geben.« Was ich natürlich ohnehin nicht ansprechen darf.

»Ich nehme an, man macht keine Ausnahme«, sagte Pick.

»Wird er die Uffz.-Winkel annehmen? Oder aussteigen?«

»Ich weiß es nicht. Ich glaube, es würde ihm nichts ausmachen, ein Gunny zu sein, aber Ernie ...«

»Nun, wenigstens haben sie keine Kinder, um die sie sich Sorgen zu machen brauchen«, sagte Dunn.

»Nein, die haben sie nicht.«

Dunn schaute ihn nachdenklich an.

»Pick, ich kann leicht ein Quartier für ledige Offiziere bekommen. Falls die Dinge im Hotel peinlich werden.«

»Sei nicht albern. Es gibt genügend Platz, und ich finde, es wird gut für beide sein, wenn du bei ihnen bist.«

»Was, zum Teufel, wird McCoy ohne das Corps machen? Es ist alles, was er gehabt hat.«

Pick Pickering hob die Hände in einer Geste der Hilflosigkeit.

Dann machten sich die beiden auf den Weg zum Abfertigungsgebäude.

Lieutenant Colonel Dunn hatte Gedanken angesichts Major Pickering, die er nicht mit ihm teilte.

Ich mag Pick, wirklich. Aber die traurige Wahrheit ist nun mal, dass er ein lausiger Stabsoffizier ist. Ein hervorragender Pilot – ein Naturtalent – und was den Mut anbetrifft, lässt er John Wayne wie ein Weichei aussehen.

Aber, mein Gott, er ist ein Major des Marine-Corps, und er landet auf einem Flugplatz der Navy praktisch barfuß und bekleidet wie ein hawaiischer Zuhälter in einem Flugzeug, das einst unter der Golden Gate Bridge hindurchgeflogen ist – ich habe die unglaubliche Geschichte von George Hart erfahren, also ist sie absolut wahr.

Ich werde deshalb Major Pickering nicht sagen, dass wir einen alten Waffenbruder in Camp Pendleton haben, der vielleicht den G-1 umstimmen kann, McCoy zum Unteroffizier zu degradieren, und wenn das scheitert, sicherlich die Entlassungsprozedur in Pendleton so schmerzlos wie möglich für ihn machen kann.

Wenn ich das Pick sagen würde, dann würde er in ein Taxi springen, nach Pendleton fahren, in seinem Hawaiihemd und mit den bloßen Füßen ins Büro des Generals marschieren und die Unterhaltung beginnen: »Clyde, Sie werden nicht glauben, welch verdammte Blödheit das Corps diesmal gemacht hat …«

Nun, vielleicht würde es nicht ganz so schlimm sein, aber es würde ganz bestimmt empörend und kontraproduktiv sein, und deshalb werde ich ihm nicht erzählen, was ich tun werde.

Nicht, dass es große Chancen gäbe, dass ich überhaupt etwas tun kann.

4

Büro des stellvertretenden Kommandeurs
Camp Pendleton, California

8. Juni 1950, 15 Uhr 20

Captain Arthur McGowan, USMC, Adjutant des stellvertretenden Kommandeurs, ein großer, schlanker Neunundzwanzigjähriger, steckte seinen Kopf durch die Tür vom Büro des Generals.

»General, Colonel Dunn ist am Telefon«, sagte er.

»Ich wurde schon ein wenig besorgt«, erwiderte Brigadier General Clyde W. Dawkins, USMC. Er war ein großer, sonnengebräunter, dünner Mann mit scharfen Gesichtszügen, der soeben seinen vierzigsten Geburtstag gefeiert hatte.

Er signalisierte Captain McGowan mit dem Zeigefinger, sein Büro zu betreten, die Tür hinter sich zu schließen und das Gespräch über das Telefon des Nebenanschlusses mitzuhören, das auf einem Couchtisch stand.

General Dawkins wartete, bis McGowan den Hörer am Ohr hielt, bevor er seinen eigenen abnahm.

»Ich habe mir ein wenig Sorgen gemacht, Bill«, sagte General Dawkins. »Ihre voraussichtliche Ankunftszeit war zwölf Uhr. Wo sind Sie gewesen?«

»Im Coronado Beach Hotel, Sir.«

»Ich dachte, Sie wären in Miramar«, sagte General Dawkins.

Die Miramar Naval Air Station befand sich auf der anderen Seite von San Diego – ungefähr fünfzig Meilen entfernt.

»Bill«, fuhr der General fort, bevor Dunn etwas erwidern konnte, »Sie wollen mir doch nicht sagen, dass Pickering in Ihre kleine Operation verwickelt ist?«

»Nein, Sir. Aber ich bin in der Suite. Ebenso Pick. Und bis vor drei Minuten war Killer McCoy bei uns. Und seine Frau.«

General Dawkins war vertraut mit ›der Suite‹ in Coronado Beach Hotel. Ihre fünfzehn Zimmer belegten ungefähr die Hälfte der vierten Etage des Hotels am Strand und waren ständig an die Abteilung Trans-Global Airways der Pacific & Far East Shipping Corporation vermietet.

Vor dem Zweiten Weltkrieg war sie eine Zeit lang an die P&FE für die Benutzung durch die Kapitäne und Chefingenieure von P&FE-Schiffen und für die Unterbringung bedeutender Passagiere der P&FE-Passagierflotte gewesen.

Während des Zweiten Weltkriegs hatten die Zimmer Offizieren der Navy und des Marine-Corps mit Beziehungen zur P&FE oder der Familie Pickering persönlich zur Verfügung gestanden. Daraus wiederum hatte sich entwickelt, dass »Die Suite« zum inoffiziellen Quartier für Marineflieger wurde, besonders für diejenigen, die bei der Staffel 229 auf Guadalcanal gedient hatten, wenn sie der einen oder anderen Einrichtung des Marine-Corps oder der Navy in San Diego zugeteilt wurden oder auf der Durchreise waren.

General Dawkins hatte viele liebevolle Erinnerungen an die Suite, und für gewöhnlich kam ihm als Erstes der Harem von atemberaubend schönen Mädchen bei einer Party zu Kriegszeiten in den Sinn, die sich wie Motten bei einer Kerzenflamme um Tyrone Power und McDonald Carey versammelt hatten, die beide ihre Hollywood-Karriere unterbrochen hatten, um als Marineflieger zu dienen.

Manchmal erinnerte er sich auch an die Party, wo der Star der Schauspieler Sterling Hayden gewesen war, ein Offizier des Marine-Corps, jedoch im OSS. Kein Pilot.

Jetzt betrachtete General Dawkins die Suite als Zeitbombe, die kurz vor der Explosion stand. Nach der jüngsten Entwicklung wohnten dort Piloten der Reserve des Marine-Corps auf Einladung von Major Malcolm S. Pickering, USMCR, wenn sie in der Gegend weilten.

Obwohl General Dawkins es nicht offiziell erfahren hatte, gab es keinen Grund für ihn, die Gerüchte anzuzweifeln, dass während der zwei Wochen der Sommerübung, bei der viele Piloten der Reserve des Marine-Corps die Gegend um San Diego besuchten, beträchtliche Mengen berauschender Getränke konsumiert wurden, und zwar in Gesellschaft junger Damen, die trotz ihrer Schönheit nicht der Typ waren, den man mit nach Hause nimmt, um sie seiner Mutter vorzustellen. Oder seiner Frau.

»Im Ernst?«, sagte General Dawkins. »Richten Sie ihm meine besten Grüße aus. McCoy, meine ich.«

»Eigentlich, Sir, rufe ich wegen McCoy an.«

»Eines nach dem anderen, Bill«, sagte Dawkins. »In diesem Moment stehen in Hangar 212 in Miramar acht Kisten …«

»Ja, Sir, ich weiß.«

»Ich weiß nicht und ich will auch gar nicht wissen, was sie enthalten.«

»Sir, sie werden als Erstes am Morgen abgeholt werden. Meine Gooney Bird hat am linken Motor die Ölpumpe verloren und hatte Verzögerung in Kansas City. Die voraussichtliche Ankunftszeit hier – in North Island – ist morgen früh fünf Uhr. Berechnen Sie eine Stunde für das Auftanken, und ich habe sie um halb sieben auf Miramar und mit etwas Glück starte ich von dort um halb acht.«

»›Starte *ich*‹?«, echote Dawkins. »*Sie* fliegen die Gooney-Bird?«

Die Gooney Bird war eine R4D, die Version der Douglas DC-3, einer zweimotorigen Transportmaschine von Navy/Marine-Corps.

»Jawohl, Sir. Ich kam mit einer Corsair her. Einer meiner Jungs wird sie zurückfliegen.«

»Und Sie meinen nicht, dass sich jemand verwundert fragen wird, warum ein Lieutenant Colonel eine R4D fliegt?«

»Ich dachte, die Navy neigt vielleicht weniger dazu, einen Lieutenant Colonel zu fragen«, sagte Dunn.

Das stimmt vermutlich. Aber es ist nicht der wahre Grund, Wee Willy. Du wirst die R4D fliegen, weil du nicht willst, dass einer deiner Offiziere Schwierigkeiten bekommt, wenn deine mitternächtliche Beschlagnahme schief läuft; du wirst die Schuld auf dich nehmen. Du bist ein guter Offizier, Dunn.

»Wenn Sie nicht um halb neun in der Luft sind, informieren Sie mich – oder Art McGowan – und ich werde mit der Schadensbegrenzung beginnen.«

»General, ich weiß wirklich zu schätzen …«

»Sparen Sie sich das, bis Sie wieder in Beaufort sind«, unterbrach Dawkins. »Sparen Sie sich das bis zwei Wochen nach Ihrer Rückkehr nach Beaufort.«

»General, selbst mit Ausschlachten kann ich nur fünfundfünfzig Prozent meiner Corsairs in die Luft bekommen …«

»Ich erinnere mich, Colonel, dass Sie das schon erwähnt haben«, unterbrach Dawkins ihn abermals. »Und um hier ein wenig Zeit zu sparen und sicherzustellen, dass Sie morgen um halb neun mit den Kisten an Bord in Miramar starten können, lassen Sie uns das Thema wechseln.«

»Jawohl, Sir.«

»Erzählen Sie mir von dem Killer«, sagte Dawkins.

»Er ist zu den Unteroffizieren degradiert worden«, sagte Dunn.

»Wieder dieser gottverdammte Blödsinn wegen des fehlenden College-Abschlusses?«

»Jawohl, Sir.«

»Scheiße, Bill.«

»Jawohl, Sir.«

»Nun, ich werde es versuchen, aber ich bezweifle, dass ich in der Lage sein werde, viel Gutes zu erreichen. Ich werde wohl wieder dieselbe Leier hören – wir haben kein Geld, wir müssen die Zahl der Offiziere verringern und ein Kriterium beim Personalabbau ist die Bildung.«

»Jawohl, Sir. Und eigentlich halte ich es für zu spät, dem Killer zu helfen. Er ist von Japan heim nach Pendleton befohlen worden, für eine Entlassung bis spätestens 30. Juni.«

»Wir werden mit einem Offizierskorps enden, das hauptsächlich aus College-Absolventen besteht, die ihren Arsch nicht mit beiden Händen finden können«, sagte Dawkins bitter.

»General, ich hatte gehofft, dass Sie dem Killer so viel von dem Blödsinn der Entlassungsprozedur ersparen können wie möglich. Es muss demütigend für jemanden wie den Killer sein, vom Corps gesagt zu bekommen, dass es ihn nicht mehr als Offizier haben will.«

»Was, zur Hölle, wird er als Zivilist machen?«, fragte Dawkins rhetorisch.

»Nun, in gewissem Sinne braucht er keinen Job, denn er ist viel besser dran als die meisten der Leute, die entlassen werden.«

Dawkins brauchte einen Moment, um das zu kapieren.

»Ah ja«, sagte er dann, »stimmt ja. Seine Frau hat Geld, nicht wahr?«

»Ihr Vater ist Aufsichtsratsvorsitzender von American Personal Pharmaceutical«, sagte Dunn. »Wie ich hörte, gibt es zwei Mehrheitsaktionäre: Ernie McCoys Vater und Ernie McCoy.«

»Das ist viel, wie? Ich habe auch so einiges gehört, aber ich hatte keine Ahnung, dass sie *so* reich ist.«

»Und selbst wenn das nicht stimmen würde, würden die Pickerings, Vater und Sohn, sicherstellen, dass der Killer nicht verhungert.«

»Und ich nehme an, wir können davon ausgehen, wenn General Pickering erfahren hat, dass das Corps den Killer rausschmeißt, wird er sein Bestes getan haben, um das zu verhindern.«

»Ich bin überzeugt, dass er das getan hat, Sir.«

»Und er konnte nicht helfen«, fügte Dawkins bitter hinzu.

»So sieht es aus, Sir.«

»Und was können wir für den Killer tun, Bill?«

»Vielleicht können Sie mit dem G-1 sprechen, Sir. Die Entlassungsprozedur beschleunigen.«

»Wird gemacht, Bill«, sagte General Dawkins.

»Danke, Sir.«

»Wann meldet er sich hier?«

»Er ist im Augenblick auf dem Weg dort raus, Sir.«

»Dann sollte ich meinen Arsch in Bewegung setzen, nicht wahr? Sorgen Sie dafür, Bill, dass Sie um halb neun in der Luft sind, sonst könnte es sein, dass wir beide uns beim G-1 melden müssen und unfreiwillig entlassen werden.«

»Ich werde mein Bestes tun, Sir. Und vielen Dank, Sir.«

»Ich wünsche Ihnen einen angenehmen Flug, Colonel«, sagte General Dawkins. Er legte den Telefonhörer auf und wandte sich an seinen Adjutanten. »Holen Sie den Wagen, Art.«

»Aye, aye, Sir.«

5

Büro des stellvertretenden Stabschefs, G-1
Headquarters
Camp Pendleton, California

8. Juni 1950, 15 Uhr 45

Wenn einer von Camp Pendletons Offizieren im Generalsrang etwas mit dem G-1 zu besprechen hatte, ging der G-1, ein Voll-

Colonel, für gewöhnlich in ihre Büros. So war der G-1, Colonel C. Harry Wade, USMC, überrascht, als er jemanden bellen hörte: »Aach-tung!« – ein Kommando, das nur gegeben wurde, wenn jemand mit höherem Rang als der ranghöchste diensthabende Offizier – in diesem Fall Colonel C. Harry Wade – in das Gebäude kam.

Wade blickte durch die offene Tür seines Büros, um zu sehen, was los war, und sah Brigadier General Clyde Dawkins zielstrebig auf sein Büro zu marschieren, gefolgt von seinem Adjutanten.

Colonel Wade erhob sich schnell.

»Haben Sie eine Minute für mich Zeit, Harry?«, fragte General Dawkins, als er Wades Büro betrat.

»Guten Tag, General«, sagte Wade. »Selbstverständlich, Sir. Darf ich Ihnen Kaffee anbieten?«

»Nein, danke«, sagte Dawkins. »Ich habe heute schon genug Kaffee getrunken. Art, schließen Sie bitte die Tür.«

Captain McGowan schloss die Bürotür.

»Ich bin mir nicht sicher«, sagte General Dawkins, »ob dies etwas ist, was Sie ›zum Besten des Corps‹ nennen, oder ob es einen persönlichen Grund hat. Aber ich bin hier.«

»Wie kann ich helfen, Sir?«

»Dieser gottverdammte College-Abschluss-Blödsinn hat soeben einen weiteren meiner verdammt guten Offiziere erwischt.«

»Wir haben darüber gesprochen, General«, sagte Wade. »Wenn dies ein besonderer Fall ist, werde ich Eighth & Eye anrufen. Aber ich glaube, ich kann Ihnen schon jetzt erzählen, was man mir sagen wird.«

»Ja, ich glaube, ich weiß es auch schon«, sagte Dawkins. »Ich nehme an, es ist zu spät, um etwas in dieser Sache zu unternehmen.«

»Sir?«

»Sagt Ihnen ›Killer McCoy‹ etwas, Harry?«

»Ich habe von ihm gehört. Er war maßgeblich am Stoßtruppunternehmen Makin Island beteiligt, nicht wahr? Mit Major Jimmy Roosevelt?«

»Beim Stoßtruppunternehmen Makin Island und bei vielem sonst«, sagte Dawkins. »Während des Krieges hat der Killer mehr Zeit hinter den feindlichen Linien verbracht als die meisten Leute, die Sie und ich kennen, im Marine-Corps verbracht haben.«

»Jawohl, Sir. Ich weiß, wer er ist. Aber ich habe ihn nie kennen gelernt.«

»Sie sind im Begriff, ihn kennen zu lernen«, sagte Dawkins. »Er ist unterwegs von Diego nach hier, um unfreiwillig entlassen zu werden. Er ist Captain. Er war Major. Das Blatt hat man ihm weggenommen, und jetzt will man ihn zu den Unteroffizieren zurückschicken.«

»Ich weiß nicht, das ich dazu sagen soll«, meinte Wade. »Wenn Sie sagen, diese Sache mit dem College-Abschluss ist Blödsinn, rennen Sie bei mir offene Türen ein.«

»Ich will, dass seine Entlassungs-Prozedur glatt und schmerzlos abläuft«, sagte Dawkins. »Und ich will nicht, dass ihm der Verdacht kommt, sie verläuft kurz und schmerzlos, weil jemand Mitleid mit ihm hat.«

Wade antwortete nicht direkt.

»Was, zum Teufel, kann ein solcher Mann im Zivilleben machen?«, fragte er wie im Selbstgespräch.

»Ich habe soeben herausgefunden, dass es ihm nicht an Geld mangelt«, sagte Dawkins. »Welcher Trost auch immer das für ihn sein mag. Seine Frau besitzt einen großen Anteil an American Personal Pharmaceutical, und der Rest des Konzerns gehört offenbar ihrem Vater.«

»Mit anderen Worten, er ist im Corps, weil er es sein will«, sagte Wade.

»Genau«, stimmte Dawkins zu. »Und jetzt wird er rausgeschmissen. Ich will, dass dieser Rausschmiss so schmerzlos wird wie möglich.«

»Mit Ihrer Erlaubnis, Sir«, sagte Wade, »möchte ich Lieutenant Colonel Brewer zu mir bitten. Er ist verantwortlich für die Bearbeitung von Entlassungen von Offizieren.«

Dawkins dachte einen Moment darüber nach.

Er hatte keinen Zweifel daran, dass Colonel Wade seine Wünsche an den Lieutenant Colonel übermitteln würde. Aber es würde nur ein paar weitere Minuten seiner Zeit kosten und der Lieutenant Colonel würde keine Zweifel haben, was der stellvertretende Kommandeur wünschte, wenn er bei diesem Gespräch anwesend war.

»Gute Idee, Harry«, sagte Dawkins.

Colonel Wade ging zur Tür seines Büros, öffnete sie und sprach mit seinem Verwaltungsassistenten.

»Sergeant, gehen Sie rüber zu Colonel Brewers Büro und sagen Sie ihm, dass ich ihn sofort sprechen möchte.«

»Aye, aye, Sir.«

»Und wenn er die Akte von einem Captain McCoy hat, soll er sie mitbringen.«

»Aye, aye, Sir.«

Drei Minuten später betrat Lieutenant Colonel Brewer Colonel Wades Büro mit einem dicken Aktenhefter, auf dem »MCCOY, K.R., CAPT USMCR« stand.

Er war sichtlich überrascht, als er den stellvertretenden Kommandeur mit dem Hintern am Schreibtisch von Colonel Wades Schreibtisch lehnen sah.

»Sie kennen natürlich den General, Brewer?«

»Jawohl, Sir«, sagte Lieutenant Colonel Brewer. Er war Dawkins nicht länger als zwei Minuten begegnet, als er sich in Camp Pendleton zum Dienst gemeldet hatte.

»Ist das die McCoy-Akte?«, fragte Dawkins.

»Jawohl, Sir.«

Er reichte sie Dawkins, der sie entgegennahm.

»Der General möchte, dass die Prozedur zu Captain McCoys Entlassung aus dem Corps so rasch wie möglich durchgeführt wird«, sagte Colonel Wade.

»Jawohl, Sir, ich verstehe.«

»*Was* verstehen Sie?«, fragte Dawkins.

»Sir, Captain McCoys Ruf eilt ihm voraus«, sagte Lieutenant Colonel Brewer.

»Darauf können Sie wetten«, sagte Dawkins. »Aber da ist etwas in Ihrem Tonfall, Colonel …«

»Sir?«

»Was genau wissen Sie über Captain McCoy?«, fragte Dawkins.

»Nun, nach dem, was ich über Captain McCoy hörte, war er glücklich, in aktivem Dienst als Offizier behalten zu werden, solange er das war.«

»Sonst noch etwas?«, fragte Dawkins sanft.

»Sir, wie ich die Situation verstehe«, begann Colonel Brewer langsam, denn er spürte, dass er sich auf sehr dünnem Eis bewegte, und hatte absolut keine Ahnung, warum, »wurde Captain McCoy in den ersten Tagen des Zweiten Weltkriegs aus dem Unteroffizier-Status zum Offizier ernannt, als das Corps dringend Offiziere suchte.«

»Und wir praktisch jeden ernannten, der Blitz sehen und Donner hören konnte?«, fragte Dawkins.

»Jawohl, Sir.«

»Sonst noch etwas?«, fragte Dawkins.

»Nun, Sir, es ist mir zu Ohren gelangt, dass er – äh – in einer finanziellen Lage ist, in der es für ihn besser wäre, die letzten neunundzwanzig Tage im Corps im Dienst zu verbringen, anstatt Urlaub zu nehmen. Damit er für den nicht genommenen, aufgelaufenen Urlaub bei der Entlassung ausbezahlt werden kann, Sir.«

»Und was hätten Sie Captain McCoy in seinen letzten neunundzwanzig Tagen in aktivem Dienst tun lassen, Colonel?«

»Nun, Sir, wie Sie sicherlich wissen, gibt es immer etwas, das ein Offizier tun kann. Inventur der Nachschublager. Arbeit im Verkaufsladen für Soldaten und ihre Angehörigen. Diese Art Dinge.«

»Colonel«, sagte Dawkins, »hören Sie mir gut zu. Ich werde Ihnen sagen, was Sie bezüglich Captain McCoy tun werden, der in diesem Moment auf dem Weg hierher ist. Sie werden ihn sofort in Ihrem Büro empfangen. Neunzig Sekunden, nachdem Sie ihn in Ihrem Büro empfangen haben, wird er Ihr Büro verlassen und Urlaub bis zum letzten Tag seines aktiven Dienstes als Offizier haben. Wenn er sich am letzten Tag seines Dienstes hier meldet, werden Sie für ihn mit dem Sanitätsdienst arrangiert haben, dass seine ärztliche Entlassungsuntersuchung auf einer persönlichen Basis stattfindet – das heißt, dass sie nicht länger als sechzig Minuten dauern wird. Falls der Sanitätsdienst irgendein Problem damit hat, soll er mit mir Kontakt aufnehmen. Wenn Captain McCoy die Papiere seiner ärztlichen Entlassungs-Untersuchung in Händen hat, werden Sie ihm persönlich seinen letzten Sold und seine Reisebefehle zu seiner Heimatadresse aushändigen und ihm alles Gute in seinem Zivilleben wünschen. Haben Sie all das verstanden?«

»Jawohl, Sir«, sagte Lieutenant Colonel Brewer.

»Sorgen Sie für die Durchführung, Harry«, sagte Dawkins zu Colonel Wade.

»Aye, aye, Sir.«

»Kommen Sie, Art«, sagte General Dawkins zu Captain McGowan und verließ das Büro.

6

Büro der Abteilung Offiziers-Personalakten
Büro des stellvertretenden Stabschefs, G-1
Headquarters
Camp Pendleton, California

8. Juni 1950, 16 Uhr 10

»Sie wollten mich sprechen, Colonel?«, fragte Major Robert B. Macklin, USMC, Lieutenant Colonel Peter S. Brewer, USMC, an der offenen Tür von Brewers Büro.

»Kommen Sie rein, Macklin, und schließen Sie die Tür.«

»Jawohl, Sir.«

»Was diesen Captain McCoy anbetrifft, Macklin …«

»Ja, Sir?«

»Ich möchte mich vergewissern, dass ich das richtig verstanden habe«, sagte Brewer. »Nach dem, was Sie mir erzählten, haben Sie mit ihm gedient. Ist das richtig?«

»Jawohl, Sir.«

»Wo war das?«

»Ich war mehrmals an denselben Orten stationiert wie McCoy, Sir, aber ich weiß nicht, ob man das als ›mit ihm gedient‹ bezeichnen kann, Sir.«

»Zum Beispiel?«

»Als ich McCoy zum ersten Mal begegnete, war das in der Nachrichtenabteilung der 4th Marines in Shanghai, und er war in einer der Kompanien Leiter der MG-Abteilung. Ich kannte seinen Ruf dort.«

»Welcher war das?«

»Sir, ich – äh – es widerstrebt mir ein bisschen, unter den gegebenen Umständen …«

»Dies bleibt zwischen Ihnen und mir, Macklin. Lassen Sie hören.«

»Er war als ›der Killer‹ bekannt, Sir. Er wurde in einen Messerkampf – eine Streiterei unter Betrunkenen, wie ich hörte – mit einigen italienischen Marineinfanteristen verwickelt und tötete einen von ihnen. Ich war überrascht, weil er nicht vom Kriegsgericht verurteilt wurde, und noch überraschter, als ich Ausbilder der Offiziersanwärterschule in Quantico war und McCoy dort auftauchte.«

»Ich verstehe.«

»Zu der Zeit – da ich ja wusste, welcher Typ er war – empfahl ich, dass er aus dem Offiziersausbildungsprogramm entfernt wurde. Ich hielt ihn einfach für untauglich als Offizier, Sir.«

»Aber er wurde trotzdem ernannt, trotz Ihrer Empfehlung?«

»Sir, zu dieser Zeit war das Corps verzweifelt knapp an Offizieren und kratzte den Bodensatz zusammen. Der Sergeant Major in Quantico war zum Beispiel von einem Tag zum anderen ein Lieutenant Colonel.«

»Tatsächlich? Wie war sein Name? Erinnern Sie sich daran?«

»Jawohl, Sir. Stecker. Jack Stecker.«

»Haben Sie noch woanders mit McCoy gedient, Macklin?«

»Als das OSS gegründet wurde, Sir, gab es eine Aushebung des Corps für Offiziere mit nachrichtendienstlichen Erfahrungen in China. Und/oder für Leute mit asiatischen Sprachkenntnissen. McCoy und ich wurden dem OSS zugeteilt. Er hatte oberflächliche Chinesischkenntnisse, glaube ich.«

»Und so lernten Sie seine charakteristische ›Von-Zahltag-zu-Zahltag‹-Lebensphilosophie kennen?«

»Jawohl, Sir. Ich glaube, so war es. Darf ich fragen …?«

Brewer hob die Hand, um ihm Schweigen zu gebieten.

»Ich weiß kaum, wo ich beginnen soll, Major Macklin«, sagte er. »Lassen Sie mich mit Brigadier General Jack Stecker anfangen, Träger der Tapferkeitsmedaille, unter dem ich das Privileg hatte, zu dienen, als er Sonderassistent von General Vandegrift war, dem damaligen Kommandanten des Corps. Sie haben doch nicht vor einem Moment behauptet, dass er jemand wie Captain McCoy war, jemand, der wirklich kein Offizier hätte sein sollen, geschweige denn ein Lieutenant Colonel und schließlich Brigadier General, oder?«

»Nein, Sir. General Stecker war ein feiner Offizier des Marine-Corps. Aber, wenn ich so sagen darf, er war sozusagen eine Ausnahme von der Regel.«

»Nicht wie McCoy, meinen Sie das?«

»Überhaupt nicht wie McCoy, Sir.«

»Würde es Sie interessieren, zu erfahren, dass zu den Problemen, die Captain McCoy im Augenblick haben mag, keine Geldknappheit zählt?«

»Sir?«

»Ich komme soeben aus Colonel Wades Büro, Macklin, wo ich leider bei General Dawkins den Eindruck erweckt habe, dass ich nicht weiß, was hier vorgeht.«

»Sir?«

»Sowohl General Dawkins – der offenbar persönlich mit Captain McCoy bekannt ist – als auch Colonel Wade – der eine etwas andere Meinung als Sie über McCoys Dienst im Corps hatte, bevor er auch nur einen Blick in seine Personalakte warf – sind überzeugt, dass das Corps einen dummen Fehler macht, indem es Captain McCoy aus dem Dienst entlässt.«

»Ich kann daraus nur schließen, dass der General und der Colonel in Informationen über Captain McCoy eingeweiht sind, von denen ich keine Kenntnis habe.«

»Sie wussten nicht, dass er beim Stoßtruppunternehmen Makin Island der Marine Raiders verwundet und für seine Tapferkeit ausgezeichnet wurde?«

»Das ist mir nie zur Kenntnis gelangt, Sir.«

»Ist Ihnen jemals zur Kenntnis gelangt, dass Captain McCoy für seinen Dienst bei den australischen Küstenbeobachtern von den Briten das Victoria Cross verliehen worden ist?«

»Nein, Sir, davon habe ich nichts gewusst.«

»Wussten Sie denn von seiner Auszeichnung mit der Distinguished Service Medal, weil er eine Wetterstation in der Wüste Gobi in der von Japan besetzten Mandschurei aufgestellt hat?«

»Nein, Sir.«

»Es gibt hier mehrere Möglichkeiten, Major«, sagte Colonel Brewer fast im Plauderton.

»Sir?«

»Eine davon ist, dass Sie der blödeste Hurensohn sind, der jemals die Rangabzeichen eines Majors des Marine-Corps getragen hat. Zu den anderen zählt, dass Sie ein verlogener Hurensohn sind, der sich persönlich an Captain McCoy rächen will – aus Gründen, an die ich gar nicht denken will.«

»Sir …«

»Halten Sie den Mund, Major!«, blaffte Brewer. »Bis ich mich entschieden habe, welche der Möglichkeiten zutrifft und was ich dagegen unternehmen werde, werden Sie sich beim Standortkommandanten für einen unbefristeten Zeitraum zum vorübergehendem Dienst melden. Ich weiß nicht, was er Sie sonst tun lassen wird, aber Sie werden damit anfangen, im Versorgungsraum jeder Kompanie auf dem Stützpunkt Inventur zu machen. Wegtreten, Major!«

7

Büro des Direktors
Östliches Gebäude, CIA-Komplex
2430 E Street
Washington, D.C.

9. Juni 1950, 9 Uhr 30

»Der Direktor wird Sie jetzt empfangen, Senator«, sagte die Sekretärin des CIA-Direktors und hielt die Tür zu seinem Büro auf.

Senator Richardson K. Fowler und Fleming Pickering erhoben sich von einer dunkelgrünen Ledercouch und gingen zu dem Büro.

Rear Admiral Roscoe Hillenkoetter, ein großer, beeindruckender grauhaariger Mann, kam mit ausgestreckter Hand hinter seinem Schreibtisch hervor.

»Verzeihen Sie, dass Sie warten mussten, Senator«, sagte er.

Pickering und Fowler waren nur drei Minuten im Vorzimmer gewesen.

In Haltern hinter dem Schreibtisch des Admirals standen drei Flaggen: die Nationalflagge, die CIA-Flagge und eine blaue Flagge mit den zwei Sternen eines Konteradmirals.

»Danke dafür, dass Sie uns so kurzfristig empfangen, Admiral«, sagte Fowler.

»Jederzeit, Senator, das wissen Sie«, erwiderte Hillenkoetter und gab auch Pickering die Hand.

»Dies ist mein guter Freund, Fleming Pickering«, stellte Fowler vor.

»Guten Tag, Sir«, sagte Hillenkoetter. »Wie heißt es so schön, ›jeder Freund eines Freundes ist mir willkommen‹ – ich überlege, wo ich Ihren Namen schon gehört habe.«

»Ich bin der Aufsichtsratsvorsitzende von Pacific and Far East Shipping«, sagte Pickering.

Das sagt mir ebenfalls etwas, doch das ist nicht alles. Da muss noch etwas sein. Was?

»Zunächst möchte ich Ihnen einen Kaffee anbieten«, sagte Hillenkoetter. »Und dann können Sie mir sagen, wie ich Ihnen zu Diensten sein kann.«

Eine jüngere Frau als die Chefsekretärin erschien mit einem silbernen Kaffeeservice.

Es herrschte Stille, während sie den Kaffee servierte.

Pickering, Pickering, wo habe ich den Namen schon gehört?, dachte der CIA-Direktor.

Ah, ja!

Pearl Harbor. Gleich nach dem Angriff. Er war ein Captain der Reserve. Marineminister Knox' persönlicher Repräsentant. Ätzender Bastard. Glaubte allwissend zu sein, und ihm missfiel, was die Navy machte. Oder gemacht hatte.

Und danach?

Er war im OSS. Stellvertretender Direktor des OSS für den Pazifik. Oder nicht? Der OSS-Knabe war ein Brigadier General des Marine-Corps, kein Captain der Navy.

Admiral Nimitz mochte den OSS-Typen. Vielleicht gibt es zwei Pickerings – möglicherweise sind es Brüder.

Was will er, einen Job?

Die junge Frau verließ das Büro.

»Sie waren der stellvertretende Direktor des OSS im Pazifik«, sagte Hillenkoetter. »Ist das richtig, Mr Pickering?«

»*General* Pickering war der stellvertretende Direktor *für* den Pazifik«, korrigierte Fowler.

»Verzeihung«, sagte Hillenkoetter. »*Für* den Pazifik.«

»Ja, das stimmt«, bestätigte Pickering.

»General Pickering ist soeben von Tokio gekommen«, sagte Fowler.

»Tatsächlich?«

»Admiral, bevor wir weitersprechen«, sagte Fowler, »stellen Sie bitte den Recorder ab, wenn er läuft.«

»Wie bitte?«, fragte Hillenkoetter überrascht und in empörtem Tonfall.

»Wenn Sie einen Recorder laufen haben, stellen Sie ihn bitte ab«, wiederholte Fowler.

Hillenkoetter schwieg. Es hatte ihm die Sprache verschlagen.

Für wen hält sich der arrogante Hurensohn, der in mein Büro kommt und mir sagt, ich soll meinen Recorder abschalten?

»Franklin Roosevelt hatte das Oval Office verdrahtet, um interessante Gespräche aufzuzeichnen«, fuhr Fowler in freundlichem, sachlichem Tonfall fort. »Ich habe keinen Grund zu der Annahme, dass Harry Truman die Abhöranlage entfernt hat. Wenn ich an Ihrer Stelle wäre, hätte ich solch ein Gerät. Ich nehme an, Sie haben eines, und ich bitte Sie, es abzuschalten. Es gibt einige Dinge zu besprechen, die nicht für die Nachwelt aufgezeichnet werden sollten.«

Hillenkoetter spürte, wie Zorn in ihm aufstieg.

Wie zum Beispiel, dass ein Senator mich zwingen will, seinem Kumpel einen Job zu geben?

Für wen hält der sich?

Er meint, *eine Macht im Senat zu sein. Er* weiß, *dass er eine Macht im Senat ist. Folglich ist er einer der mächtigsten Männer im Land.*

Hillenkoetter drückte einen Knopf seiner Gegensprechanlage.

»Mrs Rudolphus, würden Sie bitte das Aufzeichnungsgerät abschalten?«

»Ja, Sir«, erwiderte Mrs Rudolphus.

Die Überraschung war ihrer Stimme anzuhören. Unter anderem

hatte der Admiral Senator Fowler einen Augenblick warten lassen, um sicherzustellen, dass der Recorder eingeschaltet war.

Man wird nicht unvorsichtig, wenn ein Senator – irgendeiner und besonders Richardson K. Fowler (R. Cal.) – einen zu Hause anruft und möglichst bald einen Termin haben will, zum Beispiel morgen um neun Uhr.

»Danke«, sagte Fowler.

Hillenkoetter erwiderte nichts.

Fowler blickte Pickering an und machte eine Geste mit dem Zeigefinger: *Gib es mir*.

Pickering zog ein Kuvert aus der Innentasche seines Jacketts und gab es Fowler. Fowler reichte es an Hillenkoetter weiter.

»Sehen Sie sich das bitte an«, sagte Fowler.

Hillenkoetter öffnete den Umschlag und entnahm ihm ein Blatt Papier.

»Was ist das?«

»Bevor wir darüber sprechen, Admiral«, sagte Fowler, »wäre es vielleicht gut, wenn Sie eine Vorstellung davon hätten, worüber wir reden.«

Hillenkoetter presste die Lippen zusammen, sagte jedoch nichts. Er brauchte drei Minuten, um das Dokument zu lesen.

»Dies ist anscheinend eine Einschätzung durch den Nachrichtendienst«, bemerkte er schließlich. »Es gibt keinen Briefkopf und kein Begleitschreiben. Woher stammt dies?«

»Ich habe von meiner Sekretärin die zur Sache gehörigen Daten aus dem Original zusammenfassen lassen«, sagte Pickering.

»Aus dem *offiziellen* Originaldokument?«

Pickering nickte.

»Solch ein Dokument wäre als geheim erklärt«, dachte Hillenkoetter laut. »Zumindest als Secret. Wie sind Sie in Besitz des Originals gelangt?«

»Das Original wurde von einem Offizier vorbereitet, der während des Krieges für mich gearbeitet hat«, antwortete Pickering. »Ich glaube, was er in dieser Einschätzung sagt.«

»Ich habe nichts von unseren Leuten hier oder von General MacArthurs Nachrichtenleuten gehört, das auf so etwas schließen lässt«, sagte Hillenkoetter.

»Diese Einschätzung wurde General Willoughby gegeben«,

sagte Pickering, »der nicht nur befahl, sie zu vernichten, sondern auch den Offizier, der sie vorbereitete, aus Japan zurückbefahl.«

»Das klingt wie eine Anschuldigung, General«, meinte Hillenkoetter.

»Es ist die Feststellung von Tatsachen«, sagte Pickering.

»Warum würde er so etwas tun?«

»Das weiß nur Gott«, sagte Pickering. »Tatsache ist, dass er es getan hat.«

»Und der Offizier, der sie vorbereitet hat, gab sie Ihnen, anstatt sie zu vernichten?«

»So ist es«, sagte Pickering.

»General Willoughby ist nicht nur ein guter Offizier, sondern ich würde sagen, auch der Nachrichtenoffizier im Fernen Osten, der die größte Erfahrung hat«, sagte Hillenkoetter.

»Sagt Ihnen der Name Wendell Fertig etwas, Admiral?«, fragte Pickering.

Hillenkoetter überlegte.

»Der Guerilla auf den Philippinen?« Er lächelte und fügte hinzu: »Der Reservist, der sich selbst zum General befördert hat?«

»Der Guerilla auf den Philippinen, der dreißigtausend bewaffnete, uniformierte und organisierte Soldaten unter seinem Kommando bereit hatte, als die Army schließlich nach Mindanao kam«, sagte Pickering. »Während des Krieges zwang er die Japaner, eine Viertelmillion Männer abzuzweigen, um sich mit ihm zu befassen.«

Hillenkoetter, dessen Gesicht bei Pickerings kalter, ärgerlicher Antwort Überraschung zeigte, sah ihn an und wartete darauf, dass er weitersprach.

»Bevor ich auf Präsident Roosevelts Befehl hin ein Team von Agenten nach Mindanao schickte, um den Kontakt zu General Fertig herzustellen, behauptete General Willoughby in MacArthurs Namen kategorisch, dass bedeutungsvolle Guerilla-Operationen im Pazifikraum unmöglich seien.«

Hillenkoetter brauchte einen Moment, um das zu verdauen.

»Ich nehme an, Ihre Beziehung zu General MacArthur war – schwierig?«, fragte er dann.

»Jede Beziehung mit General MacArthur ist schwierig«, erwiderte Pickering. »Aber wenn Sie fragen, was ich vermute, dann war – ist – unsere Beziehung einfach prima. Erst in der vergangenen Woche habe ich mit ihm und seiner Gattin zu Abend gegessen.«

»Und haben Sie ihm diese – diese *Einschätzung* zur Kenntnis gebracht?«

»General MacArthurs Loyalität zu seinem Stab, besonders zu denjenigen, die mit ihm auf den Philippinen gewesen sind, ist legendär«, sagte Pickering. »Ich kenne Douglas MacArthur gut genug, um zu wissen, dass es Zeitverschwendung gewesen wäre.«

»Und ich könnte mir denken, dass er Ihnen die unangenehme Frage gestellt hätte, wie Sie überhaupt in den Besitz dieser Einschätzung gekommen sind.«

Pickering schwieg.

»Der Offizier, der Ihnen diese Beurteilung der Lage gab, hätte das nicht tun sollen«, sagte Hillenkoetter.

»Ist das Ihre Reaktion darauf, Admiral?«, fragte Pickering kühl. »Jemand umgeht den Dienstweg, und deshalb ist nicht relevant, was er zur Sache zu sagen hat?«

»Ruhig, Flem«, mahnte Senator Fowler.

»Das habe ich nicht gesagt, General«, erwiderte Hillenkoetter.

»Aber das ist die natürliche Folgerung«, sagte Pickering.

»Ich brauche den Namen des Offiziers«, sagte Hillenkoetter.

»Den werde ich Ihnen nicht geben«, erklärte Pickering entschieden.

»Ich kann ihn herausbekommen«, brauste Hillenkoetter auf.

»Wenn Sie das tun, Admiral, wird die ganze Sache vielleicht in den Zeitungen landen«, sagte Senator Fowler. »Ich nehme an, das wünschen Sie ebenso wenig wie wir.«

Hillenkoetter hatte sich, während er darauf gewartet hatte, zu hören, dass der Aufzeichnungsrecorder funktionierte, die jüngste ›informelle Biografie‹ von Fowler, Richardson K. (R., Cal.) angesehen und war folglich informiert, dass der Senator den San Francisco *Courier-Herald*, neun kleinere Zeitungen, sechs Rundfunk- und fünf Fernsehsender, einschließlich einer Rundfunk- und Fernsehstation in Washington, D.C., besaß.

»Dies ist eine Sache der nationalen Sicherheit, Senator«, sagte Hillenkoetter und bereute es sofort.

»Deshalb sind wir hier, Admiral«, sagte Pickering.

Hillenkoetter starte ihn wütend an, erkannte, dass er das tat, und wandte sich an Fowler.

»Was soll ich Ihrer Meinung nach tun, Senator?«, fragte er.

»Machen Sie zumindest Ihren Leuten in Japan und Hongkong und Formosa Feuer unter dem Hintern, um festzustellen, warum Sie keine solche Einschätzung abgeliefert haben«, sagte Pickering.

»Ich hatte den Senator gefragt, General«, sagte Hillenkoetter.

»Was General Pickering vorschlägt, ist anscheinend ein guter erster Schritt«, sagte Fowler. »Dicht gefolgt von Schritt zwei, nämlich mich auf dem Laufenden zu halten, auf täglicher Basis, was Ihre Leute ausarbeiten.«

»Senator, mein Dienstweg zum Senat ist der über die Aufsichtsgremien des Senats über die Nachrichtendienste. Ich bin nicht befugt, dies zu tun.«

»Nun, ich würde von Ihnen gewiss nicht verlangen, etwas zu tun, zu dem Sie nicht befugt sind«, sagte Fowler ruhig. »Offensichtlich werden Sie zu Senator Driggs gehen, den ich zum Vorsitzenden des Aufsichtsgremiums ernannt habe, und ihn um die Genehmigung bitten müssen, mir zu geben, was ich wünsche. Ich nehme an, Jack Driggs wird wissen wollen, warum ich daran interessiert bin.«

»Eine andere Möglichkeit wäre, dies dem Präsidenten zur Kenntnis zu bringen«, sagte Hillenkoetter.

»Tun Sie, was immer Sie am besten für alle Beteiligten halten«, sagte Fowler. »Ich werde um halb eins mit Präsident Truman zu Mittag essen. Möchten Sie, dass ich das Thema bei ihm zur Sprache bringe?«

Sie maßen sich einen Moment mit Blicken.

»Senator«, sagte Hillenkoetter dann, »ich meine dies als Kompliment. Sie sind wirklich ein harter Baseballspieler, nicht wahr?«

»Die unbegründete Anschuldigung habe ich schon gehört«, sagte Fowler.

»Darf ich inoffiziell sprechen?«, fragte Hillenkoetter.

»Ich dachte, ich hätte klar gemacht, dass dieses ganze Gespräch inoffiziell ist«, sagte Fowler.

»Mit allem Respekt vor General Pickering und seinem ehemaligen Untergebenen – dem Offizier, der diese Einschätzung vorbereitet hat – habe ich große Probleme, viel Glaubwürdigkeit darin zu sehen.«

»Hören Sie, Admiral …«, ereiferte sich Pickering.

»Flem, lass ihn aussprechen«, sagte Fowler scharf.

»Zum einen«, fuhr Hillenkoetter fort, »kann ich nicht glauben, dass General Willoughby so etwas vertuschen würde, und zum anderen habe ich wie gesagt von meinen Leuten im Fernen Osten nichts erhalten, was auch nur annähernd dieser Einschätzung entspricht.«

»Und?«, fragte Fowler.

»Andererseits kommt es mir nicht nur von einem – *dem ehemaligen* – stellvertretenden Direktor des OSS für den Pazifik zur Kenntnis, sondern durch einen Senator, vor dem ich große Achtung habe und der glaubt, dass etwas an dieser Einschätzung dran ist. Unter diesen Umständen werde ich sofort Schritte unternehmen, um festzustellen, was ich selbst herausfinden kann.«

»Wie?«, fragte Pickering sarkastisch. »Indem Sie Willoughby eine Funkbotschaft schicken?«

»Flem, gottverdammt!«, sagte Fowler.

»Indem ich meinen stellvertretenden Direktor für asiatische Aktivitäten – Ihre Ablösung sozusagen, General – dort rüberschicke, sobald ich für ihn einen Platz im Flugzeug bekommen kann, mit Anweisungen – wie war Ihre Formulierung, General? ›Feuer unter dem Hintern machen‹? – unseren Leuten in Hongkong, Taipeh und Seoul *Feuer zu machen,* damit sie ihre Bemühungen *erneuern.*«

»In Ordnung«, sagte Fowler.

»Es würde die Dinge erleichtern, wenn ich mit dem Autor hiervon sprechen könnte«, fuhr Hillenkoetter fort und tippte auf die Einschätzung. »Um das zu tun, muss ich seinen Namen erfahren.«

»Flem?« Fowler blickte Pickering fragend an.

Pickering dachte darüber nach.

»Nein«, sagte er schließlich. »Aus einer Reihe von Gründen, aber hauptsächlich, weil all sein Wissen in dieser Einschätzung steht. Was man wirklich von ihm wissen möchte, sind seine Quellen, und ich bezweifle, dass er bereit sein wird, sie zu nennen.«

»Wir sollten auf derselben Seite sein, General«, sagte Hillenkoetter.

»Davon bin ich, ehrlich gesagt, nicht ganz überzeugt«, erwiderte Pickering. »Jedenfalls würde mein *Freund* seine Quellen nicht preisgeben, bevor ich es ihm sage, und ich bin nicht bereit, das zu tun. Jedenfalls nicht im Augenblick.«

Hillenkoetter zuckte mit den Schultern.

»Ich darf dies behalten, richtig?«, fragte er und tippte wieder auf die Einschätzung.

»Darüber habe ich nachgedacht«, sagte Pickering. »Kann ich Ihr Wort haben, dass Sie es nur zur Beantwortung besonderer Fragen benutzen – über die Gefechtsordnung und dergleichen Dinge –, ich meine, dass Sie es nicht an Ihre Leute übergeben? Man braucht kein Raketenexperte zu sein, um sich zusammenzureimen, wer das gesamte Dokument geschrieben hat.«

»Und wir möchten nicht, dass dies geschieht, nicht wahr?«, fragte Hillenkoetter. »Es könnte sonst in den Zeitungen stehen.«

Fowler lächelte.

»Sie haben mein Wort, General«, sagte Hillenkoetter. »Und würden Sie mir zustimmen, Senator, dass wir den Präsidenten damit nicht sofort behelligen müssen?«

»Augenblicklich nicht.« Fowler erhob sich. »Danke für Ihre Aufmerksamkeit und den kurzfristigen Empfang. Und ich werde in Kürze von Ihnen hören, richtig?«

»Absolut«, sagte Hillenkoetter und schüttelte ihm die Hand. Dann gab er Pickering die Hand.

»Es war mir ein Vergnügen, Sie kennen zu lernen, General.«

»War es das wirklich?«, fragte Pickering.

Hillenkoetter lachte – ein wenig gezwungen – und führte Pickering und Fowler zu seiner Bürotür.

Als er sie durch sein Vorzimmer gehen sah, kam ihm eine unerwartete Erinnerung.

O Gott! Die Wetterstation in der Wüste Gobi. Das OSS – Pickering – stellte sie mitten in der von Japanern besetzten Mongolei auf. Niemand hielt es für möglich, dass er das schaffen, geschweige denn sie in Betrieb halten konnte. Aber das gelang ihm, sogar bis zum Ende des Krieges. Die Bombardierung der japanischen Heimatinseln durch die B-29er hätte ohne ihn nicht erfolgen können. Und wir benutzen die ›Wetterstation‹ immer noch.

Was Pickering auch sonst sein mag, er ist kein Amateur.

Vielleicht ist etwas an seiner Einschätzung dran.

Aber warum würde Charley Willoughby sie vertuschen?

Es wurde ihm bewusst, dass Mrs Warburg, seine Verwaltungsassistentin, ihn anschaute und auf Anweisungen wartete.

»Rufen Sie bitte Mr Jacobs an, Mrs Warburg«, sagte er. »Bitten Sie ihn, so bald wie möglich zu mir zu kommen. Und rufen Sie die Transportabteilung an und lassen Sie Tickets für ihn nach Hongkong vorbereiten.«

»Jawohl, Sir«, sagte sie.

Er wollte seine Bürotür schließen, doch sie hielt sie auf.

Dann betrat sie das Büro und schloss die Tür.

»Admiral, der Aufzeichnungsrecorder ließ sich nicht abschalten«, sagte sie.

Er sah sie an.

»Da war etwas am Klang Ihrer Stimme, als Sie sagten, ich soll ihn abschalten«, fügte sie hinzu.

»Sie haben dieses Gespräch gehört?«, fragte er.

Sie nickte.

»Nein, das haben Sie nicht, Martha«, sagte er. »Und ich will, dass Sie persönlich dieses Band holen, in den Reißwolf geben und verbrennen. Und stellen Sie sicher, dass es keine Kopien gibt.«

»Jawohl, Sir«, sagte sie. »Bekomme ich die Einschätzung zu lesen?«

»Sie liegt auf meinem Schreibtisch. Sie können sie lesen, aber ich will, dass keine Kopien davon angefertigt werden.«

»Jawohl, Sir.«

»Sie haben das Richtige getan, Martha«, sagte Hillenkoetter. »Aber diese – Situation – ist außergewöhnlich.«

»Jawohl, Sir«, sagte Mrs Warburg und ging zu seinem Schreibtisch, um die Einschätzung zu lesen.

IV

1

William Banning House
South Battery 66
Charleston, South Carolina

17. Juni 1950, 16 Uhr 30

Als sie sahen, dass der Buick-Kombi am Straßenrand hielt, standen ›Mother‹ Banning und ihre Schwiegertochter ›Luddy‹ aus den Schaukelstühlen auf, in denen sie gesessen hatten. Mother Banning verschränkte die Hände vor dem Bauch, und Luddy Banning klatschte in ihre Hände, dass es fast wie ein Pistolenschuss klang. Einen Moment später tauchte ein würdevoller, grauhaariger Schwarzer in einem grauen Ballwolljackett aus dem Haus auf.

»Ma'am?«

»Stanley, unsere Gäste sind eingetroffen«, sagte Luddy Banning. »Bitte informieren Sie den Colonel und schicken Sie jemanden, der sich um ihren Wagen und das Gepäck kümmert.«

»Sehr wohl, Ma'am.«

Mother Banning und Luddy Banning waren die Mutter beziehungsweise die Frau von Colonel Edward J. Banning, USMC, der sowohl Kommandeur der Kaserne des Marine-Corps in Charleston als auch außerordentlicher Professor für Marinewissenschaft in seiner Alma Mater war, offiziell bekannt als Militärakademie von South Carolina, aber weitaus besser bekannt als »Citadel«.

Colonel Banning war ein Absolvent der Citadel ('26), wie es sein Vater ('05), Großvater ('80) und Urgroßvater ('55) gewesen waren. am 12. April 1861 hatte Urgroßvater Matthew Banning dort gestanden, wo Mother und Luddy Banning jetzt auf der Straße standen, und beobachtet, wie die ersten Schüsse des Sezessionskrieges auf Fort Sumter abgefeuert worden waren.

Dann war er als fünfundzwanzigjähriger Major fortgegangen, um die 2. Schwadron der 2nd South Carolina Dragoons zu befehligen. Als er 1865 aus der Gefangenschaft der Union entlassen worden war, verlangten die Bedingungen seiner Entlassung, den Vereinigten Staaten von Amerika Treue zu schwören und die Rangabzeichen des Major Generals von seiner grauen Konföderierten-Uniform zu entfernen. Für den Rest seines Lebens wurde er jedoch als General Banning angeredet und von seinen Freunden als ›Der General‹ bezeichnet.

Großvater Matthew Banning junior war von seinem Freund Theodore Roosevelt einberufen worden und mit der First U.S. Volunteer Cavalry als Major in den Spanisch-Amerikanischen Krieg gezogen. In der Familienlegende war verzeichnet, dass Lieutenant Colonel im Titularrang Banning einer der beiden einzigen Kavallerieoffiziere des First Volunteer Cavalry Regiment gewesen war, der tatsächlich beim Angriff auf die Kettle und San Juan Hills auf einem Pferd gesessen hatte. Es gab ein großes Ölgemälde von diesem Gefecht im Wohnzimmer des Hauses in der Battery, auf dem Brevet Lieutenant Colonel Banning und Colonel Theodore Roosevelt als Führer des Angriffs zu sehen waren. Für den Rest seines Lebens war er mit ›Colonel‹ angeredet und von seinen Freunden als ›Der Colonel‹ bezeichnet worden.

Matthew Banning III. entschied sich, bei der Graduierung von der Citadel im Juni 1905 ein Offizierspatent in der Kavallerie der regulären Armee der Vereinigten Staaten anzunehmen. Die Alternative wäre gewesen, dass er für seinen Vater im einen oder anderen Unternehmen der Familie Banning hätte arbeiten müssen. Als die Vereinigten Staaten 1917 in den Ersten Weltkrieg eintraten, war er seit zwölf Jahren First Lieutenant, und als im nächsten Jahr der Waffenstillstand unterzeichnet wurde, trug er den silbernen Adler eines Voll-Colonels des Panzerkorps auf den Schultern und einen Silver Star und zwei Verwundetenabzeichen auf der Brust seines Waffenrocks.

Da der Colonel immer noch die Familiengeschäfte betrieb, blieb Colonel Banning III. nach dem Krieg im Militärdienst, obwohl das bedeutete, eine Herabstufung vom Colonel zum Major zu akzeptieren. 1926 wurde er wieder zum Colonel befördert, und auf dem Paradeplatz der Citadel schwor er, dass sein Sohn, Edward J.

Banning, nach seiner Graduierung von der Citadel als Second Lieutenant in das Marine-Corps der Vereinigten Staaten eintreten würde.

Wie sein Vater zuvor war Matthew Banning III. für den Rest seines Lebens mit ›Colonel‹ angeredet und von seinen Freunden als ›Der Colonel‹ bezeichnet worden.

Der Colonel lebte lange genug (bis 1946), um zu erleben, dass sein erster Enkelsohn und dessen Sohn – mit dem Adler eines Colonels des Marine-Corps auf den Schulterstücken – als Professoren für Militärwissenschaft der Citadel ernannt wurden.

Eine Zeit lang hatte diese Möglichkeit als sehr unwahrscheinlich gegolten. Edward Banning hatte nach der Graduierung von der Citadel nicht geheiratet wie all seine Vorläufer.

Er war sechsunddreißig gewesen, ein Captain, der bei den 4th Marines in Schanghai gedient hatte, als er zum Traualtar marschiert war, und das nur Tage, bevor er mit den 4th Marines auf die Philippinen ging und seine weißrussische Braut in Schanghai zurückließ und der Gnade – wenn dieses Wort überhaupt passte – der Japaner aussetzte.

Auf den Philippinen wurde Captain Banning von japanischer Artillerie geblendet, erblindete vorübergehend und wurde mit einem U-Boot evakuiert. Sein Sehvermögen kehrte zurück, und er erhielt Aufgaben, über die er nicht sprechen würde, doch der Colonel verstand, dass sie geheim waren und mit dem Nachrichtendienst zu tun hatten.

Einmal, auf der Battery vor seinem Haus, kurz bevor er – zum vierten oder fünften Mal – in den Krieg in Asien zog, vertraute Major Banning dem Colonel an, dass er realistisch betrachtet wenig Hoffnung hatte, seine Frau jemals wiederzusehen. Es hatte überhaupt keine Nachricht von ihr gegeben.

Und dann, im Mai 1943, als Lieutenant Colonel Banning »irgendwo im Pazifik« gewesen war, hatte er von Hon. Zachary W. Westminister III. (Demokratische Partei, 3. Distrikt, South Carolina), einem Klassenkameraden auf der Citadel, einen Anruf erhalten.

»Matty, sitzt du?«

»Nein, eigentlich nicht.«

»Matty, alter Freund, du setzt dich besser hin.«

Es klang nicht, als ob der gute Zach schlechte Nachrichten über Eddie mitteilen würde, doch Der Colonel war trotzdem beunruhigt.

»Ich sitze, Zach, und jetzt schieß los.«

»Ich komme soeben von einem Treffen mit dem Präsidenten«, begann der Kongressabgeordnete Westminister, »und ich kann dir nur wenig sagen ...«

»Spuck es aus, verdammt noch mal, Zach!«

»Nach diesem Telefonat sagst du Lisbeth, sie soll die Laken im Gästezimmer wechseln. Deine Schwiegertochter wird in Kürze eintreffen.«

»Mein Gott!«

»Und wenn du noch ein Kinderbettchen auf dem Speicher hast, solltest du es entstauben. Sie kommt mit Edward *Edwardovich* Banning auf dem Arm.«

»Willst du sagen, es gibt ein Baby?«

»Edward *Edwardovich* – wie findest du das? – Banning. Geboren im August 1942, irgendwo in der Mongolei.«

»Gottverdammt, Zach!«

»Sobald ich mehr weiß, werde ich dich anrufen. Der Präsident hat mir soeben befohlen, die beiden in ein Flugzeug aus Chunking zu setzen.«

Elizabeth Banning sagte natürlich nichts – sie war eine christliche Dame von Lebensart und Charakter –, doch Der Colonel war sich sofort im Klaren darüber, dass sich die Situation verändert hatte. Ed Banning hatte in Schanghai eine Weißrussin geheiratet und geglaubt, nie wieder etwas von ihr zu hören, und bald würde Eds weißrussische Frau und ihr Baby im Haus in der Battery eintreffen, und er fragte sich natürlich besorgt, wie sie waren und wie sie in die Charlestoner Gesellschaft hineinpassen würden.

Die ehemalige Maria Catherine Ludmilla Zhivkov war die Gangway von der DC-3 der Eastern Airlines herabgekommen und hatte mehr wie eine Fotografie aus *Town & Country* ausgesehen als eine Flüchtlingsfrau, die siebzehn Monate lang auf von Ponys gezogenen Karren durch China und die Mongolei gezogen war und unterwegs ein paar Tage lang angehalten hatte, um von einem Sohn entbunden zu werden.

Nach dem Flug des Naval Air Transport Service von China in die

Vereinigten Staaten wurde sie in San Francisco von Mrs Fleming Pickering abgeholt, die sie und das Baby zum Foster San Francisco Hotel fuhr, wo die Besitzer des Bekleidungsgeschäfts ›Chic Lady‹ und des Ladens für ›Babyausstattung‹ sie erwartet hatten.

»Als ich Luddy zum ersten Mal sah, wusste ich, dass sie eine Lady ist«, hatte Mrs Elizabeth Banning damals gesagt – und seither oft wiederholt.

»Wenn ich in Charleston eingetroffen wäre und ausgesehen hätte, wie ich in San Francisco aus dem Flugzeug gestiegen bin, hätte Mother Banning einen Herzanfall bekommen«, sagte Luddy Banning später, als Elizabeth Banning nach dem Tod Ihres Mannes ›Die Frau des Colonels‹ geworden war und Banning ihr – ähnlich wie bei Queen Elizabeth' Mutter – den Titel ›Mother Banning‹ zugestanden hatte.

Hinter ihrem Rücken wurde Luddy Banning – nicht spöttisch oder abschätzig – ›die Gräfin‹ genannt, nicht nur weil sie eine gewisse königliche Ausstrahlung hatte, sondern auch weil ein Citadel-Kadett, der eine Klausurarbeit über den russischen zaristischen Generalstab hatte schreiben müssen, zu der russischen Frau des Colonels gegangen war und sie um Hilfe gebeten hatte.

Die russische Frau des Colonels hatte bei der Überprüfung der Klausurarbeit des Kadetten auf den Namen Leutnant General Graf Vasily Ivanovich Zhivkov gezeigt und leise gesagt: »Mein Vater.«

Keine vierundzwanzig Stunden später hatte sich das bei den Citadel-Kadetten herumgesprochen, weitere vierundzwanzig Stunden später in der Fakultät die Runde gemacht und wiederum vierundzwanzig Stunden später in den Häusern längs der Battery.

Luddy Banning stieg die breite Treppe hinab über den Weg des Vorgartens durch die Pforte im Eisenzaun zu dem Buick und wartete, bis Captain Kenneth R. McCoy, USMC, – der ein gelbes Polo-Shirt und eine Khakihose trug – ausstieg, und dann umarmte sie ihn.

»Unser Retter«, sagte sie ernst.

»Na, na, Luddy!«

»Du warst unser Retter, und du wirst immer unser Retter bleiben«, sagte sie. »Willkommen in unserem Haus!«

Sie küsste McCoy auf jede Wange und ging dann um den Buick herum, um Ernie in die Arme zu schließen.

»Wie schön, Sie wiederzusehen, Major McCoy«, sagte Mother Banning und reichte ihm ihre Hand.

»Es heißt Captain McCoy, Ma'am«, sagte McCoy. »Ich freue mich ebenfalls über das Wiedersehen.«

»Da will ich doch verdammt sein!«, ertönte eine dröhnende Männerstimme von der Treppe her. »Sieh an, wer da gekommen ist!«

Ohne sich dessen bewusst zu werden – buchstäblich eine pawlowsche Reaktion – salutierte McCoy vor dem großen, kahlköpfig werdenden Mann mit der geraden Haltung, der einen blonden, achtjährigen Jungen auf den Schultern trug.

»Colonel«, sagte er.

»Gottverdammt, ausgerechnet Sie sollten mich gut genug kennen, um mich mit Namen anzureden.«

Er ging schnell zu McCoy, um ihm die Hand zu schütteln, besann sich dann jedoch anders und umarmte ihn.

»Es ist schön, Sie zu sehen«, sagte McCoy.

»Kommen Sie ins Haus, Stanley wird sich um Ihr Gepäck und den Wagen kümmern. Ich nehme an, gegen einen kleinen – Hölle, einen großen – Umtrunk ist nichts einzuwenden.«

Er blickte zu seiner Frau, die einen Arm um Ernie McCoy gelegt hatte und um den Buick herumkam.

»He, schöne Lady«, rief er, »willkommen in Charleston!«

»Hallo, Ed«, erwiderte Ernie. »Danke, es ist schön, hier zu sein.«

Sie alle gingen die Treppe hinauf, als Stanley, der würdevolle Schwarze, und ein jüngerer Schwarzer herunterkamen.

»Ich habe den Wein ins Wohnzimmer gestellt, Colonel«, sagte er zu Banning.

»Nur den Wein?«

»Nein, Sir«, sagte Stanley. »Nicht nur den Wein.«

»Gut gemacht, Stanley.«

»Diese Gläser sind erlesen«, sagte Ernie, als Ed Banning Champagner in ihr kunstvoll geschliffenes Kristallglas einschenkte.

»Sie sind seit langer Zeit im Familienbesitz«, sagte Mother

Banning. »Wir holen Sie nur für besondere Gäste aus dem Schrank.«

»Danke«, sagte Ernie.

»Der General hat sie vor dem Krieg in Europa gekauft«, sagte Mother Banning. »Auf seiner Hochzeitsreise.«

Ed Banning sah Ernies verwirrte Miene.

»Mother bezieht sich natürlich auf den Sezessionskrieg«, erklärte er. »Diese Gläser verbrachten den Krieg begraben auf der Insel, was mich stets zu der Frage veranlasst, ob mein Urgroßvater so viel Vertrauen in den Sieg der Konföderation hatte, wie er zu jener Zeit behauptete.«

»Edward, wie kannst du so etwas Schreckliches sagen!«, meinte Mother Banning.

»Mother, wie es in der Bibel steht, ›die Wahrheit wird dich befreien‹.«

Es folgte höfliches Gelächter.

»Apropos Wahrheit«, sagte Banning, »lasst mich dies loswerden, bevor wir zu ernsthaftem Trinken übergehen. Der General hat angerufen – Kens und mein General, Mother – und mich informiert, was los ist. Wir sind eine Familie, finde ich …«

»Und ich«, warf Luddy ein. »Diese Familie wäre nicht hier, wenn unser Retter nicht gewesen wäre.«

»Sehr richtig«, sagte Banning. »Jedenfalls sollt ihr beide wissen, dass euch gehört, was uns gehört, und dass wir alles tun werden, um zu helfen, und entweder darüber sprechen können oder nicht, ganz wie ihr wollt.«

»Ich glaube, ich muss weinen«, sagte Ernie.

»Trinken Sie Ihren Schampus, Ernie«, sagte Colonel Ed Banning, und dann kam ihm ein anderer Gedanke. »Noch eines, Ken. Ernie Zimmerman, der bestgekleidetste Master Gunner im Marine-Corps …«

»Was ist mit ihm?«

»Ich wollte Sie fragen, Ken, bevor ich ihn und Mae-Su bitte, von Beaufort runter zu kommen.«

»Wäre das nicht eine Zumutung?«, fragte Ernie. »Ken und ich haben darüber gesprochen, dort runterzufahren und sie auf unserem Weg nach California zu besuchen.«

»Sie haben nicht zugehört, schöne Lady«, sagte Colonel

Banning. Er wandte sich an den Butler, der gerade eine zweite Flasche Moet et Chandon extra brut öffnete. »Stanley, versuchen Sie bitte, Mr Zimmerman für mich ans Telefon zu bekommen, ja?«

»Mae-Su ist für mich wie eine Schwester, Ernie«, sagte Luddy Banning in sanftem Tadel. »Sie ist in unserem Haus stets willkommen.«

Master Gunner Ernest W. Zimmerman, USMC, seine Frau Mae-Su und ihre fünf Kinder trafen zwei Stunden später beim Haus South Battery 66 ein. Mae-Su hatte darauf bestanden, dass sich die gesamte Familie in einer Weise kleidete, die sie angemessen für einen Besuch ›der Ladys von Charleston‹ hielt, wie sie es bei ihrem Mann formuliert hatte.

Die vier männlichen Mitglieder der Familie – Vater, 34, Peter, 13, Stephen, 12, und John, 7 – trugen identische Seersucker-Anzüge. Die drei weiblichen – Mae Sue, 33, Mary, 6, und Ernestine, 3 – hatten fast identische Sommerkleider aus Leinen an.

Die Kleider und Anzüge waren alle von der chinesischen Frau eines anderen Marineinfanteristen, einem Staff Sergeant und Ausbilder aus Parris Island, geschneidert und genäht worden, die in Beaufort, South Carolina, ins Schanghai Palace Restaurant gegangen war und gehofft hatte, eine Stelle als Köchin – oder als überhaupt etwas, denn sie brauchte das Einkommen – zu bekommen, weil sie in Schanghai geboren worden und aufgewachsen war.

Die Besitzerin des Restaurants, Mae-Su Zimmerman, war nicht interessiert an einer Köchin, doch sie suchte eine Näherin. Die Frau des Ausbilders – die ihren Mann gleich nach dem Zweiten Weltkrieg in Tientsin, China, kennen gelernt hatte – kam aus einer Familie von Matrosen und Näherinnen. Nach zwei Tests, zuerst nach dem Schneidern eines Kleides für Mrs Zimmerman nach einem Foto auf der Gesellschaftsseite der Charleston *Post-Gazette* und dann nach einem Anzug für Master Gunner Zimmerman nach einer Abbildung aus einem Versandhauskatalog von Brooks Brothers, stieg Joi-Hu McCarty bei Mrs Zimmerman ins Geschäft ein und wurde stille Teilhaberin (vierzig Prozent) von ›Shanghai Custom Tailors & Alterations‹ von Beaufort, South Carolina.

Mrs Zimmerman war ebenfalls stille Teilhaberin in verschiedenen anderen chinesisch angehauchten Geschäften in Beaufort sowie die Besitzerin des lokalen McDonald's und die Franchise-Nehmerin von Hertz Mietwagen.

Der Ford-Kombi, in dem die Familie Zimmerman in der South Battery eintraf, passend angezogen für einen Besuch bei den Ladys, gehörte der Firma Hertz von Beaufort.

Luddy Banning und Mae-Su Zimmerman umarmten sich mit bewusst zurückhaltender, doch immer noch sichtlicher tiefer Zuneigung. Mae-Su war Luddys Geburtshelferin neben der Schotterstraße in der Mongolei gewesen, als sie Edward Edwardovich Banning geboren hatte.

Auf Kantonesisch fragte Mrs Zimmerman Mrs Banning: »Weiß der Killer, dass wir Bescheid wissen?«

»Mein Mann hat es ihnen gesagt«, erwiderte Luddy auf Kantonesisch.

»Manchmal hasse ich das U.S. Marine Corps«, sagte Mae-Su.

»Ich auch, aber sie sind damit verheiratet«, sagte Luddy.

Die Kinder versammelten sich und wurden die Treppe hinaufgeführt, wo Mother Banning auf sie wartete. Sie sagte ihnen allen, dass sie elegant aussahen, und gab ihnen einen Kuss und ein Pfefferminzbonbon.

»Der Colonel und der Killer sind im Arbeitszimmer, Ernie«, sagte Luddy zu Master Gunner Zimmerman.

»Wie geht es ihm?«

»Besser, als ich gedacht habe, als ich davon erfahren habe«, sagte Luddy.

»Das sieht nicht nach einem Master Gunner des Marine-Corps für mich aus«, sagte McCoy, als Zimmerman das Zimmer betrat, das als ›Arbeitszimmer des Colonels‹ bezeichnet wurde, jedoch in Wirklichkeit mehr eine Bar als ein Arbeitszimmer war. »Das sieht nach einem windigen Anwalt aus.«

Das stimmte nicht genau. Trotz des hervorragend geschneiderten Seersucker-Anzugs im Brooks-Brothers-Stil, weißen Hemdes mit Button-down-Kragen und rot-schwarz gestreifter Krawatte war etwas an Zimmerman, das ihn wie ein Anwalt wirken ließ statt wie einen Marine in Zivil. Er war ein untersetzter, muskulöser, tief gebräunter Mann mit sehr kurz geschnittenem Haar.

»Leck mich, Captain, Sir«, sagte Zimmerman, ging zu ihm und packte ihn am Nacken, um ihn wie ein Bär zu umarmen.

»Wie hängen die Eier?«, fragte McCoy und löste sich aus der Umarmung.

»Jedes Jahr ein wenig tiefer«, sagte Zimmerman.

»Bedienen Sie sich, Ernie«, sagte Banning und wies auf eine Ansammlung von Flaschen auf einem Bücherregal.

»Danke Sir. Was habt ihr …«

»Famous Grouse«, sagte Banning.

»Was denn sonst?«, meinte Zimmerman lachend.

»Und wir haben in Erinnerungen geschwelgt«, sagte Banning.

»Ja? In welchen?«

»Raten Sie mal, wer in Pendleton ist«, sagte Banning.

Zimmerman zuckte mit den Schultern.

»Major Robert B. Macklin«, sagte McCoy.

»Im Ernst?«

»Ich sah seinen Namen auf der Tür seines Büros, als ich im G-1-Gebäude war«, sagte McCoy. »Ihn selbst habe ich nicht gesehen.«

»G-1, das passt«, meinte Zimmerman. »Dieser Sesselfurzer ist ein wahrer G-1-Typ.«

Banning und McCoy lachten.

»Killer«, fuhr Zimmerman im Plauderton fort, »du hättest mich wirklich diesen elenden Hurensohn auf dem Strand von Mindanao erschießen lassen sollen.«

Banning und McCoy lachten wieder, diesmal noch lauter.

»Jack Stecker hatte es erlaubt«, sagte Zimmerman. »Du hättest mich gewähren lassen sollen.«

»Ich war dort, Ernie«, sagte Banning. »Colonel Stecker sagte, Sie können auf jede Weise vorgehen, die Sie für richtig halten, falls – ich betone *falls* – er aus der Reihe tanzt. Wie ich hörte, hat er sich auf den Philippinen benommen …«

»Dieser Hurensohn hat sich niemals benommen«, sagte Zimmerman. »Und jetzt ist er ein verdammter Major, und Ken wird rausgeschmissen. Mein Gott!«

»Ernie, ich habe Ken gesagt, dass wir nicht über diese Sache sprechen, es sei denn, er bringt das Thema selbst zur Sprache«, sagte Banning.

»Wie könnt ihr das totschweigen?«

»Indem wir nicht darüber reden«, sagte Banning trocken.

»Was wirst du also machen, Ken? Die Streifen nehmen, die man dir anbietet, oder aussteigen?«, fragte Zimmerman und ignorierte Banning.

»Würdest *du* die Streifen nehmen, Ernie?«, konterte McCoy.

»Darüber habe ich nachgedacht«, sagte Zimmerman. »Mensch, Ken, wir waren in Schanghai, und ich hatte gehofft, ich könnte Staff Sergeant werden, bevor meine zwanzig Dienstjahre rum sind. Aber das war *damals,* Ken. Seither ist eine Menge passiert – besonders mit dir. Ich will nicht wieder Sergeant sein, will nicht Scheißern wie Macklin oder irgendeinem netten Jungen, der erst vor einem Jahr aus der Marineakademie gekommen ist, den Arsch küssen müssen.«

»So spricht der wahre Master Gunner«, meinte Banning lachend.

Master Gunner sind beim Marine-Corps das Gegenstück zu Warrant Officers der Army. Während sie kein Offiziers*patent* haben, steht ihnen das Recht zu, gegrüßt zu werden und die anderen Privilegien von Offizieren zu genießen. Es sind stets ehemalige Unteroffiziere mit langer Dienstzeit und speziellen Erfahrungen auf einem oder mehreren Gebieten des Militärberufs. Ihr Sold und die Zulagen, je nach Rang in der Kategorie Master Gunner, beläuft sich auf den Sold von Second Lieutenant bis Major.

»Was hat man dir angeboten?«, fragte Zimmerman.

»Das erfahre ich erst, wenn ich wieder in Pendleton bin«, sagte McCoy.

»Hast du dir schon irgendwelche Gedanken gemacht, was du tun wirst, wenn du aussteigst?«

»Für American Personal Pharmaceutical Zahnpasta in Tuben füllen«, sagte McCoy. »Ich habe was mit der Tochter vom Boss. Ich weiß es nicht, Ernie. Darüber werde ich auf dem Weg nach Kalifornien nachdenken. Im Augenblick habe ich nicht die leiseste Ahnung.«

»Colonel, haben Sie ihm von der Insel erzählt?«, wollte Zimmerman wissen.

»Dazu war noch keine Zeit«, sagte Banning.

»Insel?«, fragte McCoy. »Welche Insel? Die, auf der Ihr Urgroßvater die Champagnergläser vergraben hat?«

»Tatsächlich ist es so«, sagte Banning. »Wissen Sie, wo Hilton Head Island ist?«

»Gegenüber von Parris Island. Südlich davon?«

»Richtig. Man beginnt Hilton Head zu erschließen, wissen Sie, einen Golfplatz anzulegen, schöne Häuser, diese Art Dinge. Meine Familie hat einigen Besitz auf Hilton Head …«

»Zum Beispiel fünftausend Morgen«, warf Zimmerman ein.

»… und südlich von Hilton Head«, fuhr Banning fort und ignorierte ihn, »besitzt die Familie eine Insel.«

»Sie besitzen diese Insel? Wo die Gläser vergraben waren?« McCoy sah ihn fragend an.

»Welche Gläser waren vergraben?«, fragte Zimmerman.

»Ja, wir besitzen sie«, erwiderte Banning, ohne auf Zimmermans Frage einzugehen. »Und Luddy und ich und Mae-Su und Ernie haben darüber gesprochen, sie selbst zu erschließen.«

»Woher bekommen Sie das Geld?«

»Nun, wir haben einiges«, sagte Banning.

»Und Mae-Su hat das Ganze durchgerechnet«, sagte Zimmerman. »Wenn wir jetzt anfangen, uns nicht zu sehr verschulden und jeden Verdienst wieder in den Pott zurücklegen, werden wir ab 1960, 1961 einen Riesengewinn machen.«

»Warum einen Riesengewinn?«, fragte McCoy. »Warum 1960?«

»Mae-Su hat mich gefragt, was ein Lieutenant Colonel des Marine-Corps mit einen Lieutenant Colonel der Army und einem Commander der Navy gemein hat.«

»Keiner von ihnen kann seinen Arsch mit beiden Händen finden?«, scherzte McCoy. »Okay. Seien wir ernst. Also was?«

»Sie wissen nicht, wohin, wenn sie sich zur Ruhe setzen. Sie besitzen kein eigenes Haus, jedenfalls die meisten von ihnen, sie müssen irgendwohin und möchten mit ihresgleichen zusammen sein. Und sie haben eine ziemlich bescheidene Pension.«

»Und 1960, 1961, weil sich die Jungs vom Zweiten Weltkrieg nach zwanzig Jahren zur Ruhe zu setzen beginnen?«, fragte McCoy.

»Genau. Der Aufbau begann 1940«, sagte Banning.

»Und was macht ihr zwischen jetzt und 1960?«, erkundigte sich McCoy.

»Zweierlei«, antwortete Banning. »Erstens: den Besitz auf Hilton Head erschließen. Sie planen den Verkauf von Häusern et cetera an gut betuchte Leute, die ein Zweithaus oder einen Ruhesitz suchen. Wir werden sehen, wie das gemacht wird, es lernen und mit ein wenig Glück ein wenig Geld verdienen und es in die Erschließung der anderen Insel stecken.«

»Und ›zweitens‹?«

»Zusehen, dass wir einige freundliche Investoren auftun, Geschäftspartner«, erklärte Banning.

»Und du hast Geld wie Heu, Killer«, sagte Zimmerman. »Denk darüber nach.«

»Meine *Frau* hat Geld wie Heu«, korrigierte McCoy ihn.

»Ich bin so Pleite wie jeder andere Gunner des Marine-Corps«, sagte Zimmerman. »Mae-Sue hat 'ne Menge Geld verdient. *Wir* haben Geld wie Heu. Nicht wie du und Der Colonel, aber es reicht.«

»Es geht um mehr als um Geld, Ken«, sagte Banning. »Es wäre eine Aufgabe für Sie und Ernie, für uns alle drei, wenn wir die Uniform zum letzten Mal an den Nagel hängen.«

»Zum Beispiel?«

»Du weißt, wer schwerer zu betrügen ist als ein ehrlicher Mann?«, fragte Zimmerman, und dann beantwortete er seine eigene Frage. »Ein China-Marine. Ein Absolvent der harten Schule.«

»Die meisten Arbeiten, Ken, werden durch Subunternehmer erstellt«, sagte Banning. »Eine Firma legt die Abwässerkanäle, eine andere legt die Straßen an, eine andere erledigt die Elektroarbeiten et cetera. Die Bauherren müssen sicherstellen …«

»… dass ihnen nicht das Fell über die Ohren gezogen wird«, vollendete Zimmerman den Gedanken für ihn. »Und ich weiß, wovon ich rede. Als wir das letzte Haus in Beaufort bauten, das, in dem wir jetzt wohnen, war ich der Subunternehmer. Beim ersten Haus, das wir hatten, wurden wir gehörig übers Ohr gehauen. Bei diesem Haus, glaube mir, war das nicht der Fall.«

McCoy hatte plötzlich einen Gedanken wie aus dem Nichts.

Als Der Colonel sagte, dass General Pickering angerufen und ihm gesagt hat, was los ist, habe ich angenommen, er meint, er hat ihm alles erzählt. Warum ich aus dem Dai-Ichi-Gebäude rausgeworfen worden bin.

Aber das hat er nicht getan. Er hat ihm nur erzählt, dass ich unfreiwillig aus dem aktiven Dienst als Offizier entlassen werde. Und das war alles, was Der Colonel Ernie Zimmerman erzählt hat, weil es alles war, was er wusste.

Sie wissen nicht, was in Korea geschehen wird.

Ich weiß nicht, was mit mir passieren wird, nachdem das in Korea geschieht. Wenn es vor dem 30. Mai passiert, werden Sie mich dann als Captain im Corps behalten? Oder was? Wenn man mir, sagen wir mal, Gunnery Sergeant anbietet, und ich den Dienstgrad annehme, was dann? Ziehe ich dann als Gunnery Sergeant in den Krieg, zum Dienst in einer Frontkompanie? Aber wenn man mir Gunnery Sergeant anbietet und ich das ablehne und aussteige, dann wird man mich verdammt sicher als Captain zurückrufen.

Aber ich bin ein Marine, und Marines müssen – wie heißt es so schön? – dem ›Klang der Musketen‹ folgen, keine Häuser und Golfplätze auf Land für gut betuchte Leute bauen.

»Wieso komme ich auf den Gedanken, dass du mir nicht zuhörst?«, fragte Zimmerman und riss ihn aus seinen Gedanken zurück in das Arbeitszimmer des Colonels.

»Ich denke, Ernie, ich denke«, sagte McCoy.

Dann lass dir etwas einfallen.

»Weiß der General von eurem Plan, schnell reich zu werden?«, hörte er sich fragen.

»Es ist kein Plan, reich zu werden, Ken …«, sagte Banning beleidigt.

»Leck mich, Killer«, unterbrach Zimmerman.

»… und ja, er weiß davon. Er sagte, wann immer wir für eine Investition bereit sind, sollen wir es ihn wissen lassen.«

»Ich entschuldige mich für die klugscheißerische Bemerkung«, sagte McCoy. »Ich weiß gar nicht, warum ich das gesagt habe.«

»Weil du ein Klugscheißer bist und immer einer warst«, sagte Zimmerman.

»Und mit dieser profunden Beobachtung im Sinn verzeihen wir Ihnen«, fügte Banning hinzu. »Einverstanden, Ernie?«

»Warum nicht?«, meinte Zimmerman.

2

»Wir haben ein kleines Problem«, sagte Ernie McCoy zu ihrem Mann in der Privatsphäre ihres Zimmers, »ich konnte wieder nicht ›nein‹ sagen.«

»Nein bei wem und weswegen?«

»Offenbar starten Ernie und Ed irgendeine Art Immobilienprojekt …«

»Davon haben sie mir erzählt.«

»Und Luddy meint, es wäre eine prima Sache für uns, weil du aus dem Marine-Corps ausscheidest.«

»Und?«

»Sie werden beim Abendessen vorschlagen, dass wir zu der Insel fahren …«

»Zu welcher Insel? Ich denke, es sind zwei Inseln?«

Ernie warf hilflos die Hände hoch.

»… und sie uns ansehen.«

»General Pickering hat ihnen offenbar nicht gesagt, warum ich aus Japan heimbefohlen wurde.«

»Das habe ich mitbekommen«, sagte Ernie. »Ich habe das ebenfalls fast vermasselt, Schatz.«

»›Fast‹?«

»Sie wissen es nicht«, sagte Ernie.

»Gut. Und wir können es ihnen offensichtlich nicht sagen.«

Sie blickte ihn neugierig an.

»Sie würden versuchen, zu helfen«, erklärte er. »Besonders Ed Banning, und er könnte nichts tun, außer vielleicht sich selbst in Schwierigkeiten zu bringen.«

»Wenn Luddy vorschlägt, dass wir uns die Insel ansehen, sagen wir ›was für eine tolle Idee!‹«

»Sie reden nicht über viel Geld«, sagte Ernie. »Nur über ein paar hunderttausend.«

»Du weißt, wie viel ich im Corps verdiene, im Corps verdient *habe*. ›Ein paar hunderttausend Dollar‹ ist für mich viel Geld.«

»Du hast die Steuerformulare unterschrieben, du weißt, wie hoch *unser* Jahreseinkommen ist«, sagte Ernie. »Ich hoffe, das Thema ist nicht wieder zur Debatte freigegeben.«

Sie schauten einander einen Moment in die Augen, und dann

wich Ernie vom Thema ab. »Ich dachte mir, Schatz, dass wir keinen Platz haben, an den wir gehen können, wenn – wenn du aus dem Corps ausscheidest. Ich dachte nicht daran, mit ihnen zu gehen, aber auf dieses Bauland auf Hilton Head Island. Es könnte ein schöner Platz sein, um ein Haus zu erbauen.«

»Wir könnten vielleicht einen schönen kleinen Bauplatz für nur ein paar hunderttausend Dollar ergattern, richtig?«

Sie gab keine Antwort, aber er glaubte, zu sehen, dass sich ihre Augen mit Tränen füllten.

»Baby, es tut mir Leid«, sagte er.

»Schon in Ordnung.«

»Ich habe Zimmerman gefragt, ob er die Streifen annehmen würde, und er sagte nein, damit würde er sich nicht zufrieden geben. Ich hatte mich bereits entschieden, es nicht zu tun, aber es war schön zu hören, dass ich mit meiner Meinung nicht allein bin.«

»Ich habe dir gesagt, das es allein deine Entscheidung ist«, sagte Ernie.

»Ja, ich erinnere mich.«

»Und ich habe es ernst gemeint.«

»Ich weiß, Baby, aber es hätte nicht funktioniert. Es hätte einfach nicht funktioniert. Für mich nicht und für dich nicht.«

Sie nickte, sagte jedoch nichts.

»Ich weiß nicht, was passieren wird, wenn ich mich irre«, sagte er.

»Über das ›schlimmstmögliche Szenario‹?«

Er nickte. »Ich hoffe, ich irre mich. Ich hoffe, dass es keinen Krieg gibt, dass ich am 30. Juni entlassen werde und ...«

»... wir könnten hierhin und ins Immobiliengeschäft einsteigen?«

»Entweder das oder ich kann nach Jersey gehen und die Position als Verwaltungstrainee annehmen, die mir dein Vater angeboten hat.«

»Er meint es gut, Liebling ...«

»Ich weiß, und ich glaube, ich könnte in Personal Pharmaceuticals eine echte Herausforderung finden.«

»Ken, zum verdammt letzten Mal, das war Daddys Idee, der Versuch, ein netter Kerl zu sein. Wenn ich gewusst hätte, dass er dir das vorschlagen wird, hätte ich es verhindert.«

»Das hat er mir erzählt, und ich glaube es«, sagte er. »Aber um wieder auf den springenden Punkt zu kommen, vielleicht passiert das schlimmstmögliche Szenario. Sollte das geschehen, wenn ich aus dem Marine-Corps heraus bin …«

»Du *bist* heraus, richtig? Sie können dich doch nicht zurückrufen, oder?«

»Da war ein Lieutenant Colonel, ein netter Kerl namens Brewer, im Büro des G-1 in Pendleton. Er bat mich in sein Büro und ließ mich wissen, dass er es für eine schmutzige Sache hält, mich ›unfreiwillig zu entlassen‹, nur weil ich keinen College-Abschluss habe. Jedenfalls stellte er ein paar Fragen, und die Antwort auf eine war, dass das Navy Department das Recht hat, jemanden bei einem nationalen Notstand bis zu hundertachtzig Tagen nach dem Datum seiner Entlassung in den Dienst zurückzurufen.«

»O Gott!«

»Danach wird die Entlassung dauerhaft wirksam. Der Grundgedanke ist, nehme ich an, dass man nach sechs Monaten alles vergessen hat, was man gelernt hat. Aber für hundertachtzig Tage könnte ich zurückgerufen werden.«

»Vielleicht will man dich nicht zurückhaben.«

»Weil ich ein Unruhestifter bin und von Captain Edward C. Wilkerson, USN, eine Abschlussbeurteilung erhalten habe, in der Formulierungen wie ›verantwortungslos‹ und ›Mangel an Einschätzungsvermögen‹ stehen? Vielleicht will man mich nicht für den Nachrichtendienst haben – ich habe nicht mal mehr eine Sicherheits-Unbedenklichkeitsbescheinigung. Hatte ich dir das schon erzählt?«

Sie schüttete den Kopf.

»Aber ich wäre ein ehemaliger Captain des Marine-Corps, und man würde voraussetzen, dass ich die grundsätzlichen Fähigkeiten jedes Captains des Marine-Corps habe. Ich bezweifle, dass man mir das Kommando über eine Frontkompanie geben würde, aber das Corps braucht immer Offiziere für die Instandsetzung und den Nachschub …«

»Das ist so gottverdammt unfair!«

»Dies sind die ›schlechten Zeiten‹, von denen der Priester bei unserer Trauung sprach, als er sagte ›in guten und in schlechten Zeiten‹ …«

»Oh, Schatz!«

»Und so konzentrieren wir uns auf den ersten Dezember 1951 für den Versuch, etwas Neues in unserem Leben zu beginnen, nicht auf das Ende dieses Monats. Bis dahin halten wir einfach den Atem an.«

»Zu dieser Zeit werden wir tatsächlich etwas Neues in unserem Leben anfangen«, sagte Ernie. »Wenn diesmal nichts schief geht.«

»Diesmal wird nichts schief gehen«, sagte McCoy mit einer Überzeugung, die er nicht empfand. »Und mit diesem Gedanken im Hinterkopf sagen wir uns, was soll's, warum nicht, was sind popelige paar hunderttausend Dollar, warum sehen wir uns nicht nach einem Platz auf Bannings Insel um, wo wir ein Haus bauen können? Wir können nicht einfach herumsitzen und warten, was das Schicksal bringt. Und vielleicht haben wir Glück.«

»Nun, vielleicht kein Haus *bauen*«, meinte Ernie. »Vielleicht nur eins kaufen, ein kleines, bis wir sehen, was geschieht.«

3

William Banning House
South Battery 66
Charleston, South Carolina

24. Juni 1950, 14 Uhr

Stanley lud den Korb mit gebratenen Hähnchen und anderem ›Proviant‹, den Mother Banning vorbereit hatte, damit Ken und Ernestine – sie konnte sich nicht überwinden, Mrs McCoy ›Ernie‹ zu nennen – unterwegs etwas zu essen hatten, in den Buick Kombi und ging dann die breite Treppe hinauf zum Haus, um zu verkünden, dass alles bereit sei.

Er hatte ebenfalls zwei große Kartenröhren hinten in den Kombi gelegt, die der Colonel vorbereitet hatte. Eine enthielt eine Karte vom Besitz Bannings auf Hilton Head Island, auf der die geplanten Unterteilungen zu sehen und drei Parzellen (A-301, A-302 und A-303) rot markiert waren. Die drei Parzellen befanden sich auf einer hohen Klippe über dem Strand des Atlantik – es würde erforderlich sein, einen Treppenweg zum Strand anzulegen, aber das war schließlich besser, als bei einem einmal in hundert Jahren auftretenden Hurrikan das Wasser des Atlantischen Ozeans im Wohnzimmer zu haben –, und wenn der geplante Golfplatz angelegt war, würde man einen guten Blick auf die Fairways haben, weit genug entfernt von ihnen, damit keine Golfbälle in die Fenster des Hauses krachten.

Die zweite Kartenröhre enthielt einen vorläufigen Entwurf für die Unterteilung von Findlay Island, die sich südlich davon befand, ein Sechstel so groß und vom Atlantischen Ozean durch Hilton Head Island abgeschirmt war.

Der Grundgedanke war, je früher man die Dinge auf Hilton Head ins Laufen bringen konnte, desto eher konnte Geld in die Erschließung von Findlay Island gesteckt werden. Wenn sie vorsichtig vorgingen, konnten sie rechtzeitig für die Welle der militärischen Ruheständler fertig sein, die 1960 beginnen und in den folgenden fünf Jahren wachsen würde.

Colonel Banning hatte klar gemacht, dass er nicht versuchen würde, irgendetwas zu verkaufen, dass Ken und Ernie sich alles nur genau ansehen und darüber nachdenken sollten.

Dafür würde auf dem Weg nach Camp Pendleton viel Zeit sein.

Ken und Ernie hatten ursprünglich vorgehabt, nur ein, zwei Tage bei den Bannings zu bleiben. Dann wären sie nach Beaufort, South Carolina, außerhalb bei Parris Island, weitergefahren, um einen weiteren Tag – oder einen Teil davon – mit den Zimmermans zu verbringen. Vor dort aus hatten sie nach St. Louis, Missouri, fahren wollen, um einen Tag mit George Hart zu verbringen und dann ins südliche Kalifornien weiterzufahren.

Stattdessen waren sie nach zwei Tagen in Charleston mit den Bannings nach Beaufort gefahren und hatten dort drei Tage in Zimmermans überraschend großem und komfortablem Haus am Meer verbracht. Zwei Tage lang hatten sie sich den Besitz auf den Inseln angesehen, und am dritten Tag hatten die Männer ihre Uniformen angezogen und einen Ausflug in die Erinnerung gemacht – sprich ins Rekruten-Ausbildungslager des U.S. Marine Corps in Parris Island. Captain McCoy war in der Grundausbildung in Parris Island gewesen und nur einmal seither dorthin zurückgekehrt, als er kurz nach der Rückkehr vom Stoßtruppunternehmen Makin Island General Pickering zugeteilt worden und dorthin gefahren war, um Private George Hart aus einem Ausbildungszug zu holen, damit er als Pickerings Leibwächter arbeitete.

Am nächsten Tag waren die McCoys und die Bannings zum Haus in der Battery in Charleston zurückgekehrt, und unter der Aufsicht von Mother Banning war ein Abschiedsessen vorbereitet worden.

Weil so viel Zeit vergangen war, würden sie jetzt über Land nach San Diego fahren und auf den Besuch bei George Hart verzichten, bis McCoy die Entlassungs-Prozedur in Camp Pendleton hinter sich haben würde.

Mother Banning überraschte ihren Sohn, indem sie die Treppe hinab zu dem Buick ging – statt wie üblich mit vor dem Bauch verschränkten Händen vor der Haustür stehen zu bleiben, wenn Gäste abfuhren –, um sowohl Ernestine als auch Ken einen Abschiedskuss zu geben.

»Fahrt vorsichtig«, sagte Colonel Banning. »Und lassen Sie sich das mal durch den Kopf gehen, Ken.«

»Ja, Sir, das werden wir«, sagte Ken, schüttelte ihm die Hand und setzte sich hinters Steuer.

Am Ende der Battery, als er auf eine Möglichkeit wartete, sich in den fließenden Verkehr einzufädeln, sagte er: »Ich wünschte, ich könnte das.«

»Was?«

»Ernsthaft darüber nachdenken. Zu tun, was sie vorhaben, verspricht viel mehr Spaß als Tuben mit Zahnpasta zu füllen.«

Es gab im Verkehr eine Lücke, und er lenkte den Buick hinein.

»Die Dinge werden schon klappen, Schatz«, meinte Ernie. »Wie sagt man, ›Vor dem Morgengrauen ist es immer am dunkelsten‹?«

Er lachte, doch es klang mehr wie ein Schnauben.

»Wie spät ist es, Schatz?«, fragte Ernie.

Er warf einen Blick auf seine Armbanduhr.

»Kurz nach vierzehn-null-null«, sagte er.

»Wir werden uns daran gewöhnen müssen, ›kurz nach zwei‹ zu sagen.

»Vermutlich«, sagte er und fügte hinzu: »Mrs McCoy, es ist jetzt kurz nach zwei.«

Ernie lachte.

Zwischen Charleston, South Carolina, und der koreanischen Halbinsel gibt es einen Zeitunterschied von vierzehn Stunden. Mit anderen Worten, wenn es am 24. Juni 1950 in Charleston, South Carolina, kurz nach vierzehn Uhr war, dann war es der 25. Juni 1950, kurz nach vier Uhr morgens, auf der koreanischen Halbinsel.

Der nordkoreanische Angriff der Halbinsel Ongjin an der Westküste, nordwestlich von Seoul, begann ungefähr um 0400 Uhr mit schwerem Artillerie- und Mörsersperrfeuer und dem Beschuss von Handfeuerwaffen des 14. Regiments der nordkoreanischen 6. Division. Der Bodenangriff erfolgte eine halbe Stunde später ohne Panzerunterstützung über den 38. Breitengrad. Er traf die Positionen, die von einem Bataillon des 17. Regiments der Republik Korea gehalten wurden, das unter dem Befehl von Colonel Paik In Yup stand.

SEITE 27
U.S. ARMY IM KOREAKRIEG
BÜRO DES CHEFS FÜR MILITÄRGESCHICHTE
DEPARTMENT OF THE ARMY
WASHINGTON, D.C., 1960

V

1

Kommunikationszentrum
Pentagon
Washington, D.C.

24.Juni 1950, 17 Uhr 10

Die erste ›offizielle‹ Information über den feindlichen Einfall Nordkoreas in Südkorea war eine Funkbotschaft an den stellvertretenden Stabschef G-2 der Army in Washington durch den Militärattaché der US-Botschaft in Seoul am 25. Juni 1950, 9 Uhr 05 koreanischer Ortszeit. Sie traf in relativ kurzer Zeit danach im Kommunikationszentrum der Army ein, vermutlich ›offiziell‹ – das heißt ›eingeloggt‹ – binnen Minuten am 24. Juni 1950 um 17 Uhr 10 Washingtoner Ortszeit ein.

Der 25. Juni war ein Samstag. Während das Pentagon niemals geschlossen hat, waren die meisten des militärischen und zivilen Personals, die in der Woche dort arbeiten, abwesend und nur eine Notbelegschaft war im Dienst.

Eine bürokratische Prozedur war erforderlich. Die Botschaft war als ›Operational Immediate‹ klassifiziert, die höchste, selten benutzte Prioritätsstufe, und bei Erhalt wurde sofort der ranghöchste Offizier im Dienst im Kommunikationsraum informiert, dass ein ›Operational Immediate‹ aus Korea für den G-2 eingetroffen und unverzüglich in den kryptografischen Raum zur Entschlüsselung geschickt worden war.

Der Fernmeldeoffizier vom Dienst telefonierte mit dem Offizier vom Dienst im Büro des stellvertretenden Stabschefs G-2, gab ihm Kenntnis von der Operational Immediate und informierte ihn, dass er die Botschaft persönlich abliefern würde, wenn sie entschlüsselt war.

Der G-2-Offizier vom Dienst wiederum telefonierte mit dem

stellvertretenden Stabschef G-2 und erreichte ihn in seinem Quartier in Fort Meyer, Virginia.

Der leitende Nachrichtenoffizier der Army informierte seinen Offizier vom Dienst, dass er im Begriff war, eine Cocktail- und Dinnerparty im Army and Navy Club im Distrikt zu besuchen, jedoch auf dem Weg dorthin beim Pentagon vorbeifahren werde, um einen Blick auf die Operational Immediate aus Korea zu werfen.

Dann rief er den Stabschef der U.S. Army an und erreichte ihn in seinem Quartier – Quartier 1 – in Fort Meyer. Er meldete dem Stabschef, dass eine Operational Immediate aus Korea eingetroffen und er unterwegs zum Pentagon sei, um sie sich anzusehen. Und er fragte, wo der Stabschef sein würde, falls er sofort in Kenntnis gesetzt werden musste.

Der Stabschef erklärte, er gehe zu Freddys Ausstandsparty in den Army and Navy Club, und da der G-2 ebenfalls dort anwesend sei, sehe er keinen Grund, persönlich zum Pentagon zu fahren. Manchmal werde die Operational-Immediate-Klassifizierung zu leichtfertig angewandt.

Als der G-2 in seinem Büro eintraf, war die Operational-Immediate-Botschaft entschlüsselt worden. Er las sie und befahl seinem Offizier vom Dienst, zu versuchen, den Stabschef, der vermutlich unterwegs zum Army and Navy Club war, über Funk in seinem Auto zu erreichen.

Es war möglich und sogar wahrscheinlich, dass irgendwo in der Botschaft der UdSSR oder der Demokratischen Republik Tschechoslowakei oder der Botschaft der Demokratischen Republik Albanien oder sonst wo ein Mann an einem Funkempfänger saß, der auf die Frequenz des Kurzwellenfunkgeräts nach Polizeiart im Wagen des Stabschefs eingestellt war, und so wurde das Gespräch entsprechend geführt:

»Chief, Sie erinnern sich an diese Botschaft, von der wir gesprochen haben? Ich halte es für eine gute Idee, wenn Sie sich die selbst ansehen.«

»Ich bin unterwegs. Danke.«

Zwanzig Minuten später, im Büro des G-2, las der G-2 die Botschaft und griff nach dem Telefon auf dem Schreibtisch. Binnen zwanzig Sekunden hatte er den Vorsitzenden der Stabschefs der Streitkräfte in der gesicherten Leitung.

»Sir, ich habe eine Operational Immediate aus Korea, und ich finde, Sie sollten Sie sich sofort ansehen.«

»Okay.«

»Ich nehme an, Sie möchten den Minister vorab informieren, und mit Ihrer Erlaubnis werde ich das Gleiche bei meinem Chef machen.«

»Okay. Ich bin unterwegs. Sie sind in Ihrem Büro?«

»Jawohl, Sir.«

»Treffen Sie mich im Einsatzraum.«

»Jawohl, Sir.«

»Und ich bin im Wagen. Sie informieren den Minister.«

»Jawohl, Sir.«

Der G-2 telefonierte über die gesicherte Leitung mit dem Verteidigungsminister und dem Vorsitzenden der Stabschefs der Streitkräfte, in dieser Reihenfolge, und gab beiden die gleiche Botschaft: Er habe gerade mit dem Vorsitzenden über eine Operational-Immediate-Botschaft gesprochen, die er soeben aus Korea erhalten habe, und der Vorsitzende sei auf dem Weg zum Einsatzraum, um sie sich anzusehen, und habe ihn gebeten, diese Information zu übermitteln.

Der Stabschef der Army sagte, er mache sich auf den Weg, und der Verteidigungsminister sagte, er brauche zehn Minuten, um sich zu rasieren und anzuziehen, und mache sich dann auf den Weg.

Bevor er sein Haus verließ, rief der Verteidigungsminister den Außenminister an und sagte, er habe keine Ahnung, wie wichtig es sei, doch es gebe eine Operational-Immediate-Botschaft aus Korea und alle seien unterwegs zum Einsatzraum, um sie sich anzusehen, und vielleicht sei es eine gute Idee, wenn der Minister jemanden zum Pentagon schicke oder gar selbst hinführe.

Der Verteidigungsminister rief auch den Direktor der Central Intelligence Agency an, und als man ihm erklärte, dass der Direktor für dreißig Minuten nicht zu erreichen sei, bekam er den stellvertretenden Direktor an den Apparat und informierte ihn, dass eine Operational-Immediate-Botschaft aus Korea eingetroffen sei, dass er meine, der Direktor solle sie sich ansehen und dass jedermann unterwegs zum Einsatzraum sei. Der stellvertretende CIA-Direktor sagte, er werde eine Nachricht für den Direktor hinterlassen und sofort persönlich zum Einsatzraum aufbrechen.

Weniger als eine Stunde danach, nach der Lektüre der Operational-Immediate-Botschaft und der Auswertung anderer nachrichtendienstlicher Daten, die im Einsatzraum verfügbar waren, wurde mehr oder weniger einstimmig beschlossen, dass die Angelegenheit unverzüglich Harry S. Truman zur Kenntnis gebracht werden sollte, dem Präsidenten der Vereinigten Staaten und Oberbefehlshaber ihrer bewaffneten Streitkräfte.

Der stellvertretende Außenminister stimmte zu, dass der Präsident informiert werden sollte, fand jedoch, dass er sich nicht an der Durchführung beteiligen konnte, bevor der Außenminister über die Lage informiert wurde und seine Genehmigung erteilte.

Es dauerte eine weitere Stunde, um diese Genehmigung einzuholen, woraufhin die Fernmeldeabteilung des Weißen Hauses angewiesen wurde, den Präsidenten der Vereinigten Staaten in seinem Haus in Independence, Missouri, anzurufen.

Der Präsident nahm die Neuigkeit fast stoisch hin und befahl, ihn über neue Entwicklungen auf dem Laufenden zu halten, ganz gleich zu welcher Uhrzeit.

Der Präsident war nicht überrascht, als er vom Verteidigungsminister erfuhr, dass Nordkorea in Südkorea eingefallen war. Er war zuvor vom Direktor der CIA informiert worden, der eine Funkbotschaft vom CIA-Stationsleiter in Seoul erhalten hatte. Er hatte sofort entschieden, dass der Präsident unverzüglich informiert werden musste, und hatte das persönlich erledigt.

2

Blair House
Washington, D.C.

25 Juni 1950, 22 Uhr 05

»Wenn keinem etwas einfällt, was wir sonst noch heute Abend tun können«, sagte Präsident Harry S. Truman, »schlage ich vor, dass wir Schluss machen. Ich nehme an, wir brauchen morgen alle einen klaren Kopf.«

Die Männer am Konferenztisch – der Außen- und Verteidigungsminister, der Vorsitzende des Streitkräfteausschusses, die Stabschefs von Army und Air Force, der Direktor der Central Intelligence Agency, der nationale Sicherheitsberater und verschiedene andere hochrangige Berater – erhoben sich.

Obwohl eigentlich nichts am Konferenzraum im Blair House auszusetzen war, mangelte es ihm an der Größe und der Bequemlichkeit des Konferenzraums im Weißen Haus. Wenn es immer noch einen Konferenzraum gegenüber der Straße im Weißen Haus gegeben hätte. 1948 war entdeckt worden, dass das Weiße Haus buchstäblich zusammenfiel, höchst einsturzgefährdet war. Truman hatte entschieden, es bis auf die Grundmauern abzureißen und neu zu bauen. Im Juni 1950 war der Neubau zwei Jahre im Gang, und es sollte sich herausstellen, dass er vier Jahre lang dauern würde. Als der Präsident zum letzten Mal ins Weiße Haus hereingeschaut hatte, war es noch ein Rohbau gewesen.

Der Präsident hatte seinen Urlaub in Independence abgekürzt und war am frühen Nachmittag mit der Air Force One – eine viermotorige Douglas DC-6, bekannt als die *Independence* – nach Washington zurückgeflogen.

Seine Berater hatten ihn im Blair House erwartet, de facto vorübergehend das Weiße Haus, wo das Fernmeldekorps der Army eine Funkkonferenz-Anlage mit General MacArthur im Dai-Ichi-Gebäude in Tokio eingerichtet hatte.

Es war im Wesentlichen eine moderne Funkschaltung, bei der das, was in Washington eingetippt wurde, sofort auch in Tokio getippt wurde und von jedem im Konferenzraum auf einem großen Bildschirm gelesen werden konnte. Und umgekehrt.

MacArthur hatte dem Präsidenten mitgeteilt, was er über die Lage in Korea wusste – nicht viel –, und der Präsident hatte Mac Arthur nach Beratung mit seinem Stab ermächtigt, Munition und Ausrüstung nach Korea zu schicken, um den Verlust von Seouls Flugplatz Kimpo an die Nordkoreaner zu vermeiden und die Air Force und Jagdflugzeuge der Navy zu versorgen, damit sie die Nachschub-Flugzeuge schützen konnten. MacArthur war ebenfalls bevollmächtigt worden, zu veranlassen, was auch immer er für notwenig erachtete, um die Angehörigen von amerikanischem militärischem und diplomatischem Personal in Korea aus dem

Kriegsgebiet zu evakuieren und ein Team nach Korea zu schicken, um die Ereignisse einzuschätzen.

Ebenso hatte Truman der Siebten Flotte (die zwischen den Philippinen und Okinawa aufgeteilt war) befohlen, sofort zum Stützpunkt der U.S. Navy in Sasebo, Japan, zu fahren, wo sie der Kontrolle des Kommandeurs der U.S. Naval Forces Far East unterstellt werden würde. COMNAVFORFE war dem Supreme Commander Allied Powers unterstellt, also hatte Truman die Einsatzkontrolle der Siebten Flotte dem Commander-in-Chief Pacific (CINCPAC) weggenommen und MacArthur gegeben.

Niemand im Konferenzraum wusste, was man sonst noch tun konnte, bis man mehr über die Vorgänge wusste.

Mit Ausnahme von Admiral Hillenkoetter, dem CIA-Direktor, der noch überlegte, ob er den Oberbefehlshaber um ein paar Minuten seiner Zeit für ein Gespräch – unter vier Augen – bitten sollte, als der Präsident seine Gedanken zu erraten schien.

»Admiral, würden Sie bitte noch eine Minute bleiben?«, fragte Truman.

»Ja, Mr President«, sagte der Admiral.

Es ist durchaus möglich, dachte Hillenkoetter, *dass ich einen Anschiss bekomme, weil ich ihn angerufen habe, als ich die Funkbotschaft vom Stationsleiter in Seoul bekommen habe. Er hat nichts gesagt, doch der Vorsitzende kann davon erfahren haben und sich übergangen fühlen.*

Der Vorsitzende bedachte den Admiral mit einem merkwürdigen Blick, als er den Konferenzraum verließ und ihn mit Truman allein ließ.

In William Donovans Office of Strategic Services hatte das OSS praktisch unter dem Kommando des Chairman of the Joint Chiefs of Staff gestanden. Donovan hatte das überhaupt nicht beachtet und sich gesagt, dass er für den Präsidenten arbeitete und für niemanden sonst. Donovan war damit durchgekommen.

Bei der Wiedergeburt des OSS als die Central Intelligence Agency, war die CIA eine separate Regierungsbehörde, die mit dem Verteidigungs- und Außenministerium zusammenarbeiten musste, ihnen jedoch nicht unterstand. Keinem der militärischen Dienste oder dem Außenministerium gefiel das, und sie versuchten auf die eine oder andere Weise mit unterschiedlichem Maß an Raffinesse zu verstehen zu geben, dass der Chairman of the Joint

Chiefs of Staff in Wirklichkeit das Kommando hatte – Hillenkoetter war schließlich ein Admiral, der CIA zugeteilt, kein Zivilist wie J. Edgar Hoover, der Direktor des Federal Bureau of Investigation.

Das Interessante ist, dass ich dachte, als ich wirklich in der Navy war, die CIA unterstünde tatsächlich den Joint Chiefs. Ein paar Monate in der CIA kurierten mich davon. Es kann nur die Central *Intelligence Agency sein, wenn sie unabhängig ist, frei von Einfluss irgendwelcher Seite. Die Dinge würden vermutlich besser sein, wenn man sie* Independent *Intelligence Agency genannt hätte.*

»Das ist alles, ich danke Ihnen«, sagte der Präsident zu dem Stenografen, einem Chief Petty Officer der Navy, der die Konferenz protokolliert hatte.

Der Chief Petty Officer verließ den Konferenzraum und schloss die Tür hinter sich.

»Nur eine Sache der Neugier, Admiral«, begann der Präsident, »wann haben Sie dem Vorsitzenden die Information weitergegeben, die Sie mir telefonisch gegeben haben?«

»Mein Stellvertreter nahm diese Funkbotschaft, Mr President – zu dieser Zeit gab es zwei weitere von keiner großen Bedeutung – mit zur ersten Konferenz im Einsatzraum.«

»Ich habe dem Vorsitzenden nichts von Ihrem Anruf erzählt«, sagte der Präsident. »Ich habe im Zweifelsfall zu Ihren Gunsten entschieden, dass Sie nicht versucht haben, ihn zu übergehen.«

»Wie ich meine Rolle verstehe, Mr President, berichte ich Ihnen.«

»Ja«, sagte der Präsident, »das tun Sie.« Er schwieg kurz. »Haben Sie irgendwelche anderen Funkbotschaften erhalten? Auch wenn sie ›von keiner großen Bedeutung‹ waren?«

»Mein Stationsleiter in Seoul glaubt, dass Seoul fallen wird, Mr President. Er verlegt seinen Einsatzstützpunkt in den Süden.«

Der Präsident nickte, äußerte sich jedoch nicht.

»Mr President, da ist noch etwas«, begann Hillenkoetter.

»Lassen Sie hören«, sagte der Präsident.

»Vor ein paar Wochen, am achten Juni, Mr President, bat mich Senator Fowler um einen kurzfristigen Termin. Am nächsten Morgen kam er mit einem Mann namens Fleming Pickering in mein Büro.«

Truman zuckte mit den Schultern und zeigte an, dass ihm der Name nichts sagte.

»Und was wollte der Cheerleader der Kampagne Eisenhower-for-President, Admiral?«, fragte Truman. »Als Letztes hörte ich, dass er nicht im Senatsausschuss für die Aufsicht über die Nachrichtendienste sitzt.«

»Der Name Pickering sagt Ihnen nichts, Mr President?«

»Nicht die Bohne«, antwortete der Präsident.

»Er war im Zweiten Weltkrieg Deputy Director des OSS für den Pazifik. Wirklich ein Typ.«

»Nie von ihm gehört«, sagte der Präsident, »Einer von Donovans ›Oh-so-socials‹?«

»Nun, das auch, Sir, nehme ich an. Er besitzt Pacific and Far East Shipping, und er hat die Tochter des Besitzers der Foster-Hotelkette geheiratet.«

»Und das hat Donovan offenbar veranlasst, zu entscheiden, dass er für das OSS taugt?«

»Mr President, Präsident Roosevelt hat Pickering zum Brigadier General im Marine-Corps ernannt und ihn dann, wie ich aus zuverlässiger Quelle erfahren habe, gegen Mr Donovans starke Einwände zum Deputy Chief des OSS für den Pazifik ernannt.«

»Die Marines müssen begeistert gewesen sein, einen prominenten Millionär als Brigadier General untergejubelt zu bekommen«, meinte Truman.

»Wie ich hörte, gab es damit überhaupt kein Problem, Mr President. Pickering verdiente sich in Frankreich im Zweiten Weltkrieg als Unteroffizier nicht nur das Navy Cross, sondern er ging auch mit der ersten Division des Marine-Corps in Guadalcanal an Land und wurde – als der G-2 im Einsatz fiel – General Vandegrifts Nachrichtenoffizier.«

»Er war zwischen den Kriegen Reserveoffizier?«, fragte Truman.

Hillenkoetter wusste, dass Captain Harry Truman nach dem Ersten Weltkrieg in die Nationalgarde Missouris eingetreten und zum Colonel aufgestiegen war.

»Als er nach Guadalcanal ging, war er Captain der Navy Reserve, Mr President, und arbeitete als eine Art Repräsentant für Marineminister Knox. Und als Minister Knox befahl, ihn mit einem Zerstörer von Guadalcanal abholen zu lassen, wurde der angegriffen, der Kapitän fiel und Pickering übernahm trotz seiner schweren Verwundung das Kommando über das Schiff. Dafür verlieh ihm Admiral Nimitz den Silver Star.«

»Ich bin wirklich müde, Admiral«, sagte Truman nach einer Weile. »Können wir zur Sache kommen?«

»Mr Pickering – General Pickering – und Senator Fowler sind sehr eng befreundet, Mr President.«

»Ich nehme an, jeder Hurensohn auf der Welt hat einen Freund«, sagte Truman.

»General Pickering war soeben von Tokio gekommen, Mr President«, sagte Hillenkoetter, »mit einer nachrichtendienstlichen Einschätzung, die zu dem Schluss gelangte, dass sich die Nordkoreaner auf eine Invasion Südkoreas vorbereiten.«

»Wie kam er an eine solche nachrichtendienstliche Einschätzung? Wessen nachrichtendienstliche Einschätzung?«

»Das wollte er mir nicht sagen, Mr President, aber ich habe jeden Grund zu der Annahme, dass sie von einem Captain McCoy vorbereitet wurde, der in General Pickerings Stab arbeitete, als sie beide im OSS waren.«

»Ein weiterer Oh-so-social, dieser Navy-Captain?«

»Ein Captain des Marine-Corps, Sir. Er ist Major gewesen und nach dem Krieg zum Captain herabgestuft worden.«

»Ich habe bestimmt nichts gegen Captains«, sagte Truman, »aber hat der nicht in der falschen Liga gespielt? Für gewöhnlich bereiten Captains keine Einschätzungen vor, die den Beginn eines Krieges voraussagen.«

»Dieser hat es getan, Sir«, sagte Hillenkoetter. »Und bis jetzt ist alles haargenau eingetroffen, wie er es prophezeit hat.«

»Warum ist diese Einschätzung nicht – erzählen Sie mir darüber mehr?«

»Ich hatte sie nie zuvor gesehen, Mr President. Und als ich sie gelesen hatte, überprüfte ich alles, was meine Leute entwickelt hatten.«

»Für wen hat dieser Captain McCoy diese Einschätzung gemacht?«

»Captain McCoy wurde beim Naval Element, SCAP, verwendet, Sir. Er lieferte sie seinem Vorgesetzten ab, der sie an General Willoughby, General MacArthurs G-2, weiterleitete …«

»Und?«

»Laut General Pickering hat General Willoughby befohlen, sie zu vernichten.«

»Er hat ihr keinen Glauben geschenkt?«

»Offensichtlich nicht, Mr President.«

»Und jetzt stellt sich heraus, dass dieser Captain haargenau Recht hatte?«

»So sieht es aus, Mr President.«

»Und als General Willoughby befahl, diese Einschätzung zu vernichten, gab dieser Captain sie General Pickering?«

»Jawohl, Sir.«

»Und der brachte sie zu Ihnen? Begleitet von Senator Fowler?«

»Jawohl, Sir.«

»Was bedeutet, dass Senator Fowler sie gesehen hat und die Geschichte kennt?«

»Jawohl, Sir.«

»Was bedeutet, wenn wir soeben in den Krieg gezogen sind – und ich befürchte sehr, dass es so ist –, dass wir auf Grund der Einschätzung dieses Captains, die MacArthur ignoriert hat, hätten wissen sollen, was kommen wird? Mein Gott, das wird ein weiterer Pearl-Harbor-Skandal!«

»Ich befürchte, dass diese Möglichkeit eintreten könnte, Mr President.«

»Und was haben Sie getan, als Ihnen diese Einschätzung zur Kenntnis gelangt ist?«

»Ich haben entschieden, dass sie eine weitere Ermittlung verdient, Mr President.«

»Das heißt, Sie haben sie ausgesessen?«

»Ich habe meinen Deputy für asiatische Aktivitäten, David Jacobs, in das nächste Flugzeug nach Hongkong gesetzt, mit dem Befehl, jedem Feuer zu machen, den wir dort drüben haben, um die Einschätzung zu überprüfen.«

»Und?«

»Nun, es war nicht viel Zeit, Mr President, doch nach den Meldungen, die ich bekam, neigte ich – bis gestern – dazu, die Einschätzung in Frage zu stellen.«

Truman schaute ihn lange an.

»Ich weiß Ihre Ehrlichkeit zu schätzen, Admiral«, sagte er dann. »Danke.«

Er wirkte einen Augenblick in Gedanken und fragte dann: »Wo ist dieser Captain jetzt? Was sonst hat er uns zu sagen, das keiner hören will?«

»Das war eine der ersten Rückmeldungen, die ich erhalten habe, Mr President«, sagte Hillenkoetter. »Captain McCoy wurde in die Vereinigten Staaten zur unfreiwilligen Entlassung aus dem Dienst abkommandiert.«

»Tötet den Boten der Hiobsbotschaft, wie? Das klingt wie etwas, das Kaiser MacArthur tun würde.«

»Mr President, General Pickering hat bei mir den Eindruck erweckt, dass General MacArthur nichts von der Einschätzung weiß.«

»Wie, zum Teufel, kann Pickering das wissen?«

»Er und MacArthur sind befreundet, Mr President. Er hat mit den MacArthurs zu Abend gegessen, als er in Tokio gewesen ist.«

»Warum hat er dann die Einschätzung nicht MacArthur gegeben?«

»Wie General Pickering andeutete, Mr President, ist General MacArthurs Loyalität gegenüber den Offizieren, die mit ihm im Zweiten Weltkrieg auf den Philippinen gedient haben, legendär.«

»Die ›Bataan Gang‹«, sagte der Präsident. »Davon habe ich gehört.« Er legte eine Pause ein und sah Hillenkoetter an. »Wo hält sich der Captain jetzt auf?«

»Ich habe keine Ahnung, Sir. Irgendwo in den Staaten. Vielleicht in Camp Pendleton, das ist das Entlassungszentrum.«

»Und wo ist General Pickering?«

»Er wohnt in San Francisco.«

Der Präsident schaute auf seine Armbanduhr.

»Es ist hier jetzt 22 Uhr 30. Wie spät ist es in San Francisco?«

Hillenkoetter rechnete.

»19 Uhr 30, Mr President.«

Truman wandte sich dem Telefontisch zu und nahm den Telefonhörer ab.

»Hier ist der Präsident«, sagte er. »In dieser Reihenfolge, verbinden Sie mich mit General Pickering in San Francisco, Kalifornien.«

Er blickte zu Hillenkoetter.

»Haben Sie seine Telefonnummer?«

»Nein, Sir. Und ich sollte eine haben. Es tut mir Leid, Mr President.«

Truman winkte ab, um anzuzeigen, dass es nichts ausmachte, und widmete seine Aufmerksamkeit wieder dem Telefon.

»Versuchen Sie, ihn bei Pacific & Far East Shipping zu erreichen. Wenn ich dann mit ihm gesprochen habe, verbinden sie mich mit Senator Fowler. Ich weiß nicht, wo er ist.«

Er legte den Telefonhörer auf.

»Wenn Sie die Zeit haben, Admiral, bleiben Sie hier, bis ich diese Telefonate geführt habe.«

»Selbstverständlich, Mr President.«

»Muss ich Ihnen sagen, je weniger Leute von dieser Sache wissen, desto besser?«

»Nein, Sir.«

»Sie erwähnten, dass Sie Dave Jacobs in den Fernen Osten geschickt haben. Wie viel weiß er?«

»Unter den gegebenen Umständen, Mr President, habe ich David gesagt, ich hätte keinen Grund, die jüngsten Daten anzuzweifeln, die ich bekommen habe, und wolle sie nur sorgfältig überprüfen lasen. Warum, habe ich ihm nicht gesagt.«

»Halten Sie das weiterhin so«, sagte der Präsident.

Er drückte auf einen Kopf auf einer Konsole am Konferenztisch.

Ein Steward der Navy in weißem Jackett tauchte auf.

»Ich möchte einen Drink«, sagte der Präsident. »Sie auch, Admiral?«

»Danke, ja, Mr President.«

3

Penthouse
Foster Hotel San Francisco
Nob Hill, San Francisco, Kalifornien

25. Juni 1950, 19 Uhr 35

Die Aufsichtsratsvorsitzende der Foster Hotel Corporation war im Begriff, mit dem Aufsichtsratsvorsitzenden der Pacific & Far East Shipping Corporation im Konferenzzentrum der Foster Hotel Corporation zu Abend zu essen. Vom Finanzamt war das Zentrum als vernünftige und notwendige Geschäftsausgabe betrachtet worden. Es bestand aus sieben Räumen im obersten Stockwerk des Foster San Francisco Hotel und verfügte über einen großen Konferenzraum, drei Schlafzimmer, eine Lounge, Sauna und Küche.

Als das Telefon klingelte, saß der Aufsichtsratsvorsitzende von P&FE in Bademantel, Badehose und Gummisandalen auf einem Stuhl in der Küche und betrachtete wohlgefällig die Aufsichtsratsvorsitzende der Foster Hotel Corporation, die einen Badeanzug und Sandalen trug und vor dem Küchenherd stand.

Beide waren soeben aus dem Swimmingpool des Hotels gekommen, und auf der Fahrt mit dem Aufzug hatte die Foster-Aufsichtsratsvorsitzende den P&FE-Aufsichtsratvorsitzenden gefragt, was er zum Abendessen wünschte.

»Eigentlich möchte ich ein Krabbenomelett«, hatte er erwidert.

»Gute Idee. Und ich glaube, da ist noch eine Flasche Champagner im Kühlschrank.«

»Darf ich daraus schließen, dass du einem neckischen Spielchen nicht abgeneigt wärst?«

»Flem, du solltest zu alt für so etwas sein.«

»Das bin ich nicht.«

»Gott sei Dank.«

Ein Telefonat hatte schnell eine Ein-Pfund-Portion Krabbenfleisch und ein frisch gebackenes Baguette aus der Hotelküche herbeigezaubert. Als sie geliefert wurden, war die Flasche Champagner geöffnet, und der P&FE-Aufsichtsratvorsitzende –

der nun wirklich keinen Champagner mochte – hatte eine Flasche Famous Grouse aus der Lounge in die Küche geholt.

Beim Klingeln des Telefons fragte die Foster-Aufsichtsratsvorsitzende: »Wer mag das sein?«

Nur sehr wenige Personen kannten die Telefonnummer des Penthouse.

»Wenn du abhebst, wirst du es vermutlich herausfinden«, schlug Fleming Pickering vor.

Patricia Fleming wandte sich von der Bratpfanne ab, schenkte ihrem Mann einen Blick, den man als fraulich verächtlich/liebevoll bezeichnen konnte, und nahm den Hörer des Telefons ab, das an der Wand hing.

»Hallo«, sagte sie. Und dann: »Warten Sie bitte einen Moment.«

Sie streckte das Telefon, das eine lange Schnur hatte, ihrem Mann entgegen.

»Wer ist es?«

»Ein weiterer deiner Legion von Kumpeln mit Sinn für kindischen Humor«, sagte Patricia.

Er durchquerte mit dem Whiskyglas in der Hand die Küche und nahm von seiner Frau den Hörer entgegen.

»Hallo?«

»Brigadier General Fleming Pickering?«, fragte eine Frauenstimme.

»Wer will das wissen?«

»Brigadier General Fleming Pickering?«, wiederholte die Frau.

»Ja, hier spricht Fleming Pickering.«

»Bleiben Sie bitte dran für den Präsidenten.«

Fleming Pickering blickte zu seiner Frau, die ungläubig den Kopf über den kindischen Humor eines der Freunde ihres Mannes schüttelte.

»Klar«, sagte Pickering und lächelte, während er sich fragte, was kommen würde.

»General Pickering?«, fragte eine Männerstimme.

»Den haben Sie am Apparat. Stehen Sie stramm, wenn ich mit Ihnen spreche.«

»Hier spricht Präsident Truman, General.«

Da will ich doch verdammt sein!

»Ja, Sir?«

»General, gestern Morgen um vier Uhr hat Nordkorea eine Invasion Südkoreas gestartet.«

»Ich bedaure, dies zu hören, Sir.«

Patricia Flemings Gesichtsausdruck wechselte zu Besorgnis über. Sie stellte die Pfanne auf die Herdplatte, ging zu ihrem Mann und neigte sich zu ihm, um das Gespräch mit zu verfolgen. Sie hörte:

»Zu diesem Zeitpunkt sind sehr wenig Einzelheiten bekannt, jedoch genug, um zu wissen, dass es mehr als ein Grenz-Zwischenfall ist.«

»Jawohl, Sir.«

»Admiral Hillenkoetter hat mir von Ihrem Besuch bei ihm erzählt«, sagte Truman.

»Ja, Sir?«

»Wer?«, raunte Patricia. »Welcher Admiral? Welcher Besuch?«

»Ich möchte Sie und Senator Fowler gern so bald wie möglich sehen«, sagte Truman. »Wäre es möglich, dass Sie nach Washington kommen?«

»Ja, Mr President. Selbstverständlich.«

»Und Captain McCoy. Anscheinend weiß niemand, wo er sich aufhält. Wissen Sie das?«

Mein Gott, Hillenkoetter brauchte kein Nuklearwissenschaftler sein, um sich zusammenzureimen, dass ich diese Einschätzung nur vom Killer bekommen haben kann.

»Soviel ich weiß, Mr President, fährt er mit seiner Frau von Charleston nach Camp Pendleton, mit einem Zwischenstopp in St. Louis.«

»Wissen Sie, wie man Kontakt mit ihm aufnehmen kann?«

»Nein, Sir, das weiß ich nicht. Er muss bis zum 29. Juni in Camp Pendleton sein.«

»Was ist mit St. Louis? Haben Sie eine Telefonnummer von dort?«

»Nicht hier, Sir, es tut mir Leid. Ich bin zu Hause. Wenn die McCoys in St. Louis halten, werden Sie Captain George Hart besuchen, einen Polizisten, den Leiter der Mordkommission.«

»Damit kann man was anfangen«, sagte Truman wie im Selbstgespräch. »General, wenn Sie bereit sind, nach Washington zu kommen, werde ich mit jemandem von der Air Force Kontakt aufnehmen, damit Sie sehr kurzfristig einen Platz in einem Flugzeug bekommen.«

»Jawohl, Sir.«

»Ich wäre Ihnen dankbar, General, wenn dieses Gespräch und Einzelheiten über Ihr Treffen mit Admiral Hillenkoetter nicht öffentlich bekannt werden.«

»Selbstverständlich, Sir, ich verstehe. Mr President.«

»Danke. Ich freue mich darauf, Sie bald kennen zu lernen, General.«

»Jawohl, Sir.«

»Noch einmal vielen Dank«, sagte Truman, und dann war die Leitung tot.

Pickering hängte tief in Gedanken den Telefonhörer auf den Apparat an der Wand.

»Was, zum Teufel, hat das alles zu bedeuten?«, fragte Patricia Fleming.

»Es sieht aus, als wären wir soeben gegen Korea in den Krieg gezogen«, erwiderte er.

Sie hatten das Krabbenomelett gegessen, und Pickering hatte einen zweiten Famous Grouse getrunken, als das Telefon von neuem klingelte.

Pickering ging hin und nahm den Hörer ab.

»Hallo?«

»General Pickering?«

»Ja, am Apparat.«

Verdammt, du bist nicht General *Pickering.*

»General, hier spricht Brigadier General Jason Gruber, U.S. Air Force.«

»Ja?«

»Ich habe Befehle, General, Sie so bald wie möglich zur Andrews Air Force Base zu bringen. Was halten Sie davon, mit einer F-94 zu fliegen? Sie würden einen Druckanzug tragen müssen …«

»Ich weiß nicht einmal, was eine F-94 ist«, sagte Pickering.

»Wir haben soeben die Auslieferung am ersten Juni begonnen«, sagte General Gruber. »Es ist ein Nachfolgemodell der Lockheed F-80 …«

»Das ist ein Jagdflugzeug«, sagte Pickering. »Gibt es in einem Jäger überhaupt Platz für einen Passagier?«

»Es gibt Platz für einen Radartechniker im hinteren Cockpit. Wenn Sie einverstanden sind, kann ich in etwa einer Stunde auf der Alameda Naval Air Station sein.«

»Wo sind Sie jetzt?«, fragte Pickering, und bevor General Gruber antworten konnte, fügte er hinzu: »Werden *Sie* mich fliegen?«

»Ich bin auf der Ellis Air Force Base, und ja, ich werde fliegen.«

»Ich dachte die Ellis Air Force Base ist in Las Vegas.«

»So ist es«, sagte General Gruber.

»Und Sie können in einer Stunde herfliegen?«

»Wenn ich die Nachbrenner anwerfe, und das werde ich vermutlich tun, kann ich es in fünfunddreißig, vierzig Minuten schaffen.«

»Mein Gott!«

»Die Alternative ist irgendein Transportflugzeug, General. Damit wird Ihre Flugzeit nach Washington natürlich viel länger. Die Entscheidung liegt bei Ihnen.«

»Ich brauche mehr als eine Stunde«, sagte Pickering. »Ich muss noch etwas erledigen, bevor ich von hier aufbreche.«

»In zwei Stunden wird es zweiundzwanzig-hundert sein. Bis dahin habe ich aufgetankt und bin flugbereit. Wie groß sind Sie, General?«

»Einsfünfundachtzig.«

Dann brauchen wir Sie nur noch in einen Druckanzug zu zwängen und können starten.«

»Wie komme ich in den Navy-Stützpunkt rein?«

»Alameda wird Sie erwarten. Sie reisen DP, General. Alles läuft wie geschmiert, glauben Sie mir.«

»Was ist DP?«

»Direction of the President. Wussten Sie nicht, dass Sie auf Anweisung des Präsidenten fliegen?«

»Nein, das wusste ich nicht.«

»Ich sehe Sie dann in Alameda, General«, sagte General Gruber und legte ohne ein weiteres Wort auf.

Pickering hängte den Hörer des Wandtelefons ein und wandte sich an Patricia.

»Was hat das alles zu bedeuten?«, fragte sie.

»Ich werde von einem Brigadier der Air Force nach Washington geflogen, und das in einem Jagdflugzeug, von dem ich noch nie etwas gehört hatte. Wir starten in zwei Stunden von der Alameda Naval Air Station.«

Patricia Fleming dachte darüber nach.

»Ich fahre dich hin«, sagte sie dann. »Wir werden keine zwei Stunden bis Alameda brauchen, Flem.«

»Der Air-Force-Typ kommt von Las Vegas. Er sagte, er kann das in vierzig Minuten schaffen. Aber ich habe ihm zwei Stunden gesagt.«

»Warum?«

»Ich habe hier erst etwas – etwas äußerst Wichtiges – zu erledigen.«

»Was könnte wichtiger sein, als …?« Sie verstummte mitten im Satz, als sie begriff.

»Das Gleiche was ich im Sinn hatte, als wir vor dreißig, vierzig Minuten in den Aufzug gestiegen sind«, sagte er.

Sie sah ihm einen Moment in die Augen und lächelte dann.

»Oh, Flem, ich hoffe, du wirst nie erwachsen.«

4

Presseklub
Tokio, Japan

26. Juni 1950, 11 Uhr 30

Man sagt, dass es vielleicht Ehre unter Ganoven gibt, aber es gibt absolut keine unter Journalisten, jedenfalls wenn es darum geht, einem Kollegen eine Story vor der Nase wegzuschnappen.

Aber es gibt ein wenig ›Eine Hand wäscht die andere‹-Kooperation unter Journalisten, und so informierte ein ehrenwertes Mitglied des Tokioter Pressekorps einen seiner Kollegen, als es aus zuverlässiger Quelle erfuhr, dass eine C-54 der Air Force startbereit für den Flug nach Seoul war, um amerikanische Militärangehörige zu evakuieren.

»Jetzt sind wir quitt, richtig?«, fragte er, damit die Dinge zwischen ihnen klar waren.

»Richtig«, sagte der Kollege und zog sich auf sein Zimmer zurück, um seine Schreibmaschine und die Kamera und Wäsche zum Wechseln zu holen. Dabei erinnerte er sich daran, dass er einem dritten Journalisten einen Gefallen schuldete, und ging zu dessen Zimmer im dritten Stock des Presseklub-Gebäudes, vergewisserte sich, dass der Kollege allein war, und erzählte ihm dann von der C-54, die auf Haneda starten und nach Seoul fliegen würde.

Es kam keinem der drei Journalisten nicht eine Sekunde lang in den Sinn, Miss Jeanette Priestly von der *Chicago Tribune* über die C-54 nach Seoul zu informieren. Welche besonderen Höflichkeiten ihrem Geschlecht und ihrem guten Aussehen auch sonst erwiesen werden mochten, wurde durch ihren geteilten Glauben ausgeglichen, dass sie eine der Könnerinnen ihrer Zunft war, und deshalb behandelten sie Jeanette wie ihre anderen Kollegen. Man fickte sie – bildlich gesprochen, nicht zu verwechseln mit der anderen Sache.

Die drei Journalisten – die den Presseklub zu unterschiedlichen Zeiten verlassen hatten, einer von ihnen durch die Küchentür – waren deshalb enttäuscht, jedoch nicht wirklich überrascht, als sie sich im Abfertigungsgebäude auf dem Luftwaffenstützpunkt Haneda trafen und dort Miss Priestly vorfanden.

Sie waren enttäuscht, weil jetzt vier statt drei Journalisten hinter der Story vom ersten Flug in den Koreakrieg her hechelten und eine der vier vom schwachen Geschlecht war, was zweifellos die Richard-Harding-Davis-Aura ihrer Reise trübte.

Richard Harding Davis war für alle drei Männer ein Held, und sie hofften alle insgeheim, ihm nachzueifern. Er hatte über jeden Krieg berichtet, vom Griechisch-Türkischen über den Ersten Weltkrieg, hatte im Spanisch-Amerikanischen Krieg Teddy Roosevelt beim Marsch auf den San Juan Hill begleitet und war im Ersten Weltkrieg fast von den Deutschen abgeschossen worden. Danach hatte er als äußerst erfolgreicher Romanautor und Bühnenschriftsteller weitergemacht.

Aber sie konnten nichts gegen die schöne Miss Priestley unternehmen. Sie war ordnungsgemäß beim Headquarters des

Supreme Commander akkreditiert und folglich wie sie berechtigt, verfügbare Plätze in USAF-Transportern einzunehmen.

Und es gab viele freie Plätze. Als die C-54 von Haneda startete, waren nur die fünf Crewmitglieder und die vier Mitglieder des Pressekorps an Bord. Als sie sich Seouls Flugplatz Kimpo näherten, kam der Pilot nach hinten in den Rumpf, um ihnen zu sagen, dass nordkoreanische Yak-Jagdflugzeuge den Flugplatz im Tiefflug mit Bordwaffen angegriffen hatten und wahrscheinlich zurückkehren würden. Weil die große Möglichkeit bestand, dass der Flugplatz bereits von den Nordkoreanern eingenommen worden war, hätte er soeben Befehle erhalten, einmal tief über den Flugplatz zu fliegen, um zu sehen, ob irgendwelche Amerikaner auf sie warteten, und wenn das nicht der Fall war, nach Japan zurückzufliegen.

Nein, er konnte nicht landen, nur um die vier Korrespondenten aussteigen zu lassen.

Es befanden sich Amerikaner auf dem Flugplatz, und einige von ihnen schwenkten verzweifelt Kleidungsstücke, um die C-54 auf sich aufmerksam zu machen.

Die Maschine landete, und die Korrespondenten trafen in der Abfertigung Lieutenant Colonel Peter Scott von der Air Force bei der Vernichtung von Dokumenten an.

Scott sagte ihnen, die Dinge seien nicht so schlecht, wie sie hätten sein können. Seoul war nicht aufgegeben worden wie fälschlich berichtet, und auf direkten Befehl von General Douglas MacArthur hin rückten die ungefähr sechzig Offiziere der Koreanischen Military Advisory Group (KMAG) und die ungefähr hundert Unteroffiziere und Mannschaften der KMAG, welche die Stadt evakuiert hatten, wieder in sie ein.

Die Journalisten fragten Colonel Scott, wie sie nach Seoul kommen konnten, das elf Kilometer entfernt war. Er wies auf den Parkplatz, der voller Jeeps, Trucks und ziviler PKW war, einschließlich neun Buicks des jüngsten Modells.

»Bei den meisten der Wagen stecken die Zündschlüssel«, sagte Colonel Scott.

Daraufhin schlugen die männlichen Journalisten Miss Priestley ritterlich vor, dass es ihr unter den gegebenen Umständen zustand, an Bord der C-54 zu gehen und mit den evakuierten Militärangehörigen nach Tokio zurückzukehren, während sie nach Seoul fuhren. Dies war wirklich kein Ort für eine Frau.

Miss Priestly antwortete mit einem kurzen, beißenden Satz, der sicherlich nicht sehr damenhaft war, jedoch klar machte, dass sie sich selbst als einen der Jungs betrachtete und nicht vorhatte, vor der Story davonzulaufen.

Die Journalisten beobachteten den Abflug der C-54 nach Tokio und stiegen dann in einen fast neuen Buick, um nach Seoul zu fahren, wo sie wenig Mühe hatten, das große graue Gebäude zu finden, das die KMAG beherbergte.

Dort wiederholte Colonel Sterling Wright – der ihnen erklärte, dass er der amtierende KMAG-Kommandant war (Brigadier General William Roberts, der ehemalige befehlshabende General, war wegen einer neuen Verwendung in die Staaten zurückgekehrt und es war noch kein Ersatz für ihn eingetroffen) –, was sie auf Kimpo von Lieutenant Colonel Scott gehört hatten: Die Dinge waren nicht so schlecht, wie es zuerst den Anschein gehabt hatte.

Als Beweis zeigte er ihnen eine Funkbotschaft vom Supreme Commander persönlich, in der es hieß: ›Seid guter Laune. Bedeutsame Ereignisse stehen bevor‹.

Colonel Wright bedauerte unter den gegeben Umständen – die KMAG war soeben nach Seoul zurückgekehrt; er würde morgen Verbesserungen veranlassen –, dass die einzigen Unterkünfte, die er den ehrwürdigen Pressevertretern anbieten konnte, ziemlich spartanisch waren. Die Männer würden sich die Quartiere wie er selbst mit den ranghohen Offizieren seines Stabs teilen, und er würde sein eigenes Quartier der Lady zur Verfügung stellen.

Miss Priestly duschte und legte sich zum Schlafen in Colonel Wrights schmales Bett.

In den frühen Stunden des nächsten Morgens wurde sie von einem aufgeregten Lieutenant geweckt, der berichtete, dass die Nordkoreaner durch die südkoreanischen Verteidigungslinien um Seoul gebrochen seien und dass sie flüchten mussten.

Sekunden später beschossen die Nordkoreaner das KMAG-Gelände mit Mörsern.

Miss Priestly zog sich schnell an und verließ das Gebäude, vor dem Colonel Wright in einem Jeep auf sie wartete. Ihre Kollegen, sagte er, waren bereits fortgefahren.

Gefolgt von einem anderen Jeep rasten sie aus dem KMAG-Gelände zum Han-Fluss. Sie hatten ihn fast erreicht, als ein Lichtblitz und ein gewaltiges Krachen ankündige, dass die Brücke in die Luft gejagt worden war.

Ihre einzige Fluchtroute nach Suwon, fünfundvierzig Kilometer südlich von Seoul, wo es einen Luftstützpunkt gab, war abgeschnitten worden.

Colonel Wright fuhr zurück zum Gelände der KMAG, wo er einen Konvoi aus sechzig Fahrzeugen von Versprengten zusammenstellte und damit losfuhr, um einen anderen Weg durch den Han-Fluss in die Sicherheit zu finden. Nach einigen Stunden verzweifelter Suche hatte er keinen gefunden, doch sie gelangten an eine Stelle, wo kleine Boote sie über den Fluss bringen konnten.

Wright befahl die Zerstörung der Fahrzeuge, und die flüchtenden Amerikaner schafften es über den Fluss und machten sich zu Fuß auf den Weg nach Suwon.

Gegen elf Uhr war zunehmend das Röhren von Flugzeugmotoren zu hören. Nach einer Weile konnten sie die Flugzeuge als P-51 Jagdflugzeuge der USAF identifizieren. Sie griffen offenbar im Tiefflug den Flugplatz Kimpo mit Bordwaffen an, und daraus konnte der Schluss gezogen werden, dass er jetzt in der Hand der Nordkoreaner war.

Nach vier Stunden Fußmarsch tauchte ein Jeep auf, und Miss Priestly akzeptierte das Angebot, darin mit nach Suwon zu fahren. Dort fand sie ihre Journalisten-Kollegen, zwei von ihnen mit blutigen Verbänden. Sie waren auf der Brücke über dem Han-Fluss gewesen, als sie in die Luft gejagt worden war.

Auf dem Flugplatz standen eine Reihe amerikanischer Flugzeuge, und eines davon hatte dem Luftwaffenstützpunkt Itazuke in Japan zum Ziel, dem nächstgelegenen zu Korea. Alle vier Journalisten gingen an Bord. Es war keinem von ihnen möglich, in Suwon ihre Storys über den Fall von Seoul zu schreiben, und zwei von ihnen brauchten ärztliche Behandlung.

Alle vier schrieben ihre Storys auf Itazuke. Die beiden verwundeten Männer fuhren dann in ein Krankenhaus, und Miss Priestly und der unverletzte Kollege stiegen in ein anderes Flugzeug, das nach Suwon zurückflog.

Am nächsten Morgen, als Miss Priestley versuchte, einen Jeep oder einen anderen fahrbaren Untersatz aufzutreiben, um sich das Kampfgeschehen anzusehen, sah sie eine glänzende C-54 im Landeanflug auf Suwon und dann landen. Als sie bemerkte, dass »Bataan« auf der Nase stand, rannte sie hin, um einen genaueren Blick darauf zu bekommen.

Militärpolizisten, bewaffnet mit Thompson-Maschinenpistolen, stiegen aus, gefolgt vom Supreme Commander höchstpersönlich. Dann sah sie ein Dutzend Offiziere im Generalsrang und schließlich vier Mitglieder des Pressekorps.

Jeanette Priestly kannte alle vier. Sie betrachteten sich als die ranghöchsten Mitglieder des Tokioter Pressekorps – und das vielleicht nicht unberechtigt; sie waren die Tokioter Büroleiter von drei bedeutenden amerikanischen Nachrichtenagenturen und *Time-Life*. Bei ihren Kollegen im Pressekorps waren sie als »Die Palastwache« bekannt, denn sie berichteten über den Supreme Commander persönlich und überließen die Berichterstattung über die sonstigen Ereignisse in Japan ihren Handlangern.

Sie waren offenbar von MacArthur eingeladen worden, um ihn nach Korea zu begleiten – »verfügbarer Platz« traf nicht auf das persönliche Flugzeug des Supreme Commander zu; ein Flug mit der *Bataan* war nur mit Einladung möglich.

Wenn die Mitglieder der Palastwache überrascht waren, Jeanette Priestly in Korea zu sehen, so war ihnen das nicht an den Gesichtern anzusehen. Doch der Supreme Commander lächelte, als er sie sah, und winkte sie zu sich.

Das ist eine Schlagzeile, wenn es jemals eine gegeben hat, dachte Jeanette: MCARTHUR IN KOREA.

Aber wie bekomme ich die Story dazu?

»Guten Morgen, Jeanette«, sagte MacArthur und gab ihr die Hand. »Ich wusste gar nicht, dass Sie hier sind.«

»Ich traf gestern ein«, sagte Jeanette und platzte heraus: »Fast wäre ich in Seoul eingeschlossen worden.«

»Seoul wird die Invasoren bald los sein, dessen bin ich sicher«, sagte MacArthur.

Eine verschrammte Limousine, ein Studebaker, nicht annähernd so in Schuss wie die Buicks, die Jeanette verlassen auf Kimpo gesehen hatte, fuhr vor, und Colonel Sidney Huff kam zu ihnen.

»Der Wagen ist da, General«, sagte er.

»Jeanette, wenn Sie warten möchten, bis ich Gelegenheit hatte, die Lage hier einzuschätzen, können Sie mit mir in der *Bataan* nach Tokio zurückfliegen«, sagte Douglas MacArthur.

»Danke«, sage Jeanette. »Das ist sehr freundlich von Ihnen.«

Ich kann von Tokio aus die Story ebenso schnell liefern, wie die Palastwache das schafft.

»Überhaupt nicht«, sagte MacArthur, »dies ist kein Ort für eine Lady, jedenfalls nicht im Augenblick.«

Jeanette hatte einen Gedanken, der nun gar nicht ladylike war, doch sie schaffte es, so strahlend zu lächeln, wie sie konnte. Und dann lächelte sie strahlend die Palastwache an, die auf ihre Anwesenheit in der *Bataan* reagierten, als wäre sie ein Hure in der Kirche.

Sie wartete, bis MacArthurs kleiner Konvoi davongefahren war, und dann setzte sie sich neben der Landbahn ins Gras, nahm ihre Royal-Reiseschreibmaschine und begann zu tippen:

FÜR SOFORTIGE PRESSEVERÖFFENTLICHUNG
NOTIZ AN REDAKTION:
AP, UP UND INS, WIRD FOTOS HABEN
SCHLAGZEILE: MACARTHUR KOMMT NACH KOREA

Von Jeanette Priestly,
Kriegsberichterstatterin der Tribune

Suwon, Südkorea, 27. Juni – Die Trümmer einer C-54 der Air Force, die von nordkoreanischen Yak-Jagdflugzeugen zerstört wurde, schwelen noch, als die Bataan, die glänzende C-54 von Supreme Commander General Douglas MacArthur, auf diesem beschädigten Flugplatz 30 Meilen südlich der soeben eingenommenen südkoreanischen Hauptstadt Seoul heute Nachmittag landet. Mit der vertrauten abgenutzten Feldmütze und einer Lederjacke mit Pelzbesatz, seine Maiskolbenpfeife keck im Mund, sagte General der Army Douglas MacArthur dieser Reporterin vertraulich voraus, dass Seoul die Invasoren bald los sein wird.

Sie blickte von der Reiseschreibmaschine auf und sah, dass die Palastwache einen Jeep gefunden hatte und offenbar vorhatte, sich MacArthurs Konvoi anzuschließen.

Sie knallte den Deckel der Royal zu, sprang auf und rannte zu dem Jeep. Gerade als er sich in Bewegung zu setzen begann, kletterte sie über den Rücksitz.

»Ja, danke«, sagte Jeanette strahlend, »ich komme gern mit.«

5

Washington, D.C.

26. Juni 1950, 9 Uhr 05

Der Präsident der Vereinigten Staaten kam aus der Eingangstür des Blair House, stieg fast schwungvoll die Treppe hinab und zeigte mit einem Nicken an, dass er nach rechts gehen würde.

Zwei der sechs Agenten des Secret Service, die ihn begleiteten, nahmen schnell ihre Positionen ein, damit sie ihm vorangehen konnten; zwei warteten, um die Kolonne zu beschließen; und zwei stellten sich so auf, dass sie nur ein paar Schritte hinter ihm sein würden. Auf der anderen Straßenseite ließen die Fahrer zweier Chevrolet Suburbans die Motoren an. Einer fuhr an der Spitze der kleinen Kolonne und der andere bildete das Ende.

Der Agent des Secret Service, der an der Spitze der Kolonne ging, wandte den Kopf und blickte den Präsidenten fragend an.

»Zum Foster Lafayette«, sagte der Präsident. »Senator Fowler.«

»Danke, Sir«, sagte der Agent des Secret Service.

Senator Richardson K. Fowler unterhielt eine Suite im Foster Lafayette. Keine normale Suite, obwohl Gott wusste, dass die Suiten im Lafayette alle groß und elegant eingerichtet waren, sondern ein Apartment aus zwei Suiten, das mit Antiquitäten in Museumsqualität möbliert war, wie der Präsident erfahren hatte.

Fowler war ziemlich wohlhabend, und im Gegensatz zu seinen Kollegen im Senat bemühte er sich überhaupt nicht, das zu verbergen. Er betrachtete den Dienst für die Öffentlichkeit als ein

Privileg und das Wohnen in Washington, D.C. – so gut er auch wohnte –, als den schrecklichen Preis, den er für dieses Privileg bezahlen musste.

Der Präsident schritt forsch voran, tippte dreimal lächelnd an seinen weißen Panama-Strohhut und winkte Leuten auf beiden Seiten der Pennsylvania Avenue zu, die ihn erkannten.

Das Foster Lafayette Hotel befand sich direkt gegenüber vom Weißen Haus in der Pennsylvania Avenue, und die Rückseite – zum Blair House hin – am Lafayette Square. Der Generalmanager des Hotels stand neben dem Portier unter der Markise und wartete offensichtlich auf den Präsidenten.

Der Agent des Secret Service an der Spitze wandte wieder den Kopf und blickte den Präsidenten fragend an.

»Ich nehme an, als ich mich selbst zum Frühstück eingeladen habe, hat ihm Senator Fowler das erzählt«, sagte der Präsident.

Der Präsident schüttelte dem Generalmanager, den er mit Namen ansprach, und dem Portier die Hand, betrat das Hotel, ging durch die Halle zu einem wartenden Aufzug und folgte den beiden vorangehenden Secret-Service-Agenten hinein.

Als der Aufzug im obersten Stock eintraf und aufging, sah der Präsident einen großen Schwarzen, der ein graues Jackett trug und breit lächelte, neben der offenen Tür von Senator Fowlers Suite stehen.

»Guten Morgen, Mr President«, sagte er. »Schön, Sie wiederzusehen, Sir. Der Senator erwartet Sie.«

Der Präsident gab ihm die Hand.

»Hallo, Franklin«, sagte Truman, »es ist auch schön, Sie zu sehen.«

Er folgte den beiden Agenten des Secret Service in Fowlers Apartment.

Richardson K. Fowler und Fleming Pickering erhoben sich.

»Guten Morgen, Mr President«, sagte Fowler.

»Guten Morgen«, erwiderte der Präsident. »Können diese Jungs in Ihrem Arbeitszimmer warten?«

»Selbstverständlich, Mr President«, sagte Fowler.

»Dort durch«, sagte der Präsident und wies hin. »Wenn ich Sie brauche, werde ich Ihnen das mitteilen.«

Die Agenten des Secret Service waren sichtlich unglücklich über seinen Befehl, ihn allein zu lassen.

»Es ist in Ordnung«, fuhr Truman fort. »Senator Fowler hält mich zwar für eine Bedrohung des Landes, aber ich bezweifle, dass er mich ermorden wird. Gehen Sie nur.«

»Jawohl, Mr President«, sagten die Secret-Service-Agenten wie aus einem Mund, verließen das Zimmer und schlossen die Tür.

Der Präsident wandte sich an Fowler.

»Sie können mich ›Harry‹ nennen, Dick. Wir kennen uns sehr lange.«

»Lange genug, um es besser zu wissen, Mr President. Wie sagt man? ›Hüte dich vor Demokraten, die dich anlächeln‹?«

Truman lächelte und reichte Fleming Pickering die Hand.

»Danke für Ihr Kommen, General«, sagte er. »Und ich muss sagen, obwohl Sie die Nacht im Flugzeug verbracht haben, sehen Sie nicht sehr verknittert aus.«

»Ich war sehr verknittert, Mr President, als wir auf Andrews landeten«, erwiderte Pickering.

Franklin erschien mit einem silbernen Kaffeeservice auf einem Tablett und stellte es auf den Couchtisch des Wohnzimmers.

»Was haben Sie zum Frühstück vorgesehen, Franklin?«, erkundigte sich Fowler.

»Ein kleines Büfett, Senator. Ich dachte mir, die Gentlemen möchten ungestört sein.«

»Warum bringen Sie den Kaffee nicht ins Esszimmer? Dann werde ich nichts auf meine neue Krawatte kleckern.«

»Ja, Sir«, sagte Franklin, nahm das Tablett und trug es ins Esszimmer, gefolgt von den drei Männern.

Er stellte das Tablett auf einen Tisch, auf dem sechzehn Abendessen Platz gefunden hätten, und zog sich dann zurück.

»Bevor wir ein weiteres Wort wechseln, ist es abgemacht, dass dies inoffiziell ist, richtig?«

»Abgemacht, Mr President«, sagte Fowler.

»Jawohl, Sir«, sage Pickering.

Der Präsident sah Pickering an, als wolle er sich zu etwas entschließen.

»Wie sagen Sie in der Navy, General? ›Lasst uns die Decks klarmachen?‹«

»So ähnlich, Mr President. Aber ich bin wirklich kein General, Mr President. Das ist lange Zeit her.«

»Lassen Sie uns diesen Teil des Decks zuerst klarmachen, General«, sagte Truman. »Doch, Sie sind einer. Sie sind Brigadier General, USMC, Reserve.«

Pickering wollte etwas einwenden, doch dann besann er sich anders.

Gottverdammt, vielleicht bin ich das. Vermutlich *bin ich das. Ich bin '45 nicht* entlassen *worden. Ich bin* von aktivem *Dienst entbunden und zu meiner Heimatadresse befohlen worden.*

»Und als Ihr Oberbefehlshaber, General, kann ich Ihnen befehlen, für sich zu behalten, was in diesem Raum gesagt wird.«

Pickering sah ihn an, äußerte sich jedoch nicht.

»Leider kann ich Sie nicht herumkommandieren, Dick«, fuhr Truman fort, »wie weder einen Senator noch einen Journalisten. Ich kann nur an Ihren Patriotismus appellieren. Wir haben einige unfreundliche Dinge übereinander gesagt – und glauben sie vielleicht –, aber ich bezweifle, dass Sie jemals meinen Patriotismus bezweifelt haben, und ich habe gewiss niemals Ihren in Frage gestellt.«

»Was wollen Sie, Mr President«, fragte Fowler kühl.

»Ich will keine Schlagzeilen ›MacArthur ignorierte Warnung vor nordkoreanischem Angriff‹ auf den Titelseiten jeder Zeitung im Land lesen«, sagte Truman.

»Ich bezweifle, Mr President, dass General MacArthur von McCoys Einschätzung wusste«, sagte Pickering.

»Er ist für die Dinge dort drüben verantwortlich, General«, sagte Truman. »Er hätte über diese Einschätzung informiert werden sollen. Er ist verantwortlich für die Handlungen – oder Unterlassungen – seiner Untergebenen.«

Pickering nickte zustimmend und zuckte mit den Schultern.

»Wir sind im Begriff, dort drüben Krieg zu führen«, sagte Truman. »Die Vereinten Nationen haben versagt, denn niemand schenkte der Sache irgendwelche Aufmerksamkeit. Erinnern Sie sich, wie Mussolini 1936 eine Invasion Äthiopiens vorbereitete? Der Kaiser von Äthiopien – wie war noch mal der Name, Dick?«

»Haile Selassie, Mr President.«

»*Haile Selassie* ging vor die Vereinten Nationen, und sie sagten Mussolini, dass er aufhören sollte«, fuhr Truman fort. »Er wusste, dass die Vereinten Nationen ein zahnloser Tiger sind, also machte er seine Invasion. Und die Vereinten Nationen taten nichts – konnten nichts tun.«

»Ich erinnere mich, Mr President«, sagte Fowler.

»Und so zogen die Diktatoren der Welt – italienische, deutsche und japanische – logischerweise den Schluss, da die Vereinten Nationen ein Witz sind, könnten sie mit allem durchkommen, was sie wollen. Und das bescherte uns den Zweiten Weltkrieg.«

»Meinen Sie, die Vereinten Nationen ändern sich?«, fragte Fowler am Rande des Sarkasmus.

»Zum einen Dick, gehören wir zu den UN, wir gehörten damals nicht dazu. Zum anderen sehen wir uns jetzt den unbeschreiblichen Schrecken eines Atomkriegs gegenüber. Wir können es uns nicht leisten, dass die UN scheitern.«

Fowler nickte zustimmend.

»Die Vereinten Nationen haben soeben Nordkorea gesagt, sie sollen aus Südkorea verschwinden«, fuhr Truman fort. »Wenn die UN diesen Befehl nicht durchsetzen können, kann passieren, dass die ganze Welt in einer Atomexplosion kaputtgeht. So müssen die Nordkoreaner aus Südkorea verschwinden. Ich habe entschieden, dass die Vereinigten Staaten tun müssen, was auch immer nötig ist, um das zu erreichen.«

»Notfalls auf eigene Faust?«, fragte Fowler.

»Ich bezweifle, dass es dazu kommen wird, aber wenn, ja, auf eigene Faust.«

»Mr President, haben Sie McCoys Einschätzung gelesen?«, fragte Pickering.

»Admiral Hillenkoetter hat mir davon erzählt.«

»McCoy ist der Meinung, dass die Besatzungsarmee in Japan für einen Kampfeinsatz weder ausgerüstet noch ausgebildet ist – dass sie es mit einer überlegenen Streitmacht zu tun hat.«

»Ist er kompetent, um eine solche Einschätzung zu machen?«

»Ich habe absolutes Vertrauen in sein Urteilsvermögen, Mr President«, sagte Pickering.

»Nun, er hat bisher Recht gehabt, nicht wahr?«, sagte Truman. »MacArthur meint, er hat die Lage im Griff. Ich habe ihm befohlen, ein Team nach Korea zu schicken, um zu sehen, wie schlecht die Dinge tatsächlich stehen.«

Einen langen Moment sagte keiner ein Wort.

»Es gibt zwei Möglichkeiten«, fuhr Truman dann fort. »Erstens: Wenn die Nordkoreaner sehen, dass wir nicht tatenlos bleiben – ich habe MacArthur die Genehmigung gegeben, Eisenbahnlinien und Brücken zu bombardieren, diese Art Dinge –, ziehen sie sich zurück, wie die Russen in Berlin den Schwanz eingekniffen haben, als wir die Luftbrücke eingerichtet haben.«

»Mr President, Sie haben vielleicht Achesons Rede, dass wir Korea aus unserem Interessengebiet herauslassen, so ausgelegt, dass wir nicht reagieren werden.«

Truman sah ihm an, nickte und fuhr dann fort.

»Zweitens besteht die Möglichkeit, dass sie – und die Russen, die dahinter stecken – sich sagen werden, dass es bei den Vereinten Nationen wieder wie mit Äthiopien laufen wird, und ihren Angriff weiterführen. Das bedeutet die Verwicklung amerikanischer Bodentruppen. Ich glaube, dass dies geschehen wird.«

Er blickte zwischen Fowler und Pickering hin und her.

»Nach Pearl Harbor feuerte Präsident Roosevelt die hohen Tiere von Pearl Harbor – Admiral Kimmel und General Short – wegen Pflichtvergessenheit. Sie hatten sich nicht angemessen auf die Ereignisse vorbereitet und verdienten es, gefeuert zu werden. General MacArthur – wenn wir Ihrem jungen Captain Glauben schenken wollen, General – hat sich nicht angemessen vorbereitet auf das, was jetzt hier geschieht. Muss ich die Probleme erklären, die es verursachen würde, wenn ich MacArthur wegen Pflichtvergessenheit entlassen und nach Hause befehlen müsste?«

»Nein, Sir, Mr President«, sagte Fowler.

»Wenn ich das sagen muss, Dick, ich spreche nicht von politischem Schaden für Harry Truman. Der ist mir wirklich gleichgültig.«

»Mr President, ich werde nicht – Captain McCoys Einschätzung und was in Tokio geschehen ist, wird nicht an die Presse weitergegeben werden«, sagte Fowler.

»Auch nicht, zum Beispiel, an Senator Taft?«

Senator Robert Taft (Republikanische Partei, Ohio), der Ambitionen auf die Präsidentschaft hatte, war einer von Trumans größten Kritikern.

»Ich werde auch nicht Bob informieren«, sagte Fowler. »Oder sonst jemanden. Wenigstens vorläufig nicht.«

»Das amerikanische Volk wird genug Probleme haben, weil es überhaupt Krieg gibt. Wenn wir zu Beginn Prügel beziehen und herauskommt, dass MacArthur vorgewarnt gewesen ist und nichts unternommen hat …«

»Ich verstehe, Mr President«, sagte Fowler.

»Das freut mich«, sagte Truman. Er blickte wieder zwischen Fowler und Pickering hin und her. »Jetzt bekomme ich Hunger. Als ich hier eintraf, hatte ich keinen Appetit.«

»Mr President«, sagte Pickering, »ich möchte nicht, dass McCoy wegen seines Handelns Schwierigkeiten bekommt.«

»Ich will Ihnen sagen, was mit Captain McCoy geschehen wird, General«, sagte Truman. »Der Kommandant des Marine-Corps hat den Befehl erhalten, dass McCoy (a) nicht entlassen wird und sich (b) so bald wie möglich bei Admiral Hillenkoetter melden muss. Ich habe es abgelehnt, dem Kommandanten zu sagen, was dies alles zu bedeuten hat, und ich werde es auch keinem der hohen Offiziere erzählen.«

»Ich möchte nicht, dass er Schwierigkeiten bekommt, Mr President«, wiederholte Pickering. »Er ist Captain. Wenn die Leute Sündenböcke suchen, sind Captains entbehrlich.«

»Captain McCoy braucht einen Beschützer an hoher Stelle – wollen Sie das damit sagen?«

»Ja, Mr President, ich glaube, das trifft es.«

Truman sah ihn einen Augenblick an. Dann nickte er und lächelte.

»Ich wollte dies für später aufsparen«, sagte er, »aber wir machen die Decks klar, richtig?«

»Ich glaube, ich kann Ihnen nicht folgen, Mr President.«

»Wie steht es um Ihre Gesundheit, General. Könnten Sie eine ärztliche Untersuchung bestehen?«

»Jawohl, Sir, das könnte ich vermutlich.«

Worauf, zur Hölle, will er hinaus? Dass ich zu den Marines zurückgehe?

»Ich glaube, was mit Ihnen geschehen wird, General, wird in den nächsten paar Wochen einer Reihe von anderen Leuten widerfahren«, sagte Truman.

»Sir?«

Truman ging zu einem Telefontisch an der Wand, nahm den

Hörer eines Telefons ab und wählte eine Nummer aus dem Gedächtnis.

»Hier spricht der Präsident«, sagte er. »Verbinden Sie mich bitte mit dem Kommandanten des Marine-Corps.«

Die Verbindung dauerte weniger als eine Minute.

»Hier ist der Präsident, General«, sagte Truman dann, »wie ich hörte, sind Sie mit Brigadier General Fleming Pickering, USMC Reserve, bekannt?«

Es folgt eine sehr kurze Pause.

»Bitte veranlassen Sie die nötigen Befehle, den General für unbefristete Zeit für den aktiven Dienst einzuberufen, mit sofortiger Wirkung, und ihn darüber hinaus für den Dienst in der Central Intelligence Agency einzuteilen«, befahl Truman. »Es wird nicht nötig sein, ihn zu benachrichtigen – er ist jetzt bei mir.«

»Allmächtiger!«, stieß Pickering hervor.

Truman legte den Telefonhörer auf und wandte sich zu Pickering um.

»Nehmen Sie sich Zeit, so viel Sie brauchen, bevor Sie sich bei Admiral Hillenkoetter melden. Aber je eher, desto besser.«

Er lächelte über Pickerings offensichtliches Unbehagen.

»Können wir jetzt frühstücken?«, fragte er.

6

Büro des stellvertretenden Leiters
Abteilung Personalakten von Offizieren
Büro des stellvertretenden Stabschefs G-1
Headquarters, Camp Pendleton, Kalifornien

29. Juni 1950, 23 Uhr 30

Captain Kenneth R. McCoy hatte die Zulässigkeiten beim Urlaub als PFC der 4. Division des Marine-Corps in Schanghai gelernt.

Urlaub wird zu einem Satz von 2,5 Tagen pro Monat gewährt, was sich zu 30 Tagen pro Jahr summiert. Urlaub kann zu insgesamt 60 Tagen auflaufen, alles darüber verfällt. Der Urlaub beginnt um

0001 Uhr des ersten Urlaubstages und endet um 2359 Uhr des letzten Tages.

Er glaubte ebenfalls, dass alles, was mit ihm geschehen würde – jetzt, da Krieg war – nicht nach den Dienstunden geschehen würde, genauer gesagt, nicht nach 16 Uhr 30 am 29. Juni, seinem letzten Urlaubstag.

Als er und Ernie an diesem Nachmittag um 15 Uhr 45 in San Diego eintrafen, ging er deshalb ins Coronado Beach Hotel, bekam am Empfang den Schlüssel seines Zimmers, ging nach oben, duschte und suchte dann unten die Bar auf, um mit Ernie etwas zu trinken und mit ihr über die Möglichkeiten zu sprechen.

Davon gab es einige, anfangen mit der wahrscheinlichsten, dass der Krieg so jung war und das Corps noch keine Zeit gefunden hatte, irgendwelche neuen Einberufungs-Vorschriften in Wirkung treten zu lassen. In diesem Fall würde Captain McCoy am 30. Juni 1950 aus dem Marinedienst entlassen werden.

Es war ebenfalls möglich, dass neue Einberufungsbestimmungen erlassen worden waren, und dann würden Entlassungen aus dem Marinedienst höchstwahrscheinlich entweder unbefristet oder wie im Zweiten Weltkrieg für die Dauer des Krieges plus sechs Monate ausgesetzt werden.

Genauso war möglich, dass Eighth & Eye, während sie Ernies Verwandte und die Bannings und Zimmermans besucht hatten, entschieden hatte, dem Ex-Corporal und jetzigen Captain McCoy zu genehmigen, als Staff Sergeant oder Gunnery Sergeant oder Master Sergeant wieder in das Corps einzutreten und ihn zwar aus dem Offiziersdienst, jedoch nicht aus dem Marine-Corps zu entlassen, und er sich freiwillig als Staff Sergeant oder Gunnery Sergeant oder Master Sergeant wieder melden konnte, und wenn er das nicht freiwillig tat, ihn als Private, USMC, in Dienst hielt, bis eine Entscheidung getroffen war, was, zum Teufel, mit diesem Kerl gemacht werden konnte.

Ken und Ernie nahmen in der Bar zwei Drinks und gingen dann Händchen haltend am Strand entlang, bevor sie zum Hotel zurückkehrten, im Speiseraum sehr gut zu Abend aßen, auf ihr Zimmer gingen, duschten, diesmal zusammen, und dann bis 22 Uhr 15 im Ehebett einige nette und befriedigende Spielchen trieben. Dann stand er aus dem Bett auf, zog seine Uniform an und bat seine Frau, nirgendwo hinzugehen, denn er würde sofort zurückkehren, sobald er sich in Pendleton aus dem Urlaub zurückgemeldet hatte.

Er stieg in den Buick und fuhr hinaus nach Pendleton. Dort traf er wie geplant beim Büro des stellvertretenden Chefs der Abteilung Offiziers-Personalakten ein und hatte noch eine halbe Stunde Zeit.

Ein Master Gunner und ein Corporal waren im Dienst. Der Master Gunner, ein stämmiger Mann Ende vierzig, bellte nicht »Achtung!«, als McCoy die Tür aufschob. Master Gunner zollen selten popeligen Captains viel militärische Höflichkeit – wenn überhaupt –, besonders nicht, wenn es fast Mitternacht ist.

»Guten Abend«, sagte McCoy. »Wo unterschreibe ich die Rückmeldung aus dem Urlaub?«

»Wie heißen Sie, Captain?«, fragte der Master Gunner.

»McCoy.«

Der Master Gunner griff zum Telefon auf seinem Schreibtisch.

»Mister, ich habe Ihnen eine Frage gestellt«, sagte McCoy.

Da war etwas am Klang seiner Stimme – ein Kommandoton *Ich bin ein Captain, und du bist ein Master Gunner, und du wirst diesen Rangunterschied respektieren* –, was den Master Gunner überraschte.

Major Robert B. Macklin hatte ihm befohlen, McCoy, Kenneth R., im Auge zu behalten. Inoffiziell, sozusagen unter alten Kriegern, hatte er ihm erzählt, dass er McCoy kannte und das Corps endlich eingesehen hatte, dass McCoy nie zum Offizier hätte ernannt werden sollen, und er sich in Pendleton zur unfreiwilligen Entlassung meldete. Darüber hinaus hatte er ihm gesagt, dass Eighth & Eye entschieden hatte, McCoy die Chance anzubieten, sich nach seiner Entlassung wieder als Gunnery Sergeant zu melden.

Diese Tatsache – dass Captain McCoy morgen entweder Zivilist oder Gunnery Sergeant sein würde – hatte die Entscheidung des Master Gunners, nicht aufzustehen oder ›Achtung!‹ zu rufen, als McCoy in das Büro gekommen war, stark beeinflusst.

Jetzt traf der Master Sergeant eine andere Entscheidung – basierend darauf *im Augenblick ist dieser Clown noch ein Captain* – und ließ den Telefonhörer auf die Gabel zurückfallen.

»Sir«, sagte er, »meine Befehle lauten, Major Macklin in dem Moment zu informieren, in dem Sie hier auftauchen.«

»Haben Sie eine Ahnung, was dies alles zu bedeuten hat?«, fragte McCoy.

»Nein, Sir, die habe ich nicht. Aber wenn der Captain Platz nehmen wird, wird das sicherlich in ein paar Minuten geklärt sein.«

Er hob wieder den Telefonhörer ab.

»Verbinden Sie mich bitte mit Colonel Brewer«, verlangte McCoy.

»Sir?«

»Sie haben es gehört«, sagte McCoy.

Der Master Gunner traf eine weitere Entscheidung, basierend auf dem Klang der Stimme des Clowns und der Tatsache, dass er noch Captain war, und wählte die Nummer von Colonel Brewers Quartier.

Er war sich bewusst, dass McCoy ihn beobachtete.

Colonel Brewer meldete sich nach dem dritten Klingeln.

»Sir, Matthews hier. Ich habe einen Captain McCoy hier im Büro. Er hat mich gebeten, Sie anzurufen.«

»Endlich!«, sagte Colonel Brewer. »Geben Sie ihn mir, Matthews.«

»Aye, aye, Sir«, sagte Master Gunner Matthews und hielt dem Clown den Telefonhörer hin.

»McCoy, Sir«, sagte McCoy. »Verzeihen Sie, dass ich Sie zu Hause störe.«

»Ich kann Ihnen nicht sagen, wie sehr es mich freut, Ihre Stimme zu hören«, sagte Brewer. »Bleiben Sie, wo Sie sind. Ich werde in zwanzig Minuten dort sein.«

»Sir, meine Frau erwartet, dass ich zum Hotel zurückkehre.«

»Rufen Sie Ihre Gattin an und sagen Sie ihr, dass Sie sich verspäten werden. Ich werde alles erklären, wenn ich bei Ihnen bin.«

»Aye, aye, Sir«, sagte McCoy und unterbrach die Verbindung, indem er die Gabel hinunterdrückte. Er sah Matthews an. »Wie bekomme ich eine Leitung nach außerhalb? Ich muss nach 'Diego anrufen.«

»Captain, dies ist ein Apparat für Dienstgespräche.«

»Sie sind ein intelligenter Mann, Mister«, sagte McCoy. »Die meisten Master Gunner, die ich kenne, sind saublöde.« Er schwieg kurz. »Also, was muss ich tun? Die Vermittlung wählen?«

»Neun«, sagte Master Gunner Matthews.

McCoy rief Ernie an und erzählte ihr, dass sich etwas Unvorhergesehenes ergeben hatte und er später zurückkehren würde. Er versprach anzurufen, wenn er etwas mehr wusste.

Matthew nahm den Telefonhörer von McCoy entgegen und begann zu wählen.

»Sie werden Major Macklin nicht darüber informieren, dass ich mit Colonel Brewer gesprochen habe. Haben Sie das verstanden? Das war ein Befehl«, sagte McCoy.

»Aye, aye, Sir«, sagte Master Gunner Matthews, wählte zu Ende, und als sich Major Macklin meldete, informierte er ihn, dass Captain McCoy in seinem Büro war.

Er legte auf und schaute McCoy an.

»Major Macklin, Sir, sagte, dass Sie das Büro nicht verlassen sollen, bis er hier ist.«

»Okay«, sagte McCoy.

»Captain, ich habe nur meine Befehle befolgt.«

»Das kann ich verstehen.«

»Major Macklin deutete an, dass Sie einander kennen«, sagte Matthews.

»Dann haben Sie vermutlich eine faszinierende Schilderung meiner Zeit beim Corps erhalten«, sagte McCoy. »Ja, Mister, Major Macklin und ich kennen einander sehr gut.«

Ihre Blicke trafen sich.

»Corporal«, befahl Matthews. »Bringen Sie dem Captain eine Tasse Kaffee.«

Major Robert B. Macklin, USMC, und Lieutenant Colonel Peter S. Brewer tauchten binnen drei Minuten nacheinander im Büro auf, Macklin zuerst. Er trug volle Uniform.

»Ach-tung!«, bellte Master Gunner Matthews, als Macklin durch die Tür kam.

Matthews, McCoy und der Corporal schlugen die Hacken zusammen und standen still.

»Weitermachen«, sagte Macklin. Er ging zu McCoy.

»Wo, zum Teufel, sind Sie gewesen, McCoy?«

»Sir, ich bin in normalem Urlaub gewesen.«

»Ich habe sieben Stunden am Telefon verbracht und Sie vergebens gesucht«, sagte Macklin.

McCoy schwieg.

»Verbinden Sie mich mit Colonel Brewer«, befahl Macklin.

Master Gunner Matthews wählte eine Nummer.

Nach einer Weile sagte er mit einem Blick zu McCoy: »Sir, es meldet sich niemand.«

»Versuchen Sie es noch einmal«, befahl Macklin, und dann wandte er sich wieder an McCoy. »Meine Befehle lauten, Colonel Brewer sofort zu informieren, wenn ich Sie ausfindig gemacht habe.«

»Jawohl, Sir.«

»Wenn ich ihn heute Abend nicht mehr erreichen kann, werde ich Sie nicht mehr aus den Augen lassen«, sagte Macklin. »Mr Matthews, gibt es hier ein Feldbett?«

»Jawohl, Sir.«

»Heißt das, Major, dass mir so etwas wie Beschränkungen auferlegt werden? Stehe ich unter Arrest?«

»Sie stehen unter dem Befehl, diesen Raum nicht zu verlassen, bis ich Kontakt mit Colonel Brewer hergestellt habe. Ich weiß nicht, was Sie jetzt wieder angestellt haben, McCoy, aber ich hoffe, Sie werden endgültig entlassen.«

»Jawohl, Sir«, sagte McCoy.

»Ach-tung!«, bellte Master Gunner Matthews, als Lieutenant Colonel Brewer das Büro betrat.

Colonel Brewer trug Bermudashorts und ein rotes T-Shirt mit dem goldfarbenen Emblem des Marine-Corps auf der Brust.

»Weitermachen«, sagte Brewer und wandte sich an Macklin. »Das ist alles, Macklin. Sie können jetzt heimgehen. Es tut mir Leid, dass ich Ihnen den Abend ruiniert habe, aber dies war wichtig.«

McCoy blickte zwischen Macklin und Matthews hin und her.

»Sir«, sagte er, »Mr Matthews hatte den Dienst. Major Macklin ist gerade erst eingetroffen.«

»Das ist sehr interessant«, sagte Brewer. »Von jetzt bis morgen null-acht-null-null Uhr, Macklin, sollten Sie versuchen, sich einen guten Grund auszudenken, weshalb Sie nicht hier gewesen sind, bis Captain McCoy auftauchte, wie ich es Ihnen befohlen hatte.«

»Sir …«

»Ich höre mir Ihre Gründe um null-acht-null-null Uhr an. Weg- treten!«

»Aye, aye, Sir«, sagte Macklin, und mit so viel Würde, wie er auf- bringen konnte, stand er still, machte eine Kehrtwendung und marschierte aus dem Gebäude.

»Sir, was ist los?«, fragte McCoy.

»Ich weiß kaum, wo ich anfangen soll«, sagte Brewer. »Aber das Erste zuerst. In dieser Reihenfolge. Rufen Sie General Dawkins in seinem Quartier an und melden Sie ihm, dass Captain McCoy hier aufgetaucht ist, und dann rufen Sie Colonel Wade an und sagen ihm das Gleiche und dass General Dawkins informiert worden ist.«

»Aye, aye, Sir.«

»Achtung!«, rief Master Gunner Matthews, als Brigadier General Clyde W. Dawkins das Gebäude betrat.

»Weitermachen«, sagte General Dawkins.

Er durchquerte das Büro und ging zu Captain McCoy.

»Verdammt, Killer, wo sind Sie gewesen?«, fragte er, und dann schloss er ihn kurz in die Arme. »Mensch, ist es schön, Sie zu sehen!«

»Es freut mich ebenfalls, Sie zu sehen«, sagte McCoy.

»Fangen wir mit den guten Nachrichten an. Sie werden nicht entlassen. Die schlechte Nachricht ist, dass ich den Befehl habe, Sie so schnell wie möglich nach Washington bringen zu lassen. Zu diesem Zweck hat in den vergangenen drei Tagen eine F-94 der Air Force – ein zweisitziger Jet – auf Miramar auf Sie gewartet.

»Sir, meine Frau ist im Coronado Beach …«

»Ich bin jetzt General, Killer, haben Sie Geduld mit mir«, sagte Dawkins. »Lassen Sie mich ausreden, bevor Sie Einwände er- heben.«

»Aye, aye, Sir.«

»Sie haben den Befehl, sich hier zum Dienst zu melden«, sagte Dawkins und überreichte ihm ein Kärtchen.

DIRECTOR'S OFFICE
EAST BUILDING
2430 E STREET
WASHINGTON, D.C.

»Sir, ich weiß nicht, was das ist«, bekannte McCoy.

»Das ist der CIA-Komplex«, sagte Dawkins. »Die Person, bei der Sie sich melden müssen, ist Brigadier General Fleming Pickering.«

Dawkins sah den Ausdruck der Überraschung auf McCoys Gesicht.

»Ja, das hielt ich ebenfalls für interessant.«

»Was ist los?«, fragte McCoy.

Dawkins hob die Hände in einer Geste der Hilflosigkeit.

»Mehr weiß ich auch nicht, Killer. Ehrlich.«

»Sir, meine Frau ist im Coronado Beach.«

»Das sagten Sie bereits.«

»Und wir sind den ganzen Tag lang gefahren.«

»Okay. Sie haben Ihren Punkt gemacht.« Dawkins wandte sich an Master Gunner Matthews. »Mister, gibt es ein Nachrichtenformular in diesem Schreibtisch?«

»Jawohl, Sir.«

»Ich werde Ihnen eine Botschaft diktieren, die Sie dann tippen werden, und der Corporal wird sie dann ins Nachrichtenzentrum bringen.«

»Aye, aye, Sir.«

Matthews nahm einen Bleistift und einen linierten Notizblock.

»Mit Priorität Eilt«, diktierte Dawkins. »Von Deputy CG, Camp Pendleton. An Headquarters USMC, zur persönlichen Kenntnisnahme des Kommandanten. Kopie an Brigadier General Fleming Pickering, USMC. Captain Kenneth McCoy, USMC, wird am 30. Juni 0800 Uhr an Bord von USAF F-94 von der Miramar NAS abfliegen und am 30. Juni, 1600 Uhr, voraussichtlich auf Andrews AFB NLT eintreffen. Unterzeichnet Dawkins, BrigGen, USMC. Haben Sie das?«

»Aye, aye, Sir.«

»Captain McCoy«, sagte Dawkins.

»Ja, Sir?«

»Der stellvertretende Kommandeur wünscht, dass Sie und Ihre reizende Frau mit ihm und seiner reizenden Frau morgen um halb sieben im Coronado Beach frühstücken. Danach werden Sie zur Miramar NAS transportiert werden, um Ihre Befehle zu befolgen. Können Sie das in Ihren vollen Terminplan einschieben?«

»Jawohl, Sir.«

»Dann schlage ich angesichts der späten Stunde vor, Captain, dass Sie jetzt gehen.«

»Aye, aye, Sir.«

»Auf die Gefahr hin, dass ich mich wiederhole, Killer, ich weiß nicht, was jetzt auf Sie zukommt. Es ist mir auch gleichgültig. Aber es ist verdammt gut, Sie zu sehen.«

»Danke, Sir.«

VI

Frage: Mr President, jeder in diesem Land fragt sich, sind wir nun im Krieg oder nicht?

Der Präsident: Wir sind nicht im Krieg. Die Mitglieder der Vereinten Nationen helfen der Koreanischen Republik, einen Banditenangriff auf die Republik Korea niederzuschlagen.

Frage: Wäre es korrekt, dies Ihrer Erklärung entsprechend als »Polizeiaktion unter den Vereinten Nationen« zu bezeichnen?

Der Präsident: Ja, das ist genau das, worauf es hinausläuft.

AUSZUG AUS DER PRESSEKONFERENZ DES PRÄSIDENTEN
BLAIR HOUSE, WASHINGTON, D.C.
30. JUNI 1950

1

Büro des Kommandanten, USMC
Washington, D.C.

30. Juni 1950, 14 Uhr 30

»Der Kommandant wird Sie jetzt empfangen, Sir«, sagte der Master Gunnery Sergeant zu Fleming Pickering, während er auf das Büro des Kommandanten zuging. Er klopfte an, wartete jedoch nicht auf die Aufforderung einzutreten, sondern öffnete die Tür. »Mr Pickering, Sir.«

Der Kommandant stand in seinem Büro.

»Das heißt *General* Pickering, Gunny«, sagte General Clifton

Cates mit dem weichen Akzent des Südstaatlers. »Das sollten Sie sich merken.«

Cates war ein großer Mann mit scharfen Gesichtszügen, der etwas Aristokratisches ausstrahlte.

»Kommen Sie rein, Flem«, fuhr Cates fort. »Es ist schön, Sie zu sehen.«

»Danke, dass Sie mich ohne einen Termin empfangen«, sagte Pickering und ergriff Cates ausgestreckte Hand. Er lachte. »Ich überlegte, ob ich grüßen soll oder nicht.«

»Nicht in geschlossenen Räumen, Flem, und nicht in Zivilkleidung«, sagte Cates lächelnd.

»Ich bin gestern in den Laden für Offiziere in der Kaserne des Marine-Corps gegangen, um mir Uniformen zu kaufen«, sagte Pickering. »Aber ich habe keinen Ausweis. Man wollte mir nichts verkaufen.«

Cates lachte.

»Ich nehme an, der Captain dort dachte, er hätte es mit einem verrückten alten Kauz zu tun, der sich für einen General des Marine-Corps hält«, fuhr Pickering fort. »Später wurde mir klar, dass er Recht hatte.«

Cates lachte wieder, dann trat er um Pickering herum und öffnete seine Bürotür.

»Gunny«, befahl er, »General Pickering braucht eine ID-Card, und da fällt mir ein, eine ärztliche Untersuchung. Arrangieren Sie, dass er die ID-Card sofort bekommt, und dann rufen Sie Bethesda an und machen einen kurzfristigen Termin für die Untersuchung ab.« Er überlegte kurz. »Aber erst, nachdem Sie uns Kaffee besorgt haben.«

Er schloss die Tür, winkte Pickering zu einer roten Ledercouch und setzte sich dann neben ihn.

»Ehrlich gesagt, ich hatte gehofft, von Ihnen zu hören, Flem«, sagte er. »Können Sie mir sagen, was los ist? Im Augenblick bin ich nur ein Offizier des Marine-Corps, der seine Befehle befolgt und nicht in Frage stellt.«

»Ich weiß kaum, wo ich anfangen soll«, sagte Pickering. »Dies ist vermutlich der beste Ort.«

Pickering öffnete seine Aktentasche, entnahm ihr ein Kuvert und überreichte es Cates.

Cates öffnete den Umschlag und begann zu lesen. Seine Augenbrauen ruckten hoch und er spitzte die Lippen.

Ein Staff Sergeant kam mit einem Tablett, auf dem zwei Tassen Kaffee standen, ins Büro, stellte es auf den Couchtisch und zog sich zurück.

»Woher stammt dies?«, fragte Cates, als er von der Einschätzung aufblickte.

»Es wurde von einem Offizier geschrieben, der zu diesem Zeitpunkt im Stab des SCAP in Tokio war«, sagte Pickering.

»McCoy, richtig?«, fragte Cates. »Wie nennt man ihn? ›Killer‹?«

»Jawohl, Sir.«

»Ich bin von Clyde Dawkins informiert worden – Sie erinnern sich an ihn von Guadalcanal? Er hatte die Marine Air Group 21.«

»Jawohl, Sir. Mein Sohn war in der Staffel 229 der MAG 21.«

»Clyde ist jetzt Deputy CG in Pendleton. Er schickte mir ein Fernschreiben, in dem er mir mitteilt, dass Captain McCoy heute Morgen um acht Uhr in einem Jagdflugzeug der Air Force Miramar verlässt und hierher fliegt.«

»Ja, Sir. Ich hatte einen Anruf von Mrs McCoy, die mir das erzählte.«

»Jetzt fällt mir ein, dass Sie eine Kopie des Fernschreibens bekommen sollen«, sagte Cates und wich dann vom Thema ab. »Ist dieses Ding nicht unterzeichnet?«

»Das Original war unterzeichnet und an MacArthurs G-2 gerichtet, der befahl, es zu vernichten. Der Präsident will nicht, dass dies herauskommt.«

»Warum haben Sie es mir dann erzählt?«

»Ich dachte, Sie sollten es wissen, Sir.«

Cates dachte darüber nach, nickte und sagte: »Danke. Diese Einzelheit wird unter uns bleiben.«

»Danke, Sir«, sagte Pickering.

»Aber ich möchte dies haben.«

»Ich dachte mir, dass Sie es haben sollten, Sir. Deshalb habe ich um dieses Gespräch gebeten. Ich war zufällig in Tokio, besuchte McCoy und er gab mir diese Einschätzung. Und er erzählte mir, dass er unfreiwillig aus dem aktivem Dienst entlassen wird. Als ich in die Staaten zurückkehrte, suchte ich Admiral Hillenkoetter bei der CIA auf und zeigte ihm das Dokument.«

»Die Dinge ergeben allmählich einen Sinn«, meinte Cates.

»Nachdem die Nordkoreaner über den 38. Breitengrad vordrangen, erzählte Hillenkoetter offenbar dem Präsidenten von der Einschätzung. Der Präsident rief mich an und bat mich, herzukommen. Ich traf am sechsundzwanzigsten ein. Der Präsident kam zum Frühstück in Senator Fowlers Apartment, erhielt Fowlers Zusicherung, dass die … Ignorierung der frühen Warnung nicht der Presse bekannt wird, und befahl mich in aktiven Dienst.«

»Warum?«

»Da bin ich mir nicht sicher«, sagte Pickering. »Vermutlich, um sicherzustellen, dass ich meinen Mund halte.«

»Da muss mehr dran sein«, meinte Cates. »Unter uns gesagt, es gibt einige Unzufriedenheit mit Hillenkoetters CIA. Und Sie waren ein stellvertretender Direktor des OSS, nicht wahr?«

»Ich glaube nicht – mein Gott, hoffentlich nicht. Ich bin völlig unqualifiziert, um die CIA zu leiten.«

»Wie ich mich erinnere, hielten Sie sich für völlig unqualifiziert, um der G-2 der Ersten Division zu sein. Und Sie belehrten mich eines Besseren.«

Pickering sagte nichts.

»Natürlich war das, als ich dachte, Sie wären ein Matrose«, fuhr Cates lächelnd fort. »Bevor Jack Stecker – ich erinnere mich deutlich; wir waren in General Vandegrifts Konferenzzelt, und ich hatte Sie soeben als ›dieser Matrosen-G-2 von Ihnen‹ oder vielleicht ›Deckschrubber G-2‹ bezeichnet, als Jack aufstand und sagte ›Verzeihung, Colonel, als Sie und ich in Belleau Wood waren, war Pickering das auch. Er war damals ein Marine, und er ist jetzt ein Marine.‹«

Ihre Blicke trafen sich für einen Moment, und dann sagte Pickering mit fester Stimme: »Ich bin nicht qualifiziert, die CIA zu leiten, basta.«

»Wie wäre es mit einem neuen Besen im Pazifikraum, der die Unfähigen hinwegfegt, die wir offenbar dort haben?«

»Dafür bin ich ebenfalls nicht qualifiziert«, sagte Pickering.

Cates schweifte abermals vom Thema ab.

»Lassen Sie mich erzählen, in welcher Verfassung das Corps ist«, sagte er. »Ich bin gerade die Zahlen durchgegangen, bevor sie kamen.« Er stand von der Couch auf, ging zu seinem Schreibtisch, setzte sich dahinter und begann aus einem Aktenhefter vorzulesen.

»Heutige Gesamtstärke 74.279 Offiziere und Männer …«

»Das ist alles?«, platzte Pickering heraus.

»Aufgeteilt in 40.364 Offiziere und Männer in den operierenden Einheiten«, las Cates weiter, »24.452 in den Nachschubeinheiten und 3.871 in anderen Aufgaben – Bewachung von Botschaften und auf See, diese Art Dienst.«

»Mein Gott, ich hatte keine Ahnung, um wie viel das Corps gekürzt wurde«, sagte Pickering.

»In der Marine Force, Pacific – hauptsächlich in Pendleton – haben wir 7.779 Offiziere und Männer in der First Marine Division …«

»Nur siebentausend Männer in der First Marine *Division*?«, fragte Pickering ungläubig.

»In der First Marine Division *(verstärkt)*«, bestätigte Cates mit einer Spur von Sarkasmus in der Stimme. »Sie sind an eine Division in Kriegsstärke gewöhnt, Flem, an 1.079 Offiziere und 20.131 Männer.«

Pickering schüttelte ungläubig den Kopf.

»Zusätzlich zur First Marine Division haben wir 3.733 Offiziere und Männer in der First Marine Aircraft Wing, dem Luftgeschwader. Das ist grob die Hälfte der Männer, die in Friedenszeiten erforderlich sind. Zu Kriegszeiten braucht ein Geschwader etwa 12.000 Mann.«

»Mein Gott!«

»Grob gesagt, macht das reguläre Marine-Corps ungefähr ein Drittel des gesamten Marine-Corps aus«, fuhr Cates fort. »In den Reserveeinheiten gibt es 128.959 Offiziere und Männer. Es sind 39.867 Leute in der organisierten Reserve, Boden und Luft, und weitere 90.444 in dem, was wir die Freiwilligen-Reserve nennen – mit anderen Worten individuelle Reservisten; wir bezeichnen sie nicht gern als ›unorganisiert‹.«

»Pick, mein Sohn, ist in der organisierten Reserve.«

»Ich weiß«, sagte Cates. »Vor ein paar Wochen habe ich seinen Namen in der Zeitung gelesen, als er den Geschwindigkeitsrekord auf der Strecke San Francisco-Tokio aufstellte, und ich war neugierig genug, um das zu überprüfen.«

»Ich habe in dem Flugzeug gesessen«, sagte Pickering.

»Hat er jemals mit Ihnen darüber gesprochen, warum er in der Reserve ist?«, fragte Cates.

»Ich glaube, die Antwort würde Ihnen nicht gefallen«, sagte Pickering.

»Nur zu.«

»Er sagte, er braucht nur in El Toro aufzutauchen, und das großzügige Marine-Corps gibt ihm die teuren Spielzeuge zum Spielen«, sagte Pickering. »Er liebt es, die Corsair zu fliegen.«

Cates lachte. »Ich nehme an, das motiviert viele der Flug-Reservisten«, sagte er. »Wir haben keine Rekrutierungsprobleme bei der organisierten Flug-Reserve, und sie hat vierundneunzig Prozent ihrer genehmigten Stärke. Die Bodeneinheiten haben siebenundsiebzig Prozent – trotz vieler Rekrutierungsbemühungen. Mit vierhundert Knoten an einem Wochenende über Camp Pendleton hinwegzudonnern macht viel mehr Spaß als auf dem Bauch hindurchzurobben.«

»Und wird die Reserve mobilisiert?«, fragte Pickering.

Cates nickte. »Es würde mich sehr überraschen, wenn das nicht geschehen würde. Das war mein Motiv, Sie mit all diesen Daten vertraut zu machen.«

»Sir?«

»Irgendwann in den nächsten paar Tagen oder Wochen wird jemand auf den höheren Ebenen der Regierung sagen: ›Ruft die Marines!‹ Das ist natürlich unser Job, und wir werden ihn ausführen. Aber jemand in den höheren Ebenen der Regierung sollte wissen, dass nicht viele Marines verfügbar sind. Ich nehme an, Sie werden in einer Position sein, um diesen Punkt zu machen, Flem, und ich finde, er sollte gemacht werden.«

»General, ich habe keine Idee, was ich in der CIA tun werde.«

»Dennoch finde ich, es liegt im Interesse des Corps, sicherzustellen, dass Sie auf alle Eventualitäten vorbereit sind.«

»Ich bin mir nicht sicher, ob ich verstehe«, bekannte Pickering.

»Ed Banning hat für Sie während des ganzen Kriegs gearbeitet, nicht wahr?«

»Ja, das hat er.«

»Als ich bis Mai 1940 der Kommandeur der 4th Marines in Schanghai war, war Ed mein Nachrichtenoffizier«, sagte Cates.

»Ich wusste nicht, dass Sie ihn kennen«, sagte Pickering.

»Er ist jetzt Kommandant der Kaserne des Marine-Corps in Charleston und lehrt an der Citadel«, sagte Cates. »Meinen Sie, er würde für Sie in der CIA nützlich sein?«

»Jawohl, Sir.«

»Er gehört Ihnen. Sonst noch jemand?«

»Da ist ein Master Gunner in Parris Island, der ebenfalls bei der 4. Division des Marine-Corps und im OSS war. Ernie – Ernest W. Zimmerman. Er spricht Japanisch und zwei Arten Chinesisch. Ich weiß nicht, wie es mit Koreanisch ist, aber es würde mich nicht überraschen, wenn er das ebenfalls kann.«

»Schreibt er sich, wie es klingt?«, fragte Cates und hielt im Notieren inne.

»Jawohl, Sir. General, ich fühle mich ein wenig unbehaglich dabei. Ich habe vielleicht überhaupt keine Kompetenzen bei der CIA und …«

»Andererseits werden Sie vielleicht große Verantwortung haben«, fiel Cates ihm ins Wort. »Meine größte Sorge gilt jetzt dem Corps. Die erste Sorge ist natürlich, dass wir Prügel beziehen werden, wenn wir unterbesetzt und nicht genügend ausgerüstet in den Krieg ziehen. Dicht gefolgt von dieser Hauptsorge sind die Sorgen A und B.

A: Wir werden nach Korea geschickt und werden dort auf Grund der Kürzungen der finanziellen Mittel durch Mr Johnson nicht in der Lage sein, zu tun, was die Leute vom Marine-Corps erwarten.« (Verteidigungsminister Louis Johnson, ein Spezi von Truman, hatte stolz verkündet, dass er ›einschneidende Maßnahmen bei militärischen Exzessen und Verschwendung‹ vorgenommen hatte.)

»Und B: Wenn das geschieht, wenn das Corps nicht das Unmögliche schaffen *kann*, wird das für viele Leute – einschließlich den Oberbefehlshaber – der Beweis sein, dass die Vereinigen Staaten kein Marine-Corps brauchen.«

»Das hat Truman gesagt?«, fragte Pickering überrascht.

»Worte dieser Art«, sagte Cates. »Und leider glaube ich, dass er das Marine-Corps tatsächlich für überflüssig hält.«

»Das ist kein schönes Bild, nicht wahr?«, meinte Pickering.

»Ich vertraue darauf, dass das Corps durchkommen wird«, sagte

Cates. »Aber wenn ich die Chance ein wenig zu unseren Gunsten steigern kann, indem ich Ihnen drei Leute zuteilen kann …«

»Ehrlich gesagt, ich finde, die beste Hilfe, die ich leisten kann, wäre ein Gespräch mit Senator Fowler, bei dem ich ihm diese Zahlen …«

»Er kennt die Zahlen«, unterbrach Cates. »Ich nehme an, er ist mit Truman einer Meinung.«

»Bei mir hat er nie irgendetwas Negatives für das Corps angedeutet«, wandte Pickering loyal ein.

»Er ist Politiker«, sagte Cates. »Politiker sagen nie etwas zu Leuten, das man ihnen verübeln könnte.«

Pickering schwieg.

»Cates erhob sich hinter seinem Schreibtisch und streckte die Hand aus.

»Flem. Ich habe eine Konferenz. Man hat einen Entwurf für die Organisation einer Brigade des Marine-Corps in Pendleton vorbereitet, und ich möchte ihn durchgehen.«

»Selbstverständlich«, sagte Pickering.

»Bleiben Sie bitte in Kontakt mit mir«, sagte Cates.

»Aye, aye, Sir«, erwiderte Pickering.

Der Gunnery Sergeant des Kommandanten erwartete Pickering im Vorzimmer.

»Wenn Sie bitte mitkommen, General, dann fotografiert man Sie für die ID-Card. Und wann auch immer Sie zum Lazarett in Anacostia kommen, erwartet man Sie, um Ihre ärztliche Untersuchung durchzuführen. Haben Sie einen fahrbaren Untersatz, General, oder soll ich Ihnen einen besorgen?«

»Ich habe einen Wagen, Gunny, danke«, sagte Pickering.

2

Andrews Air Force Base
Washington, D.C.

30. Juni 1950, 13 Uhr 05

»Air Force Eight Eight Three, nehmen Sie Rollbahn drei nach rechts zum Vorfeld des Abfertigungsgebäudes. Sie werden abgeholt.«

»Verstanden, Rollbahn drei rechts. Meinen Sie, ich werde von einem Follow-Me-Wagen abgeholt?«

»Eight Eight Three, negativ. Ihr Passagier wird abgeholt.«

»Verstanden«, sagte der Pilot der USAF F-94 und schaltete dann auf den Bordlautsprecher um. »Haben Sie das gehört, Captain?«

»Ja, ich habe es gehört. Ich weiß nur nicht, was es zu bedeuten hat«, sagte McCoy.

Die F-94 wurde am Abfertigungsgebäude von einer Bodencrew erwartet, die ihr signalisierte, auf dem Hallenvorfeld zu stoppen, anstatt auf der VIP-Parkfläche. Eine ausfahrbare Leiter rollte an die Seite des Flugzeugs.

»Danke für den Flug«, sagte McCoy.

»Ich habe ihn geliebt«, erwiderte der Pilot. »Das war der erste Überlandflug seit langer Zeit, vor dem mir nicht befohlen wurde, auf den Spritverbrauch zu achten.«

Mit einiger Mühe stöpselte McCoy die Verbindungen zu seinem Helm ab, schnallte sein Schultergurtwerk los und löste die Verbindungen zum Fallschirm. Dann kletterte er etwas ungraziös aus dem Rücksitz und stieg die Leiter hinab.

Zwei muskulöse junge Männer in grauen Anzügen erwarteten ihn auf dem Boden.

»Captain McCoy?«, fragte der Kleinere der beiden.

McCoy nickte.

»Würden Sie bitte mitkommen, Captain?«

»Wer sind Sie? Wohin soll ich mitkommen?«

Der kleinere Mann klappte kurz ein Ausweisetui auf, damit McCoy es sehen konnte.

»Wir sind vom Secret Service, Captain.«

»Sie haben doch nichts dagegen, wenn ich mir dieses Abzeichen genauer ansehe, oder?«

Sichtlich ärgerlich über die Bitte, zeigte der Agent des Secret Service abermals seinen Ausweis.

»Okay?«, fragte er.

»Prima. Und wohin fahren wir?«

»Der Wagen steht dort drüben«, erwiderte der Agent vom Secret Service. »Haben Sie irgendwelches Gepäck?«

»Es ist im Kofferraum«, antwortete McCoy sarkastisch. »Und ich glaube, der Pilot will das hier wiederhaben.«

Er begann den Reißverschluss der Fliegerkombination für Flüge in großer Höhe aufzuziehen.

Der Pilot kam die Leiter herab und half ihm. Dann kletterte er mit der Fliegerkombination die Leiter wieder hinauf.

McCoy sah, dass die Bodencrew ein dickes Kabel am Rumpf des Flugzeugs befestigt hatte. Der Mann vom Secret Service berührte McCoy am Arm, und als McCoy ihn ansah, nickte er zum Abfertigungsgebäude hin.

McCoy nickte zurück und setzte sich in Bewegung. Er bezweifelte, dass er von Gangstern entführt wurde, die Lösegeld erpressen wollten. Der Ausweis vom Secret Service hatte echt ausgesehen und war es vermutlich, aber das bedeutete nicht, dass er tatsächlich in Händen des Secret Service war. Als McCoy im Office of Management Analysis und später im OSS gewesen war, hatte er erstklassig gefälschte Ausweise als Agent des Office of Naval Intelligence – des Marinenachrichtendienstes – und als U.S. Marshal gehabt.

Die beiden Typen waren vermutlich CIA-Agenten mit Secret-Service-Ausweisen. Soweit er wusste, war der Secret Service zuständig für die Jagd nach Geldfälschern und den Schutz des Präsidenten. Er hatte kein Falschgeld und er konnte sich nicht vorstellen, dass jemand ihn als eine Bedrohung für den Präsidenten betrachtete.

Ihr Wagen war ein schwarzer Chevrolet Suburban mit mehreren Kurzwellenantennen. Sie setzten ihn auf den Rücksitz und er hörte, wie die Türverriegelung klickte.

McCoy kannte Washington, und als sie sich dem Highway 4 näherten, der vor der Distriktgrenze in die Pennsylvania Avenue mündet, wurde er immer überzeugter, dass sie zum CIA-Büro fuhren, das sich im Block 2400 der E Street befand.

Sie blieben auf der Pennsylvania Avenue, und als er durch die Windschutzscheibe das Weiße Haus sah, neigte er sich auf dem Sitz vor, um einen besseren Blick zu bekommen.

Den bekam er nicht. Der Suburban bog plötzlich nach rechts ab, und bevor er sich orientieren konnte, nach links in eine Gasse, abermals nach links und dann wieder nach rechts.

Und dann hielt er und er hörte das Klicken, als die Hintertür entriegelt wurde. Die Tür wurde geöffnet und der größere der Agenten forderte ihn mit einer Geste auf, auszusteigen.

Sie befanden sich auf dem Hof eines Gebäudes.

»Wo sind wir?«, fragte McCoy. »Was ist das hier?«

»Folgen Sie bitte Agent Taylor, Captain«, sagte der kleinere Agent und wies auf seinen Kollegen. McCoy folgte Taylor durch eine Stahltür im Erdgeschoss, über einen Flur, eine mit Teppich ausgelegte Treppe hinauf und schließlich in einen kleinen Raum, der mit einem Ledersessel, einem kleinen Schreibtisch, einem Stuhl dafür und mit einem Tisch an der Wand eingerichtet war, auf dem ein Telefon stand.

»Bitte warten Sie hier, Captain«, sagte Agent Taylor. »Wir sind draußen vor der Tür.«

Inzwischen war McCoy überzeugt, in den Händen der CIA zu sein, denn die beiden Clowns mit Ausweisen des Secret Service benahmen sich ähnlich, wie sich die OSS-Clowns verhalten hatten – von denen die meisten zu Anfang des Krieges niemals einen Japaner gesehen oder einen Schuss im Ernstfall gehört hatten –, die Geheimagenten aus Spionagefilmen nachgeahmt hatten.

Er ging zum Schreibtisch, setzte sich auf den Stuhl, legte die Hände auf die Platte und wartete auf den nächsten Akt im Spionagefilm.

Die Tür wurde geöffnet.

Der Präsident der Vereinigten Staaten trat ein.

McCoy brauchte einen Moment, um zu glauben, was er sah, und dann sprang er auf und stand still.

»Rühren, Captain«, sagte der Präsident und gab ihm die Hand. »Was haben die gemacht, Sie heimlich durch die Hintertür geschmuggelt?«

»Jawohl, Sir.«

»Wie war der Flug?«, erkundigte sich der Präsident.

»Sehr interessant, Sir«, erwiderte McCoy wahrheitsgemäß. »Es ist kaum zu glauben, dass man so schnell fliegt.« Und dann kam ihm ein anderer Gedanke. »Mr President, meine Uniform ist unordentlich …«

»Als ich Captain Truman von der Batterie B gewesen bin, gab es viele Anlässe, Captain McCoy, an denen meine Uniform mit gutem Grund unordentlich gewesen ist.«

McCoy schwieg.

»Ich habe Ihre Einschätzung gelesen, dass es binnen neunzig Tagen Krieg in Korea gibt, Captain«, sagte der Präsident. »Ich wollte mal einen Blick auf Sie werfen.«

»Jawohl, Sir«, sagte McCoy.

»Ich möchte nicht, dass Sie nachdenken, bevor Sie die folgenden Fragen beantworten, Captain. Ich möchte, dass Sie sagen, was Ihnen als Erstes in den Sinn kommt. Verstanden?«

»Jawohl, Sir.«

»Meinen Sie, General MacArthur hat Ihre Einschätzung gesehen?«

»Nein, Sir.«

»Warum nicht?«

»Er hätte mich zu sich befohlen, wenn er sie gesehen hätte.«

»Warum denken Sie, dass er sie nicht gesehen hat?«

»General Willoughby wollte nicht, dass er sie sieht. Er gab sie ihm nicht.«

»Warum nicht?«

»Da kann ich nur raten, Sir.«

»Raten Sie.«

»Er hatte erst kürzlich MacArthur eine Einschätzung gegeben, nach der alles friedlich bleiben würde.«

»Und deshalb hat er befohlen, die Einschätzung zu vernichten?«

»Ich glaube, das ist der Grund, Sir.«

»Und Sie waren sich bewusst, dass Sie Ihre Befehle missachten, als Sie eine Kopie behielten?«

»Jawohl, Sir.«

»Missachten Sie für gewöhnlich Ihre Befehle?«

»Nicht oft, Sir.«

»Dies war nicht das erste Mal?«

»Nein, Sir.«

»Warum in diesem Fall?«

»Ich wusste, dass ich etwas unternehmen musste, Sir.«

»Sie hielten es für Ihre Pflicht?«

»Jawohl, Sir.«

»Und deshalb gaben Sie die Einschätzung General Pickering? Weil Sie das für Ihre Pflicht hielten?«

»Jawohl, Sir.«

»Und wenn er nicht zufällig in Tokio gewesen wäre, was dann?«

»Dann hätte ich sie ihm in San Francisco gegeben, Sir.«

»Zwei Dinge«, sagte der Präsident. »Erstens – und dies sagt Ihnen der Oberbefehlshaber –, Sie haben das Richtige getan. Zweitens, General Pickering ist besorgt, dass Sie Schwierigkeiten bekommen werden, wenn dies jemals herauskommt. Ich hoffe, sicherstellen zu können, dass es nie herauskommt, aber wenn es doch publik wird, werden Sie keine Schwierigkeiten bekommen. Haben Sie das verstanden?«

»Jawohl, Sir. Danke, Sir.«

Der Präsident gab ihm die Hand.

»Es war mir ein Vergnügen, Sie kennen zu lernen, Captain McCoy. Es würde mich nicht überraschen, wenn wir einander wiedersehen.«

»Jawohl, Sir. Danke, Sir.«

Der Präsident ging zur Tür, öffnete sie und trat hindurch.

»Fahren Sie Captain McCoy dorthin, wohin auch immer er will«, hörte McCoy den Präsidenten befehlen. »Und bringen Sie ihn durch die Vordertür hinaus.«

»Jawohl, Mr President«, hörte er den kleineren der Secret-Service-Agenten antworten.

Als McCoy aus der Eingangstür des Blair House geführt wurde und die Treppe hinunterging, sah er den Chevrolet Suburban am Straßenrand stehen.

Er wurde wieder aufgefordert, sich auf den Rücksitz zu setzen, und dann hörte er die Türverriegelung klicken.

»Wohin, Captain?«, fragte der größere Agent des Secret Service.

McCoy fischte das Kärtchen aus der Hosentasche, das General Dawkins ihm in Camp Pendleton gegeben hatte.

»2430 E Street«, las er davon ab. »Das Ostgebäude.«

»Auf dem CIA-Gelände?«

»Wenn es dort ist«, sagte McCoy.

Sie fuhren jetzt über die Pennsylvania Avenue am Weißen Haus vorbei. McCoy besann sich plötzlich anders.

»Nein«, ordnete er an. »Setzen Sie mich am Foster Lafayette ab.«

»Sind Sie sich dessen sicher? Dieses Hotel ist wahnsinnig teuer.«

»Ich bin mir sicher«, sagte McCoy.

Er war ein Marine. Mit siebzehn war er einer geworden. Marines zeigen sich nicht in der Öffentlichkeit mit verknitterten, verschwitzten Uniformen, und sie melden sich darin schon gar nicht zum Dienst. Das Foster Lafayette Hotel hatte einen hervorragenden – noch wichtiger, sehr schnellen – Hausdienst. Und er glaubte, diesen Service nutzen zu können.

Der Portier des Foster Lafayette war sichtlich überrascht, als ein Chevrolet Suburban vorschriftswidrig auf der Straße vor dem Hotel wendete, vor der Markise hielt und ein Captain des Marine-Corps in verknitterter, verschwitzter Tropenuniform ausstieg.

»Danke für die Fahrt«, sagte McCoy zu den Agenten, ging an dem Portier vorbei in die Halle des Hotels und hinüber zur Rezeption.

»Guten Tag, Sir«, sagte der Angestellte am Empfangspult, der einen grauen Gehrock und eine gestreifte Hose trug.

»Mein Name ist McCoy«, stellte sich McCoy vor.

»Ich dachte mir schon, dass Sie Captain McCoy sein könnten, Sir. Wir haben Sie erwartet, Sir.«

»Tatsächlich?«

»Es gibt da ein kleines Problem, Sir. General Pickering hat eine Nachricht hinterlassen, dass wir Sie in der Pickering-Suite einquartieren sollen, wenn er Sie irgendwie verpassen sollte. Und Mrs McCoy hat angerufen und gesagt, wenn Sie eintreffen, sollen Sie in der Suite der American Personal Pharmaceuticals untergebracht werden. Was würden Sie vorziehen, Sir?«

McCoy überlegte einen Moment.

»Letztendlich ist es wohl sicherer, einen General zu ignorieren als seine Ehefrau«, sagte er dann. »Und ich brauche sofort den Service des Hausdienstes für diese Uniform.«

Der Hotelangestellte schnippte mit den Fingern. Ein Page erschien.

»Bringen Sie Captain McCoy in die Suite der American Personal Pharmaceuticals«, wies er ihn an. »Und schicken Sie den Etagenkellner zur Suite.«

3

Foster Lafayette Hotel
Washington, D.C.

30. Juni 1950, 17 Uhr 30

Die Türglocke schlug an, und Captain Kenneth R. McCoy – in T-Shirt und Shorts aus dem Foster Lafayette Men's Shop – ging hin, um zu öffnen, in der Erwartung, den Etagenkellner mit seiner frisch gebügelten Uniform zu sehen.

Stattdessen stand General Fleming Pickering, USMCR, in Zivilkleidung vor ihm.

»Der Manager des Etablissements sagte mir, Sie haben einen weiteren Befehl von mir missachtet, Captain, aber wenn Sie mir einen steifen Drink einschenken, werde ich darüber hinwegsehen«, sagte Pickering und reichte ihm die Hand.

»Ernie hat vorher hier angerufen und verfügt, mich hier wohnen zu lassen. Ich habe kein Geld, und ich hielt es für besser, meinen Schwiegervater, der mich ohnehin nicht leiden kann, zahlen zu lassen, anstatt Sie, Sir.«

»Sie können höllisch viel in einen Satz packen«, sagte Pickering und betrat die Suite. »Aber eines nach dem anderen. Wo bewahrt Ihr Schwiegervater – der übrigens eine sehr hohe Meinung von Ihnen hat – den Schnaps auf?«

»Hier drin«, sagte McCoy und führte ihn ins Zimmer neben dem Wohnzimmer und an eine kleine, jedoch voll bestückte Bar.

Pickering stöberte in einem Sortiment von Flaschen und hielt schließlich triumphierend eine Flasche Famous Grouse hoch.

»Ich habe soeben ein zweifelhaftes Kompliment von einem Navy-Doktor erhalten, der noch jünger ist als Sie«, sagte er, als er Gläser fand. »›Für jemanden Ihres Alters, General, ist Ihre gesundheitliche Verfassung bemerkenswert gut.‹«

McCoy lachte und nahm das Glas Whisky entgegen, das Pickering ihm reichte.

»Cheers«, sagte Pickering, und sie stießen an.

Die Türglocke schlug wieder an.

»Das wird wohl meine Uniform sein«, meinte Ken und ging zur Tür. Pickering folgte ihm.

Diesmal war es der Etagenkellner, der eine frisch gebügelte Uniform auf einem Bügel brachte. Er gab McCoy die Rechnung zum Unterzeichnen.

»Wissen Sie, wer ich bin?«, fragte Pickering.

»Ja, Sir, selbstverständlich.«

»Ist Ihnen bekannt, dass es ein Dauerbefehl ist, von Captain McCoy kein Geld anzunehmen …?«

»Menschenskind …«, begann McCoy.

Pickering hob eine Hand und gebot ihm Schweigen.

»… und dieser Dauerbefehl von der Drachenlady der Foster-Kette höchstpersönlich erteilt worden ist?«

»Nein, Sir«, sagte der Kellner lächelnd.

»Vertrauen Sie mir, und seien sie so nett, den Manager zu informieren.«

»Ja, Sir, Mr Pickering«, sagte der Etagenkellner und lachte.

»Und könnten Sie damit anfangen, mich mit ›General‹ anzusprechen?«, sagte Pickering.

»Ja, Sir, General.«

»Es wird Sie vielleicht darüber hinaus interessieren, dass ich für jemanden in meinem Alter eine bemerkenswert gute gesundheitliche Verfassung habe.«

»Das freut mich zu hören, General.« Der Etagenkellner grinste breit. »Es ist schön, Sie wieder im Haus zu haben, General.«

»Danke«, sagte Pickering.

»Ich wünschte, Sie hätten dies nicht getan, General«, sagte McCoy, als der Etagenkellner fort war.

»Erstens haben Sie gesagt, dass Sie kein Geld haben, und zweitens, da ich soeben meine ärztliche Untersuchung zur Rückkehr in den aktiven Dienst bestanden habe, bin ich wieder ein General und erinnere Sie daran, dass Captains einem General keine Widerworte geben.«

»Jawohl, Sir«, sagte McCoy. »Sie sind wieder in aktivem Dienst?«

»Der Präsident persönlich hat das befohlen«, sagte Pickering. »Ich habe mich nicht freiwillig gemeldet. Er rief einfach den Kommandanten an und sagte ihm, er soll die Befehle ausstellen. Als ich das der Drachenlady erzählt habe, veranlasste sie das, äußerst sauer zu sein. Sie meint, ich hätte mich freiwillig gemeldet und dann gelogen.«

»Ich habe nie gehört, dass Sie sie so nennen«, sagte McCoy.

»Das Freundlichste, was sie sagte – am Telefon, soeben, bevor ich über den Flur ging, um ein nettes Gesicht zu suchen –, war die Formulierung: ›Du bist ein egoistischer Halbstarker, der nur an sein eigenes Vergnügen denkt‹.«

»Autsch«, sagte McCoy.

»Und noch schlimmer macht es die Tatsache, dass ich bei der CIA ungefähr so willkommen bin wie die Syphilis. Es war nicht Admiral Hillenkoetters Idee, mich in aktiven Dienst zu rufen.« Er schwieg kurz. »Ich war mit Ihrer Einschätzung bei ihm, Ken.«

»Der Präsident hat mir gesagt, dass er sie gesehen hat. Er hat nicht gesagt, wie er sie bekommen hat.«

»Der *Präsident* hat Ihnen gesagt, dass er sie gesehen hat?«

»Man hat mich hergeflogen – in einem Jet der Air Force, einem zweisitzigen Jagdflugzeug. Als wir auf Andrews landeten, holten mich zwei Typen vom Secret Service ab. Sie brachten mich zu einem Haus – gleich gegenüber von hier – und ließen mich in einem kleinen Büro warten. Dann ging die Tür auf und Präsident Truman trat ein.«

»Blair House«, sagte Pickering. »Das Weiße Haus wird renoviert. Vorübergehend wohnt er dort. Was hat er gesagt?«

»Nicht viel. Er fragte mich, ob MacArthur meiner Meinung nach die Einschätzung gesehen hat, und dann – als ich nein sagte und dass Willoughby sie ihm nicht gegeben hat – wollte er wissen, warum er das meiner Meinung nach getan hat. Ich sagte ihm, ich könnte nur raten, aber vermutlich hat Willoughby MacArthur erst vor kurzem eine Einschätzung gegeben, nach der es keinerlei Probleme in Korea geben wird. Dann sagte er, ich hätte richtig gehandelt, indem ich Ihnen die Einschätzung gegeben habe, dass Sie besorgt wären, ich könnte Schwierigkeiten bekommen und dass ich keine bekommen werde. Zum Schluss sagte er, es würde ihn nicht überraschen, wenn wir uns wiedersehen, und ging. Die ganze Sache dauerte drei, vier Minuten.«

»Zusammenfassung der Ereignisse: Nach meiner Rückkehr aus Tokio ging ich mit Senator Fowler zu Hillenkoetter und zeigte ihm eine aufpolierte Version der Einschätzung – Ihr Name stand nicht darauf. Er versprach, sie sich anzuschauen. Er fragte nach dem Namen des Verfassers, doch ich weigerte mich, ihm den preiszugeben. Als Nächstes bekam ich einen Anruf vom Präsidenten. Er sagte, er wisse von meinem ›Besuch‹ bei Hillenkoetter und fragte, ob ich nach Washington kommen könne; er wolle sich mit Fowler und mir treffen. Ich sagte zu. Er fragte mich auch, wo Sie sich aufhalten. Ich erklärte ihm, dass ich Ihren Aufenthaltsort nicht kenne und Sie vermutlich unterwegs nach Camp Pendleton seien. Zwei Stunden später saß ich in einer F-94, und am nächsten Morgen kam der Präsident hier ins Hotel in Fowlers Apartment und bat ihn, die Einschätzung, die Vorwarnung, nicht an die Presse zu geben. Fowler stimmte zu.«

»Wie haben sie meinen Namen herausgefunden?«

»Ich nehme an, das war nicht schwierig, Ken«, sagte Pickering. »Ich sagte dem Präsidenten, ich will nicht, dass Sie Schwierigkeiten bekommen, und er fragte, ob ich meine, Sie brauchen Freunde an hoher Stelle, und als Nächstes telefonierte er mit dem Kommandanten – persönlich – und befahl ihm, Befehle für den Eintritt in den aktiven Dienst für mich auszustellen, und zwar mit sofortiger Wirkung.«

»Weil ich einen Beschützer brauche?«

»Ich habe heute Morgen vierzig Minuten mit General Cates verbracht. Er sagte mir – er hat es *angedeutet*, er ist zu sehr Gentleman und zu schlau, um es mit vielen Worten auszusprechen –, dass es einige Unzufriedenheit mit Hillenkoetter gibt und es ihn nicht überraschen würde, wenn Truman vorhat, ihn durch mich zu ersetzen.«

McCoy ließ sich diese Ankündigung sichtlich durch den Kopf gehen, aber sein Gesicht zeigte keine Überraschung.

»Sie waren stellvertretender Direktor des OSS«, sagte McCoy.

»Der absolut unqualifiziert ist, die CIA zu leiten, und der das genau weiß.«

»Sie könnten nicht schlechter als dieser Admiral sein. Er hätte die Entwicklung kennen müssen.«

»Ich wüsste nicht, wie ich es besser machen könnte.«

»Doch, das würden Sie«, sage McCoy überzeugt.

»Vielleicht hat Hillenkoetter das Gleiche gehört«, sagte Pickering. »Das würde den eiskalten Empfang erklären, den ich dort erhielt.«

»Was werden Sie dort tun?«, wollte McCoy wissen.

»*Wir* haben ein Büro im Ostgebäude – dort befindet sich Hillenkoetters Büro – vier Räume, spärlich möbliert.«

»Und was werden *wir* darin tun?«

»Ich vermute, man wird Sie über die nordkoreanische/chinesische Gefechtsaufstellung ausquetschen, aber ich habe keine Ahnung, was ich tun werde, und weiß nur, dass Ed Banning und Zimmerman auf dem Weg hierher sind, um mir dabei zu helfen.«

»Wie ist das gekommen?«

»Das war die Idee des Kommandanten. Er malte ein ziemlich düsteres Bild von der Einsatzbereitschaft des Corps …«

»Der First Marine Division«, unterbrach McCoy. »Die First Marine Division hat, *verstärkt*, in Pendleton, weniger als achttausend Mann.«

Pickering war zuerst überrascht, weil McCoy diese Zahl kannte, aber als er darüber nachdachte, war er es nicht mehr. McCoy war stets ein Füllhorn von Daten gewesen. Wenn er einmal etwas erfuhr, dann vergaß er es nie.

»… und befürchtete, wenn das Corps kein Wunder vollbringt, wie man es von ihm erwartet, wird das Munition für diejenigen sein, die der Meinung sind, wir brauchen kein Marine-Corps.«

»Wie sollen Sie und Ed Banning helfen, das Wunder zu vollbringen?«

Pickering dachte darüber nach und sagte dann, was ihm als Erstes in den Sinn kam.

»Jedes Mal, wenn jemand sagt ›First Marine Division‹, fügen wir ›die weniger als die Hälfte der Kriegsstärke hat‹ hinzu.«

McCoy lachte.

Das Telefon klingelte.

Es war Ernie.

»Gut«, sagte sie, »du bist da.«

»Und auch der General ist hier«, sagte Ken.

»Das hat mir Tante Patricia gesagt. Sie ist alles andere als begeistert.«

»Wo hast du mit ihr gesprochen?«

»Ich bin in San Francisco. Mit ihr. Ich fliege mit der TWA in der Nacht nach New York und bin am Morgen um sieben Uhr dort. Dann werde ich den Zug nach Washington nehmen. Wirst du da sein, wenn ich dort ankomme?«

»Ja.«

»Gib mir Onkel Flem ans Telefon«, verlangte sie im Befehlston, und dann hörte er sie sagen: »Rede mit ihm, Tante Pat.«

Er hielt Pickering den Telefonhörer hin. »Ihre Frau.«

Pickering hob die Augenbrauen, als er den Hörer entgegennahm.

»Hier spricht der egoistische Halbstarke«, sagte er. »Schatz, ich schwöre bei Gott, dass ich mich nicht freiwillig gemeldet habe.«

»Was immer du auch bist, du bist kein Lügner«, hörte McCoy Patricia antworten. »Wenn ich mit Ernie fliege, wirst du dann ebenfalls dort sein?«

»Ja, Ma'am.«

»Dann sehe ich dich morgen«, sagte Patricia. »Wirst du noch in deine Uniform passen?«

»Ein junger Doktor der Navy hat mir gesagt, dass ich in bemerkenswert guter Verfassung für mein Alter bin. Wo sind meine Uniformen?«

»Ich habe ein paar hier im Apartment gefunden. Soll ich sie mitbringen?«

»Bitte, Liebling. Ich danke dir.«

»Wie um alles in der Welt konnten zwei nette Mädchen wie Ernie und ich zu Soldatenliebchen werden, die dem Marine-Corps nachreisen?«

»Vielleicht habt ihr einen sehr guten Geschmack?«

McCoy hörte Patricia lachen, und dann legte sie ohne ein weiteres Wort auf.

4

Headquarters
Beaufort USMC Air Station
Beaufort, South Carolina

1. Juli 1950, 8 Uhr 30

Colonel Edward J. Banning, USMC, in einer frischen, jedoch bereits verschwitzten Tropenuniform und mit einem Seesack unter dem Arm, betrat das Headquarters und hob noch rechtzeitig die Hand, um den Technical Sergeant vom Dienst davon abzuhalten, aufzuspringen und »Achtung!« zu bellen.

»Weitermachen«, sagte er. »Sergeant, ist Colonel Dunn irgendwo in der Nähe?«

»Sir, wenn Sie Colonel Banning sind, erwartet er Sie.«

»Schuldig«, sagte Banning. »Wo finde ich ihn?«

»Bleiben Sie bitte, Sir«, sagte der Sergeant und hob den Hörer seines Telefons ab. Er wählte eine Nummer und meldete dann: »Sir, Colonel Banning ist hier.«

Lieutenant Colonel William C. Dunn, USMC, erschien eine Minute später. Er trug eine Fliegerkombination und hielt einen Becher mit Kaffee in der Hand.

»Guten Morgen, Sir«, sagte er.

»Hallo, Billy«, erwiderte Banning, und sie schüttelten sich die Hände.

Banning griff in die Tasche, zog ein Fernschreiben hervor und gab es Dunn.

Dunn griff in die Knietasche seiner Fliegerkombination und überreichte Banning ein Fernschreiben.

»Der Colonel könnte dies interessant finden«, sagte er trocken. »Ich glaube, ich weiß, was in Ihrem steht.«

Beide Männer lasen die Fernschreiben:

PRIORITY
CONFIDENTIAL

FROM: HQ USMC 1610 30 JUNE 1950

TO: COMMANDING OFFICER
USMC BARRACKS
CHARLESTON, SC

INFO: COMMANDING OFFICER
MCAS BEAUFORT, SC

1. Stellen Sie entsprechende Befehle für sofortige Verwendung von Colonel Edward J. Banning für vorübergehenden Dienst auf unbefristete Zeit beim Headquarters USMC aus.
2. Colonel Banning wird sich im Büro des Kommandanten USMC melden.
3. Reise mit Flugzeug des USMC von der MCAS Beaufort, SC, ist befohlen. Priorität AAAAA. Reise ist binnen vierundzwanzig (24) Stunden anzutreten.
4. Fragen bezüglich dieser Befehle oder Bitten um Verzögerung der Ausführung sind unerwünscht.

FOR THE COMMANDANT USMC

WILLIAM S. SHALEY
MAG GEN USMC

PRORITY
CONFIDENTIAL

FROM: HQ USMC 1610 30 JUNE 1950

TO: COMMANDING GENERAL
USMC RECRUIT TRAINING DEPOT
PARRIS ISLAND SC

INFO: COMMANDING OFFICER
MCAS BEAUFORT, SC

1. Stellen Sie entsprechende Befehle für sofortige Verwendung von Master Gunner Earnest W. Zimmerman für vorübergehenden Dienst auf unbefristete Zeit beim Headquarters USMC aus.
2. Master Gunner Zimmerman wird sich im Büro des Kommandanten USMC melden.
3. Reise mit Flugzeug des USMC von der MCAS Beaufort, SC, ist befohlen. Priorität AAAAA. Reise ist binnen vierundzwanzig (24) Stunden anzutreten.
4. Fragen bezüglich dieser Befehle oder Bitten um Verzögerung der Ausführung sind unerwünscht.

FOR THE COMMANDANT USMC

WILLIAM S. SHALEY
MAG GEN USMC

»Ich glaube, ich weiß, was dies ist, Colonel«, sagte Dunn, als sie die Fernschreiben austauschten. »Der Kommandant hält einen Kongress von Immobilien-Tycoons ab.«

»Sie können zur Hölle fahren, Colonel«, erwiderte Banning. »Ich habe keine Ahnung, was das alles zu bedeuten hat.«

»Vielleicht hat es etwas mit den Ereignissen in Korea zu tun«, meinte Dunn. »Es kam gerade im Radio, dass MacArthur rübergeflogen ist, um sich ein Bild über die Lage zu machen.«

Banning stieß einen Grunzlaut aus, sagte jedoch nichts.

»Ist Zimmerman da?«

»Er und Mae-Su, in meinem Büro. Ich dachte mir, Sie möchten zusammen reisen. Hat Luddy Sie hergefahren?«

Banning nickte und deutete zum Parkplatz. »Und mir auf der ganzen Fahrt Lektion 401 über das Böse des kommunistischen Reichs gehalten. Sie ist überzeugt, dass die Russen – Verzeihung, die Bolschewiken; Luddy ist eine *Russin* – hinter der Sache in Korea stecken.«

»Und Sie glauben das nicht?«

»Billy, ich weiß es einfach nicht«, sagte Banning.

»Nun, Ihre fliegende Kutsche wartet, Colonel. Es sei denn, Sie möchten eine Tasse Kaffee oder etwas anderes.«

»Ich hasse lange Abschiede«, sagte Banning. »Bringen wir es hinter uns.«

»Ich hole die Zimmermans«, sagte Dunn.

»Was für eine Kutsche haben wir?«, erkundigte sich Banning.

»Gooney-Bird«, sagte Dunn. »Geflogen von meiner Wenigkeit.«

»Das ist sehr nett, Billy. Aber ich weiß, dass Sie hier viel zu tun haben.«

»Ich könnte sagen ›war mir ein Vergnügen, Sir, nichts würde ich lieber tun, als hier zu bleiben‹, aber da ich Offizier des Marine-Corps bin, ist die Wahrheit, dass ich ebenfalls nach Eighth & Eye will. Ich nehme an, jemand da oben denkt, wir werden einen Krieg bekommen, man will über die Mobilisierung reden. Indem ich die Gooney-Bird nehme, kann ich ein paar meiner Offiziere und dienstalten Unteroffiziere mitnehmen.«

5

Zimmer 505
Ostgebäude, CIA-Komplex
2430 E Street
Washington, D.C.

1. Juli 1950, 14 Uhr

Brigadier General Fleming Pickering, USMCR, lag ein wenig unbequem auf einer Couch mit Chromgestell und las in der Zeitung *Washington Star*, und Captain Kenneth R. McCoy, USMC, saß hinter General Pickerings Schreibtisch und las in der *Washington Post*, als das Telefon auf dem Schreibtisch klingelte.

McCoy blickte fragend zu Pickering, und der General forderte ihnmit einer Pantomime auf, den Hörer abzuheben.

»General Pickerings Büro, Captain McCoy am Apparat, Sir.« Er hörte zu und fügte dann hinzu: »Bringen Sie sie herauf, bitte.« Er legte den Hörer auf und sah Pickering an. »Banning und Zimmerman sind unten«, sagte er.

»Das ging schnell«, meinte Pickering. »Cates versprach, sie mir zuzuteilen, aber das war erst gestern Nachmittag.«

Er setzte sich auf, legte die Zeitung auf die Couch und stand mit nachdenklicher Miene auf.

»Versuchen Sie noch einmal, Admiral Hillenkoetter zu erreichen, Ken, ja?«

McCoy zog ein Telefonverzeichnis zu Rate und wählte eine Nummer.

»Admiral Hillenkoetter für General Pickering«, sprach er ins Telefon, hörte kurz zu, sagte dann »danke« und legte auf. Er schaute Pickering an. »Der Admiral ist nicht im Gebäude.«

»Was bedeutet, dass er nicht anwesend ist oder nicht mit mir sprechen will«, sagte Pickering. Er ging ans Fenster und schaute hinaus.

Eskortiert von einem bewaffneten Wachmann in einer Uniform, die der eines Polizisten ähnelte, trafen Colonel Banning, USMC, und Master Gunner Zimmerman, USMC, drei Minuten später ein.

»Colonel Banning, Edward J., meldet sich wie befohlen mit einem Mann, Sir«, sagte Banning.

»Hallo, Ed«, erwiderte Pickering. »Ernie, wie geht's Ihnen?«

Sie schüttelten einander die Hände.

»General«, sagte der Wachmann. »Wenn diese Gentlemen gehen, lassen Sie sie bitte zur Halle begleiten oder rufen Sie den Chef der Wache, und er wird jemanden herschicken.«

Pickering sah ihn einen Moment an und nickte dann.

Der Wachmann ging und schloss hinter sich die Tür.

»Ich wusste, dass Sie kommen«, sagte Pickering. »Aber ich habe Sie nicht so früh erwartet.«

»Die Reise ist binnen vierundzwanzig Stunden anzutreten«, zitierte Banning und gab Pickering das Fernschreiben, das er Billy Dunn in der Beaufort Marine Air Station gezeigt hatte. »Ernie hat ein identisches Fernschreiben erhalten, nur mit anderem Namen. Wir gingen zur Eighth and Eye, und man schickte uns hier rüber. Irgendwann heute bekommen wir beide die ausgestellten Befehle für unbefristeten vorübergehenden Dienst hier.«

»Colonel Dunn hat uns hergeflogen«, sagte Zimmerman. »Er lässt grüßen, Sir. Darf ich fragen, was los ist?«

»Ernie, ich weiß es nicht«, sagte Pickering. »Aber ich bin mir verdammt sicher, dass ich es herausfinden werde.« Er wandte sich an McCoy. »Schauen Sie in dieses Telefonverzeichnis, Ken, und suchen Sie nach einem stellvertretenden Direktor oder einem stellvertretenden Direktor Verwaltung, irgendwas in dieser Art.«

»Jawohl, Sir«, sagte McCoy.

Eine Minute später meldete er: »Da gibt es einen Deputy Director und einen Deputy Director Administration. Soll ich versuchen, einen davon ans Telefon zu bekommen? Welchen soll ich anrufen?«

»Stehen Zimmernummern dabei?«

»Jawohl, Sir. Vier-null-zwei für den stellvertretenden Direktor, und vier-null-sechs für den stellvertretenden Direktor Verwaltung.«

Pickering ging zur Bürotür und forderte sie mit einer Geste auf, sich ihm anzuschließen.

Sie folgten ihm auf den Flur zum Aufzug, und dann entdeckte Pickering die Tür zu einem Treppenhaus und öffnete sie.

»Es ist nur eine Treppe tiefer«, sagte er.

Eine Treppe tiefer ließ sich die Tür vom Treppenhaus in den vierten Stock nicht öffnen.

Pickering fluchte und lief die Treppe hinunter, immer zwei Stufen auf einmal nehmend, gefolgt von Banning, McCoy und Zimmerman.

Die Tür vom Treppenhaus zur Halle ließ sich öffnen. Pickering ging zu der Reihe der Aufzüge und wurde von einem anderen Wachmann in Uniform abgefangen, bevor er per Knopfdruck den Aufzug rufen konnte.

»Verzeihen Sie, Sir«, sagte der Wachmann, »darf ich bitte Ihre Dienstmarke sehen?«

»Ich habe keine Dienstmarke«, erwiderte Pickering. »Keiner von uns hat eine. Das ist eines der Dinge, die ich mit Admiral Hillenkoetter oder einem seiner Stellvertreter besprechen möchte.«

Ein anderer Wachmann tauchte auf.

»Sir, ich kann nicht erlauben, Sie ohne Dienstmarke oder Begleitung in den Aufzug gehen zu lassen.«

»Okay, begleiten Sie mich«, sagte Pickering.

»Sir, das kann ich nicht ohne die Genehmigung von demjenigen tun, den Sie besuchen wollen.«

»Okay. Gehen Sie ans Telefon, rufen Sie Admiral Hillenkoetter oder seinen Stellvertreter oder den stellvertretenden Direktor Verwaltung an und sagen Sie ihm, dass General Pickering ihn besuchen will.«

»Warten Sie bitte hier«, sagte einer der beiden Wachleute und ging zum Empfangspult in der Mitte der Halle.

»Wie sind Sie ohne Dienstmarke bis hierhin gekommen?«, fragte der andere Wachmann.

»Ich bin durch den verdammten Kamin gekommen wie Santa Claus«, sagte Pickering.

Zwei Minuten später kam er erste Wachmann zurück. Er hielt ein Klemmbrett in der Hand.

»Ich muss Ihre ID-Card sehen«, sagte er. »Und dann wird dieser Offizier Sie zum Büro des stellvertretenden Direktors Verwaltung begleiten.«

Es dauerte zwei weitere Minuten, bis sich schließlich alle fünf in einem engen Aufzug zusammendrängten.

Sie fuhren bis zum vierten Stock, und der Wachmann führte sie über einen Flur zu einem Büro, auf dessen Milchglasscheibe in der Tür in Goldbuchstaben »Deputy Director Administration« stand.

Drinnen gab es einen Empfangsraum, der von einer Sekretärin in mittlerem Alter besetzt war. Ein Captain der Navy stand neben ihrem Schreibtisch.

»General«, sagte er. »Ich bin Captain Murfin, der stellvertretende Direktor Verwaltung. Wie kann ich Ihnen helfen?«

»Können wir dort drinnen reden?«, fragte Pickering und wies auf das innere Büro.

»Jawohl, Sir, selbstverständlich. Kann ich Ihnen Kaffee anbieten?«

»Das wäre sehr nett, danke«, sagte Pickering. Er folgte Captain Murfin in sein Büro.

»Captain, dies sind Colonel Banning, Captain McCoy und Mr Zimmerman. Aus Mangel an einer besseren Beschreibung sage ich, sie sind mein Stab.«

Murfin schüttelte allen die Hände. Die Sekretärin servierte Kaffee in Bechern.

»Nun, was kann ich für Sie tun, General?«, fragte Captain Murfin.

»Als Erstes brauche ich – brauchen wir alle – Dienstmarken. Ich bin es leid, dauernd von Ihren Wachleuten eskortiert zu werden.«

»Ich werde selbstverständlich für provisorische Dienstmarken sorgen.«

»Heißt das, Sie wissen, dass wir nicht lange hier sein werden?«, fragte Pickering.

»Nein, Sir. Das heißt, dass ich nicht weiß, wie lange Sie hier sein werden.«

»Oder welche Tätigkeit ich ausüben werde?«

»Das auch, General.«

»Okay. Lassen Sie mich diesen Punkt klären. Ich bin hier und Captain McCoy ist hier auf Befehl des Präsidenten der Vereinigten Staaten …«

»So habe ich es gehört, General.«

»… und Colonel Banning und Mr Zimmerman sind hier, weil sie auf Befehl des Kommandanten hier auf unbefristete vorübergehende Verwendung abkommandiert sind, um für mich zu arbeiten. Die entsprechenden Befehle werden heute ausgestellt.«

»Jawohl, Sir. Ich nehme an, ich kann Ihnen und dem Captain Dienstmarken geben, aber bevor ich nicht die Befehle des Colonels und Mr Zimmermans in Händen habe …«

»Sagen Sie mir, Captain, ist der stellvertretende Direktor im Gebäude?«, unterbrach Pickering.

»Nein, Sir. Er ist nicht anwesend.«

»Und wie ich hörte, ist der Direktor ebenfalls woanders?«

»Er ist im Pentagon, Sir.«

»Folglich sind Sie der ranghöchste Offizier im Dienst?«

»Jawohl, Sir. Ich nehme an, im Moment leite ich den Laden.«

»Nun, Captain, in diesem Fall, will ich Ihnen sagen, wie Sie den Laden leiten werden«, sagte Pickering. »Wir sind beide im Marine-Dienst, und ich brauche Ihnen wohl nicht zu sagen, dass ein Brigadier General ranghöher als ein Captain ist.«

»Sir …«

»Sie werden Folgendes tun, Captain: Sie werden sofort unsere Fotos machen und Fingerabdrücke nehmen lassen und veranlassen, was Sie sonst noch für Ausweise für uns vier brauchen. Diese Ausweise werden auf uns in der Halle warten, und zwar spätestens null-acht-null-null Uhr morgen früh. Betrachten Sie dies als

Befehl. Wenn der Direktor – oder der Deputy Director, vorausgesetzt, er ist ranghöher als ich – wünscht, dies mit mir zu diskutieren, wird er mich – uns alle vier – in meinem Apartment im Foster Lafayette Hotel erreichen. Haben Sie noch irgendwelche Fragen?«

Der stellvertretende Direktor Verwaltung überlegte seine Antwort mindestens zwanzig Sekunden lang. Dann sagte er: »General, wenn Sie und diese Gentlemen mitkommen möchten, werde ich Sie zum Fotolabor bringen.«

»Gewiss«, sagte Pickering. »Und da ist noch eines, Captain.«

»Jawohl, Sir.«

»Bitte informieren Sie Admiral Hillenkoetter, dass ich morgen um acht Uhr hier sein werde, und bitten Sie ihn respektvoll um ein paar Minuten seiner Zeit so früh wie möglich nach acht Uhr.«

»Ich werde ihm diese Information geben, Sir«, sagte Captain Murfin.

6

Marquis Lafayette Suite
Foster Lafayette Hotel
Washington, D.C.

1. Juli 1950, 18 Uhr 05

»Ich weiß wirklich nicht, was ich denken soll«, sagte Colonel Ed Banning und schob sich eine in Schinken gehüllte Auster in den Mund. »Ich wünschte, ich hätte die Einschätzung des Killers vorher gekannt …«

»Gottverdammt, können Sie denn niemals mit diesem Killer-Scheiß aufhören?«

»Verzeihung, Ken«, sagte Banning.

»Niemals«, meinte Pickering, »jedenfalls nicht diejenigen, die Sie kennen und mögen.«

»Tut mir Leid«, sagte Banning, ehrlich zerknirscht. »Es ist mir nur so rausgerutscht.«

»Vergessen Sie's«, sagte McCoy.

»Wie Sie vergessen haben, dass gute Captains des Marine-Corps nicht über Colonels fluchen?«, fragte Pickering.

»Sir, Captain McCoy bittet den Colonel um Verzeihung.«

»Schon okay, Killer, vergessen Sie's.«

Das führte zu Gelächter.

Sie waren zwar nicht betrunken, doch sie saßen seit ihrer Rückkehr vom CIA-Komplex um 16 Uhr 45 trinkend im Wohnzimmer von Pickerings Suite – praktisch der Suite seiner Frau, denn *sie* war die Aufsichtsratsvorsitzende von Foster Hotels, Inc. Alle bürokratischen Hürden für die Erlangung von Ausweisen waren in etwas über einer Stunde überwunden gewesen.

Einiges von ihrer Unterhaltung hatte sich mit der Frage beschäftigt, wo die Frauen sein mochten; sie hätten bis Mittag im Hotel sein sollen. Das meiste davon hatte sich jedoch um die Ereignisse in Korea und um sie selbst gedreht.

Ein Page war zur National Geografic Society, ein paar Blocks entfernt, geschickt worden, um eine Landkarte von Korea zu besorgen. »Wenn ich es mir richtig überlege, sollten Sie ein halbes Dutzend holen«, hatte Pickering dem Pagen gesagt. »Alles, was sie haben, von der chinesischen Küste bis zur birmanischen Grenze bei Rangun, von der russischen Grenze bis zum Ochotskischen Meer.«

Anhand der Karten hatte McCoy einen einstündigen Vortrag über die Aufstellung der nordkoreanischen Streitkräfte auf der koreanischen Halbinsel gehalten; über die chinesischen und russischen Kräfte entlang der Küste des asiatischen Kontinents; über die Kräfte der U.S. Army in Korea und Japan – es gab praktisch keine in Korea – und sogar über die Streitkräfte der Nationalchinesen auf Formosa.

Er zeigte die möglichen Routen einer Invasion über den 38. Breitengrad und erklärte seine Einschätzung möglicher nordkoreanischer Absichten.

»Ich bezweifle, dass sie mit einem Eingreifen der Amerikaner rechnen, aber ich glaube auch nicht, dass ein Eingreifen irgendwelche Wirkung erzielen würde. Wir können vermutlich nicht schnell genug Truppen dort rüberbringen, um sie zu stoppen. Was wir hinschicken, wird wahrscheinlich im tiefen Süden bei Pusan in die See geworfen werden.«

Er sprach über die Möglichkeit, Tschiang Kai-scheks nationalistische Armee auf Formosa zu unterstützen, und verwarf sie als vermutlich wenig nützlich. Und seine Meinung über die Fähigkeiten der Eighth U.S. Army bei einem Kriegseinsatz in Korea war alles andere als schmeichelhaft.

»Ihre Ausrüstung ist veraltetet, ihre Ausbildung unzureichend und sie haben keine Panzer, die den russischen T-34 der Nordkoreaner ebenbürtig sind. Die Brücken in Japan tragen nicht das Gewicht eines M-26, der so gut wie der T-34 ist, folglich gibt es dort keine M-26 Panzer. Die M-24er, die sie haben, sind leichte Tanks, die keine Chance gegen den T-34 haben.«

Es war natürlich frustrierend, das zu hören, und ebenso die Überlegungen, was sie alle in der CIA arbeiten würden.

Banning hielt es für möglich und sogar wahrscheinlich, dass Admiral Hillenkoetter gefeuert werden würde, weil er den plötzlichen nordkoreanischen Angriff nicht vorausgesehen hatte.

»Vermutlich wird er nicht sofort entlassen werden«, meinte Banning. »Wenn der Präsident eine Reaktion der Bevölkerung wie bei dem Angriff auf Pearl Harbor befürchtet, wird er davor zurückschrecken, den Direktor der CIA zu feuern. Was General Cates gesagt hat, dass Sie, Pickering, seiner Meinung nach Hillenkoetter ablösen, ergibt einen gewissen Sinn.«

»Ich bin nicht in der Lage, die CIA zu leiten.«

»Vielleicht wird Hillenkoetter bleiben, bis Sie sich in der Lage fühlen«, meinte Banning.

Die Türglocke schlug an.

»Die Ladys, hoffe ich«, sagte Pickering, ging zur Tür und öffnete sie.

Patricia Foster Pickering und Ernestine Sage McCoy betraten die Suite, gefolgt von vier Pagen, die Gepäck und Kartons von Brooks Brothers trugen. Beide Frau schauten sich die Unordnung in dem Zimmer und die vier Marines an, die allesamt die Krawatten gelockert und die Ärmel aufgekrempelt hatten.

»Ich hoffe, wir stören nicht bei etwas«, sagte Patricia Pickering leicht sarkastisch.

»Wir haben uns schon Sorgen gemacht«, sagte Pickering.

»Dessen bin ich mir sicher«, erwiderte Patricia Pickering, jetzt ernsthaft sarkastisch. »Wenn noch etwas Scotch übrig ist, möchte ich wirklich einen.«

Ihr Mann beeilte sich, ihr einen Drink zu holen.

McCoy ging zu seiner Frau und küsste sie.

»Wie viele hast du getrunken?«, erkundigte sich Ernie.

»Ein paar«, gestand er.

»Es gibt einen Unterschied zwischen ›ein paar‹, was für mich zwei sind, und ›einige‹, was für mich drei oder mehr sind.«

»Einige«, sagte McCoy.

Ernie lachte. »Tante Pat, ich habe es dir gesagt. Man kann sie nicht allein lassen, aber sie lügen wenigstens nicht.«

»Was ist in den Kartons drin?«, wollte McCoy wissen.

»Wir sind zu Brooks Brothers gegangen und haben dir einige Uniformen gekauft«, sagte Ernie.

»Gute kleine Soldatenliebchen, die wir sind«, fügte Patricia hinzu. Sie ging zu Ed Banning. »Ich sehe – und *rieche* – dass Milla Sie auch nicht aus den Augen lassen kann.«

Dennoch gab sie ihm ein Küsschen auf die Wange und dann Zimmerman ebenfalls eins.

»Und zum Mittagessen haben wir auf dem Bürgersteig vor Brooks Brothers einen Hotdog gegessen und eine Coke getrunken«, sagte Patricia. »Das war gut, aber nicht ausreichend. Plant ein frühes Abendessen ein, Jungs.«

Pickering überreichte seiner Frau einen Scotch.

»Dann Prost, Liebling«, sagte er.

»Hast du kein Glas?«

»Auf dem Couchtisch.«

»Trink langsam. Das ist dein letzter Scotch für heute. Ich fliege nicht mitten in der Nacht durch das Land, verbringe den Morgen bei Brooks Brothers und den Nachmittag mit der Fahrt von Manhattan nach hier, nur damit ich dich beim Schnarchen in einem Sessel betrachten kann.«

»Ja, Liebling«, sagte Pickering spöttisch. Er war mehr amüsiert als ärgerlich und wirkte kein bisschen getadelt.

Patricia wandte sich McCoy zu.

»Sag ›danke, Ernie, weil du gekommen und für mich zu Brooks Brothers gegangen bist‹.«

»Danke, Schatz, weil du gekommen und für mich zu Brooks Brothers gegangen bist«, sagte McCoy mit einem Lächeln.

»Gern geschehen«, erwiderte Ernie.

Das Telefon klingelte.
Banning meldete sich und hielt dann Pickering den Hörer hin. »Senator Fowler«, sagte er.
Mrs Pickering wirkte ärgerlich.
Pickering nahm den Telefonhörer entgegen.
»Hallo, Dick«, sagte er. »Komm den Flur runter und trink einen mit uns. Patricia ist soeben eingetroffen.«
Patricia konnte nicht hören, was Fowler sagte, obwohl sie die Ohren spitzte.
»Dick, das möchte ich wirklich nicht. Patricia ist ohnehin schon in der Stimmung, Feuer zu spucken wie ein …«
»He, hörst du mir nicht zu? Ich sagte, ich will nicht.«
»Oh. Verdammt, Dick. In Ordnung. Wir sind in einer Minute da.« Er legte den Hörer auf und sah seine Frau an. »Unser Senator wünscht mich zu sehen. Ken und mich. Er sagte, es ist wichtig.«
Sie schwieg.
»Ich schulde ihm ein paar Gefallen.«
»Zum Beispiel, weil er dich in dein gottverdammtes Marine-Corps zurückgeholt hat?«
Sie starrten sich einen Moment in die Augen, und dann sagte Pickering ziemlich bestimmt: »Patricia, wir werden nur ein paar Minuten fort sein. Bestellst du schon mal das Abendessen?«
Er forderte McCoy mit einer Geste auf, ihm zu folgen, und sie verließen die Suite.
»›Gottverdammtes Marine-Corps‹, Tante Pat?«, sagte Ernie.
»Gottverdammtes Marine-Corps«, bestätigte Patricia Pickering. »Er ist zu alt – Menschenskind, er ist fünfzig – um loszuziehen wie ein …«
Sie verstummte, schaute Ernie an und eilte zur Tür. »Ich kenne ihn und Richardson Fowler. Und er hat bereits genug getrunken. Kommst du mit?«
Ernie überlegte kurz und schüttelte dann den Kopf.
»Wie du willst«, sagte Patricia Pickering und trat auf den Flur hinaus. Nach kurzem Zögern folgte Ernie ihr.
»Wir kommen gleich zurück«, sagte sie über die Schulter.
»›Gottverdammtes Marine-Corps‹?«, zitierte Zimmerman. »Sie spricht ja wie Mae-Su.«
»Wenn das Marine-Corps wollte, dass Sie eine Frau haben sol-

len, Gunner Zimmerman«, erwiderte Banning und freute sich über seine geistreiche Bemerkung, »dann würde es Ihnen eine ausgeben.«

»Ist Luddy nicht auch sauer?«

»Eigentlich nicht. Sie möchte wirklich liebend gern, dass ich dort rübergehe und Kommunisten kille«, sagte Banning.

Ein muskulöser Mann in einem grauen Anzug trat Patricia Pickering auf dem Flur in den Weg.

»Verzeihung, Ma'am«, sagte er. »Darf ich fragen, wohin Sie wollen?«

»Es geht Sie zwar nichts an, aber ich gehe zu Senator Fowler.«

»Das ist jetzt leider nicht möglich«, erwiderte er. »Könnten Sie in – sagen wir – einer halben Stunde wiederkommen?«

»Nicht möglich? Was meinen Sie damit? Gehen Sie mir aus dem Weg!«

»Ich kann Sie leider nicht passieren lassen.«

»Sie können mich nicht passieren lassen?« Mrs Pickering bebte vor Empörung. »Ich besitze dieses Hotel, und niemand schreibt mir vor, ob ich passieren kann oder nicht!«

Ein anderer muskulöser Mann eilte herbei, während der erste Secret-Service-Agent seinen Ausweis aus der Jacketttasche zog, und dann wurde die Tür von Senator Fowlers Suite geöffnet.

»O Gott, Patricia«, sagte Fleming Pickering zu ihr und wandte sich dann zu jemandem in der Suite um. »Es ist meine Frau.«

»Lassen Sie sie hereinkommen«, ertönte eine Stimme aus der Suite, und dann erschien Präsident Truman in der offenen Tür. »Lassen Sie die Lady passieren.«

»Ladys, Mehrzahl«, sagte Ernie hinter dem zweiten Agenten des Secret Service. »Ich gehöre zu ihr.«

»Ladys«, stimmte der Präsident lächelnd zu.

»Guten Abend, Mr President«, sagte Patricia Pickering.

»Guten Abend, Mrs Pickering«, erwiderte Truman. »Ich entschuldige mich für dies. Möchten Sie nicht für eine Minute hereinkommen?«

Er reichte ihr und dann Ernie McCoy die Hand. »Admiral Hillenkoetter hat mir erzählt, dass Captain McCoy mit einer sehr schönen jungen Frau verheiratet ist. Wie geht es Ihnen? Sie sind doch Mrs McCoy?«

»Ja, Sir, Mr President«, antwortete Ernie.

»Hallo, Patricia«, sagte Senator Fowler.

»Ich hatte den Verdacht, dass mein betagter Halbstarker mit Ihnen einen bechert, Dick, und ich sehe, dass ich Recht hatte.«

»Mrs Pickering, Mrs McCoy«, sagte der Präsident, »dies ist Major General Ralph Howe, ein alter Freund von mir.«

»Guten Tag, Ladys«, sagte General Howe mit dem näselndem Akzent von Maine. Er wirkte belustigt.

»Guten Tag, General«, sagte Patricia, als sie ihm die Hand schüttelte.

»Ich glaube, Harry«, sagte General Howe mit breitem Lächeln, »wir haben hier den Beweis für das Sprichwort, dass hinter jedem großen Mann in Wirklichkeit eine schöne Frau steht.«

Truman lachte.

»Mrs Pickering«, sagte er. »Ich wollte ein paar Minuten mit General Howe, Ihrem Mann und Captain McCoy sprechen. Ein paar private Minuten, von denen niemand etwas weiß. Deshalb habe ich Senator Fowlers Gastfreundschaft ausgenutzt …«

»Überhaupt nicht, Mr President«, wandte Fowler ein.

»Kann ich Ihre Gatten noch für zehn Minuten haben, Ladys?«, fragte der Präsident. »Sie werden Ihnen später erzählen, was dies alles zu bedeuten hat.«

»Selbstverständlich, Mr President«, sagte Patricia Pickering. »Ich nehme an, ich habe mich zu einem gewaltigen Dummkopf gemacht, nicht wahr?«

»Meine Frau hätte wahrscheinlich genau das Gleiche getan wie Sie«, sagte der Präsident. »Bess argwöhnt, dass all meine Freunde mich stets zum Trinken verführen.«

Er begleitete sie zur Tür.

»Ich bitte noch einmal um Entschuldigung, Ladys«, sagte der Präsident, als sie auf den Flur hinausgingen.

»Und ich entschuldige mich, Mr President«, sagte Pickering, als die Tür geschlossen war. »Sie ist wütend auf mich, weil sie meint, ich hätte mich freiwillig gemeldet, um ins Corps zurückzukehren, und Dick Fowler hätte es arrangiert, um mir einen Gefallen zu erweisen.«

»Wenn Sie möchten, kann ich das bei ihr klarstellen«, sagte der Präsident.

»Ich wäre dankbar, Mr President.«

»Resolute Lady, General«, sagte General Howe.

»Ich bezweifle, dass ein Mimöschen die Foster-Hotelkette leiten könnte wie sie«, sagte der Präsident. »Wo waren wir stehen geblieben?«

»Ich war im Begriff, Fleming einen Drink anzubieten«, sagte Fowler. »Jetzt bin ich mir nicht mehr so sicher, ob das eine gute Idee ist.«

»Ich halte es für eine gute«, sagte Pickering.

»Ich mache die Drinks«, sagte Fowler. »Das Übliche?«

»Ja.«

»Für Sie auch, Ken?«, fragte Fowler.

»Ja, Sir, bitte«, erwiderte McCoy.

»Kommen wir zum Kern der Sache«, sagte der Präsident. »Als Admiral Hillenkoetter zum ersten Mal Ihren Namen zur Sprache brachte, General, sagte er, dass Sie zuerst als zweites Paar Augen für Marineminister Knox in den Pazifikraum gegangen sind und sich daraus entwickelte, dass Sie das zweite Paar Augen für Präsident Roosevelt wurden.«

»Jawohl, Sir, dies beschreibt genau, was geschah.«

»Ich fand das faszinierend«, sagte Truman. »Obwohl ich davon nichts bei dem Admiral gesagt habe.«

»Sir?«

»Bis zu diesem Moment hatte ich gedacht, ich hätte die blendenden Ideen alle selbst«, fuhr Truman fort. »Dass man, wenn man wirklich wissen will, was im Militär vorgeht, jemanden schickt, dessen erste Loyalität dem Präsidenten gilt, nicht dem militärischen Establishment. General Howe und ich waren beide Captains in Frankreich. Dann sahen wir einander im Laufe der Jahre in der Nationalgarde. Im Zweiten Weltkrieg, als ich im Senat war, kehrte er in die Army zurück und stieg zum Major General auf. Als diese Korea-Sache losging, wusste ich, dass ich ihn als erste Person brauchen würde, und rief ihn in aktiven Dienst – damit er mein Augenpaar in diesem Krieg ist.«

»Ich verstehe«, sagte Pickering.

»Und als er von Maine runterkam, erzählte ich ihm von Ihnen, über Captain McCoys Einschätzung und die Schwierigkeiten, die er dadurch bekam, und wir stimmten darin überein, dass Ihre Talente in dieser Art von Dingen nicht ungenutzt bleiben sollten.«

»Mr President, ich befürchte, Sie überschätzen meine Talente«, sagte Pickering.

»Sie können eines, was ich nicht kann, General«, sagte Howe. »Sie können mit MacArthur reden, ihm vielleicht sogar Fragen stellen, die ihm niemand sonst zu stellen wagen würde.«

»Danke«, sagte Pickering, als Fowler ihm ein Glas mit Famous Grouse überreichte.

»Wären Sie bereit, einen solche Aufgabe zu übernehmen?«

»Zu Befehl, Sir«, sagte Pickering.

»Sehen Sie sich dies an und sagen Sie mir, ob alles in Ordnung ist.« Der Präsident gab Pickering ein Kuvert. Pickering öffnete es, entnahm ihm ein Schreiben und las:

THE WHITE HOUSE
WASHINGTON, D.C.

1. Juli 1950

GENERAL OF THE ARMY
DAI ICHI BUILDING
TOKIO, JAPAN

PER KURIEROFFIZIER

Lieber General MacArthur,

es gibt eine kleine gute Nachricht in einer Lage, die für mich ehrlich gesagt düster aussieht und die ich Ihnen so schnell wie möglich mitteilen möchte.

Admiral Hillenkoetter, der Direktor der CIA, hat mich gebeten, Ihren Freund Brigadier General Fleming Pickering, USMCR, in aktiven Dienst zurückzurufen, und ich habe dies getan. Auf Admiral Hillenkoetters Empfehlung hin habe ich General Pickering zum stellvertre-

tenden CIA-Direktor für Asien ernannt, eine Position ähnlich der, die er während des Zweiten Weltkriegs innehatte, wo er so wertvoll für Sie, OSS-Direktor Donovan und Präsident Roosevelt gewesen ist.
Er wird sehr bald in den Fernen Osten kommen, und ich möchte Sie wissen lassen, dass er mein vollstes Vertrauen genießt und Sie ihm all das sagen können, was Sie mir sagen würden.

Mit freundlichen Grüßen

Harry S. Truman

Harry S. Truman
Präsident der Vereinigten Staaten
Oberbefehlshaber der bewaffneten Streitkräfte

Pickering blickte von dem Brief auf und sah den Präsidenten an.

»Ist das ungefähr die Art und Weise, wie Präsident Roosevelt das gehandhabt hat?«, fragte Truman.

»Er schrieb ›mein lieber Douglas‹«, sagte Pickering.

»Er kannte MacArthur«, sagte Truman. »Ich kenne ihn nicht. Und ich bezweifle, dass ich den Hurensohn kennen lernen möchte.«

»Harry!«, mahnte General Howe.

»Er ist Offizier der U.S. Army«, sagte Truman. »Nicht der Vizekaiser von Japan, aber ich bezweifle, dass er das weiß, und wenn doch, dann will er es nicht zugeben. Und ich möchte, dass Sie wissen, wie ich über ihn denke, General.«

»Ich verstehe, Sir.«

»Wie denken *Sie* über ihn?«, wollte Truman wissen.

»Er ist ein brillanter Mann – möglicherweise, vermutlich, der beste General unseres Zeitalters, Mr President.«

»Besser als Eisenhower? Bradley?«

»Ich hatte nie Gelegenheit, General Eisenhower bei der Arbeit zu erleben, Mr President. Aber ich habe General MacArthur erlebt.

Das Wort ›Genie‹ ist nicht fehl am Platz. Aber er zeigt manchmal Charakterzüge, die für mich persönlich beunruhigend sind. Er kann unter anderem kleinlich sein.«

»Zum Beispiel?«

»Jede Einheit von Corregidor außer der vierten Division des Marine-Corps erhielt die *Presidential Unit Citation*. General Mac Arthur sagte, die Marines hätten bereits genug Medaillen.«

»Ist das alles?«

»Seine blinde Loyalität gegenüber der Bataan Gang stört mich, Mr President.«

»Sind Sie deshalb mit McCoys Einschätzung nicht zu ihm gegangen?«

»Ich nahm an, dass er General Willoughby vorbehaltlos unterstützt hätte und McCoy dadurch noch mehr Probleme bekommen hätte, als er bereits hatte, Mr President.«

»Ich erwarte von MacArthur nur, dass er keine Befehle missachtet«, sagte Truman. »Wenn er das tut, will ich davon erfahren. Wäre das ein Problem für Sie?«

»Nein, Sir.«

»Okay. Dies wird noch heute Abend rausgehen. Ich möchte, dass Sie eng mit Ralph zusammenarbeiten, aber Sie beiden haben die Befugnis, mit mir direkt zu kommunizieren. Wenn es Unstimmigkeiten zwischen Ihnen gibt, will ich mir beide Seiten anhören und dann entscheiden. Klar?«

»Klar«, sagte General Howe.

»Jawohl, Sir«, antwortete Pickering.

»General Howe möchte Ihnen die Würmer aus der Nase ziehen, Captain McCoy«, sagte der Präsident. »Ich möchte, dass Sie ihm alles erzählen, was Sie wissen.«

»Jawohl, Sir«, sagte McCoy.

»McCoy gab uns heute Abend Informationen, die Sie vielleicht selbst faszinierend finden werden, Mr President …«

»Und? Wer ist *uns*?«, unterbrach Truman scharf. »Mit wem sonst haben Sie über McCoys Einschätzung geplaudert?«

»Sir, als Sie mich in aktiven Dienst zurückbefahlen, teilte mir General Cates zwei Offiziere zu, die im Zweiten Weltkrieg mit mir im OSS gewesen sind. Colonel Ed Banning und Marine Gunner Zimmerman.«

»Das war sehr entgegenkommend vom Kommandanten«, sagte der Präsident.

In Wirklichkeit war das eine Frage. Pickering sagte sich, dass er darüber hinweggehen konnte, doch er entschied sich dagegen.

Ist das eine mutige Entscheidung, oder spricht da der Famous Grouse?

»Mr President, General Cates befürchtet, wenn das Marine-Corps nicht das Wunder vollbringen kann, das jedermann von ihm erwarten wird, wird das ein schlechtes Licht auf das Corps werfen.«

»Welches Wunder wird es nicht vollbringen können? Und wie wird die Verwendung dieser beiden Offiziere verhindern, dass ein schlechtes Licht auf das Marine-Corps geworfen wird?«

»General Cates hofft, dass ich, wann immer ich die Gelegenheit habe, darauf hinweise, dass die erste Division des Marine-Corps nur die halbe Kriegsstärke hat.«

»Die *halbe* Kriegsstärke?«, fragte General Howe ungläubig.

»Die *halbe* Kriegsstärke«, wiederholte Pickering. »Und das gesamte Marine-Corps hat nur achtzigtausend Offiziere und Männer, plus zweimal so viel in der Reserve.«

»Gott, ich wusste, dass es Kürzungen gegeben hat, aber ich hatte keine Ahnung, dass es so schlimm ist!«, sagte Howe.

»Es ist so schlimm«, bestätigte Pickering.

»General Cates hat anscheinend erreicht, was er wollte, nicht wahr?«, sagte der Präsident. »Ich werde mir diese traurige Statistik merken, zusammen mit vielen anderen.«

Weder Howe noch Pickering sagten etwas.

»McCoy hat diese beiden Offiziere informiert?«, fragte Truman.

»Und mich, Sir. Ich fand es brillant.«

»Ich möchte es gern hören«, sagte Howe. »Können Sie mich ebenfalls informieren, Captain?«

»Jawohl, Sir«, sagte McCoy.

»Nicht heute Abend«, sagte Truman, »wir haben heute Abend andere Dinge zu bereden, Ralph.«

»Wo kann ich Sie morgen früh finden, McCoy? Sagen wir um acht?« Howe sah McCoy fragend an.

»Ich bin hier im Hotel, Sir. Aber wenn Sie mir sagen, wo …«

»Das Hotel ist prima. Ich wohne selbst hier. Wo sind Sie? Bei General Pickering?«

»Nein, Sir. Ich bin in der Suite von American Personal Pharmaceutics.«

»In der Suite von American Personal Pharmaceutics?«, fragte Howe mit einem Lächeln.

»Er ist wie du, Ralph, er braucht den Job nicht. Er liebt einfach die Uniform«, sagte Truman und fügte sofort hinzu: »Das hätte ich wohl nicht sagen sollen. Ich meinte es bewundernd.«

»Ich werde Sie um acht Uhr anrufen«, sagte General Howe.

»Aye, aye, Sir.«

»Ralph, warum gehen wir nicht mit General Pickering über den Flur und liefern eine Botschaft von mir an Mrs Pickering ab?«

»Welche Botschaft, Harry?«

»Dass seine Rückkehr in aktiven Dienst meine Idee war, nicht seine.«

»Das würde ich gern tun.«

»Danke Ihnen beiden«, sagte der Präsident. »Ich hoffe, es wird eine Möglichkeit geben, Sie beide wiederzusehen, bevor Sie dort rübergehen.«

Er schritt zur Tür und schüttelte beiden Männern die Hände, als sie die Suite verließen.

VII

1

Büro des stellvertretenden Kommandeurs
Camp Pendleton, Kalifornien

5. Juli 1950, 11 Uhr 30

Brigadier General Clyde W. Dawkins, USMC, ärgerte sich – und seine Miene zeigte das –, als das Telefon auf seinem Schreibtisch klingelte. Er hatte eine Besprechung mit Brigadier General Edward A. Craig, USMC, der bis vor zwei Tagen stellvertretender Kommandeur der 1. Division des Marine-Corps gewesen war und jetzt Kommandeur der 2. provisorischen Brigade des Marine-Corps war. Er glaubte Captain Arthur McGowan, USMC, seinem Adjutanten, klar gemacht zu haben, dass er nicht gestört werden wollte.

»Entschuldigung«, sagte er zu Craig, dem großen, schlanken, sonnengebräunten Offizier Anfang fünfzig, der sein dichtes silbergraues Haar im Bürstenschnitt trug, und nahm den Telefonhörer ab.

»Sir, es ist der Kommandant«, kündigte Captain McGowan an.

»General Dawkins, Sir.«

»Dawkins«, sagte der Kommandant des U.S. Marine Corps ohne Einleitung, »dies ist die Ankündigung eines Fernschreibens, dass Sie von den Joint Chiefs of Staff bekommen werden. Im Wesentlichen schreiben die JCS darin, dass auf Anweisung des Präsidenten Brigadier General Fleming Pickering, USMCR, in Kürze in San Diego sein wird. Geben Sie ihm, was immer er haben will, und sagen Sie ihm, was immer er wissen will.«

»Ja, Sir?«, sagte General Dawkins.

»Tun Sie das einfach, Dawkins. Geben sie ihm, was auch immer er haben will, und sagen Sie ihm alles, was er wissen will.«

»Aye, aye, Sir.«

General Dawkins wartete darauf, dass der Kommandant fortfuhr. Und wartete weiterhin, bis das Amtszeichen ihm verriet, dass der Kommandant alles Gewünschte gesagt und das Gespräch beendet hatte.

Dawkins legte den Hörer auf die Gabel und dachte laut: »Was mag das bedeuten?«

»Was?«

»Das war der Kommandant. Ich bekomme ein Fernschreiben von den JCS, in dem ich informiert werde, dass Brigadier General Pickering herkommt und ich ihm geben muss, was er haben will, und sagen muss, was er wissen will.«

»Pickering?«

»Er war auf Guadalcanal. Eine Zeit lang G-2, als Goettge gefallen war …«

Craig nickte, um anzuzeigen, dass er wusste, von wem die Rede war.

»Und als Letztes hörte ich, dass er sofort nach Kriegsende aus dem Corps ausschied.«

»Was will er hier?«

»Keine Ahnung. Was auch immer, es ist eine Anweisung des Präsidenten«, sagte Dawkins.

Craig spitzte nachdenklich die Lippen, und dann widmeten sich beide Männer wieder den dringendsten Problemen beim Aufstellen, Organisieren und Ausrüsten einer provisorischen Brigade des Marine-Corps, die den Befehl hatte, binnen zehn Tagen abzumarschieren.

2

U.S. Navy/Marine-Corps-Ausbildungszentrum der Reserve
St. Louis, Missouri

5. Juli 1950, 19 Uhr 20

Captain George F. Hart lenkte seinen fast neuen blauen Chevrolet in eine Parklücke hinter dem Gebäude, hielt und griff nach dem Mikrofon unter dem Armaturenbrett.

»H-1«, sprach er hinein.

Hart war zweiunddreißig, fast kahlköpfig und gebaut wie ein Rausschmeißer im Zirkus.

»Captain«, antwortete der Mann in der Zentrale des Polizeipräsidiums. H-1 war das private Rufzeichen des Chefs der Mordkommission der Polizei von St. Louis.

»Bis auf weiteres im Ausbildungszentrum der Navy Reserve.«

»Navy Reserve Ausbildungszentrum, verstanden.«

»Sie haben die Nummer?«

»Ich nehme an, ja.«

»Annehmen ist nicht wissen. Überprüfen Sie das.«

»Jawohl«, sagte der Mann in der Zentrale, und sein Tonfall ließ darauf schließen, dass ihm der Ton des Captains missfiel.

»Ich habe die Nummer, Captain.« Er las sie vor.

»Das war's«, sagte Hart.

»Jawohl, Sir.«

Hart steckte das Telefon in die Halterung zurück, schaltete den Motor aus, stieg aus dem Wagen, nahm vom Rücksitz den Beutel einer Reinigung von einem Bügel, schloss den Wagen ab und betrat dann das Gebäude durch eine Hintertür, zu der er einen Schlüssel hatte.

Oftmals dachte er, dass das Ausbildungszentrum von U.S. Navy/Marine Corps aussah wie die Turnhalle einer High School ohne die High School.

Der Holzboden im Erdgeschoss war so groß wie zwei Basketballfelder, und es waren tatsächlich zwei Spielfelder markiert und ihre Körbe waren zum Dach hin hochgeklappt. An einem Ende befand sich der Eingang und am anderen gab es Toiletten und die Treppe zum Kellergeschoss mit Umkleidekabinen und der Waffenkammer.

An einer Seite lagen die Glaswände der Büros der Navy Reserve, an der anderen die der Reserve des Marine-Corps.

Hart schloss die Glastür mit der Aufschrift ›COMMANDING OFFICER‹, zog sie zu, schloss sie ab und überprüfte, ob die Jalousien geschlossen waren. Eine war es nicht und er ließ sie herab, sodass niemand ins Büro sehen konnte.

Das Büro war mit einem Schreibtisch, einem Schreibtischstuhl, zwei Stühlen mit hoher Rückenlehne, zwei Lehnsesseln mit

Chromgestell, einer dazu passenden Couch und einem zweitürigen Schrank eingerichtet.

Er schloss beide Türen des Schranks auf und begann sich auszuziehen. Zuerst entledigte er sich des Jacketts und gab preis, dass er ein Schulterholster trug. Darin steckte eine Colt Modell 1911 .45 ACP Halbautomatik-Pistole unter der linken Achselhöhle. Unter der rechten Achsel enthielt das Holster zwei Ersatzmagazine mit sieben Patronen für die Pistole und ein Paar Handschellen.

Soweit Captain Hart wusste, war er das einzige Weißhemd im Polizeipräsidium, das sich für eine .45er entschieden hatte. Nur Weißhemden – Lieutenants und höher, so genannt, weil ihre Uniformhemden weiß waren – durften die Waffe ihrer Wahl tragen. Sergeants und rangniedrigere mussten die ausgegebene Waffe, entweder einen Smith & Wesson oder Colt .38 Special Revolver mit 5-Zoll-Lauf tragen, Polizisten in Zivil und Kriminalbeamte .38er Special Revolver mit 2-Zoll-Lauf.

Als Hart aus dem Zweiten Weltkrieg heimgekommen war, um Kriminalbeamter zu werden, hatte er diese Vorschrift ignoriert und eine .45er getragen. Als Detective hatte er zwei Leute mit einem .38er Special angeschossen, von denen keiner gestorben war, und einer, obwohl zwei Mal getroffen, ihn angegriffen hatte, bis er ihm mit dem Griff der Waffe auf den Kopf geschlagen hatte. Die Leute, auf die er im Marine-Corps mit einer .45er geschossen hatte, waren liegen geblieben, für gewöhnlich tot. Er hatte sich gesagt, dass er lieber einem Untersuchungsausschuss erklären würde, wie es gekommen war, dass er irgendeinen Gangster mit einer .45er statt mit dem vorgeschriebenen .38er Special erschossen hatte, anstatt seine eigene feierliche Beerdigung zu feiern und aus dem Jenseits sein Foto an der Wand in der Halle des Polizeipräsidiums zu betrachten.

Wie sich herausstellte, war er seit fünf Monaten Captain, bevor er die .45 hatte benutzen müssen, und inzwischen war es natürlich seine Sache gewesen, welche Waffe er trug.

Er hängte all seine Zivilkleidung auf Bügel und hängte sie und das Schulterholster in die linke Schrankhälfte. Dann nahm er die frische Khaki-Uniform des Marine-Corps aus dem Beutel der Reinigung. Er legte das Hemd auf seinen Schreibtisch und heftete sorgfältig seine Abzeichen darauf. Seine Ordensbänder schlossen die Bronze-Star-Medaille mit V-Zeichen und Spange an, die symbolisierte, dass er zweimal ausgezeichnet worden war. die Purple Heart Medal symbolisierte, dass er verwundet gewesen war. Und er hatte Souvenirs aus Parris Island, Silbermedaillen, die zeigten, dass er mit dem M-1 Garand-Gewehr, dem US-Karabiner Kaliber .30, der M-1911 A1-Pistole, dem Browning-Automatikgewehr und der Thompson-Maschinenpistole den Titel ›Experte‹ errungen hatte.

Er zog die frische Uniform an und betrachtete sich im Spiegel, der innen an der Tür der linken Schrankhälfte befestigt war.

Was er sah, war seiner Ansicht nach ein ordentlicher Captain des Marine-Corps, der seinen Anteil am Krieg gehabt hatte und perfekt für seine Aufgabe als befehlshabender Offizier der B-Kompanie der 55. Division des Marine-Corps der Reserve qualifiziert war.

Das ist ziemlich weit von der Wahrheit entfernt, dachte er. Die Baker Company war eine Infanteriekompanie. Jeder Marine in der Baker Company – vom jüngsten Siebzehnjährigen, der noch nicht die Grundausbildung in Parris Island beendet hatte, über die Unteroffiziere, von denen die meisten wirklich gute Marines waren, viele kampferprobt, bis zu den anderen vier Offizieren, zwei davon gefechtserfahren – war absolut erfreut, dass der Boss, der Skipper, der Kompaniechef, ein erfahrener Veteran des Zweiten Weltkriegs war, der im Kampf verwundet und für seine Tapferkeit ausgezeichnet worden war.

Das Dumme war nur, dass er kein erfahrener, kampferprobter Infanterieoffizier war. Die erste – und einzige – Infanterieeinheit, in der er jemals gedient hatte, war die B-Kompanie der 55. Division der USMC Reserve. Die einzige Einheit der regulären Truppen, in der er jemals gedient hatte, hieß USMC Special Detachment 16.

USMC Special Detachment 16 war für die Mission aufgestellt worden, die australischen Küstenbeobachter zu unterstützen, Männer, die zurückgelassen worden waren, als die Japaner Inseln der Salomonen besetzt hatten, Männer, die sich mit großem Risiko für ihr Leben über japanische Einheiten und ihre Bewegungen auf dem Laufenden gehalten hatten. Er war in Detachment 16 verwendet worden, weil das Kommando darüber Brigadier General

Fleming Pickering gegeben worden war. Zu dieser Zeit war Sergeant Hart Pickerings Leibwächter gewesen.

Mit Detachment 16 hatte er sich die Bronze-Star-Medaille und das Verwundetenabzeichen verdient, als er auf der von den Japanern gehaltenen Insel Buka gelandet war, doch das war sein letzter Kampfeinsatz gewesen. Sofort nach seiner Rückkehr von Buka war er zum Second Lieutenant ernannt worden – nicht, weil er als Sergeant etwas Hervorragendes geleistet hatte, sondern weil es bequemer für General Pickering gewesen war, dass sein Leibwächter Offizier war.

Die Bequemlichkeit hatte nichts mit General Pickerings persönlichem Komfort zu tun gehabt, sondern mit der Notwendigkeit, Hart Zugang zu MAGIC zu geben, einem der am besten gehüteten Geheimnisse des Zweiten Weltkriegs – das andere war die Entwicklung der Atombombe. Kryptografen in den Vereinigten Staaten und auf Hawaii hatten viele – keineswegs alle – Kodes der kaiserlichen japanischen Armee und Marine geknackt. Second Lieutenant Harts Name war auf der einseitigen, mit Schreibmaschine getippten Liste derjenigen aufgetaucht, die eine MAGIC-Unbedenklichkeitsbescheinigung erhalten hatten.

An erster Stelle der Liste stand der Name von Präsident Franklin Delano Roosevelt, gefolgt von General Douglas Mac Arthur und Admiral Chester Nimitz, und dann ging es durch die Dienstgrade abwärts über Brigadier General Pickering – der Roosevelt direkt meldete – bis zu den Offizieren, die den Kode geknackt hatten, und denjenigen – wie Hart –, die MAGIC-Botschaften in Washington, auf Hawaii und in Brisbane handhabten.

Generals und Admirals saßen nicht persönlich an den MAGIC-Maschinen und tippten nicht auf der Tastatur. Das machten Leute wie Second Lieutenant Hart und ein Dutzend seinesgleichen.

Und Harts MAGIC-Unbedenklichkeitsbescheinigung war buchstäblich sein Pass zum Ausstieg aus den Kriegskämpfen gewesen. Niemand mit einer MAGIC-Unbedenklichkeit konnte dem Risiko ausgesetzt werden, gefangen genommen zu werden.

Und dann, Anfang Februar 1943, ernannte Präsident Roosevelt General Pickering zum stellvertretenden OSS-Direktor für den Pazifik. Alle Mitglieder von USMC Special Detachment 16 wurden ›*abkommandiert vom USMC zu Dienst beim Office of Strategic Ser-*

vices (OSS) mit Wirkung vom 8. August 1943‹, und dies wurde in die Personalakten eingetragen.

Es stand noch immer in Captain Harts Personalakte, und er wusste, dass sowohl sein First Sergeant als auch sein Gunnery Sergeant einen Blick in diese Akte geworfen hatten, und nahm an, dass seine Offiziere es ebenso gelesen hatten; an ihrer Stelle hätte er es getan.

Es gab nach der Eintragung ›*abkommandiert zum OSS*‹ noch andere Vermerke in seiner Personalakte, und er wusste, dass seine Männer sie gesehen hatten:

5. Mai 1944 befördert zum Captain
4. Oktober 1945 versetzt von Detachment 16 zum OSS
4. Oktober 1945 abkommandiert zur USMC inaktiven Reserve
18. April 1946 abkommandiert zur USMC organisierten Reserve
18. April 1946 abkommandiert zur Kompanie B, 55. Division der USMC Reserve, St. Louis, Mo., als befehlshabender Offizier.

Hart wusste, dass seine Personalakte, zusammen mit jedermanns Wissen, dass er Chef der Mordkommission von St. Louis war, ein Bild von George Hart zeichnete, das weitaus besser war als die Fakten: ein dekorierter, im Krieg verwundeter Marine, der im Krieg OSS-Agent gewesen, zur Polizei heimgekehrt und aus patriotischen Gründen zur aktiven Reserve gegangen war.

Es hatte natürlich Fragen über seinen Dienst zur Kriegszeit gegeben, auf die er eine Antwort verweigert hatte.

Wie hätte er sie beantworten können?

Ich war in Wirklichkeit kein OSS-Agent, Freunde. Ich war Leibwächter eines Generals, der eine MAGIC-Unbedenklichkeitsbescheinigung hatte.

Was ist MAGIC?

Diese Frage hätte er nicht beantworten können. 1946 war alles in Zusammenhang mit MAGIC als geheim erklärt gewesen; soweit er wusste, war es noch immer so.

Es war weitaus leichter gewesen, zu sagen, was er gesagt hatte: *»Darüber möchte ich lieber nicht sprechen, wenn ihr versteht, was ich meine.«*

Man verstand. Sie alle hatten die Filme über das OSS gesehen. OSS-Agenten sprachen nicht über das OSS.

Bis jetzt hatte sich das nicht geändert. Er war in die organisierte Reserve des Marine-Corps eingetreten, weil der Rekrutierer darauf hingewiesen hatte, dass er ein Tagesgehalt und Zulagen für ein vierstündiges Ausbildungsprogramm pro Woche plus zwei Wochen im Sommer bekommen würde, was kein schlechtes Geld war, besonders seit er sich eine Frau und schließlich drei Kinder zugelegt hatte, die er von dem Gehalt des Lieutenants der Polizei unterhalten musste.

Und wenn er eine Dienstzeit von insgesamt zwanzig Jahren, kombiniert aus aktivem Dienst und Dienst in der Reserve vorweisen konnte, würde er mit sechzig eine Pension bekommen, was nicht zu verachten war, da Pensionen der Polizei alles andere als üppig waren.

Als er das Kommando über die B-Kompanie angetreten hatte, war ihm praktisch schleierhaft gewesen, was man von einem Kompaniechef erwartete oder wie er es tun sollte. Aber er hatte den First Sergeant geerbt, der sich auskannte und ihn anfangs an die Hand nahm und durch die Schwierigkeiten im Befehligen einer Kompanie führte.

Und er belegte Fernkurse aller Arten über militärische Themen, die das Marine-Corps-Institut durchführte. Und er stellte dem Offizier des regulären Marine-Corps, der als Ausbilder/Inspekteur (Instructor/Inspector, I & I) im Ausbildungszentrum der U.S. Navy/Marine Corps Reserve diente, viele Fragen.

Der I & I war Absolvent der Marineakademie Annapolis, jedoch nie in einem Krieg gewesen, und er behandelte Hart, der am Krieg teilgenommen hatte, mit einem Respekt und einer Annahme von Wissen bei ihm, die Hart nun wirklich nicht verdiente, wie ihm klar war.

Aber mit viel harter Arbeit hatten der I & I und Hart die B-Kompanie zu einer erstklassigen Infanteriekompanie der Reserve gemacht, mit vierundneunzig Prozent ihrer Sollstärke, in der jeder außer den Jungs, die noch ins Ausbildungslager mussten, in seiner Spezialität ausgebildet war.

Was nicht das Gleiche war, als zu behaupten, dass die Baker Company darauf vorbereitet war, unter dem Kommando von

Captain George S. Hart in den Krieg zu ziehen. Es sah jedoch aus, als würde genau dies geschehen.

Hart hatte soeben sein Hemd in die Hose gestopft, sich vergewissert, dass die Knopfleiste seines Hemdes in gerader Linie zu seinem Koppel und dem Hosenschlitz war, als es leicht an die Glasscheibe seiner Bürotür klopfte.

»Captain, sind Sie da drin, Sir?«

Hart erkannte die Stimme des I & I.

»Kommen Sie rein, Peterson!«, rief er.

»Guten Tag, Sir«, sagte First Lieutenant Paul T. Peterson, USMC, USNA'46, ein schlanker, gut aussehender Fünfundzwanzigjähriger beim Eintreten.

Hart konnte sehen, dass die Sergeants der Züge die Männer auf dem glänzend lackierten Boden antreten ließen.

»Wie geht's, Paul?«, fragte Hart.

»Ich weiß nicht«, sagte Peterson, schloss die Tür und drehte sich zu Hart um. »Diese Sache mit Korea …«

»Ja«, seufzte Hart.

»Was meinen Sie dazu?«, fragte Peterson.

»Ich glaube, wir werden dort drüben verwickelt«, sagte Hart.

»Haben Sie etwas gehört, Sir?«

Hart schüttelte den Kopf. »Nein.«

Aber das Weiße Haus – Mein Gott, das Weiße Haus!!! – *hat Killer McCoy gesucht, und der Killer ist nicht mit seiner Frau nach St. Louis gekommen, wie er es angekündigt hatte.*

Bevor der Killer anrief und versprach, nach St. Louis zu kommen, war er in Tokio stationiert. Als Nachrichtenoffizier.

Und jetzt sucht das Weiße Haus nach ihm!

Korea liegt gleich vor der Tür Japans, und wenn dort drüben irgendetwas passiert, wird der Killer verdammt gut wissen, was und wann. Und vermutlich, warum.

Hart war ein Cop, ein guter, und ein guter Kriminalbeamter, und sein Vater – ebenfalls Cop – hatte ihm gesagt, dass gute Cops eine besondere Art von Intuition entwickeln.

Seine Intuition sagte ihm, dass es Krieg in Korea geben würde, trotz der Erklärung des Präsidenten, der von einer »Polizeiaktion«

gesprochen hatte, und dass die B-Kompanie der 55. Division des Marine-Corps in aktiven Dienst gerufen werden würde.

»Ich habe ebenfalls nichts gehört«, sagte Peterson. Er sah Hart an. »Meinen Sie, wir sollten irgendetwas tun?«

Mein Gott, du *bist der Profi-Marine. Warum fragst du mich?*

»Ich habe mir darüber Gedanken gemacht, Paul«, sagte Hart. »Ja, es gibt etwas zu tun. Und ich bin mir nicht sicher, ob Ihnen gefallen wird, wozu ich mich entschieden habe.«

»Sir?«, fragte Peterson, und genau in diesem Moment klopfte es von neuem an die Scheibe der Tür.

»Wir sind bereit, Skipper!«, rief Sergeant Andrew Mulligan.

»In Ordnung!«, rief Hart und ging zur Tür.

In dem Moment, in dem sie durch die Tür kamen, bellte Mulligan: »Aach-tung!«, und die B-Kompanie, angetreten zu Zügen, stand still. Lieutenant Peterson verharrte in der offenen Tür.

Hart, gefolgt von Mulligan, marschierte über den lackierten Boden, bis er die Mitte der Formation erreicht hatte. Er machte links um, sodass er dem stellvertretenden Kompaniechef, First Lieutenant William J. Barnes, gegenüberstand, der im Zweiten Weltkrieg Technical Sergeant gewesen und nach seinem Eintritt in die organisierte Reserve zum Offizier ernannt worden war.

Hart bellte: »Meldung!«

Lieutenant Barnes machte eine Kehrtwendung und bellte: »Meldung!«

Die Zugführer, die vor ihrem Zug standen, machten eine Kehrtwendung und bellten: »Meldung!«

Die Sergeants der Züge salutierten vor ihren Zugführern und meldeten unisono: »Alle anwesend oder begründet abwesend, Sir!«

Die Zugführer machten wieder eine Kehrtwendung, salutierten vor Lieutenant Barnes und meldeten unisono: »Alle anwesend oder begründet abwesend, Sir!«

Lieutenant Barnes machte eine Kehrtwendung und salutierte vor Captain Hart.

»Sir, die Kompanie ist formiert. Alle anwesend oder begründet abwesend, Sir.«

Hart erwiderte den Gruß.

»Parade Rest!«, befahl er.

Die Kompanie nahm die Position ›Parade Rest‹ ein, stand gerade, die Füße zwölf Zoll auseinander, die Hände hinter dem Rücken verschränkt.

Das ganze kleine Ballett hat perfekt funktioniert, dachte Hart. *Sogar die Jungs, die sich noch nicht das Recht verdient haben, das Emblem von Globus und Anker des Marine-Corps zu tragen, weil sie noch nicht die Grundausbildung hinter sich haben.*

Hart sah seine Männer an und marschierte langsam von links nach rechts an der Formation entlang.

Ah, zur Hölle damit!

»Rühren!«, befahl er.

Das war nicht der nächste Schritt im vorgeschriebenen Ballett, und er sah auf vielen Gesichtern einen fragenden Ausdruck.

»Sie haben das ziemlich gut gemacht«, sagte er. »Nur zwei von Ihnen wirkten wie Kühe auf dem Eis, und Sie wissen, wer das war.«

Fünfzig Männer sagten sich, dass der Skipper eine Schlampigkeit ihrerseits bemerkt hatte, und schworen sich, es beim nächsten Mal besser zu machen.

»Es wird eine Änderung vom verkündeten Ausbildungsplan geben«, gab Hart bekannt. »Basierend auf meinem Glauben, dass einige Dinge über das Marine-Corps wahr sind und das Erste stets eine Änderung des Ausbildungsplans ist, für gewöhnlich unerklärt.«

Er bekam das erwartete Gelächter.

»Die zweite Wahrheit ist, dass jeder Marine ein Schütze ist.«

Sein Tonfall war ernst und er wusste, dass er ihre Aufmerksamkeit hatte.

»Die dritte Wahrheit ist, und Sie mögen das kaum glauben, dass sich Kompaniechefs manchmal irren. Ich hoffe wirklich, dass ich mich jetzt irre, und ich möchte Ihnen sagen, dass ich nicht mehr über eine mögliche Mobilisierung der Marine-Corps-Reserve weiß als Sie.«

Jetzt herrschte absolute Stille, als sie darauf warteten, dass er fortfuhr.

»Aber ich habe das Gefühl, dass wir einberufen werden. Ich weiß nicht, wo wir hinbefohlen werden oder was wir tun werden, aber wir sind in der Reserve des Marine-Corps, und die Reserve wird in Kriegszeiten mobilisiert. Ich hoffe, wir sind nicht in einem Krieg mit Korea, aber vielleicht werden wir das sein, und unsere Pflicht verlangt eindeutig, uns darauf vorzubereiten.«

Er legte eine Pause ein, um seine Worte einwirken zu lassen.

»Jeder Marine ist ein Schütze. Mein Ausbilder lehrte mich das bei meiner Grundausbildung in Parris Island. Und während des Krieges sah ich, wie Recht er hatte, wie wichtig das für das Corps ist. So weiß ich, dass wir eines tun können, um uns auf die Mobilisierung vorzubereiten, nämlich sicherstellen, dass jeder Marine in der Baker Company nicht nur ein Schütze ist, sondern der beste Schütze, der er sein kann.«

Er legte wieder eine Pause ein.

»Deshalb ist der Ausbildungsplan in Schießausbildung geändert. In der erste Stunde der heutigen Ausbildung werden Sie Ihre Waffe aus der Waffenkammer holen, reinigen, überprüfen und sicherstellen, dass sie tadellos in Ordnung ist. Die folgenden drei Stunden werden für Übungsschießen ohne scharfe Munition benutzt. Ich habe für uns arrangiert, dass wir den Schießplatz der Polizei von St. Louis benutzen dürfen. Die Distanz ist nur hundert Meter, doch das muss reichen. Am nächsten Samstag wird es ein Übungsschießen geben. Sie werden sich hier melden, ihre Waffen abholen und per Truck zum Schießplatz gebracht werden. Diejenigen, die bei ihren zivilen Jobs am Samstag arbeiten werden, nennen ihren Namen dem Zugführer, und entweder er oder ich werden Ihren Arbeitgeber anrufen und ihm erklären, wie wichtig Ihre Teilnahme an dieser Übung ist.«

Er sah wieder die Gesichter der Männer an.

Nun, es ist passiert. Peterson wird einen Tobsuchtsanfall bekommen.

Es wird keine Änderung der vorgeschriebenen Ausbildung geben, ohne zuvor die Genehmigung vom Bataillon einzuholen.

Sonderübungen werden nur mit Genehmigung vom Bataillon durchgeführt.

Munition aus der Waffenkammer wird nur vor vorheriger Genehmigung ausgegeben.

Die Benutzung von zivilen und/oder Schießplätzen der Regierung ist verboten, wenn sie nicht ausdrücklich vom Hauptquartier des Marine-Corps angewiesen ist.

»Kompanie, stillgestanden!«

Die Baker Company stand still.

»Ich möchte die Offiziere und dienstalten Unteroffiziere sofort nach der Formalausbildung in meinem Büro sehen«, befahl Captain Hart dem stellvertretenden Kompaniechef. »Lassen Sie die Kompanie zur Ausbildung wegtreten.«

»Aye, aye, Sir«, sagte Lieutenant Barnes und salutierte.

Captain Hart erwiderte den Gruß, machte eine Kehrtwendung und marschierte über den lackierten Holzboden zu seinem Büro.

Lieutenant Peterson stand gleich hinter der Tür im Büro.

»Fragen, Lieutenant?«

»Der Colonel wird einen Tobsuchtsanfall bekommen«, sagte Lieutenant Peterson.

»Das nehme ich an«, sagte Captain Hart. »Manchmal muss man tun, was man für das Richtige hält, selbst wenn es dem gesamten Marine-Corps Dünnschiss bereitet.«

»Jawohl, Sir«, sagte Lieutenant Peterson. »Sir, Erlaubnis zum Sprechen?«

»Gewährt.«

»Sie haben nicht die genaue Zeit für die Sonderübung am Samstag genannt. Darf ich vorschlagen, dass sich die Kompanie um vier Uhr dreißig meldet? Das verschafft uns die Zeit, um beim ersten Tageslicht auf dem Schießplatz zu sein.«

»Veranlassen Sie das, Lieutenant.«

»Aye, aye, Sir.«

3

Suite 401
Coronado Beach Hotel
San Diego, Kalifornien

10. Juli 1950, 10 Uhr 30

Captain Kenneth R. McCoy sprang von dem Sessel auf und öffnete die Tür der Suite.

»Guten Morgen, Gentlemen«, sagte er zu den beiden Brigadier

Generals des Marine-Corps und ihren Adjutanten, beide Captains. »General Pickering erwartet Sie. Treten Sie bitte ein.«

»Wie geht's Ihnen, McCoy?«, sagte Brigadier General Clyde W. Dawkins und gab ihm die Hand. »Schön, Sie zu sehen.«

Captain McCoy hatte die beiden Captains noch nie gesehen, doch Captain Arthur McGowan, Dawkins Adjutant, hatte so einiges über den legendären Captain »Killer« McCoy gehört und sah ihn neugierig an.

Er sieht weder aus wie eine Legende noch wie jemand, der als ›der Killer‹ bekannt ist, dachte McGowan.

»Danke, Sir«, sagte McCoy. »Es ist schön, Sie zu sehen, Sir.«

Brigadier General Fleming Pickering, USMCR, kam aus einem der Schlafzimmer, das Aussicht auf den Pazifik bot und vor langer Zeit in eine Bar umgewandelt worden war, mit einem Becher Kaffee in der Hand ins Wohnzimmer.

»Ich wollte gerade sagen, ›Menschenskind, Dawk, Sie brauchten nicht herzukommen‹«, sagte er, »aber ich glaube, ich ändere das in ›Guten Morgen, Gentlemen‹.«

Dawkins lachte.

Er nickte zu dem Offizier neben ihm.

»Ich habe soeben erfahren, dass Sie beide sich kennen. Ich glaube, Sie haben sich auf Guadalcanal kennen gelernt. General Fleming Pickering, General Edward A. Craig.«

Craig gab Pickering die Hand.

»Ich glaube, Sie verließen Guadalcanal ...«, begann Craig.

»Wurde abkommandiert«, warf Pickering ein.

»... bevor ich dort hinkam«, sprach Craig zu Ende. »Aber ich weiß, wer Sie sind, General, und es freut mich, Sie endlich kennen zu lernen.«

»General, ich habe versucht, General Dawkins zu sagen, dass ich in seinem Büro sein würde, wann immer ich ein paar Minuten für mich finden kann.«

»Craig und ich mussten zum Navy-Stützpunkt fahren, da war es leichter, hierher zu kommen, und ich bezweifle, dass ich Ihnen fünf ungestörte Minuten in meinem Büro hätte geben können«, sagte Dawkins. »Dort sind die Dinge ein wenig hektisch.«

»Das kann ich mir vorstellen.«

»Craig ist zum Kommandeur der First Provisional Marine

Brigade ernannt worden«, sagte Dawkins, »die am zwölften nach Kobe, Japan, fährt.«

Colonel Edward J. Banning, USMC, und Marine Gunner Ernest W. Zimmerman kamen in den Raum.

»Ich wusste nicht, dass Sie ebenfalls hier sind, Ed«, sagte Dawkins.

»Guten Morgen, General«, sagte Banning. »Schön, Sie zu sehen.«

»Ed Banning kenne ich«, sagte Craig. »Vierte Marinedivision. Hallo, Ed.«

»Guten Morgen, General«, erwiderte Banning und fügte hinzu: »Mr Zimmerman und Captain McCoy sind ebenfalls alte China-Marines.«

Craig schüttelte Zimmerman die Hand und warf dann einen Blick auf seine Armbanduhr.

»Wir stehen unter Zeitdruck«, sagte Craig. »Wenn es irgendeinen Platz gibt, wo diese Gentlemen warten können …«

Er nickte zu McCoy, Zimmerman und den Adjutanten.

»Warum gehen sie nicht in die Bar?« Pickering nickte zur Tür hin. »Da gibt es Kaffee. McCoy, Sie bleiben.«

»Aye, aye, Sir«, sagte McCoy.

Captain McGowan und General Craigs Adjutant waren überrascht und vielleicht ein wenig ärgerlich, weil sie fortgeschickt wurden, Captain McCoy jedoch nicht, aber sie gingen mit Zimmerman in die Bar und schlossen die Tür.

»Ich bin der Gast, der sich selbst eingeladen hat«, sagte Craig. »Als Dawkins mir sagte, dass er Sie besucht, lud ich mich selbst ein.«

»Sie sind natürlich willkommen«, sagte Pickering.

»Ich brauche Sie ja nicht vom Wert des Nachrichtendienstes zu überzeugen, General«, sagte Craig. »Ich habe praktisch kein Nachrichtenmaterial über Korea. Wenn der Preis, welches zu bekommen, schlechte Manieren sind …«

»Ken hat einige ziemlich detaillierte Kenntnisse über die nordkoreanische Gefechtsaufstellung«, sagte Pickering und nickte zu McCoy. »Unter der Bedingung, dass Sie ihn nicht fragen, woher er sie bekommen hat, und wenn Sie ihm eine Stunde zwischen jetzt und 18 Uhr 30 geben können, wenn wir in ein Flugzeug nach Tokio steigen, könnte er Sie informieren.«

»Ich werde die Stunde Zeit finden«, sagte Craig. »Danke.«

»Sie fliegen nach Tokio, General?«, fragte Dawkins.

Seine richtige Frage lautet, was machen Sie in Tokio?, verstand Pickering, und er entschied sich, sie zu beantworten.

»Was Sie hier hören, bleibt in diesen vier Wänden, einverstanden?«

»Einverstanden«, sagte Craig.

»Jawohl, Sir«, fügte Dawkins hinzu.

»Der Präsident ist unglücklich darüber, dass wir so böse von den Ereignissen dort drüben überrascht worden sind«, begann Pickering. »Und er befürchtet, von MacArthur nicht das Gesamtbild zu erfahren. Er rief einen alten Freund, einen Major General der Nationalgarde namens Ralph Howe, in aktiven Dienst, um ihn persönlich dort rüberzuschicken, um festzustellen, was geschehen ist und geschehen wird. Dann gab er mir denselben Auftrag, weil ich mit MacArthur bekannt bin.«

Craig nickte.

»Darf ich fragen, was Sie in Camp Pendleton tun?«

»Das war Ed Bannings Idee, und wie die meisten seiner Ideen, ist es eine gute. Howe und ich melden direkt dem Präsidenten. Wenn wir die normalen Kommunikationswege benutzen würden, besteht die Möglichkeit, dass unsere Botschaften mindestens eine halbe Stunde lang in den Händen der hohen Offiziere sein würden, bevor der Präsident sie erhält. Wenn wir andererseits hier mit Ihrem Kommunikationszentrum zusammenarbeiten und Banning die Nachrichten bekommt, wird nur er sie sehen. Die Einzelheiten haben wir noch nicht ausgearbeitet, aber ich bin überzeugt, Ed kann einen gesicherten Kanal von hier nach Washington finden.«

»Das sollte kein Problem sein«, meinte Dawkins. »Wenn nötig, können wir eine gesicherte Funkverbindung zwischen hier und der Fernmeldeabteilung des Weißen Hauses einrichten.«

»Dawk, ich will nicht, dass einer Ihrer Sergeants Kopien von unseren Botschaften für Sie macht«, sagte Pickering.

»Jawohl, Sir«, sagte Dawkins.

»McCoy, Zimmerman und ich fliegen heute nach Japan«, sagte Pickering. »Ich werde General MacArthur besuchen. McCoy und Zimmerman fliegen nach Korea.«

»Warum?« Craig sah McCoy fragend an.

»Ich möchte Gefangene verhören, Sir«, antwortete McCoy. »Und versuchen, ob wir sonst noch etwas herausfinden können.«

»Woher bekommen Sie einen Dolmetscher?«

»Sir, ich spreche Koreanisch, und Mr Zimmerman spricht Chinesisch.«

»Jedenfalls zwei Arten von Chinesisch, General«, sagte Ed Banning. »Und Japanisch. Ebenfalls McCoy. Er spricht auch noch Russisch und …«

»Offiziere mit diesen Fähigkeiten könnte ich wirklich gebrauchen«, sagte Craig und schaute Pickering an. »Ich nehme an, das kommt nicht in Frage?«

»Leider nicht«, sagte Pickering.

»Wie steht es mit dem Zugang zu ihren Informationen?«

»Unter der Bedingung, dass es nicht zur – wie sagen die Zeitungsleute ›Verbreitung‹? – bestimmt ist, und nur denjenigen bekannt wird, bei denen Sie es verantworten können, sehe ich keinen Grund, weshalb Ed Banning nicht aus unserem Funkverkehr herausfiltern kann, was seiner Meinung nach für Sie nützlich sein wird, um es an Sie und Dawkins weiterzugeben.«

»Danke«, sagte Craig.

Dawkins blickte auf seine Armbanduhr.

»Ed, es bleibt keine Zeit. Man erwartet uns am Hafen.«

Craig nickte.

»Wenn Sie McCoy nicht sofort brauchen, könnte er mit uns fahren, und ich könnte seine Informationen hören«, sagte Craig.

»Klar«, meinte Pickering, und dann sah er McCoys Miene.

»Etwas, wovon ich nichts weiß, Ken?«, erkundigte er sich.

»Sir, Zimmerman und ich wollten in Pendleton Feldausrüstung und Waffen organisieren«, sagte McCoy.

»Ich glaube, das können wir arrangieren«, sagte General Craig.

Er ging zur Tür der Bar und öffnete sie.

»Charley«, sagte er zu seinem Adjutanten, »ich kann mir nicht vorstellen, dass ein Marine-Gunner von einem Captain Hilfe brauchte, wenn er sich irgendetwas organisieren will, aber man kann ja nie wissen. Besorgen Sie einen Wagen, bringen Sie Mr Zimmerman nach Pendleton und helfen Sie ihm, zu ›organisieren‹, was er für nötig hält.«

»Aye, aye, Sir«, sagte Craigs Adjutant.

»Und Sie fahren besser mit ihm«, sagte General Dawkins zu Captain McGowan. »Wir werden uns irgendwo später wieder treffen.«

Zimmerman sah McCoy an.

»Thompson?«, fragte er.

McCoy dachte darüber nach.

»Ich glaube, ich hätte lieber ein Garand«, sagte er dann. »Vielleicht beides. Sieh zu, ob du für mich ein Schulterholster für Panzerfahrer besorgen kannst.«

Zimmerman nickte.

McCoy wandte sich an General Craig.

»Ich stehe zu Ihrer Verfügung, Sir.«

4

Büro des Stabschefs
Headquarters, Supreme Commander, Allied Powers
Dai-Ichi-Gebäude
Tokio, Japan

14. Juli 1950, 8 Uhr 30

Major General Edward M. Almond sprach in seinem Vorzimmer mit einem großen, angespannt wirkenden jungen Lieutenant, der das Abzeichen eines Adjutanten trug, als Brigadier General Fleming Pickering eintrat, gefolgt von Captain Kenneth R. McCoy und Marine Gunner Ernest W. Zimmerman.

Almond beendete das Gespräch mitten im Satz und begrüßte Pickering mit Handschlag.

»Wir hörten von Ihrem Eintreffen«, sagte er. »Aber Al …«, er nickte zu dem Lieutenant hin, »… konnte Sie anscheinend nicht finden.«

Es war in Wirklichkeit eine Frage, und Pickering beantwortete sie.

»Wir waren im Imperial«, sagte er. »Meine Frau ist im Hotelgeschäft, und diese Leute kümmern sich umeinander. Sie nennen es ›Kollegenrabatt‹, und ich nutze das aus, wann immer ich kann.«

»Ich bezweifle, dass Al an das Imperial gedacht hat«, sagte Almond.

»Nein, Sir, das ist der einzige Ort, an dem ich nicht gesucht habe«, bestätigte der Adjutant.

»Nun, ich nehme an, ich brauche nicht zu fragen, ob Sie es komfortabel hatten«, sagte Almond, »aber ich kann Ihnen eine Tasse Kaffee anbieten. General MacArthur erwartet Sie um neun Uhr.«

»Danke«, sagte Pickering. »General, dies sind Captain McCoy und Mr Zimmerman.«

»Sie sehen vertraut aus, Captain«, meinte Almond, als er McCoy die Hand schüttelte.

»Captain McCoy war in Japan stationiert«, antwortete Pickering für ihn. »Beim Marinenachrichtendienst.«

»Er kam mir irgendwie bekannt vor.« Almond wandte sich an Zimmerman und lächelte. »Stimmt es, Mr Zimmerman, dass Marine Gunners wirklich Eisenbahnschienenbolzen kauen und Nägel ausspucken können?«

»Teppichnägel, Sir«, erwiderte Zimmerman.

»Möchten Sie lieber, dass wir alleine sprechen, General?«, fragte Almond und nickte wieder zu seinem Adjutanten hin.

»Ich glaube, es wäre hilfreich, wenn wir alle zusammen sprechen«, sagte Pickering.

»Gentlemen, dies ist Lieutenant Al Haig, mein zweiter Adjutant«, sagte Almond. »Er wird uns Kaffee bringen und uns dann Gesellschaft leisten.«

»Ich nehme an, wir handhaben dies am besten, indem ich meine Befehle zeige«, sagte Pickering, nahm zwei Kuverts aus der Tasche und gab sie Almond.

Almond öffnete den kleineren Umschlag und las:

THE WHITE HOUSE
WASHINGTON, D.C.

8. Juli 1950

BESCHEINIGUNG

Brigadier General Fleming Pickering, USMCR, wird im Zusammenhang mit seiner Mission für mich zu allen Orten und Zeiten reisen, die er für angemessen hält, begleitet von Stabspersonal, das er wünscht.
General Pickering ist hiermit eine TOP SECRET/WHITE HOUSE-Unbedenklichkeitsbescheinigung erteilt, und wenn er es wünscht, mag er eine solche Unbedenklichkeitsbescheinigung seinem Stabspersonal erteilen.
US-Militär- und Regierungsbehörden sind angewiesen, General Pickering und seinem Stab jedwede gewünschte Unterstützung zu gewähren.

Harry S. Truman

HARRY S. TRUMAN
PRESIDENT OF THE UNITED STATES

»Nun, das ist eine Blankovollmacht«, sagte Almond und nickte zu Lieutenant Haig hin. »Darf ich?«

Pickering nickte, und Almond reichte den Befehl an seinen Adjutanten weiter. Dann öffnete er den zweiten Umschlag und las den Befehl, den er enthielt.

SECRET

THE CENTRAL INTELLIGENCE AGENCY
WASHINGTON, D.C.

Office of the Director

6. Juli, 1950

Mission Orders:

TO: Brigadier General Fleming Pickering, USMCR
Assistant Director of the CIA for Asia

Auf Anweisung des Präsidenten und gemäß Aktennotiz 23-1950, klassifiziert TOP SECRET/CIA/Director, mit der Sie vertraut gemacht worden sind, werden Sie und die folgenden Mitglieder Ihres Stabs, denen allesamt TOP SECRET/CIA/Director-Unbedenklichkeitsbescheinigungen erteilt worden sind, nach Tokio, Japan, und solchen anderen Orten reisen, die Sie/sie für notwendig erachten.

Die Reise kann durch Luft-, See-, Eisenbahn- oder Straßentransport erfolgen, für die Priorität AAAAA genehmigt ist, oder durch jedes andere Mittel, das Sie/sie für notwendig halten.

BANNING, Edward J., Colonel, USMC
McCOY, Kenneth R., Captain, USMC
ZIMMERMAN, Ernest W., Master Gunner, USMC

Roscoe M. Hillenkoetter
ROSCOE M. HILLENKOETTER
Rear Admiral, USN
Director

SECRET

»Zwei Fragen«, sagte Almond und gab die zweiten Befehle – nach einem billigenden Nicken von Pickering – seinem Adjutanten. »Colonel Banning? Und warum zweierlei Befehle? Die Befehle des Präsidenten würden doch schon alles abdecken.«

»Um die erste Frage zu beantworten, General, Colonel Banning ist in Camp Pendleton, Kalifornien, und richtet eine Kommunikationsleitung zwischen hier und dem Weißen Haus ein. Ich werde eine solche Verbindung von hier nach Camp Pendleton brauchen, was einer der Gründe ist, weshalb ich um diesen Besuch bei Ihnen gebeten habe.«

»Al, sorgen Sie dafür, dass der General bekommt, was auch immer er braucht«, befahl Almond.

»Jawohl, Sir«, sagte Haig.

»Und was die Befehle anbetrifft«, fuhr Pickering fort, »hält Captain McCoy es für eine gute Idee, einen dritten Satz zu bekommen, ausgestellt vom SCAP.«

»Welchen Inhalts, Captain?«, fragte Almond McCoy.

»Mit dem Inhalt, dass Mr Zimmerman und ich auf einer Verbindungs-Mission – oder etwas in dieser Art – vom SCAP sind, Sir«, sagte McCoy. »Vorzugsweise unterzeichnet von Ihnen, Sir.«

»Grund?«, fragte Almond.

»Befehle vom Weißen Haus und CIA oder Befehle, die von General MacArthur unterzeichnet sind, werden wahrscheinlich mehr Aufmerksamkeit auf uns lenken, als wir wollen.«

»Das leuchtet mir ein«, sage Almond. »Wenn wir hier fertig sind, Al, gehen Sie mit Captain McCoy und geben ihm, was er braucht.«

»Jawohl, Sir«, sagte Haig.

Almond schaute McCoy an.

»Ich nehme an, Sie gehen nach Korea?«

»Jawohl, Sir.«

»Wann?«

»Sobald wir die Befehle von hier haben, Sir.«

»Sie werden einige Feldausrüstung brauchen«, meinte Almond. »Und Waffen. Das Material drüben ist ziemlich primitiv. Lieutenant Haig kann Ihnen da helfen.«

»Wir haben, was wir brauchen werden, Sir«, sagte McCoy. »Aber danke.«

»Ich wünschte, ich hätte einen Dolmetscher, den ich Ihnen mitgeben könnte. Aber ich habe keinen.«

»McCoy spricht Koreanisch, General«, sagte Pickering. »Er kann es auch schreiben und lesen.«

»Wenn ich das gewusst hätte, Captain, als Sie hier gewesen sind, hätte ich mein Bestes getan, um Sie Ihrer Abteilung wegzunehmen«, sagte Almond. »Es überrascht mich, dass General Willoughby das nicht getan hat.« Dann sah er Pickering an. »General Willoughby würde natürlich an allem Nachrichtenmaterial interessiert sein, das Captain McCoy zu Tage fördert. Es ist offensichtlich ein Eingeständnis unseres Versagens, aber die Wahrheit ist, dass diese Koreasache uns völlig überraschend erwischt hat.«

»Ich bin überzeugt, dass etwas ausgearbeitet werden kann, General«, sagte Pickering. »Aber ich bin sicher, Sie werden verstehen, dass McCoy und Zimmerman ihren Job unabhängig erledigen müssen.«

»Ja, natürlich«, sagte Almond. Er warf einen Blick auf seine Armbanduhr. »Es wäre eine gute Idee, wenn ich über den Flur zum Büro des Supreme Commander ginge. Es macht ihm nichts aus, wenn Leute zu früh dran sind. Bei einer Verspätung ist das jedoch etwas völlig anderes.«

»Ken, gehen Sie nicht fort, bevor ich Sie gesehen habe«, befahl Pickering und erhob sich.

»Aye, aye, Sir.«

5

Der Supreme Commander, Allied Powers, General Douglas MacArthur, erhob sich hinter seinem Schreibtisch und ging mit ausgestreckter Hand auf Brigadier General Fleming Pickering zu.

»Mein alter Freund ist wieder einmal mein Waffenbruder, wie ich sehe«, sagte er und klopfte Pickering auf die Schulter, während er ihm die Hand schüttelte.

»Guten Morgen, General«, sagte Pickering.

»Ned hat bei Ihrer Ankunft gut für Sie gesorgt, hoffe ich?«, sagte MacArthur und nickte zu Major General Almond hin.

»General Almond war sehr entgegenkommend, Sir«, sagte Pickering.

»Ist Ihr Quartier in Ordnung? Haben Sie alles, was Sie brauchen?«

»General Pickering hat selbst für sich gesorgt«, sagte Almond. »Er wohnt im Imperial.«

»Aber Sie haben den MATS-Flug genommen?«, fragte MacArthur, und sein Tonfall klang ärgerlich. MATS stand für Military Air Transport Service.

»Wir sind mit Trans-Global gekommen«, sagte Pickering. »Es war schneller, und ich wollte keinen Platz in einer Maschine der Air Force wegnehmen.«

»Und Sie wussten, dass das Imperial ein bisschen schöner als das Menzies ist, richtig?«, meinte MacArthur lachend.

»Jawohl, Sir«, sagte Pickering.

»Ned, im Juni 1942 war das Supreme Headquarters Southwest Pacific Command – alles davon, einschließlich Quartiere für die ranghohen Offiziere – im Menzies Hotel in Melbourne«, erklärte MacArthur. »Das Menzies steht nicht auf der Liste der besten Hotels der Welt.«

Almond lachte pflichtschuldig.

»Diese schwarzen Tage sind anscheinend lange her, nicht wahr, Fleming?«, fragte MacArthur.

»Ja, Sir, das sind sie«, stimmte Pickering zu.

»Ned, wenn Sie uns bitte entschuldigen, wird General Fleming sicherlich ein wenig unter vier Augen mit mir plaudern wollen.«

»Selbstverständlich, Sir«, sagte Almond, lächelte, nickte Pickering zu und verließ das Büro.

Wenn es Almond – El Supremos Stabschef – stört, von diesem Gespräch ausgeschlossen zu werden, so lässt er sich das nicht anmerken, dachte Pickering.

MacArthur ging zu seinem Schreibtisch, nahm einen Humidor und trug ihn dorthin, wo Pickering stand. Er enthielt lange, ziemlich dünne Zigarren, die von den Philippinen stammten, wie Pickering vermutete. Er nahm eine.

»Danke«, sagte er.

»Philippinische«, bestätigte MacArthur Pickerings Vermutung. »Ich finde, sie sind besser als die berühmten Havannas.«

»Sie sind gut«, sagte Pickering und nahm einen Zigarrenabschneider aus dem Behälter. »Ich erinnere mich.«

MacArthur brachte den Humidor zu seinem Schreibtisch zurück und kehrte mit einem silbernen Ronson-Tischfeuerzeug zurück. Sie vollzogen das Ritual des Zigarrenanzündens.

»Wenn ich zuvor verspreche, den Überbringer der Botschaft nicht zu exekutieren«, sagte MacArthur mit einem Lächeln, »erzählen Sie mir vielleicht, welche Botschaft vom Präsidenten Sie mir bringen.«

»Die einzig wahre Botschaft, die ich habe, Sir, ist, dass der Präsident Sie wissen lassen will, dass er völliges – absolutes – Vertrauen in Sie hat«, sagte Pickering.

MacArthur nickte, als hätte er so etwas erwartet.

»Und seine Sorgen?«, wollte er wissen.

»Er will nicht, dass Korea den Dritten Weltkrieg anfängt«, sagte Pickering.

»Da bestehen wenig Aussichten«, sagte MacArthur. »Wir haben die nukleare Überlegenheit.«

»Er war besorgt, das uns dies völlig überrascht hat«, sagte Pickering.

»Und das hat es«, sagte MacArthur. »Das ist höchstwahrscheinlich darauf zurückzuführen, dass wir die Blödheit Nordkoreas unterschätzt haben. Nach Willoughbys bester Einschätzung, mit der ich übereinstimmte, war das Risiko, dass dies geschieht, minimal. Unser Fehler. Aber ohne den geringsten Hinweis, dass sich dies zusammenbraut …«

Nichts, außer einem Bericht von einem Nachrichtenoffizier, den Willoughby nicht nur für unglaubwürdig hielt, sondern auch dessen Vernichtung befahl und dann versuchte, den Überbringer bürokratisch hinzurichten.

Und wenn ich dir beim letzten Mal, als ich in Tokio war, die Nachricht gebracht hätte, was hättest du getan? Du hättest dein Vertrauen in Willoughby gesetzt, nichts anderes.

»Sie sind gereist«, sagte MacArthur. »Ich möchte Sie über die gegenwärtige Lage ins Bild setzen.«

Er forderte Pickering mit einer Geste auf, ihm zu einer Karte in großem Maßstab zu folgen, die an der Wand hing. Als Pickering sich ihr näherte, sah er, dass es in Wirklichkeit eine Karte aus

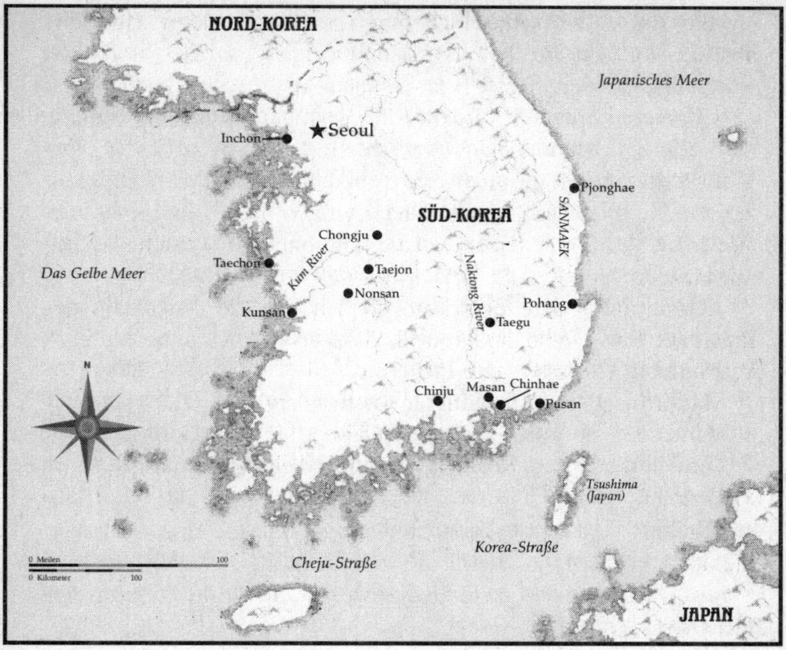

einem halben Dutzend Karten war, die nacheinander aus der Wand gezogen werden konnten.

Diese Karte zeigte ganz Südkorea und reichte so weit nördlich über den 38. Breitengrad hinaus, dass sie die nordkoreanische Hauptstadt Pjöngjang einschloss.

MacArthur nahm einen Zeigestock aus einer Halterung und hielt ihn wie eine Reitgerte in der Hand. Pickering sah, dass der Fuß des lackierten Holzstocks eine glänzende Gewehrpatronenhülse Kaliber .30 und die Spitze die Kugel war. Die Kugel war oben schwarz angemalt – was darauf hinwies, dass sie panzerbrechend war –, und Pickering fragte sich, ob sich das nur um einen Zufall handelte.

»Dies ist das neueste Nachrichtenmaterial, das wir haben«, begann MacArthur. »Gestern Morgen in der Frühe zog sich die 24. Division auf Verteidigungspositionen längs des Südufers des Flusses Kum bei Taejon zurück.«

Er wandte sich der Karte zu und zeigte auf Taejon, das ungefähr gleich weit entfernt zwischen Seoul – jetzt in nordkoreanischer Hand – und Pusan, dem bedeutenden Hafen an der Spitze der koreanischen Halbinsel an der Koreastraße, liegt.

»Pioniere haben alle Straßen und Eisenbahnbrücken gesprengt und alle Fähren und Flachboote zerstört, und sowohl der Divisionskommandeur als auch General Walker – der das Hauptquartier der Eighth Army hier bei Taegu aufgeschlagen hat – sind der Meinung, dass diese Positionen gehalten werden können, wenigstens fürs Erste, und dass sogar ein Gegenangriff möglich ist.«

Deshalb haben sie sich über den Fluss zurückgezogen und die Brücken gesprengt, wie? Damit sie einen Gegenangriff starten können?

»General Walkers Front«, fuhr MacArthur fort und zeigte es mit dem Stock, »erstreckt sich von Taejon nach Nordosten bis Chongju und über das Sanmaek-Gebirge bis Pjonghae an der Ostküste. Die 24. Aufklärungskompanie hält ein Auge auf die wahrscheinlichsten Furten durch den Fluss westlich von Kongju, und das 34. Infanterieregiment ist hier bei Kongju.«

Und was macht die 24. Aufklärungskompanie – nicht mehr als zweihundert Aufklärer und vermutlich weniger –, wenn die Nordkoreaner den Fluss überqueren?

»Das 19. Infanterieregiment, das soeben eingetroffen ist, liegt hier bei Taejon«, fuhr MacArthur fort, »und das 21. Infanterieregiment ist hier in Blockade-Position, südöstlich von Taejon. Das 21. ist in einige schwere Gefechte verwickelt gewesen und auf ungefähr tausendeinhundert Mann reduziert.«

»Es hat die Hälfte seiner Stärke verloren?«, platzte Pickering ungläubig heraus. Gerade noch rechtzeitig verkniff er sich, zu sagen, was er auf der Zunge hatte: *Wenn sie solche Verluste hatten, sind sie nicht in der Lage, irgendetwas zu blockieren.*

Halt die Klappe, Pickering!

»Ein wenig mehr als die Hälfte«, erwiderte MacArthur nüchtern. »Wenn ich mich richtig erinnere, verloren sie über tausendvierhundert Männer, Gefallene, Verwundete und Vermisste, in ihrer ersten Gefechtswoche.«

»General, ich muss diese Frage stellen«, sagte Pickering. »Was wird geschehen?«

»Nun, wir spielen jetzt auf Zeit, bis Verstärkung eintreffen kann. Vor zwei Tagen wurde zum Beispiel die zweite Infanterie-Division von der Westküste herbefohlen. Die Marines schicken eine Brigade, sie ist vielleicht bereits auf See.«

»Das ist sie«, bestätigte Pickering. »Heute ist der vierzehnte. Sie sind heute in San Diego mit dem Ziel Kobe abgefahren.«

»Sind Sie dessen sicher?«

»Ich hatte Gelegenheit, mich mit General Craig, dem Brigadekommandeur, in San Diego zu treffen. Das war sein Plan.«

»Ist da kein Wunschdenken im Spiel?«

»Nein, Sir. Er sagte, er würde abfahren, nicht, er hofft es.«

MacArthur nickte.

»Gestern«, sagte er, »ging die 24. Infanterie-Division – das dritte Regiment der 25. Division – in Pusan an Land und marschiert vor, was die Division auf volle Stärke bringen wird.«

Wenn eines der Regimenter über die Hälfte seiner Männer verloren hat, wird es nicht auf voller Stärke sein.

»Darüber hinaus ist die erste Kavallerie-Division in diesem Moment auf hoher See, und die führenden Einheiten – das 5. und 8. Regiment – sollen laut Plan hier in Pohang am achtzehnten an Land gehen.«

Er richtete den Zeigestock auf einen kleinen Hafen an der Ostküste der Halbinsel und blickte zu Pickering, um sich zu vergewissern, dass er ihm folgte.

»Das Hinhalten des Feindes, bis wir so etwas wie gleiche Stärke im Süden haben, ist nur ein Teil des Plans, Fleming«, fuhr MacArthur fort. »Der andere Teil, nach dem der Feind, wie einige meinen, eine sehr blutige Nase bekommen wird, ist in meinem Kopf noch nicht ganz ausgereift, doch im Wesentlichen plane ich – ein weiterer Grund, weshalb ich um die Marines gebeten habe –, irgendwo hoch oben auf der Halbinsel mit einer amphibischen Landung zuzuschlagen, die uns erlauben wird, die Nachschubwege des Feindes abzuschneiden und dann seine Truppen aufzureiben. Die Nordkoreaner werden für diese Invasion bluten müssen.«

»Oben auf der Halbinsel?«, fragte Pickering. »Wo?«

»Da gibt es eine Reihe von Möglichkeiten«, sagte MacArthur und zeigte mit dem Stock auf die Karte. »An der Westküste haben wir geeignete Strände im Gebiet Kunsan hier. Und weiter nördlich bei Taechon, Anhung und Inchon.«

Himmel, Inchon ist der Hafen von Seoul. Ich bin nur einmal dort gewesen, vor Jahren, aber ich erinnere mich noch an zehn Meter hohe Wellen und Schlammzonen. Inchon ist kein schöner Strand am Südpazifik, und die anderen Orte sind vermutlich nicht besser. Träumt er?

»Von all diesen Orten ziehe ich Inchon vor«, fuhr MacArthur fort, »doch ich bin noch unschlüssig, das zu sagen. Ich will damit nicht voreilig sein, wie Sie gut verstehen werden.«

Was bezweckt er damit? Will er damit subtil vorschlagen, dass ich seinen Plan einer Invasion hinter den feindlichen Linien in meinem Bericht an den Präsidenten nicht erwähne?

Natürlich will er das.

»Und an der Ostküste haben wir nordwärts Yöngdok, Kangnung und schließlich Wonsan.« MacArthur zeigte es auf der Karte.

Wonsan liegt in Nordkorea!

»Wonsan – obwohl es taktisch ideal wäre, um die Halbinsel zu teilen – kommt zu dieser Zeit nicht in Frage, da ich den Befehl habe, den Feind aus Südkorea rauszuschmeißen und keine Invasion des Heimatlandes durchzuführen.«

Hat er meine Gedanken erraten?

Sowohl die Russen als auch die Chinesen würden eine amerikanische Invasion Nordkoreas als Vorwand nutzen, in diesen Krieg einzugreifen. Weiß er das nicht?

Reg dich ab, Pickering.

Dies ist Douglas MacArthur, wenn nicht das größte militärische Genie unseres Zeitalters, dann ziemlich an der Spitze dieser Liste.

Er weiß nicht nur so viel über amphibische Invasionen wie jeder sonst – vermutlich mehr als jeder sonst –, sondern kann auch die sowjetischen und chinesischen Absichten einschätzen wie jeder in der Regierung.

Weil wir die russischen Ambitionen falsch eingeschätzt haben, ist ein Viertel von Deutschland eine russische Zone, von der wir ausgeschlossen sind, und Berlin und Wien sind geteilt. Wir brauchten die Luftbrücke nach Berlin, damit die Russen uns nicht rauswerfen konnten.

Weil MacArthur wusste, was sie vorhatten, bot er ihnen die Stirn.

Die Russen sind nicht in Japan, Punkt.

»Sie wirken gedankenverloren, Fleming«, sagte MacArthur lächelnd.

»Dies ist allerhand zu verarbeiten«, erwiderte Pickering.

»Wir müssen entschlossen zuschlagen«, sagte MacArthur. »Und

nicht Meter für Meter die Halbinsel hinaufkämpfen. Die Frage ist, wo wir zuschlagen. Zu den geringsten Kosten an amerikanischen Menschenleben. Wie wir bereits gelernt haben, spielt der Verlust an Menschenleben keine große Rolle für die andere Seite.«

Das ist eine weitere gute Seite an ihm. Er versucht, die Verluste auf ein Minimum zu beschränken. Das habe ich im Zweiten Weltkrieg immer wieder gesehen.

»Vor einem Moment mögen Sie den Eindruck gehabt haben, ich will Ihnen vorschlagen, nicht in die Einzelheiten meines anfänglichen Denkens zu gehen, wenn Sie dem Präsidenten berichten«, sagte MacArthur. »Und so war es.«

Pickering sah ihn an, äußerte sich jedoch nicht dazu.

»Ich denke, dass in Washington gewiss ein Verlangen nach jeder Aktion besteht, die eine Umkehr der Lage bedeuten wird. Von meinem Standpunkt aus wäre es besser, wenn man meine Ideen nicht begierig aufgreifen – oder, die Kehrseite der Medaille, streng dagegen sein würde –, bis ich mich entschieden habe, was wir tun sollten, und dann dem Präsidenten einen Plan zur Billigung vorzulegen. Oder zur Missbilligung. Ich bitte Sie nicht um irgendetwas, das in irgendeiner Weise Ihre Pflicht verletzt, dem Präsidenten alles zu berichten, was er Ihrer Meinung nach hören sollte.«

Genau dies tust du natürlich. Ich bin als Berichterstatter hergeschickt worden, nicht als Richter. Aber du hast Recht – wie üblich. In Washington wird man wild auf Taten sein, und es ist gut möglich, dass man sich begierig auf eine Idee stürzt, die letztendlich nicht klappen würde, oder eine andere, bessere Idee ablehnen würde.

So viel kann ich für ihn tun.

»Ich werde dem Präsidenten berichten, dass Sie an mehreren Plänen arbeiten«, sagte Pickering, »und dass ich weitere Einzelheiten mitteilen werde, wenn sie verfügbar sind.«

»Wenn Sie meinen, Sie sollten dies tun«, sagte MacArthur. »Eine weitere Frage: Können Sie mir etwas über General Howe erzählen?«

»Ich habe ihn nur kurz getroffen. Anscheinend sind er und der Präsident nach dem Ersten Weltkrieg in der Nationalgarde Freunde geworden.« Pickering legte eine Pause ein und wich plötzlich vom Thema ab. »Wussten Sie, dass der Präsident ein Ex-Colonel der Nationalgarde ist?«

»Nein. Aber ich wusste, dass er in Frankreich mit Auszeichnung als Captain der Artillerie gedient hat.«

»Nun, Sir, Howe ist anscheinend zum Major General aufgestiegen und hat eine Division in Europa befehligt. Er genießt das Vertrauen des Präsidenten. Nach dem, was ich von ihm gesehen habe, ist er ein guter Mann.«

»Wie wir beide gelernt haben«, sagte MacArthur mit einem Lächeln, »kann es sehr nützlich für einen Frontkommandeur sein, direkten Zugang zu dem Oberbefehlshaber über einen guten Mann zu haben.«

Jetzt schmiert er mir Honig ums Maul.

»Jeanne besteht darauf, dass Sie mit uns zu Mittag essen«, fuhr MacArthur fort. »Wenn ich um dreizehn Uhr einen Wagen für Sie schicken würde, hätten Sie bis dahin genügend Zeit, um sich einzugewöhnen?«

»Ja, vielen Dank«, sagte Pickering.

Er war auf dem Flur auf halbem Weg zu General Almonds Büro, als ihm in den Sinn kam, dass er (a) entlassen worden war; dass er (b) entlassen worden war, weil El Supremo irgendetwas Wichtiges zu tun hatte; was (c) höchstwahrscheinlich eine Konferenz entweder über den derzeitigen Krieg oder seine Pläne für den Krieg in der Zukunft war; und dass er, Pickering, (d) nicht nur jedes Recht hatte, eine solche Konferenz zu besuchen, sondern das eigentlich auch hätte tun müssen.

Du hast mich dieses Mal elegant reingelegt, Douglas MacArthur, aber es wird das letzte Mal sein.

VIII

1

Headquarters
Eighth United States Army
Taegu, Korea

15. Juli 1950, 5 Uhr 30

Captain Kenneth R. McCoy, der einen brandneuen Arbeitsanzug des Marine-Corps und Feldausrüstung trug, hatte ein M-1 Garand-Gewehr am Riemen über die Schulter geschlungen, grüßte schneidig den Major des U.S. Army Transportkorps, der das Hauptquartier der Fahrbereitschaft der Eighth Army leitete, und sagte: »Guten Morgen, Sir.«

Der Major war ein wohlbeleibter Mann Mitte dreißig, bewaffnet mit einer .45er ACP Pistole. Die Jacke seines Arbeitsanzugs hatte unter den Achseln Schweißflecken, und Schweißperlen standen auf seiner Stirn. Seine Augen zeigten Mangel an Schlaf, und er brauchte eine Rasur.

Er erwiderte McCoys Gruß mit einer gelangweilten Geste.

»Ja?«, fragte er ungeduldig.

»Sir, ich brauche einen Jeep, einen Anhänger und etwas Sprit in Kanistern.«

»Kommt verdammt nicht in Frage, Captain«, sagte der Major. Dann schaute er McCoys Uniform genauer an. »Marine-Corps? Ich wusste gar nicht, dass die Marines hier sind.«

»Bis jetzt sind es nur zwei von uns«, sagte McCoy und gab dem Major das, was er insgeheim als ›Dai-Ichi-Befehle‹ bezeichnete; sie waren vom SCAP-Hauptquartier im Dai-Ichi-Gebäude ausgestellt. »Aber wir werden einen Wagen brauchen.«

Der Major nahm die Befehle und las sie.

SUPREME HEADQUARTERS

Allied Powers
Tokio, Japan

14. Juli 1950

Betrifft: Schriftliche Befehle

An: MCCOY, K.R., Captain, USMC
ZIMMERMAN, E.W. Master Gunner, USMC

1. In Zusammenhang mit Ihrer Mission sind Sie befugt und angewiesen, sich zu jedweden Orten in Japan und Korea und zu jedweder Zeit zu begeben, die Sie für notwendig erachten.
2. Alle Einheiten von U.S. Army, Air Force und Navy unter SCAP sind angewiesen, Sie mit jedwedem logistischen Material zu unterstützen, das Sie für erforderlich halten. Reise-Priorität AAAAA ist genehmigt.

FÜR DEN SUPREME COMMANDER

Edward M. Almond
EDWARD M. ALMOND
Major General, USA
Chief of Staff
EMA/ah

»Na und?«, fragte der Major.

»Sir, die logistische Unterstützung, die ich brauche, sind ein Jeep mit Anhänger und Benzin in Kanistern.«

»Captain«, sagte der Major, »es ist mir schnurzegal, ob Sie Befehle haben, die vom Präsidenten persönlich unterzeichnet sind, denn ich habe keine Jeeps für Colonels, also gibt es auch keine für

Captains. Tun Sie uns beiden jetzt einen Gefallen und verschwinden Sie von hier!«

McCoy salutierte – der Gruß wurde nicht erwidert –, machte eine Kehrtwendung und marschierte unter der Segeltuchplane davon, die vermutlich dazu diente, den Feldschreibtisch des Offiziers der Fahrbereitschaft vor Sonne und Regen zu schützen.

General Pickering hatte Captain McCoy und Zimmerman bei der Ankunft nach Mitternacht zwar erzählt, dass das Hauptquartier der 8th Army in Taegu ›aufgeschlagen‹ worden war, doch es war sofort klar, das dieses ›Aufschlagen‹ eher eine Absicht als eine vollendete Tatsache war.

Sie hatten eine unbequeme Nacht – es war heiß und schwül und es gab Schwärme von Moskitos, Fliegen und anderen Insekten – in ihrer Kleidung auf Feldbetten ohne Matratzen in einem Zwölf-Mann-Zelt verbracht. Als sie beim ersten Tageslicht aufstanden, sahen sie, dass das Zelt eines von einem Dutzend war. Es war auf einem Platz aufgeschlagen, der wie der Spielplatz eines Schulgebäudes aussah, und ein Holzschild wies es als Hauptquartier EUSAK aus.

McCoy war überrascht, weil jemand die Zeit und das Material gefunden hatte, um das Schild anzufertigen.

Sie rasierten sich mit McCoys elektrischem Rasierapparat, den sie in die 110-Volt-Steckdose eines mit Benzin betriebenen Generators stöpselten, dessen Kabel durch ein offenes Fenster in das Schulgebäude führte.

Es herrschte viel Aktivität. Soldaten luden aus Lastwagen alles von zusammenklappbaren Feldschreibtischen und Aktenschränken bis zu Coca-Cola-Kühlern und Seesäcken aus und trugen es entweder ins Gebäude oder warfen es einfach neben die Tür.

McCoy betrat das Gebäude, fand die Abteilung G-2 und schaute sich – überraschend für ihn, denn niemand hinderte ihn daran – die Lagekarte an. Die Position befand sich bei einem Ort namens Taejon. McCoy bildete einen Zirkel mit den Fingern und stellte fest, dass Taejon ungefähr sechzig Meilen – in Vogelfluglinie, vermutlich beträchtlich mehr auf der gewundenen koreanischen Nationalstraße – von Taegu entfernt war. Sie würden ein Fahrzeug brauchen, um dorthin zu gelangen und um bei ihrem Eintreffen beweglich zu sein.

Als er aus dem Gebäude herauskam, wartete Master Gunner Ernest W. Zimmerman, USMC, auf ihn. Eine Thompson-Maschinenpistole Kaliber .45 hing von Zimmermans Schulter. Zwei Ersatzmagazine dafür steckten in einer der Taschen seiner Feldjacke, und die andere war gewölbt von zwei oder vielleicht drei Handgranaten.

»Kein fahrbarer Untersatz, Ernie«, sagte er. »Hattest du Glück mit Verpflegung?«

»Darum habe ich mich gekümmert«, erwiderte Zimmerman. »Lass uns etwas futtern und dann höllisch schnell von hier verschwinden.«

»Wo ist die Verpflegung?«

»Ich werde sie dir zeigen, wenn wir etwas gegessen haben«, sagte Zimmerman und wies auf eine Schlange von Leuten – Offiziere und Unteroffiziere – die vor der Essenausgabe standen.

Das Frühstück bestand aus Pulver-Ei, Frühstückfleisch aus Dosen, Toast und Kaffee und wurde auf einem mehrfach unterteilten Plastiktablett serviert. Am Ende der Schlange stand ein Tablett aus rostfreiem Stahl, das mit Butter gefüllt war, die in der Hitze bereits geschmolzen war.

Als sie gefrühstückt hatten, führte Zimmerman McCoy nach außerhalb des noch nicht vollständigen Stacheldrahtzauns um das Gelände des Hauptquartiers und über eine Straße zu einem Feld, auf dem ein halbes Dutzend Kommunikations-Vans und ein Jeep standen.

Auf einem Holzschild, das unter der Windschutzscheibe des Jeeps befestigt war, stand in gelben Lettern PRESSE – Kriegsberichterstatter. Auf dem Rücksitz standen zwei Kisten C-Rationen und zwei Fünf-Gallonen-Benzinkanister. Ein dritter Kanister befand sich in einer Halterung am Heck des Jeeps.

Zimmerman ging zu dem Jeep, legte seine Thompson-MPi auf den Sitz, hob die Haube an, griff dann in eine der tiefen Taschen seines Feldanzugs und nahm eine Verteilerkappe, eine Verteilerdüse und die Zünddrähte heraus. Er baute die Dinge ein.

»Woher hast du die?«, fragte McCoy.

»Mit Verlaub, Sir, der Captain will das nicht wissen«, sagte Zimmerman, klappte die Haube herunter, verriegelte sie und setzte sich hinters Steuer. Der Motor startete sofort.

»Lass uns höllisch schnell von hier verschwinden, bevor der Ex-Besitzer aufwacht und merkt, dass sein Wagen weg ist«, sagte Zimmerman.

McCoy sprang in den Jeep.

»Macht uns dieses Presseschild nicht verdächtig?«, fragte McCoy, als Zimmerman anfuhr.

»Darüber habe ich nachgedacht«, meinte Zimmerman. »Ist es nicht genau das, was wir machen? Berichte aus dem Krieg erstatten?«

Sekunden, nachdem sie den Zugang zum Gelände des Hauptquartiers der 8th Army passiert hatten, sprang eine schlanke Gestalt in einem Arbeitsanzug der Army neben der Straße auf, rannte vor ihnen auf die Straße und schwenkte ärgerlich die Arme.

»Nun rate mal, wer da früh aufgestanden ist?«, murmelte McCoy.

»Das ist *mein* Jeep, ihr Hurensöhne!«, schrie die wütende Gestalt mit heller Stimme.

»Auch noch ein verdammter Schwuler!«, stöhnte Zimmerman und trat hart auf die Bremse.

»Es ist eine Sie, Ernie«, sagte McCoy lachend.

Die Gestalt, jetzt an dem Haar, das unter der Feldmütze hervorlugte und an den Wölbungen der Jacke ihres Arbeitsanzugs, die nicht von Handgranaten herrührten, als Frau zu erkennen, stürmte auf den Jeep zu.

»MP!«, schrie sie. »MP!«

McCoy blickte über die Schulter zu den Militärpolizisten am Eingang des Geländes des Hauptquartiers. Die Frau hatte ihre Aufmerksamkeit erregt.

Er sprang aus dem Jeep, lief zu der Frau, schlang die Arme um ihre Hüfte, zog sie zum Jeep, setzte sich hinein – die Beine außerhalb des Jeeps und die Frau auf seinem Schoß – und befahl: »Fahr, Ernie! Fahr!«

Zimmerman legte den Gang ein und gab Gas.

»Wenn Sie weiterhin zappeln, werden wir beide rausfallen«, sagte McCoy zu der Frau.

»Damit kommen Sie nicht durch, Sie Bastard!«, keuchte die Frau.

»Hinter der nächsten Kurve anhalten, Ernie!«, befahl McCoy.

»Sie werden im Knast landen!«, sagte die Frau.

Zimmerman fuhr in die Kurve, lenkte den Jeep an den Straßenrand und stoppte.

»Willst du sie hier rauswerfen?«, erkundigte sich Zimmerman.

»Nur, wenn Miss Priestly nicht erkennt, dass wir uns gegenseitig nutzen können, wenn wir uns zusammentun«, sagte McCoy.

»Sie wissen, wer ich bin?«, stieß Jeanette Priestly hervor. Sie war von McCoys Schoß gesprungen, stand jetzt am Straßenrand, die Hände auf den Hüften, und blickte McCoy finster an.

»Jeanette Priestly von der *Chicago Tribune*«, sagte McCoy.

Eine vage Erinnerung stieg in ihr auf.

»Kenne ich Sie?«, fragte sie.

»Wir haben uns vor ein paar Wochen in Tokio bei einem Abendessen gesehen«, sagte McCoy.

»McCoy!«, sagte sie. »Der Marine!«

»Richtig.«

»Was, zur Hölle, haben Sie sich dabei gedacht? Sie können nicht einfach meinen Jeep stehlen.«

»Lassen Sie mich erklären, welche Wahl Sie haben«, sagte McCoy. »Wenn wir Sie hier an der Straße zurücklassen, können Sie zu den MPs laufen und ihnen erzählen, dass soeben ihr Jeep auf der Straße davongefahren ist …«

»Mein gestohlener Jeep!«

»… und man wird Ihnen sagen, dass man tun wird, was man kann, und Sie werden zur Fahrbereitschaft gehen, wo Ihnen dieser fette Major sagen wird, dass er nicht mal genug Jeeps für Colonels hat …«

»Sie Hundesohn!«

»… woraufhin Sie von der Stelle aus, wo wir uns gefunden haben, spazieren müssen«, fuhr McCoy fort. »Ich kann mir nicht vorstellen, wie sie es bewerkstelligen würden, aber nehmen wir mal an, die MPs informieren über Funk Kollegen und wir werden von ihnen gestoppt …«

»Genau das wird passieren«, sagte Jeanette wütend. »Und dann wandern Sie in den Knast!«

»Erstens bezweifle ich, dass sie Zeit hatten, einen Knast zu errichten, aber nehmen wir mal an, wir werden gestoppt. Dann zeige ich ihnen unsere Befehle und sage ihnen alles, was wir wissen …« Er zog aus seiner Tasche die Befehle, die er dem Offizier der Fahrbereitschaft gezeigt hatte, und hielt sie ihr hin. Sie riss sie ihm aus der Hand und las. »… nämlich, dass wir zum Offizier der Fahrbereitschaft gingen, ihm unsere Befehle zeigten und er uns sagte, dass wir bestimmt eine höhere Priorität haben, und er uns den Jeep gab.« Er legte eine Pause ein und fügte hinzu: »Wem wird man glauben?«

»Sie elender Hurensohn«, sagte Jeanette.

»Wenn Sie mit uns reisen, Miss Priestly, werden Sie Ihre Zunge hüten müssen. Gunner Zimmerman ist ein sehr sensibler Mann. Sag ›Guten Tag‹ zu Miss Priestly, Ernie, und dass wir ihr Fluchen wie ein Ausbilder von Parris Island verzeihen, wenn sie verspricht, dass sie es unterlässt.«

Zimmerman grinste, sagte jedoch nichts.

Obwohl sie es nun wirklich nicht wollte, wurde Jeanette Priestly klar, dass sie ebenfalls lächelte.

»Mit Ihnen reisen?«, sagte sie. »Wohin?«

»Wir sind hier, um zu sehen, wie der Krieg so läuft. Laut Karte im G-2 ist der in der Gegend von Taejon zu besichtigen.«

»Was haben Sie davon, wenn Sie mich mitnehmen?«, fragte sie.

»Sie waren schon mal hier, wir nicht. Ich glaube, wir können uns einander sehr nutzen.«

Sie dachte darüber nach.

»Okay«, sagte sie schließlich. »Ich komme mit.«

»Sie haben noch eine andere Wahl«, sagte McCoy. »Sie können mitfahren, bis wir zum nächsten MP-Kontrollpunkt kommen, und dann schreien, dass wir Ihren Jeep gestohlen und Sie gekidnappt haben. Dann würden wir vermutlich alle aufgehalten werden, bis ein ranghoher Offizier gefunden werden kann, der die Dinge regelt. Was bedeuten könnte, dass keiner von uns zum Krieg kommen würde.«

»Sie Hurensohn!«, sagte sie wieder. Aber es war ein bewundernder Ton in ihrer Stimme.

»Kommen Sie mit oder nicht?«

Sie kletterte auf den Rücksitz.

»Okay, Ernie«, befahl McCoy. »Fahren wir.«

Fünf Minuten später neigte sich Miss Jeanette Priestly, akkreditierte Kriegsberichterstatterin der *Chicago Tribune*, auf dem Sitz vor und fragte: »Was ist mit dem anderen Typen passiert? Mit dem Trans-Global-Captain? Der den Geschwindigkeitsrekord aufgestellt hat?«

»Ich nehme an, dass Major Malcolm S. Pickering, USMC Reserve, derzeit versucht, eine gute Ausrede zu finden, um nicht mobilisiert zu werden«, sagte McCoy.

Zimmerman lachte.

2

Headquarters, 34. Infanterieregiment
24. US-Infanteriedivision
Nonsan, Südkorea

15. Juli 1950, 15 Uhr 30

Es war nicht schwierig gewesen, das Hauptquartier des 34. Infanterieregiments zu finden, obwohl Captain McCoy bei der Division von einem S-3-Sergeant nur eine vage Auskunft erhalten hatte.

»Ich glaube, es ist vermutlich hier, Captain«, hatte der Sergeant gesagt und es auf einer Landkarte gezeigt. »An der Route eins liegt ein kleiner Ort namens Nonsan. Dort *soll* es sein.«

Nonsan erwies sich als typische koreanische Kleinstadt, eine Ansammlung von Steinhäusern mit Strohdach um eine kurze Art Einkaufsstraße aus zweigeschossigen Gebäuden mit Blechdach, von denen zwei laut Sperrholzschild vom ›Hq 34th Inf Regt.‹ übernommen worden waren.

Der Offizier, der vor einem der Lädchen stand – vermutlich der Regimentskommandeur; es war ein weißer Colonel-Adler auf seinen Helm gemalt – ähnelte, wie McCoy fand, sehr dem Offizier der Fahrbereitschaft vom Hauptquartier der Eighth Army.

Er war nicht nur ein wohlbeleibter Mann mit einer .45er, Schweißflecken unter den Achselhöhlen seiner Jacke und Schweiß auf der Stirn wie der Major, sondern von dem Moment an, als er den Jeep erblickte, war ihm ebenfalls klar, dass ihm überhaupt nicht gefiel, was er sah.

McCoy hielt den Jeep neben zwei anderen Jeeps und einem Dreivierteltonner-Truck an und stieg aus.

»Bleibt im Wagen«, befahl er, und dann ging er zu dem Colonel und salutierte.

Der Colonel erwiderte den Gruß.

»Wer ist die Frau?«, wollte er wissen.

»Miss Jeanette Priestly von der *Chicago Tribune*, Sir«, antwortete McCoy.

Der Colonel forderte McCoy mit einer Geste auf, ihm ins Gebäude voranzugehen, und als sie beide drinnen waren, fragte er angewidert: »Was hat die Frau hier zu suchen?«

»Sie ist eine akkreditierte Kriegsberichterstatterin, Sir, mit der Genehmigung, überallhin zu reisen, wo sie hinwill.«

»Allmächtiger!«, stieß der Colonel hervor. »Mit zwei Leibwächtern, wie?«

»Nicht genau, Sir«, sagte McCoy. »Darf ich Ihnen meine Befehle zeigen?«

Der Colonel forderte McCoy mit einer ungeduldigen Geste auf, sie ihm zu geben. McCoy überreichte ihm die Dai-Ichi-Befehle. Der Colonel las sie und gab sie zurück.

»Marines, wie? Ich fand eure Arbeitsanzüge ein wenig merkwürdig.«

»Jawohl, Sir.«

»Okay, Captain McCoy vom Marine-Corps, was genau ist Ihre Mission, außer eine Frau zu eskortieren, die hier absolut nichts zu suchen hat?«

»Wir sind hierhin geschickt worden, um anzusehen, was los ist.«

»Von wem geschickt? Von General Almond persönlich?«

McCoy gab keine Antwort.

»Das war eine Frage, Captain«, sagte der Colonel scharf.

»Sir, wir arbeiten für General Pickering.«

Der Colonel kramte sichtlich in seiner Erinnerung, doch der Name sagte ihm nichts.

»Ist er im Dai-Ichi-Gebäude?«

»Jawohl, Sir.«

»Und was ist Ihre Verbindung mit der Lady?«

»Als die Eighth Army uns keinen Jeep geben konnte, Sir, requirierte ich ihren.«

»Und nahmen sie mit?«

»Jawohl, Sir.«

»Nun, Captain, Sie steht unter Ihrer Verantwortung. Ich will nicht für ihre Sicherheit verantwortlich sein.«

»Jawohl, Sir.«

»Sie wollen ›sehen, was los ist‹? Vermutlich wollen Sie das, was Sie sehen, Ihrem Boss mitteilen – General *Pickering*, sagten Sie?«

»Jawohl, Sir.«

»Ich habe keine Kommunikationsmöglichkeit, die Ihnen das erlauben wird, und es würde mich überraschen, wenn die Division darüber verfügt.«

»Jawohl, Sir.«

»Aber mir ist gerade in den Sinn gekommen«, sagte der Colonel etwas bitter, »dass es eine sehr gute Sache sein könnte, wenn unsere vorgesetzten Offiziere erfahren, *was hier los ist*, vorausgesetzt, Sie finden eine Möglichkeit, mit dem Dai-Ichi-Gebäude zu kommunizieren. Kommen Sie mit, Captain, und ich werde Ihnen erzählen, was meines Wissens *hier los ist*.«

»Jawohl, Sir. Danke, Sir.«

Der Colonel wandte sich um und ging tiefer in das lange und schmale Gebäude hinein, das, nach den Regalen an beiden Wänden zu urteilen, eine Art Lagerraum gewesen war.

Da waren die üblichen Offiziere und Unteroffiziere und ihre Ausrüstung des Hauptquartiers eines Regiments in dem Raum, und der Colonel hatte sich offensichtlich entschieden, seinen Feldschreibtisch am fernen Ende neben einer weiteren Tür aufzustellen.

Als McCoy dem Colonel zwischen den Schreibtischen und um die Telefon- und Funkanlage herum folgte, warf er einen Blick in einen Nebenraum.

Darin hielten sich drei nordkoreanische Soldaten auf, deren Rangabzeichen sie als Sergeant, Corporal und Private auswiesen. Die saßen mit dem Rücken an einer Wand. Ein Sergeant mit einem M1-Karabiner saß auf einem Klappstuhl und bewachte sie.

»Colonel!«, rief McCoy. »Verzeihen Sie, Colonel.«

Der Colonel blickte ungeduldig über die Schulter. Unterdessen war McCoy in den Raum gegangen.

»Gottverdammt«, sagte der Colonel und folgte ihm.

Der Sergeant blickte neugierig zu McCoy.

»Stehen Sie auf, wenn ein Offizier den Raum betritt, Sergeant!«, fuhr McCoy ihn an.

Der Sergeant erhob sich widerwillig.

Der Colonel tauchte in der Tür auf, den Mund geöffnet, um etwas zu sagen.

McCoy sprach zuerst. Er wies auf den nordkoreanischen Private.

»Das trifft auch auf Sie zu«, sagte er unfreundlich auf Koreanisch.

Einen Moment hatte es den Anschein, als würde der Private aufstehen, doch dann entspannte er sich an der Wand.

»Auf die Füße, ihr alle!«, bellte McCoy auf Koreanisch.

Alle standen auf.

»Habt ihr gegessen?«, fragte McCoy. »Braucht ihr Wasser?«

Der nordkoreanische Sergeant sagte »Wasser« auf Koreanisch.

Der Private blickte ihn finster an.

»Colonel«, sagte McCoy, »der Privat vom 83. Motorradregiment, der mit den guten Lederstiefeln hier, ist fast sicher ein Offizier, und höchstwahrscheinlich spricht er Englisch. Die meisten der Offiziere des 83. können das. Ich werde mit ihm sprechen, mit ihnen allen, nachdem Ihr Sergeant ihnen Wasser, etwas zu essen und einige Zigaretten geholt hat.«

Der Colonel sah McCoy lange an und wandte sich dann an den Sergeant.

»Sie haben gehört, was der Captain gesagt hat. Holen Sie gefüllte Feldflaschen und einen Karton C-Rationen her.«

McCoy nahm dem Sergeant den Karabiner ab und hielt ihn an der Hüfte wie ein Jäger, bis der Sergeant mit zwei Feldflaschen und einem Karton C-Rationen zurückkehrte.

Er stellte den Karton auf den Boden und wollte eine der Feldflaschen dem nordkoreanischen Sergeant geben. Der Mann schüttelte ablehnend den Kopf.

»Nehmen Sie das Wasser«, befahl McCoy auf Koreanisch. »Ihr alle seid Gefangene. Ich gebe hier die Befehle, nicht Ihr Offizier.«

Der Sergeant blickte zum Private und nahm dann die Feldflasche.

»Bingo«, flüsterte McCoy dem Colonel zu, überreichte dem amerikanischen Sergeant seinen Karabiner und verließ den Raum.

Als er außer Hörweite war, blieb er stehen.

»Sie sprechen Koreanisch, Captain«, sagte der Colonel. »Ich bin beeindruckt.«

»Sind das Ihre Gefangenen, Sir? Oder haben Sie die Leute geerbt?«

»Mein drittes Bataillon hat sie gefangen genommen«, erwiderte der Colonel. »Die Division wollte sie abholen lassen, um sie zu verhören …«

»Sie sind vom 83. Motorradregiment«, sagte McCoy. »Ziemlich gute Jungs. Der Regimentskommandeur ist, wie ich als Letztes hörte, ein Oberst Pak Sun Hae, der Leutnant in der sowjetischen Armee gewesen ist. Sie sind gut ausgebildet und ausgerüstet.«

»Was leider mehr ist, als ich über das 34. Infanterieregiment sagen kann«, meinte der Colonel.

»Colonel, für meine Zwecke – die Gefangenen würden sich dadurch noch unbehaglicher fühlen, als sie es schon tun – möchte ich Miss Priestly ein Foto von ihnen machen lassen. Wäre das in Ordnung?«

Der Colonel dachte darüber nach.

»Warum nicht?«, meinte er schließlich und wandte sich an einen Master Sergeant, der in der Nähe stand. »Im Jeep draußen sitzen eine Lady und ein Marine, Sergeant. Würden Sie die beiden bitte hereinbitten?«

»Sagen Sie ihr, sie soll die Kamera mitbringen, Sergeant«, befahl McCoy.

Als Jeanette Priestly Zimmerman und dem Sergeant durch das schmale Gebäude folgte, sahen die Offiziere und Unteroffiziere des Regiments sie ungläubig an.

»Unter dem Vorbehalt, dass ich Ihre Anwesenheit nicht gutheiße, willkommen im 34. Infanterieregiment, Miss Priestly«, sagte der Colonel.

»Danke«, sagte sie und sah McCoy an. »Was ist los?«

»Da drinnen sind drei nordkoreanische Gefangene«, sagte McCoy und wies zu dem Raum. »Ich möchte, dass Sie ein Foto von ihnen machen. Mehrzahl. Fotos.«

»Und dann nehmen Sie meinen Film, richtig?«

»Nein. Ich will Ihren Film nicht. Wenn Sie ihn in Tokio entwickeln lassen, wird man sicherlich Abzüge für den G-2 machen.

Ernie, geh da rein und stelle fest, ob einer von ihnen deiner Meinung nach Chinesisch spricht. Der kleine Typ mit den guten Stiefeln ist vermutlich ein Offizier. Er wird nicht viel sagen, aber wenn du meinst, dass einer der anderen Chinesisch spricht, bring ihn irgendwohin und finde heraus, was er weiß. Die Männer sind vom 83. Motorradregiment.«

Zimmerman nickte. »Aye, aye, Sir.«

»Ich möchte die Damentoilette benutzen«, kündigte Jeanette an.

»Ich befürchte, wir können Ihnen nicht viel bieten, Miss Priestly«, sagte der Colonel.

»Das habe ich auch nicht erwartet«, erwiderte sie und lächelte ihn strahlend an. »Warum nennen Sie mich nicht ›Jennie‹, Colonel? Wir sind Freunde, richtig?«

»Sergeant, begleiten Sie Miss Priestly zur Latrine und stehen Sie Wache«, befahl der Colonel. Dann wandte er sich an McCoy. »Möchten Sie einen Blick auf die Karte werfen, Captain?«

»Ja, Sir. Danke.«

Die Karte, bedeckt mit Zelluloid, hing auf einer Sperrholzplatte an der Wand hinter dem Schreibtisch des Colonels.

»Hier sind wir jetzt, das Regiment – und die Division –, auseinandergezogen längs des Flusses Kum.« Er zeigte es an. »Gestern Morgen um ungefähr sechs Uhr beim ersten Tageslicht geriet die Item Company meines dritten Bataillons hier am Südufer des Kum unter Panzerbeschuss. Es entstand kein nennenswerter Schaden, doch der Artilleriebeobachter konnte uns die Koordinaten der Panzer nicht mitteilen, sodass wir ihnen ebenfalls nicht schaden konnten. Ungefähr zur selben Zeit meldete ein Außenposten der Love Company – hier an der linken Flanke –, dass zwei Kähne mit Nordkoreanern westlich gesichtet wurden, die den Fluss überquerten. Zufällig – oder absichtlich – waren sie außer Reichweite unserer Artillerie.

Um neun Uhr dreißig hatten sie fünfhundert Mann auf die andere Flussseite übergesetzt. Die nordkoreanische Artillerie setzte die Love Company unter Beschuss, ungefähr zur selben Zeit, an dem die Nordkoreaner, die den Fluss überquert hatten, mit Mörsern schossen. Von neun Uhr fünfunddreißig bis neun Uhr vierzig.«

Der Colonel blickte McCoy an.

»Sind Sie jemals unter Mörser- und Artilleriebeschuss gewesen, Captain? Oder haben Sie Ihre gesamte Laufbahn beim Nachrichtendienst verbracht?«

»Ich bin unter Beschuss gewesen, Sir.«

»Mehr als einmal?«

»Jawohl, Sir.«

»Erinnern Sie sich an das erste Mal?«

»Jawohl, Sir.«

»Wo war das?«

»Auf den Philippinen, Sir. Die Japaner pflegten von der See aus zu feuern, bevor sie landeten.«

»Hatten Sie Angst?«

»Sehr große, Sir.«

»Haben Sie sich ›zurückgezogen‹?«

»Sir?«

»Haben Sie sich ›zurückgezogen‹ – das neue Wort für ›Schwanz einziehen‹ oder ›kneifen‹?«

»Nein, Sir.«

»Erinnern Sie sich, warum Sie das nicht getan haben?«

»Nein, Sir«, sagte McCoy. »Wir waren dort, um die Landungsboote zurückzuschlagen.«

»Mein erstes Mal war in Italien«, sagte der Colonel. »Ich habe mir in die Hosen gemacht. Aber ich habe nicht den Schwanz eingekniffen.«

»Sir?«

»Der Kompaniechef der Love Company, Captain, nur Minuten unter Beschuss ›zog sich zurück‹. Nicht nur er selbst, sondern er befahl seinen Soldaten den Rückzug.«

McCoy schwieg.

»Wie sich herausstellte«, fuhr der Colonel fort, »war es nicht so schlimm, wie es hätte sein können. Das Artilleriefeuer auf die Love Company war offenbar ein Ablenkungsmanöver, um ihre wahren Absichten zu verschleiern, nach Süden in dieses Gebiet vorzustoßen – er zeigte es auf der Karte – und die Straße hier abzuschneiden. Wenn sie die verlassenen Positionen der Love Company angegriffen hätten …«

»Ich glaube, ich verstehe, Sir«, sagte McCoy.

»Ich habe den betreffenden Offizier natürlich abgelöst, als mir zu Ohren kam, was er getan hatte, aber ich kam erst einige Zeit später an diese Information. Zu dieser Zeit – einige Stunden später, welche Zeit auch immer sie brauchten, um drei Meilen gegen praktisch keine Verteidigung vorzumarschieren – waren ungefähr dreihundert nordkoreanische Infanteristen hier auf dieser Straße in der Nähe des Ortes Samyo. Ebenso war dort das 36. Feldartillerie-Bataillon mit 105mm-Haubitzen. Es trug viel zu meiner Artillerie-Unterstützung bei. Die Nordkoreaner griffen es sofort an. Sagen Sie mir, Captain, wie sind Kanoniere des Marine-Corps bewaffnet?«

»Sir?«

»Sind Sie mit Karabinern bewaffnet?«

»Dessen bin ich mir nicht sicher. Soweit ich weiß, können die Offiziere und einige dienstalte Unteroffiziere wählen, ob sie Karabiner tragen …«

»Aber die dienstjungen Unteroffiziere und Mannschaftsdienstgrade haben M1 Garand-Gewehre und sind dafür ausgebildet?«

»Sir, jeder Marine ist ein Schütze.«

»Es gab sehr wenige Garands im 63. Feldartilleriebataillon«, sagte der Colonel nüchtern, »was das Versagen des 63. Bataillons erklärt, sich ausreichend selbst zu verteidigen, wie ein Offizier berichtet hat, der dem Debakel entkommen konnte.«

»Sir?«

»Würden Sie mir zustimmen, dass rund zweihundert Mann – was die Stärke des 63. Bataillons ist – in der Lage sein sollte, länger als zwei Stunden ohne Artillerieunterstützung gegen dreihundert Infanteristen durchzuhalten?«

»Jawohl, Sir, da würde ich Ihnen zustimmen.«

»Der Feind griff das 63. Bataillon ungefähr um dreizehn Uhr dreißig an. Um fünfzehn Uhr dreißig hatte er alle außer ein paar wenigen glücklichen Offizieren und Männern getötet oder gefangen genommen und alle Fahrzeuge, Kanonen und einen beträchtlichen Vorrat an Munition des 63. Bataillons erbeutet.«

»Der Feind hat alle Waffen erbeutet?«, fragte McCoy ungläubig.

»Alle. Und bevor das 63. die Geschütze vernageln konnte«, bestätigte der Colonel.

»O Gott!«, stieß McCoy hervor.

»Ungefähr zur selben Zeit«, fuhr der Colonel fort, »erfuhr die Item Company zum ersten Mal vom Kneifen der Love Company und dass der Feind quer über die Straße hinter ihrem Rücken stand. Der Kompaniechef erbat die Genehmigung zum Rückzug, und der Kommandeur des dritten Bataillons empfahl, sie zu geben. Er sagte, er bezweifle, dass der wieder formierten Love Company – die er als ›demoralisiert‹ beschrieb – ein Gegenangriff und eine Öffnung der Straße hinter ihr zugetraut werden könne. Ich gab die Genehmigung zum Rückzug.«

Der Colonel ließ das einwirken, bevor er fortfuhr: »Es war nötig für sie, sich über die Berge ›zurückzuziehen‹ – die Straßen waren in feindlicher Hand –, und sie schafften es schließlich. Ohne einen wesentlichen Prozentsatz ihrer ausgegebenen Waffen, die einfach nicht über die Berge mitgenommen werden konnten.«

Der Colonel ließ McCoy Zeit, das zu verarbeiten, und fuhr dann fort: »Ich habe keinen Grund zu der Annahme, dass es dem 19. Infanterieregiment besser ergangen ist als dem 34., aus den gleichen Gründen. Einer der Gründe, die ich für wahr halte, ist, dass das dritte Regiment der Division, das 21. Infanterieregiment, in dreitägigen Gefechten etwa die Hälfte seiner Offiziere und Männer verloren hat.«

»Die Hälfte?«

»Die Hälfte«, bestätigte der Colonel. »Was vom 21. übrig war, wurde bei Taejon versammelt und reorganisiert. Umgestaltet, nicht neu aufgestellt, was ja beinhaltet, eine Einheit auf die Sollstärke zu bringen. Es ist kein Ersatzsystem vorhanden, aus dem Ersetzungen aufgefüllt oder Verluste ausgeglichen werden können. Beim 21. ist versucht worden, aus den Überresten Kompanien und Bataillone zu bilden. Das bedeutet natürlich, wenn das 21. ins Gefecht zurückkehrt, dass nur sehr wenige, wenn überhaupt welche, der Männer zusammen gedient haben, geschweige denn ausgebildet worden sind. Darüber hinaus werden viele Kompanien – vielleicht die meisten, weil viele Offiziere unter den Toten und Vermissten sind, von Lieutenants befehligt werden, die vor vier Tagen noch Zugführer gewesen sind, und viele Züge werden von Sergeants geführt werden. In einigen Fällen sogar von Corporals. Heute Morgen wurde das 21. per Lastwagen von Taejon nach Okchon hier transportiert.« Er zeigte es auf der Karte. »Das liegt etwa zehn

Meilen östlich von Taejon. Die Männer haben den Befehl, hier an der Autobahn Seoul-Pusan, ungefähr auf halbem Weg zwischen Okchon und Taegu, Stellungen zu errichten. Wenn sich der Feind entscheidet, über die Autobahn anzugreifen – oder das höhere Terrain zu beiden Seiten der Autobahn einzunehmen –, wird unser Widerstand wegen des Mangels an Artillerie verhindert. Ich nehme an,. dass die Nordkoreaner bei einem Angriff ihre zugeteilte Artillerie durch die 105mm-Haubitzen verstärkt haben werden, die sie vom 63. Feldartillerie-Bataillon erbeutet haben.«

Abermals legte der Colonel eine Pause ein, um seine Worte auf McCoy einwirken zu lassen.

»Und es wird natürlich einen weiteren Angriff geben. Wenn nicht heute Nachmittag, dann während der Nacht oder in den frühen Morgenstunden. Die einzige Frage ist, wo.« Er schwieg kurz. »Das, Captain, ›ist los‹. Ich hoffe wirklich, dass ich irgendwo eine Verbindung bekommen und zum Dai-Ichi-Gebäude durchkommen kann. Irgendwie habe ich den Verdacht, dass man dort gar nicht weiß, ›was los ist‹.«

»Colonel, Ihre Gefangenen sind vom 83. Motorradregiment. Es ist eines ihrer Besten – eine Art Elite-Kampfeinheit des Regiments –, normalerweise der sechsten Division angegliedert. Wenn ich vielleicht …«

»Wenn Sie das wissen, Captain, muss ich davon ausgehen, dass es im Dai-Ichi-Gebäude allgemein bekannt ist. Ich frage mich, warum man nicht daran gedacht hat, dass dieses Wissen für mich interessant sein könnte.«

»Ich bin mir nicht sicher, wie allgemein diese Information beim SCAP bekannt ist, Sir.«

»Wollen Sie damit sagen, dass Sie – die Organisation für die Sie arbeiten – diese Information hatte, sie jedoch nicht weitergab?«

McCoy zögerte wahrnehmbar, bevor er antwortete.

»Colonel, ich bin nur ein Captain. Ich sammle Nachrichtenmaterial, verbreite es nicht. Ich kann Ihre Frage nicht beantworten.«

»Sie meinen, über die Gefangenen?«

»Vielleicht kann ich etwas über ihre Absichten erfahren, Sir. Weil sie hochmobil sind, könnte ihren Offizieren mehr über das Gesamtbild bekannt sein als Offizieren in Standard-Einheiten.«

»Das wäre hilfreich«, sagte der Colonel. »Vorausgesetzt, Sie beeilen sich. Ich will Sie – besonders die Frau – so schnell wie möglich von hier fort haben. Ich werde genug am Hals haben, ohne mir auch noch um eine Frau Sorgen zu machen. Oder um Sie, Captain.«

»Sir, mit Verlaub, ich habe keine Befehlsgewalt über Miss Priestly. Selbst wenn ich ihr den Jeep zurückgeben würde, kann ich ihr unmöglich befehlen, zur Eighth Army zurückzukehren. Und ich brauche den Jeep.«

»Und wenn ich Ihnen befehle, in den Jeep zu steigen, Miss Priestly mitzunehmen und höllisch schnell von hier zu verschwinden?«

»Sir, mit Verlaub, ich stehe nicht unter Ihrer Befehlsgewalt.«

Der Colonel schaute ihn lange angespannt an.

»Sie wollen also bleiben?«

»Ja, Sir, bis auf weiteres. Ich möchte wirklich mit einigen weiteren Gefangenen sprechen.«

»Ich nehme an, es ist Ihnen in den Sinn gekommen, dass Sie wahrscheinlich selbst ein Gefangener werden, wenn Sie bleiben?«

»Jawohl, Sir, das ist mir in den Sinn gekommen.«

Nach einer Weile nickte der Colonel.

»Okay. Ich habe mein Bestes versucht. Werden Sie mich oder irgendwelche meiner Männer beim Verhör der Gefangenen brauchen?«

»Nein, danke, Sir.«

3

»Der Corporal spricht Kantonesisch«, meldete Zimmerman außerhalb des Raums, in dem die Koreaner gefangen gehalten wurden. »Er war zum Reden bereit, aber er wusste nicht viel. Aber du hast Recht, sie gehören zum 83. Motorradregiment, und der kleine Kerl ist ein Offizier.«

»Der Englisch spricht?«

»Und Russisch.«

»Das ist interessant«, sagte McCoy. »Was ist sein Dienstrang?«

Zimmerman nickte zustimmend zu ›interessant‹ und zuckte dann mit den Schultern.

»Das wusste der Corporal nicht. Er sagte, er wurde eingezogen, um ein bisschen zu erkunden – sie waren ursprünglich zu fünft. Zwei von ihnen fielen, als sie auf eine unserer Patrouillen stießen, und die anderen drei wurden gefangen genommen – der kleine Kerl trug bereits die Uniformjacke des Privates. Aber einer der anderen, einer der beiden Gefallenen, hatte ihn ›Sir‹ genannt, und er hatte offenbar das Kommando.«

»Was hat der Corporal sonst noch gesagt?«

»Er sagte, nach der Einnahme von Seoul wurde das Regiment aus dem Einsatz genommen und die Halbinsel runter gleich hinter die Front-Einheiten geschickt. Jetzt bereiten sie sich darauf vor, wieder in den Einsatz befohlen zu werden. Bald.«

»Nichts Konkretes?«

»Nein, doch der Einsatz muss bald stattfinden, Ken. Mir scheint, dass der Kleine, der Offizier, ein Nachrichtenoffizier ist. Vielleicht nicht einmal vom 83. Regiment. Er wollte sich ein genaues Bild von dem Einsatzort machen und wurde geschnappt.«

»Kam die sechste Division zur Sprache?«

»Sie ist hier. Der Corporal wusste nicht, ob das 83. ihr angegliedert ist oder nicht.«

»Wie ist heutzutage dein Russisch, Ernie?«

»Nicht schlecht. Milla Banning und Mae-Su sagten sich, dass die Kids es sprechen sollten, und Banning spielte mit. Wenn wir russische Gerichte essen, sprechen wir nur Russisch. Ich bin firm darin.«

»Lass uns mit dem Offizier sprechen«, sagte McCoy. »Wo ist der Corporal?«

»Ich habe ihn in einen anderen Raum gebracht, um ihn von dem Offizier zu trennen.«

McCoy überlegte kurz seine Strategie, dann sagte er: »Du gehst da rein, sagst dem Wachtposten, er soll den Sergeant zu dem Corporal stecken, machst eine Schau daraus, deine Thompson zu überprüfen, und in ein paar Minuten komme ich rein. Wenn ich eintrete, stehst du stramm.«

»Kapiert«, sagte Zimmerman.

»Wo ist Miss Priestly?«

Zimmerman wies zur Tür hinaus, wo Jeanette Priestly mit einigen GIs sprach, die sie anstrahlten.

McCoy nickte und forderte Zimmerman mit einer Geste auf, den Raum zu betreten, in dem die Gefangenen waren. Eine Minute später kam der amerikanische Sergeant heraus, den Karabiner in einer Hand und die andere auf der Schulter des nordkoreanischen Unteroffiziers.

McCoy warf einen Blick auf seine Armbanduhr und bediente sich dann mit einer Tasse Kaffee aus der Maschine neben einem der Funkgeräte – wo es folglich eine Steckdose und einen 110-Volt-Anschluss gab – und genau fünf Minuten später stellte er die Kaffeetasse ab und ging in den Raum, in dem der nordkoreanische Offizier gefangen gehalten wurde.

Zimmerman, der auf einem Klappstuhl gesessen hatte, sprang auf und stand still. McCoy winkte gespielt ungeduldig ab, und Zimmerman entspannte sich leicht.

»Mein Freund«, sagte McCoy im Plauderton auf Russisch, »ich bin ein wenig unter Zeitdruck, und so schlage ich dir vor, deinen Vorteil zu nutzen und das Beste aus der Zeit zu machen, die ich dir geben kann.«

Im Gesicht des Nordkoreaners flackerte Überraschung auf, wurde jedoch von einem Ausdruck ersetzt, der vortäuschen sollte, dass er kein Wort verstand.

»Also gut, machen wir es auf Koreanisch«, sagte McCoy und wechselte in diese Sprache, »obwohl mein Koreanisch nicht so gut wie mein Russisch ist.« Er sprach auf Englisch weiter. »Oder vielleicht ziehst du Englisch vor?«

Der Offizier sah ihn mit einem Blick an, der völliges Unverständnis vortäuschen sollte.

McCoy kehrte wieder zu Russisch zurück.

»Das Kriegsgeschick hat sich gegen dich gewandt, Major«, sagte er.

Wieder flackerte in den Augen des Nordkoreaners Überraschung auf, und McCoy ging davon aus, dass seine Vermutung, der Mann könne Major sein, genau ins Schwarze getroffen hatte.

»Mit etwas Glück, Major, hättest du in genau dieser Minute in einem Kriegsgefangenenlager sitzen können, als einfacher Private, und abwarten können, bis die Kräfte des internationalen

Sozialismus die kapitalistischen Imperialisten überwältigt haben und dich befreien. Aber das ist nicht passiert. Passiert ist hingegen, dass ich hier zufällig vorbeikam. Wir sind keine Soldaten. Wir sind Marines. Überdies machen wir mehr oder weniger – vermutlich mehr als weniger – die gleiche Art Arbeit wie du.«

»Das hat er verstanden, Captain«, sagte Zimmerman auf Englisch. »Ich konnte es an seinen Augen sehen. Aber ich habe ebenfalls an seinen Augen gesehen, dass er nicht von Nutzen sein wird, und so schlage ich angesichts der Zeitknappheit vor, dass …«

»Ich möchte ihn lieber nicht beseitigen«, sagte McCoy und lachte. »Berufliche Höflichkeit, Ernest. Sie und ich, wir könnten uns leicht in seiner schlimmen Lage befinden.«

»Sir, mit Verlaub, ich schlage vor, ihn zu erschießen, damit wir weiter können.«

»Kim Si Yong«, sagte der Nordkoreaner auf Englisch. »Sieben-fünf-acht-acht-neun.«

»Ah«, sagte McCoy, jetzt auf Englisch. »Der Major ist teilweise mit der Genfer Konvention vertraut.«

»Teilweise?«, fragte Zimmerman.

»Die Konvention verlangt, dass Kriegsgefangene denjenigen, die sie gefangen nehmen, ihren Namen, Dienstrang und Dienstnummer nennen. Ich habe den Dienstrang nicht gehört, Sie etwa?«

»Nein, Sir«, sagte Zimmerman.

»Deshalb hat er die Regeln der Genfer Konvention nicht eingehalten«, erklärte McCoy. »Aber das spielt ohnehin keine Rolle, denn da er nach Paragraf siebzehn, Abschnitt B, ein Offizier ist, der die Uniform eines einfachen Soldaten trägt, kann davon ausgegangen werden, dass er nicht zur Kampfgruppe gehört und folglich kein Anrecht auf den Schutz der Konvention hat, sondern stattdessen ein Spion ist, der legal exekutiert werden kann.«

»Darf ich unter diesen Umständen respektvoll vorschlagen, ihn zu erschießen, damit wir weiter können?«, erkundigte sich Zimmerman.

McCoy sah den nordkoreanischen Offizier an, zuckte mit den Schultern und war anscheinend drauf und dran, den Raum zu verlassen.

»Kim Si Yong«, sagte der Nordkoreaner auf Englisch. »Major,

sieben-fünf-acht-acht-neun. Ich beanspruche den Schutz der Genfer Konvention.«

McCoy ging auf Russisch über.

»Major Kim«, sagte er. »Da haben wir ein kleines Problem. Ihre Regierung ist kein Unterzeichner der Genfer Konvention. Das bedeutet, dass derjenige, der Sie gefangen nimmt – also ich –, die Wahl hat, ob er sie auf Gefangene anwendet oder nicht. Ihr anderes Problem ist Ihr Geständnis, dass Sie ein Offizier sind, der sich als einfacher Soldat tarnt, was Ihre Position vom Kriegsgefangenen zum Spion verändert.«

»Sir, mit allem Respekt«, sagte Zimmerman auf Russisch. »Er weiß vermutlich nichts, was uns nicht bereits bekannt ist. Sir, wir sind bereits sehr spät dran …«

McCoy hob eine Hand und gebot ihm Schweigen.

»Major Kim, als eine berufliche Höflichkeit zwischen Offizierskollegen des Nachrichtendienstes werde ich Ihnen erklären, welche Alternativen Sie haben«, sagte McCoy. »Sie schließen keine baldige Rückkehr auf Ihre Seite ein, darüber müssen Sie sich klar sein. Sie schließen jedoch ein, dass Sie in den nächsten paar Minuten als Spion erschossen werden. Das sollten Sie bedenken. Nun wissen wir, dass das 83. Motorradregiment, das seit Seoul aus dem Kampf herausgehalten wird, den Angriff auf die 6. Division führen wird. Wir wissen nicht, wann dieser Angriff stattfinden wird. Wenn Sie uns sagen, wann dieser Angriff stattfindet, werden Sie nicht sofort erschossen werden. Sie werden bis zu der von Ihnen genannten Zeit des Angriffs hier gefangen gehalten. Wenn eintrifft, was Sie uns voraussagen, werde ich Sie persönlich beim Hauptquartier der 8th Army abliefern und Ihnen garantieren, dass Sie als Gefangener gemäß der Genfer Konvention behandelt werden. Wenn der Angriff nicht zu dem von Ihnen genannten Zeitpunkt eintrifft, werden Sie zu diesem Zeitpunkt erschossen werden. Ich lasse Ihnen Zeit, sich zu entscheiden, solange ich zur Latrine gehe.«

McCoy marschierte aus dem Raum, blickte auf seine Armbanduhr, nahm den Kaffeebecher, trank ihn leer und kehrte nach genau fünf Minuten in den Raum zurück.

Wiederum fünf Minuten später verließ er wieder den Gefangenen, suchte den Colonel und berichtete ihm, was er erfahren hatte.

»Sie glauben diesem Offizier, Captain?«

»Sir, ich glaube, er rechnete damit, dass ich ihn erschießen lasse. Vielleicht hat er mir erzählt, dass der Angriff um 0300 Uhr stattfinden wird, weil er weiß, dass er früher erfolgt. Wenn das der Fall ist und wir überrannt werden, könnte er befreit werden. Aber ich bezweifle, dass der Angriff später als drei Uhr stattfinden wird, weil er denkt, er würde um diese Zeit erschossen werden, wenn es nicht um genau drei Uhr passiert.«

»Für gewöhnlich fangen sie nichts mitten in der Nacht an«, meinte der Colonel nachdenklich. »Aber sie könnten auf den Vorteil des Überraschungsmoments setzen.«

McCoy erwiderte nichts. Der Colonel schwieg ebenfalls eine Weile und wirkte in Gedanken versunken. Schließlich sagte er: »Ich werde es an die Division melden. Und eine fünfzigprozentige Alarmbereitschaft ab Mitternacht befehlen. Sind Sie immer noch entschlossen, zu bleiben?«

»Jawohl, Sir.«

»Und Miss Priestly?«

»Wenn Zimmerman und ich bleiben, Sir, bezweifle ich, dass Sie große Chancen hat, allein fortzukommen.«

»Dann schlage ich vor, dass Sie sich einen Platz suchen, wo Sie vor dem Kommenden geschützt sein werden«, sagte der Colonel. »Als Vorspiel zum Angriff werden sie uns sicherlich mit Artilleriefeuer beschießen – vielleicht mit den 105mm-Haubitzen, die sie vom 63. Feldartillerieregiment erbeutet haben.«

»Jawohl, Sir«, sagte McCoy. »Sir, ich möchte das 19. Infanterieregiment besuchen. Hätten Sie etwas dagegen, wenn ich den Major mitnehme?«

»Wollen Sie ihn mit Miss Priestly auf den Rücksitz ihres Jeeps setzen?«

»Eigentlich, Sir, wollte ich ihn mit Gunner Zimmerman und Miss Priestly vorne sitzen lassen und auf dem Rücksitz mitfahren.«

Für einen Augenblick spielte die Andeutung eines Lächelns um die Lippen des Colonels.

»Sorgen Sie nur dafür, dass sie im Jeep ist, Captain«, sagte er.

»Aye, aye, Sir.«

»Ich zeige Ihnen auf der Karte, wo Sie meiner Meinung nach den Befehlsstand des 19. Infanterieregiments finden können.«

4

Hauptquartier 19. Infanterieregiment
24. Infanteriedivision
Kongju, Südkorea

15. Juli 1950, 18 Uhr 05

»Allmächtiger!«, stieß der Corporal hervor, der mit einem Garand-Gewehr über der Schulter neben der Tür des Gefechtsstandes stand, als er den Jeep mit einem Koreaner auf dem vorderen Sitz und der amerikanischen Frau auf dem Rücksitz sah.

Er ging zu dem Jeep.

Nachdem er es sich offenbar erst überlegte hatte, grüßte er.

»Ja, Sir? Kann ich Ihnen helfen?«

»Sie können diesen feindlichen Offizier im Auge behalten, während wir reingehen«, sagte McCoy.

Die Worte ›Feindlicher Offizier‹ hatte ein Major aufgefangen, der auf der anderen Seite des mit Sandsäcken geschützten Eingangs gestanden und mit einem Sergeant gesprochen hatte. Er ging zu dem Jeep.

McCoy grüßte.

»Feindlicher Offizier?«, fragte der Major, dann: »Marines?« und schließlich »Kriegsberichterstatter?«

»Jawohl, Sir, alle drei.«

»Ich kann Ihnen nur raten, zur Division zurückzukehren«, sagte der Major. »Wir haben soeben die Meldung erhalten, einen Angriff vom Einbruch der Dunkelheit an – was ungefähr jetzt ist – bis drei Uhr zu erwarten.«

»Ja, Sir, das wissen wir«, sagte McCoy.

»Dies ist kein Platz für Sie, Ma'am«, sagte der Major zu Jeanette.

»Jeanette Priestly, *Chicago Tribune*«, sagte sie mit einem strahlenden Lächeln und reichte dem Major die Hand.

»Wir haben einen koreanischen Sergeant, der etwas Englisch spricht«, sagte der Major zu McCoy. »Ich möchte, dass er mit Ihrem Gefangenen spricht.« Dann kam ihm ein anderer Gedanke. »Öffentlichkeitsarbeit? Was machen Sie mit einem Gefangenen?«

Da haben wir's wieder, dachte McCoy.

»Sir, Gunner Zimmerman und ich sind nicht von der Public-Relations-Abteilung.« Er überreichte dem Major die Dai-Ichi-Befehle. »Ich hielt es für nötig, den Jeep von Miss Priestly zu requirieren, als die Achte Armee keinen für uns hatte.«

Der Major las die Befehle, und seine Augenbrauen hoben sich dabei.

»Wir sollten besser den Regimentskommandeur aufsuchen, Captain«, sagte er dann.

Der Colonel des Regiments war ein schlanker Mann mit Schnurrbärtchen. Irgendwie hatte er geschafft, trotz Hitze, Staub und allem sonst geschniegelt zu bleiben.

»Ich möchte nicht ungastlich wirken, Captain«, sagte er und blickte von den Befehlen zu McCoy auf. »Aber wir sind hier ein wenig beschäftigt. Können wir zur Sache kommen? Was tun zwei Offiziere des Marine-Corps mit einer Kriegsberichterstatterin hier?«

Ihm kam, wie schon dem Major, ein anderer Gedanke.

»Fred, bitten Sie die Lady und den anderen Offizier, reinzukommen«, sagte er zu dem Major. »Und bringen Sie den Gefangenen mit.« Er sah McCoy an. »Wir erwarten jetzt jederzeit einen Angriff. Es wird gewiss Artilleriebeschuss geben.«

»Jawohl, Sir«, sagte der Major und verließ den mit Sandsäcken beschützten Gefechtsstand.

»Diese Information kam von dem Gefangenen, Sir«, sagte McCoy.

Der Colonel schaute ihn an und wartete darauf, dass er fortfuhr.

»Er ist ein Major vom 83. Motorradregiment – vermutlich der G-2. Er machte eine Erkundung, als er von einer Gruppe des 34. Infanterieregiments gefangen genommen wurde, die das Gleiche tat.«

»Woher wissen Sie das?«

»Er hat es mir gesagt.«

»Sie sprechen Koreanisch?«

»Jawohl, Sir.«

Die Augenbrauen des Colonels ruckten hoch.

»Wie haben Sie ihn zum Reden bekommen?«

»Ich habe ihm gesagt, da er ein Offizier ist, der die Uniform eines Private trägt, könnte er als Spion erschossen werden.«

»Sie beginnen mir zu gefallen, Captain«, sagte der Colonel. »Was hat er sonst noch gesagt?«

»Er sagte, der Angriff wird um 0300 Uhr stattfinden, und zwar mit dem 83. Motorradregiment und der 6. Division.«

»Und Sie glauben ihm?«

»Ich erklärte ihm, wenn der Angriff nicht um drei Uhr erfolgt, werde ich ihn erschießen lassen. Und wenn er stattfindet, werde ich ihn zum Hauptquartier der 24. Division bringen und dafür sorgen, dass er wie ein Kriegsgefangener und Offizier behandelt werden wird.«

»Sie sind also keine zwei Marine-Leibwächter für eine Kriegsberichterstatterin?«, fragte der Colonel lächelnd.

»Nein, Sir.«

»Mit diesen Befehlen können Sie alles sein. »Was *ist* Ihre Mission? Ihre Befehle sind in diesem Punkt etwas vage.«

»Festzustellen, was hier los ist, Sir.«

»Für General Almond persönlich?«

»Eigentlich für General Pickering, Sir.«

Der Colonel kramte in der Erinnerung nach »Pickering«, wie es der Kommandeur des 34. Regiments getan hatte, und hatte ebenso wenig Erfolg.

»Im Dai-Ichi-Gebäude?«, fragte er.

»Jawohl, Sir.«

»Wie passt die Lady ins Bild?«

»Die Achte Armee hatte kein Fahrzeug für uns, Sir. So habe ich ihres requiriert.«

»Und sie mitgenommen?«

»Jawohl, Sir.«

»Okay. Ich werde Ihnen sagen, ›was los ist‹«, kündigte er an. »Offenbar basierend auf Ihren nachrichtendienstlichen Erkenntnissen, erwarten wir einen Angriff irgendwann zwischen jetzt und 0300 Uhr. Die einzigen Anzeichen, die wir hatten, sind Berichte – ein halbes Dutzend –, dass kleine Gruppen von Nordkoreanern versuchen, den Fluss Kum zu durchwaten, und zwar in diesem Gebiet.« Er wandte sich der Karte zu und zeigte das Gebiet.

Er drehte sich wieder um und sah McCoy an.

»Kleine Gruppen«, sagte er. »Ich glaube, Sie wissen, dass wir knapp an Artillerie sind. Haben Sie gehört, dass das 63. Feldartillerieregiment überrannt worden ist?«

McCoy nickte.

»Daher widerstrebt es uns, das Wenige, was wir haben, auf Gruppen von fünf oder sechs Mann zu verfeuern. Und den Koreanern ist auch die Position unserer Stellungen bekannt. Als ungefähre Zahl hält mein Regiment dreimal so viel der Front wie das absolute Minimum, wie ich in Leavenworth lernte, und es gibt Löcher darin. Die Kordkoreaner überqueren hier den Fluss, und in vielen Fällen ist es uns unmöglich, sie mit Handfeuerwaffen daran zu hindern.«

»Können Sie uns einen Führer zu einigen dieser Positionen mitgeben?«

»Warum?«

»Ich möchte versuchen, ein, zwei andere Gefangene zu machen, Sir.«

»Ich hätte auch gern einen«, sagte der Colonel. »Besonders, da Sie Koreanisch sprechen. Ich kann Sie hier raufschicken ...«, er wies wieder auf die Karte, »... und Ihnen Major Allman, meinen G-3, und einen seiner Sergeants mitgeben. In einer Stunde wird es richtig dunkel sein ...«

»Danke, Sir.«

»... was bedeutet, dass Sie und die Lady für die Nacht hier bleiben werden müssen. Sie sollten hoffen, dass wir uns bis zum ersten Tageslicht halten können, weil Sie zuvor nicht von hier wegkommen werden.«

»Ich verstehe, Sir.«

5

Fünf Minuten nachdem Major Allman, Captain McCoy und Master Gunner Zimmerman vom Befehlsstand des Regiments zu den Stellungen der Baker Company, 1. Bataillon, 19. Infanterieregiment, losmarschiert waren, rief eine weibliche Stimme: »He, Jungs, wartet auf mich!«

»Miss Priestly hat sich anscheinend entschieden, den Vorschlag des Colonels, im Befehlsstand zu bleiben, zu ignorieren«, stellte Major Allman trocken fest.

»Daraus zu flüchten wäre treffender«, meinte Captain McCoy.

»Zum Teufel mit ihr«, sagte Master Gunner Zimmerman.

»Dieser Gedanke ist mir auch in den Sinn gekommen«, sagte Major Allman. »Aber dies ist weder der richtige Ort noch die richtige Zeit, um sie dorthin zu schicken. Die Frage ist, was machen wir hier und jetzt mit ihr?«

»Es wird immer dunkler«, sagte McCoy. »Wir haben keine Zeit, um sie zurückzubringen.«

»Das ist *Ihre* Entscheidung, Captain«, sagte Major Allman.

»Es bleibt uns nichts anderes übrig«, meinte McCoy.

Er ging weiter.

Drei Minuten später holte die Korrespondentin der *Chicago Tribune* sie ein. Eine Leica III-c 35mm-Kamera hing vor ihrem Busen, und in der Hand hielt sie einen Karabiner Kaliber .30.

»Sie sollten nicht am Kampf beteiligt sein«, sagte McCoy.

»Ich sollte die Knarre bei Ihnen benutzen, Sie Hurensohn«, erwiderte Jeanette im Plauderton, »weil Sie mich dort zurückgelassen haben.«

Fünf Minuten später trafen sie beim Gefechtsstand der Baker Company ein – der nichts anderes als ein mit Sandsäcken verstärkter Unterstand auf dem militärischen Kamm* eines Hügels mit Blick über den Fluss war.

Der Kompaniechef war nicht anwesend, der First Sergeant sagte, er sei draußen, um Positionen zu überprüfen. Er zeigte ihnen – auf einer mit Hand gezeichneten Karte –, wo sich die Stellungen befanden: auf der anderen Seite des Hügels mit Blick auf den Fluss und folglich sichtbar für den Feind.

»Hier geht es für Sie nicht weiter, Jeanette«, sagte McCoy. »Wenn nötig, lasse ich Sie fesseln.«

»Wohin gehen Sie?«, wollte sie wissen.

»Zimmerman und ich gehen über den Hügel zu den Stellungen, den Schützenlöchern. Wir versuchen, einen Gefangenen zu machen. Vielleicht zwei.«

* Der militärische Kamm eines Hügels befindet sich kurz unterhalb des eigentlichen Hügelkamms und ist deshalb nicht unter feindlicher Beobachtung.

»Und ich darf nicht zuschauen?«, fragte sie ärgerlich und enttäuscht.

»Gleich dort oben ist ein FO OP (Fordward Observer's Observation Post; Beobachtungsposten)«, sagte der First Sergeant entgegenkommend. »Er ist mit Sandsäcken geschützt. Sie könnten von dort aus beobachten. Die Männer haben Feldstecher.«

»Und Sie würden die Lady begleiten, richtig?«, fragte Major Allman mit einem Lächeln.

»Jawohl, Sir.«

»Ich bin dagegen, Jeanette«, sagte McCoy. »Woher soll ich wissen, dass Sie dort bleiben werden?«

»Ich werde bleiben«, sagte sie.

»Ich werde sicherstellen, dass sie den OP nicht verlässt«, sagte Major Allman und fügte hinzu: »Es sei denn, Sie hätten lieber, dass ich mit Ihnen zu den Außenposten gehe.«

»Das halte ich nicht für nötig, Sir«, sagte McCoy. »Danke.«

McCoy und Zimmerman brauchten weitere fünf Minuten, um an dem militärischen Kamm des Hügels vorbei zu klettern und dann auf der anderen Seite im Zickzack hinunterzurennen, bis sie ein offensichtlich frisch ausgehobenes, mit Sandsäcken verstärktes Schützenloch erreichten.

Es enthielt zwei Mann, die ein luftgekühltes Browning-MG Kaliber .30 auf einem Dreibein bemannten. In dem Loch befanden sich ein halbes Dutzend Dosen Munition, und ein halbes Dutzend Handgranaten – noch gesichert – waren ordentlich auf den Sandsäcken aufgereiht.

Der Sergeant und PFC am Maschinengewehr waren überrascht, als plötzlich zwei Offiziere zu ihnen kamen, und sogar noch überraschter, als sie das Emblem des Marine-Corps auf Zimmermans Feldjacke sahen.

McCoy blickte den Hügel hinauf zum Beobachtungsposten und entdeckte ihn leicht – seine braunen Sandsäcke hoben sich von der Vegetation ab –, was bedeutete, dass auch der Feind ihn sehen konnte.

Er wandte sich an den Sergeant, der bis jetzt weder ein Wort gesagt noch gegrüßt hatte.

»Sergeant, man hat mir erzählt, dass Nordkoreaner versuchen, durch den Fluss zu waten.«

Der Sergeant wies über Zimmermans Schulter. McCoy und Zimmerman folgten seiner Blickrichtung. Zimmerman griff in eine der tiefen Taschen seines Feldanzugs und zog einen Feldstecher heraus.

In einer Entfernung, die McCoy auf vierhundertfünfzig bis fünfhundert Meter schätzte, watete ein halbes Dutzend Männer durch den Fluss Kum. Als Zimmerman durch den Feldstecher geblickt hatte und ihn an McCoy weitergab, sah McCoy, dass die Nordkoreaner ihre Waffen und Packen über die Köpfe hielten.

Er gab Zimmerman den Feldstecher zurück.

»Sergeant, haben Sie den Befehl, nicht zu schießen?«, fragte McCoy.

»Wir haben keinen übermäßigen Vorrat an Munition«, sagte der Sergeant und wies auf die Munitionsdosen. »Ich wollte das Wenige für später sparen.«

»Und Ihr Gewehr?«, fragte McCoy und wies auf ein M-1 Garand, das neben einem Karabiner Kaliber .30 an den Sandsäcken lehnte.

»Auf diese Distanz kann man sie nicht mit einem Gewehr treffen, Sir«, sagte der Sergeant.

Zimmermann sah den Sergeant ungläubig an und öffnete den Mund. McCoy hob die Hand, bevor er etwas sagen konnte.

»Sergeant«, sagte McCoy in freundlichem Tonfall, »als ich eine Abteilung mit luftgekühlten Browning-MGs Kaliber .30 leitete, lernten wir, das Gewehr einzusetzen, wenn man nicht mit einem MG treffen kann. Es ist die gleiche Patrone.«

Der Sergeant zuckte mit den Schultern.

Zimmerman forderte McCoy mit einer Geste auf, ihm sein Garand zu geben, und McCoy reichte sie ihm.

Der Sergeant und der PFC waren jetzt fasziniert.

»Wie ist es eingestellt?«, fragte Zimmerman.

»Zweihundert«, erwiderte McCoy.

»Bist du sicher? Ich hasse es, am Visier herumzufummeln.«

»Gib es mir, Ernie«, befahl McCoy. »Du sagst mir das Ziel an.«

Zimmerman zuckte mit den Schultern und gab McCoy das Garand zurück.

McCoy ging zu den Sandsäcken, versuchte eine sitzende Position, stellte fest, dass er so zu niedrig zum Feuern war, und nahm eine kniende Haltung ein.

Dann griff er hinauf und schob zwei Handgranaten aus dem Weg.

»Sergeant«, sagte er. »Wenn Sie meinen, Sie werden diese Granaten in aller Eile brauchen, wäre es eine gute Idee, das Klebeband jetzt von den Sicherungsstiften zu entfernen.«

Der Sergeant sah ihn einen Moment stumm an und murmelte dann: »Jawohl, Sir.«

McCoy schlug mit dem Lauf des Gewehrs auf den Sandsack, bis eine Mulde geschaffen war, die er als passende Auflage betrachtete. Dann löste er mit schnellen, sicheren Bewegungen, geboren aus langer Übung, den Lederriemen vom Kolben des Garand, richtete die Messinghaken und schlang den Riemen um seinen Arm.

Der Sergeant und der PFC schauten gebannt zu.

McCoy legte das Gewehr an und blickte durchs Visier, dann schaute er zu Zimmerman auf, der nickte und den Feldstecher an die Augen hielt.

McCoy zielte und gab einen Schuss ab, und dann – als wären sie auf einen Schießstand mit bekannter Distanz und feuerten auf Zielscheiben – blickte er zu Zimmerman, dem Trainer auf, um zu hören, wie er war.

»Du hast den einen, der am nächsten beim Ufer stand, erwischt«, meldete Zimmerman.

»Ich habe dreißig Zentimeter über seinen Kopf gehalten«, sagte McCoy und griff dann in die Tasche seines Feldanzugs, um einen Garand-Ladestreifen mit acht Patronen herauszuziehen. Er legte ihn auf die Sandsäcke neben die Handgranaten und nahm seine Schussposition wieder ein.

In der nächsten Minute feuerte er die sieben in dem Garand verbliebenen Patronen ab. Der leere Ladestreifen flog im Bogen aus dem offenen Verschluss. Bevor er auf dem Boden landete, griff er nach dem Ersatz-Ladestreifen. Nachdem er sich vergewisserte, dass das Garand mit dem neuen Ladestreifen schussbereit war, ging er schnell wieder in Schussposition.

»Sie sind geflüchtet, Ken«, sagte Zimmerman. »Auf *ihre* Seite des Flusses. Du hast drei von ihnen erwischt, vielleicht vier.«

»Jesus!«, stieß der Sergeant hervor.

»Und im Marine-Corps wird der Captain nur als leidlicher Schütze betrachtet«, sagte Zimmerman im Brustton der Überzeugung.

»Und im Marine-Corps steht Master Gunner Zimmerman in dem Ruf, so gut wie jeder andere mit dem Garand zu sein«, sagte McCoy. »Und *das* ist kein Blödsinn.«

Er wies auf das Garand-Gewehr des PFC.

»Ist das eingestellt?«

»Wir hatten Gelegenheit, ein paar Ladestreifen zu feuern, bevor wir nach Japan aufbrachen, Sir.«

»Mr Zimmerman wird jetzt, Sergeant, einen Blick auf das Garand werfen und Ihnen dann helfen – wenn die Lichtverhältnisse bleiben – es auf zweihundert Meter einzustellen.«

»Jesus«, sagte der PFC. »Vielen Dank.«

»Und dann, wenn es stockdunkel ist, Ernie, werden wir beide nach unten zum Flussufer gehen und zu sehen, ob wir einen Gefangenen machen können.«

Zimmerman nickte nur.

6

Headquarters 19. Infanterieregiment
24. Infanteriedivision
Kongju, Südkorea

16. Juli 1950, 3 Uhr

»Beschuss!«, rief einer der Sergeants der Abteilung G-3 aufgeregt.

Ziemlich überflüssig, denn jeder Anwesende hatte das Geräusch gehört, das ein Artilleriegeschoss während des Fluges verursacht. Der Einschlag, etwa hundert Meter entfernt, kam einen Moment später.

»Sieht aus, als würden Sie am Leben bleiben, Major«, sagte Zimmerman zu ihrem nordkoreanischen Gefangenen. »Ich hatte mir schon Sorgen um Sie gemacht.«

»Es wird mehr Artilleriefeuer geben, viel mehr«, sagte der koreanische Major.

McCoy dachte: *War das eine Zusatzinformation, oder hofft er, dass sie uns mit dem nächsten Feuer treffen?*

Und dann ging ihm durch den Kopf: *Würde ich so auspacken wie er? Oder Zimmerman? Es gibt zwei Seiten von dieser Sag-dem–Feind-nichts-Sache. Was hat es für einen Sinn, zu sterben, wenn es nichts verändert?*

Seine Gedanken wurden von weiteren Artillerie-Einschlägen unterbrochen.

Von vielen Einschlägen. Zwischen den Explosionen der Geschosse konnten sie das Donnern von Artillerie hören – von viel Artillerie.

Sehr wenig scheint auf uns hier im Regiments-Hauptquartier gerichtet zu sein, vermutlich mehr auf Positionen an der Front.

Sie wissen, wo die Stellungen sind. Die ganze Nacht über haben sie Männer über den Fluss infiltriert. Und einige sind gewiss wieder mit Karten zurückgekehrt, auf der die Position von jedem verdammten Schützenloch und jeder MG-Stellung verzeichnet ist.

Und einige sind geblieben und leiten, versteckt in der Dunkelheit, das Feuer.

Wenn es Gegenfeuer gibt, so höre ich es nicht.

Das 19. Regiment wird nicht in der Lage sein, viel gegen diesen Angriff zu unternehmen, wenn dieser Sergeant und PFC typisch für die Leute sind, die sie haben. Sie wissen nicht, was sie tun sollen, und wenn man nicht weiß, was man tun soll oder was geschehen wird, gerät man leicht in Panik.

Die wahre Frage ist, wie bald wird das geschehen? Jetzt wäre es Selbstmord, zu versuchen, von hier wegzufahren. Vielleicht wird es beim ersten Tageslicht anders sein. Vielleicht führen die Koreaner dann den Hauptangriff durch, und das bedeutet, dass sie wahrscheinlich das Artillerie-Sperrfeuer einstellen. Dann hätten wir eine Chance.

Er blickte zu Miss Jeanette Priestly von der *Chicago Tribune*, die neben Major Allman auf dem Boden hockte, den Rücken an die Wand gelehnt.

Und wenn wir hier rauskommen können, was machen wir mit dir?

Hartes Mädchen. Wenn sie anfängt, hysterisch zu werden – wie es mir immer zumute ist, wenn Artillerie auf mich feuert – so ist ihr das nicht anzusehen.

Wenn wir überrannt werden, setzte ich dann mein Vertrauen auf die

Humanität der Armee der Demokratischen Volksrepublik von Nordkorea und lasse zu, dass sie gefangen genommen wird?

Möglich, dass ein Offizier vielleicht den Propagandawert einer gefangenen weiblichen – der einzigen weiblichen – amerikanischen Kriegsberichterstatterin erkennen und sie gut behandelt wird, damit sie zur Schau gestellt werden kann.

Aber wahrscheinlicher ist, dass sie auf der Stelle von der Einheit, die herkommt, vergewaltigt wird, und wenn sie das überlebt, zu einer größeren Einheit, vielleicht einem Bataillon, gebracht werden wird, wo sie von neuem immer wieder vergewaltigt wird.

Vielleicht hat sie Glück und kommt um, bevor die Truppen tatsächlich eintreffen.

Und wenn das nicht geschieht, tue ich dann das Gnädige?

Wenn die Apachen einen Wagentreck angriffen, sparten die Siedler immer die letzten paar Patronen, um das Gnädige für die Frauen zu tun.

Und das ist ungefähr das Gleiche, was wir hier haben, die Apachen greifen die guten Jungs an, die in Unterzahl sind. Und die Kavallerie erscheint nicht plötzlich im Galopp mit fliegenden Fahnen und Trompetengeschmetter, um uns zu retten.

Oh, Scheiße!

Du hättest sie am Straßenrand zurücklassen sollen, wie Zimmerman vorgeschlagen hat. Warum, zur Hölle, hast du das nicht getan?

Unfreundlicher Gedanke: Wenn ich nicht den edlen Ritter für dich spielen müsste, könnten Ernie und ich zu Fuß von hier verschwinden.

Er kramte in seinem Packen und fand eine seiner letzten vier Zigarren.

Zimmerman sah ihn an, sagte jedoch nichts.

McCoy griff in seinen linken Ärmel und zog einen Dolch heraus.

Jeanette Priestly bemerkte das und wandte ihre Aufmerksamkeit von Major Allman auf McCoy und seinen Dolch.

McCoy lege die Zigarre sorgfältig auf das Sperrholz eines Klappschreibtischs und zerhackte sie mit dem Dolch. Eine Hälfte fiel zu Boden.

Die andere Hälfte warf er Zimmerman zu.

»Nächstes Mal bringst du deine eigenen mit«, sagte er.

»Aye, aye, Sir.«

McCoy hob die andere Zigarrenhälfte auf, schob den Dolch in

seine Scheide, zog den Jackenärmel darüber, holte Zündhölzer hervor und zündete seine Zigarre an.

»Was ist das für ein Messer?«, fragte Jeanette Priestly.

McCoy ignorierte sie.

»Ich glaube, so eins habe ich noch nie gesehen«, sagte Jeanette Priestly.

»Es ist kein Messer, sondern ein Dolch«, erklärte Zimmerman. »Es ist ein Fairbairn.«

»Das sagt mir auch nichts«, sagte sie und lächelte Zimmerman strahlend an.

»Er wurde von einem Engländer namens Fairbairn erfunden«, fuhr Zimmerman fort. »Als er Polizeichef in Schanghai war. Er war ein höllisch guter Messerkämpfer.«

Warum, zum Teufel, ist er so geschwätzig?, dachte McCoy.

Oh, er mag sie. Er empfindet Sympathie für sie, anstatt scharf auf sie zu sein. Ihm imponiert, dass sie eine harte Frau ist.

»Aber es ist so klein«, meinte Jeanette. »Ist es wirklich … eine … *tödliche* Waffe?«

»Ha!« Zimmerman schnaubte. »Und ob sie tödlich ist. Drei Itaker-Marines griffen ihn mal in Schanghai an. Zwei davon schaltete er mit diesem Dolch aus. Deshalb nennt man ihn den ›Killer‹.«

»Halt dein verdammtes Maul, Zimmerman«, sagte McCoy in eisigem Zorn.

Zimmerman wirkte betroffen, als sei ihm plötzlich klar geworden, was er gesagt hatte.

»Man nennt ihn ›Killer‹?«, setzte Jeanette schonungslos nach.

»Und Sie auch, gottverdammt!«, fuhr McCoy sie an. »Halten Sie einfach die Klappe!«

Ihre Augenbrauen ruckten hoch, doch sie sagte nichts mehr.

Das Artillerie- und Mörser-Sperrfeuer dauerte ungefähr eine Stunde, doch schon zuvor gab es Meldungen von den Außenposten, dass sich eine große Zahl Nordkoreaner durch den Kum-Fluss näherte.

Als das Artilleriesperrfeuer nachließ und Major Allman und andere versuchten, das Bataillon und die Befehlsstände der Kompanien anzurufen, gab es in vielen Fällen keine Antwort.

Major Allman, der McCoys Blick auf sich spürte, als er dreimal hintereinander keine Verbindung bekam, sagte: »Ich nehme an, die Artillerie hat viele Leitungen unterbrochen.«

»Jawohl, Sir«, sagte McCoy. Und er dachte: *Oder die Außenposten, die Züge und vielleicht sogar die Kompanien sind überrannt worden.*

McCoy verließ den Gefechtsstand. Es war stockfinster. Er hörte das Krachen von Handfeuerwaffen.

Er kehrte in den Gefechtsstand zurück.

»Fahren wir!«, befahl er.

»Sie haben doch gesagt, wir können nicht vor dem ersten Tageslicht hier weg«, sagte Jeanette.

»Wenn Sie bleiben wollen, tun Sie das«, erwiderte McCoy und wandte sich dem nordkoreanischen Major zu.

»Gehen wir, Major«, sagte er auf Russisch.

Der Major stand auf.

»Wenn Sie zu flüchten versuchen, werden Sie sterben«, fügte McCoy hinzu. »Ihre Leute sind noch nicht hier.«

Die Fahrt mit abgedunkelten Scheinwerfern bis zum Hauptquartier der 24. Division dauerte eine Dreiviertelstunde, und als sich McCoy erkundigte, wo der Kommandeur der Militärpolizei war, damit er den Gefangenen der Militärpolizei übergeben und sicherstellen konnte, dass er als Offizier behandelt wurde, sagte man ihm, dass der Kommandeur der Militärpolizei mit der 21. Infanterie in den Dienst gepresst worden war und die Militärpolizisten die Schützen der 21. Division hatten ersetzen müssen.

McCoy nahm den nordkoreanischen Major mit und fuhr zum Hauptquartier der 8. Armee in Taegu. Dort gab es ein Kriegsgefangenenlager, und er konnte den Gefangenen loswerden.

Sie grüßten sich. Dann hielt der Major ihm die Hand hin. Nach einem Moment Zögern ergriff McCoy die Hand, drückte sie und wünschte ihm alles Gute.

Trotz der Dai-Ichi-Befehle erreichte er beim Fernmeldeoffizier der 8. Armee nicht mehr, als er bei dem Offizier der Fahrbereitschaft des Hauptquartiers der 8. Armee bei seiner Ankunft in Korea erreicht hatte.

»Captain, mich juckt es nicht, ob Sie Befehle von General MacArthur persönlich haben, ich habe Operational-Immediate-Botschaften, die ich vor Stunden hätte abschicken sollen, und ich werde sie nicht weiter verzögern, damit Sie Ihren Bericht abschicken können.«

Und abermals kehrte McCoy in den Jeep zurück.

»Pusan«, sagte er zu Zimmerman. »K-1 Flugplatz. Hier ist die Kommunikationszentrale überlastet.«

»Ich muss Berichte schicken«, protestierte Jeanette empört.

»Ich sollte Sie vermutlich ermuntern zu warten, bis die Kommunikation wieder läuft«, sagte McCoy. »Aber nach dem, was ich von dem Fernmeldeoffizier hörte, wird das nicht so bald sein. Wenn Sie so in Eile sind, um etwas rauszuschicken …«

»›In Eile‹ ist eine starke Untertreibung«, sagte Jeanette.

»… dann schlage ich vor, dass Sie mit uns nach Tokio zurückkehren.«

Jeanette dachte nur kurz darüber nach.

»Okay«, sagte sie. »Tokio. Ich brauche ohnehin ein heißes Bad.«

Sie flogen am nächsten Morgen an Bord einer Douglas C-54 der Air Force vom Flugplatz K-1, außerhalb von Pusan.

Nach dem Start nahm McCoy sein Notizbuch heraus und notierte die Zeit.

Dann rechnete er.

Er und Zimmerman waren am 15. kurz nach Mitternacht gelandet, und sie verließen Korea achtundvierzig Stunden später.

Aber zwei Tage haben gereicht. Ich habe genug gesehen, um zu wissen, dass die 8. Armee wirklich in Schwulitäten ist, und wenn nicht bald etwas geschieht, wird sie bei Pusan ins Meer geworfen werden.

IX

1

U.S. Navy/Marine-Corps Ausbildungszentrum der Reserve
St. Louis, Missouri

21. Juli 1950, 10 Uhr 25

Captain George F. Hart, USMCR, Kompaniechef der B-Kompanie der 55. Division USMC Reserve, versteckte sich mehr oder weniger in seinem Büro, als First Lieutenant Paul T. Peterson, USMC, der Inspekteur/Ausbilder der Baker Company, mit einem Exemplar der Zeitung *St. Louis Post-Dispatch* hereinkam.

»Ich dachte mir, diesen Artikel würden Sie gern sehen, Sir«, sagte er. Anscheinend sind die Dinge dort drüben ziemlich schlimm.«

»Danke«, sagte Hart.

Mit ›dort drüben‹ meinte Peterson offenbar Korea.

Es lag auf der Hand, dass ›die Dinge dort drüben ziemlich schlimm‹ waren, denn sonst wäre die B-Kompanie der 55. Marine-Division nicht zu einem ›unbegrenzten Zeitraum‹ in aktiven Dienst gerufen worden.

Der offizielle Anruf war vor ungefähr achtundvierzig Stunden gekommen.

Das Marine-Corps hatte Captain Hart, USMCR, im Büro des stellvertretenden Chefs der Polizei von St. Louis erreicht, mit dem er über einen besonders hässlichen Mord an einer Prostituierten im Teeniealter gesprochen hatte, deren verstümmelte Leiche im Fluss geschwommen war.

Der stellvertretende Polizeichef hatte den Anruf entgegengenommen und Hart dann den Hörer hingehalten. »Für Sie, George.«

Hart hatte sich mit den Worten gemeldet: »Dies sollte verdammt ziemlich wichtig sein!«

Sein Anrufer lachte.

»Nun, das Marine-Corps hält es für verdammt wichtig, Captain. Hier spricht Colonel Bartlett, Abteilung G-1 Headquarters, Marine-Corps.«

»Ja, Sir?«

Der stellvertretende Polizeichef sah Hart mit unverhohlener Neugier an.

»Dies ist Ihre offizielle Benachrichtigung, Captain«, sagte Colonel Bartlett. »Die Baker Company, 55. Division, USMC Reserve, ist in aktiven Dienst einberufen, und zwar für einen unbegrenzten Zeitraum mit Beginn heute um 0001 Uhr. Sie und Ihre Männer haben den Befehl, sich bei Ihrer Reserve-Ausbildungseinheit binnen vierundzwanzig Stunden zu melden und auf aktiven Dienst vorzubereiten. Irgendwelche Fragen?«

»Nein, Sir.«

»Ich habe ein paar an Sie. Inoffiziell. Was wird Ihr geschätzter Prozentsatz an Offizieren und Männern sein, der sich tatsächlich binnen vierundzwanzig Stunden melden wird?«

»Alle meine Offiziere, Sir, und vermutlich fünfundneunzig Prozent oder mehr der Männer.«

»Und der Prozentsatz, zuerst die Offiziere, ist darauf vorbereitet, der Verpflichtung nachzukommen?«

»Alle, Sir.«

»Und die Männer?«

»Ich habe vierzehn Jungs, die noch durch die Grundausbildung müssen, Sir. Mit dieser Ausnahme …«

»Und Ihre Ausrüstung?«

»Nun, Sir, ich habe einige Dinge, die ersetzt werden müssen, aber im Allgemeinen ist unsere Ausrüstung in gutem Zustand.«

»Einschließlich Waffen?«

»Persönliche und ausgegebene Waffen sind tadellos in Schuss, Sir. Wir haben jeden – einschließlich der Jungs, die noch nicht im Ausbildungslager waren – im jährlichen Qualifizierungskurs überprüft, der letzte Woche beendet wurde.«

»Tatsächlich?«, fragte Colonel Bartlett offenkundig überrascht. »Ich habe gar nicht gewusst, dass Sie auch einen Schießplatz haben.«

»Die Polizei hat uns ihren zur Verfügung gestellt, Sir.«

»Dann sind Sie wirklich bereit, nicht wahr?«, erkundigte sich Colonel Bartlett rhetorisch, als sei er erstaunt, erfreut oder beides.

»Jawohl, Sir.«

»Wenn es nötig wäre, könnten Sie bald ausrücken?«

»Ich hätte gern zweiundsiebzig Stunden, Sir, aber wir könnten in achtundvierzig aufbrechen.«

»Sind Sie sicher?«

»Jawohl, Sir. Sir, darf ich fragen, wohin es geht?«

»Das ist noch nicht entschieden, Captain, aber ich bin mir ziemlich sicher, dass Sie entweder nach Camp Lejeune oder nach Camp Pendleton befohlen werden. Dort wird es eine offizielle Bestätigung Ihrer Mobilisierung per Western Union geben. Und sobald entschieden ist, wohin Sie gehen, werden Sie per Telefon benachrichtigt, und die Bestätigung per Western Union wird folgen. Irgendwelche weiteren Fragen?«

»Nein, Sir.«

»Guten Morgen, Captain Hart.«

»Guten Morgen, Sir.«

Hart legte den Hörer auf und sah den stellvertretenden Polizeichef an.

»Sind Sie mobilisiert worden?«, fragte der Deputy Commissioner.

»Seit Mitternacht«, erwiderte Hart. »Sieht aus, als wäre ich wieder im Marine-Corps.«

»Sie müssen gleich weg? Und was sollen wir hiermit machen?« Er wies auf die Akte des Mordfalles.

Hart zuckte mit den Schultern.

»Ich bin jetzt im Marine-Corps, Commissioner«, sagte er. »Das bedeutet, dass ich von hier aus geradewegs zum Ausbildungszentrum der Reserve fahren muss.«

»Ich dachte, man gibt Ihnen ein paar Wochen, um Ihre persönlichen Dinge zu regeln«, meinte der Deputy Commissioner.

»Das dachte ich nicht«, sagte Hart. »Ich dachte, wenn man uns anruft, dann einen Tag vor dem Abmarsch.«

Er blickte auf die Akte, auf das grauenhafte Foto des Mordopfers und tippte auf die Aufnahme.

»Mein Bauchgefühl sagt mir, das hat ein kranker Triebtäter getan, kein Zuhälter. Wenn er sich damit seinen Kitzel verschafft, wird er es wieder tun. Ich schlage vor, Sie stellen ein Team vom Sittendezernat zusammen, das den Kranken sucht. Wenn ich nicht hier bin, sollten Sie das Team Fred Mayer unterstellen, denn er ist ein Captain, und Teddy, der vermutlich meinen Job übernehmen wird, ist nur ein Lieutenant. Aber Fred ist ein Cop der Sitte …«

»Ich werde das Kommando Teddy geben«, sagte der Deputy Commissioner. »Mayer wird das verstehen.«

Den Teufel wird er tun. Er wird sauer sein und Teddy bei jedem Schritt bekämpfen, und wenn Teddy diesen Kranken schnappt, wird er versuchen, die Lorbeeren einzuheimsen.

Aber das geht mich nun wirklich nichts mehr an, nicht für einen ›unbegrenzten Zeitraum‹.

»Das würde ich empfehlen, Commissioner«, sagte Hart.

Der stellvertretende Polizeichef gab Hart die Hand.

»Mensch, wir können nicht mal mehr eine Abschiedsparty für Sie schmeißen, oder, George?«

»So sieht es aus, Commissioner.«

»Mensch, George! Passen Sie auf sich auf. Tun Sie nichts Heldenhaftes!«

»Ich werde daran denken«, sagte Hart.

Die B-Kompanie hatte ein Telefon-Rufsystem, das wie eine Pyramide oder ein Baum aufgebaut war. Wenn eine Botschaft so schnell wie möglich übermittelt werden musste, begann es an der Spitze. Hart rief drei seiner Offiziere an. Sie telefonierten ihrerseits mit drei anderen Leuten, die wieder drei andere anriefen, bis das System seinen Weg hinab durch die Dienstgrade bis zu den Privates gefunden hatte.

Das System war von demjenigen kopiert worden, das die Polizei von St. Louis anwandte, um in einem Notfall Beamte zu informieren, die außer Dienst waren.

Als Hart seinen neutralen Wagen hinter dem Ausbildungszentrum der Reserve parkte und hineinging, fragte er sich, wann er den Wagen in die Polizeigarage zurückbringen würde. Lieutenant Peterson hatte bereits das Informationssystem in Gang gesetzt und eine Liste derjenigen angefertigt, die sich nicht am Telefon gemeldet hatten.

Hart kleidete sich um, zog seinen Arbeitsanzug an und rief dann Mrs Louise Schwartz Hart an, um ihr zu sagen, dass die Kompanie mobilisiert worden war und er nicht wusste, wann er heimkommen konnte, gewiss nicht in den nächsten paar Stunden.

»O mein Gott, Schatz!«, sagte Louise.

»Wir wussten, dass es so kommen würde, Baby.«

»Ich habe gebetet, dass es nicht so kommt«, sagte Louise.

Hart wusste, dass das stimmte. Sie hatte auf ihren Knien Gott angefleht, ihren Mann nicht in den Krieg zu schicken. Das Gleiche tat sie jedes Mal, wenn er das Haus verließ, um den Dienst anzutreten. *Lieber Gott, lass George lebend heimkehren.*

Vier Stunden später rief er sie an und bat sie, ihn in der Innenstadt zu treffen. Er musste den Wagen abliefern, und das konnte er genauso gut jetzt tun.

Zu dieser Zeit hatten sich bereits viele Leute im Ausbildungszentrum eingefunden.

Peterson sagte ihm, dass er Vereinbarungen mit Kramers Cafeteria gegenüber vom Ausbildungszentrum getroffen hatte, um die Männer zu beköstigen, und fragte, ob er befehlen sollte, Pritschen für die Männer aufzustellen. Hart war dagegen.

»Ich glaube, wir werden Befehle bekommen, heute Nacht auszurücken, und selbst wenn, wird Zeit genug bleiben, um unser Telefonsystem zu nutzen und die Leute zurückzuholen. Lassen Sie den First Sergeant ihre Feldausrüstung überprüfen und schicken Sie die Männer dann mit dem Befehl nach Hause, um sechs Uhr morgen früh hier zu sein.«

»Nullsechshundert, aye, aye, Sir.«

Und dann sagte ihm Peterson, dass er die Redaktion der Zeitung *Post-Dispatch* angerufen und sie über die Mobilisierung der Baker Company informiert hatte. Man hatte wissen wollen, welche Zeit passend war, um einen Reporter und einen Fotografen zu schicken.

»Morgen früh um neun Uhr.«

»Nullneunhundert, aye, aye, Sir.«

Als Louise ihn im Dodge bei der Polizeigarage in der Innenstadt traf, war sie fein angezogen und bemühte sich, unbeschwert und fröhlich zu sein, was es noch schlimmer machte.

»Kannst du mit uns zu Abend essen?«

»Klar«, sagte er. »Aber ich werde die Nacht im Ausbildungszentrum verbringen müssen.«

Beim Abendessen mit Louise und den Kindern – sie machte Schweinebraten mit gebackenen Kartoffeln, denn sie wusste, dass dies eines seiner Lieblingsgerichte war – sagte er sich, dass die Nacht im Ausbildungszentrum zum Teufel gehen konnte. Er würde seine letzte Nacht im eigenen Bett mit seiner Frau verbringen. Wenn etwas los sein sollte, konnte man ihn anrufen.

Peterson rief ihn um zwei Uhr morgens an, um zu melden, dass er soeben einen Anruf bekommen hatte.

Fünf Waggons waren an den ›Texan‹, den Zug zwischen Chicago und Dallas, angekoppelt worden, der um 17 Uhr 25 an diesem Nachmittag eintreffen würde. Einer der Waggons war ein Frachtwagen. Zwei waren Schlafwagen und die anderen Personenwagen. Es konnte sein, war aber noch fraglich, dass zwei zusätzliche Schlafwagen in Dallas aufgetrieben werden konnten, wo alle Waggons an einen Zug nach Camp Joseph Pendleton angekoppelt werden würden. Frachtwagen waren zu diesem Zeitpunkt nicht verfügbar, und die Jeeps und Trucks der B-Kompanie würden zurückbleiben müssen.

Da ferner nicht sicher war, ob der Speisewagen des Zuges unerwartete zusätzliche zweihundertdreiunddreißig Passagiere beköstigen konnte, sollte sich die B-Kompanie darauf vorbereiten, die Männer mit C- und/oder 10-in-1-Rationen zu verpflegen.

»Befehle, Sir?«, fragte Peterson.

»Als Erstes am Morgen fahren wir per Truck die Ausrüstung zur Station«, befahl Hart. »Überprüfen Sie mit dem Fahrzeug-Sergeant, ob wir wenigstens einen Jeep – je mehr desto besser – in den Gepäckwagen bekommen können.«

»Ich bezweifle, dass dies genehmigt ist, Sir.«

»Und dann fragen Sie Karl Kramer, ob er Abendessen und Frühstück zusammenlegen kann, damit wir das auch mitnehmen können.«

»Sir«, sagte Lieutenant Peterson, »man sagte, die Bestätigung unserer Befehle würde durch die Western Union folgen. Man war ziemlich genau bezüglich der Beköstigung mit C-Rationen und dem Zurücklassen der Fahrzeuge.«

»Ich nehme an, dieses Telegramm ist irgendwie in dem Trubel verloren gegangen«, sagte Hart. »Sie sind schon in Pendleton gewesen. Möchten Sie dort lange herumwandern?«

»Nein, Sir.«

»Setzen Sie das Informationssystem um vier Uhr dreißig in Gang. Ich will, dass jeder um sechs Uhr im Zentrum ist.«

»Aye, aye, Sir.«

»Ich werde gegen fünf Uhr dort sein«, sagte Hart.

»Jawohl, Sir.«

»Sie können sich entspannen, Paul«, sagte Hart. »Ich werde das mit den Jeeps und den Lunchpaketen auf meine Kappe nehmen.«

Er legte den Hörer auf und schaute Louise an.

»Liebling«, sagte er. »Ich möchte mich lieber hier verabschieden, statt im Ausbildungszentrum. Dort werde ich ziemlich beschäftigt sein. Wenn ich's mir recht überlege, hat es wirklich keinen Sinn, dass du mich dorthin fährst. Ich rufe die Fahrbereitschaft im Präsidium an und lasse mich von einem Streifenwagen abholen und zum Zentrum bringen.«

Sie nickte stumm.

Als er um fünf Minuten nach fünf im Navy/Marine-Corps Reserve Ausbildungszentrum eintraf, überraschte ihn, dass ein Stabswagen der Navy draußen parkte und ein Major des Marine-Corps, den er nie zuvor gesehen hatte, ihn im großem Dienstanzug erwartete. Der Major wurde von zwei Fotografen begleitet, einer vom Marine-Corps, der andere von der Navy.

Der Major sagte, sie seien über Nacht von Chicago aus gefahren, wo er für das Marine-Corps verantwortlich für die Rekrutierung im ›Fünf-Staaten-Gebiet‹ sei.

Hart hatte keine Ahnung, was das bedeutete.

Der Major erklärte, sie unterstützten die Presse bei ihrer Berichterstattung über den Abmarsch der B-Kompanie in aktiven Dienst und nutzten es ebenso für Rekrutierungszwecke. Er habe bereits mit dem Bürgermeister und anderen örtlichen Würdenträgern arrangiert, in der Union Station zu sein, wenn die B-Kompanie dort aufmarschierte, um in den Zug zu steigen.

Hart sagte nichts dazu, weil es ihm die Sprache verschlagen hatte.

Seine erste Reaktion war, dass der ganze PR-Rummel Blödsinn war und er damit keine Zeit verplempern konnte.

Aber er war Captain, und Captains tun, was Majors wünschen.

Nach dem Frühstück hatte er sich an die Fotografiererei und die Parade auf dem Bahnhof gewöhnt. Den Männern schien die Aufmerksamkeit zu gefallen, und sie schadete ihm wirklich nicht.

Als er von Kramers Cafeteria zurückkehrte, sah er, dass die Männer und drei seiner Offiziere, mit Frauen, Müttern, Kindern, Cousins und vier ziemlich spektakulären Freundinnen eingetroffen waren. Er hatte versäumt, sie offiziell zu ›entmutigen‹, den Anhang mitzubringen.

Eine Reihe von Dingen waren falsch, angefangen von der Anwesenheit von Zivilisten – eine Störung bei der Arbeit, die vor dem Aufbruch erledigt werden musste – bis zu dem Umstand, dass die meisten der Frauen, Mütter, Kinder, Cousins und zwei der spektakulären Freundinnen wünschten, ›den Skipper‹ kennen zu lernen.

Plus natürlich die Tatsache, dass er Louise überredet hatte, zu Hause zu bleiben. Sie würde bestimmt erfahren, dass die Familien im Zentrum gewesen waren. Wenn nicht auf andere Weise, dann durch die Zeitung *St. Louis Post-Dispatch*, deren Fotografen ziemlich großes Interesse an den spektakulären Freundinnen zeigten.

Schließlich sagte er sich, was soll's. Er rief Louise an und forderte sie auf, zum Zentrum zu kommen, und wenn sie schon dabei war, die Kinder aus der Schule zu holen und mitzubringen.

»Oh, in Ordnung«, sagte Louise, »aber ich muss Teddy zurückrufen und ihm sagen, dass er uns nicht hier abholt.«

Lieutenant Theodosus Korakulous, jetzt amtierender Chef der Mordkommission, hatte Louise angerufen und ihr angeboten, sie und die Kinder zur Union Station zu bringen.

»Wenn Sie bei mir sind«, hatte er Louise erklärt, »kommen wir durch die Sperren. Das Verkehrsdezernat hat mir gesagt, dass anscheinend viele Leute dort sein werden.«

Hart hatte nicht zurück in den Hauptraum gehen und sich

bemühen wollen, zuversichtlich eine weitere Frau/Mutter/spektakuläre Freundin anzulächeln und ihr zu versichern, dass er sich gut um die Familie Marine-Corps kümmern würde, die jetzt in den Krieg zog.

Er war nicht sicher, ob er das schaffen konnte. Er war Captain des Marine-Corps, das hatte er sich mindestens ein Dutzend Mal an diesem Morgen gesagt, aber er wusste in Wirklichkeit absolut nichts über die Aufgabe des Chefs einer Infanteriekompanie des Marine-Corps.

So hatte er sich mehr oder weniger in seinem Büro versteckt, als Lieutenant Paul Peterson hereingekommen war, um ihn einen Zeitungsartikel zu zeigen, den er seiner Meinung nach sehen sollte.

DIE MARINES KOMMEN!!!
ABER RECHTZEITIG???

Taejon, Korea, 16. Juli

Die Eighth United States Army stellte dieser Korrespondentin einen Jeep zur Verfügung, um über den Krieg zu berichten. Zwei Marines, die ihn ihrer Meinung nach mehr brauchten, nahmen ihn mir ab. Binnen Stunden, an der Front des 34. und 19. Infanterieregiments der bombardierten und sich zurückziehenden 24. Division, war ich froh darüber.

Als Marine Captain Kenneth R. McCoy und Marine Master Gunner Ernest W. Zimmerman meinen Jeep requirierten, sagten sie mir unverblümt, dass dies kein Platz für eine Frau sei, und nur mit größtem Widerstreben stimmten sie zu, mich zu ihrem Ziel mitzunehmen. Ihre einzige Alternative sei, mich am Straßenrand zurückzulassen. Der Ehrenkodex des Marine-Corps, niemals seine Toten oder Verwundeten sich selbst zu überlassen, wurde in diesem Fall erweitert, um eine Kriegsberichterstatterin einzuschließen.

Sie fuhren zu den Fronten dieses Krieges mit der Mission, sich ein Bild zu verschaffen, wie die Eighth U.S. Army und besonders die 24. Division mit der nordkoreanischen Invasion fertig wird.

Das Marine-Corps schickte zwei Experten zu dieser Ermittlung. Sowohl McCoy, ein schlanker, gut aussehender Offizier Ende 20, der im Marine-Corps als ›der Killer‹ bekannt ist, als auch Master Gunner Ernest W. Zimmerman, ein stämmiger, muskulöser Mann, der ein paar Jahre älter ist, dienten im Zweiten Weltkrieg bei den legendären Marine Raiders.

Was sie – und diese Korrespondentin – sahen, war nicht ermutigend. Minuten nach unserer Ankunft beim Befehlsstand des 34. Infanterieregiments, erfuhren wir, dass in den vorausgegangenen 48 Stunden das 21. Infanterieregiment, eines der beiden anderen Regimenter, das mit Unterstützungs-Einheiten die 24. Division bildet, im Gefechtseinsatz über die Hälfte seiner Stärke verloren hatte.

Schlimmer noch, sein Zerfall und Rückzug angesichts des nordkoreanischen Ansturms war so schnell und komplett gewesen, dass der Feind das 65. Feldartilleriebataillon, das seine Unterstützung gewesen war, hatte überrennen können. Fast tausend Offiziere und Männer, ihre Geschütze und eine große Menge an Munition fielen in die Hände der Nordkoreaner.

Im Gefechtsposten des 34. Infanterieregiments befanden sich drei nordkoreanische Gefangene. Eine amerikanische Patrouille hatte sie auf einer Erkundungsmission gefangen genommen. Sie waren noch nicht verhört worden, weil niemand im 34. Infanterieregiment Koreanisch sprach und Anrufe ans Hauptquartier der Division, die Gefangenen abzuholen, unbeantwortet geblieben waren.

McCoy und Zimmerman – beide sprechen Koreanisch – fanden nicht nur heraus, dass einer der drei Gefangenen, der die Uniform eines Private trug, in Wirklichkeit ein Offizier war, sondern entlockten ihm Information über die Absichten des Feindes an diesem restlichen Tag, einschließlich über die Einheiten, die den Angriff durchführen würden.

Wir nahmen den nordkoreanischen Offizier mit und fuhren zum Befehlsstand des 19. Infanterieregiments, wo der Angriff am nächsten Morgen um drei Uhr stattfinden sollte. McCoy und Zimmerman gingen zu den äußersten Vorposten, um festzustellen, ob sie einen oder mehrere andere Nordkoreaner gefangen nehmen konnten.

Diese Korrespondentin wurde von einem Major zu einen Artillerie-Beobachtungsposten gebracht, der mir androhte, mich fesseln zu lassen, wenn ich versuchte, mich noch weiter vorzuwagen. Von dort aus konnte ich sehen, wie sich Zimmerman und McCoy zu einem MG-Außenposten vorarbeiteten. Jenseits davon war nur noch der Feind.

Durch ein starkes Fernglas auf einem Dreibein konnte ich deutlich ein halbes Dutzend nordkoreanische Soldaten sehen, die durch den Fluss Kum wateten. Als ich fragte, warum nicht auf den Feind geschossen wurde, erklärte der Major, man hätte offenbar entschieden, Artillerie- und MG-Munition für den erwarteten Angriff zu sparen.

»Und sie sind außer Schussweite«, fügte der Major hinzu.

In diesem Moment konnte ich durch mein Fernglas sehen, dass McCoy das Garand-Gewehr Kaliber .30, das er am Riemen über der Schulter trug, schussbereit machte. Die meisten Army-Offiziere sind selbst mit einer .45er Colt-Pistole oder dem Karabiner Kaliber .30 bewaffnet.

»Er vergeudet seine Zeit«, sagte der Major.

McCoy eröffnete das Feuer und fällte in weniger als einer Minute drei, möglicherweise vier der Nordkoreaner, und die Überlebenden flüchteten in die Sicherheit des fernen Flussufers zurück.

Dann brach die Dunkelheit herein, und der Major bestand darauf, zum Gefechtsstand des Regiments zurückzukehren. Zwei Stunden später, als McCoy und Zimmerman noch nicht aufgetaucht waren, wurde ich besorgt. Der Major sagte mir ohne viel Überzeugung, er sei sicher, dass sie wohlauf seien.

Eine Stunde später tauchten sie auf und hatten zwei nordkoreanische Gefangene bei sich.

Um drei Uhr am Morgen begann das nordkoreanische Artillerie-Sperrfeuer – die schreckliche Einleitung zu dem folgenden Angriff. Wir alle saßen auf dem Boden des Gefechtsstandes. McCoy nahm gelassen eine lange, schwarze Zigarre aus seinem Packen. Zimmerman sah sehnsüchtig auf die Zigarre. McCoy nahm einen tödlich aussehenden Dolch aus einer Scheide, die an den linken Arm geschnallt war, hackte die Zigarre in zwei Hälften und gab eine Hälfte Zimmerman.

Das Artillerie- und Mörser-Sperrfeuer dauerte eine Stunde. Das Einzige, was McCoy zu sagen hatte – eine professionelle Einschätzung –, war, »einiges von dem Beschuss klingt nach 105ern«, was bedeutete, dass die Nordkoreaner die 105mm-Haubitzen einsetzten, die sie vom 65. Feldartilleriebataillon erbeutet hatten.

Kurz danach verließ McCoy den Gefechtsstand und lauschte in der Dunkelheit auf die Geräusche des sich entwickelnden Gefechts. Er kehrte zurück, um anzukündigen, dass es für uns an der Zeit war, zu fahren.

Wir nahmen den nordkoreanischen gefangenen Offizier mit und fuhren – mit abgedunkelten Scheinwerfern – zum Hauptquartier der 24. Division zurück. McCoy erfuhr, dass er den Gefangenen nicht in einem Kriegsgefangenenlager übergeben konnte, weil keines existierte. Die Militärpolizei, die normalerweise das Lager führte, war in den Dienst gepresst worden, um Schützen zu ersetzen. Der Kommandeur der Militärpolizei war selbst als Infanterieoffizier in den Dienst gepresst worden.

Dann fuhren wir zurück zum Hauptquartier der 8. Armee in Taegu, wo McCoy endlich den nordkoreanischen Offizier der Militärpolizei übergeben konnte. Sie salutierten voreinander und schüttelten sich die Hände.

Die Kommunikationseinrichtungen im Hauptquartier der 8. Armee waren überlastet mit dringenden Botschaften nach Tokio über die Katastrophe auf der gesamten Halbinsel. McCoy erkannte, dass er seinen Bericht an seine Vorgesetzten in Tokio schneller übermitteln konnte, wenn er nach Japan flog, anstatt darauf zu warten, dass die 8. Armee Zeit finden würde, um sie zu übermitteln. So kündigte er an, dass wir nach Pusan fahren und versuchen würden, ein Flugzeug zu finden.

Es bestand keine Chance, dass die Kriegsberichte dieser Reporterin von Taejon aus übermittelt werden konnten, und so fuhr ich mit ihnen. Wir fuhren nach Pusan und flogen mit Ziel Tachikawa Air Base, außerhalb Tokios, kurz nach Mitternacht mit einer C-54 der Air Force von Korea fort.

In Tokio erfuhren wir, dass nicht nur das 9. Und 34. Infanterieregiment gezwungen gewesen waren, ›sich zu neuen Positionen weiter südlich zurückzuziehen‹, sondern auch, dass der Kommandeur der 24. Division, Major General William F. Dean, nicht mehr gesehen worden war, seit er persönlich mit einer Bazooka hinausgefahren war, um sie gegen nordkoreanische Panzer einzusetzen, und man befürchtete, dass er gefangen genommen oder gefallen war.

McCoy und Zimmerman sind von Natur aus schweigsame Männer, und sie plaudern gewiss nicht ihre Meinung über das, was sie gesehen haben, gegenüber einer Kriegsberichterstatterin aus. Aber es war überhaupt nicht schwer, während der Zeit, die wir zusammen verbracht haben, in ihren Gesichtern zu lesen. Und ihren Gesichtern war anzusehen – den persönlichen Mut der Offiziere und Männer beiseite gelassen –, dass die Eighth United States Army nicht auf diesen Krieg vorbereitet war, schreckliche Prügel bezieht und vielleicht nicht in der Lage ist, die Nordkoreaner zu stoppen.

Die Marines kommen.

Die Frage ist, werden sie rechtzeitig dort eintreffen? Und werden sie einen besseren Job machen können, als es die 8. Armee bisher vermocht hat?

»Was meinen Sie, Sir?«, fragte Lieutenant Peterson, als Hart den Artikel zu Ende gelesen hatte.

»Ich kenne die beiden Marines, mit denen sie zusammen war«, dachte Hart laut. Dann sah er Peterson an. »Ich weiß nicht, was ich denken soll, Paul.«

»Sie kennen sie, Sir?«

»Im letzten Krieg wurden Leute wie sie die alte Garde genannt«, sagte Hart. »Ich frage mich, wie man sie jetzt nennt.«

2

Büro des Senior Inspector/Instructor
El Toro Marine-Corps Air Station, Kalifornien

21. Juli 1950, 10 Uhr 25

Brigadier General Lawrence C. Taylor, USMC, der kurz vor seiner Graduierung vom U.S. Army War College am 30. Mai zum Flaggoffizier befördert worden war, hatte sich entschieden, dreißig Tage Urlaub zu nehmen, bevor er sich zum Dienst im Hauptquartier des Marine-Corps meldete.

Zum einen war das Jahr ziemlich hart gewesen und er hatte nicht viel Zeit mit seiner Familie verbringen können. Zum anderen verfiel nach den Vorschriften der Urlaub, wenn er ihn nicht binnen sechzig Tagen antrat. Und schließlich nahm er an, dass er als brandneuer Ein-Sterner im nächsten Jahr wenig Gelegenheit – wenn überhaupt welche – haben würde, Urlaub zu machen.

Sowohl er als auch seine Frau Margaret hatten schottische Wurzeln und immer gewünscht, Schottland zu besuchen, und so hatten sie darüber gesprochen und entschieden, dass sie es sich leisten konnten und dass es jetzt oder nie hieß, und waren in Urlaub nach Schottland geflogen.

Es war nicht so leicht für ihn gewesen, wie er zuerst gedacht hatte. Als dienender Offizier musste er eine Genehmigung bekommen, um das Land zu verlassen. Es waren Formulare auszufüllen, aufzulisten, wohin er wollte und warum, und die

Genehmigung kam nicht, als er sie erwartete, und er musste viel Zeit verbringen, um mit Eighth & Eye zu telefonieren, um sicherzustellen, dass er rechtzeitig die Genehmigung zum Urlaub erhalten würde.

Die Genehmigung kam zweiundsiebzig Stunden vor dem geplanten Urlaubsantritt. Sie hatten gerade noch Zeit genug, um die Kinder bei Margarets Mutter im Staat New York abzuliefern und nach New York zu fahren, um den TWA-Flug nach Schottland zu erwischen. Sie flogen mit einer Lockheed Constellation der Trans-Global Airways, was wirklich sehr schön war, und auf dem Flug sagten sie sich, dass sich all der Papierkram gelohnt hatte. Es würde eine Art zweite Flitterwochen werden.

Am 28. Juni erfuhr Taylor in einer Glasgower Zeitung von der Invasion der Nordkoreaner und schaffte es – mit erheblichen Schwierigkeiten – telefonisch nach Eighth & Eye durchzukommen und zu fragen, ob er sich zum Dienst melden sollte. Man sagte ihm, dass dies nicht nötig sein würde.

Und als er sich zum Dienst meldete, wusste man anscheinend nicht, was man mit ihm anfangen sollte. Man sagte ihm, es wäre möglicherweise ratsam ›unter den gegebenen Umständen‹ zu planen, zwei Jahre bei Eighth & Eye zu verbringen, was der ursprüngliche Plan vorsah.

General Taylor war folglich in der Lage, die Möglichkeit – eine kleine, jedoch reale – in Betracht zu ziehen, dass er im Falle eines Krieges und einer Ausweitung des Marine-Corps bei einer Division des Marine-Corps im Feld oder als Kommandant eines Stützpunkts dienen würde – in Parris Island zum Beispiel, während die dortigen Amtierenden ein Kommando im Feld übernahmen –, anstatt Papierkram an der Eighth & Eye zu erledigen.

Diese faszinierende Aussicht wurde zerstört, als er am 13. Juli zu General Cates befohlen wurde und Cates ihm eröffnete, dass er (a) am 14. einen vertraulichen Befehl an das Corps erteilen würde, die Mobilisierung vorzubereiten, und dass er (b) der Meinung sei, General Taylor könnte von größtem Nutzen für das Corps sein, indem er an der Westküste sein Bestes tat, um die Mobilisierung der Reserve des Marine-Corps zu erleichtern.

An diesem Abend nahm General Taylor ein Flugzeug nach Camp Pendleton, und Margaret und die Kinder folgten per Auto.

Die Verwendung an der Westküste war vorübergehender Dienst, was bedeutete, dass seine Möbel gelagert, anstatt nach Kalifornien transportiert werden würden.

In Camp Pendleton sagte Brigadier General Clyde W. Dawkins, der stellvertretende Kommandeur, General Taylor, dass er froh über sein Kommen sei, weil er damit rechne, dass es bei der Mobilisierung der Marine Reserve Aviation »administrative Probleme« geben würde und alles, was Taylor tun könne, um sie ›zu lösen‹ ein wirklicher Beitrag sei.

General Taylor hatte General Dawkins zuvor nicht kennen gelernt, was vermutlich daran lag, dass Dawkins die goldenen Schwingen eines Marinefliegers trug und Taylor von der Artillerie gekommen war. Er fragte sich ebenfalls insgeheim, warum Dawkins, ein Pilot, stellvertretender Kommandeur von Pendleton war, das keine Flugeinrichtung des Marine-Corps war. Die Logik schien zu diktieren, dass ein Marineflieger geeigneter sein würde, ›administrative Probleme‹ zu ›lösen‹, welche die Mobilisierung von Marinefliegern anbetraf, und dass jemand wie er, ein erfahrener Offizier der Bodentruppen, besser als der stellvertretende Kommandeur von Camp Pendleton geeignet sein würde.

General Dawkins sagte ihm, dass es vermutlich das Beste wäre, wenn er bei der El Toro Marine-Corps Air Station, nicht weit von Pendleton entfernt, ›sein Zelt aufschlagen‹ würde, anstatt in Pendleton selbst.

»In Pendleton wird es ein riesiges Feuerwerk geben, wenn die Mobilisierung anfängt«, sagte Dawkins. »Sie werden dort produktiver sein als hier. Dort gibt es einen Lieutenant Colonel – John X. O'Halloran, ein guter Mann – als Inspekteur/Ausbilder. Er weiß sein Amt und die Leute einzusetzen.«

In El Toro erhielt General Taylor ein Quartier in einem kleinen Gebäude für ranghöhere Offiziere auf Besuch, das abseits stand. Sobald er ausgepackt hatte, ging er in die kleine Stadt El Toro, um eine Unterkunft für Margaret und die Kinder zu finden. Sehr schnell stellte er fest, dass es eine gewaltige Knappheit an möblierten Mietshäusern oder Apartments in der Gegend gab und die verfügbaren Objekte dementsprechend teuer waren.

In seiner Verzweiflung mietete er ein kleines, unattraktives Apartment, das hundertfünfundzwanzig Prozent seiner Wohngeldzulage kostete und von dem Margaret und die Kids sicherlich enttäuscht sein würden. Am War College hatten sie ein wirklich schönes Quartier gehabt, und dieses Apartment war eine starke Verschlechterung.

Und dann ging er zum Dienst nach El Toro, um die Mobilisierung vorzubereiten, die fast mit Sicherheit stattfinden würde.

Lieutenant Colonel O'Halloran, USMC, der Inspector/ Instructor, war ein muskulöser, rothaariger Ire. Er trug einen Annapolis-Ring, was General Taylor sofort veranlasste, Vertrauen in ihn zu setzen, obwohl ebenfalls die goldenen Schwingen eines Marinefliegers an seiner Uniform hafteten. Fünf Minuten nach ihrem ersten Gespräch stimmten sie darin überein, dass es angezeigt war, eine sofortige Konferenz der befehlshabenden Offiziere der drei Reserve-Staffeln an der Westküste einzuberufen, um zu beschleunigen, was höchstwahrscheinlich geschehen würde.

Zwei der Staffelkommandanten erschienen wie befohlen am 19. Juli um null-acht-null-null Uhr. Der Dritte – der Kommandant der Staffel 243, ließ sich nicht blicken. Sein Name war Major Malcolm S. Pickering.

Lieutenant Colonel O'Halloran war ebenfalls nicht bei der Konferenz anwesend. Er schickte eine Nachricht – was nicht das Gleiche war wie eine Bitte um die Erlaubnis, der Konferenz fern zu bleiben –, dass er den Morgen mit der Überprüfung der Quartiere für die Flut der Reservisten verbringen würde, die bald in El Toro eintreffen würden.

Da er O'Halloran nicht fragen konnte, was seiner Empfehlung nach mit dem Offizier geschehen sollte, der nach dem Sprachgebrauch des Marine-Corps ›nicht zur vorgeschriebenen Zeit in der vorgeschriebenen Uniform am vorgeschriebenen Ort‹ anwesend war und sich somit praktisch unerlaubt von der Truppe entfernt hatte, fragte General Taylor Technical Sergeant Saul Cohen, den ranghöchsten Stabsunteroffizier im Inspector/ Instructor-Stab, ob er mit Major Pickering Kontakt hatte aufnehmen können.

»Nicht genau, Sir. Ich habe eine Nachricht in seinem Büro hinterlassen, dass man ihn informieren soll, sobald er zurückkehrt.«

»Zurück wovon?«

»Das weiß ich nicht, Sir. Major Pickering reist viel.«

»Und den stellvertretenden Kommandanten der Staffel 243? Haben Sie Kontakt mit ihm aufgenommen?«

»Die gleiche Geschichte, Sir. Wie ich hörte, ist er mit Major Pickering unterwegs. Erlauben Sie, dass ich inoffiziell spreche?«

»Nur zu.«

»Die 243 ist die beste unserer Staffeln. Sie hat gerade die jährliche Inspektion mit Auszeichnung bestanden. Und ich bin überzeugt, dass Major Pickering hier sein wird, wenn er wirklich gebraucht wird.«

»Nur, um irgendwelche möglichen Missverständnisse zu beseitigen, Sergeant«, sagte General Taylor, *»ich* habe die Befugnis, zu entscheiden, ob die Anwesenheit des Majors gebraucht wird.«

»Jawohl, Sir.«

Die Konferenz mit den beiden anderen Staffelkommandanten verlief nicht gut. Keiner von beiden gab sich große Mühe, seine Meinung zu verhehlen, dass sie eine gute Arbeitsbeziehung zu dem Inspekteur/Ausbilder entwickelt hatten und gut darauf verzichten konnten, zum Corps gerufen zu werden, um blöde Fragen bei irgendeinem komischen Brigadier zu beantworten, der nicht mal Pilot war.

General Taylor befahl Technical Sergeant Cohen, dafür zu sorgen, dass eine Nachricht in Major Pickerings Briefkasten im Quartier für ledige Offiziere lag, mit der er angewiesen wurde, sich bei ihm zu melden, sobald er in El Toro eintreffen würde, ganz gleich zu welcher Uhrzeit.

»Sir, Major Pickering benutzt nicht das Quartier für ledige Offiziere. Aber ich versuche, ihm eine Nachricht ins Coronado Beach zu schicken.«

»Ins Coronado Beach? Das Hotel?«

»Jawohl, Sir. Die Staffel 243 – die Offiziere und Stabsunteroffiziere – wohnen dort, wenn sie zur Ausbildung in El Toro sind. Sergeants und darunter wohnen in El Toro in der Kaserne.«

»Lassen Sie mich sicher sein, dass ich Sie verstehe, Sergeant. Sie sagen mir, dass die Offiziere und Stabsunteroffiziere der Staffel 243 in einem Hotel wohnen, wenn sie in aktivem Dienst zur Ausbildung sind?«

»Jawohl, Sir.«

»Wie können sie sich das leisten?«

»Ich glaube, das Hotel gewährt ihnen einen Sonderpreis, Sir.«

An diesem Punkt befahl General Taylor Sergeant Cohen, ihm die Personalakten von Major Pickering und Captain Stuart W. James, dem stellvertretenden Kommandanten der Staffel 243, zu bringen.

Er brauchte nicht lange, um festzustellen, dass keiner der beiden Offiziere von der US-Marineakademie ins Marine-Corps gekommen war wie er. Major Pickering hatte auf der Uni Harvard studiert und die Offiziersanwärterschule absolviert. Captain James hatte das V-12-Programm der Navy in Yale absolviert und sein Offizierspatent bei seiner Graduierung erhalten.

Beide hatten gute Beurteilungen im Zweiten Weltkrieg. Major Pickering war auf Guadalcanal ein Ass geworden, und wenn James ein feindliches Flugzeug mehr abgeschossen hätte, wäre auch er ein Ass. James war nicht auf Guadalcanal gewesen, doch beim Blättern in beiden Akten erfuhr General Taylor, dass beide später im Krieg, während der letzten Feldzüge, einschließlich der Invasion von Okinawa, in derselben Staffel verwendet worden waren.

Beide hatten einige Probleme, dem Standard gerecht zu werden, den man von einem Offizier und Gentleman erwartet. Pickerings Personalakte enthielt drei Briefe mit offiziellem Tadel wegen ungebührlichen Verhaltens für einen Offizier und Gentleman, und James' Akte zwei solcher Briefe. Einer davon erwähnte eine gemeinsame Aktion. Beide waren getadelt worden, weil sie bei einem Offizier der Küstenpatrouille in seiner offiziellen Eigenschaft eine provozierende Sprachweise angewandt hatten.

Als er sah, dass beide Offiziere seit der Entlassung aus dem aktiven Dienst nach den Zweiten Weltkrieg Angestellte von Trans-Global Airways und beide in der Staffel 243 waren, seit sie als Reserveeinheit des Corps organisiert worden war, fiel es General Taylor nicht schwer, sich eine erste Meinung über die beiden zu bilden:

Asse, an Elite-Universitäten ausgebildete Jagdflieger des Marine-Corps, Kameraden zu Kriegszeiten, die vermutlich zur Reserve des Marine-Corps gegangen waren, weil es ihnen

Gelegenheit gab, weiterhin Hochleistungs-Flugzeuge zu fliegen und gleichzeitig dafür bezahlt zu werden. Anscheinend waren sie nicht in der Lage gewesen, sich eine zivile Stelle als Piloten zu beschaffen. Trans-Global Airways beschäftigte sie beide als ›Flug-Koordinator‹. General Taylor war sich nicht sicher, was ein ›Flug-Koordinator‹ war, aber es bedeutete anscheinend nicht, dass die beiden Offiziere an der Ausführung der tatsächlichen Flüge beteiligt waren.

Um Viertel nach zehn klopfte Sergeant Cohen an die Tür von General Taylors Büro – bis vor kurzem das von Lieutenant Colonel X. O'Halloran –, wurde zum Eintreten aufgefordert und meldete, dass Major Pickering und Captain James im Vorzimmer waren.

Sie hätten vor achtundvierzig Stunden – nein, fünfzig – hier sein sollen.

»Sergeant, suchen Sie bitte Colonel O'Halloran und bitten Sie ihn, liegen und stehen zu lassen, was er gerade tut, und herzukommen?«

»Aye, aye, Sir.«

Als Sergeant Cohen ging, warf General Taylor einen schnellen Blick durch die Tür und sah Major Pickering und Captain James. Sie trugen Fliegerkleidung, das heißt, bräunliche Overalls mit vielen Taschen und pelzbesetzte Lederjacken. Soweit General Taylor wusste, war das Tragen von Fliegerkleidung vorgeschrieben, wenn jemand nicht tatsächlich bei Flugoperationen beteiligt war.

Beide Offiziere beugten sich über eine Zeitung, die auf Technical Sergeant Cohens Schreibtisch ausgebreitet war.

Sie beobachteten ihn ebenfalls. Einer von ihnen warf einen Blick durch die offene Tür, sah General Taylor, stieß den anderen mit dem Ellbogen an, der daraufhin einen Moment zu General Taylor blickte, bevor Sergeant Cohen die Tür schloss.

Lieutenant Colonel O'Halloran kam drei Minuten später durch eine Seitentür in sein ehemaliges Büro.

»Es tut mir Leid, wenn ich Sie bei irgendetwas gestört habe, Colonel, aber ich dachte, Sie sollten bei dieser Sache anwesend sein«, sagte General Taylor.

»Kein Problem, Sir. Was ist los, Sir?«

General Taylor drückte auf den Knopf seiner Gegensprechanlage.

»Sergeant Cohen, würden Sie bitte Major Pickering und Captain James hereinbitten?«

Nach höflichem Anklopfen traten die beiden Offiziere ein. Der Größere von beiden hatte die Zeitung unter den Arm geklemmt.

»Guten Morgen, Sir«, sagte er zu General Taylor und fügte für Lieutenant Colonel O'Halloran hinzu: »Wie geht's, Red?«

»Wie geht es Ihnen?«, fragte General Taylor ein wenig eisig.

»General Taylor«, sagte O'Halloran. »Dies ist Major Malcolm S. Pickering.«

Major Pickering gab General Taylor die Hand.

»Wie geht es Ihnen, Sir?«, fragte er und fügte hinzu: »Meine Freunde nennen mich ›Pick‹.«

General Taylor war nahe dran, zu bemerken, dass ihn nun wirklich nicht interessierte, wie Major Pickering von seinen Freunden genannt wurde, als Pickering bereits an O'Halloran gewandt fortfuhr: »Haben Sie die Zeitung gesehen, Red?«

O'Halloran schüttelte verneinend den Kopf.

»Raten Sie mal, wer bereits in Korea ist«, sagte Pickering.

O'Halloran zeigte mit einer Geste und einem Schulterzucken an, dass er keine Ahnung hatte.

»Der Killer«, sagte Major Pickering. »Die Story steht auf Seite eins.«

»Im Ernst?«, fragte O'Halloran und griff nach der Zeitung. Dann erinnerte er sich an General Taylor und fügte hinzu: »Major Pickering bezieht sich auf einen gemeinsamen Freund, Sir. Auf einen Offizier des Marine-Corps.«

»Tatsächlich?«

»Killer McCoy, Sir«, sagte O'Halloran.

»*Wirklich* interessiert mich, Colonel, und sicherlich auch Sie, warum sich Major Pickering fünfzig Stunden später meldet als befohlen.«

»Das tut mir Leid, Sir«, sagte Major Pickering. »Als ich die Nachricht erhielt, kamen wir – Stu und ich – so schnell wir nur konnten.«

»Und das dauerte fünfzig Stunden?«

»Eigentlich, Sir – ich habe das gerade vor ein paar Minuten ausgerechnet – dauerte es vom Erhalt der Nachricht an nur einunddreißig Stunden.«

»Wo sind Sie gewesen? In Sibirien?«

»Schottland, Sir.«

»Schottland?«

»Prestwick, Schottland, Sir.«

»Ich habe mir gestern oder vorgestern Ihre Personalakte angesehen, Major. Ich fand darin nichts, was darauf hinweist, dass Sie die Erlaubnis hatten, die Vereinigten Staaten zu verlassen.«

»Wir brauchen keine Erlaubnis, Sir«, sagte Pickering. »Wir haben eine Sondergenehmigung.«

»Das stimmt, General«, bestätigte Colonel O'Halloran.

»Ich bin fasziniert«, sagte General Taylor. »Wer hat die Sondergenehmigung erteilt? Warum?«

»Eighth and Eye, Sir. Man entschied sich, die Vorschriften als nicht zutreffend für uns auszulegen. Da wir so viel Zeit außer Landes verbringen, wäre es eine wirkliche Zumutung für sie und ebenso für uns, für jeden Flug diese Genehmigungsformulare auszufüllen und die ganze Routineprozedur durchzuführen.«

»Ich verstehe. Colonel O'Halloran, ich nehme an, Sie sind vertraut damit?«

»Jawohl, Sir, das bin ich.«

»Warum haben Sie mich nicht informiert?«

»Sir, das Thema kam nie zur Sprache.«

»Warum, Major, verbringen Sie so viel Zeit, wie Sie mir sagen, außer Landes?«

Es war Major Pickerings Augen anzusehen, dass ihn die Frage überraschte.

»Sir, wir sind im Luftverkehrsgeschäft«, sagte Pickering.

»Und Ihre Pflichten als ›Flug-Koordinator‹ erfordern ausgedehntes Reisen außerhalb des Landes? Was genau ist ein Flug-Koordinator?«

Zum ersten Mal gab es einen Knacks in dem, was General Taylor für ein beleidigend selbstsicheres Verhalten von Major Pickering hielt.

Major Pickering blickte nervös zu Lieutenant Colonel O'Halloran.

»Im Fall von Captain James und mir, General«, sagte er vorsichtig, »bedeutet es, dass wir sozusagen die Flugaktivitäten von Trans-Global Airways beaufsichtigen.«

»Sozusagen?«

»Sir«, sagte Colonel O'Halloran. »Major Pickering ist Präsident von Trans-Global Airways und Chefpilot. Und Sie sind was, Stu?«

»Standardisierungs-Pilot«, sagte James.

Präsident und Chefpilot? Standardisierungs-Pilot? Das steht nicht in ihren Personalakten, dachte Taylor.

»Major, ich bin ein bisschen neugierig. Warum heißt es ›Flug-Koordinator‹ in Ihren Personalakten?«

»Vor einem Jahr oder so herrschte die Besorgnis, dass im Fall einer Mobilisierung einige Piloten versuchen würden, sich zu drücken, indem sie sagen, dass sie unabkömmlich für eine lebenswichtige Industrie sind. Die Formulierung ›Pilot einer Fluggesellschaft‹ war für Eighth and Eye ein rotes Tuch. So kamen wir zurecht, indem wir unsere Jobbezeichnungen änderten.«

»Halten Sie das nicht für eine Täuschung? Vielleicht sogar eine wissentlich falsche Erklärung zur Erschleichung eines falschen Dokuments?«

»Nun, Sir, da es nicht meine Absicht oder Captain James' Absicht war, zu versuchen, uns vor einer Mobilisierung zu drücken, hielten wir das für unwichtig.«

»Und Ihr Auftraggeber machte diese Täuschung mit?«

»Sir, ich nehme an, ich hätte mich Stewardess nennen können, wenn ich das gewollt hätte, und es hätte mir die Bürokraten von der Eighth and Eye vom Hals gehalten.«

Vor seinem Besuch des War College hatte General Taylor eine dreijährige Dienstzeit mit administrativen Aufgaben an der Eighth & Eye verbracht.

Es ist unvorstellbar, dass ein Annapolis-Absolvent, sogar ein Marineflieger, von solch einer Sache Kenntnis haben konnte und nur nicht nur tatenlos blieb, sondern ihr auch noch durch dieses Dulden einen respektablen Anstrich verlieh.

»Colonel O'Halloran«, sagte General Taylor. »Ich wünsche, dies mit Ihnen ausführlich zu besprechen.«

»Aye, aye, Sir.«

»Major Pickering, ich glaube, dass Ihre Staffel in Kürze in den aktiven Dienst gerufen wird ...«

»Mit Wirkung vom dreiundzwanzigsten Juli, Sir, und ich wollte mit Ihnen darüber reden.«

»Mit Wirkung vom dreiundzwanzigsten?«, fragte Colonel O'Halloran. »Sind Sie dessen sicher, Pick?«

Pickering nickte.

»Ganz sicher, Red.«

Ein Major nennt keinen Lieutenant Colonel bei seinem Spitznamen, und gewiss nicht in Anwesenheit eines Flagoffiziers, den er nie zuvor gesehen hat. O'Halloran hätte ihn deswegen tadeln sollen. Aber Flaggoffiziere stellen Lieutenant Colonels in Anwesenheit eines Majors nicht zur Rede und tadeln ihn schon gar nicht. Ich werde mich später damit befassen.

»Sie sind anscheinend in Informationen eingeweiht, die das Hauptquartier des USMC noch nicht mit mir geteilt hat, Major«, sagte General Taylor.

»Ja, Sir, das bin ich vermutlich. Die Vorwarnung wird morgen ausgegeben, und der Mobilisierungsbefehl selbst kommt übermorgen.«

»Woher wissen Sie das, Major?«

»Das darf ich Ihnen nicht sagen, Sir. Aber ich bin sicher, dass General Dawkins die Mobilisierungs-Daten bestätigen wird.«

»General Dawkins hat es Ihnen gesagt, meinen Sie das?«

»Nein, Sir. Ich war zufällig mit General Dawkins zusammen, als wir beide die Daten erfuhren.«

»Von wem?«, blaffte General Taylor.

Er hörte seinen Tonfall und erkannte, dass er drauf und dran war, die Beherrschung zu verlieren.

»Sir, das ist es, was ich Ihnen nicht sagen darf.«

»Können Sie mir dann sagen, was Sie mit General Dawkins zusammen gemacht haben?«

»Jawohl, Sir. Ich wusste, dass die Mobilisierung kommt, und ich wollte General Dawkins bitten, dass ich und Captain James uns eine Woche oder zehn Tage später melden dürfen.«

»Und was war General Dawkins' Reaktion auf diese Bitte?«

»Er sagte, es ergibt Sinn für ihn, und Sie seien der Mann, der das versteht, Sir.«

»Sie müssten wieder nach Schottland fliegen«, hörte General Taylor sich sagen, »und es wäre unbequem für Sie, sich in zwei Tagen zum aktiven Dienst zu melden, wollen Sie das damit sagen, Major?«

Abermals gab es einen sichtlichen Knacks in Major Pickerings Fassung.

»Sir, was ich The Dawk erklärte, war …«

»›The Dawk‹, ›The Dawk‹?«, explodierte General Taylor. »Muss ich Sie daran erinnern, Major, das Sie von einem General sprechen?«

»Verzeihung, Sir. Das ist mir so herausgerutscht«, sagte Pickering. »General, ich versuche nicht, mich vor der Mobilisierung zu drücken …«

»Sie haben mir eben gesagt, Sie wollen einen Aufschub!«

General Taylor wurde sich bewusst, dass er fast schrie, was bedeutete, dass er im Begriff war, die Beherrschung zu verlieren oder sie bereits verloren hatte, und das machte ihn noch wütender.

»General«, sagte Colonel O'Halloran. »Ich bin sicher, dass Major Pickering nicht respektlos gegenüber General Dawkins sein wollte, Sir. Sowohl Major Pickering als auch ich flogen für General Dawkins und Fighter One auf Guadalcanal …«

»Tatsächlich?«

»… und jeder bezeichnete damals Lieutenant Colonel Dawkins als ›The Dawk‹, auf die gleiche respektvolle Weise, wie man den befehlshabenden Offizier ›den Alten‹ oder ›den Skipper‹ nennt, Sir.«

Taylor blickte O'Halloran finster an, erwiderte jedoch nichts direkt.

»Sagen Sie mir, Major Pickering«, sagte General Taylor, »warum meinen Sie, es wäre zum Vorteil des Marine-Corps, Ihnen eine Woche oder zehn Tage Aufschub zu Ihrer Meldung in den aktiven Dienst zu geben? Und Captain James?«

»Sir, mit Ihrer Erlaubnis werden Captain James und ich morgen früh den Trans-Global-Flug nach Tokio erwischen. Wir können eine Menge tun, wenn wir jetzt dort rüberkommen, bevor die Staffel …«

»Wie kommen Sie auf den Gedanken, dass Ihre Staffel nach Korea geschickt wird? Weitere Informationen, von denen ich nichts weiß?«

»Nein, Sir, aber die Staffel 243 ist die am besten vorbereitete an der Westküste. Wir sind einsatzbereit. Ich nehme an, Colonel O'Halloran wird das bestätigen.«

»Jawohl, Sir, die 243 kann binnen vierundzwanzig Stunden nach der Mobilisierung bereit sein, zu einem Transportschiff zu fliegen«, sagte O'Halloran.

»Und wenn James und ich jetzt rüberfliegen können, gibt es allerlei Dinge, die wir für die Staffel tun können. Oder Staffeln, Mehrzahl, wenn man entscheidet, mehr als eine sofort zu schicken. Und dann würden wir zeitgleich mit der Ankunft des Truppentransporters in Kobe sein.«

»Sir, mit Verlaub«, sagte O'Halloran. »Was Major Pickering vorschlägt, ergibt Sinn. Es gibt vielerlei Dinge …«

General Taylor hob die Hand und gebot Colonel O'Halloran Schweigen.

Er traute sich nicht zu, ruhig zu sprechen. Kein Offizier, geschweige denn ein Flaggoffizier, sollte in Anwesenheit von Untergebenen die Beherrschung verlieren.

Nachdem er tief durchgeatmet hatte, sagte er sich, dass er sich wieder genügend unter Kontrolle hatte.

»Major«, sagte er so ruhig, wie er konnte, »würden Sie und Captain James bitte für eine Minute ins Vorzimmer gehen? Ich möchte kurz mit Colonel O'Halloran sprechen.«

»Jawohl, Sir«, sagte Major Pickering, nickte Captain James zu und ging ihm voran aus dem Büro.

General Taylor wartete, bis die Tür hinter ihnen geschlossen war, und dann sah er Colonel O'Halloran an, der ihn anlächelte.

»Major Pickering ist ein interessanter Offizier, nicht wahr, General?«

»›Interessant‹ ist eine interessante Wortwahl, Colonel«, sagte General Taylor. »Lassen Sie mich fragen …«

Das Telefon auf dem ehemaligen Schreibtisch von Lieutenant Colonel O'Halloran klingelte. O'Halloran nahm den Hörer ab.

»Colonel O'Halloran«, sagte er. Und dann: »Jawohl, Sir. Er ist gleich hier.«

Er hielt General Taylor den Hörer hin.

»Es ist General Dawkins für Sie, Sir.«

General Taylor nahm den Hörer.

»Guten Morgen, General«, sagte er.

»Haben Sie sich dort drüben eingewöhnt?«, fragte Dawkins.

»Ich arbeite daran, General.«

»Ist Pick Pickering – Major Pickering – dort bereits aufgetaucht?«

»Ja. Das ist er. Eigentlich, General, hat er sich fünfzig Stunden verspätet gemeldet.«

»Er sagte, er war in Schottland«, sagte Dawkins. »Er war soeben hier bei mir und schlug vor, seine Meldung um eine Woche oder zehn Tage aufzuschieben, damit er nach Japan fliegen und die Dinge regeln kann, bevor seine Staffel dort eintrifft.«

»So hat er mich informiert.«

»Ich habe ihm gesagt, dass Sie die Person sind, die das regelt, aber als er fort war, habe ich noch mal darüber nachgedacht.«

»Ich verstehe«, sagte General Taylor. »Colonel O'Halloran und ich waren gerade dabei, zu besprechen …«

»Ich sagte mir, dass ich das vermutlich leichter handhaben kann als Sie«, unterbrach Dawkins. »Ich habe soeben mit Eighth and Eye telefoniert. Wenn der Mobilisierungsbefehl kommt, wird darin stehen, dass Pickering und sein Stellvertreter, Captain James, in aktiven Dienst mit Wirkung von der Ankunft der Staffel 243 im Fernen Osten oder mit Wirkung vom 21. August eintreten werden, je nachdem, was zuerst geschieht.«

»Ich verstehe«, sagte General Taylor. »Ist das nicht ein wenig ungewöhnlich, General?«

»Wir haben ungewöhnliche Zeiten, Taylor, und Pickering ist ein ungewöhnlicher Mann.«

»Ich bin überzeugt, Sie haben sich über die Sache Gedanken gemacht, General«, sagte Taylor.

»Eigentlich brauchte ich mir keine großen Gedanken zu machen«, erwiderte Dawkins. »Die Frage war, wie machen wir es am besten. Ich muss jetzt Schluss machen, Taylor. Vielleicht finden wir mal die Zeit zu einem gemeinsamen Mittagessen.«

Dann war die Leitung tot.

Taylor legte den Telefonhörer auf und schaute O'Halloran an.

»General Dawkins«, berichtetet er mit ruhiger Stimme, »hat arrangiert, das Major Pickering und Captain James den aktiven Dienst bei der Ankunft der Staffel 243 im Fernen Osten oder am 21. August antreten, je nachdem, was zuerst der Fall ist.«

»Ja, Sir?«

»Unter diesen Umständen schlage ich vor, dass wir ihn hereinrufen und ihn dementsprechend informieren. Meinen Sie nicht auch?«

»Jawohl, Sir.«

»Sagen Sie mir, Colonel, ist das die Art und Weise, wie die Dinge im Marine-Flugwesen normalerweise laufen?«

»Nun, manchmal, Sir, verbiegen wir die Vorschriften ein wenig, um den Job zu erledigen.«

»Ich lerne also«, sagte General Taylor.

3

Konferenzraum des Supreme Commanders
Headquarters, Supreme Commander, Allied Powers
Dai-Ichi-Gebäude
Tokio, Japan

25. Juli 1950, 10 Uhr 35

Der Vortragende der Lagebesprechung, ein adretter Major mit Bürstenhaarschnitt, wandte sich von der Landkarte ab, auf der er soeben die Positionen der nordkoreanischen Truppen angezeigt hatte, die auf Pusan vorrückten, stand fast still mit dem Zeigestock an seiner Hosennaht und sagte zu Major General Charles A. Willoughby, der am Fuß des Konferenztisches am nächsten bei den Karten saß: »Das ist alles, was ich habe, Sir.«

»Haben Sie irgendwelche Fragen, Sir?«, fragte Willoughby.

General of the Army Douglas MacArthur, der Supreme Commander, der am fernen Ende des langen, polierten Tisches saß, nahm einen tiefen Zug aus seiner dünnen, schwarzen Zigarre und schüttelte nach einer Weile den Kopf.

»Sonst jemand?«, fragte Willoughby. Er schaute Major General Edward M. Almond, den SCAP-Stabschef an, der an der linken Seite des Tisches neben MacArthur saß. »General Almond?«

Almond schüttelte den Kopf.

»General Stratemeyer?«

Lieutenant General George E. Stratemeyer, der ranghöchste

Offizier der Air Force im SCAP-Stab, der neben Almond saß, schüttelte den Kopf.

»Admiral Joy?«

Rear Admiral C. Turner Joy, der ranghöchste Marineoffizier des SCAP-Stabs, schüttelte verneinend den Kopf.

»General Whitney?«

Major General Courtney Whitney, der G-3 des SCAP neben Stratemeyer, schüttelte verneinend den Kopf.

Willoughby sah Brigadier General Fleming Pickering an, der neben Stratemeyer und gegenüber von Almond saß.

»Danke, Major«, sagte Willoughby. »Das ist alles.« Er fügte hinzu: »Lassen Sie die Karte hänge.«, und setzte sich.

»Jawohl, Sir«, sagte der Major und verließ den Konferenzraum.

General Almond erhob sich und ging zum Ende des Tisches, sodass er vor der Karte stand.

»Sir?« Er blickte fragend MacArthur an.

»General Pickering«, fragte MacArthur, »haben Sie etwas hinzuzufügen?«

Brigadier General Fleming Pickering stand auf.

»Nein, Sir«, antwortete er.

War das einfach nur Höflichkeit von El Supremo? Oder will er Willoughby wissen lassen, dass er mich nicht ignorieren sollte?

»Dann ist, glaube ich, unsere Konferenz beendet«, erklärte MacArthur und erhob sich. »Danke, Gentlemen.«

Die zwölf Offiziere am Tisch, allesamt Flaggoffiziere oder Generals, standen auf, als MacArthur zu der Tür ging, die zu seinem Büro führte, und hindurchtrat.

General Almond schob die Landkarte zurück in ihren Lagerplatz.

Die anderen ranghohen Offiziere begannen Dokumente, die sie zur Lagebesprechung mitgebracht hatten, wieder in ihren Aktentaschen zu verstauen.

Almond spürte Pickerings Blick auf sich und ging zu ihm.

»Sie sehen aus, als hätten Sie etwas auf dem Herzen, General«, sagte er.

Ihre Blicke trafen sich.

»Ich bezweifle, dass der Konferenzraum der richtige Ort ist, um dies zur Sprache zu bringen …«

»Aber?«, fragte Almond.

»Ich hatte gestern Leute auf dem Kai in Pusan, als das 29. Infanterieregiment aus Okinawa eintraf«, sagte Pickering. »Man berichtete mir, dass das Regiment nur zwei Bataillone hat …«

»Die Stärke in Friedenszeiten«, sagte Almond. »Sie haben mir erzählt, dass die erste Division des Marine-Corps gleichermaßen unterbesetzt ist.«

»Jawohl, Sir«, sagte Pickering. »General, meine Leute …«

»Sie sprechen von – Ihrem Adjutanten?«, fragte Almond mit einem leichten Lächeln.

Pickering nickte. »Ja, das tue ich.«

Almond war bei einem Treffen beim Mittagessen anwesend gewesen, als MacArthur angekündigt hatte, dass Pickering einen Adjutanten bekommen musste.

»Ich habe einen, Sir«, sagte Pickering. »Captain McCoy.«

Das war nicht die reine Wahrheit. Pickering hatte keinen Adjutanten. Er glaubte, keinen zu brauchen. Aber er kannte MacArthur gut genug, um zu wissen, dass der ihm ›bis auf weiteres‹ einen jungen Offizier der Army geben würde, wenn er dachte, er brauche einen Adjutanten, und kein geeigneter junger Offizier des Marine-Corps verfügbar war.

Daran war eine Reihe von Dingen falsch, angefangen mit der Tatsache, dass jeder gescheite junge Offizier beim SCAP natürlich loyal zum SCAP sein würde – entweder zu MacArthur oder zum SCAP allgemein, was Almond, den SCAP-Stabschef, und Willoughby, den G-2 des SCAP, einschließen würde, anstatt nur Brigadier Fleming Pickering.

Das war verständlich. Der Supreme Commander war der Supreme Commander. Supreme Commanders hatten das Kommando über alles, besonders über alle Ein-Sterne-Generäle.

Und MacArthur und Willoughby – und möglicherweise Almond, obwohl sich Pickering über ihn nicht sicher war – hatten eine Reihe von Dingen getan, möglicherweise nur aus Höflichkeit, um Pickering das Gefühl zu geben, ein Mitglied des SCAP-Stabs zu sein.

Er hatte zum Beispiel einen Stabswagen der Army erhalten

(einen Buick, normalerweise reserviert für Major Generals oder höher, statt einen Ford oder Chevrolet), dazu einen Fahrer. Man hatte ihm ein Büro im Dai-Ichi-Gebäude ›auf der SCAP-Etage‹ gegeben, besetzt mit einem Master Sergeant und zwei anderen Unteroffizieren.

Dies wäre alles sehr nett gewesen, wenn Pickering dem SCAP-Stab zugeteilt gewesen wäre, aber das war nicht der Fall. Offiziell war er der stellvertretende Direktor der Central Intelligence Agency für Asien. Die CIA stand nicht unter MacArthurs Kommando, obwohl der CIA-Stationsleiter in Tokio sich mit dem SCAP ›koordinieren‹ musste.

Darüber hinaus stand Pickering unter dem Befehl des Präsidenten der Vereinigten Staaten, dem er direkt seine Einschätzung aller Dinge im Fernen Osten, einschließlich General Douglas MacArthur, berichten musste.

Pickering hatte schnell herausgefunden, dass der Tokioter Stationsleiter (dessen Tarnung ›ökonomischer Berater des SCAP‹ war) ein Quartier auf dem VIP-Gelände und einen Stabswagen hatte und sich als ein Mitglied des SCAP-Stabs betrachtete.

Wenn er gekonnt hätte, dann hätte Pickering den Stationsleiter auf der Stelle entlassen, weil er sich in MacArthurs magnetisches Feld hatte hineinziehen lassen. Die CIA war nicht dafür vorgesehen, sich dem örtlichen militärischen Kommandeur oder seinem Stab unterzuordnen.

Aber Pickering hatte erkannt, dass eine Entlassung kontraproduktiv sein würde. Zum einen hätte er ein rotes Tuch vor MacArthurs Gesicht gehalten. Zum anderen wusste er nicht, wen er als Ersatz bekommen konnte.

Pickering hatte das VIP-Quartier abgelehnt und gesagt, dass er es bequemer im Imperial Hotel hatte. Als Willoughby davon erfahren hatte, löste er den Fahrer von Pickerings Stabswagen durch einen Agenten des Counterintelligence Corps mit der Uniform eines Sergeants ab und teilte andere CIC-Agenten in Zivilkleidung ein, rund um die Uhr im Imperial Hotel für Pickerings Sicherheit zu sorgen.

Willoughbys Erklärung dafür war, dass der stellvertretende CIA-Direktor für Asien offensichtlich geschützt werden musste. Das war möglicherweise wahr, doch es bedeutete ebenfalls, dass CIC-

Agenten, die Willoughby Bericht erstatteten, Pickering rund um die Uhr unter Beobachtung hatten.

Pickering tippte seine eigenen Berichte an Präsident Truman, verschlüsselte sie persönlich und brachte sie persönlich ins Kommunikationszentrum im Dai-Ichi-Gebäude, wartete, bis ihr Erhalt von Colonel Ed Banning in Camp Pendleton bestätigt worden war, und verbrannte sie dann.

Als Pickering MacArthur sagte, dass er bereits einen Adjutanten, nämlich McCoy, hatte, war General Willoughby sichtlich bestürzt, den Namen zu hören. Das war auch Almond aufgefallen.

»Der gleiche McCoy?«, hatte MacArthur gefragt.

»Jawohl, Sir.«

»Ned«, sagte MacArthur zu Almond, »während des Krieges, als wir auf den Philippinen unsere Guerilla-Operationen auf die Beine stellten, führte Pickering eine Operation durch, um Kontakt mit Amerikanern herzustellen, die sich geweigert hatten, zu kapitulieren. Er schickte einen jungen Offizier des Marine-Corps – diesen Captain McCoy – mit einem U-Boot nach Mindanao. Hervorragender junger Offizier. Ich habe ihm dafür persönlich den Silver Star verliehen.«

Dies war sogar noch weniger die reine Wahrheit. MacArthur hatte ursprünglich kategorisch erklärt, dass Guerilla-Operationen auf den Philippinen unmöglich seien.

Präsident Roosevelt hatte erfahren, dass es Funkkontakt mit einem Reserveoffizier namens Fertig auf Mindanao gegeben hatte. Fertig, ein Lieutenant Colonel, hatte sich zum Brigadier General ernannt und als ›befehlshabender General der US-Streitkräfte auf den Philippinen‹ bezeichnet. MacArthur und Willoughby hatten verbreitet, dass sie glaubten, der arme Kerl habe den Verstand verloren, und ihren festen Glauben wiederholt, dass Guerilla-Aktionen auf den philippinischen Inseln leider unmöglich seien.

Roosevelt hatte persönlich Pickering befohlen, jemanden auf die von Japan besetzte Insel Mindanao zu schicken, um die Fakten festzustellen. Lieutenant Kenneth R. McCoy, Gunnery Sergeant Ernst Zimmerman und der zwanzigjährige Staff Sergeant Stephen M. Koffler, ein Funker, waren per U-Boot auf Mindanao eingeschleust worden und hatten Fertig gefunden.

McCoy hatte berichtet, dass Fertig geistig völlig gesund war (er hatte sich selbst zum Brigadier General befördert, weil er vernünftig davon ausgegangen war, dass nur wenige – wenn überhaupt welche – Amerikaner oder philippinische Soldaten, die der japanischen Gefangennahme entgangen waren, sich dem Kommando eines Lieutenant Colonels der Reserve unterstellen würden). Darüber hinaus war er bereit, sofern er Nachschub bekam, den Japanern beträchtlichen Schaden zuzufügen. Roosevelt hatte befohlen, dass Fertig mit Nachschub versorgt wurde. Von diesem Zeitpunkt an hatte MacArthur begonnen, Fertig und seine US-Streitkräfte auf den Philippinen als ›meine Guerillas auf den Philippinen‹ zu bezeichnen.

Als später im Krieg die U.S. Army auf Mindanao an Land stürmte, erwartete Fertig sie mit dreißigtausend bewaffneten, uniformierten und ausgebildeten Guerillas. USFIP hatte sogar eine Kapelle gehabt. Abgesehen von Artillerie und Panzern war USFIP ein amerikanisches Army-Corps gewesen. Army-Corps werden von Lieutenant Generals befehligt. MacArthur bezeichnete Fertig weiterhin als ›dieser Lieutenant Colonel der Reserve‹.

Angesichts dieser starken Verzerrung der Fakten hatte Pickering beträchtlich weniger Schuldgefühle, als er behauptete, McCoy sei sein Adjutant.

»Und was hatte Ihr ›Adjutant‹ zu sagen über das, was er auf dem Kai in Pusan gesehen hat?«, fragte Almond lächelnd.

»General, dies war die Beobachtung eines erfahrenen Offiziers, nicht per se eine Kritik«, sagte Pickering.

Almond nickte verständnisvoll.

»McCoy sagte, dass die meisten der Unteroffiziere und Mannschaften frisch von der Grundausbildung kommen und die Offiziere und Unteroffiziere hauptsächlich Ersatz sind. Es gab keine Gelegenheit für sie, zusammen zu üben und ihre Waffen abzufeuern oder einzustellen.«

Almond blickte gequält drein.

»Zimmerman hat ihre ausgegebenen Waffen überprüft«, fuhr Pickering fort. »Er kennt sich mit Waffen aus. Das 29. Regiment hat neue Browning-MGs Kaliber .50 ausgegeben; sie sind noch in Cosmoline verpackt, wie sie von den Schiffen in Pusan ausgeladen wurden. Es hat kein Probeschießen mit den Mörsern gegeben.«

»O Gott«, sagte Almond.

»Das 29. wurde sofort nach Chinju befohlen, wo es dem 19. Infanterieregiment der 24. Division zugeteilt wird. Das 19. hat in den letzten paar Tagen Prügel bezogen – sie haben den Vortrag des G-3 soeben gehört. Unter diesen Umständen bezweifelte McCoy, dass eine der Einheiten in der Lage sein wird, den Nordkoreanern viel echten Widerstand zu leisten.«

Almond schwieg eine Weile.

»Ich stimme Ihnen zu«, sagte er dann. »Diese Informationen hätten nichts zur Stabskonferenz beigetragen, in dem Sinne, dass jemand an diesem Tisch etwas tun könnte. Aber ich danke Ihnen dafür.«

»Ich dachte, Sie sollten es wissen, Sir.«

»Walker versucht, genug Zeit zu gewinnen, um eine Randstellung um Pusan aufzubauen und zu halten, bis wir uns verstärken können.«

»Ich verstehe, Sir«, sagte Pickering.

»Nur zwischen uns, Pickering, das ist alles, was im Moment getan werden kann. Die Ankunft der Brigade Marines wird die Randstellung natürlich verstärken, und das 27. Infanterieregiment trifft bald ein. Ich hörte, sie sind besser auf den Kampf vorbereit als zum Beispiel das 29.«

Pickering schwieg.

»Vielleicht werden wir Glück haben«, sagte Almond wie im Selbstgespräch. Und dann fügte er hinzu: »Ist Ihr ›Adjutant‹ noch in Korea?«

»Nein, Sir. Er traf früh heute Morgen hier ein.«

»Ich möchte mit ihm reden«, sagte Almond. »Wäre das möglich?«

»Jawohl, Sir, selbstverständlich. Sagen Sie mir, wo und wann.«

»Wäre es eine Zumutung, wenn ich ins Imperial käme?«

»Nein, Sir. Natürlich nicht.«

»Ich muss General MacArthur aufsuchen«, sagte Almond. »Normalerweise lässt er mich fünfzehn, zwanzig Minuten nach der Stabskonferenz kommen. Und ich weiß nicht, wie lange es dauern wird. Er macht die Vorplanung für die amphibische Operation auf der Halbinsel. Aber wenn das vorüber ist, werde ich wohl frei sein. Wenn nicht, werde ich anrufen. Ist das okay für Sie?«

»Das ist prima, Sir. McCoy wird Sie erwarten.«

»Ich möchte nicht, dass das Gespräch mit ihm offiziell stattfindet«, sagte Almond. »Verstehen Sie?«

»Jawohl, Sir.«

»Dann werde ich Sie in ein, zwei Stunden sehen«, sagte Almond, gab ihm die Hand und verließ den Konferenzraum.

X

1

Dewey-Suite
Imperial Hotel
Tokio, Japan

25. Juli 1950, 11 Uhr 05

Als Captain Malcolm S. Pickering von Trans-Global Airways zur Dewey-Suite ging, sah er einen Amerikaner im Straßenanzug auf einem Stuhl im Flur sitzen und *Stars & Stripes* lesen. Der Mann war jung, nicht älter als 21, schätzte er.

Offenbar saß er dort schon eine Zeit lang, denn auf dem Tischchen neben ihm standen eine Thermoskanne und die Überreste von Frühstücksplätzchen.

Pick hatte gerade noch Zeit, zu denken *irgendeine Art Wächter*, als er bereits den Beweis erhielt. Der junge Mann stand auf und blockierte seinen Weg.

»Kann ich Ihnen vielleicht helfen, Sir?«, fragte er.

»Ich gehe dort rein«, sagte Pick und wies auf die nächste Tür am Flur.

»Darf ich fragen, warum, Sir?«

»Ich bin hier, um General Pickering zu besuchen.«

»Werden Sie erwartet, Sir?«

»Nein, das werde ich nicht.«

»Sir, ich bedaure …«

»Klopfen Sie an die Tür und sagen Sie General Pickering, dass Captain Pickering um eine Audienz bittet«, befahl Pick und klang mehr nach Marine-Offizier als nach Flugkapitän. Er hörte es selbst und fügte hinzu: »Ich bin sein Sohn. Es wird in Ordnung sein.«

Nach kurzer Unentschlossenheit ging der junge Mann zur Tür der Dewey-Suite und klopfte an.

Kenneth R. McCoy, in Khakiuniform ohne Krawatte, öffnete die

Tür und gab dem jungen Mann mit einer Geste zu verstehen, dass er Pick passieren lassen sollte.

Pick betrat die Suite. Sein Vater, gekleidet wie McCoy, betrachtete eine Karte, die auf dem Tisch in der Mitte des Wohnzimmers ausgebreitet war. Er lächelte, als er seinen Sohn sah.

»Wann bist du eingetroffen?«, fragte er.

»Vor ein paar Stunden. Ich habe Stu James im Hokkaido abgesetzt und bin dann hergefahren. Was ist mit dem Wachtposten?«

»Das ist General Willoughbys Idee«, sagte Fleming Pickering.

»Oh!«

»Er sagte, er sei verantwortlich, dafür zu sorgen, das ›jemand wie ich‹ sicher sei.«

»Sicher wovor?«

»Captain McCoy«, sagte Pickering sarkastisch, »den einige Leute für einen Zyniker halten, meint, dass General Willoughby mich um *seiner* Sicherheit willen im Auge behalten will. Wie dem auch sei, als ich es abgelehnt habe, in das Quartier irgendeines Offiziers einzuziehen, wo er mich im Augen behalten konnte, schickte er mir einen Wächter zum gleichen Zweck her. Wächter, Mehrzahl. Die jungen Männer sitzen abwechselnd rund um die Uhr dort auf dem Flur.«

»Ich dachte, der Wächter ist vielleicht dort, um unseren viel publizierten Helden – McCoy, den todsicheren Schützen – vor einer Horde bewundernder Fans zu schützen.«

General Pickering lachte.

»Du hast die Story gelesen?«

»Die ganze Welt hat die Story gelesen«, sagte Pick. »Ich hörte, dass bei den Rekrutierern lange Schlangen von jungen Männern stehen, die ihm nacheifern wollen.«

»Ich wusste von Anfang an, dass die verdammte Frau Ärger bringen wird«, sagte McCoy.

»Da wir von Frauen sprechen, Todesschütze«, sagte Pick, »solltest du dich einer anständigeren Sprache befleißigen und die eingeborenen Mädchen ins Dorf zurückschicken. Deine Frau trifft bald ein.«

»Ich hoffe, du scherzt«, sagte General Pickering.

Pick schüttelte den Kopf. »Erwarte sie in zweiundsiebzig Stunden, mehr oder weniger.«

»Mensch, konntest du ihr das nicht ausreden?«, fragte McCoy.

»Deine Frau nahm Lektionen in Entschlossenheit von seiner Frau«, sagte Pick und nickte zu seinem Vater hin. »Ich habe es bei Gott versucht.«

»Ich werde nicht hier sein«, sagte McCoy.

»Ken pendelt praktisch zwischen Korea hin und her«, sagte General Pickering. »Das ist die einzige Möglichkeit, wie ich genaue Informationen in weniger als einer Woche bekommen kann.«

»Und wie stehen die Dinge im ›Land der Morgenruhe‹?«

»Nicht gut, Pick«, sagte General Pickering.

»Nun, fürchtet euch nicht, die Marines kommen«, meinte Pick. »Ich nehme an, du weißt, dass eine provisorische Brigade auf hoher See unterwegs nach Kobe ist?«

»Sie sind nach Pusan umgeleitet worden«, sagte General Pickering. »Das haben wir gestern herausgefunden.«

»Falls wir Pusan noch halten, wenn sie dort eintreffen«, sagte McCoy.

»Ist es so schlimm?«, wollte Pick wissen.

»Ja, so schlimm ist es«, erwiderte McCoy nüchtern.

»In welcher Verfassung ist die Brigade?«, erkundigte sich General Pickering.

»Ich traf General Dawkins in Pendleton«, sagte Pick. »Ed Banning war dort. Sie wussten, dass ich hierhin komme und baten mich, dir das zu übermitteln.«

»Was zu übermitteln?«, fragte McCoy.

»Okay. Die erste Division des Marine-Corps in Pendleton war offenbar keine Division, wie wir sie kennen. Weit unter Stärke. Und praktisch zerlegt, um eine provisorische Brigade zu bilden. So entschied das Corps, damit fertig zu werden, indem es Leute von der zweiten Division in Camp Lejeune nach Pendleton versetzte, um die erste Division aufzufüllen und auf Kriegsstärke zu bringen. Weil dafür nicht genügend Leute von der zweiten Division abgezogen werden konnten, befahl man ebenfalls jeden Marine, den man irgendwo finden konnte – in der Kaserne des Marine-Corps in Charleston, in Rekrutierungsbüros et cetera et cetera –, nach Pendleton. Und kaum hatte man damit angefangen, kam der Befehl, die zweite Division auf Kriegsstärke zu bringen. Das war nur zu erreichen, indem man die gesamte Reserve mobilisierte!«

»Einschließlich dich?«, fragte General Pickering.

»Die Staffel 243 wurde vor zwei Tagen mobilisiert«, sagte Pick.

»Und was treibst du hier?«, wollte McCoy wissen.

»Ich habe einen Aufschub für Stu James und mich bekommen, sodass wir herfliegen und die Lage sondieren können«, sagte Pick. »Wir treten in aktiven Dienst ein, wenn die Staffel hier eintrifft.« Er schaute McCoy an. »Ich nehme an, du sprudelst nicht über vor Informationen über Fugplätze et cetera in Korea?«

»Ich kann dir nicht viele Informationen geben«, sagte McCoy. »Die Flugplätze, die noch von uns gehalten werden, sind voller Flugzeuge der Air Force.«

»Ich will mir unbedingt ansehen, was vorhanden ist«, sagte Pick. »Dad, kannst du mir ein Flugzeug besorgen?«

»Ein Flugzeug besorgen?«, wiederholte General Pickering entgeistert.

»Wir reden nicht von einem Jagdflugzeug. Ich meine eine Piper Cub, irgendwas in dieser Art.«

»Ich weiß nicht, Pick«, sagte General Pickering zweifelnd.

»Es gibt eine Air Station des Marine-Corps in Iwakuni«, sagte Pick. »Ich weiß nicht, was dort ist. Das ist eines der Dinge, die ich herausfinden will.«

»Wo ist das?«, fragte McCoy.

»Nicht weit von Hiroshima, östlich«, sagte Pick.

McCoy neigte sich über die Karte, fand, was er suchte, und legte ein Plastiklineal auf die Stelle. »Von Iwakuni nach Pusan sind es fast genau zweihundert Meilen«, erklärte er. »Das meiste davon über das Ostchinesische Meer. Kannst du so weit in einer Piper Cub fliegen?«

»Wenn ich sie richtig trimme«, sagte Pick. »Von der Küste aus sind es nur etwas über hundert Meilen. Die kann man in einer Cub schaffen. Schritt eins, eine Cub besorgen. Schritt zwei, nach Iwakuni fliegen. Feststellen, ob es irgendwo an der Küste einen kleinen Flugplatz gibt, wo ich auftanken kann …«

»Pick, das klingt …«

»General«, unterbrach McCoy. »Wenn Pick eine Cub in Korea hätte, würde das für Zimmerman und mich die Dinge sehr erleichtern.«

»Was ist mit dieser Air Station des Marine-Corps?«, fragte

General Pickering. »Kannst du dir dort kein Flugzeug ausleihen? Oder – mit Kens und Zimmermans Unterstützung – dir dort eines von der Army oder der Air Force borgen?«

»General«, sagte McCoy. »Ich muss Jeeps in Korea stehlen. Die kleinen Flugzeuge der achten Armee wird man nicht bereitwillig verleihen. Und ich würde es wirklich hassen, ihr eins wegzunehmen. Sie braucht, was sie hat.«

»Wie kommst du auf den Gedanken, dass hier ein Flugzeug ist, das nicht gebraucht wird und das man uns bereitwillig leihen würde?«

McCoy und Pick grinsten einander an.

»Mit allem möglichen Respekt, General, Sir«, sagte Pick lächelnd, »wir rangniedrigeren Offiziere haben bisweilen den Verdacht, dass ranghohe Offiziere manchmal mehr logistische Unterstützung haben, als sie tatsächlich brauchen.«

»Mit anderen Worten, wenn ich entscheide, dass ihr wirklich ein Flugzeug braucht, sollte ich es besser den hohen Tieren wegnehmen?«

»Sehr gut formuliert, Sir, wenn ich so sagen darf, mit allem nötigen Respekt, General, Sir«, sagte Pick.

Pickering schüttelte den Kopf.

»Hast du eine Marine-Uniform mitgebracht?«, fragte er dann.

Pick nickte.

»Wir haben all unsere Ausrüstung in Kisten mitgebracht«, sagte er. »Sie würden nicht in ein Taxi passen, aber man wird sie mit einem Pickup in die Stadt bringen. Meine sollte jede Minute hier sein. Ich habe gesagt, dass man Stu James' Kisten ins Hokkaido bringen soll.«

»Nun, sobald sie hier ist, ziehst du eine Uniform an. General Almond – El Supremos Stabschef – kommt her. Du kannst ihm erzählen, was rangniedrige Offiziere über überflüssige Logistik für ranghohe Offiziere denken.«

McCoy lächelte über Picks Unbehagen. Pickering bemerkte es.

»Das Grinsen ist verfrüht, Captain McCoy«, sagte er. »General Almond kommt her, um Sie zu besuchen.«

»Warum?«

»Das hat er nicht gesagt, aber er machte ziemlich klar, dass Willoughby besser nichts davon erfährt«, sagte Pickering. Er wandte sich an seinen Sohn und fuhr fort: »Wenn du General Almond davon überzeugen kannst, dass es Sinn macht, dir ein Flugzeug zu beschaffen, würde das viele Probleme lösen. Er kann es befehlen. Wenn ich einen anderen frage, wird man mir fünfzig Gründe nennen, weshalb kein Flugzeug entbehrt werden kann.«

»Ich werde mein Bestes versuchen«, sagte Pick. »Ich möchte mir wirklich den Flugplatz ansehen und ein Gefühl für den Platz bekommen, bevor die Staffel hier ist.«

»Almond ist ein vernünftiger Mann«, sagte General Pickering. »Als General Cushman hier war und versuchte, MacArthur auszureden, das gesamte Flugwesen des Marine-Corps der Air Force zu unterstellen ...«

»Mein Gott!«, entfuhr es Pick. »Was hat das alles zu bedeuten?«

»Die Formulierung, die General Stratemeyer – der Drei-Sterner der Air Force und Air Force Commander im SCAP – benutzte, war ›optimaler Gebrauch der verfügbaren Flugkapazität‹«, sagte General Pickering. »General Cushman benutzte den Satz ›Reduzierung von neunzig Prozent der Kampfleistung der ersten Marine Brigade‹, als sie die Kontrolle über ihr Flugwesen verlor.«

»Du warst dort?«, fragte Pick.

Sein Vater nickte.

»Ich wage nicht zu fragen, wer gewonnen hat«, sagte Pick. »Gott, ich war bei Manövern mit der Army und der Air Force. Die Air Force hat einfach keine Ahnung von enger Luftunterstützung.«

»So sagte General Cushman«, erklärte Pickering. »Er formulierte es ein wenig taktvoller. Und Almond sagte – sehr respektvoll – ›General, ich würde vorschlagen, wir fügen uns den Wünschen des Marine-Corps.‹ El Supremo bedachte ihn mit einem langen, kalten Blick und sagte dann: ›Ich bezweifle, dass wir in der Position sind, zu riskieren, dass das Marine-Corps in irgendeinem Maße an Kampfleistung einbüßt. Bis zu einer späteren Überprüfung kann das Marine-Corps die Kontrolle über sein Flugwesen behalten.‹ Es war eng, Pick. Ich glaube, wenn Almond seine Meinung nicht gesagt hätte, wärst du jetzt unter Kontrolle der Air Force.«

»Ich fange an, den Mann zu mögen«, sagte Pick.

»Er ist wohl noch nicht von der Bataan Gang vereinnahmt«, sagte Pickering.

Picks Kiste mit der Uniform traf fünf Minuten später ein, und er hatte gerade genug Zeit gehabt, um zu duschen, sich zu rasieren und eine Uniform anzuziehen, als es an die Tür klopfte, der CIC-Wächter im Flur sie ohne Aufforderung öffnete und Major General Almond die Suite betrat.

»Sie wollten mich sprechen, General?«, fragte Almond.

Diese Frage hat er wegen des CIC-Knaben gestellt, erkannte Pickering. *Almond weiß, dass Willoughby – und vielleicht auch MacArthur – einen Bericht über alles erhält, was sich hier abspielt.*

»Jawohl, Sir, das möchte ich. Danke für Ihr Kommen.«

Der CIC-Agent schloss die Tür.

»General, dies ist mein Sohn, Major Malcolm Pickering«, sagte Pickering. »Ich wollte Ihnen den Major vorstellen. Er möchte Sie um etwas bitten.«

Almond sah Pickering einen Moment in die Augen, bevor er Pick die Hand gab.

Wir haben soeben unsere Story abgemacht: ›Pickering wollte mir seinen Sohn vorstellen‹.

Gott, der arme Almond. Er muss sein Leben auf dem rasiermesserscharfen Grat zwischen Illoyalität zu seinem General und der Wahrung seiner Integrität verbringen.

»Wie geht es Ihnen, Major?«, fragte Almond. »Sind Sie mit General Cushman hier?«

»In gewissem Sinne, Sir. Meine Staffel, VMF-243, wurde am dreiundzwanzigsten mobilisiert. Wenn die Staffel hier eintrifft, werde ich unter General Cushmans Kommando stehen.«

»Und wann, meinen Sie, wird das sein?«

»Sir, sie sollte ein, zwei Tage brauchen. Vielleicht ist sie bereits eingetroffen.«

»Das klingt unwahrscheinlich, Major«, meinte Almond.

»Sir, wir haben geübt, binnen achtundvierzig Stunden an Bord eines Truppentransporters solche Strecken zurückzulegen.«

»Und Sie brauchen nicht zusätzlich Training, Ausrüstung, Auffüllen des Personals, die Art Dinge, bevor Sie an Bord eines Truppentransporters gehen und in aktiven Dienst eintreten?«

»Wir haben etwas mehr als neunzig Prozent unserer Unteroffiziere und Mannschaften, Sir. Und wir haben hundert Prozent unserer Offiziere. Die Staffel ist einsatzbereit.«

»Sie sind hier«, sagte Almond, und es war eine Frage.

»Jawohl, Sir. Mein Stellvertreter und ich flogen heute als eine Art Vorhut mit einer zivilen Fluggesellschaft ein.«

»Eine Art?«

»Nun, wir werden erst in aktiven Dienst eintreten, wenn die Staffel hier eintrifft.«

»Sie sind in Uniform.«

»Sir, der Kommandant der Staffel 243 hat die Befugnis, Leute für zweiundsiebzig Stunden zum Sondertraining einzuberufen. Ich habe mich und meinen Stellvertreter einberufen.«

Almond lächelte. »Das klingt äußerst praktisch und sehr vorschriftswidrig.«

Pick zuckte mit den Schultern.

»Was wissen Sie über die erste Ersatzbrigade des Marine-Corps?«, fragte Almond.

»Sir, ich bin mir nicht sicher, ob ich die Frage verstehe.«

Almond wandte sich an McCoy.

»Sie sind Captain McCoy, richtig?«

»Jawohl, Sir.«

»Sie kommen mir bekannt vor, Captain«, sagte Almond, als er McCoy die Hand schüttelte. »Kennen wir einander?«

»Nein, Sir.«

»Captain McCoy war kürzlich hier stationiert, General«, sagte General Pickering. »Beim Naval Element, SCAP.«

»Ich glaubte, das Gesicht schon gesehen zu haben«, sagte Almond.

Entweder hat er eine perfekte Pokermiene, oder er weiß nichts von McCoys Analyse oder dass Willoughby ihm ein Messer in den Rücken gestoßen hat.

»Major«, fuhr Almond fort, »der Adjutant Ihres Vaters berichtete Ihrem Vater, der die Information an mich weitergab, dass gestern in Pusan ein Regiment für Dienst in Korea eintraf, mit Personal aufgefüllt wird, das erst vor kurzem die Grundausbildung absolviert hat; dass die Einheit keine Gelegenheit hatte, zusammen zu üben; dass die Männer keine Gelegenheit hatten, ihre persönlichen Waffen einzustellen und dass die MGs und Mörser noch in Cosmoline verpackt sind.« Er legte eine Pause ein und sah McCoy an. »Ist dies das Wesentliche, was Sie gesagt haben?«

»Jawohl, Sir, das ist es.«

»Deshalb meine Frage an Sie, Major. Wie beurteilen Sie die erste provisorische Marine Brigade in diesem Zusammenhang?«

»Ich nehme an, sie wird in viel besserer Verfassung sein, Sir«, sagte Pick.

»Spricht da der Stolz des Marine-Corps oder wissen Sie das?«

»Sir, ich kenne viele der Offiziere, die bei der Brigade sind. Sie sagen mir, dass die meisten der Offiziere und Unteroffiziere Veteranen des Zweiten Weltkriegs und die meisten der Marines für einige Zeit bei der ersten Marine Division gewesen sind. Als die Brigade aufgestellt wurde, schickte man nicht nur Truppenkörper, sondern intakte Gruppen, Züge und Kompanien von der Division, mit ihren Offizieren, Unteroffizieren und Mannschaften. Männer, die zusammen ausgebildet worden sind, Sir.« Er lachte. »Dies sind Marines. Ich kann nicht glauben, dass sie ihre Gewehre nicht eingestellt haben. Oder dass Ihre MGs noch in Cosmoline verpackt sind. Sie werden kampfbereit von Bord der Schiffe gehen.«

»Wie kommt es, dass Sie, ein Flieger, die Offiziere einer Division kennen?«

»Sir, wir trainieren zusammen. Wenn wir einen Funkruf vom Boden bekommen, irgendetwas durchzuführen, erkennen wir die Stimme, von der wir die Anweisungen erhalten.«

»Wie weit geht das? Bataillon? Kompanie?«

»Manchmal bis auf einen Zug, Sir.«

»Nun, ich bin beeindruckt«, sagte Almond. »Und ehrlich gesagt, erleichtert. Die Generals Cushman und Craig erzählten mir im Wesentlichen das Gleiche, was Sie mir gesagt haben, aber ich habe gern eine Bestätigung von den Leuten, die tatsächlich mit den Dingen befasst sind. Ranghöhere Offiziere können nur hoffen, dass die rangniedrigeren Offiziere tun, was man von ihnen erwartet.«

»Jawohl, Sir«, sagte Pick.

»General«, ergriff General Pickering das Wort, »Pick hat vorhin eine interessante Bemerkung gemacht, kurz bevor Sie eintrafen. Er sagte, die meisten ranghöheren Offiziere haben mehr logistische Unterstützung als sie tatsächlich brauchen.«

»Interessant«, meinte Almond. »Sagen Sie, General, warum bekomme ich das Gefühl, von Marines in einen Hinterhalt gelockt worden zu sein?«

»Ich habe keine Ahnung, General«, sagte Pickering.

»Und dass ein Haken in dem Satz ›mehr logistische Unterstützung als sie tatsächlich brauchen‹ ist?«

»Jetzt, da Sie es erwähnen, General …«, begann Pickering.

»Was, Pickering?«, fragte Almond lächelnd

»Pick möchte in leichtes Flugzeug leihen und eine persönliche Erkundung von Flugplätzen in Korea durchführen«, sagte Pickering. »Und mein ›Adjutant‹ sagt mir, ein leichtes Flugzeug in Korea zur Verfügung zu haben würde ihm seine Arbeit beträchtlich erleichtern.«

Almond sah Pickering lange an.

»Ist dies eine offizielle Bitte vom stellvertretenden Direktor der CIA für Asien?«

»Jawohl, Sir, das ist es.«

»Es sind nur wenige leichte Flugzeuge in Japan übrig geblieben«, sagte Almond. »Ich habe befohlen, alle davon nach Korea zu schicken.«

Picks Gesicht spiegelte Enttäuschung wider.

»Ich hatte dies befürchtet, Sir. Aber ich musste einfach fragen.«

»Es gibt vier beim SCAP«, fuhr Almond fort. »Zwei L-19, eine L-4 – das ist eine Piper Cub – und eine L-17, das ist ein Viersitzer der North American Navion.«

»Sir, wenn ich die Cub für ein paar Tage haben könnte …«

»Das können Sie nicht«, unterbrach Almond. »Das ist meine. Sie heißt ›*Blue Goose*‹.«

»Ich verstehe, Sir«, sagte Pick.

Die Neugier überwältigte General Pickering.

»Warum ›*Blue Goose*‹?«, fragte er. »In Zusammenhang mit *Goose* fällt mir eine vulgäre Art von erhobenem Mittelfinger ein.«

»Irgendwie erschien diese Aufschrift auf dem Rumpf, kurz nachdem jeder andere General im SCAP-Stab außer mir eine neue L-19 bekommen hatte«, sagte Almond. »Sie sind der erste General, der mich fragt, was es bedeutet.«

Pickering lachte.

»Die L-19er kommen ebenfalls nicht in Frage«, fuhr Almond fort. »Eine gehört General Willoughby, die andere dem G-3, der sie wirklich braucht. Bleibt General MacArthurs Navion. Er benutzt sie selten. General Willoughby benutzt sie ziemlich oft.

Ich werde also zum Dai-Ichi-Gebäude zurückgehen und den Supreme Commander informieren, dass General Pickering mich gebeten hat, hier seinen Sohn zu treffen, und dass er um die Benutzung eines leichten Flugzeugs gebeten hat. Ich werde dem Supreme Commander erzählen, dass ich Ihnen, General Pickering, gesagt habe, ich würde Ihre Bitte zur Kenntnis bringen und – sofern er keine Einwände hat – versuchen, ein leichtes Flugzeug für Sie zu finden. Ich bezweifle, dass der Supreme Commander Einwände erheben wird. Dann werde ich Al Haig, meinen Adjutanten, nach Haneda rausschicken, um die Leute dort zu informieren, dass mit Genehmigung des Supreme Commander die L-17 von General Pickerings Piloten abgeholt werden wird, um Zwecken zu dienen, die mir nicht bekannt sind.«

»Danke, Sir«, sagte Pick.

»Es wäre ratsam, das Flugzeug so bald wie möglich aus Tokio herauszubekommen«, sagte Almond.

»Jawohl, Sir.«

»Wie es so schön heißt, eine Hand wäscht die andere«, sagte Almond zu Pickering. »Okay?«

»Was kann ich für Sie tun, General?«, erwiderte Pickering.

»Ich möchte McCoys – und wenn ich's mir recht überlege, Major Pickerings – Berichte über das sehen, was sie herausfinden. Inoffiziell. Manchmal frage ich mich, ob die Berichte, die wir bei den täglichen Briefings bekommen, dazu dienen, General Mac Arthur unnötige Sorgen zu ersparen.«

Mit anderen Worten, er hat den Verdacht – und mit verdammt gutem Grund –, dass Willoughby MacArthur Informationen vorenthält, die er seiner Meinung nach nicht wissen sollte.

»Ich werde dafür sorgen, dass Sie die Berichte bekommen«, sagte Pickering.

Almond nickte.

»Major«, sagte er zu Pick. »Es wäre vielleicht eine gute Idee, wenn Sie zufällig in der Nähe des SCAP-Hangars in Haneda wären, wenn Captain Haig dort auftaucht.«

»Jawohl, Sir. Ich werde dort sein«, sagte Pick.

Almond ging zur Tür und öffnete sie. Dann wandte er sich um und sagte laut genug, dass der CIC-Agent es hören musste: »Ich werde Ihre Bitte dem Supreme Commander so bald wie möglich vortragen.«

»Danke, Sir«, erwiderte Pickering.

Sie lächelten einander an, und Almond verließ die Suite.

2

Presseklub
Tokio, Japan

28. Juli 1950, 15 Uhr 30

Von Miss Jeanette Priestlys Kollegen im SCAP- (und jetzt UN-Kommando) Pressekorps – alle männlich – hieß es, dass die Kriegsberichterstatterin der *Chicago Tribune* hinsichtlich der Erschließung ihrer Nachrichtenquellen die Art eines Jesuiten hatte. Dass mit anderen Worten für sie der Zweck die Mittel heiligte.

Während es offensichtlich nicht stimmte, dass Miss Priestly mit einem Orang-Utan schlafen würde, um eine Story zu bekommen – was manchmal an der Bar des Presseklubs behauptet wurde –, war es andererseits wahr, dass Miss Priestly nicht darüber erhaben war, irgendeinem potenten Major – oder General oder, was das anbetraf, einem Private First Class – tief in die Augen zu blicken und ihm zugleich einen Blick in ihre Bluse auf ihren Busen zu gewähren, auf den sie Chanel Nr. 5 gesprüht hatte, und vielleicht auch eine weiche Hand auf seine zu legen, wenn sie dachte, die Person besitze Kenntnis von etwas, das ihr zu einer Story verhelfen würde. Oder – mehr in jüngster Zeit in Korea – wenn er Zugriff auf einen Jeep oder einen freien Platz im Flugzeug hatte.

Doch sie ging nicht mit diesen Quellen für Neuigkeiten oder Transporterleichterungen ins Bett, um sie für ihre Kooperation zu bezahlen. Es war zwar einige Zeit her, seit ihre Moral das jungfräuliche Weiß verloren hatte, doch Tatsache war, dass der Drang und die Gelegenheit eine Zeit lang nicht zusammengetroffen waren.

Jeanette war ehrlich genug, sich selbst einzugestehen, dass sie sich stark zu Captain Kenneth R. McCoy, USMC, hingezogen gefühlt hatte, vermutlich, weil er der einzige Mann in Korea zu sein schien, der wusste, was er tat. Und er *war* niedlich. Aber er hatte keinen Annährungsversuch bei ihr gemacht, und wenn er es getan hätte, wo hätten sie fleischliche Wonnen teilen können?

Die grünen Reisfelder Koreas sind im Sommer mit menschlichen Exkrementen gedüngt, und der Gestank neigt dazu, romantische Gefühle zu dämpfen.

Und seit sie in Korea zusammen gewesen waren, hatte sie ihn nie wieder gesehen, und so war er ihrer langen Liste von verpassten Gelegenheiten hinzugefügt worden.

Und manchmal, wenn alles sonst in Ordnung war, ließ etwas in ihrer Psyche sie zurückschrecken. Es war nicht zu leugnen, dass der Trans-Global-Airways-Pilot, derjenige, der den Geschwindigkeitsrekord aufgestellt hatte und dessen Vater ein Kumpel von MacArthur war, die legendäre Antwort auf die Gebete einer Maid war. Groß, gut aussehend, frech blickende Augen und mit unbestreitbarem Charme. Und reich.

Pickering war offensichtlich verknallt in sie gewesen. Wenn er ein Pferd gewesen wäre, hätte er gewiehert und mit den Hufen den Teppich aufgerissen. Und wenn er bereit gewesen wäre, ihre fast jungfräuliche Zurückhaltung zu brechen, wäre ein weiches Bett im Imperial Hotel zur Verfügung gewesen, mit Champagner vom Zimmerservice. Und sie hatte irgendwo gehört, dass Airline-Piloten gratis Tickets bekommen konnten, was ebenfalls nicht zu verachten war.

Aber da war etwas an Captain Pickering von Trans-Global Airways, das ihr Alarmsystem anschaltete. Sie war nicht Auslandskorrespondentin – jetzt Kriegsberichterstatterin – der *Tribune* geworden, um sich selbst anfällig zu machen. Wie die Jungs in der Bar des Presseklubs es vulgär formulieren würden, wusste sie, ihren Arsch bedeckt zu halten, wörtlich *und* im übertragenen Sinne.

Sie hätte sich bei Pickering zur Närrin machen können, und sie brachte sich selten selbst in diese Situation. Und er war ohnehin fort. Da es unwahrscheinlich war, dass sie ihn jemals wiedersehen würde, verbannte sie ihn aus ihren Gedanken.

Jeanette hatte die Erfahrung gemacht, dass die besten

Informationsquellen Männer waren, denen es nach ihr gelüstete und die zugleich wegen irgendetwas sauer waren und ihr etwas erzählen wollten, damit sie darüber schrieb und sie dadurch jemanden in Schwulitäten brachte.

Als sie sah, dass Major Scott, Fernmeldekorps, U.S. Army, sie beim Betreten der Bar des Presseklubs anlächelte, *wusste* sie, dass er zusätzlich zu den geilen Fantasien, die ihm durch den Kopf gingen, wirklich im Klub war, um ihr etwas zu erzählen.

Major Scott war ein großer, ziemlich gut aussehender Mann Anfang dreißig. Als Army-Pilot hatte er eine Art inoffizielle Mitgliedschaft im Presseklub. Kein Journalist würde einen Piloten der Army aus dem Presseklub werfen. Früher oder später musste jeder Journalist betteln, zu einem Flug mit den leichten Flugzeugen der Army-Flotte mitgenommen zu werden. In dem sicheren Wissen, dass irgendein Journalist Drinks für sie auf seiner Spesenrechnung ausgeben würde, gingen Army-Piloten oftmals in die Bar des Presseklubs.

Jeanette brauchte ungefähr eine halbe Stunde, um aus Major Scott herauszuholen, was er ›zufällig bei der Unterhaltung‹ im Presseklub sagen wollte.

Major Scott wurde in der Flugabteilung, Headquarters SCAP ,verwendet. Die meisten leichten Flugzeuge der Army und ihre Piloten waren von General Almond nach Korea geschickt worden. General MacArthurs persönliches leichtes Flugzeug, eine North American L-17 Navion, war nicht nach Korea geschickt worden und folglich auch nicht Major Scott, MacArthurs Navion-Pilot.

Major Scott wollte in Korea im Einsatz sein, vermutlich – so dachte Jeanette ein wenig unfreundlich – weil er noch nicht dort gewesen war. Es wäre nicht so schlimm, sagte er, wenn er stattdessen tatsächlich den Supreme Commander herumfliegen würde, doch selbst das tat er nicht. Der Supreme Commander hatte seine Navion an die CIA verliehen, und er, Scott, hatte absolut nichts zu tun, außer dann und wann eine der beiden L-19er zu fliegen, die in der SCAP-Flugabteilung übrig geblieben waren.

Jeanette hatte vor langem die Erfahrung gemacht, eine Quelle denken zu lassen, dass man mehr wusste als in Wirklichkeit, damit sich der Informant entspannte. Sie wusste über die CIA in Japan nur, dass Gerüchten zufolge MacArthurs ökonomischer Berater, Jonathan Loomis, der Leiter der CIA-Station war.

»Was macht Ihrer Meinung nach Jonathan Loomis mit der Navion des Generals?«

»Es ist nicht Loomis«, sagte Scott. »Es ist sein Boss, ein General des Marine-Corps namens Pickering. Er wohnt im Imperial Hotel.«

Miss Jeanette Priestly hörte zum ersten Mal, dass General Fleming Pickering überhaupt irgendwelche Verbindung zur CIA hatte. Er hatte bei ihr sogar abgestritten, ein General zu sein.

Dieser Hurensohn!

»Nun, was macht Ihrer Meinung nach General Pickering mit der Navion des Supreme Commanders?«

»Keine Ahnung. Er lässt sie von irgendeinem Major des Marine-Corps fliegen. Er bringt sie zurück nach Haneda zur Wartung. Ich weiß, dass er in Korea gewesen ist. Und in ganz Japan. Ich weiß nicht, wen er bei sich hatte, wenn überhaupt jemanden – die CIA sagt nicht viel.«

»Hm«, murmelte Jeanette nachdenklich.

»Kurz bevor ich heute Nachmittag hierher kam«, fügte Scott hinzu, »fand ich heraus, dass dieser Major die Navion als Erstes morgen früh nach Kobe fliegt.«

Das war interessant. Eine andere Informationsquelle hatte ihr erzählt, dass die Flugeinheiten der First Provisional Marine Brigade in zwei Tagen eintreffen würden. Sie hatte bereits einen Platz im Zug nach Kobe reserviert, um bei ihrer Ankunft dort zu sein.

»Ist jemand bei ihm?«

»Das weiß ich nicht, aber bevor Sie mit dem Gedanken spielen, von ihm mitgenommen zu werden, vergessen Sie's. Was auch immer sie vorhaben, sie wollen nicht, dass jemand davon erfährt.«

Weitere fünf Minuten später war Jeanette davon überzeugt, alles für sie Interessante aus Major Scott herausgeholt zu haben, und sie sagte ihm – bemüht, so aufrichtig wie möglich zu klingen –, dass sie bedaure, nicht mit ihm zu Abend essen zu können. Vielleicht ein anderes Mal.

Es war kein weiter Spaziergang vom Presseklub zum Imperial Hotel, doch es war heißer, als sie gedacht hatte, und sie traf verschwitzt im Imperial ein.

Als sie versuchte, General Pickering über das Haustelefon anzurufen, leugnete der Telefonist in der Vermittlung höflich, einen Gast dieses Namens zu haben. Jeanette nahm den Aufzug zur Etage, in der sich die Dewey-Suite befand, und ging den Korridor hinab.

Ein junger Amerikaner in Zivilkleidung blockierte ihr den Weg und fragte höflich nach ihrem Anliegen. Sie nahm ihren Presseausweis aus der Handtasche, und während der junge Mann – offenbar ein Wächter – ihn genau betrachtete, sagte sie, sie sei gekommen, um General Pickering zu interviewen.

»Ma'am, dies ist Sperrgebiet. Ich muss Sie bitten, zu gehen.«

»Ich möchte General Pickering sprechen.«

»Ma'am, dies ist Sperrgebiet. Ich muss Sie bitten, zu gehen.«

Jeanette hatte noch zehn Minuten Zeit, und sie schaffte es, den Zug nach Kobe zu erwischen. Sie traf dort nach Mitternacht ein und nahm ein Taxi zum US-Marinestützpunkt Kobe.

Lieutenant Commander Gregory F. Porter, USN, der Offizier für Öffentlichkeitsarbeit, war beunruhigt und ärgerlich, weil sie erfahren hatte, dass Flugabteilungen des Marine-Corps in naher Zukunft eintreffen würden, und er befürchtete, sie würde die Story – ›Marineflieger landen in Kobe‹ – bringen, bevor sie sich abspielte. Es gebe keine Zensur, erklärte er ihr, doch er hoffe wirklich, sie könne dafür sorgen, dass die Story erst veröffentlicht werden würde, nachdem die Marines tatsächlich eintrafen. Andernfalls würde sie wirklich dem Feind helfen. Wenn sie die Story zurückhalten würde, würde der Informationsoffizier der Nay alles in seiner Macht Stehende tun, um ihr zu helfen, die Story zu bekommen, wenn die Marines tatsächlich hier waren.

Jeanette sagte, dass sie das völlig verstehe und die Veröffentlichung gern zurückhalten werde, damit keinesfalls dem Feind geholfen würde. Lieutenant Commander Porter war dankbar und sagte, es wäre ihm eine Ehre, am Morgen mit ihr zu frühstücken, wenn er möglicherweise einige andere Neuigkeiten für sie hätte, die sie vielleicht interessant finden würde.

Der Speiseraum in der Offiziersmesse des US-Marinestützpunkts Kobe bot einen guten Blick auf den Flugplatz, und um

Viertel nach acht am nächsten Morgen, als Miss Priestly eine überraschend gute Grapefruit aß, sah sie, wie eine North American Navion glatt auf der Landebahn aufsetzte.

»Oh, ich wusste gar nicht, dass dieser Flugplatz von der Army benutzt wird«, sagte sie zu Lieutenant Commander Porter. »General MacArthur hat genauso ein Flugzeug.«

»Eigentlich, Jeanette«, erwiderte der Commander, »ist das seins. Aber er sitzt nicht darin.«

»Wer denn?«, fragte sie süß.

»Das ist im Augenblick als geheim erklärt«, sagte Commander Porter. »Aber wenn Sie mir ein paar Stunden Zeit geben, werde ich Ihnen alles darüber sagen können. Und ich werde Ihnen sogar einige exklusive Fotos geben, bei denen Sie mir gewiss zustimmen werden, dass sie eine tolle Story ergeben.«

Jeanette war bereits zu dem Schluss gelangt, dass Commander Porter kein Idiot war und er ihr alles gesagt hatte, was sie erfahren würde, bis er sich entschied, ihr mehr zu erzählen. So lächelte sie ihn süß an, legte eine Hand auf seine und sagte: »Ich danke Ihnen.«

Dann bemühte sie sich, einen Blick auf denjenigen zu erhaschen, der in der Navion saß, doch sie rollte außer Sicht.

Um 10 Uhr 15 fand Commander Porter Jeanette in der Lounge des Offiziersklubs und führte sie zurück zu dem Tisch, an dem sie gefrühstückt hatten.

»In ein paar Minuten werden Sie etwas sehr Interessantes – vielleicht sogar Historisches – dort draußen sehen. Was, das darf ich Ihnen jetzt noch nicht sagen, aber Sie haben mein Wort, dass ich Ihnen zum richtigen Zeitpunkt diese exklusiven Fotos geben werde, die ich versprochen habe.«

Er redet vermutlich davon, dass die ersten Flugzeuge des Marine-Corps hier landen werden. Aber wenn ich als Erste die Fotos bekomme, und auch noch exklusiv …

»Sie sind sehr freundlich, Greg«, sagte sie weich und streichelte leicht über seine Hand.

»Wir sehen uns in Kürze«, sagte er.

Um 10 Uhr 25 fielen zwei Chance-Vought F4U Corsairs praktisch aus dem Himmel und landeten. Auf dem Rumpf der Maschinen stand in Großbuchstaben *MARINES*.

»Die Marines sind gelandet«, sagte Jeanette laut und nur leicht sarkastisch, obwohl niemand im Speiseraum war, um sie zu hören.

Die Corsairs parkten auf dem Vorfeld und die Piloten stellten die Motoren aus. Bodenpersonal näherte sich, während ein Tankwagen vorfuhr. Dann gingen zuerst zwei Fotografen der Navy mit Hochleistungs-Pressekameras und dann Lieutenant Commander Porter und ein Mann mit Fliegerkombination zu den Flugzeugen, während die Piloten ausstiegen.

Das ist ein Ding! Wenn ich es nicht besser wüsste, könnte ich diesen Piloten für Captain Pickering von Trans-Global Airways halten, denn er sieht ihm zum Verwechseln *ähnlich.*

Der Pilot der ersten Corsair grüßte den Piloten, der genauso aussah wie Captain Pickering von Trans-Global Airways, und Commander Porter.

Dann ging Pick Pickerings Doppelgänger zu dem Piloten der zweiten Corsair und salutierte ebenfalls – um ihn anschießend in die Arme zu schließen, vom Boden abzuheben und ihm einen schmatzenden Kuss auf die Stirn zu drücken.

Die Männer der Bodencrew schwärmten um die Flugzeuge herum, betankten sie, umkreisten sie und überprüften sie.

Der Pilot der zweiten Corsair und – *verdammt, er ist es!* – Pick Pickering ließen sich widerstrebend zum Rumpf einer der Corsairs führen, wo die Navy-Fotografen ihre Fotos schossen.

Dann kletterte der Pilot der zweiten Corsair wieder in sein Flugzeug und Pickering stieg in das andere.

Was, zur Hölle, macht er?

Er blickte vom Cockpit herunter, um sich zu vergewissern, dass ein Feuerlöscher zur Stelle war, machte eine Geste – *Ich-lasse-den-Motor-an* – und dann begann sich der Propeller langsam zu drehen und einen Moment später sprang in einer bläulichen Rauchwolke der Motor an.

Mein Gott, er wird dieses Ding fliegen!

Einen Augenblick später rollten beide Flugzeuge zur Startbahn, Pickerings Corsair zuerst.

Die Navy-Fotografen eilten zur Startbahn, um in Position zu

sein und den Start zu fotografieren. Commander Porter und der Pilot ohne Flugzeug gingen in Richtung Offiziersmesse.

Jeanette konnte deutlich den Start der beiden Flugzeuge beobachten. Einschließlich den Piloten der ersten Maschine, der Kopfhörer aufgesetzt hatte und ohne jeden Zweifel Captain Pick Pickering von Trans-Global Airways war.

Commander Porter und der Pilot kamen in den Speiseraum.

»Was Sie soeben gesehen haben, Jeanette«, kündigte Commander Porter ein wenig theatralisch an, »und wovon Sie in einer halben Stunde als Erste und exklusiv Fotos haben werden, war der Start in den ersten Kampfeinsatz des Marine-Flugwesens nach Korea.«

»Wer ist geflogen – wer war der Pilot, der sein Flugzeug übernahm?«, fragte Jeanette.

»Major Malcolm S. Pickering, Ma'am«, sagte der Pilot.

»Der andere Pilot war Lieutenant Colonel William C. Dunn«, sagte Commander Porter.

»Warum haben Sie ihm Ihr Flugzeug gegeben?«

»Pick ist der Skipper, Ma'am«, sagte der Pilot. »Der Kommandant der Staffel 243. Er hat mich nicht um Erlaubnis gefragt. Bei Befehlen vom Skipper, Ma'am, fragt man nicht.«

»Es hat sich Folgendes abgespielt, Jeanette«, erklärte Commander Porter. »Major Pickering kam vor seiner Staffel in den Fernen Osten. Und er führte Orientierungs-Missionen in Korea durch …«

»In MacArthurs Navion?«, fragte sie ungläubig.

»Ja, Ma'am.«

»Und dann hat Colonel Dunn – verzeihen Sie, Jeanette, darf ich Ihnen Captain David Freewall von der USMC Reserve Kampfstaffel 243 vorstellen? Freewall, dies ist Miss Jeanette Priestly von der *Chicago Tribune*.«

»Ich weiß«, sagte Captain Freewall.

»Tatsächlich?«, fragte Jeanette erstaunt.

»Ja, Ma'am«, sagte Captain Freewall und lächelte sie an. »Das Letzte, was ich vom guten Pick hörte, bevor er in das Flugzeug stieg, war die Androhung, dass die Strafe für Eindringen in sein Revier zwei gebrochene Beine sind.«

Jeanette starrte ihn lange sprachlos an.

»Eindringen in sein Revier?« Hält mich dieser arrogante Hurensohn wirklich für sein Revier?

Sie wandte sich an Commander Porter.

»Was wollten Sie sagen, Commander?«

»Nun, als die *Badoeng Strait* – das Truppentransportflugzeug, das die Marine Air Group 33 aus San Diego herflog – nahe genug war, um mit Corsairs von ihm bis hier zu fliegen, hatte Major Pickering Funkkontakt mit Colonel Dunn …«

»Sie sind alte Freunde, Miss Priestly«, sagte Captain Freewall. »Ihre Freundschaft geht bis auf Guadalcanal zurück. Und für einen Regulären ist Colonel Billy ein ziemlich guter alter Junge.«

»Colonel Billy, nennen Sie ihn so?«, erkundigte sich Jeanette.

»… und bot *Colonel* William C. Dunn«, fuhr Commander Porter fort, »die Gelegenheit, wenn gewünscht, einen Orientierungs-/ Einsatzflug drei Tage eher in Korea durchzuführen, als er sonst die Möglichkeit gehabt hätte. Und *Colonel* Dunn – sein Vorname lautet William, seine mittlere Initiale C und dann folgt D-u-n-n – nahm das Angebot an.«

»Aha.«

»Und bald werden weitere Flugzeuge von der *Badoeng Strait* und der *Sicily*, dem anderen Truppentransportflugzeug, hier für den Korea-Einsatz vorbereitet werden. Sie haben eben den Start des ersten Kampfeinsatzes mit verfolgt – und werden bald die ersten Fotos davon erhalten.«

»Welche Art ›Kampfeinsatz‹?«, fragte Jeanette.

»In diesem Fall gilt es, mögliche Ziele auszusuchen«, sagte Captain Freewall, »was bedeutet, dass sie es mit allem aufnehmen, das wie der Feind aussieht.«

»Ich dachte, Major Pickering ist Pilot einer Fluggesellschaft …«

»*Captain*«, korrigierte Captain Freewall. »Old Pick ist *Captain* einer Fluggesellschaft.«

»Und er ist qualifiziert, um loszufliegen und es ›mit allem aufzunehmen, das wie der Feind aussieht‹?«

»Ich glaube, das können Sie sagen, Ma'am«, sagte Freewall. »Old Pick ist fast für alles qualifiziert.«

Einschließlich dafür, mich als sein Revier zu betrachten, dieser arrogante Bastard!

»Die anderen Flugzeuge von der *Sicily* und der *Badoeng Strait* werden in Kürze eintreffen, Jeanette«, sagte Commander Porter. »Vielleicht möchten Sie die Landung vom Kontrollturm aus beobachten?«

»Ja, das möchte ich, danke«, sagte Jeanette. »Wann, sagten Sie, erwarten Sie Colonel Dunn und Major Pickering zurück?«

»In zwei bis zweieinhalb Stunden«, sagte Commander Porter.

3

K-1 USAF Air Field
Pusan, Korea

29. Juli 1950, 11 Uhr 37

Lieutenant Colonel William C. Dunn konnte die koreanische Landmasse nahen sehen, war sich bewusst, dass Pick sie seit ein paar Minuten in sanftem Sinkflug von zehntausend Fuß aus anflog, und wusste, dass etwas im Gange war.

Die Entfernung zwischen Kobe und Pusan betrug ungefähr dreihundertfünfundsiebzig Meilen, und Pick hatte Pusan als ›unser erster Zielort im malerischen Land der Morgenruhe‹ genannt.

Sie waren um 10 Uhr 40 in Kobe gestartet und mit etwas über vierhundert Meilen pro Stunde geflogen. Das hieß, dass sie Pusan in knapp einer Stunde erreichen würden, und ungefähr eine Stunde war vergangen.

»K-1, Marine Four One One, zwei F4U-Maschinen auf fünftausend Fuß etwa fünf Minuten östlich. Erbitte Genehmigung um langsamen, tiefen Überflug Ihres Flugplatzes.«

Mein Gott, warum will er das tun?, dachte Dunn.

Und man wird ihm das nicht erlauben.

Er sagte, es sei der einzige anständige Flugplatz in Korea. Deshalb wird er voll sein. Und deshalb wird man nicht zulassen, dass zwei Jagdflugzeuge darüber hinwegdonnern.

»Wiederholen Sie, One One?«, sagte der Mann im K-1 Tower.

»Erbitte einen langsamen, tiefen Überflug Ihres Flugplatzes in dreieinhalb Minuten.«

»One, One, es findet starker Verkehr in dem Gebiet statt. Nennen Sie den Grund für einen niedrigen Überflug.«

»K-1 One One. Zwei Gründe. Grund eins, visuelle Erkundung eines möglichen Notlandeplatzes. Grund zwei, um die Gerüchte zu bestätigen, dass die Marines im Begriff sind, in unseren kleinen Krieg einzutreten.«

»One One, Genehmigung untersagt.«

»K-1, Ihre einzige Alternative ist, uns landen zu lassen, woraufhin wir über den gesamten Platz rollen werden, um ihn uns vom Boden aus anzusehen. Wenn Sie uns die Genehmigung für einen niedrigen Überflug erteilen, werden Sie uns in weniger als sechzig Sekunden vom Hals haben. Kommen, K-1.«

»One One, bleiben Sie auf Empfang.«

»One One bleibt auf Empfang. Wir sind auf dreitausend Fuß und haben den Platz in Sicht.«

Es gab eine Pause von sechzig Sekunden, während der die beiden Corsairs unter zweitausend Fuß sanken.

»Achtung an alle Flugzeuge in der Nähe von K-1. Passen Sie auf zwei Marine Corsair-Flugzeuge auf, die sich in niedrigem Flug von Osten nähern. Sie werden einen niedrigen, langsamen Überflug über diesen Flugplatz machen. Marine One One, Sie haben Genehmigung für einen niedrigen, langsamen Überflug von Ost nach West.«

»Vielen Dank«, ertönte Picks Stimme. Dann über den Luft-Luft-Funk: »Billy, hast du das?«

»Positiv«, sprach Lieutenant Colonel Dunn in sein Mikrofon.

»Tief und langsam, Billy«, befahl Pick. »Jetzt geht's los.«

Dunn sah, dass Pick die Nase seiner Corsair senkte, und folgte ihm. Pick fiel auf etwa tausend Fuß über dem Wasser und sank tiefer, als sie die Küstenlinie überquert hatten.

»Klappen und Räder, Colonel, Sir«, sagte Pick.

Der Flughafen war direkt vor ihnen.

Dunns Corsair verlangsamte, als er das Fahrgestell ausfuhr und die Landeklappen betätigte. Die Geschwindigkeitsanzeige zeigte nach einem Moment an, dass er nahe an der kritischen Geschwindigkeit war. Der Flugplatz lag genau vor ihnen. Dunn sah ein R5D-Transportflugzeug der Navy von der Start- und Landebahn wegrollen.

Nun, ›tief und langsam‹ meinte er offenbar ernst. Wie bin ich auf die Idee gekommen, dass wir mit vierhundert Knoten über den Flugplatz hinwegdonnern?

Warum habe ich immer den Verdacht, dass Pick etwas Verrücktes vorhat?

Was er macht, ergibt Sinn. Ich kann bei einem tiefen und langsamen Überflug alles sehen, was ich wirklich über diesen Flugplatz wissen will. Auf dem Boden kann man nicht viel aus dem Cockpit einer Corsair sehen.

Dieser Überflug ist vernünftig.

Sie überflogen tief die Haupt-Start- und Landebahn und Dunn hatte deren Ende fast erreicht, als Picks Corsair mit eingezogenen Rädern und Landeklappen die Nase hob und beschleunigte.

»Danke, K-1«, ertönte Picks Stimme über den Luft-Boden-Funk. »Sie können jetzt all unseren Freunden erzählen, dass die Marines da sind und fast gelandet wären.«

Das ist der Grund. Er hätte sich nicht so über Funk zu verabschieden brauchen.

Da ist etwas an Pick, das ihn veranlasst, seine Hosen runterzulassen.

»Da wir uns alles angesehen haben, was Pusan zu bieten hat«, ertönte Picks Stimme über den Luft-Luft-Funk, »werden wir einen schnellen Blick auf Chinhae werfen, das nicht weit von hier entfernt ist. Piper Cubs und Hubschrauber können dort starten und landen, doch die Landung einer Corsair wäre ein bisschen haarig.«

Chinhae war etwa dreißig Meilen von Pusan entfernt, und Pick – dessen Beispiel Dunn folgte – fuhr das Fahrwerk und die Landeklappen aus und überflog den Flugplatz. Es gab eine einzige Start- und Landebahn, und ein halbes Dutzend leichte Flugzeuge der Army parkten auf der Westseite.

Dunn sah genug, um General Cushman melden zu können, dass der Platz von den Piper Cubs und Helikoptern benutzt werden konnte, wenn die Nahaufklärungs-Staffel der Brigade eintreffen würde.

»Und nun nach Taegu«, kündigte Pick über den Luft-Luft-Funk an. »Die zweitgrößte Stadt im unbesetzten Südkorea.«

Der Flug dauerte nur ein paar Minuten. Pick war auf dreitausend Fuß hoch gegangen, und die frisch ausgehobenen Schützengräben und anderen Positionen südöstlich der Stadt ließen darauf schließen, dass man in Taegu mit einer Einnahme durch den Feind rechnete.

»Und der Krieg, Billy, beginnt ein wenig weiter nördlich«, sagte Pick. Er schaltete auf den Luft-Boden-Funk um.

»Marine Four One One. An irgendwelche Controller in dem Gebiet.«

Es gab keine Antwort, und Pick wiederholte den Ruf. Und abermals antwortete niemand.

»Ah, kommt schon, Jungs, wenn irgendwelche Controller in dem Gebiet sind. Wir haben zwei F4Us des Marine-Corps hier oben, die bereit und willens und in der Lage sind, auf irgendetwas zu feuern, das ihr für einen Schuss wert haltet.«

Wiederum gab es keine Antwort.

Pick schaltete auf die Luft-Luft-Frequenz um.

»Kannst du das glauben, Billy? Meinst du, die schlafen? Oder dass Sie zu stolz sind, die Marines zu rufen?«

»Es muss einen Grund geben«, erwiderte Dunn.

Bei Picks Ruf hatte er angenommen, dass es weit mehr Antworten vom Boden geben würde, auf die sie unmöglich alle reagieren konnten.

»Zur Hölle damit«, sagte Pick. »Lass uns eine Puffpuff abschießen.«

Eine ›Puffpuff‹? Was, zum Teufel, soll das?

»Wiederhole das bitte.«

»Hast du niemals die Kameraaufnahmen aus den Tragflächen gesehen, wenn das Air-Corps Züge in Europa beschossen hat? Ich wollte das immer mal versuchen, aber im ganzen Zweiten Weltkrieg habe ich niemals eine verdammte Puffpuff gesehen.

»Da war eine auf Guadalcanal«, sagte Dunn, und er hatte eine klare Erinnerung an eine alte, kleine Dampflok, die zerschossen gewesen war, »aber sie war bereits Schrott, als ich die Möglichkeit hatte, sie abzuschießen. Gibt es hier in der Gegend eine Eisenbahnlinie?«

»Ein paar habe ich in meiner treuen Navion erspäht«, berichtete Pick. »Lass uns hoffen, dass wir Glück haben.«

Zehn Minuten später hatten sie Glück.

»Neun Uhr, Billy«, ertönte Picks Stimme über Luft-Luft-Funk.

Dunn hielt Ausschau in der angegebenen Richtung.

Ein Zug, ein sehr langer – geschlossene Güterwaggons, Plattformwagen, Tankwagen, angetrieben von zwei Dampflokomotiven –, schlängelte sich an einem Fluss entlang.

»Ich werde rechts abschwenken, ziemlich nahe heranfliegen und dann umkehren«, kündigte Pick an. »Ich werfe Steinchen auf die Lok. In dem unwahrscheinlichen Fall, dass ich nicht treffe, kannst du einen zweiten Überflug versuchen.«

Steinchen auf die Lok werfen? Wirst du denn nie erwachsen? Guter Gott, du bist ein Stabsoffizier des Marine-Corps!

»Ich werde hinter dir sein, Pick«, sagte Dunn über den Luft-Luft-Funk.

Und dann überraschte ihn Pick abermals, indem er rapide beschleunigte, nachdem er nach links abgeschwenkt war.

Du kannst viel mehr treffen, wenn du nicht Vollgas gibst. Das weißt du. Was zum Teufel ist mit dir los?

Pick vollendete seine Drehung, und nicht höher als fünfhundert Fuß flog er über das gewellte Terrain, zurück gegen den Zug …

… und von drei oder vier Waggons kamen Leuchtspurgeschosse.

Mein Gott! Warum habe ich nicht mit Flugabwehrbeschuss gerechnet?

Man gibt ein viel schlechteres Ziel ab, wenn man so schnell fliegt, wie es möglich ist.

Pick wusste, dass es Gegenfeuer geben wird.

Woher?

Mein Gott, Pick, hast du in dieser Navion einen Probe-Zielanflug gemacht?

Ja, du hast es getan. Du verrückter Hurensohn, genau das hast du getan!

Die Brownings Kaliber .50, die an Picks Corsair befestigt waren, spuckten Ströme von Leuchtspurgeschossen.

Dunn sah sie entlang der Reisfelder und des Flusses zu den Lokomotiven hin wandern. Dampf stieg aus dem Kessel der hinteren Lok auf. Er richtete die Nase seiner Corsair auf den hinteren Teil des Zuges und drückte auf den Abzugsknopf am Knüppel. Die Corsair erzitterte unter dem Rückschlag.

Gerade als er die Nase der Corsair hob, explodierte die Lokomotive.

»He, Billy! Sieh dir das an!«, ertönte Picks erfreute Stimme über den Luft-Luft-Funk.

Eine Sekunde später sah er ein orangefarbenes Glühen von einem der Tankwaggons, und den Bruchteil einer Sekunde danach eine gewaltige Explosion.

Dunn flog eine halbe Sekunde durch den Feuerball, und dann war er auf der anderen Seite.

Er sah Picks Corsair steil aufsteigen und flog ihm wieder nach.

»Hast du gesehen, wie dieser Hurensohn in die Luft geflogen ist?«, fragte Pick aufgeregt.

»Ich habe es gesehen. Wir haben ebenfalls einen Tankwagen erwischt.«

»Du hast den Tankwagen erwischt«, sagte Pick. »*Ich* habe die Puffpuff getroffen.«

»Wie du meinst«, erwiderte Dunn.

»Funktioniert dein ADF (Automatic Direction Finder; Peilgerät)?«

Dunn überprüfte es.

»Positiv«, sagte er.

»Meiner nicht«, erwiderte Pick sachlich. »Ich nehme an, ich habe diese Antenne verloren.«

»Irgendeine andere Beschädigung?«

»Alle Anzeigen im grünen Bereich«, sagte Pick. »Da sind einige Löchlein, die ich zuvor nicht gesehen habe, in der Tragfläche, aber es läuft nirgendwo Sprit aus. Meinst du, dass du Kobe finden kannst, Colonel, Sir?«

»Komm an meinen Flügel, Pick«, sagte Dunn im Befehlston.

Er gab Gas und zog seine Corsair neben die Picks.

Picks Kanzeldach war geöffnet. Er hatte eine lange Zigarre im Mund und zündete sie mit dem Feuerzeug des Cockpits an. Das Feuerzeug wurde eigentlich ›Noterhitzer‹ genannt, denn das Rauchen im Cockpit war verboten. All dies ignorierend, setzte Pick seine Zigarre in Brand, blickte dann zu Dunn auf und winkte fröhlich.

Dunn schüttelte den Kopf und flog ihm voraus auf einem Kurs nach Kobe.

4

In ihrer Eigenschaft als Journalistin hielt Miss Priestly es für ihre Pflicht, bei der Landung der beiden Corsairs anwesend zu sein, wenn sie von ihrem ersten Kampfeinsatz in Korea zurückkehrten.

Ihr erster Gedanke war, es dem arroganten Kerl für die Angeberei von ›seinem Revier‹ heimzuzahlen.

Ihr zweiter Gedanke war: *Mein Gott, er sieht erschöpft aus.*

Und als Drittes dachte sie: *Mein Gott, da sind überall im Rumpf Löcher. Er ist getroffen worden! Er hätte abgeschossen werden können!*

Major Pickering sprang von der Tragfläche der Corsair herab.

»Das ist aber eine unerwartete Freude! Wie geht es Ihnen, Miss Priestly?«

»Sie wussten, dass ich hier bin«, fuhr sie ihn an. Und dann überraschte sie ihn mit der Frage. »Pick, ist alles in Ordnung?«

»Könnte nicht besser sein, es sei denn, ich bekomme einen doppelten Scotch, dann werde ich wirklich in bester Verfassung sein.«

»Da sind Kugellöcher in Ihrem Flugzeug!«

»Nein. Das bezweifle ich. Ich glaube, sie wurde von Teilen einer Lokomotive getroffen.«

»Von einer Lokomotive?«

»Ja. Und da gibt es eine alte Sitte beim Marine-Corps. Jeder Pilot, der eine Lokomotive in die Luft jagt, bekommt einen Kuss von dem ersten hübschen Mädchen, das er sieht.«

»Viel Glück«, sagte sie. »Ich hoffe, Sie finden eins.«

Und dann legte er eine Hand auf ihre Wange und zuckte mit den Schultern.

»Was soll's«, sagte er. »Es hätte klappen können. Und ich wollte Sie wirklich küssen.«

Er ließ die Hand von ihrer Wange sinken und begann sich abzuwenden.

Sie hielt ihn am Ärmel seiner Fliegerkombination fest. Er war feucht von Schweiß.

Er stinkt vermutlich wie ein Pferd, dachte sie.

Dann hob sie das Gesicht und küsste ihn, und es dauerte viel länger, als sie beabsichtigt hatte, und während sie ihn küsste, wurde ihr klar, dass es vermutlich kein Doppelbett und vom Zimmerservice servierten Champagner geben würde, dass dies jedoch eine dieser seltenen Zeiten war, an dem Verlangen und Gelegenheit wirklich zusammengetroffen waren.

5

Ersatzbataillon
Camp Pendleton, Kalifornien

29. Juli 1950, 7 Uhr 05

Zu dem Zeitpunkt, als das Marine-Corps um Unterstützung bei der Produktion des Films ›*Die Hallen von Montezuma*‹ *mit John Wayne* gebeten worden war und zugesagt hatte, war das anscheinend eine ausgezeichnete Idee gewesen.

Das Drehbuch war geprüft worden, und während es einen gewissen melodramatischen Aspekt hatte, war nichts darin, das sich auf irgendeine Weise nachteilig für das U.S. Marine-Corps auswirken würde. Ganz im Gegenteil, John Waynes Rolle zeigte Spuren von selbstlosem Heroismus, indem er die höchsten Traditionen des Marine-Corps bewahrte.

Und es würde ein bedeutender Film sein, der auf der Leinwand von mindestens der Hälfte aller Kinos in den Vereinigten Staaten gezeigt werden würde.

Ein ranghoher Offizier sagte dem Kommandanten des Marine-Corps Cates unter vier Augen: »Wir leihen den Filmleuten ein paar Infanteriekompanien, lassen Sie die Wildnis von Pendleton benutzen und Fotos von amphibischen Ladungen unter Luftunterstützung machen – die wir ohnehin durchführen – und bekommen dafür in Wirklichkeit einen zweistündigen Rekrutierungsfilm. Ich finde, das Corps kann davon nur profitieren, und empfehle, die Sache durchzuziehen.«

Das war damals gewesen, neun Monate, bevor die Armee der demokratischen Volksrepublik Nordkorea den 38. Breitengrad überquert hatte und nach Pusan vorgerückt war.

Jetzt war jetzt. Das Letzte, was das Marine-Corps der Vereinigten Staaten in Camp Pendleton brauchen konnte, war eine zivile

Armee von Filmleuten, die in der Reservation herumlief und erwartete – verlangte –, was man versprochen hatte, nämlich »volle Kooperation«.

Eines der Probleme, die auf den Schreibtisch von Brigadier General Clyde W. Dawkins geflattert waren, kurz nachdem klar gemacht worden war, dass das Corps wieder in den Krieg ziehen würde, bestand aus einer kurzen Notiz von einem Sergeant Major:

> GENERAL,
> DIE HOLLYWOOD-MARINES BEGINNEN EINZUTREFFEN. MAJ. L.K. WINSLOW (PUB INFO) IST DER 1. PROVISIONAL BRIGADE ZUGETEILT WORDEN.
>
> SGT. MAJOR NEELY

Major L.K. Winslow, der im Stab des G-3 gewesen war, war dem Public Information Office (PIO) zugeteilt worden, um sich mit der Produktionsgesellschaft des Films *Die Hallen von Montezuma* zu befassen. Er war ein guter Offizier. Als Brigadier General Craig begonnen hatte, die First Provisional Marine Brigade mit Personal zu besetzen, hatte er als einen der ersten Offiziere Major L.K. Winslow angefordert.

Das bedeutete, dass jetzt kein Offizier für die Zusammenarbeit mit den Filmleuten zuständig war.

General Dawkins hatte Sergeant Major Neely in sein Büro befohlen.

»Was unternehmen wir in dieser Sache?«

»Sir, wir haben einen Major, der jetzt seine meiste Zeit mit der Inventur in den Nachschublagern verbringt.«

»Ein Major, der – *was* macht?«, platzte Dawkins heraus, und dann fiel ihm ein, dass er einiges über Major Macklin gehört hatte – er hatte irgendwie den G-1 verärgert und war zur Verbüßung seiner Sünden in die Versorgungslagerräume geschickt worden, um Inventur zu machen. »Sie meinen Major Macklin?«

Sergeant Major Neely nickte.

»Ich weiß nicht …«

»Der PIO steckt bis zum Hals in Schwulitäten«, sagte Neely. »Und jemand muss sich mit den Hollywood-Marines abgeben.«

Es gibt keinen Grund, sagte sich Dawkins nach kurzem Überlegen, *dass Macklin nicht seine Sünden verbüßen kann – welche es auch immer sind –, indem er sich mit den Hollywood-Marines abgibt.*

»Schicken Sie bitte Major Macklin zu mir, Sergeant Major«, befahl Dawkins.

»Aye, aye, Sir.«

In den fünfundvierzig Minuten, die es dauerte, um Major Macklin zu benachrichtigen, dass der stellvertretende Kommandeur ihn persönlich zu sprechen wünschte, und die Macklin bis zu Dawkins Büro brauchte, hatte Dawkins ein wenig – sehr wenig – Zeit, um über seine Entscheidung zu grübeln.

Es war ihm bewusst, dass er nicht zu denjenigen zählte, die das Kino-Epos mit John Wayne als eine große Sache für das Marine-Corps betrachteten. Darüber hinaus war ihm klar, dass er irgendwo gehört hatte, dieser Macklin sei ein Drei-Sterne-Arschloch. Er war gezwungen, den Schluss zu ziehen, dass er diese Entscheidung von seinen Gefühlen hatte beeinflussen lassen, dass er ein Arschloch schickte, um sich mit den Hollywood-Arschlöchern zu befassen.

Das war nicht das Richtige. Das Marine-Corps hatte entschieden, dass der Film im besten Interesse des Marine-Corps war, und so war es seine Pflicht, den Film so gut wie möglich zu unterstützen, was offensichtlich bedeutete, dass er nicht sein Arschloch von Major schicken sollte, damit es sich mit den Hollywood-Arschlöchern befasste.

Er würde einen wirklich fähigen Offizier finden müssen, der Major L.K. Winslow ebenbürtig war, um die Hollywood-Leute bei ihrer Produktion zu unterstützen.

Genau zu dem Zeitpunkt, an den er zu diesem Schluss gelangte, steckte Sergeant Major Neely seinen Kopf durch die Tür und meldete, dass Major Robert B. Macklin, USMC, eingetroffen war.

»Schicken Sie ihn bitte rein«, befahl Dawkins. Da er ihn hatte kommen lassen, gebot es die Höflichkeit, wenigstens mit ihm zu sprechen.

Major Macklin – der, wie Dawkins etwas überrascht sah, ein gut aussehender, affektierter, tadellos uniformierter Marineoffizier war – betrat das Büro, marschierte bis genau achtzehn Zoll vor General Dawkins' Schreibtisch und stand still.

»Major Macklin, Robert B., meldet sich wie befohlen, Sir.«

»Rühren, Major«, sagte Dawkins.

Macklin befolgte den Befehl.

»Dies mag Ihnen wie eine sonderbare Frage vorkommen, Macklin, aber haben Sie irgendwelche Erfahrung in der Öffentlichkeitsarbeit?«

»Ja, Sir, die habe ich.«

Das hatte ich nicht zu hören erwartet.

»Im Corps?«

»Jawohl, Sir.«

»Erzählen Sie mir davon«, befahl Dawkins.

»Sir, als ich von Guadalcanal zurückkehrte ...«

»Sie waren auf Guadalcanal?« *Das ist ein Ding!*

»Eigentlich, Sir, war ich auf Gavutu.«

»Warum haben Sie dann ›Guadalcanal‹ gesagt?«

»Ich habe die Erfahrung gemacht, Sir, dass es leichter ist ›Guadalcanal‹ zu sagen, als zu erklären, dass Gavutu eine benachbarte Insel ist.«

Das stimmt. Gavutu ist ziemlich unbekannt.

»Was haben Sie auf Gavutu gemacht?«

»Eigentlich, Sir, bekam ich keine Chance, viel auf Gavutu zu machen. Ich landete dort mit den Para-Marines und wurde verwundet, bevor ich den Strand erreichte.«

Die Para-Marines wurden dezimiert. Sie verloren zehn Prozent ihrer Männer, als sie auf Gavutu landeten.

»Ich verstehe«, sagte Dawkins. »Und?«

»Ich war in eingeschränktem Dienst, Sir, und das Corps verwendete mich bei einer Tournee zur Ankurbelung des Verkaufs von Kriegsanleihen. Es waren einige Asse von Guadalcanal dabei.«

»Sonderbar. Ich bin vertraut mit dieser Tournee. Einige dieser Asse waren meine. Und Sie waren der Public-Relations-Mann für diese Tournee?«

»Jawohl, Sir, und – ich war immer noch in eingeschränktem Dienst, Sir – für andere, die folgten.«

»Und so haben Sie den Krieg verbracht? Mit Aufgaben für die Öffentlichkeitsarbeit?«

»Nein, Sir. Als klar wurde, dass ich bald wieder voll diensttauglich sein würde, meldete ich mich freiwillig beim OSS. Ich wurde nach Mindanao befohlen, das damals die Japse besetzt hatten …«

Verdammt, ich brauche keinen Spion. Ich brauche jemanden, der sich mit den Hollywood-Marines und John Wayne befasst.

Nun, wenigstens hatte er einige PR-Erfahrung.

»Major«, unterbrach Dawkins, »das Marine-Corps kooperiert mit einer Filmgesellschaft aus Hollywood. Die machen einen Film, der *Die Hallen von Montezuma* heißen und in dem John Wayne die Hauptrolle spielen wird.«

»Ja, Sir?«

»Der Offizier für Öffentlichkeitsarbeit ist der First Marine Provisional Brigade zugeteilt worden, und ich muss jemanden als Ersatz für ihn finden, und zwar auf die Schnelle, denn die ersten der Hollywood-Leute sind bereits hier eingetroffen. Meinen Sie, Sie könnten so etwas handhaben?«

»Sir, wenn ich die Wahl habe, zwischen dieser Verwendung und einer in Korea, werde ich wirklich vorziehen, nach Korea zu gehen.«

»Die meisten von uns würden vorziehen, in Korea zu sein, Major«, sagte Dawkins. »Meine Frage war, ob Sie meinen, Sie können so etwas handhaben.«

»Ich bin überzeugt, dass ich das kann, Sir, wenn das Corps das von mir wünscht.«

»Okay. Sobald Sie abwickeln können, was Sie bis jetzt getan haben, melden Sie sich bei Colonel Severance in der Abteilung Öffentlichkeitsarbeit.«

»Aye, aye, Sir.«

»Das wäre alles, Major. Viel Glück.«

»Jawohl, Sir. Danke, Sir.«

Bevor Major Macklin aus dem Gebäude heraus war, rief General Dawkins Colonel Severance an und sagte ihm, dass er einen PR-Offizier als Ersatz für Major Winslow schickte

Er sagte Colonel Severance ebenfalls, dass er einen glatten Verlauf des ›Hollywood-Projekts‹ wünschte, dass das Corps ›volle Kooperation‹ versprochen hatte und die Filmleute diese bekommen würden.

»Sorgen Sie dafür, dass sie alles bekommen, was sie wünschen, es sei denn, sie stören tatsächlich unsere Verlegungen nach Korea.«

Colonel Severance antwortete »Aye, aye, Sir«, und General Dawkins verbannte die Hollywood-Marines aus seinen Gedanken.

Major Macklin war erfreut über seine neue Verwendung. Er wäre natürlich bereitwillig nach Korea gegangen, und das würde er immer noch tun. Doch Tatsache war, dass ihm in seinem vorherigen Dienst das Privileg eines Kommandos versagt geblieben war. Er war nie Kompaniechef gewesen, und Dienst als Kompaniechef war zumindest inoffiziell die Voraussetzung, als Major zum stellvertretenden Bataillonskommandeur ernannt zu werden.

Ebenso wenig hatte ihn seine Dienstzeit beim Nachrichtendienst auf Dienst in einer Brigade oder als Nachrichtenoffizier vorbereitet. Die meiste Zeit seines Dienstes beim OSS hatte er auf der von Japan besetzten Insel Mindanao verbracht. Das war gewiss wertvoller – und bestimmt gefährlicher Dienst –, aber es war nicht die Art Dienst, die ihm Erfahrung gegeben hatte, um Aufgaben eines Nachrichtenoffiziers in einem Regiment zu übernehmen.

Selbst wenn er mit der Brigade nach Korea befohlen wurde – oder später mit der ersten Marine Division –, würde man ihm höchstwahrscheinlich Dienst in der Personal- oder Nachschubabteilung geben. Das war gewiss wichtige Arbeit, aber insgesamt betrachtet konnte er einen weitaus größeren Beitrag für das Marine-Corps leisten, indem er einen hervorragenden PR-Job leistete und die Verfilmung von *Die Hallen von Montezuma* unterstützte.

Und seine Arbeit würde sicherlich von ranghohen Offizieren zur Kenntnis genommen werden, was wichtig war, wenn er die Auswahl zur Beförderung als Lieutenant Colonel bedachte.

Als er sich bei Colonel Severance meldete, wiederholte Severance, was General Dawkins über die Bedeutung des Projekts gesagt hatte, und riet ihm, sich dementsprechend zu verhalten. Er sagte ihm ebenfalls, dass die ›hohen Mitglieder‹ der Produktionsgesellschaft im Coronado Beach Hotel wohnten und dass er dort Kontakt mit den Produzenten und dem Direktor aufnehmen sollte.

Er erhielt eine Kopie des ›Drehplatz-Skripts‹ und eine lange Liste von Dingen, vom Jeep über Lastwagen bis zum Telefondienst, die von der Produktionsfirma benötigt wurden. Ebenfalls wurde er gebeten, den ›Location Manager‹ bei der Suche nach geeigneten Plätzen für verschiedene ›Szenen‹ und ›Aufnahmen‹ des Films durch Camp Pendleton zu begleiten.

Macklin machte sich sofort an die Arbeit und kehrte am selben Abend ins Coronado Beach zurück, um seinen Fortschritt dem Direktor und den Produzenten zu berichten. In Camp Pendleton schlug er Colonel Severance vor, dass es eine gute Idee sei, sich ein Zimmer im Hotel zu nehmen, weil er in vierundzwanzigstündiger Bereitschaft sein müsse, um sich um die Bitten der ›Filmgesellschaft‹ zu kümmern. Das würde bedeuten, dass er auf vorübergehende Verwendung gesetzt wurde, damit er pro Tag den Zuschlag und die Wohngeldzulage erhalten konnte. Colonel Severance versprach, sich darum zu kümmern.

Zweierlei passierte am ersten Tag. Als er dem Produzenten erzählte, dass er arrangiert hatte, im Hotel zu wohnen, damit er rund um die Uhr verfügbar war, sagte der Direktor, dass die Gesellschaft als Gegenleistung wenigstens die Hotelrechnung bezahlen konnte.

Das bedeutete, dass er Wohnzulage erhalten würde, ohne sie ausgeben zu müssen.

Als Zweites passierte am ersten Tag, dass er den Star, Mr John Wayne, kennen lernte. Wayne bewohnte natürlich eine Suite im Coronado Beach, war jedoch mit seiner Jacht, einem umgebauten Patrouillenboot der Navy, nach San Diego gekommen.

Sie trafen sich auf der Jacht. Mr Wayne war äußerst charmant und sagte ihm, dass er, John Wayne, statt im Hotel auf der Jacht schlafen würde und dass Macklin an Bord kommen könne, wann immer es ihm beliebe.

»Wir feiern ein bisschen hier draußen«, sagte Wayne. »Auf dem Boot bemerkt das niemand.«

Das war sicherlich eine interessante Aussicht, und im Laufe der nächsten zehn Tage stellte Major Macklin fest, dass viele – vielleicht die meisten – der schönen Frauen, die bei der Filmgesellschaft arbeiteten, keine Schauspielerinnen waren, sondern Technikerinnen und Assistentinnen der einen oder anderen Art. Und viele davon, so bemerkte er bald, fühlten sich zu einem echten Major des Marine-Corps hingezogen, der auf einem echten Schlachtfeld verwundet worden war und ein echter OSS-Agent gewesen war, der hinter feindlichen Linien gekämpft hatte.

Um seine Pflichten zu erfüllen, beantragte er als Erstes – und erhielt – einen Stabswagen. Nach zwei Tagen sagte er sich, dass er eigentlich einen Kombi plus Fahrer brauchte, und Colonel Severance besorgte ihm auch das.

Am 28. Juli kam der Casting Director der Produktionsfirma zu Major Macklin und sagte, dass die Firma am 30. Juli ab halb sieben einige Aufnahmen für ›Füller-Fotos‹ von Marines machen würde, die in Arbeitskleidung durchs Gelände robbten. Er könne mit vierzig oder fünfzig Personen auskommen, doch mehr wäre besser.

»Sagen Sie mir einfach, wie viele Marines Sie brauchen«, sagte Major Macklin im Geist völliger Kooperation.

»Ich möchte wirklich sehen, ob wir einige interessante Gesichter dabei haben.«

»Wie kann ich Ihnen dabei helfen?«

»Meinen Sie, Sie könnten einen Haufen Ihrer Jungs – sagen wir hundert oder so – antreten lassen, damit ich mir diejenigen aussuche, die für unser Konzept geeignet sind?«

»Das ist überhaupt kein Problem. Ich kümmere mich sofort darum und gebe Ihnen dann gleich Bescheid.«

Anschließend rief Major Macklin den Kommandeur des Ersatzbataillons an, das aufgestellt worden war, um den Zustrom der eintreffenden Marines in Camp Pendleton zu bewältigen. Er erklärte ihm, was er wollte.

»Es ist kaum jemand hier«, sagte der Bataillonskommandeur. »Bei den Ausfällen, die wir hatten, sind die regulären Marines abkommandiert worden, um die erste Division aufzufüllen, und es ist nur eine Reserve-Kompanie hier – sie war erst für den ersten August erwartet worden, aber sie ist heute Morgen eingetroffen.«

»Von wie vielen Männer sprechen wir?«

»Etwas über zweihundert, plus fünf Offiziere.«

»Lassen Sie sie morgen um sieben Uhr antreten. Ein Casting Director wird aus ihnen etwa fünfzig Männer auswählen, die er für das Projekt *Die Hallen von Montezuma* braucht.«

»Was genau heißt das?«

»Es heißt, dass für zwei Tage – möglicherweise drei, je nachdem wie lange das dauert – die Männer ausgewählt werden, um als Statisten im Film aufzutreten.«

»Himmel, Macklin, ich weiß nicht. Zum einen muss die Eingliederungsprozedur für die Einteilung und den Auftrag erledigt werden, und zum anderen hat ihr Kompaniechef den Schießplatz reserviert, damit sie ihre persönlichen Waffen einstellen können.«

»Das wird warten müssen, befürchte ich, bis die Filmaufnahmen fertig sind.«

»Mit wessen Genehmigung?«

»General Dawkins hat gesagt, dass dieses Projekt die höchste Priorität hat. Sind Sie bereit, dies zu akzeptieren, oder soll ich General Dawkins anrufen und ihm melden, dass Sie mir sagen, wir können nicht die volle Kooperation gewähren, die das Hauptquartier des Marine-Corps diesen Hollywood-Leuten versprochen hat?«

Der Bataillonskommandeur wollte nichts mit dem stellvertretenden befehlshabenden General diskutieren.

»Die Männer werden um sieben Uhr zur Verfügung stehen, Macklin«, sagte er.

»Danke«, erwiderte Major Macklin und machte sich dann auf dem Weg zum Casting Director der Produktionsfirma, um ihm zu sagen, was arrangiert worden war.

Als Captain George F. Hart informiert wurde, dass am 29. Juli seiner Kompanie das Frühstück um halb fünf serviert werden würde, statt um sieben Uhr, weil er sie zu dieser Zeit vor dem Hauptquartier der Bataillon in Feldausrüstung und mit den zugeteilten Waffen antreten lassen musste, nahm er natürlich an, dass dort Lastwagen warten würden, mit denen die B-Kompanie zu einem der Schießplätze transportiert werden würde.

Die B-Kompanie trat um 6 Uhr 55 an. Zu diesem Zeitpunkt erschien der befehlshabende Offizier des Ersatzbataillons an der Tür des Hauptquartiers, und als er Captain Harts Aufmerksamkeit hatte, signalisierte er ihm, zu ihm zu kommen.

Hart übergab seine Kompanie seinem Stellvertreter und ging

zum Hauptquartier des Bataillons. Da sie sich beide im Freien aufhielten und Waffen trugen, salutierte Hart.

»Guten Morgen, Sir«, sagte er.

»Guten Morgen, Captain«, erwiderte der Bataillonskommandeur. »Sie und Ihre Offiziere werden nicht für diese kleine Übung gebraucht werden. Übergeben Sie die Kompanie Ihrem First Sergeant.«

»Wie bitte, Sir?«

»Übergeben Sie Ihre Kompanie Ihrem First Sergeant, Captain, und entlassen Sie Ihre Offiziere von der Formation.«

»Aye, aye, Sir«, sagte Captain Hart. Er befolgte seinen Befehl und kehrte dann zum befehlshabenden Offizier des Ersatzbataillons zurück.

»Sir, darf ich fragen, was vorgeht?«

»Fünfzig Ihrer Männer werden im Kino zu sehen sein, Captain. In Kürze wird ein Talentsucher erscheinen, um zu bestimmen, welche.«

»Sir, ich verstehe nicht …«

»Das müssen sie sein«, sagte der Bataillonskommandeur und nickte zu einem Plymouth-Kombi hin, der sich näherte.

Der Kombi wurde von einem Sergeant gefahren. Auf dem Rücksitz saßen zwei Männer, ein Offizier des Marine-Corps und ein korpulenter, blonder Mann Ende vierzig. Der Sergeant öffnete die Tür, und die beiden Männer stiegen aus.

»O Gott«, sagte Captain Hart. »Macklin!«

»Sind Sie bekannt mit Major Macklin, Captain?«

»Ja, Sir, das bin ich.«

Das letzte Mal habe ich den feigen Hundesohn gesehen, als wir ihn in das U-Boot Sunfish verfrachtet haben, um nach Mindanao zu fahren. Killer McCoy hatte die Befugnis, den Bastard umzulegen, wenn er bei irgendetwas störte, und ich war enttäuscht, als der Killer mir sagte, dass er Macklin am Leben gelassen hatte; McCoy hatte es für das beste gehalten, den Hurensohn einfach auf Mindanao zurückzulassen und zu hoffen, dass die Japse ihn erwischten.

»Major Macklin ist der Einsatzoffizier für das Filmprojekt *Die Hallen von Montezuma*«, sagte der Kommandeur des Ersatzbataillons.

»Mit Verlaub, Sir«, sagte Captain Hart, »Major Macklin und sein

Filmprojekt interessieren mich einen Dreck. Sir, meine Kompanie sollte planmäßig zum Schießplatz fahren …«

»Ich bedaure, Ihnen dies auf diese Weise sagen zu müssen, Captain«, sagte der Kommandeur des Ersatzbataillons, »aber Sie haben keine Kompanie mehr.«

»Sir?«

»Mit Wirkung von null-null-null-eins Uhr heute Morgen wurde Kompanie B, 55th Marines aufgelöst und ihre Offiziere und Männer zum Ersatzbataillon zur Eingliederung versetzt. Sie – und Sie, Captain – werden dem Marine-Corps wieder zugeteilt – höchstwahrscheinlich als Ersatz für die First Marine Division – wo Sie gebraucht werden.«

»Ich bin mir nicht sicher, ob ich verstehe«, sagte Hart.

»Die B-Kompanie, 55th Marines, existiert nicht mehr. Sie wurde heute Morgen um null-null-null-eins Uhr aufgelöst. Ihr Personal – einschließlich Sie – ist jetzt dem Ersatzbataillon zugeteilt. Sie werden wieder zugeteilt, wo das Marine-Corps Sie für am wertvollsten für das Corps hält.

»Das ist absoluter Schwachsinn!«, explodierte Hart.

»Passen Sie auf, was Sie sagen, Captain«, zischte der Major.

»Verdammt noch mal!«, fuhr Hart fort. »Ich habe diese Männer ausgebildet. Ich bin verantwortlich für sie. Ich habe ihren Familien versprochen, mich um sie zu kümmern!«

»Wie dem auch sei …«

»Ich will verdammt sein, wenn ich das zulasse!«

»Also gut, Captain, das reicht. Sie werden in Ihr Quartier gehen und dort bleiben, bis ich Sie holen lasse. Dies ist ein Befehl!«

Hart starrte ihn fünfzehn Sekunden lang finster an, und es wirkte viel länger.

»Ich erbitte die Erlaubnis, den Generalinspekteur zu sprechen, Sir«, sagte er.

»Sie werden in Ihr Quartier gehen und dort bleiben, bis ich Sie holen lasse. Ich werde Ihre Bitte, mit dem Generalinspekteur zu sprechen, in Erwägung ziehen.«

»Sir, ich glaube, ich habe das Recht, den General mit oder ohne Ihre Genehmigung zu sprechen.«

An diesem Punkt verlor der befehlshabende Offizier des Ersatzbataillons seine Beherrschung.

»Also gut, verdammt, gehen Sie zum IG. Wenn der IG Ihnen in den Arsch tritt, werden Sie sich bei mir melden, und ich werde mich mit Ihrem aufsässigen Benehmen beschäftigen. Gehen Sie mir jetzt verdammt aus den Augen!«

Hart marschierte von dem Major fort, warf einen letzten Blick zu Major Robert B. Macklin, USMC, der langsam hinter dem Zivilisten die Baker Company abschritt und die Namen derjenigen Mitglieder seiner Kompanie auf ein Klemmbrett notierte, die offensichtlich die Billigung des Zivilisten fanden.

Dann ging er ärgerlich davon.

Er ging drei Blocks weit, ohne eine richtige Ahnung von seinem Ziel zu haben.

Dann hielt er einen vorbeigehenden Corporal an und fragte ihn, wo er den Inspector General (IG) finden konnte.

»Im Hauptgebäude, Sir«, sagte der Corporal. »In der Standortkommandantur.«

»Und wie komme ich dorthin?«

»Die Straße entlang, Sir«, sagte der Corporal. »Das ist zu Fuß viel zu weit.«

»Danke«, sagte Hart und ging zum Straßenrand, und als das erste Fahrzeug nahte, reckte er den Daumen hoch, um sich als Anhalter mitnehmen zu lassen.

Der Captain im Büro des Generalinspekteurs war ebenso wenig eine Hilfe, wie es der Kommandeur des Ersatzbataillons gewesen war.

»Captain, diese Entscheidung ist getroffen worden. Die Männer Ihrer Reserveeinheit werden dort verwendet werden, wo sie von meistem Nutzen für das Marine-Corps sind.«

»Das kann ich schlucken, nehme ich an«, sagte Hart und hob die Stimme. »Es gefällt mir zwar nicht, aber ich kann es schlucken. Aber sie sollten sich auf den Krieg vorbereiten und nicht für einen Scheißfilm herumgammeln!«

»Beruhigen Sie sich, bevor Sie sich in Schwierigkeiten bringen«, sagte der Captain.

»Wo ist das Büro des Kommandeurs? Auf dieser Etage?«

»Dort wollen Sie nun wirklich nicht hin, Captain.«

»Und ob ich das will! Wo ist das verdammte Büro?«

Der Captain gab keine Antwort.

Hart starrte ihn finster an und stürmte dann aus dem Büro.

In der Halle des Gebäudes hing eine Hinweistafel. Die Büros des Kommandeurs und stellvertretenden Kommandeurs befanden sich im zweiten Stock.

Hart nahm auf der Treppe zur zweiten Etage immer zwei Stufen auf einmal.

Im Vorzimmer hielten sich drei Personen auf: Sergeant Major Neely, Corporal Delbert Wise und Colonel Edward Banning.

»Mensch, das ist ein Ding!«, rief Colonel Banning aus. »Wie geht es Ihnen, George?«

»Ich bin verdammt sauer!«

»Weswegen?«

»Man hat mir meine Kompanie weggenommen, und dieser elende Hurensohn Macklin benutzt die Männer als Statisten für irgendeinen blödsinnigen Film!«

»George, beruhigen Sie sich«, sagte Banning.

Banning schaute Sergeant Major Neely und Corporal Wise an und forderte sie mit einer Kopfbewegung auf, sich zu entfernen. Als sie das Büro verlassen hatten, wandte er sich Hart zu.

»Okay. Jetzt erzählen Sie von Anfang an, George.«

Sieben Minuten später betrat Brigadier Clyde W. Dawkins das Vorzimmer. Sein Gesicht zeigte Ärger darüber, dass weder sein Sergeant Major noch der Schreiber auf sein zweimaliges Drücken des Knopfs der Gegensprechanlage reagiert hatten, und er signalisierte dem stellvertretenden Kommandeur, dass er Kaffee wünschte.

Der Ausdruck des Ärgers auf seinem Gesicht wechselte in den der Neugier, als er Colonel Banning und Captain Hart sah.

»Was ist los, Colonel?«

»Darf ich den General einen Moment sprechen, Sir?«, fragte Banning.

Dawkins überlegte einen Moment und forderte dann Banning mit einer Geste auf, ihm in sein Büro zu folgen. Banning tat es und schloss die Tür hinter sich.

»Okay, was ist los, Ed?«, fragte Dawkins.

»General, Sie haben einen äußerst verärgerten Captain dort draußen«, sagte Banning.

»Verärgert über was?«

»Er hatte in St. Louis eine Infanteriekompanie der Reserve, die man ihm soeben weggenommen und Major Macklin für einen John Wayne-Film übergeben hat.«

General Dawkins entgegnete hastig: »Erstens war es eine harte Entscheidung, die Einheiten aufzulösen, aber es war die richtige. Zweitens: Eighth and Eye hat befohlen, dass wir den Film unterstützen. Verstehen Sie?«

»General, wenn nichts unternommen wird, lautet morgen die Schlagzeile in der Zeitung *St. Louis-Dispatch*: ›Gegen erbitterte Einwände des befehlshabenden Offiziers wurde die St. Louis Reservekompanie aufgelöst; Männer wurden im Marine-Corps verstreut‹. Oder Worte dieser Art.«

»O Gott! Ist dieser Kerl nicht bei Verstand? Kann er keine Befehle befolgen?«

»Ich bezweifle, dass er den Befehl befolgen würde, nicht mit der Presse zu reden. Es ist die einzige Wahl, die er sieht, um in Ordnung zu bringen, was er als ein Unrecht betrachtet.«

»Um Himmels willen!«

»Werden Sie mir bei dieser Angelegenheit vertrauen, General?«

»Okay. Warum nicht?«

»Darf ich Ihr Telefon benutzen, Sir?«

Dawkins nickte zum Telefon auf seinem Schreibtisch hin.

Banning wählte die Vermittlung.

»Verbinden Sie mich mit dem Kommandanten in Washington. Colonel Edward Banning am Apparat.«

»Mein Gott!«, stieß Dawkins hervor.

Jemand in Washington meldete sich am Telefon.

»Nein, Major, ich möchte Ihnen nicht sagen, was ich mit dem Kommandanten zu sprechen wünsche. Bitte sagen Sie ihm, dass ich wegen einer Sache im Zusammenhang mit General Pickering anrufe.«

Es folgte eine Pause.

»Sir, ich würde Sie nicht persönlich damit behelligen, aber ich halte es für nötig.«

Pause.

»Sir, Captain George F. Hart, der im vergangenen Krieg General Pickerings Adjutant gewesen ist – eigentlich sein Bodyguard –, hat sich soeben zum aktiven Dienst gemeldet. Ich kann mir nicht vorstellen, wo sonst im Corps er von größerem Nutzen sein könnte, als wieder im Dienst für General Pickering, und ich möchte ihn so bald wie möglich dort rüberschicken.«

Pause.

»Jawohl, Sir, die gibt es. Ich bin in General Dawkins Büro. Bleiben Sie dran, Sir.«

Er reichte den Telefonhörer Dawkins.

»General Dawkins, Sir.«

Pause.

»Aye, aye, Sir. Möchten Sie wieder mit Colonel Banning sprechen, Sir?«

Der Kommandant des Marine-Corps hatte Colonel Banning offenbar nichts mehr zu sagen, denn General Dawkins legte den Hörer auf.

Er sah Banning an, ging dann zur Tür seines Vorzimmers, öffnete sie und erteilte einen Befehl.

»Kommen Sie bitte rein, Sergeant Major. Sie auch, Wise. Bringen Sie Ihren Notizblock mit.« Er legte eine Pause ein und fügte hinzu: »Sie auch, Captain. Sie sollten dies ebenso hören.«

Die drei trotteten ins Büro.

»Wise, machen Sie eine Aktennotiz. Aufzeichnung einer Telefonkonferenz.«

»Aye, aye, Sir.«

»Mit heutigem Datum, gegenwärtiger Uhrzeit, zwischen dem Kommandanten des Marine-Corps und dem stellvertretenden Kommandeur Camp Pendleton. Der Kommandant wünscht …« Er unterbrach sich. »Was wünscht der Kommandant, Colonel Banning?«

»Dass sofort entsprechende Befehle ausgestellt werden, mit denen Captain George F. Hart vom Ersatzbataillon Camp Pendleton abkommandiert und der besagte Offizier zur Central Intelligence Agency, Washington, D.C., versetzt wird, mit weiterer Verwendung im Stab des stellvertretenden Direktors der CIA für Asien, und mit dem Befehl, dass betreffender Offizier mit dem ersten verfügbaren Flugtransport nach Tokio, Japan, gebracht wird. Haben Sie das alles, Corporal?«

»Jawohl, Sir.«

»Irgendwelche Fragen, Captain Hart?«, erkundigte sich Banning.

»Wer ist der – wie haben Sie gesagt, stellvertretender Direktor der CIA? Was werde ich dort machen?«

»Das wird General Pickering entscheiden, Captain. Ich bin überzeugt, dass er eine nützliche Tätigkeit für Sie finden kann.«

»Ich möchte mich von meinen Männern verabschieden«, sagte Hart.

»Das kann arrangiert werden«, sagte Banning.

»Sie begleiten ihn, Sergeant Major«, befahl General Dawkins. »Sehen Sie zu, dass Sie besser erklären können, warum das Corps gezwungen worden ist, die Reserveeinheiten aufzulösen, als jemand sonst das erklärt hat.«

»Aye, aye, Sir.«

»Ich gehe ebenfalls mit«, erklärte Banning.

»Ich wünschte, ich hätte die Zeit«, sagte General Dawkins. »Aber …« Er gab Hart die Hand. »Meine Grüße an General Pickering, Hart. Und alles Gute.«

XI

1

Kommunikationszentrum
Eighth United States Army (rückwärtiger Stab)
Pusan, Korea

2. August 1950, 7 Uhr 30

Master Sergeant Paul T. Keller, 29, war fast sofort nach der High School im Juni 1942 eingezogen worden. Nach der Grundausbildung war er als Hochgeschwindigkeits-Funker ausgebildet und Major General I.S. Whites zweiter Panzerdivision ›Hölle auf Rädern‹ zugeteilt worden und hatte den Krieg als Technical Sergeant an den Ufern der Elbe beendet.

Ein Rekrutierer hatte argumentiert, wenn er jetzt heimkehrte – wozu er berechtigt war – und aus dem Militärdienst ausschied, würde er nur ein weiterer Ex-GI sein, der einen Job suchte. Wenn er sich andererseits wieder freiwillig meldete, würde er sofort zum Master Sergeant befördert werden. Darüber hinaus könnte er per Lufttransport – anstatt auf einem Transportschiff – auf sechzigtägigen Urlaub vor dem Wiedereintritt in den Militärdienst gehen. Danach konnte er jeden gewünschten Lehrgang auf der Funkschule der Army in Fort Monmouth besuchen und jede Garnison, Station oder jedes Camp der Vereinigten Staaten auf der ganzen Welt auswählen.

Nach der Hälfte seines Urlaubs entschied sich Master Sergeant Keller für den Besuch der kryptografischen Schule. Er hatte keinen blassen Schimmer über Kryptografie – er wusste nur das, was er in den Filmen gesehen hatte – und hatte nie etwas von der Army Security Agency (ASA) gehört, doch es klang interessant – sogar aufregend – und er hatte die Nase voll von der Arbeit in einem Raum voller Funker, die mit Stöpseln in den Ohren an Schreibmaschinen saßen. Und er nahm an, dass es gut sein würde, in

Deutschland stationiert zu sein, nachdem jetzt der Krieg vorüber war.

Es trafen Befehle ein, mit denen er der Army Security Agency zugeteilt wurde, und seine Eltern und sein Bruder erzählten ihm, dass das FBI jedem Fragen über ihn gestellt hatte, ›in Zusammenhang mit einer Unbedenklichkeitsbescheinigung hoher Stufe‹.

Die Unbedenklichkeitsbescheinigung – Top Secret, Cryptografic I – kam durch, als er in Fort Monmouth in Phase I des Lehrgangs war. Inzwischen hatte er erfahren, dass man, wenn man in der ASA war und die Unbedenklichkeitsbescheinigung erhalten hatte, in der ASA blieb. Das bedeutete, dass er, obwohl er in Deutschland sein würde, nicht dort zugeteilt werden würde. Er würde dem ASA-Hauptquartier in Vint Hill Farms Station, Virginia, außerhalb von Washington, zugeteilt sein, mit ›Dienst-Stationierung wo auch immer‹.

Es stellte sich heraus, dass er ein Talent für Kryptografie hatte. Nachdem er der beste Absolvent von Phase II des Lehrgangs auf Vint Hill Farms war, wurde er zum Hauptquartier der US-Streitkräfte, Kriegsschauplatz Deutschland, im Gebäude der IG-Farben in Frankfurt geschickt. Nach zwei Monaten dort wechselte die ASA seine ›Dienstverwendung‹ in ›Kryptografischer Unteroffizier für den US-Truppenteil, Alliierte Kommandantur, Berlin‹.

Das war wirklich ein guter Dienst. Er hatte sein eigenes Apartment und es gab keine der ärgerlichen Einzelheiten, die für gewöhnlich mit dem Leben in der Army verknüpft waren – wie ständiges Antreten oder Dienst als Stabsunteroffizier vom Dienst und dergleichen zu leisten. Er musste nur eine Nachricht hinterlassen, wo er rund um die Uhr zu erreichen war, falls es wichtige Ein- und Ausgänge geben sollte.

Und die Berliner Mädchen waren schön. So schön, dass er wirklich aufpassen musste, sich nicht in eines zu verknallen. Das CIC hielt jeden in der ASA und besonders die Kryptografen genau im Auge. Keller wusste nicht, ob es stimmte, aber das CIC nahm an, dass die Russen gut aussehende Fräuleins einsetzten, um ASA-Leute/Kryptografen in kompromittierende Situationen zu bringen. Wenn es für das CIC aussah, als würden sie zu engen Kontakt mit einem Fräulein knüpfen, war man seine Sicherheits-Unbedenklichkeitsbescheinigung los – inzwischen hatte er Top Secret/

Crypto IV, was bedeutete, dass er sämtliches Material ver- und entschlüsseln durfte –, und wenn er sie verlor, würde er wieder in irgendeinem Funkraum dienen müssen.

Die ASA verwendete ihn in vorübergehendem Dienst in Stationen in ganz Europa – Wien, Budapest, Moskau – als Vertretung anderer Kryptografen, die Urlaub hatten oder krank waren oder was auch immer.

Er war wirklich unglücklich, als die ASA ihn Ende 1949 als Ausbilder nach Vint Hill Farms zurückrief. Aber selbst das erwies sich als guter Dienst. Es war eine gute Stationierung, nahe bei Washington, und er konnte nach Philadelphia heimkehren, wann immer er das wollte.

Vor zwei Wochen hatte ihn sein Vorgesetzter zu sich gerufen. Binnen fünf Tagen mit Urlaub auf der Reise musste er sich beim Transportoffizier in Fort Lewis, Washington, für weiteren Lufttransport zum Headquarters Eighth United States Army melden, der Priorität für Kryptografen hatte.

Dies war nicht wie Frankfurt oder Berlin. Man brachte ihn vom Flugplatz außerhalb Tokios nach Camp Drake, wo man ihm seinen persönlichen Besitz zur Lagerung abnahm und ihm zwei Paar Arbeitsanzüge, Feldausrüstung, Kampfstiefel und ein M1 Garand ausgab, das einzige Gewehr, das er seit 1943 in den Händen gehalten hatte. Und man setzte ihn am selben Tag in ein anderes Flugzeug und flog ihn nach K-1, dem Flugplatz außerhalb von Pusan.

Er erfuhr schnell, dass die Achte Armee (rückwärtiger Stab) tatsächlich einen ›dringenden Bedarf‹ an Kryptografen hatte. Die Dinge waren völlig vermasselt. Als er dort eintraf, sah er, dass Operational-Immediate-Botschaften, die *sofort* hätten verschlüsselt und übermittelt werden sollen, Stunden – und sogar Tage – brauchten, um rauszugehen.

Er würde ein paar Tage benötigen, um die Dinge in Ordnung zu bringen, doch er wusste, wie er das schaffen konnte.

Es würde eine lausige Verwendung werden. Er musste in einem verdammten Zelt wohnen, auf einem Feldbett ohne Matratze schlafen, aus Kochgeschirren essen, als Toilette eine sGI-Latrine benutzen, aber das ließ sich nun mal nicht ändern. Es war eine Rückzahlung, sagte er sich philosophisch, für all die guten Zeiten.

Als Erstes wurde er das Garand-Gewehr los. Kommunikationszentren mussten geschützt werden, sicherlich, aber nicht von einem Kryptografen und Unteroffizier mit einem Garand. Es standen Posten mit Thompson-Maschinenpistolen an der Tür. Keller bekam selbst eine Thompson-MPi plus eine .45er Pistole.

Das Zweite, was er unternahm, um die Dinge zu beschleunigen, war, dass er den Offizier des Fernmeldekorps überzeugte, dass Operational Immediates – und auch Eilbotschaften – sofort ent-/verschlüsselt und übermittelt wurden und deshalb die Befugnis, Botschaften zu klassifizieren, auf Offiziere beschränkt werden sollte, die ranghoch genug waren, um zu wissen, was tatsächlich eine Operational-Immediate-Botschaft war. Fortan, stimmte der Fernmeldeoffizier zu, würden ›Operational Immediates‹ die Unterschrift eines Voll-Colonels oder höher erfordern, und ›Urgents‹ wenigstens von einem Lieutenant Colonel unterschrieben sein müssen.

Binnen vierundzwanzig Stunden – nachdem der Rückstand aufgearbeitet war – gingen Operational Immediates und Urgents in Minuten hinaus. Was bedeutete, dass zuvor, als sie noch nicht von ranghohen Offizieren hatten unterzeichnet werden müssen, die meisten Botschaften mit Priorität in Wirklichkeit keine Operation Immediates und Urgents hätten sein sollen.

Master Sergeant Keller war überrascht, als die Tür geöffnet wurde und zwei Marines eintraten. Nach einer Weile sah er, dass einer die Captain-Balken in Schwarz auf den Kragenspitzen der Jacke seines Arbeitsanzugs trug. Der andere hatte den metallenen Balken des Warrant-Officers an seine Kragenspitzen geheftet.

Keller wusste, dass die First Provisional Marine Brigade nach Pusan kam – er hatte persönlich die Top Secret Urgent-Botschaft vom Commander des Konvois entschlüsselt, in dem stand, wann sie eintreffen würde, und die Antwort vom General der Marines, dass sie darauf vorbereitet sein sollten, kampfbereit von Bord der Schiffe zu gehen –, aber laut Plan sollten sie erst in dreißig Minuten eintreffen.

Und diese beiden sahen aus, als wären sie seit Wochen in Korea gewesen, und zwar mit der Infanterie, nicht, als wären sie soeben von Bord eines Schiffes gegangen. Sie waren verschwitzt, sahen müde aus, und von der Schulter des Captains hing ein Garand mit zwei Ersatzladestreifen am Gurt. Handgraten wölbten die Taschen des Warrant Officers.

Wann auch immer sie eingetroffen sind, sie sollten nicht hier sein. Was, zum Teufel, ist mit den Wachtposten los?

»Guten Morgen, Sergeant«, sagt der Captain.

»Guten Morgen, Sir«, erwiderte Master Sergeant Keller. »Sir, Sie sollten wirklich nicht hier sein. Wie sind Sie hereingekommen?«

»Durch die Tür«, antwortete der Captain ein wenig sarkastisch. »Ich möchte nur die Landleitung benutzen.«

Es gab eine gesicherte Landleitung, verbunden mit dem Kommunikationszentrum im Dai-Ichi-Gebäude in Tokio. Aber sie war nicht wirklich sicher und diente hauptsächlich dazu, dass die Techniker in Pusan mit den Technikern in Tokio Kontakt hielten.

»Sir, es ist keine Landleitung verfügbar«, sagte Keller. »Und, Sir, ich muss darauf bestehen, dass Sie gehen. Dies ist Sperrgebiet.«

»Ja, ich weiß«, sage der Captain. »Vielleicht rufen Sie besser Ihren Offizier an, Sergeant.«

Master Sergeant Keller ging persönlich in den Chiffrierungsraum und signalisierte dem Offizier vom Dienst, Captain R.C. ›Pete‹ Peters, Fernmeldecorps, USA, dass er mit ihm sprechen musste.

Der Captain ging in den Vorraum.

»He, McCoy«, begrüßte Captain Peters die beiden Marines mit einem Lächeln. »Was kann ich heute Morgen für die Marines tun?«

»Vielleicht wollen Sie Gott danken, Pete«, sagte der Captain. »Die Marines sind im Begriff zu landen.«

»Das ist nicht lustig, McCoy«, sagte Captain Peters. »Ich hoffe bei Gott, dass sie rechtzeitig eintreffen. Was kann ich für Sie tun?«

»Ich brauche ein schnelles Gespräch über Ihre Landleitung«, sagte Captain Kenneth R. McCoy.

»Bedienen Sie sich«, sagte Captain Peters, und dann sah er Sergeant Kellers Miene. »Es ist okay, Keller«, sagte er. »Er und Master Gunner Zimmerman haben eine Bescheinigung, die ihnen erlaubt, alles zu bekommen, was sie verlangen.«

»Jawohl, Sir«, sagte Keller.

Captain McCoy nahm den Telefonhörer ab. Es war eine direkte Verbindung, und wenn der Hörer abgehoben wurde, meldete sich der Telefonist in der Zentrale in Tokio.

»Stellen Sie mich bitte zum Hotel Imperial durch«, sagte McCoy. Einen Moment später fügte er hinzu: »Captain McCoy für General Pickering.«

Wiederum einen Moment danach wiederholte er exakt dieselben Worte und fragte dann. »Wissen Sie, wann er zurück sein wird?« Eine weitere Pause, dann: »Nein. Keine Nachricht, danke.«

Er wandte sich an den anderen Marine.

»Nicht da, und keine voraussichtliche Ankunftszeit.«

»Schick ihm ein OpImmediate«, schlug der Warrant Officer vor.

»Ja«, sagte McCoy, nahm einen linierten Notizblock, schrieb schnell etwas auf und gab ihn dann Master Sergeant Keller.

OPERATIONAL IMMEDIATE
UNVERSCHLÜSSELT
HQ SCAP
EYES ONLY BRIG GENERAL PICKERING, USMC

TELEFONISCH NICHT ERREICHT 0130 2 AUG.
GEHE ZUR PIER, UM 1ST PROVISIONAL MARINE
BRIGADE ABZUHOLEN. ERBITTE ERLAUBNIS FÜR
ZIMMERMAN UND MICH, UNS VORÜBERGEHEND
GEN CRAIG ZUZUTEILEN, UM UNS NÜTZLICH ZU
MACHEN. WERDE MICH WEITERHIN MELDEN.

MCCOY, CAPT, USMCR

»Sie wollen dies als Operational Immediate schicken?«, fragte Master Sergeant Keller ein wenig zweifelnd.

»Er hat die Befugnis«, sagte Captain Peters. »Ich nehme an, ich hätte sagen sollen, dass es eine Ausnahme von der Vorschrift des Colonels gibt: Captain McCoy.«

»Und Mr Zimmerman«, sagte McCoy.

»Und Mr Zimmerman«, echote Captain Peters.

»Ich gebe dies sofort raus«, sagte Keller und ging in den Funkraum. Als er zurückkehrte, waren die beiden Marines verschwunden.

»Was ist mit den beiden?«, fragte er.

»CIA«, sagte Captain Peters.

Keller war nicht wirklich überrascht. Er hatte viel Funkverkehr für CIA-Agenten abgewickelt, als er in Europa gewesen war, besonders in Berlin.

»Sie sind keine Marines?«

»Sie sind Marines *und* in der CIA. Wenn sie wirklich wissen wollen, was hier vorgeht, sollten Sie ihre Berichte persönlich entschlüsseln.«

»Interessant.«

Keller nahm sich vor, genau das zu tun.

2

Pier 3
Pusan, Korea

2. August 1950, 8 Uhr 05

Captain McCoy fand Brigadier General Edward A. Craig, USMC – im Arbeitsanzug in einem Jeep der U.S. Army, den er offenbar selbst fuhr – auf dem Kai. Craig sah ziemlich unglücklich aus, während er zusah, wie das USS *George Clymer* (APA-27) festmachte und an der Reling Marines aufgereiht waren. Sie trugen zwar Kampfanzüge, verhielten sich jedoch, als legten sie in einem befreiten Hafen an.

McCoy und Zimmerman stiegen aus ihrem ›geliehenen‹ Jeep der U.S. Army aus – die Aufschrift auf den Stoßstangen identifizierte ihn als Besitz der Fox Company des 21. Infanterieregiments – und näherten sich Craigs Jeep. Craig hörte sie kommen und blickte über die Schulter.

McCoy und Zimmerman grüßten schneidig.

»Guten Morgen, Sir«, sagte McCoy.

Craig erwiderte den Gruß.

»Ihr beiden seht aus, als brauchtet ihr ein Bad«, sagte er.

»Wir waren oben in Taejon«, sagte McCoy. »Wir wollten uns dies ansehen. Er wies zu der *George Clymer* und dem United States Ship *Pickaway* (Apa-222), einem weiteren Transportschiff, das weiter unten an der Pier anlegte. »Und da ist noch etwas …«

»Sehen Sie sich diese glücklichen Touristen gut an, McCoy«, sagte General Craig ein wenig bitter. »Würden Sie annehmen, dass ich ihnen über Funk befohlen habe, dass Munition ausgegeben wird und sie auf den Kampf vorbereitet von Bord gehen sollen?«

McCoy versuchte, eine Antwort zu formulieren, als Zimmerman lachte und sagte: »O Mann, seht euch das an!«

Eine militärische Einheit marschierte über den Kai zwischen Lagerhäusern und den Schiffen. Fahnenträger in verschwitzen und verknitterten Khakiuniformen trugen die Fahnen der Vereinigten Staaten, Koreas und der Vereinten Nationen. Dahinter marschierte, in Arbeitsanzügen der U.S. Army, eine koreanische Militärkapelle und spielte etwas, das die Hymne des Marine-Corps hätte sein können – oder auch nicht.

General Craig lächelte.

»Im Interesse internationaler Zusammenarbeit, Mr Zimmerman«, sagte er. »Ich nehme an, wir sollten diese ausgezeichneten Musiker empfehlen, weil sie es wenigstens versucht haben.«

»Jawohl, Sir«, sagte Zimmerman.

Sie konnten Gelächter von den Marines hören, die auf den Decks der *George Clymer* über die Reling und Geschützstellungen hingen.

»Sie sagten, da ist noch etwas, McCoy?«, fragte General Craig.

»Jawohl, Sir«, bestätigte McCoy. »Sir, ich habe soeben General Pickering um Genehmigung für Zimmerman und mich gebeten, uns vorübergehend der Brigade zuzuteilen. Ich dachte mir, wir könnten nützlich sein. Wenn für nichts sonst, dann als Dolmetscher.«

»Und General Pickerings Antwort?«

»Ich konnte ihn nicht erreichen, Sir. Aber ich kann mir keinen Grund denken, weshalb er ablehnen würde. Ich habe ihm mitgeteilt, dass wir uns weiterhin melden.«

»General Pickerings Billigung vorausgesetzt, nehme ich das Angebot an«, sagte General Craig. »Betrachten Sie sich bis auf weiteres mir zugeteilt.«

»Aye, aye, Sir. Danke«, sagte McCoy. »Wir waren gestern Nacht im Hauptquartier der Achten Armee, Sir. Man hatte noch nicht entschieden, wohin die Brigade befohlen wird.«

Es war eine Feststellung und zugleich eine Frage.

»Das steht noch nicht fest«, sagte Craig. »Was wissen Sie über Masan, McCoy?«

»Ich halte es für das nächste Ziel der Nordkoreaner«, sagte McCoy. »Und ein paar der Gefangen, mit denen Zimmerman und ich gestern Nacht gesprochen haben, waren von der sechsten NK Division. Bis jetzt hat die sechste Division ihre Sache sehr gut gemacht. Einer der Gefangenen hatte dies in der Tasche.«

Er gab General Craig ein Blatt Durchschlagpapier, das grob beschrieben war.

»Was heißt das?«

McCoy übersetzte mit sachlicher Stimme:

»Kameraden, der Feind ist demoralisiert. Unsere Aufgabe ist die Befreiung von Masan und Chinju …«

»Das ist ziemlich deutlich, nicht wahr?«, meinte Craig.

»Da steht noch mehr, Sir. Soll ich …«

Craig forderte ihn mit einer Geste auf, weiter zu übersetzen.

»… die Befreiung von Masan und Chinju und die Vernichtung der Überbleibsel des Feindes. Die Befreiung von Chinju und Masan bedeutet die letzte Schlacht, um dem Feind die Kehle durchzuschneiden. Kameraden, diese glorreiche Aufgabe ist unserer Division zugefallen!«

Er blickte zu Craig auf, um zu zeigen, dass dies das Ende der Übersetzung war.

Craig sah McCoy einen Moment an und sagte dann: »Ich habe gestern Nacht mangels gegenteiliger Befehle von General Walker entschieden, dass ich die Brigade per Lastwagen und Zug hinauf gen Masan transportieren werde, und mir beim Transportkorps der Army Trucks für zwei Kompanien geborgt. Wenn ich die Einheiten des Angrifftransports auflösen und diese Schiffe im Laufe des Tages und heute Nacht ausladen kann, werden wir am Morgen aufbrechen.«

»Die sechste Division hat T-34-Panzer, Sir.«

»Kurz bevor wir Pendleton verlassen haben, nahmen wir neue M-26er in Empfang«, sagte Craig. »›Pattons‹. Ich nehme an, wir werden bald erfahren, ob sie so gut sind, wie Fort Knox behauptet.«

»Sir, die T-34 sehen aus, als wären sie für die 3,5 Zoll Bazooka anfällig. Das 27. Infanterieregiment konnte eine Kolonne stoppen …«

Craig hob eine Hand, um ihm Schweigen zu gebieten, und wies dann auf die *Pickaway.* Eine Jakobsleiter war über die Seite geworfen worden, und ein Dutzend Marines kletterte eilig hinab.

»Sparen Sie sich das, McCoy«, sagte General Craig. »Ich werde die Offiziere in der Messe versammeln. Eigentlich wollte ich sie über die feindlichen Absichten und Fähigkeiten ins Bild setzen, aber ich habe mich soeben entschieden, dass Sie dafür besser qualifiziert sind als ich.«

»Aye, aye, Sir.«

Craig stieg aus seinem Jeep aus, forderte McCoy und Zimmerman mit einer Geste auf, ihm zu folgen, und ging den Kai hinunter auf die Offiziere zu, die sich jetzt näherten.

Grüße wurden ausgetauscht und dann Hände geschüttelt.

»Ist die Munition ausgegeben?«, fragte General Craig.

»Nein, Sir.«

»Ich habe eine Botschaft geschickt, dies zu veranlassen«, sagte Craig. »Anscheinend ist sie verloren gegangen.«

Die Offiziere blickten unbehaglich drein.

Craig wandte sich an einen der Marines – ein junger Private First Class, offenbar ein Melder.

»Sohn, haben Sie Munition für dieses Gewehr?«

»Jawohl, Sir«, sagte der PFC und klopfte auf seinen Patronengurt.

»Nun, dann ist dies Ihre erste Lektion, wie die Dinge in Korea sind. Laden und sichern, Sohn. Und dann diese beiden Jeeps auf dem Kai sichern. Unbewachte Jeeps werden hier geklaut. Nicht wahr, Captain McCoy?«

»Jawohl, Sir.«

»Teilen Sie einen Lieutenant pro Kompanie ein, um die Ausgabe von Munitionsladungen als Grundlage zu beaufsichtigen«, befahl Craig. »*Alle* anderen Offiziere werden sich *jetzt* in der Messe der *Clymer* für einen Informationsvortrag versammeln, den Captain McCoy über die feindlichen Positionen, Absichten und Fähigkeiten halten wird. Danach beginnen wir mit dem Ausladen der Schiffe. Am Morgen fahren wir zur Front.«

Auf der *Clymer* wurde die Jakobsleiter heruntergelassen. Marines begannen herabzuklettern.

Craig ging zum Fuß der Leiter und hob die Hand, um die Marines zu stoppen. Dann kletterte er die Leiter hinauf.

»So sauer ich auch war, dass sie nicht kampfbereit waren«, raunte Zimmerman McCoy zu, »so sehr hatte ich erwartet, dass irgendein hohes Tier ihnen *wirklich* den Arsch aufreißt.«

McCoy lachte.

»Ernie, General Craig kann mit erhobenen Augenbrauen und ein wenig Enttäuschung in der Stimme jemanden besser zur Sau machen, als du und ich es schaffen, indem wir uns heiser schreien.«

Zimmerman zuckte mit den Schultern. Es folgte eine sofortige Bestätigung von McCoys Worten.

»Jederzeit, wenn Sie bereit sind, Captain McCoy!«, rief General Craig höflich von der Jakobsleiter herab.

»Ich komme, Sir«, sagte McCoy, »Verzeihung, Sir«, und eilte zu der Leiter.

3

Kommunikationszentrum
Eighth United States Army (rückwärtiger Stab)
Pusan, Korea

2. August 1950, 7 Uhr 30

Das Telefon der gesicherten Landleitung zwischen dem Kommunikationszentrum der Eighth United States Army (rückwärtiger Stab) in Pusan und dem Kommunikationszentrum des Hauptquartiers, Supreme Commander Allied Powers und United Nations Command, sollte ausschließlich der Verständigung zwischen den Technikern beider Zentren dienen.

Als Master Sergeant Paul T. Keller es summen hörte, meldete er sich und fragte sich, ob jemand in Tokio ankündigen wurde, dass etwas bei den Dechiffriermaschinen oder Funkfernschreibern defekt war, das repariert werden musste, und wie viel er von neuem würde übermitteln müssen.

An einer anderen Telefonleitung hätte er gesagt: »Eighth Army Rear Com-Center, Sergeant Keller, Sir.« Jetzt sagte er nur: »Keller.«

»Wer spricht da bitte?«, fragte der Anrufer.

»Master Sergeant Keller. Wer ist da?«

»Sergeant, mein Name ist Pickering. Brigadier General, Marine-Corps.«

Der Adressat dieser OpImmediate-Botschaft, die der Captain der Marines geschickt hat. Wie hat der Zugang zu dieser Leitung bekommen?

»Ja, Sir?«

»Vor kurzem erhielt ich eine Botschaft, eine Operational Immediate aus Pusan von Captain K.R. McCoy, einem Offizier des Marine-Corps.«

»Jawohl, Sir, ich bin damit vertraut.«

»Ist er zufällig noch da, irgendwo in der Nähe?«

»Nein, Sir.«

»Haben Sie eine Ahnung, wohin er gegangen ist?«

»Sir, ich glaube, er wollte zur Pier.«

»Ich muss ihm eine Botschaft übermitteln. Ihm und Brigadier General Craig, dem Kommandeur der First Provisional Marine Brigade. Wie kann ich das machen?«

»General Craig wird kein Problem sein, Sir. Man richtet soeben ein Kommunikationszentrum für die Marines ein.«

»Aber ich muss diese Botschaft sofort übermitteln. Vielleicht ist es nötig, jemanden damit persönlich zu ihm zu schicken. Können Sie das veranlassen, oder möchten Sie lieber, dass ich mit einem Offizier spreche?«

»Ich kann das arrangieren, Sir«, sagte Keller. »Wie lautet die Botschaft?«

»›Erlaubnis versagt. Wiederholung, versagt. Sofort zurückkehren. Wiederholung, sofort zurückkehren. Unterschrift: Pickering, Brigadier General.‹ Haben Sie das?«

»Jawohl, Sir.«

»Sie sind sehr entgegenkommend, Sergeant, und mir ist klar, dass ich Ihren Zeitplan durcheinander bringe. Aber wenn es nicht wichtig wäre, hätte ich Sie nicht darum gebeten.«

»Kein Problem, Sir.«

»Ich erwarte, von Ihnen zu hören. Noch einmal danke.«

»Ja, Sir.«

Master Sergeant Keller steckte den Kopf in den Funkraum und machte Captain Peters auf sich aufmerksam.

»Captain, ich muss einen Botengang erledigen. Ich werde zurückkommen, sobald ich kann.«

Captain Peters nickte und Keller zog den Kopf zurück, bevor Peters ihn fragen konnte: »Was für einen Botengang?«

Keller nahm seine Thompson-MPi, verließ das Gebäude, beschlagnahmte einen der Jeeps des Kommunikationszentrums und wies den Fahrer an, ihn zur Pier zu fahren.

»Sie können nicht auf die Piers raufkommen, Sergeant. Die Marines gehen von Bord der Schiffe und haben eine Wache aufgestellt.«

»Bringen Sie mich einfach dorthin«, sagte Keller.

Auf der Fahrt durch Pusans schmale, schmutzige Straßen, die von Militärfahrzeugen überfüllt waren, fragte sich Keller, warum er so entgegenkommend war.

Weil der Anrufer ein General war, und Generals – sogar Generals des Marine-Corps – erfüllt bekommen, was sie von Sergeants erbitten?

Weil dieser Mann nicht nur General ist, sondern offenbar auch Zugang zum SCAP/UN-Kommunikationszentrum und der Landleitung hat?

Oder vielleicht, weil Peters mir gesagt hat, dass der Captain von der CIA ist?

Und Captain Peters, ein guter Kerl, ist offensichtlich sauer, weil ich ihm nicht gesagt habe, was los ist.

Am Eingang zum Gebiet der Kais standen Wachen, drei Marines, ein Sergeant und zwei PFCs, alle in Feldausrüstung, einer davon mit einem Browning-Automatikgewehr bewaffnet.

Der Sergeant trat auf die Straße und hob die Hand in einer lässigen, jedoch sehr entschlossenen Geste: »Stopp!«

»Sperrgebiet, Sergeant«, sagte er. »Bedaure.«

»Ich bin von Eighth Army ComCenter«, sagte Keller. »Ich habe eine Botschaft für General Craig.«

»Geben Sie her. Ich sorge dafür, dass er sie bekommt.«

»Es ist eine mündliche Botschaft, Sergeant«, sagte Keller.

»Eine *mündliche* Botschaft?« Der Sergeant des Marine-Corps sah ihn zweifelnd an.

»Gibt es einen Offizier vom Ortsdienst?«, fragte Keller.

»Natürlich gibt es einen Offizier vom Ortsdienst«, sagte der Sergeant.

»Lassen Sie ihn holen«, sagte Keller.

»Was?«

»Lassen Sie ihn holen.«

»Warum sollte ich das tun?«

»Weil ich sechs Streifen habe und Sie drei und dies ein Befehl ist.«

Der Sergeant des Marine-Corps sah Keller lange an und gab dann einem der PFCs einen Wink, der daraufhin den Kai hinunterging.

Zwei Minuten später kam ein Captain des Marine-Corps, gefolgt von dem PFC.

Keller und der Sergeant salutierten.

»Was liegt an?«, fragte der Captain.

»Sir, ich habe eine Botschaft für General Craig«, sagte Keller.

»Eine *mündliche* Botschaft«, fügte der Sergeant des Marine-Corps hinzu.

»Wie lautet sie, Sergeant?«, wollte der Captain wissen. »Ich werde sie ihm übermitteln.«

»Sir, sie ist mündlich, und ich erhielt den Befehl, sie persönlich zu überbringen.«

»Wer hat Ihnen das befohlen?«, fragte der Captain.

»Brigadier General Pickering, Sir«, antwortete Keller und fügte hinzu: »U.S. Marine-Corps.«

»Nie von dem gehört«, sagte der Captain. »Aber ich kann mir nicht vorstellen, warum ein Master Sergeant so was erfinden würde – kommen Sie mit, Sergeant.«

Der Captain ging den Kai hinunter, und Keller wollte wieder in den Jeep des Kommunikationszentrums steigen.

»Der Jeep bleibt hier«, sagte der Sergeant des Marine-Corps.

»Warten Sie auf mich«, sagte Keller zum Fahrer, der nickte.

Der Grund, warum der Captain zu Fuß ging und der Jeep nicht auf den Kai durfte, wurde sofort klar.

Der Kai war überfüllt von Männern, Ausrüstung und Versorgungsmaterial. Schlangen von Marines – ihre Gewehre hatten sie zu Pyramiden aufgestellt – warteten auf Frachtnetze voller Versorgungsmaterial, die von den beiden Schiffen auf den Kai gesenkt wurden, und trugen dann die einzelnen Kartons und Kisten zu wartenden GMC-Trucks der Army.

Andere Kräne luden Trucks der Marine und Anhänger auf den Kai. Viele von ihnen waren mit Material voll gestapelt. Die Anhänger wurden an die Trucks gekoppelt und dann schnell fortgefahren, um Platz für andere Trucks, Anhänger und Stapel von Material aus den Frachtnetzen zu schaffen.

Das nächste Schiff war die *Clymer.* Der Captain begann die Jakobsleiter hinaufzuklettern. Oben standen ein Offizier der Navy und ein Matrose mit Stahlhelm. Als der Captain dem Navy-Offizier erklärte, wer Keller war, konnte Keller weiter entfernt am Kai die *Pickaway* sehen und jenseits davon – zu weit entfernt, um den Namen zu erkennen – eine Art Navy-Frachtschiff, aus dem Artilleriegeschütze und M-26 ›Patton‹-Panzer ausgeladen wurden.

»Bitte hier entlang, Sergeant«, sagte der Captain, und Keller folge ihm auf Deck der *Clymer* und dann einen Gang hinab über eine schmale Treppe, durch einen weiteren Gang, bis sie zu einer Tür gelangten, die von zwei Marines bewacht wurde. Auf einem Schild stand »Messe und Offiziersmesse II«.

»Warten Sie hier, Sergeant«, sagte der Captain und ging durch die Tür.

Einen Augenblick später kam ein großer Mann mit silbergrauem Haar durch die Tür. Er trug einen Arbeitsanzug des Marine-Corps.

»Mein Name ist Craig«, sagte er. »Sie haben eine Botschaft für mich?«

»Jawohl, Sir«, sagte Keller. »General Pickering rief aus Tokio an und fragte zuerst, ob Captain McCoy erreichbar sei. Als ich ihm sagte, dass Captain McCoy auf dem Kai sein könnte, gab er mir eine Botschaft für Sie und Captain McCoy und bat mich, sie persönlich zu überbringen.«

Er legte eine Pause ein. Craig wartete darauf, dass er fortfuhr.

»Die Botschaft lautet ›Erlaubnis versagt. Wiederholung, versagt. Sofort zurückkehren. Wiederholung, sofort zurückkehren. Unterschrift: Pickering, Brigadier General, USMC‹.«

»Ich sorge dafür, dass er die Botschaft erhält, Sergeant. Danke.«

»Sir, General Pickering hat mich gebeten, zu bestätigen, dass die Botschaft übermittelt wurde. Ihn anzurufen, Sir.«

Craig sah ihn einen Moment an und ging dann in die Messe.

»Gentlemen«, hörte Keller ihn mit erhobener Stimme sagen, »Captain McCoy wird nur noch eine Frage beantworten. Wir müssen mit dem Ausladen weitermachen. Nach der nächsten Frage kommen Sie bitte zu mir, Captain McCoy.«

Dann kehrte er in den Durchgang zurück.

»Er wird in Kürze hier sein, Sergeant. Wie kommt es, dass Sie – ein Master Sergeant – dies persönlich erledigen?«

»Ich habe dies General Pickering versprochen, Sir.«

Eine Minute später hörte er jemanden in der Messe »Aachtung!« rufen, und dann war das Scharren von Stuhlbeinen zu hören. Danach kam McCoy, gefolgt von Zimmerman, auf den Gang.

Craig führte ihn rechts neben die Tür.

»Der Sergeant hat eine Botschaft für Sie, McCoy«, sagte Craig. »Für uns. Bitte, Sergeant.«

»Erlaubnis versagt. Wiederholung, versagt. Sofort zurückkehren. Wiederholung, sofort zurückkehren. Unterschrift: Pickering, Brigadier General, USMC.«

McCoys Gesicht spiegelte Überraschung und dann Bedauern wider.

»Tut mir Leid«, sagte er zu General Craig.

»Man sollte nie bedauern, wenn man versucht hat, etwas Gutes zu tun, Captain«, sagte Craig. »Wenigstens haben wir einen hervorragenden Informationsvortrag von Ihnen bekommen, bevor Ihre andere Pflicht ruft.«

»Danke, Sir«, sagte McCoy.

»Ich nehme an, General Pickerings Befehl schließt Mr Zimmerman ein?«

»Ich glaube, so ist es, Sir.«

»Wie werden Sie nach Tokio kommen? Haben Sie Befehle?«

»Jawohl, Sir, die haben wir. Wir werden per Anhalter nach K-1 fahren …«

»Sie haben einen Jeep.«

»Sir, ich müsste ihn auf K-1 stehen lassen, und jemand würde ihn stehlen. Außerdem würde es mich nicht wundern, wenn dieser Jeep bereits irgendwelche Abzeichen des Marine-Corps trägt.«

»Ich lasse Sie nach K-1 fahren«, sagte Craig.

»Captain«, meldete sich Master Sergeant Keller zu Wort. »Ich habe einen Jeep. Ich werde Sie nach K-1 fahren.«

»Mit Verlaub, Sir?«, sagte McCoy und stand still.

»Weitermachen, Mr McCoy«, sagte General Craig.

4

»Ich werde fahren«, sagte Master Sergeant Keller zum Fahrer des Jeeps vom Kommunikationszentrum.

»Sergeant, ich bezweifle, dass Sie das tun sollten.«

»Sie sollten tun, was ich Ihnen sage«, erwiderte Keller. »Setzen Sie sich auf den Rücksitz.«

Keller setzte sich hinters Steuer. McCoy stieg neben ihm ein und Zimmerman nahm auf dem Rücksitz neben dem Fahrer Platz.

»Captain, bevor wir dort rausfahren«, fragte Keller, »was werden Sie mit diesem Gewehr und Mr Zimmermans Thompson machen, wenn wir auf K-1 sind?«

»Ich verstehe die Frage nicht«, sagte McCoy.

»Die Air Force – K-1 ist jetzt ein MATS-Terminal«, sagte Keller. »Man wird Sie nicht mit Waffen in ein Flugzeug steigen lassen.«

»O Mann!«, sagte Zimmerman angewidert.

Mit unseren Befehlen, dache McCoy, *könnte ich eine 105mm-Haubitze in das Flugzeug laden. Aber dann müsste ich die CIA-Befehle nutzen, und das will ich eigentlich nicht.*

»Was schlagen Sie vor, Sergeant?«, fragte McCoy.

»Nun, bis Sie zurückkommen, könnte ich sie für Sie aufheben.«

»Was hätten Sie davon?«

»Sie kommen vielleicht nicht zurück …«, sagte Keller.

»In diesem Fall würden Sie ein erstklassiges Thompson und eine National Match M-1* besitzen?«

* Standard M-1 Gewehre, die besondere Treffgenauigkeit bewiesen und eine Feineinstellung durch Büchsenmachemeister haben, werden beiseite gelegt für die Benutzung bei den jährlichen nationalen Gewehr-Schießwettbewerben.

»Jawohl, Sir. Für mich sieht es aus, als hätten Sie nur die Wahl, Ihre Waffen vielleicht von mir zurückzubekommen oder sie bestimmt an die Air Force zu verlieren«, sagte Keller.

»Ernie, wir werden die Thompson und das Garand bei diesem Schlitzohr zurücklassen«, sagte McCoy. In seiner Stimme klang Anerkennung mit. »Wie kommt es, dass ein cleverer Bursche wie Sie nicht zu den Marines gegangen ist?«, erkundigte er sich.

»Das konnte ich nicht, Sir«, sagte Keller. »Ich habe mich nicht qualifiziert. Meine Eltern waren verheiratet, Sir.«

McCoys Augenbrauen ruckten hoch. Zimmerman brach in schallendes Gelächter aus.

»Sie sind okay, Keller«, sagte Zimmerman. »Für ein verdammtes Schlitzohr.«

»Vielen Dank, Sir«, sagte Keller mit ausdrucksloser Miene.

Diesmal musste McCoy lachen.

»Behalte deine Pistole, Ernie«, befahl McCoy.

Die Pistolen, die Master Gunner Zimmerman von einem befreundeten Master Gunner in Camp Pendleton erhalten hatte, waren ebenfalls National Match, weitaus treffgenauer und zuverlässiger als die Standard-Pistole 1911A1, Kaliber .45 ACP. Es war einen Versuch wert, sie an der Air Force vorbeizuschmuggeln.

Als sie sich dem Abfertigungsgebäude auf K-1 näherten, sahen sie ein neues Schild, sorgfältig gemalt auf einer Sperrholztafel.

UNITED STATES AIR FORCE
MILITARY AIR TRANSPORT SERVICE
U.S. AIR FORCE STATION K-1
PUSAN, KOREA

Eine C-54 der Air Force, ein viermotoriges Douglas-Transportflugzeug, stand vor dem Gebäude mit einer Leiter, die hinaufführte.

»Sieht aus, als ob Sie gerade noch rechtzeitig hergekommen sind«, meinte Keller.

»Wenn wir zurückkehren, Keller, und es ist Rost an meiner Thompson, werde ich Sie in einen Sopran verwandeln.«

Sie streiften ihre Feldausrüstung ab und steckten ihre National Match .45er hinten in den Hosenbund unter die Jacke des Arbeitsanzugs.

»Für den Fall, dass Sie der Besitzer dieses Garand werden sollten, Keller, kümmern Sie sich liebevoll darum«, sagte McCoy. »Und danke für alles.«

»Vergessen Sie's, Captain.«

»Was soll ich vergessen? Den Dank oder das M-1?«

»Vielleicht beides, Sir«, erwiderte Keller. »Ich werde warten, bis Sie in der Luft sind, und dann General Pickering anrufen und ihm sagen, dass Sie unterwegs sind.«

»Dank Nummer zwei«, sagte McCoy.

Keller grüßte schneidig. McCoy und Zimmerman erwiderten den Gruß und gingen ins Abfertigungsgebäude, wo ein Staff Sergeant der Air Force hinter einem Schalter stand.

»Kann ich Ihnen helfen, Captain?«

»Wenn diese C-54 nach Tokio fliegt, müssen wir darin sitzen.«

»Keine Chance, Sir. Sie ist voll. Es gibt vielleicht einen anderen Flug am späten Nachmittag, aber ich denke, Sie sollten sich besser ein Quartier im Quartier für ledige Offiziere suchen. Ich kann Sie für den ersten Flug morgen früh vormerken.«

»Wir müssen in dieser Maschine sein«, sagte McCoy, zog die Dai-Ichi-Befehle aus seiner Tasche und gab sie dem Sergeant.

»Bedaure, Captain«, sagte der Sergeant. »Fast jeder in diesem Flugzeug hat SCAP-Befehle und eine Priorität wie Sie. Und der Rangniedrigste in ein Major …«

»Wie wäre es denn mit diesen Befehlen?«, sagte McCoy und händigte ihm die CIA-Befehle aus.

Die Augenbrauen des Sergeants ruckten empor.

»Ich muss dies dem Offizier vom Dienst zeigen«, sagte er und wandte sich vom Schalter ab.

»Ich lasse diese Befehle nicht aus den Augen, Sergeant. Warum holen Sie den Offizier vom Dienst nicht her?«

Der Sergeant zuckte mit den Schultern, gab McCoy die CIA-Befehle zurück und ging zu einem Büro am Ende des Raums. Kurz darauf kam ein Major der Air Force und marschierte zum Schalter.

»Sir, wir müssen in diesem Flugzeug sein«, sagte McCoy. »Hier ist die Befugnis.«

Der Major las die Befehle. Auch seine Augenbrauen ruckten hoch.

»Haben Sie die Passagierliste, Sergeant?«, fragte er.

Der Sergeant überreichte ihm ein Klemmbrett mit der Namensliste der Passagiere.

Er fuhr mit einem Finger an der Reihe der Namen entlang.

»Da ist ein Voll-Colonel mit einer AAA-Priorität«, sagte er. »Minor, George P. Und der Offizier mit viermal A ist anscheinend Major Finney, Howard T. Gehen Sie dort raus, Sergeant, und sagen Sie ihnen, das sie aussteigen müssen. Es wird ihnen nicht gefallen.«

»Jawohl, Sir«, sagte der Sergeant.

»Sobald sie ausgestiegen sind«, fuhr der Major fort, »steigen Sie beide ein. Während die beiden Offiziere hier bei mir sind und mir die Hölle heiß machen, werde ich vom Piloten die Tür schließen und von hier fortrollen lassen, bis er seine Startgenehmigung bekommt.«

»Danke, Sir.«

»Solche Befehle habe ich noch niemals gesehen«, sagte der Major.

Drei Minuten später stiegen Colonel Minor und Major Finney, beide in Kakiuniform, die Leiter von der C-54 herunter, sahen die beiden Offiziere des Marine-Corps in verschwitzten und verschmutzten Arbeitsanzügen am Fuß der Leiter warten, erwiderten den Gruß der Marines und gingen zum Abfertigungsgebäude.

Colonel Minor blickte über die Schulter und sah McCoy und Zimmerman die Leiter hinaufsteigen. Dann eilte er in das Gebäude.

5

Haneda Flugplatz
Tokio, Japan

2. August 1950, 13 Uhr 05

Als die MATS C-54 zum Terminal rollte, sahen McCoy und Zimmerman eine lange Schlange von Stabswagen und mehrere kleine Busse, die offenbar darauf warteten, die Passagiere vom Flugplatz nach Tokio zu transportieren.

»Die Frage ist, wie wir nach Tokio gelangen«, sagte McCoy.

»Meine Frage ist, was, zum Teufel, los ist«, sagte Zimmerman. »›Sofort zurückkehren. Wiederholung, sofort zurückkehren.‹ Was mag das zu bedeuten haben?«

McCoy zuckte mit den Schultern.

»Keine Ahnung«, bekannte er.

Als sie schließlich die Tür des Flugzeugs erreichten und auf die Plattform am oberen Ende der Leiter hinaustraten, sagte Zimmerman: »He, da ist ein Offizier des Marine-Corps.«

McCoy blickte in die Richtung, in die Zimmerman zeigte, und sah den Offizier in dem Moment, in dem Zimmerman hinzufügte: »Mann, das ist George Hart oder sein Zwillingsbruder!«

»Das ist ein Ding!«, sagte McCoy und wartete ungeduldig, dass die hohen Tiere des SCAP von der Leiter herunterstiegen.

Captain George F. Hart, USMCR, oder sein Doppelgänger, stieß sich vom Kotflügel eines 1950er Chevrolet-Stabswagens der U.S. Army ab und ging zum Fuß der Leiter.

Er salutierte.

»Hallo, Ken«, sagte er. »Ernie.«

»Mensch, George, ich dachte, du robbst durch die Hügel von Pendleton«, sagte McCoy und schüttelte ihm die Hand.

»Das habe ich auch getan«, sagte Hart. »Heikles Thema. Ich werde euch das später erzählen.«

»Bist du hier, um uns abzuholen?«, fragte McCoy.

Hart nickte. »Alte Zeiten, wie?« Er wies auf den Stabswagen, und sie gingen hin.

»Was ist los, George?«, fragte Zimmerman. »Was hat dieses ›Sofort zurückkehren, Wiederholung, sofort zurückkehren‹ zu bedeuten?«

»Ich weiß nicht viel ...«, sagte Hart und unterbrach sich, um zu fragen: »Habt ihr Gepäck, Ausrüstung?«

McCoy und Zimmerman verneinten mit einem Kopfschütteln.

»Ich weiß nicht viel über das, was vorgeht«, wiederholte Hart, »es hat etwas mit einem Zwei-Sterner der Army zu tun, mit einem Typen namens Howe.«

»General Howe ist hier?«, fragte McCoy.

Hart nickte. »Wir sind gestern Nachmittag eingetroffen …«

»›*Wir*‹?«, unterbrach McCoy.

»Mit demselben Flieger«, sagte Hart. »Ich glaube, es war ein Zufall, aber wenn Colonel Banning beteiligt ist, kann man nie sicher sein.«

Sie erreichten den Wagen. Der Fahrer, ein Sergeant der Army, stieg aus und öffnete die hintere Tür an der Fahrerseite.

»Ich steige vorne ein«, sagte Hart und setzte sich auf den Beifahrersitz. McCoy und Zimmerman nahmen auf dem Rücksitz Platz.

Der Fahrer setzte sich hinters Steuer.

»Bringen Sie uns bitte zu Captain McCoys Quartier«, sagte Hart.

»Jawohl, Sir«, sagte der Sergeant.

»Mein Quartier?«, fragte McCoy verwundert.

Hart drehte sich auf dem Sitz um, hielt die rechte Hand vors Gesicht, nickte zum Fahrer hin und legte den Zeigefinger auf die Lippen.

»Meine Befehle, Gentlemen, lauten, zu duschen, mich zu rasieren, eine frische Unform anzuziehen und so bald wie möglich General Pickering aufzusuchen«, sagte Hart. »Sie, Captain, haben unter den gegebenen Umständen vielleicht eine halbe Stunde – nicht mehr; der General war ziemlich genau in diesem Punkt – persönliche Zeit mit Mrs McCoy.«

McCoy war sprachlos, hob jedoch die Augenbrauen und fragte mit den Augen, ob er richtig gehört hatte. Hart nickte.

»Meine Uniformen befinden sich im Imperial Hotel«, sagte Zimmerman.

»Nicht mehr, Mr Zimmerman«, sagte Hart.

Zimmerman öffnete den Mund, um etwas zu sagen, und McCoy legte ihm eine Hand aufs Bein, damit er schwieg.

Den Rest der Fahrt nach Denenchofu legten sie schweigend zurück.

6

Saku-Tun Nr. 7
Denenchofu, Tokio, Japan

2. August 1950, 14 Uhr 20

Das Holzschild mit der Aufschrift ›Capt K.R. McCoy, USMCR‹, das an der Mauer gehangen hatte, war verschwunden, doch das, was McCoy durch das Tor sehen konnte – *Warum steht das Tor offen?* –, wirkte wie zu der Zeit, als es sein und Ernies Zuhause gewesen war. Das überraschte McCoy, bis ihm klar wurde, dass es nur zwei Monate her war – *genau* zwei Monate –, seit er mehr oder weniger unehrenhaft aus dem Marine-Corps hinausgeschmissen wurde.

Es scheint viel, viel länger her zu sein.

»Warten Sie auf uns«, befahl Hart dem Fahrer. »Es wird nicht sehr lange dauern.«

McCoy hatte viele Fragen, doch Hart hatte klar gemacht, dass er sie nicht in Hörweite des CIC-Agenten/Stabswagen-Fahrers stellen sollte, den Willoughby beauftragt hatte, ›für General Pickerings Sicherheit zu sorgen‹.

Er stieg aus dem Wagen und ging durch das Tor zum Haus.

Die Haustür wurde geöffnet. Ein weibliches Geschöpf, nach Captain Kenneth R. McCoys fester Überzeugung die schönste Frau der Welt, kam heraus.

Vielleicht ist es des Guten zu viel, aber bei Gott, Ernie sieht gut aus wie nie!

Mrs Ernestine McCoy trug einen knöchellangen, reich bestickten schwarzen Kimono aus Seide.

Sie verneigte sich auf japanische Art.

»Willkommen daheim, wertester Ehemann«, sagte sie.

Ich bin so verdammt dreckig, dass es unanständig wäre, sie zu berühren, geschweige denn diese Schönheit in die Arme zu nehmen, dachte McCoy.

»He, Baby«, sagte er. Seine Stimme klang fremd.

Ernie wandte sich um, griff durch die offene Haustür und drehte sich wieder mit etwas um, das sehr wie ein doppelter Scotch aussah.

»Ich hoffe, mein bescheidenes Angebot erfreut meinen werten Ehemann«, sagte Ernie, verneigte sich wieder und überreichte ihm das Glas.

»Was soll das Getue einer japanischen Frau?«, fragte McCoy und nahm den Scotch.

»Ich hoffte, dass mein werter Gatte erfreut sein würde«, sagte Ernie.

»Dein werter Gatte ist entzückt«, sagte McCoy. »Hast du noch einen davon für Zimmerman?«

»Für Zimmerman-san und Hart-san, werter Gatte«, sagte Ernie und signalisierte durch die Tür.

Eine japanische Frau kam mit zwei gefüllten Gläsern auf einem Tablett. Ernie nahm die beiden Gläser, verneigte sich vor Zimmerman und Hart und gab sie ihnen.

»He, Ernie«, sagte Zimmerman. »Könntest du Mae-Sue dazu bringen, mich ebenfalls so zu behandeln?«

»Das wirst du selbst tun müssen, werter Zimmerman-san«, sagte Ernie.

»Baby, ich brauche wirklich ein Bad«, sagte McCoy. »Du willst gar nicht wissen, wo Ernie und ich gewesen sind.«

»Ich kann es gut an deinem Gestank erraten, werter Gatte«, sagte Ernie.

»Der einzige Unterschied zwischen einem koreanischen Scheißhaus und einem koreanischen Reisfeld besteht darin, dass einige der Scheißhäuser Dächer haben«, sagte Zimmerman.

Ernestine Sage McCoy, die immer noch die japanische Frau spielte, legte die Hände vor den Busen, die Handflächen zueinander, trat zur Seite, verneigte sich und gab ihrem Mann mit einer Geste zu verstehen, dass er ins Haus eintreten sollte.

Das Wohnzimmer war ebenfalls unverändert, seit er zum letzten Mal in diesem Haus gewesen war. McCoy nahm an, dass ihre Möbel irgendwo in einer Transportkiste waren, aber er wusste es nicht. Ernie kümmerte sich um das Haus und alles, was damit in Zusammenhang stand.

Er ging durchs Wohnzimmer ins Schlafzimmer, das ebenfalls unverändert war. Die Laken des Bettes waren sogar zurückgeschlagen. Er steckte den Kopf ins Badezimmer, sah Handtücher auf Haltern, ging hinein und begann sich auszuziehen. Er wünschte sich wirklich, Ernie in die Arme zu nehmen, und das konnte er nicht tun, wenn er nach dem Dreck der koreanischen Reisfelder stank, die mit menschlichen Fäkalien gedüngt wurden.

Als er nackt war, drehte er die Dusche an, trat in die Glaskabine und ließ das Wasser eine volle Minute über seinen Körper laufen, bevor er auch nur versuchte, sich einzuseifen.

Er schloss die Augen, als er seinen Kopf und das Haar einseifte, und war überrascht, als er nach einer Weile Ernies Arme um sich spürte und sich ihre Brüste gegen seinen Rücken schmiegten.

Er hob das Gesicht zum Duschkopf, und nach einem Moment öffnete er die Augen, drehte sich in den Armen seiner Frau um und drückte sie an sich.

Sie blickte zu ihm auf, und sie küssten sich.

Sie ergriff seine Hand und führte sie zu ihrem Bauch.

»Man beginnt es zu sehen«, sagte sie leise. Er liebkoste ihren Bauch einen Moment, und dann hob er sie aufstöhnend auf seine Arme und trug sie aus der Dusche zum Bett.

»Willst du mir sagen, was los ist?«, fragte Ken McCoy.

Ernie lag mit dem Kopf auf seiner Brust und hatte die Beine über seine gelegt.

»Was soll ich dir sagen, was los ist?«

»Alles«, sagte er. »Das Haus. Das Gehabe einer japanischen Frau. Alles.«

»Nun, das gehört sozusagen zusammen«, sagte Ernie.

»Fang mit dem Haus an. Wie haben wir es zurückbekommen? Durch General Pickering?«

»Eigentlich gehört es uns«, sagte Ernie.

»Was meinst du mit ›gehört es uns‹?«

»Wir sind die Besitzer.«

»Wie kommt das?«

»Nun, als ich zum Quartieroffizier ging, als wir zuerst nach Japan kamen, gab man uns das Apartment eines Captains – ein Captain-keine-Kinder-Apartment. Man vergab Quartiere nach der Größe der Familie. Ein Captain/Keine Kinder bekommt ein Schlafzimmer und ein Schlafzimmer/Arbeitszimmer. Mir gefiel nicht, was man mir zeigte, und ich wusste, dass es dir ebenfalls nicht gefallen würde, und so machte ich mich auf die Suche nach einem Haus …«

»Und hast dies gekauft, ohne es mir zu sagen?«

»Ich habe es dir nicht gesagt, weil du dachtest, es könnte deiner Karriere im Maine-Corps schaden, wenn wir Geld haben«, sagte sie. »Damit war ich einverstanden, doch bei den Quartieren war das eine andere Sache. Ich wollte nicht in diesem lausigen Apartment wohnen. Willst du das wirklich alles hören?«

»Alles«, sagte er.

»Also gut. Wenn dir nicht gefällt, was man dir anbietet, kannst du auf den freien Markt gehen, und wenn du etwas zur Miete finden kannst, das du mit der Wohngeldzulage bezahlen kannst, mieten sie es für dich.«

»Du sagtest, du hast es gekauft.«

»Was man mit der Wohngeldzulage eines Captains mieten kann, ist ungefähr das, was sie selbst zur Verfügung stellen, eine miese, kleine Wohnung. So habe ich einen Handel mit dem japanischen Immobilienmakler gemacht. Ich habe ihm erklärt, dass ich dieses Haus kaufe. Er sagt, dass er es mir vermietet. Sie schicken ihm einen Scheck für dein Wohngeld. Und er zahlt es mir aus.«

»Allmächtiger!«

»Dann, als man uns heimschickte, sagte ich mir, dass es sich möbliert besser verkaufen ließe – nein, das ist nicht wahr. Ich wollte die Möbel verkaufen, bis auf einige wenige wirklich persönliche Dinge – diese Ming-Vase, die wir in Taipei gekauft haben, zum Beispiel. Als wir unser neues Leben ohne das Marine-Corps begannen, wollte ich nicht, dass du dich jedes Mal, wenn du auf der Couch oder sonst was sitzt, daran erinnerst, wie das Corps dich beschissen hat.«

McCoy schwieg.

»So verkaufte ich nicht alles, als wir in den Staaten waren«, fuhr sie fort. »Als du und ich und Onkel Flem hierher zurückkehrten, rief ich den Immobilientypen an und wies ihn an, das Haus vom Markt zu nehmen. Dann sagte ich mir, was soll's, da wir ein Haus in Tokio haben, gibt es keinen Grund, weshalb ich in all meiner verdammten Einsamkeit in den Staaten bleiben muss.« Sie schwieg kurz. »Bist du wirklich sauer, Schatz, fühlst du dich verarscht?«

»Ich bin schockiert, das bin ich«, sagte er. »›Verdammte Einsamkeit‹? ›Beschissen‹? ›Verarscht‹? Was ist aus der unschuldigen Lady geworden, die ich geheiratet habe?«

»Sie hat einen Marine geheiratet und kennt jetzt all die schmutzigen Wörter«, sagte sie. »Beantworte die Frage.«

Er atmete tief aus.

»Nein«, sagte er. »Ich kann niemals auf dich sauer sein, weil ich mich verarscht fühle.«

»Gut, denn das ist noch nicht alles«, sagte Ernie. »Jetzt, da wir wissen, wie dir das Marine-Corps deinen treuen Dienst zurückzahlt, juckt es mich nicht, ob der gottverdammte Kommandant persönlich weiß, dass wir wohlhabend sind …«

»*Du* bist wohlhabend«, unterbrach McCoy.

»… dass *wir* wohlhabend sind«, wiederholte Ernie heftig, sogar ärgerlich. »Fang nicht wieder mit diesem Scheiß an, Ken. Es reicht mir.«

»Ja, Ma'am«, sagte er.

»Und wir werden dementsprechend leben«, sagte Ernie bestimmt.

»Okay«, sagte er.

»Okay?«, fragte sie verwundert, als hätte sie einen Streit erwartet.

»Okay«, wiederholte er.

»Fangen wir heute Abend mit einem Essen im besten Restaurant von Tokio an?«

»Prima.«

»Nun, da wir das geklärt haben«, sage Ernie, »was sollen wir jetzt anfangen?«

Ihre Hand streichelte sinnlich von seinem Hals über die Brust und hinab.

»Hart sagte, dass Pickering mir eine halbe Stunde, nicht mehr, ›persönliche Zeit‹ mit meiner Frau gibt.«

»Zum Teufel mit ihm«, meinte Ernie. »Er kann ein paar Minuten warten. Die gesamte verdammte Welt kann ein paar Minuten warten.«

»Genau meine Gedanken«, sagte McCoy.

7

Captain Kenneth R. McCoy, USMC, kam in einer Uniform aus seinem Schlafzimmer, die frisch aus der Wäscherei des Imperial Hotel geliefert worden war.

Ihm war ein bisschen schwindlig. Das kommt vermutlich, dachte er, vom plötzlichen Wechsel der Uniform – von übel riechendem Arbeitsanzug zu sauberem Grün, von verschmutzten und schweren Arbeitsschuhen zu glänzenden Halbschuhen, die sich erstaunlich leicht an den Füßen anfühlten – und er war natürlich frisch gebadet und rasiert.

Und frisch gevögelt, dachte er ein wenig vulgär. *Zweimal gevögelt. Es wird eine gottverdammt lange Zeit sein, bevor diese Jungs auf der* Clymer *und* Pickaway *wieder sexuelle Freuden genießen können. Wenn überhaupt jemals wieder.*

Master Gunner Ernest W. Zimmerman, USMC, ähnlich gekleidet, saß im Wohnzimmer in einem der Sessel bei Captain George F. Hart. Beide hielten ein Glas mit Scotch in einer Hand und einen Zahnstocher mit in Schinken umhüllter Auster in der anderen.

»Wohne ich jetzt hier, oder was?«, fragte Zimmerman. »Nach dem Raum zu urteilen, in dem ich geduscht habe, sieht es so aus.«

»Hier ist viel Platz«, sagte McCoy. »Auch für dich, George.«

»Der Boss will mich im Hotel haben, aber vielen Dank.«

Das ist der Unterschied zwischen einem Reservisten und einen Regulären. Ich denke über General Pickering nie etwas anderes als ›der General‹, und ebenso ergeht es Zimmerman. Für George ist der General ›der Boss‹. Und George fühlt sich perfekt wohl mit einem Drink in der Hand am hellen Nachmittag, und ich war nahe dran, Ernie deswegen anzuschnauzen.

Scheiß drauf. Wir haben ein Recht auf einen Drink.

Er ging zur Bar und schenkte sich selbst Scotch ein.

»Wie kommt es, dass wir nie zuvor hier waren?«, fragte Zimmerman.

»Bis vor einer Viertelstunde wusste ich nicht, dass dieses Haus Ernie gehört«, sagte McCoy. »Bis dahin hielt ich es für ein GI-Quartier, das wir aufgegeben haben, als man mich in die Staaten schickte.«

»Ernie hat dies gekauft?«, fragte Hart.

»Ernie mag keine GI-Quartiere«, sagte McCoy.

»Gut für sie«, sagte Zimmerman. »Mae-Su holte uns in Parris Island aus dem Quartier raus, sobald sie ein Haus in Beaufort bauen konnte.«

»Die Pflicht ruft«, sagte McCoy. »Soll ich dies runterkippen oder drauf vertrauen, dass dieser CIC-Typ langsam fährt?«

»Kipp es runter«, sagte Zimmerman, stand auf, leerte sein Glas, rülpste und ging zur Tür.

In diesem Augenblick schlug die Türglocke an – in Wirklichkeit eine Messingglocke am Tor.

»Wird unser Fahrer ungeduldig?«, fragte McCoy. »Wer sonst weiß, dass wir hier sind?«

»Vielleicht will jemand zu Ernie?«, meinte Zimmerman.

McCoy schüttelte den Kopf – es gab einen Hintereingang zu dem Grundstück mit einer eigenen Glocke; Händler und Vertreter benutzten ihn – und ging mit dem Glas in der Hand zur Tür.

Brigadier General Fleming Pickering, USMCR, war auf halbem Weg zwischen Tor und Haus. Ihm auf dem Fuße folgten Major General Ralph Howe, U.S. Army, und eine großer, muskulöser Mann in Zivilkleidung und mit einer Aktentasche. Irgendetwas an seinem Verhalten ließ McCoy vermuten, dass er Soldat war, Unteroffizier oder vielleicht Warrant Officer.

Da er nicht wusste, was er sonst damit tun sollte, wechselte McCoy das Glas mit einem doppelten Famous Grouse on the rocks in seine linke Hand und salutierte mit der rechten.

Pickering und Howe erwiderten den Gruß.

»Für jemanden, der frisch von den Reisfeldern Koreas kommt, sehen Sie ziemlich schick aus, Captain«, sagte General Howe. »Bitte verzeihen Sie die Störung. General Pickering sagte, es würde Ihnen nichts ausmachen.«

»Wir wollten gerade zum Imperial fahren, Sir.«

»Wer ist hier, Ken?«, fragte Pickering.

»Hart, Zimmerman und Ernie, Sir«, sagte McCoy. »Und die Haushälterin und ein Dienstmädchen – nehme ich an.«

»Nun, wenn es Ihnen nichts ausmacht, Captain, warum schicken Sie sie nicht zum Einkaufen, nachdem Sie uns allen einen von diesen Drinks eingeschenkt haben?«

»Jawohl, Sir.«

»Nur die Japanerinnen«, sagte Howe. »Mrs McCoy wird in dies eingeweiht werden müssen. Ihr Haus ist soeben ein ›Sicherheitshaus‹ geworden, wie ihr CIA-Leute sagt.«

»Jawohl, Sir«, erwiderte McCoy.

»Charley«, sagte General Howe zu dem muskulösen Mann in Zivil, »dies ist der legendäre Killer McCoy …«

»Der wirklich nicht mag, dass man ihn so nennt, Ralph«, sagte Pickering.

Er spricht ihn mit ›Ralph‹ an?

»Verzeihung«, sagte Howe. »Captain McCoy, Master Sergeant Charley Rogers.«

Master Sergeant Rogers schüttelte McCoy wortlos die Hand.

Hart und Zimmerman standen mehr oder weniger still, als alle das Wohnzimmer betraten.

Howe machte eine Geste, die anzeigte, dass sie sich entspannen sollten. Er ging zu Zimmerman.

»Sie sehen aus, wie ein Marine Gunner aussehen sollte«, sagte er. »Zimmerman, richtig?«

»Jawohl, Sir«, erwiderte Zimmerman.

»Mein Name ist Howe. Dies ist Master Sergeant Charley Rogers. Wir kennen uns, seit er mein erster Soldat war, als ich Kompaniechef war.«

Die beiden schüttelten sich wortlos die Hände.

Ernie McCoy kam in dem Kimono, den sie zuvor getragen hatte, ins Wohnzimmer.

»Schön, Sie wiederzusehen, Mrs McCoy«, sagte Howe. »Entschuldigen Sie, dass wir so hereinplatzen. Wir konnten einfach nicht das Risiko eingehen, dass die Ohren in den Wänden des Imperials aktiv sind.«

»Wie bitte?«, fragte Ernie verständnislos.

»Charley fand drei Mikrofone in General Pickerings Suite. Es könnten Überbleibsel vom Kempae Tai sein, vielleicht sind sie es aber auch nicht.«

»Oh«, sagte Ernie. Dann: »Willkommen in unserem Haus, General.«

»Ernie, schick bitte die Bediensteten für ein paar Stunden zum Shopping«, verlangte Pickering.

»Nur die Bediensteten?«

»Ich glaube, wir sollten Sie bei unserem Gespräch dabeihaben, Mrs McCoy«, sagte Howe.

Ernie nickte und ging zur Küche.

»McCoy, würden Sie Charley bitte zeigen, wo der Schnaps steht?«, fragte Howe.

»Ich bin der Adjutant«, sagte Hart. »Ich werde die Drinks machen. Was möchten Sie, Sir?«

»Was ist da in Ihrem Glas? Pickerings Sorte Scotch?«

»Jawohl, Sir. Famous Grouse.«

»Sergeant?«, fragte Hart.

Master Sergeant Rogers nickte zustimmend.

Zwei Minuten später kehrte Ernie aus der Küche zurück.

»Ich habe sie beauftragt, mehr Ente für uns alle zum Abendessen zu kaufen«, sagte sie, »und erst in zwei Stunden zurückzukommen und zu läuten, bevor sie eintreten.«

Howe schaute sie ein wenig überrascht an.

»Dies ist nicht das erste Mal, dass ich sie zum Einkaufen schicke, General«, sagte Ernie.

»Das überrascht mich nicht«, sagte Howe. »Und ich nehme an, Sie werden verstehen, was es bedeutet, wenn Sie mit etwas vertraut gemacht werden, was die nationale Sicherheit betrifft und in diesen vier Wänden bleiben muss.«

»Ich verstehe«, sagte Ernie.

»Können wir hier sprechen?«, fragte Howe.

»Es gibt ein Esszimmer«, sagte Ernie. »Falls jemand etwas aufschreiben oder sich Notizen machen will.«

»Dann bitte im Esszimmer«, sagte Howe.

Ernie führte sie dorthin und forderte Howe mit einer Geste auf, am Kopf des Tisches Platz zu nehmen.

»Das ist Ihr Haus, Mrs McCoy«, sagte Howe. »Und der Platz Ihres Mannes. Ich werde hier sitzen.«

Er zog den ersten Stuhl nahe beim Kopf des Tisches heran und bat McCoy, sich ans Kopfende zu setzen. Master Sergeant Rogers nahm auf dem Stuhl gegenüber dem General Platz und stellte seine Aktentasche auf den Boden. Er griff hinein und holte drei Bleistifte und einen gelben, linierten Notizblock hervor. McCoy sah, dass in der Aktentasche ebenfalls ein 1911A1 Colt und etwas lag, das wie ein GI-Panzer-Schulterholster aussah.

Pickering setzte sich neben McCoy, Zimmerman neben Rogers und Hart neben ihn.

»Ich hatte vom Mädchen Kaffee machen lassen«, sagte Ernie McCoy. »Er wird in einer Minute durchgelaufen sein.«

»Das ist sehr freundlich«, sagte Howe. »Aber ich komme prima hiermit zurecht.«

Er hob sein Whiskyglas.

Ernie setzte sich neben Pickering.

»Okay«, sagte Howe. »Wo soll ich anfangen?«

Er überlegte einen Moment.

»Am Anfang zu beginnen ist immer richtig. Harry S. Truman. Unser Präsident und Oberbefehlshaber der bewaffneten Streitkräfte der Vereinigten Staaten. Ich arbeite für ihn, wie es bei jedem sonst der Fall ist, der in Uniform dient, aber manchmal haben die Leute Probleme, dies wirklich zu verstehen. Er ist ein sehr guter Mann. Wenn nicht der Zweite Weltkrieg dazwischen gekommen wäre, dann wäre er als Colonel in aktiven Dienst gegangen – wir beide wurden nach derselben Beförderungsliste der Nationalgarde zum Colonel – und vermutlich hätte er jetzt zwei Sterne wie ich. Aber er war im Senat, tat wichtige Arbeit und man redete ihm aus, in aktiven Dienst zu gehen und als Colonel in den Ruhestand zu treten.

Das ist wichtig, und das sollte man sich merken. Man wird nicht Colonel, wenn man nicht einiges über das Soldatentum und – noch wichtiger – Soldaten und – noch wichtiger – Offiziere weiß. Wenn ich unseren Oberbefehlshaber als ›Harry‹ bezeichne, ist keine Respektlosigkeit beabsichtigt. Seit der Zeit, in der wir beide Captains waren, habe ich viel Respekt vor ihm bekommen. Er war ein guter Captain und ein guter Colonel und ein verdammt guter Senator. Das Amt des Vizepräsidenten hatte er nicht lange genug inne, um darüber zu urteilen, aber seit er Präsident ist, hat er einen guten Job gemacht, und es würde mich nicht überraschen, wenn er in hundert Jahren von den Historikern auf die gleiche Stufe mit Washington und Lincoln gestellt werden wird.

Nachdem ich das gesagt habe, muss ich feststellen, dass Harry S. Truman kein Heiliger ist. Er hat ein hitziges Temperament, und wenn er sich einmal zu etwas entschlossen hat, fällt es ihm schwer, zuzugeben, dass seine ursprüngliche Entscheidung falsch gewesen ist. Ich weiß bei Gott nicht, was er gegen das Marine-Corps hat, aber es ist ziemlich offenkundig, dass er es wirklich nicht mag. Er hat grundsätzlich eine Menge gegen das Berufs-Offizierskorps. Vermutlich ist einiges davon auf unsere Tage bei der Nationalgarde zurückzuführen, als uns die reguläre Army ihre Überlegenheit unter die Nase zu reiben pflegte. Und einiges, dessen bin ich mir sicher, geht auf die Zeit zurück, als er im Senat die Truman-Kommission leitete und viele der hohen Tiere dachten, sie könnten ihn belügen und ungestraft davonkommen.

Der Präsident hat mir erzählt, dass es zurzeit zwei Offiziere im Generalsrang gibt – nur zwei – denen er völlig vertraut. Beide davon sitzen hier an diesem Tisch. Und er hat mir gesagt, warum er ihnen vertraut. Er weiß, dass ich keine persönlichen Ziele verfolge und General Pickering dies ebenfalls nicht tut. Die Wahrheit scheint zu sein, dass die militärischen Dienste mit Primadonnen überladen sind, und ich spreche nicht nur über General Mac Arthur, obwohl er den anderen in dieser Hinsicht Lektionen erteilen kann.

Okay. All dies dient dazu, zu erklären, was ich hier tue und was Sie alle damit zu tun haben. Übermorgen werden Botschafter W. Averell Harriman und General Matthew B. Ridgway in ein Flugzeug steigen und herkommen. Punkt eins auf Harrimans Tagesordnung ist, MacArthur zu sagen, dass absolut nicht, auf keinen Fall, irgendwelche von Tschiang Kai-scheks Truppen benutzt werden, und Punkt zwei ist Inchon. Das muss gelöst werden …«

»Meine Gefühle werden nicht verletzt …«, unterbrach Ernestine McCoy.

Howe sah sie überrascht an.

»… wenn Sie mir sagen, dass ich keine Fragen stellen soll. Aber ich verstehe nicht …«

Captain Kenneth R. McCoy blickte seine Frau ungläubig an. General Howes Augenbrauen ruckten hoch. General Pickering lächelte tolerant und wartete darauf, dass General Howe sie mehr oder weniger höflich zurechtwies.

»Fragen Sie nur, Mrs McCoy«, sagte Howe jedoch und überraschte jeden. »Es war mir ernst, als ich sagte, Sie sollten dabei sein, und je mehr Sie verstehen, desto besser.«

»Nun, ich weiß, wer Botschafter Harriman ist«, sagte sie. »Ich *kenne* Botschafter Harriman. Er und mein Vater sind befreundet. Mein Vater erzählte mir, er ist Präsident Trumans Sonderbotschafter. Aber wer ist General Ridgway? Und was ist Inchon?«

»Harriman ist ebenfalls der nationale Sicherheitsberater des Präsidenten«, sagte Howe. »Sonderbotschafter ist ein persönlicher Rang; wenn Harriman irgendwo hingeht, bedeutet dies, dass er im Namen des Präsidenten spricht. MacArthur trägt wirklich zwei Hüte. Der ranghöchste Amerikaner irgendwo ist der US-Botschafter. Hier gibt es keinen US-Botschafter. MacArthur füllt diese Rolle aus. Die Entscheidung, Tschiang Kai-scheks Soldaten in diesem Krieg zu benutzen oder nicht, ist eine diplomatische Entscheidung, und so wird ihm Harriman seine Befehle in dieser Hinsicht geben. Aber MacArthur ist ebenfalls der ranghöchste militärische Offizier im Pazifik. Wenn er diesen Hut trägt, nimmt er – wenigstens in der Theorie – seine Befehle vom Vorsitzenden des Streitkräfteausschusses, General – General of the Army, fünf Sterne wie MacArthur – Omar Bradley entgegen. MacArthur ist nicht nur dienstälter als Bradley, sondern auch ranghöher als der Stabschef der Army, General ›Lightning Joe‹ Collins, der nur vier Sterne hat. So muss Collins mit MacArthur Rücksprache nehmen, weil er ihm nicht sagen kann, was er zu tun hat. Matt Ridgway ist ein weiterer Vier-Sterne-General. Er ist stellvertretender Stabschef für Verwaltung, Nummer zwei nach Collins und sein wahrscheinlicher Nachfolger als Stabschef, falls Truman sich entscheidet, MacArthur zu feuern, und Collins Kandidat Nummer eins sein würde, um ihn zu ersetzen.«

»General MacArthur feuern?«, platzte Hart heraus.

»Da sind wir wieder bei dem, was ich zuvor gesagt habe. Was hier gesprochen wird, bleibt in diesen vier Wänden«, sagte General Howe. »Truman will MacArthur nicht feuern, aus mehreren Gründen nicht, einschließlich der Tatsache, dass er ein militärisches Genie und ein militärischer Held ist und die politischen Auswirkungen enorm sein würden. Aber wenn MacArthur ihn weiterhin ignoriert, ist es eine echte Möglichkeit, ihn zu feuern.«

»Ich wusste nichts über Tschiang Kai-schek«, sagte Ernie.

»Er hat uns dreißigtausend Soldaten angeboten«, sagte Howe. »Auf den Rat von General Bradley hin hat Truman entschieden, dass dies mehr Probleme aufwerfen würde, als sie wert wären, weil diese Soldaten ausgebildet und ausgerüstet werden müssten und weil es ernste Probleme mit dem Festland – dem kommunistischen China – geben würde. Wir wollen sie nicht in diesem Krieg haben. Collins hat MacArthur eine Botschaft geschickt und ihm befohlen, sie nicht zu nehmen. MacArthur hat die Botschaft bestätigt und ist dann – am nächsten Tag – nach Taipeh geflogen, um sich mit Tschiang Kai-schek zu ›besprechen‹. Ich war dabei, als Truman das herausfand. Er war wütend. Bradley wollte ihn feuern lassen. Harry entschied sich, Harriman zu schicken, um ihn auf Vordermann zu bringen. Verstehen Sie?«

Ernie nickte.

»Und Inchon?«, fragte sie.

»Das ist der Hafen von Seoul«, erklärte Howe.

»Ken und ich sind dort gewesen«, sagte Ernie.

»Okay. Als General Collins und General Vandenburg – der Stabschef der Air Force – dort waren – am siebzehnten Juli, richtig, Charley?«

Master Sergeant Rogers nickte.

»Am siebzehnten Juli. Drei Wochen, nachdem wir in diesen Schlamassel gerieten«, fuhr Howe fort. »MacArthur sagte ihnen, er habe einen ›Plan‹ für eine amphibische Operation in Inchon, wodurch die Nordkoreaner von der Nachschublinie abgeschnitten werden würden. Als ich hier eintraf, sagte mir General Pickering, dass MacArthur ihm gesagt hat, er hätte die Idee schon früher gehabt. Bei einem Flug nach Suwon ein paar Tage nach der nordkoreanischen Invasion hätte er an eine amphibische Invasion bei Inchon gedacht und Almond angewiesen, mit der Planung zu beginnen.

Collins – um es gelinde auszudrücken – war nicht begeistert von einer amphibischen Invasion bei Inchon, und ebenso wenig war es die Navy. Es ist nicht wie die Landung auf irgendeiner Insel im Pazifik oder, was das anbetrifft, in der Normandie. Da ist ein langer Kanal, den die Invasionsflotte passieren müsste, um zum Strand zu gelangen, und er befindet sich nicht weit von Nord-Korea entfernt, wodurch schnell Verstärkungen geschickt werden könnten. Aber die Frage wurde rein akademisch, als wir Taejon verloren. All die Truppen, die MacArthur für die Invasion einsetzen wollte, mussten nach Pusan geschickt werden, denn sonst wären wir von der koreanischen Halbinsel verjagt worden.

Jeder im Pentagon seufzte vor Erleichterung auf, als die Invasion abgeblasen wurde, doch jetzt brachte MacArthur sie erneut zur Sprache – er benutzt die Worte ›*wenn ich*‹ in Inchon lande, nicht ›*wenn wir*‹ uns entscheiden, in Inchon zu landen. So wird Ridgway mit ihm über Inchon ›sprechen‹. Wenn es uns möglich ist, werden General Pickering und ich uns selbst zu diesem Treffen einladen. Ich bezweifle allerdings, dass wir uneingeladen zu dem Treffen zwischen Harriman und MacArthur kommen können.

Der Präsident hat mich hergeschickt, um so viel wie möglich über Inchon herauszufinden und ihm direkt zu berichten, wie ich darüber denke. Das stellt mich vor zwei Probleme. Erstens weiß ich nichts über Inchon außer dem, was mir General Pickering erzählt hat …«

»Basierend auf verdammt wenig«, warf Pickering ein, »außer meiner Erinnerung daran, dass ich vor dem Krieg mit einem Frachtschiff der P&FE dorthin gefahren bin – und es in der Schlammzone an der Küste auf Grund gesetzt habe.«

»Sir, da gibt es einen Navy-Offizier«, sagte McCoy. »Ich habe ein paar Mal mit ihm gesprochen, und er war oft dort«, sagte McCoy. »Er weiß alles über Inchon und die dortigen Kanäle.«

»Wie heißt er?«, fragte Howe. »Wo hält er sich auf?«

»Taylor«, sagte McCoy. »David R. Taylor, Lieutenant, USNR. Ich weiß nicht, wo er zurzeit ist. Bei SCAP, Naval Element, wird man es vermutlich wissen.« Er schwieg kurz und fügte dann hinzu: »Er ist ein Mustang.«

»Ein was?«, fragte Howe.

»Er war Unteroffizier, Sir«, erklärte McCoy.

»Ja, stimmt, nicht wahr? So nennen die Navy und die Marines Offiziere, die von den Unteroffizieren und Mannschaften kommen. ›Mustang‹ lässt darauf schließen, dass sie nicht aus so guter Zucht stammen wie jemand von der Marineakademie und ein bisschen wild, vielleicht unbezähmbar sind und wahrscheinlich Probleme für die herkömmliche Ordnung der Dinge bedeuten.«

McCoy und Hart fühlten sich sichtlich unbehaglich. General Pickering wollte schon etwas dazu sagen, als Howe fortfuhr: »Nun, dann wird er sich mit diesem Haufen auskennen, nicht wahr? Wenn ich mich nicht irre, gehören wir alle in diesen exklusiven Klub.«

Er wandte sich an Master Sergeant Rogers.

»Charley, rufen Sie SCAP, Naval Element, an und lassen Sie diesen Jungen so bald wie möglich auf vorübergehende Verwendung setzen. Mit Wirkung von acht Uhr morgen früh. Er soll sich im Hotel melden. Von diesem Haus hier braucht er nichts zu wissen.«

Master Sergeant Rogers nickte und schrieb auf seinen Block.

General Howe sah McCoys Miene.

»Ja, ich kann das veranlassen, McCoy«, sagte er. »Bevor ich herkam, schickte Admiral Sherman – der Chef für Marineoperationen – einen Commander zu dem Admiral, um ihm zu sagen, dass ich auf Anweisung des Präsidenten von der Navy bekomme, was auch immer ich verlange, und dass der SCAP nicht informiert werden soll, worum ich gebeten habe.«

»Jawohl, Sir«, sagte McCoy.

»Was bleibt noch zu sagen?«, überlegte Howe laut. »Ah, ja. Die Kommunikation. Das Problem mit der Kryptografie, verschlüsselte Botschaften zu schicken, Mrs McCoy, besteht darin, dass die Techniker, die das Chiffrieren erledigen, die Botschaften natürlich lesen. General Pickering erzählte mir, dass er im Zweiten Weltkrieg, als er es mit der MAGIC-Geheimhaltungsstufe zu tun hatte, seine eigenen Kryptografen beschäftigte.«

»Einschließlich George«, sagte McCoy und nickte zu Hart hin.

»Darüber haben wir geredet«, sagte Howe. »Die Ausrüstung, die Hart benutzte, ist nicht mehr im Dienst. Und ich habe die Sorge, dass alles, was wir durch den kryptografischen Raum beim SCAP schicken, von Leuten gelesen wird, die es an Leute hier weitergeben. Ich mag mich irren, aber dieses Risiko kann ich nicht eingehen. Charley hat die Army Security Agency angerufen, und sie wird uns einen Kryptografen schicken, einen, von dem wir wissen, dass er nicht mit jemandem teilen wird, was er gelesen hat. Aber ich weiß nicht, wie lange es dauern wird – ob er hier sein kann, bevor wir ihn brauchen. Vorschläge?«

»Ken«, sagte Zimmerman und sah McCoy fragend an. »Keller?«

»Wer ist Keller?«, fragte General Pickering.

»Der Krypto-Knabe in Pusan«, antwortete McCoy. »Achte Armee, rückwärtiger Stab. Master Sergeant. Derjenige, dem Sie die Botschaft ›sofort zurückkehren, Wiederholung, sofort zurückkehren‹ diktierten.«

»Sehr entgegenkommender Mann«, sagte Pickering. »Was ist mit ihm?«

»General, er ist soeben nach Pusan gekommen«, sagte Zimmerman. »Er ist neu, kein Teil der SCAP-Clique.«

»Ich halte ihn für einen guten Mann«, sagte McCoy.

»Warum sagen Sie das?«, fragte Howe.

»Er schwatzte mir mein National Match Garand ab«, sagte McCoy mit einem Lächeln. »Und als ich ihn fragte, weshalb ein cleverer Bursche wie er nicht bei den Marines ist, sagte er, er habe sich nicht für das Corps qualifiziert; seine Eltern seien verheiratet gewesen.«

Howe lachte.

»Schrecklich«, meinte Mrs McCoy lächelnd.

»Charley?«, fragte Howe.

»Er müsste die richtigen Unbedenklichkeitsbescheinigungen haben, General«, sagte Master Sergeant Rogers. Seine Stimme klang tief und sehr volltönend. »Ich könnte ein Wort mit ihm reden, damit er seinen Mund hält.«

Das ist das erste Mal, dass er den Mund aufmacht, erkannte McCoy.

»Haben Sie die Telefonnummer des Jungen der SCAP-ASA?«, wollte Howe wissen.

Rogers nickte.

»Rufen Sie ihn an und lassen Sie ihn mit dem nächsten Flugzeug herschicken«, befahl Howe.

Rogers nickte abermals und schrieb auf seinen Notizblock.

»Fügen Sie der Botschaft hinzu: ›Bringen Sie die Waffen der Marines mit‹«, sagte Zimmerman.

»Waffen? Mehr als eine?«, fragte Rogers.

»Er hat auch meine Thompson«, sagte Zimmerman.

»Dies muss ein höllisch guter Mann sein«, meinte Pickering, »wenn er diesen beiden ihre Waffen abgeluchst hat.«

Howe lachte.

XII

1

Dewey-Suite
Hotel Imperial
Tokio, Japan

3. August 1950, 7 Uhr 55

Lieutenant David R. Taylor, USNR, ein stämmiger Zweiunddreißigjähriger mit rötlichem Gesicht, ging über den Flur des Hotels und hob nicht gerade freundlich die Augenbrauen, als sich der junge Amerikaner im Straßenanzug vor einem Stuhl erhob und ihm den Weg blockierte.

»Kann ich Ihnen helfen, Sir?«

»Ja, Sie können mir zeigen, wo ich die Dewey-Suite finde.«

»Und wer sind Sie, Sir?«

»Das könnte ich Sie ebenfalls fragen.«

Der CIC-Agent zückte seinen Ausweis in einem dünnen Lederetui, das auf einer Seite ein Abzeichen und auf der anderen die Identifikation mit Foto enthielt.

Taylor war nicht überrascht. Er hatte die letzten vier Tage im Dai-Ichi-Gebäude verbracht und an den Plänen für eine amphibische Landung in Inchon gearbeitet. Auf dem Flur der Abteilung G-3 waren rund um die Uhr Männer wie dieser gewesen.

»Mein Name ist Taylor«, sagte er.

»Darf ich bitte einen Ausweis sehen, Sir?«

Taylor zückte seinen Ausweis vom Marineministerium.

Der CIC-Agent überprüfte ihn.

»Sie werden erwartet, Lieutenant«, sagte er. »Zweite Tür links.«

Taylor ging über den Flur und klopfte an die Tür.

Brigadier General Fleming Pickering, USMCR, in einem gestärkten Hemd ohne Krawatte und mit dem silbernen Stern seines Rangs auf beiden Kragenspitzen, öffnete ihm.

Ich hätte geschworen, sie haben gesagt, er sei ein Major General.

»Mein Name ist Taylor, Sir«, sagte er. »Ich habe den Befehl, mich bei Major General Howe zu melden.«

»Ich habe Sie erwartet, Lieutenant«, erwiderte Pickering. »Kommen Sie rein. General Howe wird rasiert.« Er wies in den Raum, wo Howe, mit einem weißen Laken behängt, von einer japanischen Friseuse rasiert wurde. »Mein Name ist Pickering.«

Pickering reichte Taylor die Hand und war erfreut, jedoch nicht überrascht über die Festigkeit seines Händedrucks. In dem Moment, in dem er Taylor an der Tür gesehen hatte, war er ihm sympathisch gewesen.

Taylors Khakiuniform war sauber, jedoch verknittert. Der goldene Besatz und das Abzeichen auf seiner Schirmmütze waren alles andere als neu. Als Pickering ihn betrachtete – sozusagen von Seemann zu Seemann –, sagte er sich, dass Taylor sich vermutlich weitaus behaglicher auf der Brücke eines Schiffes als an einem Schreibtisch fühlen würde und bestimmt wohler auf einer Schiffsbrücke, als sich in einer der luxuriösesten Suiten des Imperial Hotel bei einem Major General der Army zu melden, ohne den Grund zu kennen.

»Ich bin gleich für Sie da!«, rief Howe aus seinem Sessel. »Haben Sie gefrühstückt?«

»Jawohl, Sir.«

»Nun, da ist Kaffee, und wenn Sie sich anders besinnen, da steht Essbares auf einer Warmhalteplatte im Esszimmer.«

Pickering lächelte Taylor an und forderte ihn mit einer Geste auf, ihm zu folgen.

»Sie sind der Erste, der auftaucht«, erklärte er. »Die anderen werden bald hier sein.«

Pickering ging zu einem silbernen Kaffeeservice, schenkte Kaffee in zwei Tassen ein und reichte eine Taylor.

»Schwarz, ist das okay?«

»Ich bin Seemann, Sir. Seeleute gewöhnen sich daran, den Kaffee schwarz zu trinken.«

»Ich weiß«, sagte Pickering. »Ihr war einst selbst ein ehrbarer Seemann.«

Was, zur Hölle, hat denn das zu bedeuten?

»Jawohl, Sir«, sagte Taylor.

Als Erster ›der anderen‹ traf ein Captain der Marine ein. Er ging geradewegs ins Esszimmer und bediente sich mit Kaffee.

»Haben Sie ihn erwischt, George?«, fragte Pickering, als sich der Captain Kaffee eingeschenkt hatte.

»Sergeant Rogers spricht mit ihm«, sagte der Captain.

Es überraschte Lieutenant Taylor, dass er nicht ›Sir‹ gesagt hatte, und er war noch erstaunter, als der Captain seinen Uniformrock auszog und die Krawatte lockerte. Die dritte Überraschung war für ihn, zu sehen, dass der Captain eine .45 ACP Pistole in einem Holster am Rücken trug.

General Howe kam ins Esszimmer.

»Haben Sie ihn erwischt, George?«, erkundigte er sich.

»Jawohl, Sir«, erwiderte Hart. »Charley spricht mit ihm.«

»McCoy und Zimmerman?«, fragte Howe.

»Sie sollten bald hier sein«, sagte Pickering.

»Soll ich anrufen?«, erkundigte sich der Captain.

»Ernie wird sagen, dass sie auf dem Weg hierhin sind und bereits hier sein sollten.«

Der Captain ging zum Telefon – eines von vieren – und wählte eine Nummer.

»Könnten Sie ihn aus dem Bett werfen, Ernie?«, sagte er, als sich jemand gemeldet hatte.

Howe lachte glucksend.

»Okay, verzeihen Sie die Störung«, sagte der Captain und legte auf.

»Und?«, fragte Pickering.

»Sie sind wegen des Verkehrs früh aufgebrochen und sollten jede Minute hier sein«, meldete Hart.

Pickering breitete die Arme in einer *Hab ich's nicht gesagt?*-Geste aus.

Howe lachte abermals.

»Wir warten«, sagte er. »Dann brauchen wir die Begrüßungszeremonie nur einmal durchzuführen.«

»Ich dachte, das hätte Charley bei Keller gemacht«, sagte Hart.

»Nein, Charley hat Sergeant Keller klar gemacht, dass es klug ist, der Begrüßungszeremonie genaue Aufmerksamkeit zu schenken«, sagte Howe. Er blickte zu Taylor und ging zu ihm. »Mein Name ist Howe, Lieutenant.«

»Jawohl, Sir.«

Ein stämmiger Master Gunner des Marine-Corps mit der Brust voller Ordensbänder betrat das Esszimmer.

»Wir sind im Stau stecken geblieben«, sagte er. »Entschuldigung.«

»Kein Problem, ihr seid ja eingetroffen«, meinte Howe. »Zimmerman, dies ist Lieutenant Taylor.«

Zimmerman schüttelte Taylor wortlos die Hand.

Das ist ein rauer Typ, mit dem sich kein kluger Matrose in eine Kneipenschlägerei einlassen sollte. So einen hätte ich als Letztes in einer Suite im Imperial Hotel mit zwei Offizieren im Generalsrang erwartet.

Ein weiterer Captain der Marine trat ein.

Oh, Mann, ich weiß, wer das ist. Er heißt McCoy und hat mir ein paar Mal – einmal in Taipeh, ein anderes Mal in Hongkong und sonst wo im Fernen Osten – stets dieselben Fragen gestellt: Ob ich irgendwelche ungewöhnlichen Aktivitäten in Nordkorea oder an der chinesischen Küste gesehen hätte.

Und ich habe ihm gesagt, ja, ich habe welche bemerkt. Warum hätte ich keine Auskunft geben sollen? Er hatte einen Ausweis, in dem es hieß, dass er beim Naval Element SCAP arbeitet.

Aber dann gab es Gerüchte, dass man irgendeinem Captain des Marine-Corps einen Tritt in den Hintern gegeben hat, als er versuchte, den hohen Tieren zu verklickern, dass dieser gottverdammte Krieg kommt, und ich sagte mir, dass es der Typ sein muss, der die Fragen gestellt hat. Es hieß, er hätte irgendein hohes Tier verärgert, und man hat ihn aus dem Marine-Corps geschmissen und heimgeschickt. Was tut er also hier bei einem General der Army?

Was, zur Hölle, ist hier los?

»Verzeihung, Sir«, sagte McCoy. »Der Verkehr …«

Howe winkte ab.

»Hart, holen Sie Charley und den Sergeant«, befahl er.

»Hallo, Taylor, wie geht's?«, fragte McCoy.

»McCoy«, erwiderte Taylor.

McCoy hatte gerade noch genug Zeit, sich Kaffee einzuschenken, bevor der andere Captain des Marine-Corps mit zwei Master Sergeants der Army zurückkehrte.

Der eine in der Class-A-Uniform sieht alt genug aus, um ein Veteran zu sein. Der im Arbeitsanzug sieht nicht alt genug aus, um ein Master

Sergeant zu sein. Und ein Arbeitsanzug in einer eleganten Suite im Imperial?

»Mein Name ist Pickering, Sergeant Keller«, sagte der Ein-Sterne-General vom Marine-Corps. »Wir haben am Telefon miteinander gesprochen. Dies ist General Howe, und ich glaube, Sie kennen jeden sonst außer Lieutenant Taylor.«

Alle schüttelten sich die Hände.

»Sie haben die Waffen dabei, Keller, richtig?«, sagte McCoy. »Dann können Sie sich freuen, dass Sie fortan als Bariton herumlaufen dürfen.«

»Ich habe sie, Sir«, sagte der junge Master Sergeant.

Alle außer Taylor – der keine Ahnung hatte, warum dies lustig sein sollte – brachen in Gelächter aus.

»Okay«, sagte General Howe. »Fangen wir an. Hat Sergeant Rogers Sie ins Bild gesetzt, was hier abläuft?«

»Jawohl, Sir«, sagte Keller.

»Hat er Ihnen Ihre Befehle gezeigt?«

»Nein, Sir.«

Howe griff in seine Hemdtasche, zog ein weißes Kuvert hervor und gab es Keller.

»Wenn Sie das gelesen haben, zeigen Sie es Lieutenant Taylor«, sagte Howe.

»Jawohl, Sir.«

Es klopfte an der Tür.

»Wer ist denn das?«, fragte Howe ärgerlich.

Hart ging zur Tür und öffnete.

Der CIC-Agent stand mit einem Captain des Fernmeldekorps der Army auf dem Flur.

»Dieser Offizier hat eine eilige Botschaft für General Pickering«, meldete der CIC-Agent.

Pickering forderte den Captain mit einem Wink auf, die Suite zu betreten. Er trat ein, grüßte schneidig und überreichte Pickering einen versiegelten Umschlag, auf den oben und unten in roter Farbe SECRET gestempelt war.

Pickering riss das Kuvert auf, nahm den Durchschlag eines Fernschreibens heraus, las ihn und steckte ihn dann wieder in den Umschlag zurück.

»Etwas Wichtiges, Fleming?«, fragte Howe.

»Nein, Sir. Es kann warten«, erwiderte Pickering. Dann fügte er an den Offizier des Fernmeldekorps gewandt hinzu: »Beantworten Sie dies mit folgendem Wortlaut: ›Danke. Pickering, Brigadier General, USMCR.‹«

»Jawohl, Sir. Ich gebe es gleich durch.« Der Captain des Fernmeldekorps salutierte und verließ die Suite.

»Lieutenant?«, sagte Master Sergeant Keller, und als er Taylors Aufmerksamkeit hatte, überreichte er ihm den weißen Umschlag.

Taylor nahm ihn und las:

THE WHITE HOUSE
WASHINGTON, D.C.

8. Juli 1950

Bescheinigung

Major General Ralph Howe, USAR, wird in Zusammenhang mit seiner Mission für mich zu solchen Orten und Zeiten reisen, die er für angemessen hält, und sich von solchem Personal begleiten lassen, das seinen Wünschen entspricht.
General Howe erhält hiermit eine Top Secret/White House Unbedenklichkeitsbescheinigung und kann sie – nach seiner Wahl – seinem Personal gewähren.
Militärische und regierungsamtliche US-Behörden sind angewiesen, General Howe und seinem Personal jedwede erwünschte Unterstützung zu gewähren.

Harry S. Truman
HARRY S. TRUMAN
PRESIDENT OF THE UNITED STATES

»Donnerwetter«, platzte Taylor heraus.

Howe sagte: »General Pickering hat identische Befehle, nur der Name ist anders.«

»Jawohl, Sir«, sagte Taylor und gab die Befehle zurück.

»Was Sergeant Keller anbetrifft«, sagte Howe, »so ist er auf unbefristetem vorübergehendem Dienst bei uns. ›Uns‹ heißt, General Pickering und ich entscheiden, was es heißen soll. Sie sind ebenfalls auf unbefristetem vorübergehendem Dienst bei uns, Lieutenant, doch im Augenblick weiß ich nicht, wie lange das sein wird. Aber was Sie beide anbetrifft: solange Sie uns zugeteilt sind, bedeutet das, dass Ihr Befehlsweg direkt entweder General Pickering oder ich selbst bin, und dann der Präsident der Vereinigten Staaten. Sie befolgen keine Befehle von jemandem sonst außer General Pickering oder mir. Jemand sonst schließt General MacArthur und alle Mitglieder des Hauptquartiers SCAP und untergeordnete Einheiten ein. Ist das klar?«

Master Sergeant Keller nickte. »Jawohl, Sir.«

Howe schaute Taylor an. »Ich verstehe, Sir«, sagte dieser.

»Sie werden alles, was Sie in Zusammenhang mit Ihrem Dienst hier hören oder sehen, als Top Secret/White House betrachten und diese Informationen mit niemandem – ich wiederhole, niemandem – teilen, der keine Top Secret/White House Unbedenklichkeitsbescheinigung hat, und ich bin informiert worden, dass niemand im SCAP, einschließlich des Supreme Commander, solch eine Unbedenklichkeitsbescheinigung hat. Ist das klar?«

Diesmal sagten die beiden fast unisono: »Jawohl, Sir.«

»Okay. Morgen früh werden Botschafter W. Averell Harriman und General Matthew B. Ridgway in Washington in ein Flugzeug steigen und herfliegen. Botschafter Harriman wird General MacArthur in seiner Eigenschaft als Supreme Allied Powers – und jetzt UN Command-Commander – informieren, dass der Präsident nicht wünscht, dass General MacArthur in irgendeiner Form oder Weise die Dienste von Tschiang Kai-scheks nationalchinesischen Truppen in Anspruch nimmt. Botschafter Harriman wird dem Präsidenten seine Einschätzung melden, was MacArthur seiner Meinung nach tun wird. Ich halte es für sehr wahrscheinlich, dass sich der Präsident nach dem Erhalt des Berichts von Botschafter Harriman dazu zu äußern und vielleicht dem Botschafter ergänzende Befehle zu geben wünscht. Offenbar wollen weder der Präsident noch Botschafter Harriman, dass jemand in diesen Austausch von Informationen eingeweiht wird. Wenn die üblichen kryptografischen Dienstwege benutzt werden, müssten Kryptografen des SCAP die Botschaften lesen. Da gibt es die Möglichkeit einer undichten Stelle. So kommen Sie ins Spiel, Sergeant Keller. In Sergeant Rogers Aktentasche befindet sich ein besonderer Kode, der ausschließlich für die Kommunikation zwischen dem Botschafter und dem Präsidenten benutzt werden wird. Kapieren Sie?«

»Jawohl, Sir«, sagte Keller. »Es ist eine Geschichte im Umlauf, dass der Präsident ein solches System in Potsdam benutzt hat.«

»Ihr Kryptografen klatscht, wie?«

»Nur über die Techniken, Sir, nicht über den Inhalt der Botschaften.«

»Im Zweifelsfall will ich mal zu ihren Gunsten urteilen, Keller. Aber nein, der Präsident hat dieses System nicht in Potsdam benutzt. Ich war mit ihm dort. Er begann es *nach* Potsdam zu benutzen, als er argwöhnte, dass seine ›Eyes Only‹-Botschaften von und nach Potsdam von einer großen Anzahl ranghoher Offiziere und Beamten des Außenministeriums gelesen worden waren, die es verstanden hatten, Kryptografen durch Schmeicheleien zu verleiten – oder einzuschüchtern –, Informationen mit ihnen zu teilen.«

»Sie waren in Potsdam, Ralph?«, fragte Pickering.

»Schöner Ort«, sagte Howe. »Selbst gleich nach dem Krieg. Es liegt jetzt in der russischen Zone.«

Er wandte sich an Keller.

»Über diese Sache wird nicht geklatscht, klar?«

»Jawohl, Sir.«

»General Ridgway wird mit General MacArthur über Inchon sprechen«, fuhr Howe fort. »Da kommen Sie ins Spiel, Lieutenant Taylor. Sowohl General Pickering als auch ich sind vom Präsidenten beauftragt worden, Meinungen zu präsentieren – unabhängige Meinungen –, ob MacArthur, der jetzt davon redet ›*wenn* ich in Inchon lande‹, das wirklich durchführen kann.«

»Das war meine Tätigkeit beim SCAP, General«, sagte Taylor. »An diesem Plan zu arbeiten. Man setzte mich gleich nach dem Beginn des Krieges darauf an.«

»Hatten Sie ein mieses Gefühl, Mr Taylor?«, wollte Pickering wissen.

»Ja, ich hatte ein mieses Gefühl, Sir. Es ist ein höllisch riskantes Spiel.«

»Vor einem Monat hatte ich nicht einmal etwas von diesem Ort gehört«, sagte Howe. »Und abgesehen davon, was General Pickering mir gesagt hat, weiß ich praktisch immer noch nichts darüber.«

General Pickering hat dir davon erzählt? Was, zum Teufel, weiß ein General des Marine-Corps über Inchon? Diese Frage war Taylor förmlich anzusehen, und Howe und Pickering bemerkten seine Verwirrung.

»Ich war vor langer Zeit Seemann«, sagte Pickering. »Das habe ich Ihnen ja schon gesagt.« Er lachte und fügte hinzu: »Der einst die *Pacific Wanderer* bei Inchon auf Grund setzte.«

Pacific Wanderer? Das war oder ist ein Frachtschiff der P&FE. Dieser General war Kapitän eines P&FE-Frachters?

Oh verdammt! Dieser Typ heißt Pickering. P&FE ist im Besitz der Familie Pickering. Da muss es eine Verbindung geben. Aber was macht er in der Uniform eines Generals des Marine-Corps?

»Sie sehen aus, als hätten Sie eine Frage, Mr Taylor«, sagte Pickering.

»Auf Grund gesetzt, Sir? Oder sind Sie ein Opfer der Gezeiten geworden?«, fragte Taylor.

»Ein Opfer der Gezeiten«, sagte Pickering. »Das Resultat ist das gleiche. Die Frage ist, wie wird MacArthurs Invasionsflotte mit Inchons berüchtigten, von den Gezeiten abhängigen Schlammzonen fertig?«

»Lassen Sie uns damit anfangen«, meinte Howe. »Welche Schlammzonen? Worüber reden wir? Zeigen Sie's mir. Charley, haben Sie diese Karte?«

Master Sergeant Rogers entnahm seiner Aktentasche eine Karte und legte sie auf den Tisch.

»Sie setzen uns ins Bild, Taylor«, befahl Howe. »Denken Sie daran, dass Sie und General Pickering die einzigen Seeleute im Raum sind. Machen Sie's einfach und verständlich.«

»Jawohl, Sir«, sagte Taylor.

Er nahm einen Bleistift aus seiner Tasche und benutzte ihn als Mini-Zeigestock.

»Hier ist Seoul«, begann er. »Und hier ist Inchon. Dies ist das

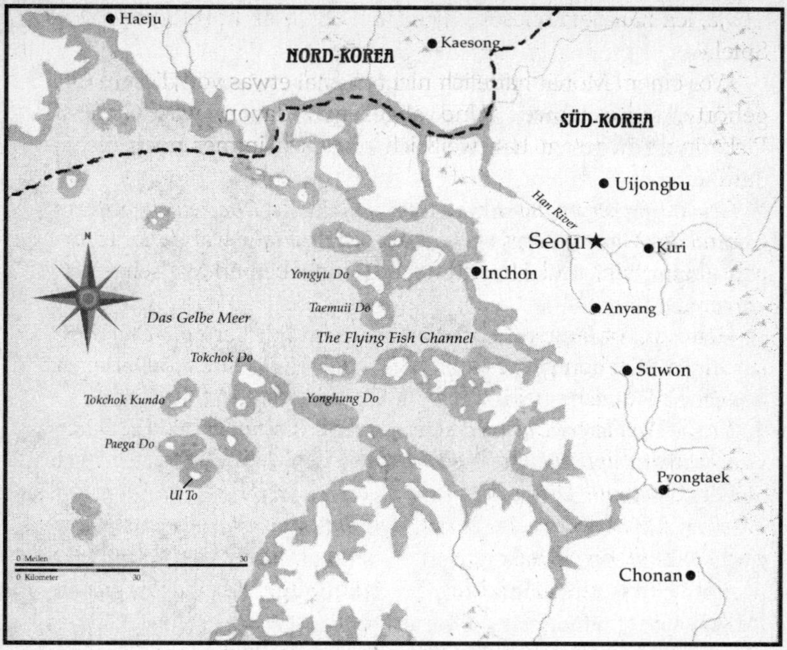

Gelbe Meer. Die Wasserstraße von Inchon zum Gelben Meer – sie heißt ›The Flying Fish Channel‹ – beginnt hier, ungefähr dreißig Meilen Luftlinie von Inchon bei dieser Gruppe von kleinen Inseln, die Tokchok genannt werden. Dort auf der kleinen Insel namens Samni befindet sich ein Leuchtturm. Der Flying Fish Channel schlängelt sich hier entlang. Die Entfernung zu Wasser vom Leuchtturm nach Inchon beträgt ungefähr fünfundvierzig Seemeilen.«

»Und das ist der einzige Weg, auf dem man nach Inchon kommen kann?«

»Jawohl, Sir. Das ist eines der Probleme, denen sich die Invasionsflotte stellen muss. Sie muss fünfundvierzig Meilen zurücklegen, in langsamer Fahrt – der Kanal ist gewunden, und an einigen Stellen erlaubt er nur Steuerfahrt …«

»Was ist das?«, fragte Howe.

»Die langsamste Geschwindigkeit, bei der man noch steuern kann«, antwortete Pickering an Taylors Stelle. »Und der Kanal ist nicht sehr breit. Das heißt, dass die Schiffe den größten Teil der Strecke in Kolonne zurücklegen müssen.«

»Und das bedeutet, Sir«, sagte Taylor, »dass die Chancen, jemanden in Inchon zu überraschen, ziemlich gering sind.«

»Anscheinend ist das ein mieser Ort für eine amphibische Invasion«, meinte Howe.

»Und wir haben noch nicht einmal über die Gezeiten gesprochen«, sagte Pickering.

»Erzählen Sie mir über die Gezeiten, Taylor«, befahl Howe. »In einfachen Begriffen.«

»Sie wissen, Sir, dass Gezeiten zyklisch sind?«, fragte Taylor.

»Eigentlich weiß ich nicht genug darüber«, gab Howe zu. »Machen Sie mich schlau.«

»Im Atlantischen Ozean gibt es zwei Gezeiten pro Tag – das nennt man semidiurnal, also die Hälfte von diurnal, sprich täglich wiederkehrend. Ein Gezeitentag ist vierundzwanzig Stunden und fünfzig Minuten lang. Das heißt, wenn Sie Flut – sagen wir – um sechs Uhr morgens haben, ist die Ebbe kurz nach Mittag und eine weitere Flut ist etwa um achtzehn Uhr fünfundzwanzig an diesem Abend und eine weitere Ebbe sechs Stunden und zwölf Minuten danach. Im Pazifik sind die Gezeiten sowohl semidiurnal als auch diurnal, was bedeutet, dass man um sechs am Morgen Flut hat, Ebbe zwölf Stunden und fünfundzwanzig Minuten danach und eine weitere Flut am nächsten Morgen um zehn vor sieben.«

»Und so ist es bei Inchon?«

»Nicht genau, Sir. In Inchon gibt es *gemischte* Gezeiten, was bedeutet, dass manchmal der Mond und die Sonne beide zur gleichen Zeit auf das Wasser einwirken. Und das bedeutet, dass die Gezeiten gewaltig sind. In Inchon ist die Flut manchmal dreißig Fuß über dem normalen Meeresspiegel und bei Ebbe sechs Fuß darunter. Das bedeutet einen Unterschied von sechsunddreißig Fuß. Und das ist das obere Ende des Zyklus.«

»Was heißt das, oberes Ende des Zyklus?«

»Es gibt einen monatlichen Zyklus der Gezeiten, achtundzwanzig Tage, wie unser Mondzyklus«, erklärte Taylor. »Beim oberen Ende des Zyklus, bei Inchon, ist die Flut manchmal dreißig Fuß über dem Meeresspiegel, und die Ebbe sechs Fuß darunter. Am unteren Ende des Zyklus ist die Flut vielleicht zwanzig Fuß über normal und bei Ebbe vielleicht vier Fuß über normal.« Taylor legte eine Pause sein. »Dies ist zweimal am Tag, verstehen Sie?«

»Sie werden alles noch einmal erklären müssen, aber fahren Sie fort, was heißt das?«

»Sir, es heißt, dass bei Ebbe all diese Gebiete hier, von der Küste des Festlands aus und um die Inseln, nicht mit Wasser bedeckt sind …«

»Schlammzonen, Ralph, Meilen und Meilen von Schlamm«, sagte Pickering.

»Was bedeutet«, erklärte Taylor, »dass die Invasion bei Flut am Ende des monatlichen Zyklus stattfinden müsste. Vielleicht einen Tag in jeder Richtung, aber nicht mehr als ein Tag.«

»Das verstehe ich nicht«, bekannte Howe.

»Sie brauchen die höchste Flut, die Sie bekommen können, um Schiffe durch den Kanal nach Inchon hinein- und dann wieder herauszubekommen«, sagte Pickering. »Und Sie haben die höchsten Fluten nur an einem Tag pro Monat.«

»Mein Gott!«, stieß Howe hervor.

»Selbst dann, Sir, sehe ich keine Möglichkeit, dass man jedes Schiff hinein- und herausbekommen kann«, sagte Taylor. »Vielleicht kann man ein oder zwei Angriffs-Transporter dort reinbekommen, sie ausladen und sie bei einer Flut herausbekommen, aber alles andere wird im Schlamm stecken bleiben.«

»Da stimme ich zu«, sagte Pickering. »Sie werden stecken bleiben, bis von neuem die Flut kommt und sie wieder flott werden.«

»Wann haben wir wieder die höchste Flut? Ist das die korrekte Bezeichnung?«

»Der höchste Flutwasserstand, Sir«, sagte Taylor.

»Wann haben wir also den höchsten Flutwasserstand?«

»Am achtzehnten August gibt es den nächsten, Sir, und den folgenden am fünfzehnten September. Dafür plant man, für den fünfzehnten September.«

Howe schaute Pickering an.

»So bezieht sich also MacArthurs *›ich werde landen‹* auf den fünfzehnten September?«

»Es scheint so«, sagte Pickering.

»Gibt es noch weitere schlechte Nachrichten über diese brillante Idee einer Invasion, Mr Taylor? Oder habe ich alles gehört?«

»Nicht ganz, Sir«, sagte Taylor.

»Allmächtiger! Was kann denn sonst noch schief gehen?«

»Sir, wenn Sie hier hinschauen«, sagte Taylor und zeigte es auf der Karte, »sehen Sie diese kleine Insel, Paega Do? Sie ist ungefähr fünf Meilen vom Festland entfernt. Das Wasser zwischen der Insel und dem Festland ist bei Flut fünfzehn, manchmal zwanzig Fuß tief. Bei Ebbe ist es eine Schlammzone. Von der Westseite von Paega Do bis nach Yonghung-do sind es etwa fünf Meilen. Der Kanal namens Flying Fish, eine halbe Meile breit, verläuft nord-südlich dort durch, fast genau in der Mitte. Das ist die einzige Stelle, wo der Kanal bei Flut tief genug für die Angriffs-Transporter ist.«

»Okay«, sagte Howe, nachdem er die Karte eine Weile betrachtet hatte.

»Der Kanal ist dort in Artilleriereichweite beider Inseln«, endete Taylor.

»Was bedeutet, dass sie ausgeschaltet werden müssten, bevor die Angriffs-Transporter – oder sonst etwas – den Kanal benutzen können?«, fragte Pickering, aber es war mehr eine Feststellung als eine Frage.

»Und wenn sie ausgeschaltet werden, wäre das ein ziemlich deutliches Signal unserer Absichten, nicht wahr?«, meinte Howe nachdenklich.

»Yonghung-do, Paega Do und all diese Inseln östlich davon werden von den Nordkoreanern gehalten«, sagte Taylor und zeigte die Inseln auf der Karte.

»Und westlich davon?«, fragte McCoy. Es war die erste Frage, die er bei diesem Gespräch stellte.

»Sie werden von der südkoreanischen Nationalpolizei gehalten«, sagte Taylor. »Ich meine …«

»Sagten Sie ›Polizei‹?«, unterbrach Howe.

»Jawohl, Sir. Sie hält die bedeutenden Inseln, Sir, das meine ich. Die Nordkoreaner haben keine Leute auf jeder Insel.«

»Die Front, die Kampflinie, ist weit unten auf der Halbinsel, fast bei Pusan«, sagte Howe. »Warum versuchen die Nordkoreaner nicht wenigstens, die Südkoreaner von diesen Inseln zu vertreiben?«

»Ich kann nur raten, Sir, dass sie keine große Bedrohung darin sehen, dass sie warten, bis sie Pusan eingenommen haben. Wenn dies geschieht, werden sie die Mittel haben, um das Gebiet zu säubern …«

»He«, sagte McCoy. »Sie werden Pusan nicht einnehmen.«

»Nicht?«, fragte Taylor zweifelnd.

»Die Marines sind gelandet, haben Sie das nicht gehört?«

»Meinen Sie wirklich, die Marines können Pusan halten, Mc Coy?«, fragte General Howe. »Oder plappern Sie nur die offizielle Version des Marine-Corps nach?«

»Die Marines können es nicht allein schaffen, Sir, das will ich nicht behaupten. Aber wenn sie der Army helfen können, noch ein wenig länger durchzuhalten, bis sie weitere Truppen dort hat … Die letzten Gefangenen, mit denen Ernie und ich gesprochen haben, sahen nicht nur besiegt aus, sondern gaben auch zu, dass ihnen der Proviant, die Munition – praktisch alles – ausgehen. Sie haben eine lange Nachschublinie.«

»Warum sollten die Marines es besser machen, als die Army es gemacht hat? Mir scheint, je mehr Männer die Army nach Korea schickt, desto weiter muss sich die 8th Army zurückziehen.«

»Sir, die meisten Offiziere und Unteroffiziere der Provisorischen Brigade haben Kampferfahrung aus dem Zweiten Weltkrieg. Und sie sind – jedenfalls bis auf Kompanie-Ebene – zusammen ausgebildet worden.«

»Woher wissen Sie das?«

»Das hat mir General Craig erzählt, Sir.«

»Der Kommandeur der Provisorischen Brigade?«

»Jawohl, Sir.«

»Sie beide hatten einen kleinen Plausch? Nach meiner Erfahrung – und bedenken Sie, Captain, dass ich einst *Captain* Howe war – haben Generals nicht viele Gespräche mit Captains.«

»Sie haben im Augenblick eines, General«, sagte General Pickering.

»Eins zu null für Sie«, meinte Howe mit einem Lächeln.

»Ich habe mit General Craig in San Diego gesprochen, Sir«, sagte McCoy. »Als die Brigade an Bord der Transporter ging, und gestern …« Er schwieg kurz. »Ja, das war erst gestern. Es kommt mir viel länger vor. Ich sah General Craig und die Brigade in Pusan von Bord gehen.«

Howe schaute ihn an.

»Sie waren im Begriff, etwas zu sagen«, meinte er. »Sprechen Sie's aus.«

»Die Marines der Brigade sahen aus wie – Marines, Sir.«

»Sie meinen, sie sahen aus, als könnten sie kämpfen?«

»Jawohl, Sir.«

»Nun, lassen Sie uns hoffen, dass Sie Recht haben, McCoy«, sagte General Howe. »Wo waren wir stehen geblieben?«

»Sie sprachen über die Inseln, von denen aus Artillerie die Invasionsflotte unter Beschuss nehmen könnte«, sagte General Pickering.

»Richtig.« Howe nickte. »Was plant also General MacArthur, gegen diese Inseln zu unternehmen?«

»Ich glaube, der gegenwärtige Plan sieht vor, sie einen Tag zuvor auszuschalten, Sir«, sagte Lieutenant Taylor.

»Sie meinen vierundzwanzig Stunden vor der Landung bei Inchon?«

»Jawohl, Sir.«

»Was mit Sicherheit den Nordkoreanern sagen wird, dass wir in Inchon landen werden, und ihnen vierundzwanzig Stunden verschafft, um Verstärkung heranzuführen, richtig?«

»Jawohl, Sir«, sagte Taylor.

»Hat niemand eine bessere Idee als diese?«, fragte Howe.

»Sir …«, begann Taylor und verstummte.

»Fahren Sie fort«, befahl Howe.

»Sir, ich habe ein wenig darüber nachgedacht …«

»Sie haben eine Idee, Ideen, Mehrzahl?«

»Jawohl, Sir«, sagte Taylor. »Ich meine, es wäre möglich …«

Howe stoppte ihn, indem er die Hand hob.

»Nicht jetzt«, sagte er. »Später.«

»Jawohl, Sir.«

»Ich meine *später* ernst. Ich will das hören. Aber im Augenblick muss ich dem Präsidenten mitteilen, was ich bis jetzt von Mac Arthurs Idee halte, zwei Divisionen Männer an einem Ort zu landen, an dem eine Invasion an nur einem Tag oder zwei Tagen pro Monat stattfinden kann und wo die Flut dreißig Fuß hoch ist. Lassen Sie uns gehen, Charley, und Sie auch, Keller.«

Er erhob sich, wies die anderen mit einer Geste an, sitzen zu bleiben, und ging, gefolgt von Master Sergeant Rogers und Keller, aus dem Raum.

»Taylor«, fragte General Pickering, »haben Sie Ihre Ideen zu Papier gebracht?«

»Nein, Sir.«

»Ich bin überzeugt, General Howe meinte es ernst, als er sagte, er will sie hören. Schritt eins dazu ist, sie schriftlich festzuhalten – nur die grob umrissene Idee oder die Ideen.«

»Jawohl, Sir. Wie viel Zeit habe ich?«

»Sehen Sie, wie viel Sie bis siebzehn Uhr aufschreiben können«, sagte Pickering. »General Howe und ich werden die meiste Zeit des Nachmittags beim SCAP sein. Haben Sie einen Platz, an dem Sie arbeiten können?«

»Nur im SCAP, Sir, oder in meinem Quartier für ledige Offiziere.«

»George, besorgen Sie ihm eine Schreibmaschine und einen Schreibtisch und bringen Sie ihn hier in eines der Zimmer.«

»Aye, aye, Sir«, sagte Hart.

Pickering sah McCoy an und forderte ihn mit einer Geste auf, ihm ins Schlafzimmer zu folgen. McCoy gab Zimmerman einen Wink, zu warten.

Pickering schloss die Schlafzimmertür, als McCoy eingetreten war.

»Sir?«, fragte McCoy.

Pickering überreichte ihm das große Kuvert, auf das ›SECRET‹ gestempelt war und das er vom Fernmeldekorps erhalten hatte. Dann ging er zum Fenster und schaute hinaus, den Rücken McCoy zugewandt. McCoy sah ihn einen Moment neugierig an und entnahm dann dem Umschlag den Durchschlag eines Funkfernschreibens.

SECRET
URGENT
1650 2 August 1950

FROM: ASST COMMANDER
1st AIRCRAFT WING

TO: EYES ONLY BRIG GEN FLEMING PICKERING, USMC
HQ SUPREME COMMANDER, ALLIED POWERS

1. Bedaure zutiefst, Sie informieren zu müssen, dass kurz nach 12 Uhr 20 heutigen Datums Major Malcolm S. Pickering, USMCR, gezwungen war, mit seinem F4-U-Flugzeug hinter den feindlichen Linien in der Nähe von Taejon, Südkorea, notzulanden, und dass sein Aufenthaltsort und seine Verfassung gegenwärtig unbekannt sind.
2. Um ungefähr 12 Uhr 20 dieses Datums setzte Major Pickering, der sich allein auf einer Erkundungsmission vom USS *Badoeng Strait* aus befand, einen Notruffunkspruch ab, dass er ungefähr 15 Meilen nordöstlich von Taejon von Flugabwehrfeuer getroffen wurde, hydraulischen Druck verloren und ein Motor Feuer gefangen hatte und er notlanden werde.
3. Lt Col William C. Dunn, USMC, der in der Nähe einen Flug von drei F4-U-Maschinen vom USS *Badoeng Strait* leitete, hörte den Notruf und flog sofort in das Gebiet. Als Erstes entdeckte Lt Col Dunn eine dichte Rauch-säule von einem zerstörten, jedoch noch brennenden Eisenbahnzug des Feindes, und dann ungefähr drei Meilen nördlich des Zugs eine Rauchsäule von einem brennenden F4-U-Flugzeug. Bei drei niedrigen Flügen über das abgestürzte und brennende Flugzeug konnte Lt Col Dunn erkennen, dass das Cockpit leer war. Es gab kein Anzeichen von Major Pickering, und Lt Col Dunn sah keinen eingesetzten Fallschirm.

4. Lt Col Dunn nimmt an, dass Major Pickering die Eisenbahn des Feindes als Gelegenheitsziel angriff und sein Flugzeug von Flugabwehrfeuer und/oder durch Trümmer bei der Detonation von Sprengstoff und/oder leicht entzündlichem Material an Bord des Zuges getroffen wurde.
5. Starr- und Drehflügler der 1st MAW wurden sofort zur Absturzstelle geschickt und trafen dort ungefähr 13 Uhr 35 ein. Die Besatzungen meldeten, dass Major Pickerings Flugzeug vom Feuer verschlungen war und es kein Anzeichen von Major Pickering gab.
6. In Anbetracht des Obigen ist Major Pickering jetzt als im Kampf vermisst erklärt. Hq USMC ist benachrichtigt. Weitere Information wird geliefert, wenn möglich.

THOMAS J. CUSHMAN
BRIG GEN, USMC

SECRET

»Verdammt!«, stieß McCoy hervor, und dann blickte er zu General Pickering auf. Pickering hatte sich vom Fenster abgewandt, lehnte jetzt an der Fensterbank und sah McCoy an.

»Verdammt sei dieser Krieg«, sagte Pickering fast im Plauderton. »Verdammt seien Kriege im Allgemeinen.«

»Es steht nichts von einem Leichenfund darin«, sagte McCoy.

»Ich werde seine Mutter anrufen müssen«, sagte Pickering, »und zwar jetzt, bevor irgendein salbungsvoller Militärgeistlicher ihr den üblichen Blödsinn von Gottes geheimnisvollen Wegen erzählt.«

»Es ist keine Leiche gefunden worden«, wiederholte McCoy. »Laut Billy Dunn hat das Flugzeug gebrannt, und das Cockpit war leer. Es ist offenbar später ganz verbrannt. Pick hatte Zeit, um herauszukommen.«

Pickering schwieg.

»Dies war nicht Picks erste Notlandung«, sagte McCoy. »Er ist ein hervorragender Pilot, und Sie wissen das. Und es war nicht das erste Mal, dass er sich hinter den feindlichen Linien herumtreibt.«

Pickering sah McCoy lange in die Augen.

»Sagen Sie mir, was Ihrer Meinung nach passiert ist, Ken.«

»Er konnte aus der Maschine aussteigen und von ihr fortkommen.«

»Oder er konnte aussteigen, und die Nordkoreaner erwischten ihn. Und erschossen ihn.«

»Wahrscheinlicher würden sie ihn gefangen nehmen«, meinte McCoy.

Pickering schaute McCoy wieder lange an.

»Wenn Sie Ihre Frau anrufen«, sagte McCoy, »warum fahren wir dann nicht zu meinem Haus?«

Pickering dachte lange darüber nach.

»Einer der Gründe, weshalb ich alles anderes als erfreut darüber war, dass Ernie herkam, bestand darin, dass ich wusste, dass *ich* derjenige sein müsste, der sie informieren muss, wenn Sie nicht von einem Ihrer koreanischen Ausflüge zurückkehren«, sagte Pickering. »Und jetzt müssen Sie ihr das von Pick sagen.«

»Kommen Sie trotzdem mit zum Haus«, sagte McCoy.

»Danke, aber ich habe im Augenblick nicht die Zeit dazu. Später.«

»Sir?«

»General Howe und ich treffen uns mit MacArthur. Er wird uns alles über seine geplante Landung bei Inchon erzählen. Das will ich mir nicht entgehen lassen.«

McCoy nickte, sagte jedoch nichts.

»Das bestmögliche, sozusagen in den Wind gepisste Szenario«, fuhr Pickering fort. »Phase eins: Pick überlebte den Absturz in einigermaßen guter Verfassung …«

»Und wir werden in Kürze erfahren, dass er von der Air Force oder einem der Hubschrauber des Marine-Corps entdeckt wurde …«

»Wahrscheinlicher wurde er gefangen genommen. Mit etwas Glück entscheiden sich die Nordkoreaner, ihn am Leben zu lassen – er ist ein Major des Marine-Corps. Und sie werden sicherlich gern so viel wie möglich über die Marines und das Flugwesen des Marine-Corps erfahren wollen. Jeder Offizier würde das wissen und ihn deshalb am Leben lassen.«

McCoy nickte zustimmend.

»Phase zwei des in den Wind gepissten Szenarios«, fuhr Pickering fort. »MacArthurs allgemein für irre gehaltene Absicht einer amphibischen Landung in Corps-Stärke bei Inchon geht reibungslos über die Bühne. Wir teilen die Halbinsel in zwei Hälften und – die Bezeichnung heißt ›umfassen‹ – umfassen die nordkoreanischen Truppen im Süden, einschließlich ihrer Kriegsgefangenenlager. In einem davon finden wir Pick.«

»Denken Sie das, Sir? Dass Inchon eine ›irre Absicht‹ ist?«

»Nein. Ich habe mir diese Frage selbst gestellt. Und ich war mir bewusst, dass meine Gefühle vermutlich mein Urteil trüben würden. Aber nein, ich halte es nicht für irre. Was immer man sonst über Douglas MacArthur sagen kann, er ist ein militärisches Genie. Ich habe ihn in Aktion gesehen, Ken. Wenn normale Sterbliche eine geplante militärische Operation sehen, ist es, als ob sie versuchen, sich vor einem Spiegel zu rasieren, der von Dampf verhüllt ist. Für MacArthur gibt es keinen Dampf vor dem Glas. Er sieht Dinge, die wir anderen nicht sehen können, und er sieht sie klar. Das hat er mehrmals im Zweiten Weltkrieg bewiesen. Wenn er denkt, Inchon ist die Antwort, bin ich seiner Meinung.«

»Werden Sie das dem Präsidenten sagen?«

»Ja, das werde ich dem Präsidenten sagen.«

»Und was wird General Howe ihm sagen?«

»In der Botschaft, die er in diesem Augenblick schreibt, wird er sicherlich eine Formulierung wie ›wahnsinnige Absicht‹ benutzen. Aber er hat sich nie persönlich mit MacArthur getroffen. Mac Arthur kann Eskimos Kühlschränke verkaufen. Ich nehme an, dies wird heute Nachmittag passieren. Ich hoffe, dass es passiert.«

»Und wenn nicht?«

»Wenn als Resultat dessen, was Howe dem Präsidenten berichtet, oder aus irgendeinem anderen Grund MacArthur die Inchon-Operation verboten wird, besteht eine gute Möglichkeit, dass er die Brocken hinschmeißt.«

»Hinschmeißt?«, fragte McCoy überrascht. »Was, zum Teufel, würde er tun, wenn er nicht El Supremo wäre?«

»Für das Amt des Oberbefehlshabers kandidieren«, sagte Pickering.

»Allmächtiger! Meinen Sie wirklich?«

»Dies bleibt unter uns, Ken«, sagte Pickering. »Darüber sprechen Sie nicht einmal mit Ernie.«

McCoy nickte zustimmend.

»Senator Fowler sagte mir, entweder Eisenhower oder Mac Arthur kann die Nomination der Republikaner haben, wenn er sie will.«

»Nicht beide«, dachte McCoy laut.

»Stimmt. Derjenige, der als Erster handelt. Versuchen Sie es mal mit Folgendem. Truman verbietet die Landung bei Inchon, MacArthur nimmt seinen Abschied, sehr öffentlich, sagt, er kann nicht guten Gewissens unter einem Präsidenten dienen, der dem Kommunismus gegenüber weich ist und nicht die Bedrohung erkennt, die er darstellt. Das würde er vermutlich auch glauben.«

»Truman ist nicht weich gegenüber dem Kommunismus«, wandte McCoy ein. »Er schickte die Army nach Griechenland, und jetzt …«

»Ich stimme zu, doch die Republikaner beschuldigen ihn weiterhin. Jedenfalls weiß MacArthur, dass die Nomination an Eisenhower fällt, wenn er nicht handelt, um sie zu bekommen. El Supremo hat Eisenhower als den besten Angestellten bezeichnet, den er je gehabt hat. Seiner Ansicht nach wäre es seine Pflicht, Präsident zu werden, Truman aus dem Amt zu drängen und zu verhindern, dass Eisenhower es bekommt.«

»Allmächtiger!«

»Ich nehme an, er glaubt wirklich, dass die Landung bei Inchon diesen Krieg beenden wird. Die andere Seite der Medaille ist: Wenn es keine Landung bei Inchon gibt, wird es ein langer Krieg werden, um Südkorea zurückzubekommen. MacArthur glaubt das, und ich glaube das ebenfalls. So findet die Wahl statt, und wir kämpfen immer noch hier, und MacArthur wird klar machen, dass der Krieg vorüber wäre, wenn Truman so vernünftig gewesen wäre, ihn – den erfahrenen General, der den Zweiten Weltkrieg im Pazifik gewann – die Invasion von Inchon hätte durchführen lassen. Und er verspricht, den Krieg zu beenden, sobald er Präsident ist. Wer würde dann Ihrer Meinung nach gewinnen?«

»Mir gefällt nicht der Gedanke, dass er Präsident ist«, dachte McCoy laut.

»Mir auch nicht«, sagte Pickering. »Aber es könnte passieren.«

McCoy wusste nicht mehr, was er sagen sollte.

»Deshalb kann ich nicht mit zu Ihnen nach Hause kommen, Ken, so gern ich das auch möchte. Heute Nachmittag werde ich tun, was ich kann, um Howe zu überzeugen, dass MacArthur in punkto Inchon Recht hat und jeder sonst sich irrt. Das Dumme dabei ist, dass Howe mich wahrscheinlich nur für einen weiteren von MacArthurs Verehrern hält und dementsprechend den Präsidenten informiert.«

»Lassen Sie mich wissen, was passiert?«

»Ich werde es nicht wissen«, sagte Pickering. »Wir können nur den Atem anhalten und die Daumen drücken.«

Er stieß sich von der Fensterbank ab, ging zu McCoy und legte kurz die Hand auf seine Schulter.

»Noch einen kleinen Rat, bevor Sie es Ernie erzählen«, sagte er.

»Ja, Sir?«

»Ich möchte den Rat von *Ihnen*, Ken.«

»Sir?«

»Soll ich Howe das von Pick erzählen?«

McCoy dachte einen Augenblick darüber nach.

»Wenn Sie es ihm nicht sagen, und er findet es heraus – und er *wird* es herausfinden –, wird er sich fragen, was Sie ihm sonst noch verschwiegen haben.«

»Genau das habe ich mir auch gedacht. Ich sage es ihm gleich, und dann werde ich meine Frau anrufen. Gehen Sie jetzt, Ken.«

2

Saku-Tun Nr. 7
Denenchofu, Tokio, Japan

3. August 1950, 13 Uhr 30

»Tante Patricia«, sagte Mrs Ernestine McCoy, »ich möchte, dass du mir zuhörst …«

Sie stand im Wohnzimmer am Couchtisch und telefonierte. Tränen rannen über ihre Wangen.

Captain Kenneth R. McCoy saß in Hemdsärmeln auf der Couch. Er lehnte sich über den Tisch, rührte mit dem Finger gemächlich einen Eiswürfel in seinem Drink um und sah seine Frau an.

Sie hat Pick geliebt, dachte McCoy. *Gott, sie hat ihn geliebt. Verdammt. Gegenwart. Sie liebt ihn. Ich liebe ihn. Wir* wissen *nicht, dass er tot ist.*

»Du würdest nur im Weg sein, wenn du herkämst«, fuhr Ernie fort. »Wenn irgendetwas getan werden kann, werden Onkel Flem und Ken es tun.«

Es klingelte an der Tür.

»Scheiße! Welches Arschloch ist denn das?«, explodierte McCoy.

»Pass auf, was du sagst«, flüsterte Ernie und sprach dann lauter ins Telefon: »Ken hat seinen Drink umgeschüttet.«

»Scheiße!«, sagte McCoy, diesmal sehr leise.

Eigentlich ist es egal, wer geklingelt hat. Kon San hatte die ausdrückliche Anweisung ›keine Besucher, keine Störung‹.

Er nahm sein Glas und trank einen großen Schluck.

Eigentlich will ich diesen verdammten Drink gar nicht.

Er hörte, wie die Tür geöffnet und geschlossen wurde.

Kon San wird jetzt herkommen und uns sagen, dass es der gottverdammte Metzger oder sonst jemand war und sie ihn weggeschickt hat. Dann wird sie fragen, ob wir sonst etwas brauchen.

Die Couch, auf der er saß, stand mit dem Rücken zur Schiebetür, die Zugang zum Foyer gab. Er drehte sich darauf, damit er Kon San beim Öffnen der Schiebetür signalisieren konnte, den Mund zu halten und sich zu entfernen.

Lächle dabei. Sie versucht nur, hilfreich zu sein.

Die Schiebetür – aus durchscheinendem Pergament – glitt auf.

Kon San stand dort, und ihr Gesicht spiegelte Unbehagen wider. Und ebenfalls das von Captain George F. Hart, USMCR, Master Gunner Ernest Zimmerman, USMC, und Lieutenant David R. Taylor, USNR.

Gottverdammt! Sie haben ihre Schuhe anbehalten! Ernie wird durchdrehen! Und was, verdammt noch mal, treiben sie hier? Hart und Zimmerman wollen helfen. Aber Taylor?

McCoy stand schnell auf, nickte Ernie zu, hielt einen Finger auf die Lippen, um Schweigen zu signalisieren, und ging zur Tür.

Er packte Zimmerman am Arm und führte ihn über den Flur zum Foyer.

»Zieht die verdammten Schuhe aus!«, befahl McCoy unfreundlich. »Was, zur Hölle, ist mit euch los? Ihr solltet es besser wissen!«

»Ken …«, begann Zimmerman.

McCoy hielt ärgerlich einen Finger auf die Lippen und brachte ihn zum Verstummen.

Die drei Männer zogen ihre Schuhe aus und schlüpften in Pantoffel.

McCoy forderte sie mit einer Geste auf, ihm zu folgen, und führte sie über Flure zur Küche.

»Ernie telefoniert mit Picks Mutter«, sagte er. »Ernie ist ziemlich fassungslos. Pick und sie waren wie Bruder und Schwester.«

»Ja, ich weiß«, sagte Hart. »Ich wäre auch nicht gekommen, wenn ich es nicht für wichtig gehalten hätte.«

»Taylor, ein Freund von mir wird vermisst.«

»Das hat mir General Pickering erzählt«, sagte Taylor. »Es tut mir Leid.«

Und was, zum Teufel, machst du dann hier? Warum haben Hart und Zimmerman dich hierher mitgebracht?

»Was ist wichtig, George?«, fragte McCoy.

»Er hat mich gefragt«, sagte Zimmerman. »Hart, meine ich. Wir dachten, wir sollten kommen.«

»Wozu?«

Reiß dich zusammen und sei nicht so schroff. Sie meinen es ja gut.

»Lieutenant Taylor hat einige Ideen bezüglich der Inseln im Flying Fish Channel«, sagte Hart.

»Im Augenblick interessiert mich der Flying Channel so wenig wie der Arsch einer Ratte«, sagte McCoy.

»Sie sollten Taylor anhören, Ken«, meinte Zimmerman.

McCoy verkniff sich gerade noch rechtzeitig, zu sagen, was ihm auf der Zunge lag – *»Leck mich am Arsch«* – und hielt den Mund.

Stattdessen öffnete er eine Schranktür und suchte, bis er bei dem Schnapsvorrat eine Flasche Famous Grouse fand …

»Sie trinken Scotch, Taylor? Es ist alles da.«

»Scotch ist prima«, sagte Taylor.

… sie auf die Arbeitsplatte stellte und dann zurück zum Schrank ging, um Gläser herauszunehmen. Er stellte die Gläser auf die Arbeitsplatte, schenkte großzügig Famous Grouse ein und verteilte wortlos die Gläser.

»Auf Pick, wo immer er sein mag«, sagte er.

Die anderen hoben die Gläser. Zimmerman und Hart sagten: »Auf Pick.«

»Der General meint, er ist vermutlich ein Gefangener«, sagte Zimmerman.

»Ist das eine gute Neuigkeit?«

»Ja, wenn man die Alternativen bedenkt«, meinte Zimmerman.

»Was ist also so wichtig?«, fragte McCoy.

»Wenn du auf jemanden sauer sein willst, sei es auf mich«, sagte Hart. »Dies war meine Idee.«

»*Was* war deine Idee, verdammt, George?«, wollte McCoy wissen.

»Ich fragte Taylor, welchen Plan er hat, und er sagte, es sei eine Art Operation wie die der Marine Raiders im Zweiten Weltkrieg«, sagte Hart. »So riet ich ihm, mit Zimmerman und dir zu reden. Du warst bei den Raiders.«

»Für einen Cop, George, hast du ein großes Maul«, sagte McCoy.

»So holte ich Zimmerman dazu, und Taylor erklärte ihm, was er denkt, und Zimmerman sagte: ›Wir müssen das dem Kil… McCoy zeigen.‹«

»Warum?«, fragte McCoy.

»Weil Taylor es dem Boss und diesem Army-General schriftlich zusammengefasst zeigen muss, und das vermutlich bis siebzehn Uhr«, antwortete Zimmerman. »Und als Erstes wird der Boss – und das wissen Sie, Killer – Sie fragen, was Sie davon halten.«

»Ich glaube, die Idee wird klappen …«, sagte Taylor.

»Ich auch«, warf Zimmerman ein.

»So, ihr glaubt«, murmelte McCoy.

»… und ich möchte nicht, dass die Idee nur verworfen wird, weil irgendein Colonel der Army oder Captain frisch von der Militärakademie nicht erst darüber nachgedacht hat oder weil sie nicht ganz korrekt nach den Vorschriften ist«, fuhr Taylor fort.

Mrs Ernestine McCoy kam in die Küche. Es war ihr nicht anzusehen, dass Tränen über ihre Wangen gelaufen waren, doch ihre Wimperntusche war verschmiert und ihre Augen waren gerötet.

»He, Ernie«, sagte Zimmerman. »Das mit Pick tut mir Leid.«

Er ging zu ihr, legte mit überraschender Zartheit die Arme um sie und küsste sie auf die Wange.

»Ich hörte jemanden hereinkommen«, sagte sie, »wusste jedoch nicht, wer es ist.« Sie streckte Lieutenant Taylor die Hand hin. »Ich bin Ernie McCoy.«

»Es tut mir Leid, so hereinzuplatzen, Mrs McCoy. Ich bin David Taylor.«

»Hallo, George«, sagte Ernie zu Hart. »Verdammt miese Neuigkeiten, wie?«

»Bin ich der Einzige im Raum, der ihn nicht aufgegeben hat? Menschenskind, Pick spaziert trocken unter Regentropfen hinweg. Das hat er immer getan. Das weißt du.«

»Ich habe ihn nicht aufgegeben, verdammt noch mal!«, sagte McCoy.

»Keiner von uns hat das, George«, sagte Ernie McCoy. »Ich habe soeben mit seiner Mutter gesprochen. Sie wollte herkommen.«

»Hast du ihr das ausreden können?«, fragte McCoy.

»Ja, das habe ich. Ich sagte ihr, sie wäre nur im Weg, dass du und Onkel Flem – General Pickering – bereits an dem Problem arbeiten. Ist das so, wie ich hoffe?«

»Nicht genau«, sagte McCoy. »Taylor hat eine Idee, wie ein Hauptproblem der Landung bei Inchon gelöst werden kann, und diese beiden denken, ich sollte mir das anhören.« Er sah den überraschten Ausdruck auf Taylors Gesicht und fügte hinzu: »General Howe hat meine Frau für Top Secret/White House unbedenklich erklärt, Mr Taylor.«

»Vermutlich weil er weiß, dass man vor einer Frau nichts geheim halten kann«, bemerkte Zimmerman.

»Geh zum Teufel, Zimmerman«, sagte Ernie McCoy im Plauderton. »Ich glaube, ich nehme einen davon«, fügte sie hinzu und griff nach der Flasche Famous Grouse. »Und dann, wenn ihr meint, ich sollte nichts von dieser Sache erfahren, breche ich mein Zelt ab und mache mich still und leise vom Acker.«

Scheiße, warum sollen wir sie nicht einweihen?, dachte McCoy. *Wenn sie hier rausgeht, wird sie ins Schlafzimmer gehen und wieder zu heulen anfangen. Ich kann es nicht ertragen, sie weinen zu hören.*

»Okay, Taylor, lassen Sie die Idee hören«, sagte McCoy. »Schatz, machst du bitte Notizen?«

»Willst du es hier oder im Esszimmer machen?«, fragte Ernie.

»Im Esszimmer.«

»Ich werde Kon San und die anderen zum Einkaufen schicken«, sagte Ernie, »und einen Block und Bleistift holen. Wenn ihr dort trinken wollt, bringt Flasche und Gläser mit.«

3

»Fangen wir ganz von vorne an«, sagte Taylor und wies mit einem Bleistift auf eine Karte, die auf dem Tisch des Esszimmers ausgebreitet worden war. »Hier ist die Insel Taemuii-do, und hier ist Yonghung-do. Beide Inseln müssen eingenommen werden, bevor die Invasion nach Inchon gelangen kann. Wenn die Inseln am Tag vor der Invasion eingenommen werden, wie es die hohen Tiere wollen, bedeutet dies, dass die Nordkoreaner vierundzwanzig Stunden vor der Invasion darüber Bescheid wissen und mit Sicherheit darauf warten werden. So müssen die Inseln anscheinend so bald wie möglich eingenommen werden.«

»Würde das die Nordkoreaner nicht noch mehr auf die Invasion aufmerksam machen?«, fragte Ernie McCoy.

Es war Taylor am Gesicht anzusehen, dass er es nicht gewohnt war, dass eine Frau – auch die eines Offiziers – auch nur an einer Diskussion über eine militärische Operation teilnahm.

»Das würde es, Mrs McCoy …«

»Bitte nennen Sie mich Ernie«, unterbrach sie.

»Okay. Es würde sie aufmerksam machen, *Ernie*, wenn sie von der Army durchgeführt werden würde. Oder den Marines. Aber wenn sie es für eine Operation der Südkoreaner hielten, könnten – und würden sie vermutlich – die Sache für belanglos halten. Und wenn ihr Nachrichtendienst keine ungewöhnlichen Aktivitäten der Marine in der nächsten Woche oder den nächsten zehn Tagen meldet, werden sie sich vielleicht wieder entspannen.«

»Ich sehe dabei ein paar Probleme«, sagte McCoy, »angefangen bei der Tatsache, dass die Südkoreaner keine Truppen entbehren können, und wenn sie das täten, wüssten sie nicht, wie sie eine Insel angreifen.«

»Ich denke nicht an die südkoreanische Armee, McCoy«, sagte Taylor. »Ich möchte es mit Irregulären durchführen, mit Guerillas, Miliz, was immer die richtige Bezeichnung ist.«

»Und woher sollen die kommen?«, fragte McCoy.

»Wir rekrutieren sie, bilden sie aus …«

»Wer ist ›wir‹? Sie und ich?«

»Geben Sie mir eine Chance, ja, McCoy?«, sagte Taylor.

»Fahren Sie fort«, sagte McCoy. »Überzeugen Sie mich.«

»Es gibt kaum irgendwelche Soldaten auf diesen Inseln. Vielleicht einen Zug oder einen verstärkten Zug auf Taemuii-do und sogar noch weniger Männer auf Yonghung-do. Und es sind auch keine erstklassigen Soldaten. Einige davon sind von der nordkoreanischen Nationalpolizei.«

»Woher wissen Sie das?«

»Ich weiß es«, erwiderte Taylor.

»Seit wann?«

»Seit zehn Tagen.«

»So was nennt man veraltetes Nachrichtenmaterial«, sagte McCoy. »In zehn Tagen kann viel passieren.«

»Mr Taylor, so ist er immer«, sagte Zimmerman. »Er sucht immer nach dem Schlimmsten. Aber vertrauen Sie mir, er ist gut bei dieser Art Pst-pst-Operation.«

»Aber merken Sie sich, Taylor, dass sein Biss wirklich schlimmer als sein Bellen ist«, sagte Hart.

Das führte zu Gelächter.

»Auf der Insel Tokchok Kundo«, sagte Taylor und wies wieder auf die Karte, »gibt es zusätzlich zu den Eingeborenen eine Menge Flüchtlinge vom Festland. Und Fischer aus Inchon längs der Küste fahren immer dorthin. Auf einem Umweg sollten uns die Fischer auf dem Laufenden halten, was in dem Gebiet vorgeht. Sie fahren immer nach Inchon rein und raus, und die Nordkoreaner lassen sie im Großen und Ganzen in Frieden.«

»Heißt das, Sie wollen die Eingeborenen und Flüchtlinge rekrutieren?«, fragte McCoy.

»Ist etwas daran falsch? Diese Leute wollen nicht, dass die Nordkoreaner siegen. Sie wissen, was dann mit ihnen geschehen wird.«

»Ich habe nicht gesagt, dass daran etwas falsch ist«, sagte McCoy.

»Ken, Sie und ich könnten uns das ansehen«, meinte Zimmerman.

»Ja«, sagte McCoy nachdenklich.

»Wenn wir diese Leute still und leise rekrutieren, bewaffnen und ausbilden und vielleicht einen Zerstörer bekommen, der für etwas Feuer von der See sorgt – es wird nicht viel nötig sein – können wir Taemuii-do und Yonghung-do einnehmen, und die Nordkoreaner werden denken, die *Südkoreaner* hätten es getan, weil sie meinten, sie könnten damit ungestraft davonkommen.«

»Und sie würden es nicht für Schritt eins einer amphibischen Invasion von Inchon halten«, sagte Ernie McCoy zustimmend. »Was meinst du, Ken?«

»Ich könnte vermutlich General Craig genügend Marines abschwatzen, um diese Leute auszubilden. Sie reden davon, sie direkt auf diesen Inseln auszubilden, richtig, Taylor?«

»Richtig.«

»Killer, es gibt südkoreanische Marines«, sagte Zimmerman.

»Ja, wir haben sie auf dem Kai in Pusan gesehen, nicht wahr?«, erwiderte McCoy. Sein Tonfall machte klar, dass er keine südkoreanischen Marines bei dieser Operation einsetzen wollte.

»Sie würden nichts Schweres brauchen«, sagte Taylor. »Karabiner und luftgekühlte MGs Kaliber .30. Vielleicht noch ein paar Mörser.«

»Das Problem ist, dies an Whitney und den anderen Clowns im SCAP-Stab vorbei zu organisieren. Aus persönlicher schmerzlicher Erfahrung weiß ich, dass sie nicht viel von solchen Operationen halten.«

»Aber Sie meinen, es würde klappen?«, fragte Taylor.

»Nun, es ist einen Versuch wert. Aber Ernie – der Ernie mit dem Bart – hat Recht. Wir werden uns diese Inseln selbst ansehen müssen.«

»Die Frage ist, Killer, was Sie dem Boss sagen werden, wenn er Sie fragt, was Sie von der Idee halten«, sagte Zimmerman.

»Sie ergibt Sinn«, sagte McCoy. »Es ist einen Versuch wert. Alles, was die Chancen in Inchon zu unseren Gunsten verändert, ist einen Versuch wert.«

»Wie gelangt ihr zu diesen Inseln?«, fragte Ernie McCoy.

»Das weiß ich noch nicht. Einige Schiffe der Navy müssen in

diesem Gebiet operieren, und sie könnten uns bei Nacht heimlich dorthin bringen.«

»Sie haben keine PT-Boote mehr, oder?«, fragte Zimmerman.

»Nein. Die wären ideal«, sagte McCoy. »Aber es muss etwas anderes geben.«

»Es gibt einige Dschunken mit Dieselmotoren«, sagte Taylor.

»Das würde reichen«, sagte McCoy. »Und wie bekommen wir eine?«

»Wir lassen eine von der südkoreanischen Marine beschlagnahmen«, schlug Hart vor.

»Nein. Das würde zu viel Aufmerksamkeit erregen. Vielleicht können wir eine kaufen.«

»Kaufen?« Taylor sah ihn erstaunt an.

»Nun, das eröffnet eine ganz neue Reihe interessanter Gedanken«, sagte McCoy. »Wenn der Boss einverstanden ist, könnten wir dies als eine CIA-Operation durchführen und brauchten den SCAP nicht um Erlaubnis zu fragen. Wir könnten ihm einfach zum richtigen Zeitpunkt die Inseln übergeben.«

»Ich bin neu bei alldem«, sagte Taylor. »Wäre für so etwas Geld zur Verfügung?«

»O ja. Eines, um das sich die CIA keine Sorgen zu machen braucht, ist Geld. Ich werde zum Boss gehen und zusehen, ob er mir etwas Geld gibt, um Informationen über Pick zu kaufen. Geld ist kein Problem.«

»Er wird keine Sonderbehandlung für Pick wollen, Schatz«, meinte Ernie.

»Ich werde ihm sagen, dass er keine Wahl hat«, sagte McCoy. »Ich möchte Pick zurückbekommen, bevor die Nordkoreaner herausfinden, dass sein Vater der stellvertretende CIA-Direktor für Asien ist.«

»Daran hatte ich nicht gedacht«, bekannte Ernie.

»Sie klingen, als seien Sie ziemlich sicher, dass er am Leben ist«, sagte Taylor.

»Ja. Vermutlich, weil ich mir ziemlich sicher bin«, sagte McCoy. »Okay. Wenn wir dies um siebzehn Uhr dem Boss und General Howe zeigen müssen, dürfen wir keine Zeit verlieren. Hier gibt es eine Schreibmaschine, Schatz, richtig?«

»Ja«, sagte Ernie nur.

»Du machst Kaffee, und ich tippe, okay?«

»Du meinst, Pick lebt?«

Ihre Blicke trafen sich, und er nickte.

»George«, sagte Ernie. »Ich bin eine schwache Frau. Sie können die Schreibmaschine tragen.«

4

Dewey-Suite
Imperial Hotel
Tokio, Japan

3. August 1950, 19 Uhr 05

»Ich möchte mit General Pickering sprechen«, sagte Howe.

Die Captains McCoy und Hart, Master Gunner Zimmerman, Lieutenant Taylor und Mrs Ernie McCoy erhoben sich von ihren Stühlen im Esszimmer.

»Behalten Sie Platz«, sagte General Howe. »Dies wird nicht lange dauern. Können wir in Ihrem Schlafzimmer sprechen, General?«

»Selbstverständlich.« Pickering stand auf und ging voran zum Schlafzimmer der Suite.

Howe schloss dort die Tür hinter ihnen, ging zum Schreibtisch an der Wand und lehnte sich darauf.

»Da war nicht viel – verdammt fast nichts – über diese Inseln in den CIA-Berichten, die ich in Washington gelesen habe«, sagte Howe. »Wissen Sie mehr darüber?«

Pickering schüttelte den Kopf. »Nein.«

»Ich bin verdammt nahezu blind gewesen, bevor ich herkam und das Dossier las«, sagte er. »Ich hatte keine Ahnung. Anscheinend wissen wir darüber nur, was uns Taylor erzählt hat.«

»Danach können wir es nicht machen, Fleming«, sagte Howe.

»Ich weiß nicht, was Sie mit ›machen‹ meinen, Ralph«, sagte Pickering.

»Früher am Tag telegrafierte ich dem Präsidenten, dass ich eine

Invasion bei Inchon für idiotisch halte«, sagte Howe. »Die Formulierung, die ich benutzte, war ›nach meiner Einschätzung der Machbarkeit ist die Invasion wegen der damit verbundenen Risiken nicht ratsam‹. Wenn ich den Präsidenten am Telefon gesprochen hätte, dann hätte ich gesagt ›ich halte es für eine Schnapsidee, Harry.‹«

Pickering schwieg.

»Und dann hatten wir unseren Nachmittag mit General MacArthur«, sagte Howe. »Danach versuchte ich, den Präsidenten anzurufen. Er war nicht zu erreichen. So hinterließ ich seiner Sekretärin eine Nachricht. ›Letzte Einschätzung Inchon voreilig. Verzeihung. Weiteres folgt baldigst.‹«

»MacArthur hat Sie umgestimmt?«

»Er hätte Vertreter werden sollen«, sagte Howe. »Er könnte ein Vermögen verdienen, in dem er Atheisten Bibeln verkauft.«

Pickering lachte.

»In guter Form ist er wirklich einzigartig.«

»Wenn Sie dies nicht beantworten wollen, lassen Sie's«, sagte Howe. »Was haben Sie dem Präsidenten mitgeteilt?«

»Ich bin zu dem Schluss gelangt, dass die Inchon-Invasion trotz der offensichtlichen Probleme möglich ist und die Vorteile die Risiken überwiegen«, sagte Pickering. Es war offenkundig, dass er sich selbst zitierte.

»Sie meinen, er kann sie durchführen?«

»Ich habe ihn in Aktion erlebt, Ralph. Die Bezeichnung ›militärisches Genie‹ ist nicht übertrieben.«

»Was halten Sie von Taylors Idee?«

»Ich nehme an, die Horde um MacArthur – und vielleicht MacArthur selbst, wenn die Sache jemals so hoch durchdringt – würde sie kurzerhand ablehnen …«

»Vielleicht nicht kurzerhand«, unterbrach Howe.

Pickering sah ihn einen Moment an.

»Sie haben Recht«, sagte er. »Sie würden den Vorschlag ›sorgfältig erwägen‹, und das würde so lange dauern, bis es zu spät für eine Durchführung wäre.«

»Wie ich die Rolle der CIA verstehe, Fleming, so ist es eine Organisation, die Nachrichten sammelt«, sagte Howe.

»So verstehe ich die Rolle ebenfalls.«

»Taylor sagte, die Leute auf den Inseln besitzen Kenntnisse von nachrichtendienstlichem Wert …«

»Das hat er gesagt, nicht wahr?«

»Und wenn ich mich nicht irre, braucht der stellvertretende CIA-Direktor für Asien nicht MacArthurs Billigung für die Durchführung einer Operation, die als routinemäßiges Sammeln von Nachrichtenmaterial betrachtet wird …«

»Eigentlich brauche ich El Supremo nicht einmal zu erzählen, was ich mache«, sagte Pickering. »Oder gemacht habe.«

»Wie ärgerlich würde er Ihrer Meinung nach sein, wenn – falls – er es später herausfindet?«, fragte Howe.

»Wenn wir diese Flaschenhals-Inseln durch McCoy und mit einem Dutzend oder so Marines in den nächsten paar Wochen in aller Stille einnehmen können, wird MacArthur es als ›seine heimliche Operation‹ ausgeben. Wenn dies schief geht – und es offensichtlich die Nordkoreaner warnen würde, dass wir eine Landung bei Inchon planen – würden Whitney und Willoughby unsere öffentliche Kastration empfehlen, nachdem man uns vorher aufhängt, und MacArthur würde vermutlich zustimmen.«

»Sie klingen nicht sonderlich besorgt.«

»Ich habe das Gefühl, dass Taylor weiß, wovon er spricht, und ich weiß, dass McCoy genau der Mann ist, der eine solche Operation organisieren und durchführen kann.«

Howe sah Pickering einen Moment in die Augen und nickte dann.

»Okay«, sagte er. »Wie wäre diese Botschaft an den Präsidenten? ›Habe soeben erfahren, dass Pickering eine geheime Operation durchführt, die bei Erfolg meine ursprünglichen Einwände gegen eine Invasion bei Inchon ausräumen würde. Ich glaube, dass die Operation erfolgreich sein wird. Weiteres folgt.‹«

»Das wollen Sie telegrafieren?«

»Ich befürchte, wenn ich anrufe, wird der Präsident den Anruf entgegennehmen«, sagte Howe.

»Und wenn Truman Sie anruft?«

»Ich nehme an, dass Captain McCoy und Lieutenant Taylor und Mr Zimmerman – macht Zimmerman mit?«

»Sie sind ein Team«, sagte Pickering.

»Dass sie unterwegs zu den Inseln im Flying Fish Channel sein werden, und da wir keine Möglichkeit haben, mit ihnen zu kommunizieren, bis sie die Inseln erreichen – und vielleicht nicht mal dann – wird es zu spät sein, die Operation abzublasen.«

XIII

1

Headquarters, 1st Marine Brigade (Provisional)
Bei Chindong-Ni, Südkorea

4. August 1950, 15 Uhr 05

Der Hubschrauberlandeplatz beim Hauptquartier der provisorischen Brigade bestand aus einem flachen Gelände, das mehr oder weniger mit Steinen gepflastert und mit Kies bestreut war und über einen Luftsack verfügte, der auf zwei Pfählen befestigt war, die wie aneinander gebundene Zeltstangen wirkten.

Zehn Marines, fünf Unteroffiziere und Mannschaften – ein Sergeant Major und vier Jeep-Fahrer, vom Private bis zum Sergeant – und fünf Offiziere – ein Lieutenant Colonel, ein Major, zwei Captains und ein Master Gunner – standen an einer Seite und beobachteten, wie der HO3S-1-Helikopter zu Boden schwebte und landete.

Der HO3S-1, Hecknummer 142, war einer von vier Sikorsky-Hubschraubern, die schnell vom HMX-1 (*H* für Helicopter, X für Experimental) in Quantico, Virginia, abkommandiert und der Aufklärungsstaffel VMO-6 der 1st Marine Brigade zugeteilt worden waren, als die Brigade nach Korea befohlen worden war. Die Staffel VMO-6 verfügte über vier andere Flugzeuge, Starrflügler Typ Piper Cub, beim Marine-Corps OY-2 und bei der Army L-4 genannt.

Der HO3S-1 wurde von der Sikorsky Aircraft Corporation hergestellt und war von Igor Sikorsky entwickelt worden, einem russischen Flüchtling vom Kommunismus. Sikorsky hatte ebenfalls früher die – damals riesigen – Sikorsky-Flugboote entwickelt, welche die erste interkontinentale Passagierreise ermöglicht hatten.

Angetrieben wurde der HO3S-1 von einem Neunzylinder 450-PS Pratt & Whitney-Motor. Er hatte einen dreiflügeligen Hauptrotor, der sich in einen Achtundvierzig-Fuß-Bogen drehte, und konnte etwas über tausenfünfhundert Pfund tragen (Treibstoff, Fracht und bis zu drei Passagiere plus Pilot, in jeder Kombination) und mit so viel Gewicht bis zu hundertzwei Meilen pro Stunde in idealen Bedingungen ungefähr zweihundertfünfzig Meilen weit fliegen.

Zum ersten Mal hatten Kommandeure ein Mittel, um sich praktisch überall auf dem Kampfgebiet mit hundert Meilen pro Stunde zu bewegen. Brigadier General Edward A. Craig, der mit der Benutzung der Helikopter in dem Moment des Eintreffens in Korea begonnen hatte, sagte später, »ich bezweifle, dass wir ohne die Helikopter in Korea so viel Erfolg gehabt hätten«.

Drei der fünf Offiziere, die den Hubschrauber erwarteten, waren Mitglieder von General Craigs Stab. Der Lieutenant Colonel war sein G-3, der Major sein G-2 und einer der Captains sein Adjutant. Der zweite Captain und der Master Gunner zählten nicht zu seinem Stab.

Abgesehen von dem Briefing, das Captain McCoy den versammelten Offizieren am Tag der Ankunft des Angrifftransporters in Pusan gegeben hatte, hatte der G-3 McCoy nie gesehen, und er bezweifelte den Glauben des Sergeant Major, dass der junge Offizier der legendäre ›Killer‹ McCoy war, der in Schanghai allein zwanzig Japaner erstochen hatte oder irgend so ein Blödsinn. Erstens sah er nicht alt genug aus, und zweitens glaubte der G-3 nicht die Story von den zwanzig erstochenen Japanern.

Er dachte, dass McCoy ein Nachrichtenoffizier war, der eine übertriebene Meinung von seiner eigenen Wichtigkeit und von seiner Rolle im Marine-Corps hatte.

Normalerweise beantworten Captains des Marine-Corps jede Frage, die Lieutenant Colonels ihnen stellen. Als er Captain McCoy gefragt hatte, warum er den General zu sprechen wünschte, hatte McCoy – höflich, das musste man ihm lassen – erklärt, das dürfe er nicht mit ihm diskutieren.

Der G-3, der Adjutant und der Sergeant Major, die es alle für einen Teil ihrer Pflicht hielten, den General davor zu schützen, seine Zeit mit Leuten zu verplempern, die ihre Probleme von sonst jemandem lösen lassen konnten, hofften alle insgeheim, dass General Craig aus seinem Hubschrauber auftauchen und erfahren würde, dass Captain McCoy hatte wissen wollen, wann er zum Befehlsstand zurückkehrte, und ihn zur Sau machen würde.

Jeder stand mehr oder weniger still, als die Tür des Helikopters geöffnet wurde und General Craig ausstieg. Der G-3 und Captain McCoy salutierten.

»Melden Sie sich zum Dienst, McCoy?«, fragte Craig, als er den Gruß erwiderte.

»Nein, Sir. Ich brauche ein paar Minuten Ihrer Zeit.«

»Ich habe sehr wenig davon«, sagte Craig. »Was brauchen Sie?«

»Sir, ich muss unter vier Augen mit Ihnen sprechen.«

»Okay, gehen wir zum Befehlsstand.«

»Sir«, sagte der G-3, »da sind einige Dinge ...«

»Zuerst bekommt McCoy drei Minuten, okay?«

»Aye, aye, Sir.«

Die Jeeps bildeten einen kleinen Konvoi und fuhren zum Befehlsstand, eine ziemlich spartanische, durch Sandsäcke verstärkte Ansammlung von Zelten, die an einem steilen Hang aufgestellt waren. Am Schluss des Konvois fuhr ein Jeep, dessen Aufkleber auf den Stoßstangen ihn als Besitz der Fernmeldekompanie der 24. Division der Army auswiesen. Darin saßen Captain McCoy und Master Gunner Zimmerman, der fuhr.

General Craigs »Büro« war ein Zelt mit einem Stuhl und ein Schreibtisch, auf dem zwei Feldtelefone standen. Er ging hinein, gefolgt von seinem Sergeant Major, dem G-3, dem G-2, seinem Adjutanten und McCoy und Zimmerman.

General Craig machte einem der Schreiber mit einer Geste klar, dass er Kaffee haben wollte, woraufhin der Mann »Aye, aye, Sir«, sagte und zu der Stahlkanne ging, die auf einer elektrischen Heizplatte auf dem Boden stand.

»Okay, McCoy«, sagte General Craig. »Ich lege ›ein paar Minuten‹ als nicht mehr als drei aus. Dann können Sie sich mit einer Tasse Kaffee bedienen.«

»Sir, ich muss Sie allein sprechen.«

»Captain, Colonel Fuster ist mein G-3. Er hat alle Unbedenklichkeitsbescheinigungen, die er braucht.«

»Mit Verlaub, Sir, die hat er nicht«, sagte McCoy.

Craig schaute ihn einen Moment kalt an.

»Dies sollte wirklich wichtig sein, Captain«, sagte er dann und fügte an den G-3 gewandt hinzu: »Geben Sie uns bitte drei Minuten, Colonel.«

Lieutenant Colonel Fuster sagte »Aye, aye, Sir« und forderte den G-2, den Adjutanten und den Sergeant Major mit einer Geste auf, das ›Büro‹ des Generals mit ihm zu verlassen.

»Okay«, sagte Craig. »Was haben Sie auf dem Herzen?«

»Sir, ich brauche ein Dutzend Männer, Unteroffiziere, Staff Sergeants, und Waffen und Munition. Zimmerman hat eine Liste.«

»Nicht, dass ich Männer, Waffen oder Munition entbehren könnte, aber wofür?«

»Eine geheime Operation, Sir.«

»Meine einfache Antwort lautet nein«, sagte Craig. »Bedaure.«

»Sir, ich wurde von General Pickering angewiesen, Ihnen dies zu zeigen, als seine Befugnis, die Operation durchzuführen.«

Er nahm die Befehle des Weißen Hauses aus der Tasche seines Arbeitsanzuges und überreichte sie dem General.

Craig las sie und gab sie zurück.

»Darf ich die Natur dieser geheimen Operation erfahren?«

»Jawohl, Sir. Aber General Pickering hat mich angewiesen, Ihnen zu sagen, Sir, dass dies als Top Secret/White Hose erklärt ist und niemandem preisgegeben werden darf.«

»Verstanden«, sagte Craig.

»Es gibt zwei von den Nordkoreanern besetzte Inseln im Flying Fish Channel auf dem Weg nach Inchon, Sir, von denen aus mit Artillerie auf Schiffe geschossen werden kann, die versuchen, Inchon zu erreichen. Wir haben vor, sie jetzt zu besetzen und dazu südkoreanische Polizei zu benutzen.«

»Ich dachte, man hat diese Invasion abgeblasen – Operation Bluehearts wurde sie genannt –, als wir Taejon verloren«, sagte Craig. »Findet sie jetzt doch statt?«

»Ich weiß nicht, ob diese Operation stattfindet, Sir, aber General Pickering denkt, es wird eine amphibische Operation bei Inchon geben.«

»Und Sie und ein Dutzend Unteroffiziere wollen diese Inseln – *einnehmen* ist das falsche Wort, denn ein Dutzend Männer kann nichts *einnehmen* – auf diese Inseln *einsickern* und sie sichern?«

»Jawohl, Sir.«

»Wird das den Nordkoreanern nicht verraten, dass wir bei Inchon landen wollen?«

»Wir hoffen, dass sie glauben werden, es ist eine Operation der südkoreanischen Nationalpolizei, Sir. Ich werde mit den Unteroffizieren Südkoreaner ausbilden und bewaffnen …«

»Sind bereits Südkoreaner auf den Inseln?«

»Jawohl, Sir. Und ich hörte, dass viele Flüchtlinge vom Festland ebenfalls auf den Inseln sind.«

»Wie kommen Sie auf den Gedanken, dass sie sich freiwillig melden werden?«

»Als die Nordkoreaner Seoul und Inchon einnahmen, erschossen sie viele Leute, die sie für Unruhestifter hielten. Die Flüchtlinge wollen es ihnen heimzahlen.«

»Okay«, sagte Craig.

»Südkoreaner, rekrutiert in die südkoreanische Nationalpolizei, werden der Großteil der Landungstruppen sein. Die Marines werden Uniformen der südkoreanischen Nationalpolizei tragen …«

»Ich nehme an, das Tragen der Uniform eines Krieg führenden Staates ist erlaubt, doch ich frage mich, was mit einem Marine geschehen wird, der auf diesen Inseln geschnappt wird und als Polizist der koreanischen Nationalpolizei gekleidet ist.«

»Realistisch betrachtet, Sir, würde man ihn erschießen.«

»Ich kann keinen Marines so etwas befehlen, McCoy. Die Männer werden Freiwillige sein müssen, und sie müssen wissen, worauf sie sich einlassen. Wie planen Sie, dies zu handhaben?«

»Sir, ich weiß es nicht, aber ich wette, es gibt einige alte Raiders in der Brigade«, sagte Zimmerman. »Sie werden sich für so etwas freiwillig melden, da bin ich mir sicher, und sie wären ideal.«

»Es wird unmöglich sein, sie zu finden, ohne all die Personalakten durchzugehen«, sagte General Craig.

»Sir, wie wäre es, zu verbreiten, dass alle ehemaligen Marine Raiders sich jetzt hier melden sollen?«, fragte McCoy.

»Ich sagte, sie müssten sich freiwillig melden, McCoy.«

»Ich werde alle alten Raiders, die auftauchen, um sich zu melden …«

»Für eine geheime, nicht näher erklärte Mission, die ein großes persönliches Risiko in sich birgt?«

»Ja, Sir.«

»Und wenn Sie kein Dutzend Freiwillige bekommen, was dann?«

»Wir werden einige bekommen, Sir, dessen bin ich sicher«, sagte Zimmerman.

»Warum sind Sie so sicher?«

»Wenn ich ein Raider gewesen wäre und jemand gäbe mir die Wahl zwischen der Teilname an einer Operation mit einer kleinen Einheit und dem, was ich hier tun muss …«

»Was meinen Sie damit, Mr Zimmerman?«, unterbrach Craig.

»Der Army den Arsch – äh – Kopf zu retten, Sir«, sagte Zimmerman ein wenig unbehaglich. »Das könnte wirklich gefährlich sein.«

General Craig schien eine Erwiderung auf der Zunge zu haben, sagte jedoch nichts.

Nach einer Weile fuhr Zimmerman fort: »Und angenommen, ich finde vier Ex-Raiders, die bereit sind, mitzumachen …«

»Sie werden der Rekrutierungsoffizier für dies sein, nehme ich an?«, warf Craig ein.

»Ja, Sir. Captain McCoy hat anderes zu tun. Wenn ich also vier, fünf Ex-Raider bekomme, werde ich sie fragen, wen sie kennen, der mitmachen würde. Es könnte nur ein Problem sein, ihre befehlshabenden Offiziere dazu zu bringen, sie gehen zu lassen.«

»Sie bekommen die Freiwilligen, Mr Zimmerman. Ich regele das mit ihren befehlshabenden Offizieren.«

»Aye, aye, Sir. Danke.«

Craig blickte zu McCoy.

»Der Gedanke ist also, diese Inseln einzunehmen und es aussehen zu lassen, als hätte es die südkoreanische Nationalpolizei getan. Ist das ungefähr so, McCoy?«

»Jawohl, Sir. Und wenn wir es jetzt tun und eine Invasion nicht sofort folgt, werden sich die Nordkoreaner entspannen, wie wir hoffen.«

»Das ist ein kühner Versuch, finden Sie nicht auch?«

»Sir, die Alternative ist, die Inseln einen Tag vor der Invasion einzunehmen. Das würde auf die bevorstehende Invasion aufmerksam machen.«

Craig nickte zustimmend und hob dann die Stimme. »Sergeant Major!«

Der Hauptfeldwebel kam schnell ins Zelt.

»Sir?«

»Hängen Sie sich ans Telefon. Rufen Sie die Bataillone an – sorgen Sie dafür, dass sie wissen, dass der Befehl von mir kommt – und lassen Sie jeden herschicken, der einst ein Marine Raider war, und zwar sofort.«

»Aye, aye, Sir.«

»Man hat uns zwölf Unteroffiziere weggenommen«, sagte General Craig. »Laut Mr Zimmerman wären Ex-Raiders ideal. Wenn er kein Dutzend von ihnen zusammenbekommen kann, werden wir sonst wo suchen müssen. Er braucht ebenfalls einige Waffen und Munition. Er wird Ihnen sagen, was genau.«

»Aye, aye, Sir. Darf ich fragen, wofür er sie braucht? Und für wie lange?«

»Tut mir Leid, das ist als geheim erklärt«, sagte General Craig. »Es ist wichtig, Sergeant Major, so viel kann ich Ihnen sagen. Einige sehr ranghohe Marines denken so, und ich ebenfalls.«

»Jawohl, Sir.«

»Mr Zimmerman ist besorgt, dass ihre Kommandeure die wirklich guten Marines, die sie haben, nicht weggeben wollen.«

»Das kann ich regeln, Sir«, sagte der Sergeant Major.

»Mal sehen, wie viele Raiders wir zusammenbekommen, und dann setzen wir auf die Mundpropaganda«, sagte General Craig. »Captain McCoy und Mr Zimmerman bekommen alles, was sie verlangen. Klar?«

»Aye, aye, Sir«, sagte der Sergeant Major.

»Sonst noch etwas, McCoy?«

»Das wär's, Sir. Vielen Dank.«

»Viel Glück, McCoy«, sagte General Craig. »Ihnen auch, Zimmerman.«

General Craig hob wieder die Stimme.

»Colonel Fuster, Sie wollten mich sprechen?«

Colonel Fuster kam durch das Zelt, als McCoy, Zimmerman und der Sergeant Major in die andere Richtung davongingen.

Alle drei bekamen noch mit, wie General Craig sagte: »Fragen Sie mich nicht, was das alles zu bedeuten hat, Fuster. Ich kann es Ihnen nicht sagen.«

2

USAF Airfield K-1
Pusan, Korea

4. August 1950, 16 Uhr 35

K-1 war ein betriebsamer Flughafen.

Lieutenant Commander Andrew McDavit, USNR, in seiner TBM-3G Avenger* war der Dritte in der Landereihenfolge hinter einer C-54 des Transport Command der Air Force und einer R5D des Naval Air Transport Command. Hinter ihm flogen eine F4-U des Marine-Corps vom Flugzeugträger *Sicily*, zwei P-51 Mustangs der USAF und vielleicht ein halbes Dutzend andere Flugzeuge.

»K-1, Marine Double Zero Four«, sagte der Pilot der F4-U über Funk.

»Double Zero Four, kommen.«

»Eine Treibstoffwarnleuchte blinkt. Können Sie diese Elefanten bewegen, mich vorzulassen?«

»Double Zero Four, melden Sie hiermit einen Notfall?«

»Negativ zu diesem Zeitpunkt. Fragen Sie mich in sechzig Sekunden noch einmal.«

»Air Force Four Oh Nine, Sie haben Landeerlaubnis auf One Six«, sagte der Fluglotse im K-1-Tower. »Navy Six Six Six, Sie sind die Nummer zwei nach der C-54. Bestätigen.«

»Four Oh Nine, verstanden Nummer eins.«

»Six-sixty-six verstanden. Nummer zwei hinter der Air Force.«

»Navy Five Niner Four.«

»Niner Four.«

»Five Niner Four, drehen Sie auf neunzig Grad rechts, steigen

* Die Grumman Flugzeuge der TBF- und TBM-Serie (von denen die meisten tatsächlich von der Ostabteilung von General Motors hergestellt wurden) waren einmotorige Torpedo-Bomber mit einer dreiköpfigen Besatzung. Angetrieben von einem 1900-PS-Wright-Motor hatten sie eine Spitzengeschwindigkeit von 275 Meilen pro Stunde und konnten 2000 Pfund Bomben oder Torpedos etc. tragen. Sie dienten in dieser Rolle während des Zweiten Weltkriegs. Einige Avengers waren als COD (Carrier *O*n *B*oard *D*elivery) abgeändert, indem Sitze zusätzlich in den Torpedo/Bombenschächten installiert wurden, damit die Avengers als kleine Transportflugzeuge dienen konnten, die von Flugzeugträgern aus operierten. Während des Zweiten Weltkriegs war der jüngste Pilot der U.S. Navy gezwungen, mit seiner im Kampf beschädigten Avenger eine Bruchlandung auf See zu machen. Fast sofort von einem U-Boot gerettet, das in dem Gebiet war, überlebte Ensign Herbert Walker Bush, USNR, und wurde der 41. Präsident der Vereinigten Staaten und der Vater des 43.

Sie auf fünftausend und fädeln Sie sich hinter einer C-47 der Air Force zur Landung ein. Ich habe eine F4-U des Marine-Corps mit zu wenig Treibstoff. Bestätigen.«

»Scheiße«, sagte Lieutenant Commander McDavit und drückte dann auf den Knopf seines Mikrofons. »Niner Four dreht jetzt auf neunzig Grad rechts. Verstanden auf fünftausend steigen und nach einer C-47 einfädeln.«

»Marine Double Zero Four, Sie sind Nummer drei auf One Six nach den beiden Transportern.«

»Danke sehr, K-1. Und es tut mir Leid, Navy Niner Four.«

»Leck mich, Blödmann«, sagte Lieutenant Commander Mc Davit, ohne seinen Mikrofonknopf zu drücken.

Diese gottverdammten Marines machen das immer – trödeln so lange herum, um irgendetwas abzuschießen, dass sie keinen Sprit mehr haben, um zum Flugzeugträger zurückzukehren.

Es dauerte eine weitere Viertelstunde, bis Lieutenant Commander McDavit landen konnte.

Dadurch komme ich verdammt fünfzehn Minuten zu spät zur Badoeng Strait zurück. Was bedeutet, dass ich gerade rechtzeitig zurückkomme, um bei der Landung die Sonne in den Augen zu haben.

Die Bodenkontrolle dirigierte Navy Five Niner Four zur Rollbahn vor der Abfertigung.

Lieutenant Commander McDavit stellte den Motor aus, und dann kletterten er und Aviation Motor Machinist's Mate Second Class Richard Orwell zu Boden.

»Sie beginnen die Post auszuladen«, befahl Commander Mc Davit. »Und ich werde mich bemühen, einen Jeep oder etwas aufzutreiben.«

»In Ordnung«, sagte Orwell.

Die richtige Antwort wäre »aye, aye, Sir« gewesen, doch Orwell war ein guter Junge und meinte es nicht respektlos, und so sah McDavit darüber hinweg.

Irgendwo auf K-1 war eine kleine Abteilung der Navy für die Post verantwortlich. Sie kam mit einer R5D der Navy aus San Diego – manchmal aus San Francisco. R5Ds konnten nicht auf ›Jeep‹-Flugzeugträgern wie der *Sicily* und der *Badoeng Strait* landen, und so musste eine COD Avenger nach K-1 fliegen und die Post abholen.

Commander McDavit wurde zur Postabteilung der Flotte (FPO) geschickt, man sagte ihm »Sorry, kein Jeep« und er fragte sich, wie, zum Teufel, er ohne Jeep die von der *Badoeng Strait* ausgehenden Postsäcke von der Avenger zur FPO und die hereinkommenden Postsäcke von der FPO zur Avenger schaffen sollte.

Vor der FOP lehnte ein Captain des Marine-Corps im Arbeitsanzug an einem Jeep der Army. Ein Garand-Gewehr hing am Riemen an einer Ecke der Windschutzscheibe.

Der Captain des Marine-Corps richtete sich auf und grüßte schneidig.

»Sie sind die COD von der *Badoeng Strait?*«, fragte er.

»Richtig.«

»Ich muss zu ihr raus, Commander«, sagte der Captain des Marine-Corps.

»Sie melden sich an Bord?«

»Nicht genau«, sagte der Captain und zeigte McDavit Befehle vom SCAP, unterzeichnet von irgendeinem Drei-Sterne-General der Army, der McCoy die Befugnis gab, mit uneingeschränkter Unterstützung des Militärs und der Behörden praktisch überallhin zu reisen.

»Ich sage Ihnen, was ich tun werde, Captain«, erklärte McDavit. »Sie helfen mir, die Postsäcke zu holen, die ich von der *Badoeng Strait* hergebracht habe, und die Postsäcke, die zur *Badoeng Strait* gehen, zu meinem Flugzeug zu bringen. Und wenn ich Gewicht übrig habe, fliege ich Sie hin.«

»Ich werde Ihnen bei der Post helfen«, sagte der Captain des Marine-Corps und zog einen anderen Satz Befehle hervor, diesmal – *o Gott!* – unterschrieben vom Oberbefehlshaber persönlich, »aber wenn es eine Frage ist, ob ich oder die Post fliegt, wird die Post warten müssen.«

3

USS *Badoeng Strait*
35° 60′ nördlicher Breite, 130° 52′ östlicher Länge
Japanisches Meer

4. August 1950, 19 Uhr 45

»*Badoeng, Badoeng,* Niner Four auf fünftausend, fünf Meilen östlich. Ich habe die *Badoeng* in Sicht.«

»Niner Four, Sie sind Nummer zwei bei der Landung nach einer F4-U im Landeanflug.«

»Roger, ich habe Sie in Sicht. *Badoeng,* ich habe einen Passagier an Bord, der auf Befehl des Präsidenten reist.«

»Wiederholen Sie das, Niner Four!«

»Ich habe einen Passagier an Bord, der auf Befehl des Präsidenten reist.«

Commander McDavit setzte seine *Avenger* auf dem Deck der *Badoeng Strait* mehr oder weniger glatt auf, und der Haken erwischte das zweite Auffangkabel, wodurch das Flugzeug sehr schnell verlangsamt wurde.

Das veranlasste Captain Kenneth R. McCoy, USMCR, eine Vulgarität auszustoßen, der eine Obszönität und dann eine Blasphemie folgten.

Es gab keine Fenster und sehr wenig Licht im Passagier/Frachtbereich der Avenger. Der Sitz zeigte nach hinten, was zu einem gewissen Unbehagen bei Captain McCoy geführt hatte, besonders während der letzten Momente von Commander McDavits Landeanflug, als er die Maschine abrupt nach rechts gelenkt hatte und dann sogar noch abrupter nach links, bevor er die Nase der *Avenger* in der Sekunde vor dem Aufsetzen scharf nach unten gesenkt hatte.

Captain McCoy erholte sich gerade von seinem traumatischen Erlebnis, als die Luke im Rumpf geöffnet wurde und das helle Licht des Sonnenuntergangs hereinfiel.

Es dauerte einen Moment, bis sich Captain McCoys Augen an

die Helligkeit gewöhnt hatten, doch dann sah er einen Corporal des Marine-Corps in blauer Hose, Khakihemd und mit Schirmmütze mit weißem Besatz an der Tür stillstehen und salutieren.

Captain McCoy schnallte sich los und stieg durch die Luke, und dann erinnerte er sich an das National Match Garand und ging in das Passagier-/Frachtabteil zurück, um es zu holen.

Als er schließlich durch die Luke trat und im hellen Sonnenschein auf Deck stand, sah er, dass er von einem Begrüßungskomitee erwartet wurde. Da standen ein Navy-Lieutenant, dessen Abzeichen ihn als Deckoffizier auswiesen, ein Commander, ein Lieutenant Commander, ein Lieutenant Colonel des Marine-Corps – er trug das Pilotenabzeichen – und ein Staff Sergeant des Marine-Corps.

Was soll denn das? Wer, zur Hölle, sind diese Leute?

Der Kapitän der *Badoeng Strait* hatte erfahren, dass ein Offizier, der auf Befehl des Präsidenten reiste, an Bord kommen würde, und weil er nicht gewusst hatte, dass es ein popeliger Captain war, hatte er befohlen, dass der hohe Gast mit der entsprechenden Zeremonie begrüßt wurde. Er hatte dazu seinen Stellvertreter, den ranghöchsten Offizier des Marine-Corps, an Bord und die beiden Ordonnanzen des Marine-Corps im Dienst geschickt.

Captain McCoy erinnerte sich an das Protokoll.

Er grüßte schneidig den Deckoffizier.

»Erlaubnis, an Bord zu kommen, Sir?«

»Gewährt.«

McCoy drehte sich nach achtern und salutierte vor der Nationalflagge, wandte sich dann nach links und grüßte den Commander der Navy und den Lieutenant des Marine-Corps, die seinen Gruß erwiderten.

»Willkommen an Bord, Sir«, sagte der Deckoffizier. »Darf ich die Befehle des Captains sehen, Sir?«

Diesmal zuerst die Befehle vom Weißen Haus, entschied sich Mc Coy.

Er überreichte sie dem Deckoffizier, der sie las, sie dann dem Stellvertreter des Kapitäns gab, der sie las und an den Lieutenant Colonel des Marine-Corps weitergab, der sie las und McCoy zurückgab.

»Der Kapitän lässt grüßen, Captain«, sagte der stellvertretende Kapitän. »Er bittet Sie zu sich auf die Brücke.«

»Aye, aye, Sir«, sagte McCoy.

Eine kleine Formation wurde gebildet und marschierte zum Aufbau der Kommandobrücke, um dann die verschiedenen Leitern zur Brücke hinaufzusteigen.

Der Kapitän der *Badoeng Strait* erhob sich von seinem Drehstuhl, als er die kleine Kolonne auf die Brücke marschieren sah.

»Captain McCoy, Sir«, meldete der Stellvertreter des Kapitäns, »der mit Vollmacht des Präsidenten reist.«

Der Kapitän wirkte belustigt.

»Willkommen an Bord, Captain«, sagte er. »Was kann ich für Sie tun?« Und bevor McCoy antworten konnte, fügte er hinzu: »Ich habe noch nie Befehle vom Präsidenten gesehen.«

McCoy überreichte ihm die Befehle des Weißen Hauses.

»Sehr interessant«, sagte der Captain, nachdem er gelesen hatte. »Womit kann ich Ihnen helfen, Captain?«

»Sir, ich brauche einige Luftfotos von dem Gebiet Inchon«, sagte McCoy. »Alle ein, zwei Tage auf den neuesten Stand gebracht.«

»Ich bin überzeugt, dass Colonel Unger dafür sorgen kann«, sagte der Kapitän und nickte zu dem Lieutenant Colonel des Marine-Corps hin.

»Sagen Sie mir nur, was Sie brauchen«, sagte Lieutenant Colonel Unger, trat zu McCoy und gab ihm die Hand.

»Sonst noch etwas?«, fragte der Kapitän.

»Ich möchte ein paar Minuten mit Lieutenant Colonel Dunn sprechen, Sir«, sagte McCoy.

Der Kapitän wandte sich an den Corporal des Marine-Corps.

»Grüßen Sie Colonel Dunn von mir«, sagte er. »Und fragen Sie ihn, ob er mir bitte sofort in meiner Kabine Gesellschaft leistet.«

»Aye, aye, Sir«, sagte der Corporal des Marine-Corps und marschierte von der Brücke.

»Sie steuern das Schiff«, sagte der Kapitän zum Deckoffizier und wandte sich dann an McCoy. »Warum gehen wir nicht in meine Kabine, Captain? Sie sehen aus, als könnten Sie eine Tasse Kaffee und einen Sitzplatz gebrauchen.«

»Danke, Sir.«

»Und da ich bezweifle, dass Sie Ihr Gewehr in meiner Kabine brauchen werden, schlage ich vor, es bis auf weiteres dem Sergeant zu geben.«

»Aye, aye, Sir«, sagte McCoy und überreichte es. Dann kam ihm ein Gedanke. »Sie sollten es entladen, Sergeant«, sagte er.

Lieutenant Colonel William C. Dunn, USMC, blieb an der offenen Tür der Kapitänskabine der *Badoeng Strait* stehen, bis der Kapitän ihn bemerkte und hereinwinkte.

»Sie wollten mich sprechen, Sir?«

»Dieser Offizier will Sie sprechen«, sagte der Kapitän und nickte zu McCoy hin. »Captain McCoy, dies ist Colonel Dunn.«

»Ich kenne den Captain, Sir«, sagte Dunn. »Wie geht's, Ken?«

»Colonel«, sagte McCoy und schüttelte Dunns Hand.

»Captain McCoy braucht einige Fotos von Inseln im Flying Fish Channel bei Inchon«, sagte der Captain. »Und er hat sehr interessante Befehle, die uns anweisen, die Fotos für ihn zu machen – vom Oberbefehlshaber.«

»Sir, McCoy und ich kennen uns lange«, sagte Dunn. »Seit Guadalcanal. Nichts, was er tut, überrascht mich.«

Es folgte Gelächter.

»Und schon vorher kannten wir uns, fällt mir gerade ein«, sagte Dunn, »er war auf der Offiziersanwärterschule in Major Pickerings Klasse.«

»Oh, tatsächlich?«, sagte der Kapitän. »Haben Sie gehört, McCoy, dass Major Pickering abgestürzt ist?«

»Ja, Sir, das habe ich.«

»Wir alle fühlen uns deswegen schlecht«, sagte der Kapitän. Mit einem Kopfschütteln fuhr er fort: »Es wäre vielleicht nützlich, Captain, wenn wir wüssten, warum Sie die Fotos haben wollen.«

»Sir«, sagte McCoy, »das Problem ist, ich kann nicht das Risiko eingehen, dass ein weiterer Pilot mit diesem Wissen abstürzt.«

»Es hat offenbar mit einer amphibischen Operation im Gebiet Pusan zu tun«, sagte der Captain. »Auf unserem Weg hierhin – bevor die Erste Brigade des Marine-Corps nach Pusan umgeleitet wurde – erhielt ich den ersten Alarm, dass eine solche Operation …«

»Operation Bluehearts«, warf sein Stellvertreter eifrig ein.

Der Kapitän bedachte ihn mit einem ärgerlichen Blick, weil er das preisgegeben hatte, und fuhr fort: »… geplant war. Und dann wurde sie abgeblasen. Da Sie jetzt herkommen und Fotos von den Inseln im Flying Fish Channel haben wollen, scheint mir logisch zu sein, dass die Operation wieder ins Auge gefasst worden ist oder eine andere Operation mit dem gleichen Ziel geplant ist. Nach meiner Meinung, Captain, kann sich der Feind das ebenso zusammenreimen wie ich.«

Diesem Typ gefällt es nicht, seine Befehle von einem kleinen Captain zu erhalten. Wenn ich der Kapitän eines Flugzeugträgers wäre, würde mir das ebenfalls stinken.

McCoy antwortete nicht sofort. Stattdessen griff er in die tiefen Taschen seines Arbeitsanzugs, zog eine Karte hervor und legte sie auf den Kartentisch des Kapitäns.

»Meine Vorgesetzen meinen, Sir, dass während Routine-Aufklärungsflügen längs der Küste – oder Flügen auf der Suche nach Gelegenheitszielen – Fotos des Flying Fish Channel und der Inseln darin gemacht werden können, ohne übermäßigen Verdacht des Feindes zu erregen.«

»Captain, wie Sie zweifellos wissen, ist die erste Brigade des Marine-Corps bereits im Gebiet von Pusan eingesetzt«, sagte der Kapitän. »Die Flugzeuge an Bord der *Badoeng Strait* sind mit enger Luftunterstützung für die Brigade befasst. Was ist, wenn es einen Konflikt zwischen den Bedürfnissen der Brigade und Ihrer Foto-Mission gibt?«

»Sir, ich hoffe, dass es keinen Konflikt mit den Zielen der Brigade geben wird …«

»Aber wenn doch?«, fragte der Kapitän nicht sehr freundlich.

»Diese Mission, Sir, erfordert bis auf weiteres Fotos, wie ich sie beschrieben habe, und zwar mindestens alle vierundzwanzig Stunden«, sagte McCoy.

»Selbst wenn das bedeutet, dass die Brigade nicht bekommt, was sie erbittet?«

»Ja, selbst dann.«

»Wie soll ich das General Craig erklären?«

»General Craig weiß von dieser Operation, Sir.«

»In Einzelheiten?«

»Jawohl, Sir.«

»Und wenn ich Sie richtig verstanden habe, Captain, werde ich nicht in die Einzelheiten dieser Operation eingeweiht?«

»So ist es, Sir.«

»So lauten Ihre Befehle? Mir nichts zu sagen?«

»Sir, man hat mir befohlen, nur General Craig über die Einzelheiten zu informieren.«

»Captain, ich will ganz offen sein. Wenn diese Befehle, die Sie mir gezeigt haben, nicht vom Oberbefehlshaber unterzeichnet wären, würde ich Ihnen sagen, dass Sie zur Hölle gehen können.« Der Kapitän wandte sich an seinen Stellvertreter. »Sorgen Sie dafür, dass dies erledigt wird, Mr Grobbley.«

»Aye, aye, Sir.«

Der Kapitän marschierte aus seiner Kabine. Die anderen schauten ihm ein wenig betreten nach, bis jemand auf der Brücke rief: »Captain auf der Brücke!« Dann neigten sich die Lieutenant Colonels Unger und Dunn – die beiden Marineflieger – über die Karte, die McCoy auf dem Kartentisch des Kapitäns ausgebreitet hatte.

»Charley«, sagte Dunn. »Wir werden dies einfach in den Plan reinquetschen müssen. Es ist machbar.«

Lieutenant Unger schnaubte.

Dunn blickte zu McCoy auf.

»Wie bekommen wir die Fotos zu Ihnen, McCoy?«

»Die ersten, Sir, auf den COD-Flügen nach K-1. In einem versiegelten Kuvert, als Top Secret erklärt, werden Sie auf einer der Tokchok-Inseln hier abgeworfen werden müssen. Ich werde Ihnen die Koordinaten nennen. Und es wird Boden-Luft-Funk geben.«

»Sie werden sich auf einer dieser Inseln befinden, nicht wahr?«, fragte Dunn.

McCoy gab keine Antwort.

»Der Colonel hat Ihnen eine Frage gestellt, Captain!«, sagte Lieutenant Colonel Unger schroff.

»Die Captain McCoy nicht beantworten darf«, sagte Dunn. »Ruhig, Charley.«

»Es gefällt mir nicht, Flugzeuge für irgendeinen Zweck von der Brigade abzuziehen«, sagte Unger.

»Und ich weiß, dass es Captain McCoy ebenso wenig gefällt wie

Ihnen«, sagte Dunn. »Sie sagten, Sie wollten mich unter vier Augen sprechen. McCoy?«

»Ja, Sir, das möchte ich.«

»Ich schlage vor, wir gehen in meine Kabine und verschwinden aus der des Captains, okay?«

Dunn forderte McCoy mit einer Geste auf, ihm auf dem Durchgang voranzugehen.

Die *Badoeng Strait* – und die *Sicily* –, auf der das Geschwader des Marine-Corps von den Vereinigten Staaten aus transportiert worden war und von dort aus jetzt operierte, waren offiziell ›Geleit-Transporter‹ und wurden oftmals ›Jeep-Transporter‹ genannt. Sie waren kleiner als ›richtige‹ Flugzeugträger, und jeder glaubte, sie seien in Dienst, weil sie weitaus billiger operierten als die ›richtigen‹ Flugzeugträger.

Sie waren zwar perfekt fähig für ihre derzeitigen Aufgaben, jedoch kleiner, was ebenfalls bedeutete, dass der Komfort wie zum Beispiel Einzelkabinen für Offiziere rarer war und die Kabinen weniger geräumig als die auf ›richtigen‹ Flugzeugträgern waren.

Selbst ranghohe Offiziere mussten ihre Kabinen oftmals mit Offizierskollegen teilen. An der Tür der Kabine, zu der Dunn McCoy führte, hing ein Pappschild mit der Aufschrift:

LTCOL W.C. DUNN, USMC
MAJ M.S. PICKERING, USMCR

Dunn stieß die Kabinentür auf und bedeutete McCoy, einzutreten. Dann forderte er ihn mit einer Geste auf, auf einem der beiden Stühle Platz zu nehmen. Er schloss die Tür und lehnte sich dagegen.

»Für seine Ausrüstung zu sorgen ist eine weitere kleine Aufgabe, die Pick mir überlassen hat«, sagte Dunn und wies auf einen Segeltuchbeutel, der auf einer der Kojen lag.

McCoy sagte nichts.

»Es ist entschieden worden, dass Major Pickering eine Legende des Marine-Corps werden wird«, sagte Dunn. »Ein Ass, ein Held von Guadalcanal und anderen Orten, ein Reservist, der dem Klang der Waffen folgte, als die Trompete blies, der den ersten Kampfeinsatz des Marine-Corps in diesem Krieg flog und ehrenvoll in der glorreichen Tradition des Korps starb, während er ein Gelegenheitsziel angriff. Der Hurensohn hätte vor ein Kriegsgericht gestellt werden sollen, weil er einen direkten Befehl missachtete, und ich bin der Hurensohn, der ihn vors Kriegsgericht hätte bringen sollen.«

McCoy blickte zu ihm auf.

Lieutenant Colonel Dunn weinte, ohne sich zu schämen. Tränen liefen über seine Wangen.

»Was ist geschehen?«, fragte McCoy.

Dunn ging zum Schreibtisch, nahm einen Umschlag auf und gab ihn McCoy. Es waren drei Farbfotos darin. Auf den ersten Blick dachte McCoy, es seien drei Abzüge derselben Fotografie, doch dann erkannte er die Unterschiede. Auf jedem Foto zeigte Pick, breit lächelnd, zum Cockpit seiner Corsair. Aber auf jedem Foto war Pick anders gekleidet. Auf einer Aufnahme trug er ein Schulterholster mit einer .45er, auf den anderen beiden nicht. Und er hatte unterschiedliche Fliegerkombinationen an. Dann sah McCoy, worauf Pick wies.

Unter dem Kanzeldach stand ›Major M.S. Pickering, USMCR‹, und darunter waren neun ›Fleischklopse‹ gemalt, sinnbildliche Darstellungen der japanischen Flagge, und jede symbolisierte den Abschuss eines japanischen Flugzeugs.

Und auf einem der Fotos war unter die Fleischklopse eine Eisenbahnlokomotive gemalt, die explodierte. Auf dem zweiten Foto waren zwei in die Luft fliegende Lokomotiven gemalt, auf dem dritten drei.

»Der Hurensohn kündigte mir an, er werde das erste ›Lokomotiv-Ass‹ in der Geschichte des Marine-Corps werden«, sagte Dunn. »Er schrieb sogar einen Brief an die Air Force und erkundigte sich, ob sie verzeichnet hat, wer wie viele Lokomotiven im Zweiten Weltkrieg in die Luft gejagt hat.«

»Allmächtiger!«, stieß McCoy hervor.

»Er war wie ein Vierzehnjähriger, begierig darauf, am Vierzehnten Juli einen Knallfrosch zu zünden, nachdem er die erste Lok in die Luft gejagt hatte«, sagte Dunn. »Beim ersten Mal trafen Trümmer seinen Funkpeiler, und er hatte überall auf den

Tragflächen Einschusslöcher. Das hätte ihm eine Lehre sein sollen, doch das war es nicht.«

»War es das, was er gemacht hat, als er abgeschossen wurde?«

»Unter Missachtung meines direkten Befehls, nicht auf Lokomotiven-Jagd zu fliegen. Besagter direkter Befehl wurde nach seiner zweiten Lok erteilt, bei der die Trümmer davon die Hydraulik des linken Fahrgestells beschädigten und er eine Bruchlandung auf Deck machen musste. Ich befahl ihm (a) nicht mehr auf Lok-Jagd zu fliegen ...«

»Sie haben Lokomotiven nicht als wichtige Ziele betrachtet?«, fragte McCoy.

»Es gibt vieles zum Abschießen dort draußen. Der Grundgedanke, McCoy, ist, das Gebiet zu überfliegen und Kontakt mit dem Controller am Boden herzustellen. Er weiß, was getroffen werden muss. Und wenn er kein sofortiges Ziel hat, wartet man – man nennt es ›bummeln‹ –, bis er eine Mission hat. Wenn der Controller keine Mission hatte, ging Pick auf Lokomotiven-Jagd.«

McCoy schwieg.

»Klar, Loks, Züge, sind legitime Ziele. Wir planen regelmäßig Flüge mit drei Maschinen, um zu sehen, was sich auf der Eisenbahnlinie tut. Wenn drei Maschinen einen Zug angreifen, teilt sich das Flugabwehrfeuer logischerweise auf die drei Maschinen auf. Ein einzelnes Flugzeug zieht alles Flugabwehrfeuer auf sich, und das Risiko, getroffen zu werden, verdreifacht sich. Pick wusste all dies und ...« Er verstummte. »Ich habe ihm befohlen,(a) nicht auf Lokomotiven-Jagd zu gehen und (b), wenn er zufällig auf einen Zug stieß, ihn nicht ohne Genehmigung anzugreifen und es nicht allein zu versuchen. Der Zug fährt nirgendwo hin in der Zeit, die es dauert, bis ein paar weitere Corsairs in der Luft sind ...«

»Ich habe verstanden«, sagte McCoy. »Das klingt ganz nach Pick.«

»Mein Gott, Ken, er war kein Einundzwanzigjähriger mehr, frisch aus Pensacola, der meint, er kann den Krieg ganz allein gewinnen. Er war ein verdammter Major, ein Staffelkommandant, der den Jungs ein Vorbild hätte sein sollen. Ja, er war ihnen ein Vorbild, aber was für eins. Als er nicht zurückkehrte, waren die Piloten seiner Staffel bereit, auf der Stelle loszufliegen und jede Lokomotive zwischen Pusan und Seoul abzuschießen. Erinnern

Sie sich an diesen Football-Film? Ronald Reagan ›Mach Punkte für den Gipper‹? Jetzt sagten sie ›Schieß Loks ab für den Skipper‹!«

Dunn atmete tief aus.

»Ich weiß nicht, wie ich das stoppen werde«, fuhr er fort. »Wir haben die Aufgabe, auf Anforderung der Brigade für enge Luftunterstützung zu sorgen, nicht irgendeiner kindischen Laune zu folgen, um Lokomotiven explodieren zu sehen, als sei Korea eine Schießbude, die zum persönlichen Spaß aufgebaut worden wäre.«

»Sie sagten ›war‹, Billy, Vergangenheit«, sagte McCoy. »Meinen Sie, er ist tot?«

Dunn zuckte mit den Schultern.

»Ich weiß es nicht. Er hat ständig verkündet: ›Gott schützt Idioten und Besoffene, und ich qualifiziere mich für beides.‹ Ich nehme an, er hat den Absturz überlebt. Wenn ich's mir recht überlege, war das die siebente Corsair, die er zu Bruch geflogen hat. Was danach geschah, weiß ich nicht. Die Nordkoreaner haben ihn wahrscheinlich gesucht. Wenn sie ihn gefunden haben …«

»Wenn er überlebt hat und lebend gefangen genommen wurde, werden die Nordkoreaner versuchen wollen, so viel wie möglich von einem Major des Marine-Corps über dessen Flugwesen herauszufinden«, sagte McCoy. »Mich macht besorgt, dass sie vielleicht einen Zusammenhang zwischen Major Pickering und Brigadier General Pickering herstellen …«

»Daran hatte ich gar nicht gedacht«, bekannte Dunn.

»… der stellvertretender CIA-Direktor für Asien ist«, fuhr McCoy fort. »Ich bezweifle, dass viele nordkoreanische Agenten für ihre Gefechtsaufstellung die *Washington Post* lesen, aber die Russen tun das mit Sicherheit. Diese Information war vierundzwanzig Stunden nach dem Druck der Story in Moskau. Haben die Russen sie bereits an die Nordkoreaner weitergegeben? Das weiß ich nicht.«

»Gibt es eine Möglichkeit, wie Sie das herausfinden können? Dass er ein Gefangener ist, meine ich. Kann man etwas zusätzlich unternehmen?«

»Wenn ich wieder in Pusan bin und nach Tokchok Kundo komme, werde ich sehen, was ich tun kann.«

»Zwei Fragen«, sagte Dunn. »Wenn Sie sie nicht beantworten können, ist das in Ordnung. Sie gehen nach – wie sagten Sie?«

»Tokchok Kundo, eine von den Tokchok-Inseln. Aber behalten Sie das für sich.«

»Wie können Sie es herausfinden?«

»Ich habe vielleicht einige Quellen«, sagte McCoy. »Geld – Gold – redet, und ich habe etwas Gold. Ich kann nur die Ohren offen halten.«

»Wie nimmt der General dies hin?«

»Wie ein Marine«, sagte McCoy.

»Was heißt das? Dieser Marine vor Ihnen heulte wie ein Baby, als Pick abgeschossen wurde.«

»Er erhielt die Botschaft, steckte sie in seine Tasche, und als wir unsere Konferenz beendet hatten – das Planen dieser Operation –, nahm er mich mit in sein Schlafzimmer und zeigte mir die Botschaft.«

»Sagen Sie ihm, dass es mir Leid tut, Ken. Wirklich Leid. Es ist meine Schuld.«

»Nein, das ist es nicht, Billy. Wenn jemand Schuld hat, dann vielleicht Pick. Und wenn er den Zug in die Luft gejagt hätte und es wäre Munition darin gewesen, würde damit nicht auf die Brigade geschossen werden.«

Dunn sah ihm in die Augen und schwieg lange.

»Was geschieht jetzt?«, fragte er schließlich. »Mit Ihnen, meine ich?«

»Ich nehme an, es gibt keine andere Möglichkeit, als mit dieser Avenger nach Pusan zurückzufliegen, oder?«

»Das war kein Spaß für Sie, nicht wahr?«

»Es war der reine Horror für mich«, sagte McCoy.

Dunn nahm den Hörer des Telefons auf seinem Schreibtisch ab und wählte eine Nummer.

»Colonel Dunn für den Kapitän, bitte«, sagte er zu demjenigen, der sich meldete. Dann: »Sir, hier spricht Dunn. Ich möchte die Genehmigung haben, Captain McCoy nach Pusan zurückzufliegen, um die Übergabe der Fotos in die Wege zu leiten.« Er schwieg kurz. »Aye, aye, Sir«, sagte er dann und unterbrach die Verbindung.

»Das war schnell«, sagte er. »Der Kapitän sagte: ›Schaffen Sie diesen Hurensohn von meinem Schiff, wie, ist mir schnurzegal.‹«

Er wählte eine andere Nummer.

»Colonel Dunn. Halten Sie eine COD Avenger für einen sofortigen Start bereit. Ich werde sie fliegen.«

Dann legte er den Hörer auf.

Er wandte sich an McCoy.

»Der Crew Chief fliegt hinten im Cockpit mit. Ich kann ihn nicht dort weg befehlen, aber ich kann ihm vorschlagen, dass er vielleicht nicht den Frachtraum von Kotze säubern muss, wenn er Sie oben im Cockpit fliegen lässt.«

4

USAF Airfield K-1
Pusan, Korea

4. August 1950, 21 Uhr 55

Die Beleuchtung der Start- und Landebahn ging aus, bevor Lieutenant Dunn die Avenger auf die Rollbahn lenkte. Es bestand eigentlich keine große Wahrscheinlichkeit eines nordkoreanischen Angriffs auf K-1, doch er war auch nicht auszuschließen, und die Beleuchtung der Start- und Landebahn würde bei einem Angriff so hilfreich sein wie bei einer Landung.

Ein Jeep, bemalt mit einem Schachbrettmuster, mit einem FOLLOW-ME-Schild und einer großen karierten Flagge, fuhr der Avenger zur Abfertigung voran. Dunn parkte das Flugzeug und schaltete den Motor aus, bevor er und McCoy vom Cockpit herabkletterten.

Der Crew Chief, ein magerer neunzehnjähriger Aviation Motor Machinist's Mate mit blondem Bürstenhaarschnitt, kam durch die schmale Tür im Rumpf.

»Danke, dass Sie mich oben haben mitfliegen lassen«, sagte McCoy.

»Gern geschehen«, erwiderte der Crew Chief.

»Danke für den Flug, Sir«, sagte McCoy zu Dunn.

»Ich begleite Sie zum Verbindungsoffizier des Marine-Corps«, schlug Dunn vor.

»Ich habe bereits neulich mit ihm gesprochen, Sir«, sagte McCoy. »Aber vielen Dank.«

»Aber Sie sind Captain, und ich bin Lieutenant Colonel«, sagte Dunn. »Nach meiner Erfahrung schenken Captains Lieutenant Colonels mehr Beachtung als anderen Captains. Meinen Sie nicht auch?«

»Ja, Sir, ich nehme an, das stimmt. Danke, Sir.«

»Dies wird nicht lange dauern«, sagte Dunn zum Crew Chief. »Warum sehen Sie nicht nach, ob etwas Wichtiges passiert ist oder passieren wird?«

»Aye, aye Sir«, sagte der Crew Chief und lächelte.

Als Dunn und McCoy zum Abfertigungsgebäude gingen, trat ein Marineinfanterist mit einer Thompson-Maschinenpistole aus den Schatten, schritt auf sie zu und salutierte.

»Guten Abend, Sirs«, sagte er. »Captain McCoy, Sir?«

McCoy erwiderte den Gruß. »Ich bin McCoy.«

»Technical Sergeant Jennings, Sir. Mr Zimmerman hat mich geschickt.«

»Wo ist er?«

»In einem Lagerhaus auf dem Pier, Sir. Mit den anderen.«

»Haben Sie einen fahrbaren Untersatz?«, erkundigte sich McCoy.

»Jawohl, Sir.«

»Ich komme gleich zu Ihnen«, sagte McCoy.

Es wartete noch jemand auf ihn. Als sie den kleinen Raum betraten, der dem Verbindungsoffizier des Marine-Corps zugeteilt war, saß ein korpulenter Major des Transportkorps der Army auf einem Klappstuhl vor einem kleinen Schreibtisch und sprach mit dem Verbindungsoffizier.

Beide standen auf, als McCoy und Dunn eintraten.

»Captain McCoy?«, fragte der Major der Army.

»Ja, Sir.«

»Ich bin Captain Overton, Sir«, stellte sich der Offizier des Marine-Corps Dunn vor.

Dunn nickte ihm zu und schaute neugierig den Army-Major an.

»Mein Name ist Dunston, McCoy«, sagte der Major und überreichte McCoy zuerst ein Fernschreiben und hielt ihm dann, bevor McCoy es entfalten und lesen konnte, ein aufgeklapptes Lederetui hin, sodass er es betrachten konnte. Es war der Ausweis eines CIA-Agenten.

McCoy nickte und sagte: »Das sollten Sie Colonel Dunn zeigen.«

Ein wenig widerstrebend tat dies der Major, während McCoy das Fernschreiben las.

URGENT
SECRET
4 AUGUST 1950

FROM: STATION CHIEF, TOKYO
MESSAGE TOKYO 4AUG50 05
TO: STATION CHIEF, PUSAN

Captain K.R. McCoy, USMCR, und Master Gunner E. Zimmerman, USMC, vom persönlichen Stab des stellvertretenden CIA-Direktors für Asien, befinden sich in Zusammenhang mit einer geheimen Mission in Korea.
Mit Genehmigung von Brig Gen Fleming Pickering, USMCR, stellvertretender CIA-Direktor Asien, werden Sie diesen Offizieren jedwedes Material zur Verfügung stellen, das unter Ihrer Kontrolle steht, sollte einer dieser Offiziere Kontakt mit Ihnen aufnehmen und Sie in Zusammenhang mit seiner Mission um Unterstützung bitten.
Wenn Sie nicht in der Lage sind, diese Bitte zu erfüllen, wird der Stationsleiter Tokio durch Eiltelegramm/Top Secret informiert werden, was Sie nicht zur Verfügung stellen können, warum nicht und was Sie getan haben und tun werden, um die nicht verfügbare Unterstützung zu gewähren.
Bestätigung des Erhalts dieser Botschaft wird dem Stationsleiter Tokio per Funk mit dem Kennwort SHOPKEEPER – Wiederholung, SHOPKEEPER – mitgeteilt.

LOWELL C. HAYNES
STACHIEF TOKYO
SECRET

McCoy gab das Fernschreiben Dunn und bemerkte dann, dass dies dem Major zu missfallen schien.

»Colonel Dunn ist für diese Operation als unbedenklich erklärt«, sagte McCoy.

»Ich weiß nicht einmal, worum es bei dieser Operation überhaupt geht«, erwiderte der Major.

»Major, mir scheint, wenn Sie das Recht auf Information hätten, dann hätte man das darin erwähnt«, sagte McCoy und nickte zu dem Fernschreiben.

Es war dem Major anzusehen, dass ihm das ebenfalls missfiel.

Dunn gab dem Major das Fernschreiben.

»Haben Sie das gesehen, Captain?«, fragte McCoy den Verbindungsoffizier des Marine-Corps.

Captains des Marine-Corps brauchen nach dem Protokoll nicht die Bezeichnung ›Sir‹ zu benutzen, wenn sie mit anderen Captains des Marine-Corps sprechen. Aber es war ein gewisser Befehlston in McCoys Stimme, der eine pawlowsche Reaktion bei dem Verbindungsoffizier auslöste.

»Jawohl, Sir«, sagte er.

»Vergessen Sie, dass Sie es jemals gesehen haben.«

»Jawohl, Sir«, wiederholte der Verbindungsoffizier.

»McCoy«, sagte Major Dunston, »er würde nicht zugeben, dass er jemals Ihren Namen gehört hat, bis ich ihm meinen Ausweis zeige.«

»Wie kommen Sie darauf, dass er meinen Namen kennen könnte?«, fragte McCoy.

»Damit verdiene ich meinen Lebensunterhalt, Captain«, erwiderte der Major. »Mir die Dinge zusammenzureimen. Ich sagte mir, dass Sie K-1 benutzen und vermutlich den Verbindungsoffizier des Marine-Corps hier aufsuchen würden.«

»Captain«, sagte Billy Dunn zu dem Verbindungsoffizier, »lassen Sie mich Ihre Rolle hierbei erklären.«

»Ja, Sir?«

»Morgen, vermutlich vor elf Uhr, wird eine COD Avenger hier landen. Der Pilot wird Ihnen ein versiegeltes Kuvert übergeben. Sie werden dieses Kuvert behandeln, als enthielte es Top-Secret-Material, und entsprechend sichern, bis entweder Captain McCoy oder Master Gunner Zimmerman, ich wiederhole, nur einer dieser beiden Offiziere, es von Ihnen entgegennimmt. Sie werden das Kuvert nicht – ich wiederhole – nicht – in Ihrem Logbuch für geheime Dokumente vermerken – ebenso wenig jede andere Botschaft von McCoy, die zu mir auf die *Badoeng Strait* geht.«

»Aye, aye, Sir.«

»Sie werden bei niemandem über die geheimnisvollen Kuverts sprechen, die von und zu der *Badoeng Strait* geschickt werden. Klar?«

»Aye, aye, Sir.«

»Je weniger Leute über diese Sache Bescheid wissen, desto besser. Klar?«

»Verstanden, Sir.«

»Wäre das in Ihrem Sinne erledigt, Captain McCoy?«, fragte Dunn.

»Jawohl, Sir.«

»Dann sollte ich zur *Badoeng Strait* zurückkehren«, sagte Dunn.

»Ich begleite Sie zum Flugzeug, Sir«, sagte McCoy. »Zu Ihnen, Major, werde ich bald zurückkommen.«

»Danke, Billy«, sagte McCoy, als sie vor der Avenger standen, wo niemand mehr mithören konnte. »Das hat geholfen, und ich weiß es zu schätzen. Ich brauche diese Fotos wirklich. Ich will nicht zu diesen Inseln paddeln, um festzustellen, dass wir von der halben nordkoreanischen Armee erwartet werden. Aber ich wollte diesem Captain nun wirklich nicht die Befehle vom Weißen Haus zeigen.«

»Ich nehme an, er war genügend beeindruckt vom Ausweis dieses CIA-Typen«, sagte Dunn.

»Mehr von Colonel Dunn«, meinte McCoy.

»Ken, was ist, wenn mehr Nordkoreaner auf diesen Inseln sind, als Sie denken?«, fragte Dunn. »Was dann?«

»Wir werden wohl improvisieren müssen. Mit etwas Glück werden uns Ihre Fotos so oder so Aufschluss geben.«

»Ken, wir haben einige ziemlich gute Foto-Auswerter auf der *Badoeng Strait.* Vielleicht sehen sie auf den Fotos mehr als Sie.«

»Vielleicht«, sagte McCoy. »Aber man müsste ihnen sagen, was sie suchen sollen und weshalb.«

Dunn nickte. »Verstehe. Mir ist aufgefallen, dass Sie dem CIA-Typen nicht viel erzählt haben. Was ist seine Rolle dabei?«

»Ich weiß es nicht. Ich wünschte, der General hätte dies nicht getan. Ich weiß, dass er es gut gemeint hat …«

»Aber?«

»Ich befürchte, der CIA-Mann ist clever und wird sich aus meiner Bitte, was er für mich besorgen soll, die Dinge zusammenreimen. Wer weiß, wem er dann erzählt, was er denkt.«

»Aber, Menschenskind, er ist ein CIA-Agent – ein Nachrichtenoffizier. Die dürfen doch nicht viel reden, oder?«

»Nach dem Ton des Fernschreibens ist er offenbar ein Untergebener des Tokioter Stationsleiters, was bedeutet, dass er seinem Boss gern beweisen würde, wie schlau er ist.«

Dunn dachte einen Moment darüber nach und legte McCoy dann kurz die Hand auf die Schulter.

»Passen Sie auf sich auf, Ken. Ich möchte ihm wirklich keine neue Analöffnung brennen.«

»Ich werde es versuchen«, versprach McCoy. Dann fügte er hinzu: »Ich bin froh, dass Sie dies zur Sprache gebracht haben. So kann ich den CIA-Typen darauf bringen und vielleicht von dem ablenken, was wir tun.«

Dunn drückte McCoys Schulter und stieg dann zum Cockpit der Avenger hoch.

McCoy wartete, bis Dunn gestartet hatte und hinter dem FOLLOW-ME-Jeep zur Startbahn rollte. Dann kehrte er zum Abfertigungsgebäude zurück und hielt Ausschau nach dem Sergeant, den Zimmerman ihm geschickt hatte.

Technical Sergeant Jennings fand ihn zuerst. Er stoppte mit einem Jeep hinter McCoy und blinkte mit den Scheinwerfern, um ihn auf sich aufmerksam zu machen.

»Wo, sagten Sie, ist Mr Zimmerman?«, fragte McCoy.

»In einem Lagerhaus am Kai, Sir.«

»Was macht er dort?«

»Das weiß ich wirklich nicht, Sir«, sagte Sergeant Jennings, und sein Tonfall verriet McCoy, dass er wusste, was Zimmerman tat, jedoch schlau genug war, als Unteroffizier nicht derjenige zu sein, der es dem neuen Vorgesetzten verriet.

»Wohin fahren wir, Sir?«

»Halten Sie hier und schalten Sie die Scheinwerfer aus«, sagte McCoy. »Bevor wir zum Kai fahren, brauche ich einige Antworten.«

»Ja, Sir?«

»Werden Sie an dieser Operation teilnehmen?«, wollte McCoy wissen.

»Was auch immer es ist, jawohl, Sir.«

»Willkommen an Bord«, sagte McCoy. »Hat Ihnen Mr Zimmerman gesagt, was wir tun werden?«

»Er sagte, Sie würden mich ins Bild setzen, Sir.«

»Ist ein Navy-Offizier bei Zimmerman? Lieutenant Taylor?«

»Ja, Sir.«

»Wer sonst ist dort?«

»Ein Dutzend von uns, Sir.«

»Mr Zimmerman hat versucht, Ex-Marine Raiders zu rekrutieren«, sagte McCoy, und es war eine Frage.

»Ich war ein Raider, Sir.«

»Und deshalb haben Sie sich hierfür freiwillig gemeldet?«

»Ja, Sir«, sagte Sergeant Jennings. »Raiders sind etwas Besonders, Sir.«

»Ja, das sind wir. Frauen finden uns unwiderstehlich, und Filmstars bitten uns um Autogramme.«

Sergeant Jennings lachte.

»Waren Sie ein Raider, Sir?«

»Vor langer Zeit. Am Anfang. Ich war gerade aus der Offiziersanwärterschule raus, ein wirklich grüner Second Lieutenant.«

»Da war ein Lieutenant McCoy beim Stoßtrupp Makin Island …«

»Ich war auf Makin Island«, sagte McCoy.

»Ich dachte …«, begann Jennings und verstummte.

»Was dachten Sie?«

»Dass Sie der Killer McCoy sein könnten, Sir.«

»Sagen Sie's weiter, Sergeant Jennings, dass ihr neuer Skipper die hässliche Angewohnheit hat, Leute mit einem stumpfen Messer zu kastrieren, wenn sie ihn so nennen.«

»Aye, aye, Sir«, sagte Sergeant Jennings. »Aber ich musste das sagen. Dieses Wissen gibt mir ein viel besseres Gefühl bei meinem freiwilligen Melden für diese – diese Sache, was immer es auch ist.«

»Wir versuchen Folgendes: gekleidet in Uniformen der koreanischen Nationalpolizei ein paar kleine Inseln vor Inchon mit so wenig Aufhebens wie möglich einzunehmen. Sie sollen nur leicht von zweitklassigen Soldaten verteidigt sein.«

Sergeant Jennings dachte darüber nach und äußerte sich ein paar Minuten lang nicht.

»Da wartet ein Major des Transportkorps auf mich in der Abfertigung«, sagte McCoy. »In Wirklichkeit ist er ein CIA-Agent, der hiesige CIA-Stationsleiter. Er hat den Befehl, uns zu unterstützen, so gut er kann. Aber ich habe in den letzten paar Minuten entschieden, ihn so wenig wie möglich über unsere Mission einzuweihen. Sorgen Sie dafür, dass die anderen das erfahren.«

»Aye, aye, Sir«, sagte Jennings und fuhr dann ein wenig zögernd fort: »Mr Zimmerman sagte, Sie und er sind eine Zeit lang in Korea gewesen, Sir?«

»Eine Zeit lang.«

»Warum ist die Army so im Arsch?«

»Sie hat nicht trainiert«, sagte McCoy. »So einfach ist das. Und nicht alle sind im Arsch. Da gibt es ein Regiment – das siebenundzwanzigste, sie nennen sich die ›Wolfhounds‹ – das erstklassig ist. Und es gibt andere. Aber es hat für mich den Anschein, als hätten die hohen Tiere nicht mit einem Krieg gerechnet und sind einfach nicht darauf vorbereitet.«

»Hat niemand ihn kommen sehen?«

Tatsache ist, Sergeant, das ich ihn vorhergesehen habe. Und man versuchte, mich aus dem Marine-Corps zu schmeißen, weil man es nicht hören wollte.

»Anscheinend nicht«, sagte McCoy. »Okay, schalten Sie das Licht ein und fahren Sie mich zum Abfertigungsgebäude. Vielleicht kann uns dieser Typ einen komfortableren Laden für ein Hauptquartier besorgen als ein Lagerhaus am Kai.«

5

Major Dunston wartete auf McCoy in einem Jeep, der neben dem Abfertigungsgebäude parkte.

McCoy stieg aus Jennings Jeep aus und ging zu Dunston.

»Ich muss zur Pier in Pusan«, kündigte er an. »Wir müssen

offenbar miteinander reden. Ist es okay, wenn wir das im Jeep tun?«

»Prima, steigen Sie ein«, sagte Dunston. »Ich weiß, wohin Sie auf dem Kai müssen.«

»Sie haben dort Leute?«, fragte McCoy.

Dunston nickte, startete und fuhr los. McCoy signalisierte Jennings *mir nach!*, und der Sergeant folgte Dunston.

»Das Erste zuerst«, sagte McCoy. »Sind Sie ein Major?«

»Ich bin Zivilist im etwa gleichen Rang eines Majors«, antwortete Dunston. »Im Zweiten Weltkrieg war ich Captain des OSS in Europa. ›Major‹ Dunston ist eine passende Tarnung.«

»Ich bin Captain des Marine-Corps, der während des Zweiten Weltkriegs Major des OSS war«, sagte McCoy. »Im Pazifik.«

»Ich weiß, wer Sie sind, McCoy«, sagte Dunston. »Wie sagt man? Ihr Ruf eilte Ihnen voraus. Ich freue mich wirklich darauf, mit Ihnen zusammenzuarbeiten.«

Was ist das, willst du mir Honig ums Maul schmieren? Welcher Ruf eilt mir voraus? Die Killer McCoy-Sache? Oder dass ich aus Tokio heimgeschickt und fast aus dem Marine-Corps geschmissen worden wäre?

»Einer von Colonel Dunns Corsair-Piloten wurde gestern Morgen in der Nähe von Taejon abgeschossen, während er einen nordkoreanischen Eisenbahnzug angriff. Fast sofort danach überflog Colonel Dunn die Absturzstelle. Er glaubt, der Pilot ist lebend davongekommen.«

»Und?«

»Außergewöhnliche Maßnahmen erfordern, ihn zurückzuholen«, sagte McCoy. »Oder ohne jeden Zweifel festzustellen, dass er gefallen ist.«

»Wer ist das, irgendein Sohn eines Kongressabgeordneten?«

»General Pickerings Sohn«, sagte McCoy.

»Mein Gott!«, stieß Dunston ehrlich überrascht hervor. »Und das Marine-Corps lässt ihn Kampfeinsätze fliegen?«

»Warum nicht?«, sagte McCoy. »Joseph Stalins Sohn war nicht nur als Infanterieoffizier an der Front, sondern wurde auch von den Deutschen gefangen genommen.«

»Das habe ich gehört«, sagte Dunston. »Er beging Selbstmord in einem Gefangenenlager, indem er über die Todeslinie ging. Ich hörte ebenfalls, dass die Deutschen die beiden Landsleute am MG der Todeslinie wegen ihrer großen Blödheit erschossen haben.«

»Es wäre große Blödheit unsererseits, wenn wir die Nordkoreaner wissen ließen, wen sie gefangen genommen haben.«

»Ja.«

»Haben Sie einige verlässliche Agenten auf der anderen Seite der Front?«

»Einige. Viele wurden bei der Besatzung der Nordkoreaner erschossen, als es ihre Politik war, jeden zu erschießen, der auch nur vielleicht gefährlich sein konnte.«

»Gold redet«, sagte McCoy. »Glauben Sie daran?«

»Absolut. Wen wollen Sie zu kaufen versuchen?«

»Was halten Sie davon, einen Preis für Pickering auszusetzen?«

»Wofür?«

»So und so viel für seinen Aufenthaltsort, so und so viel, um ihn vor den Nordkoreanern zu verstecken, so und so viel – eine Menge mehr – um ihn zurückzubekommen.«

»Lassen Sie mich darüber nachdenken«, sagte Dunston.

»Klar. Aber wir haben nicht viel Zeit. Unterdessen stelle ich eine kleine Abteilung auf, um ihn aufzuspüren …«

»Das sind die Marines auf dem Kai?«, fragte Dunston.

»Richtig«, sagte McCoy. »Und ich werde eine Dschunke brauchen, eine Dschunke mit gutem Motor.«

»Ich habe eine«, sagte Dunston und fügte ein wenig selbstgefällig hinzu: »Mit einem zweihundert PS Caterpillar Diesel.«

»Im Ernst?«

»Sie wurde von Schmugglern benutzt«, sagte Dunston. »Die Nationalpolizei schnappte sie – bevor der Krieg begann – und konfiszierte sie, und ich tauschte sie gegen eine Ladung kleiner japanischer Handfeuerwaffen ein. Zum Glück war ich hier, als der Krieg begann – normalerweise war ich oben im Norden an der Ostküste.«

Dieser Typ ist anscheinend ziemlich fähig. Was ihn nur umso gefährlicher macht. Wenn er sich zusammenreimt, was wir in Wirklichkeit hier machen, wird er es bestimmt dem Stationsleiter in Tokio erzählen, der nichts Eiligeres zu tun haben wird, als Willoughby zu informieren.

»Zwei andere Dinge«, sagte McCoy.

»Sie brauchen sie nur zu nennen.«

»Ich werde einen Platz finden müssen, wo ich mein Team halte. Ich möchte nicht von einem Lagerhaus am Kai aus operieren.«

»Und?«

»Ich brauche einen ranghohen Offizier der Nationalpolizei, einen Major oder Lieutenant Colonel, dem ich vertrauen kann.«

»Kim Pak Su«, sagte Dunston sofort. »Major. Sehr gescheiter Mann.«

»Kann man ihm trauen?«

»Er entkam mit knapper Not aus Seoul. Seine Frau und seine Kinder hatten nicht das Glück. Man erschoss seine Frau, und er weiß nicht, was mit seinen Kindern geschehen ist.«

»Die Nordkoreaner könnten ihn informieren, dass sie seine Kinder haben und sie erschießen werden, wenn er nicht für sie arbeitet. Und da sie seine Frau erschossen haben, ist klar, dass sie es ernst meinen.«

»Das habe ich in Erwägung gezogen«, sagte Dunston. »Und ich habe ihn mit einigem fast guten Nachrichtenmaterial gefüttert, um zu sehen, ob es auf der anderen Seite auftaucht. Das war nicht der Fall.«

Dunston ist verdammt gut!, dachte McCoy.

»Wann kann ich ihn sprechen?«

»Heute Abend, wenn Sie wollen. Morgen wäre allerdings besser.«

»Ich werde auch ein Dutzend Nationalpolizisten als Wachen brauchen.«

»Kein Problem.«

»Und ein Platz für ein Hauptquartier?«

»Da ist ein Gebäude in Tongnae, das Sie benutzen könnten«, sagte Dunston.

»Wo ist Tongnae?«

»Ungefähr zwanzig Meilen außerhalb der Stadt«, erklärte Dunston. »Am Wasser. Dort ist auch die Dschunke vertäut.«

»Was ist das für ein Gebäude?«

»Es war mal ein Bordell für japanische Offiziere«, sagte Dunston. »Als unsere Ehefrauen hier waren, haben wir ihnen das verschwiegen. Wir haben ihnen weisgemacht, es sei ein Urlaubshotel für japanische Offiziere gewesen.«

»Wird es von den Nordkoreaner beobachtet?«

»Das bezweifle ich. Und wenn, dann haben sie nichts gesehen. Ich hatte in jüngster Zeit wenig Freizeit. Ich nehme an, wenn sie es beobachten, werden sie annehmen, dass wir es nicht benutzen.«

»Klingt gut.«

»Wenn Sie es benutzen und Major Kim mögen, kann er die Sicherheit verstärken.«

»Wer ist jetzt dort?«

»Kim und vielleicht drei anderen Offiziere der Nationalpolizei.«

»Haben Sie nicht gesagt, es wäre besser, morgen mit Kim zu sprechen?«

»Das war, bevor ich daran dachte, Ihnen das Gebäude zu übergeben. Wollen Sie heute Abend dorthin?«

»Sehen wir mal, was auf dem Kai los ist«, sagte McCoy.

Dieser Typ ist gut. Er weiß über die Marines auf dem Kai Bescheid. So hatte er vermutlich diesen Ex-Puff für Offiziere die ganze Zeit über im Sinn. Und Major Kim ist sein Kumpel, deshalb kann er sich darauf verlassen, dass er ihm erzählt, was wir machen.

»Okay«, sagte Dunston. »Sind Sie verheiratet, McCoy?«

»Ja.«

»Weiß Ihre Frau, womit Sie Ihren Lebensunterhalt verdienen?«

»Ja, das weiß sie.«

»Verstehen Sie mich nicht falsch, ich liebe meine Frau. Aber sie ist ein bisschen launisch. Bis zwanzig Minuten vor der Evakuierung der Botschaftsleute aus Suwon dachte sie wirklich, ich sei ein Finanzanalyst im Büro des Wirtschaftsattachés in der Botschaft in Seoul.«

»Wo ist sie jetzt?«

»In Chevy Chase, Maryland, mit all ihren Verwandten.«

»Meine ist in Tokio«, sagte McCoy. »Das nennt man ›das Angenehme mit dem Nützlichen verbinden‹ …«

Dunston bremste abrupt – verlor fast die Kontrolle über den Wagen –, um nicht einen älteren, weißbärtigen Koreaner mit weißem, kittelartigem Gewand anzufahren, der praktisch aus dem Nichts kam und vor ihnen auf Stelzen über die Straße rannte. Sergeant Jennings hinter ihnen fuhr fast auf.

»Verdammte poppa-sans«, fluchte Dunston. »Sie tun das …«

»… damit teuflische Geister, die sie jagen, überfahren werden«, ergänzte McCoy auf Koreanisch.

»Das habe ich ebenfalls gehört«, erwiderte Dunston in perfektem Koreanisch. »Übrigens ist Ihr Koreanisch fünf-fünf.«

»Was, zum Teufel, heißt fünf-fünf?«, fragte McCoy auf Englisch.

»Wenn Sie ziviler Geheimdienstler sind und die einheimische Sprache des Landes, in dem Sie arbeiten, sprechen, lesen und schreiben können – absolut fließend –, sind sie fünf-fünf und bekommen hundert pro Monat mehr. Als ich herkam, war ich zwei-eins, das heißt, kaum qualifiziert, und bekam keine Bonuszahlung.«

McCoy lachte.

»Solch eine Zulage gibt es beim Marine-Corps nicht«, sagte er.

Und er dachte: *Ich mag diesen Knaben. Was ihn doppelt gefährlich macht.*

6

McCoy erkannte den Kai als denjenigen wieder, an dem die Angriffstransporter *Clymer* und *Pickaway* angelegt hatten und die 1. provisorische Brigade des Marine-Corps von Bord gegangen war, doch diese Schiffe waren jetzt fort. Drei zivile Handelsschiffe – eines davon mit dem Emblem der Pacific & Far East Reederei auf dem Schornstein – lagen dort vertäut, wo die Transporter gewesen waren.

Lange Reihen koreanischer Hafenarbeiter luden Fracht aus allen drei Schiffen aus und ein.

Dunston fuhr den Jeep vom Kai fort eine Straße hinab und hielt vor einer Reihe von Lagerhäusern. Ein Staff Sergeant des Marine-Corps, bewaffnet mit einer Thompson-MPi, saß auf einem Stuhl vor einem der Schiebetore. Er stand auf, als er den Jeep halten sah, und schaute McCoy und Dunston neugierig an.

»Mein Name ist McCoy, Sergeant«, sagte McCoy.

Der Sergeant grüßte schneidig.

»Guten Abend, Sir. Man hat mir befohlen, Sie zu erwarten. Aber dieser andere Offizier? Man hat mir gesagt, ich soll nur Sie passieren lassen.«

»Major Dunston gehört zu mir«, sagte McCoy. »Er gehört zum Transportkorps der Army.«

Diese Erklärung schien den Sergeant sogar noch nervöser zu machen.

»Jawohl, Sir. Würde der Captain bitte einen Moment warten?«

Er ging zum Schiebetor und klopfte dreimal mit der Faust dagegen.

»Mr Zimmerman!«, rief er. »Besondere Besucher!«

Jenseits des Tores war das Schimmern eines Lichtstreifens zu sehen gewesen. Das Licht ging aus, und dann schwang das Tor langsam auf, gerade weit genug für Master Gunner Zimmermans massige Gestalt.

Er salutierte vor McCoy.

»Guten Abend, Sir.«

»Können wir reinkommen, Mr Zimmerman?«, fragte McCoy.

»Ich bin mir nicht sicher, ob es eine gute Idee war, diesen geschniegelten Offizier herzubringen«, sagte er schnell und leise auf Koreanisch. Dann hob er die Stimme und wechselte zu Englisch. »Darf ich den Captain unter vier Augen sprechen, Sir?«

»Dieser geschniegelte Offizier«, sagte Dunston auf Koreanisch, »weiß nicht nur, was Sie hier treiben, Mr Zimmerman, sondern er hofft auch, inzwischen Captain McCoy überzeugt zu haben, dass er einer der guten Jungs ist.«

»Er ist okay, Ernie«, sagte McCoy.

»Wenn Sie es sagen«, meinte Zimmerman zweifelnd. »Öffnen Sie das Tor, Sergeant!«

Der Sergeant schob das Tor ganz auf. Im Lagerhaus war es stockfinster. McCoy, Dunston und Sergeant Jennings folgten Zimmerman hinein. Zimmerman schloss sorgfältig das Tor.

»Licht!«, befahl er.

Lampen an der Decke gingen an.

Ein Dutzend Marines, ein Dodge Dreivierteltonner-Waffentransporter, zwei Jeeps und Anhänger für alle drei Fahrzeuge befanden sich in dem Raum. Lieutenant David P. Taylor, USNR, saß auf einem Stapel Kisten, die mit einer Plane bedeckt waren.

Alle drei Fahrzeuge waren frisch mit dem Grün des Marine-Corps angestrichen worden.

Zimmerman sah McCoy erwartungsvoll an.

»Major Dunston, darf ich Ihnen Lieutenant Taylor von der Navy und Master Gunner Zimmerman vorstellen?«

Taylor und Zimmerman schüttelten Dunston wortlos die Hand.

»Darf ich vorschlagen, Mr Zimmerman«, sagte McCoy förmlich,

»dass Sie das Licht wieder ausmachen, damit Sergeant Jennings seinen Jeep für eine kleine Auffrischung herbringen kann?«

»Licht aus!«, befahl Zimmerman. Das Licht wurde gelöscht, das Tor wurde geöffnet und einen Moment später fuhr Jennings' Jeep in das Lagerhaus. Dann wurde das Tor wieder geschlossen.

»Licht an!«, befahl Zimmerman. Das Licht ging an, und dann war das Geräusch eines Luftkompressors zu hören. Zwei Marines gingen zu dem Jeep und begannen die Plane des Dachs, die Sitze und Ersatzreifen zu entfernen. Ein dritter Marineinfanterist tauchte mit einer Spritzpistole in der Hand auf und begann gekonnt die Haube mit Farbe zu besprühen.

»Wann können wir die Wagen benutzen?«, erkundigte sich McCoy.

»Zuerst den Waffentransporter«, sagte Zimmerman. »Er ist bereits ein paar Stunden getrocknet. Außerdem, wenn er ein wenig dreckig aussieht …«

»Er würde vermutlich weniger verdächtig aussehen als ein frisch gespritzter«, sagte Dunston auf Koreanisch. »Es scheint alles zuzutreffen, was ich über Sie gehört habe, Mr Zimmerman. Dass Sie sehr gut in Ihrer Arbeit sind.«

McCoy lachte.

Zimmerman blickte verwirrt drein.

»Darf ich Sie einen Moment sprechen, Gentlemen?«, sagte McCoy und wies auf eine ferne Ecke des Lagerhauses, bevor er dorthin ging.

Zimmerman und Taylor folgten ihm.

»Wer ist dieser Typ?«, fragte Zimmerman.

»Der CIA-Stationsleiter von Pusan«, sagte McCoy. »Ich mag ihn, aber ich will nicht, dass er über unsere Mission Bescheid weiß. Er denkt, wir sind hier, um zu versuchen, Pick zurückzuholen.«

Zimmerman nickte.

»Sie sind zu ihm gegangen?«, wollte Taylor wissen.

»Der General schickte ihm ein Fernschreiben, nach dem er uns alles geben soll, was wir brauchen. Er hat mich aufgesucht.«

»Wir hat er Sie gefunden?«, fragte Zimmerman.

»Er hat nicht nur mich gefunden, er wusste, wo er euch finden kann«, sagte McCoy und lachte leise. »Ich nehme an, man kann sagen, er ist sehr gut in seinem Job.«

»Okay.«

»Wie viel haben Sie diesen Jungs gesagt, Zimmerman?«

»Ich habe auf Sie gewartet, damit Sie das tun.«

»Was ist mit Sergeant Jennings? Warum haben Sie ihn nach K-1 geschickt?«

»Ich kenne ihn von Parris Island her«, sagte Zimmerman. »Ein guter Mann.«

»Kann er den Mund halten? Mein Gehirn war wohl ausgeschaltet, als ich auf K-1 landete und ihm erzählte, was wir hier tun.«

»Ja«, sagte Zimmerman, »er kann den Mund halten. Ich werde ihm das sofort sagen.«

»Dunston wird nützlich sein. Er hat ein Haus außerhalb der Stadt zur Verfügung, das wir benutzen können, eine Dschunke mit einem zweihundert PS Caterpillar Motor und einen Major der Nationalpolizei, dem seiner Meinung nach vertraut werden kann.«

»Nun, die Dschunke kommt gelegen«, meinte Taylor.

»Vielleicht vertraut er darauf, dass dieser Koreaner alles meldet, was wir tun?«, fragte Zimmerman.

»Möglich. So müssen wir die Story, dass wir hier sind, um Pickering zu retten, glaubwürdig machen.«

Zimmerman nickte.

»Was machen wir jetzt?«

McCoy wies durch die Lagerhalle zu dem Stapel Kisten, der mit einer Plane verhüllt war.

»Was ist darin?«

»Verpflegung, einige japanische Arisaka-Gewehre, Munition dafür, Bier und ein nagelneues SCR-300 Funkgerät.«

»Nun, ladet dieses Zeug in den Waffentransporter und einen Anhänger, und wir sehen uns unser neues Quartier an. Wir können Jennings mitnehmen, damit er weiß, wie er das Haus findet. Ich will dort rausfahren, bevor wir alle in einem Militärgefängnis landen.«

Es gab wenig Anzeichen von Leben in dem kleinen Ort Tongnae außer einem Polizisten der koreanischen Nationalpolizei, der auf der Mitte der Hauptkreuzung stand. Ein japanisches Arisaka-

Gewehr hing am Riemen von seiner Schulter, und er trug einen Patronengurt, den McCoy als einen der japanischen Armee erkannte. Der Polizist hatte Gummisandalen an, und er regte sich nicht, als Dunstons Jeep und dann der Waffentransporter an ihm vorbeifuhren.

»Was ist das für ein abscheulicher Gestank?«, fragte Jennings vom Rücksitz, wo er neben Taylor saß.

»Korea, das Land der Morgenruhe und des schrecklichen Gestanks«, sagte Taylor. »Was Sie jetzt riechen, ist trocknender Fisch. Sie trocknen ihren Fischfang auf Gestellen auf den Dächern. Aus irgendeinem Grund verfault der Fisch nicht. Ich habe mich stets gewundert, wie das möglich ist.«

Dunston fuhr durch verlassene Straßen und hielt schließlich vor einem doppelflügeligen Tor in einer Steinmauer. Er hupte, und nach einer Weile wurde das Tor von einem Sergeant der Nationalpolizei geöffnet, der nicht alt genug aussah, um eine Uniform zu tragen, und nicht groß genug, um das Garand-Gewehr abzufeuern, das er in den Händen hielt.

Er löste die rechte Hand von dem Garand und salutierte unbeholfen, als Dunston mit dem Jeep an ihm vorbeifuhr.

Hinter der Steinmauer befand sich ein einstöckiges Gebäude mit breiter Veranda. Während McCoy es betrachtete, glitt eine Tür auf, und ein Koreaner tauchte auf. Er war schlank, mit nacktem Oberkörper und trug nur eine Arbeitshose der U.S. Army und Gummisandalen. In den Händen hielt er eine Thompson-Maschinenpistole. Er grüßte zackig.

Etwas an ihm verriet McCoy, dass er Major Kim Pak Su vor sich hatte.

Dunston stieg aus dem Jeep und ging zu Major Kim.

»Wer ist heute Abend außer Ihnen hier?«, fragte er auf Koreanisch.

»Niemand außer mir«, sagte Kim. »Wer sind diese Leute?«

»Sie arbeiten für mich, oder genauer gesagt, ich arbeite mit ihnen«, sagte Dunston und fuhr auf Englisch fort. »Captain McCoy, dies ist Major Kim.«

»Wie geht es Ihnen?«, sagte Kim in britisch akzentuiertem Englisch.

»Sehr gut, danke«, erwiderte McCoy auf Koreanisch. »Dies sind mein Stellvertreter, Master Gunner Zimmerman und Lieutenant Taylor von der Navy.«

Major Kim war sichtlich überrascht, als Taylor und Zimmerman »Wie geht es Ihnen?« auf Koreanisch sagten.

»Haben Sie jemanden, der helfen kann, unsere Ausrüstung auszuladen?«, fragte Zimmerman und wies auf den Waffentransporter mit dem Anhänger. »Noch wichtiger, jemanden Zuverlässigen, der sie bewachen kann?«

»Ich habe dort Nationalpolizisten«, sagte Kim und wies zu einem Nebengebäude. Überraschend steckte er Finger in den Mund und stieß einen schrillen Pfiff aus.

Einen Augenblick später trottete ein Koreaner, nur in Unterwäsche und Sandalen und mit einem Garand-Gewehr, zu ihnen.

»Laden Sie den Truck und den Anhänger aus, fahren Sie ihn in die Garage und stellen Sie eine Wache auf«, sagte Major Kim.

»Jawohl, Sir«, erwiderte der Koreaner.

»Warum gehen wir nicht rein?«, fragte Major Kim. »Ich kann Ihnen leider nicht viel zu essen und zu trinken anbieten …«

Zimmerman steckte zwei Finger in den Mund und pfiff schrill.

Der Koreaner in der Unterwäsche kehrte zurück.

»Da sind sechs Kisten Bier im Truck«, sagte Zimmerman. »Bringen Sie fünf ins Hotel. Die andere ist für Sie und Ihre Männer. Außerdem finden Sie zehn Kisten mit Verpflegung. Nehmen Sie zwei für sich und Ihre Männer.«

Der Koreaner blickte fragend zu Major Kim.

»Sie haben den Offizier gehört«, sagte Kim.

»Major, kann hier jemand kochen?«, fragte Zimmerman.

»Ja.«

»Kleidung waschen?«

»Ja.«

»Und es gibt ein Bad mit Dusche?«

»Ja. Dies war ein Urlaubshotel für japanische Offiziere …«

»Sie meinen ein Bordell?«, fragte Zimmerman.

»Ja.«

»Dann schlage ich Folgendes vor, Captain McCoy, Sir«, sagte Zimmerman. »Wir gehen rein, duschen, trinken ein paar Bier und essen was und machen Feierabend. Dies war ein langer Tag.«

»Machen Sie das so, Mr Zimmerman«, befahl Captain McCoy.

XIV

1

Dewey-Suite
Imperial Hotel
Tokio, Japan

4. August 1950, 22 Uhr

Brigadier General Fleming Pickering war sich völlig darüber im Klaren, dass einsames Trinken unklug war, doch das tat er – langsam, wie er hoffte –, als es an der Tür der Dewey-Suite klingelte.

Pickering war allein, weil General Howe gespürt hatte, dass er es sein wollte, und mit Master Sergeant Rogers zum Abendessen gegangen war. Als er und Rogers dann fort gewesen waren, hatte Hart in der Suite herumgelungert, bedrückt und mitfühlend, und Pickering hatte sich gesagt, dass es das Letzte war, was er brauchte, und so hatte er Hart ins Kino geschickt.

Er lächelte in der Erinnerung, als er zur Tür ging, um zu öffnen. Es war während des ganzen Tages der einzige Anlass zum Lächeln gewesen.

Er glaubte, eine taktvolle Möglichkeit gefunden zu haben, George Hart loszuwerden, als er in *Stars & Stripes* las, dass ein John-Huston-Film, *Asphaltdschungel,* mit Sterling Hayden und Louis Calhern in den Hauptrollen, im Ernie Pyle Kino gezeigt wurde.

»George, warum gehen Sie nicht hin? Da haben Sie für ein paar Stunden Tapetenwechsel.«

»Sir, ich glaube, ich verzichte darauf. *Asphaltdschungel,* das klingt schon blöde.«

»Captain Hart, wenn einer der unseren einen Film macht, blöde oder nicht, gehört es sich für uns, ihn uns anzusehen, zu pfeifen, zu jubeln und laut zu applaudieren, wann immer er auf der Leinwand zu sehen ist.«

»Einer der unseren?«, hatte George verblüfft gefragt.

»Sterling Hayden ist nicht nur ein Marine, sondern wie wir auch ein Ex-Agent des Office of Strategic Services«, hatte Pickering gesagt.

»Im Ernst?« Hart war überrascht gewesen.

»Im Ernst. Sehen Sie sich den blöden Film an. Es ist Ihre Pflicht.«

»Und was ist mit Ihnen, General? Sie waren ebenfalls OSS-Agent. Wir gehen beide hin.«

»Nein, ich war ein hohes Tier beim OSS, kein popeliger Agent, und außerdem bin ich ein General, und wir machen unsere eigenen Regeln. Gehen Sie, George, ich möchte wirklich allein sein.«

»Aye, aye, Sir«, hatte George Hart widerstrebend gesagt.

Mit dem Glas Whisky in der Hand und gelockerter Krawatte zog Pickering die Tür der Suite auf.

Er sah Colonel Sidney L. Huff, einen großen, ziemlich gut aussehenden Offizier, auf dem Flur stehen. Die Achselschnur des Adjutanten hing von der Epaulette seines hervorragend geschneiderten Uniformrocks, und auf den Rockaufschlägen war ein Abzeichen mit einem Kreis von fünf Sternen zu sehen.

Huff salutierte.

»Der Supreme Commander lässt grüßen, General Pickering«, sagte Huff. »Der Supreme Commander wünscht, dass Sie ihn möglichst bald besuchen.«

Pickering erwiderte den Gruß ein wenig unbehaglich. Zum einen grüßen Marines nicht in geschlossenen Räumen, zum anderen war ihm bewusst, das er ein wenig beschwipst war und einen Drink in der Hand hielt.

»Kommen Sie rein, Sid«, sagte er. »Ich muss meinen Rock holen.«

»Jawohl, Sir.«

»Ich nehme an, Sie können mir nicht sagen, was los ist?« Pickering sah Huff fragend an.

»Sir, der Supreme Commander hat mich geschickt, um seine Grüße ausrichten zu lassen, das ist alles, was ich weiß.«

Pickering betastete sein Kinn.

»Bedienen Sie sich mit einem Drink, Sid«, sagte Pickering. »Ich brauche eine schnelle Rasur und ein frisches Hemd.«

»Danke, Sir, aber nein, ich möchte nichts trinken, General.«

»Ich bin gleich bei Ihnen«, sagte Pickering und ging in sein Schlafzimmer.

Die schwarze 1941er Cadillac Limousine des Supreme Commanders parkte auf dem kreisförmigen Zufahrtsweg des Hotels. Die rote Flagge mit fünf Sternen in einem Kreis, die normalerweise vom linken Kotflügel flatterte, war jetzt verhüllt, doch das Sternenbanner auf dem rechten Kotflügel hing schlaff von seinem Chromstab. Der Chauffeur, ein Master Sergeant in gestärkter Khakiuniform, stand bei der hinteren Tür.

Es reichte, um eine neugierige – und sogar ehrfürchtige – Menge anzuziehen, die unter der Markise und längs des Zufahrtswegs stand und hoffte, einen Blick auf MacArthur zu erhaschen.

Der Master Sergeant grüßte schneidig, als Pickering und Huff in die Limousine einstiegen. Dann ging er um die Schnauze des Cadillacs herum und streifte eine rote Flagge mit einem Stern – die Flagge, zu der Pickering berechtigt war – über die eingehüllte Flagge. Danach setzte er sich hinters Steuer, startete und fuhr den Zufahrtsweg hinunter.

»Ich glaube, wir lassen einige enttäuschte Leute zurück, Sid«, sagte Pickering.

»Der Wagen des Supreme Commander zieht immer die Aufmerksamkeit an, Sir«, sagte Huff. »Die Japaner verehren den Supreme Commander.«

»Das tun sie wirklich, nicht wahr«, stimmte Pickering nachdenklich zu.

Huff führte Pickering in die ehemalige US-Botschaft, die jetzt die Residenz des Supreme Commander, Allied Powers – und nun Supreme Commander, UN Forces – war, und zu MacArthurs Apartment.

Er klopfte an eine Doppeltür, zog sie unaufgefordert auf und kündigte an: »Brigadier General Pickering, United States Marine Corps.«

General of the Army Douglas MacArthur legte eine lange, dünne schwarze Zigarre in den Aschenbecher und erhob sich aus einem roten Ledersessel. Er trug seine übliche Khakiuniform.

Er ging auf Pickering zu, doch bevor er bei ihm war, schritt Mrs Jean MacArthur in einem schlichten schwarzen Kleid mit einer einreihigen Perlenkette zu Pickering, ergriff seine Hand mit beiden Händen und sagte:

»Oh, Fleming, es tut uns so Leid.«

Dann stellte sie sich auf die Zehenspitzen und gab ihm einen Kuss auf die Wange.

Pickering konnte ihr Parfum wahrnehmen.

Ob sie meine Scotch-Fahne riecht? Ich hätte Sen-Sen oder Pfefferminz oder sonst was nehmen sollen.

MacArthur kam heran und legte Pickering eine Hand auf die Schulter.

»Ich habe es erst jetzt erfahren, kurz bevor ich Sid ins Hotel schickte«, sagte er. »Es tut mir sehr Leid, Fleming.«

»Danke«, sagte Pickering.

»Sie hätten es uns sagen sollen«, meinte Jean MacArthur.

»Ja«, pflichtete ihr Mann ihr bei.

Was hätte ich denn tun sollen? Dich anrufen und sagen: »General, ich dachte mir, Sie möchten erfahren, dass mein Sohn soeben abgeschossen worden ist?«

Pickering schwieg.

MacArthur schaute in seine Augen und tätschelte seine Schulter, bevor er sich abwandte und zu einem Sideboard ging.

»Ich glaube, ein wenig davon ist angebracht«, sagte er und hob eine Flasche Famous Grouse an.

»Danke, Sir«, sagte Pickering.

Mein Gott, was ist mit mir los? Das Letzte, was ich brauche, ist ein weiterer Scotch.

MacArthur schenkte Scotch in ein Glas, ging zu Pickering und gab es ihm. Dann kehrte er zum Sideboard zurück, goss Weißwein in ein Glas, ging damit zu seiner Frau und überreichte es ihr, bevor er ein drittes Mal zum Sideboard ging, um sich selbst Scotch einzuschenken und dann zu Pickering zurückzukehren.

Er stieß feierlich mit Pickering an. Seine Frau tat es ihm gleich.

»Auf Major Pickering«, sagte MacArthur ernst.

Alle nippten an ihren Getränken.

Nicht, dass es mir wirklich etwas ausmacht, aber wie hat er das herausgefunden? Er steht nicht auf der Liste der nächsten Angehörigen – und ich kann nicht glauben, dass er einen Bericht mit den Namen von allen gelesen hat, die gefallen sind oder vermisst werden.

»General Cushman war im Dai-Ichi-Gebäude …«, sagte MacArthur.

Mein Gott, kann er Gedanken lesen?

»… und hat mich und General Almond über die hervorragende – absolut hervorragende! – Arbeit informiert, die das Marine-Corps im Gebiet Pusan leistet. Er schloss sein Briefing mit den Worten ab, ›leider haben unsere Operationen einen Preis gekostet‹, und dann erzählte er uns, was mit Major Pickering geschehen ist.«

»General Cushman war so freundlich, mir die Einzelheiten mitzuteilen«, sagte Pickering und trank einen Schluck Famous Grouse.

»General Cushman erzählte mir ebenfalls, dass Major Pickering den ersten Kampfeinsatz des Marine-Corps in diesem Krieg flog, in dessen Verlauf er einen feindlichen Zug zerstörte …«

»Ich hörte, das dies der Fall war, Sir.«

»… und er stimmt völlig mit mir überein, dass Major Pickering wegen seines fliegerischen Könnens und seines Muts das Distinguished Flying Cross verdient hat. Die Verleihung wird in diesem Moment vorbereitet.«

Jetzt sollte ich wohl ›danke‹ *sagen.*

»Danke.«

»Dank ist nicht nötig, Fleming. Ihr Sohn hat die feinsten Traditionen des Marine-Corps hochgehalten.«

»Pick war ein guter Offizier des Marine-Corps«, sagte Pickering.

»Das war er in der Tat.«

»Ich weiß nicht, warum ich in der Vergangenheit gesprochen habe«, hörte Pickering sich sagen. »Colonel Billy Dunn überflog die Stelle, an der Pick mit seiner Corsair abstürzte, und sagte, das Cockpit sei leer gewesen. Es ist durchaus möglich, dass Pick überlebt hat. Es war nicht die erste Corsair, mit der er abgeschossen wurde.«

Du weißt es besser: Das ist Wunschdenken.

Wenn er nicht bei dem Absturz umgekommen ist, dann ist er von den Nordkoreanern erschossen worden.

MacArthur sah ihn einen Moment aufmerksam an.

»Jean, Liebling«, sagte er. »Würdest du mich und Fleming bitte einen Moment allein lassen?«

Oh Gott, was soll das? Weiß er etwas, das mir nicht bekannt ist? Hat Cushman Picks Leiche gefunden?

Er stellte sich den Wortwechsel vor:

Weiß Pickering, dass man die Leiche gefunden hat?

Nein, Sir. Ich wollte von hier aus zum Imperial gehen und es ihm selbst sagen.

Das wird nicht nötig sein. Ich bringe es ihm bei. Wir sind alte Freunde.

»Selbstverständlich«, sagte Mrs MacArthur, legte kurz eine Hand auf Pickerings Arm und verließ den Raum.

»Lassen Sie uns wie Soldaten sprechen«, sagte MacArthur.

Pickering warte darauf, dass er fortfuhr. Es war ihm bewusst, das sich sein Magen krampfhaft zusammenzog.

»General Willoughby glaubt, dass Major Pickering mit über fünfundsiebzigprozentiger Wahrscheinlichkeit den Absturz überlebt hat«, sagte MacArthur.

»So?«

»Und, wenn das der Fall ist, dass Major Pickering jetzt mit achtzigprozentiger Wahrscheinlichkeit ein Kriegsgefangener des Feindes ist.«

Pickering schwieg.

»Ich weiß, dass Ihnen klar ist wie mir, Fleming, dass der Feind Gefangene auf der Stelle exekutiert hat«, fuhr MacArthur fort, »aber in diesem Fall – und das ist Willoughbys professionelle Einschätzung, kein Klammern an einen Strohhalm – wäre es im Interesse des Feindes, ihn am Leben zu lassen, weil Ihr Sohn (a) ein Offizier und (b) Marineflieger ist, über die der Feind wenig weiß.«

»Ich verstehe«, sagte Pickering.

»Von einem Soldaten zum anderen, Fleming, da gibt es etwas, was vielleicht diese Lage verändern wird.«

»Sir?«

»In diesem Augenblick sind Botschafter Averell Harriman und General Matt Ridgway irgendwo zwischen San Francisco und Hawaii, unterwegs hier her.«

»Das hat mir General Howe gesagt, Sir.«

»Hat er auch gesagt, warum?«

»Er hat es ziemlich allgemein formuliert, Sir.«

»Harriman kommt, weil der Präsident nicht ganz versteht, weshalb ich nach Taipeh gehe, um mich mit Tschiang Kai-schek zu treffen«, sagte MacArthur. »Ich hatte nicht die Absicht, um nationalchinesische Truppen für den Krieg in Korea zu bitten, und zwar nicht nur, weil er nur schlecht ausgebildete und unzureichend ausgerüstete Soldaten anbieten könnte. Zu diesem Zeitpunkt befürchtete ich, dass die Chinesen unsere Probleme in Korea als Gelegenheit für eine Invasion Formosas betrachten könnten. Ich wollte ihnen klar machen, dass die Vereinigten Staaten ihnen das nicht ohne sofortige Vergeltung erlauben würden. Mit meiner Anwesenheit dort habe ich diesen Punkt gemacht. Ich war darauf vorbereitet, ein paar Staffeln Jagdflugzeuge nach Formosa zu schicken, doch der Nachrichtendienst, geführt von Willoughby, hat mich überzeugt, dass dies nicht nötig sein wird. Die chinesischen Kommunisten bereiten keinen Angriff auf Formosa vor. Sie wollen keinen Krieg mit uns.«

»Ich verstehe.«

»Der Präsident versteht anscheinend – wie schon gesagt – meine Motive nicht ganz. Wenn ich mich mit Harriman treffe, werde ich jedes Missverständnis ein für alle Mal ausräumen.«

»Und General Ridgway?«

»General Ridgway kommt aus zweierlei Gründen, glaube ich. Er ist der erste Kandidat für das Amt des Stabschefs. Ich glaube, er will sich ein Bild verschaffen, was in Korea vorgeht. Da gibt es – wieder weil man die Lage nicht aus erster Hand kennt – einige Sorge über die Art, in der General Walker diesen Krieg führt. Ebenso besteht im Pentagon – weit vom Geschehen entfernt – ziemliches Unbehagen über meinen Plan einer Invasion der Westküste Koreas bei Inchon, und zwar zum frühestmöglichen Zeitpunkt.«

»Sie haben sich entschieden, die Invasion bei Inchon zu machen?«

»Ich hoffe, General Ridgway zu überzeugen und durch ihn die Joint Chiefs of Staff und den Präsidenten, dass nur durch solch eine Aktion dieser Krieg sehr schnell zu einem zufrieden stellenden Ende gebracht werden kann, aber ebenfalls, dass es nur ein Weg ist, um einen langen und blutigen Konflikt zu vermeiden, um den Feind von der koreanischen Halbinsel zu treiben. Der Präsident hat den Vereinigten Staaten die Verteidigung Südkoreas übertragen, was heißt, die nordkoreanische Armee zu besiegen, total zu besiegen. Es gibt keinen Ersatz für einen Sieg, Fleming, wie Sie gut wissen.«

»Und Sie meinen, das Ridgway der Schlüssel für die Billigung der Invasion bei Inchon durch die JCS ist?«

»Ja. Und ich betrachte dies nicht als ein Problem. Wenn ich die Operation auf den Tisch lege, wird er einsehen müssen – er hat den Ruf, nicht nur ein Kämpfer, sondern einer der klügsten Köpfe in der Army zu sein –, dass sie die Nachschublinien des Feindes abschneiden wird. Zugleich wird die Operation den Truppen, die jetzt in Südkorea sind, eine Kriegführung unmöglich machen und sie in eine Lage bringen, in der sie vernichtend geschlagen werden können.«

»General, ich hörte, es gibt Probleme, eine Invasionsflotte nach Inchon zu bringen.«

»Ned Almond und ich haben sie sorgfältig erwogen«, sagte MacArthur. »Diese Probleme können gelöst werden.«

»Jawohl, Sir«, sagte Pickering.

»All dies soll einen Hoffnungsschimmer – einen schwachen, jedoch realen – in Ihre schmerzliche Lage bringen«, sagte MacArthur. »Die Lage, wie ich sie sehe, ist folgende: Die Nordkoreaner haben uns nicht bei Pusan in die See fegen können. Walkers 8th Army wird mit jedem Tag stärker und der Feind schwächer. Willoughby glaubt, und ich bin seiner Meinung, dass der Feind zunehmend verzweifeln wird. Er wird sich jede Mühe geben, den Angriff fortzusetzen, und jeden Tag wird Walker besser vorbereitet sein, den Angriff zurückzuschlagen. Unter diesen Umständen hat die Verlegung von Kriegsgefangenen nach Nordkorea – wenn sie diese tatsächlich vorgehabt haben – nur geringe Priorität. Wenn Ned Almond mit Invasionstruppen in doppelter Divisionsstärke bei Inchon landen und den Kopf des

Drachen vom Rumpf abschlagen kann – und ich glaube, dass er dazu in der Lage ist –, dann ist es durchaus möglich, dass schnell vorrückende Kolonnen das jetzt noch vom Feind gehaltene Territorium durchkämmen und unsere Männer aus den Gefangenenlagern befreien können. Auf ähnliche Weise, wie die Erste Kavallerie operierte – Sie waren dort, erinnern Sie sich –, als ich auf die Philippinen zurückkehrte.«

»Ich erinnere mich«, sagte Pickering.

Das ist weiteres Wunschdenken. Aber im Augenblick ist es die einzige Hoffnung, die ich habe.

»Ihr Glas ist leer, Fleming. Noch eines?«

»Danke, Sir, aber nein.«

»Trinken Sie noch einen, Fleming. Das wird Ihnen helfen, Schlaf zu finden.«

»Also gut«, sagte Pickering. »Danke.«

2

Master Sergeant Charley Rogers saß in einem der Sessel in der Halle des Imperial Hotels, als Pickering eintrat. Er war in Zivilkleidung, und ein *Life* Magazin lag auf seinem Schoß. Als er Pickering sah, erhob er sich schnell und fing ihn ab.

»Hallo, Charley«, sagte Pickering. »Was gibt's?«

»General Howe dachte, Sie hätten vielleicht Lust auf einen Schlummertrunk, General«, sagte Rogers. »Aber er sagte, es sei ein Vorschlag, kein Befehl.«

Howe hat erfahren, dass ich mit MacArthurs Limousine abgeholt worden bin.

»Klar«, sagte Pickering. »Warum nicht? Wie war das Essen?«

»Wir waren in einem Lokal, in dem Rindfleisch aus Kobe serviert wird«, sagte Rogers. »Es heißt, dass sie die Rinder massieren, damit das Fleisch zart ist. Die Steaks waren schön, kosteten ein kleines Vermögen und schmeckten wie Brotteig.«

Pickering lachte.

»Vor Jahren hatte ich mal in einem Hotel in Yokohama Eier mit Speck zum Frühstück, und die Portion sah aus wie aus einer

Werbeanzeige in einem Magazin. Einfach appetitlich und köstlich. Aber sie waren eiskalt. Sie machten dieses Frühstück am Abend zuvor und stellten es in den Kühlschrank.«

Rogers lächelte. »Der CIA-Typ war hier. Hart war nicht da, und so nahm ich die Botschaft entgegen. Der CIA-Typ in Pusan hat Ihre Nachricht über McCoy erhalten.«

»Danke.«

»Wie geht es Ihnen, General?«

Pickering zuckte mit den Schultern.

»Erstens bedaure ich meine Frau, zweitens mich und drittens komme ich endlich dazu, dass es mir um meinen Sohn Leid tut. Ich glaube, meine Prioritäten sind ein wenig durcheinander geraten.«

»Ich habe einen Sohn im Zweiten Weltkrieg verloren«, sagte Rogers und beließ es dabei.

»Danke für Ihr Kommen, Fleming«, sagte General Howe. »Ehrlich gesagt, ich habe mich gefragt, was der Vizekaiser zu sagen hatte.« Er wandte sich an Rogers und signalisierte ihm, einen Drink für Pickering einzuschenken.

»Er war sehr mitfühlend wegen meines Sohns«, sagte Pickering, »und ich fragte mich, wie er es herausgefunden hat. Und dann erhielt ich eine sehr geschickte Aufforderung, dass ich mein Möglichstes tun sollte, um General Ridgway zu überzeugen, dass eine Invasion bei Inchon Sinn macht.«

»Ich erhielt eine Nachricht, dass Ridgway und Harriman in Hawaii sind – ich nehme an, waren. Es war nur ein Tankstopp. Was hat er über sein Treffen mit Tschiang Kai-schek gesagt?«

»Dass der Präsident seine Absichten missverstanden hat. Er sagte, er hätte niemals nationalchinesische Truppen gewünscht, weil sie erst ausgebildet und ausgerüstet werden müssten, und er habe nur mit ihm gesprochen, um den Kommunisten klar zu machen, dass wir hinter Tschiang Kai-schek stehen und eine Invasion Formosas nicht zulassen würden.«

»Sie haben ihm geglaubt?«

Pickering nickte.

Master Sergeant Rogers überreichte ihm einen Drink. Pickering bemerkte, dass Rogers einen für sich selbst eingeschenkt hatte.

Rogers ist weit mehr als ein Botenjunge für Howe. Wie heißt es? ›Ein Führer ist einsam?‹ Ich nehme an, der nächste Schritt ist ›Selbst ein General braucht einen Freund‹.

Ich wette, wenn ich in meine Suite komme, wird George Hart dort sitzen, auf mich warten und sich fragen, wo, zum Teufel, ich bin.

»Haben Sie etwas dagegen, wenn ich dem Präsidenten eine Botschaft schicke und es ihm mitteile und das Harriman sage, wenn er eintrifft?«, fragte Howe.

»Nein, natürlich nicht. Ich hätte selbst daran denken sollen, Präsident Truman eine Botschaft zu schicken.«

»Sie haben das gehört, Charley«, sagte Howe. »Suchen Sie Sergeant Keller und lassen Sie ihn das gleich rausschicken.«

Rogers nickte.

»Wenn Sie Captain Hart sehen, Charley«, sagte Pickering. »Er weiß nicht, wo ich war. Sagen Sie ihm, dass ich jetzt hier bin.«

»Fragen Sie ihn, ob er was trinken will, Charley«, befahl Howe.

Rogers verließ wortlos den Raum.

»Sie meinen, MacArthur kann es durchziehen, nicht wahr?«, fragte Howe.

»Die Invasion bei Inchon?«

Howe nickte.

»Ja, das meine ich«, sagte Pickering.

»Im Augenblick ist er der Vizekaiser, umgeben von dieser Bande von Speichelleckern und Ihnen, gegen die kollektive Weisheit der Stabschefs der Streitkräfte«, sagte Howe.

»Ich dachte, der Bibelverkäufer hätte Sie bekehrt«, sagte Pickering.

»Darüber habe ich nachgedacht«, sagte Howe. »Ich habe mir Gedanken über McCoy und Taylor gemacht. In Wirklichkeit, Fleming, haben wir da zwei junge Offiziere, eine Abteilung Marines und vielleicht zwei Abteilungen koreanische Polizisten, um zwei kleine Inseln einzunehmen. Die Invasion kann nur gelingen, wenn sie Erfolg haben. Bei ernsthafter Betrachtung sind das lausige Voraussetzungen, um eine Invasion durchzuführen.«

»Was es noch schlimmer macht«, stimmte Pickering zu, »ist die Tatsache, dass Taylors Idee viel mehr Sinn macht als das, was die Planer im Dai-Ichi-Gebäude tun wollen, nämlich die Inseln erst am Tag vor der Invasion einzunehmen.«

Howe sah ihn einen Moment aufmerksam an.

»Nachdem Sie meinem Standpunkt zugestimmt haben, meinen sie immer noch, dass es klappen wird?«

»Ja, das meine ich.«

»Ist es das, was man ›Vertrauen‹ nennt? Wie in ›Vertrauen in Gott‹ oder ›Vertrauen in den Vizekaiser‹?«, fragte Howe freundlich herausfordernd.

Oder vielleicht glaube ich, dass es klappen wird, weil ich es verzweifelt hoffe, damit eine von El Supremos fliegenden Panzerkolonnen Pick aus einem Gefangenenlager befreien kann?

Nein. Das ist es nicht. Ich glaube, es wird klappen, weil MacArthur das sagt. Ich dachte das schon vorher, sogar bevor Pick abgeschossen wurde.

»Ich möchte es als ruhige, professionelle Einschätzung sehen, doch da ich kein richtiger Profi bin und mein Sohn vermisst wird, nehme ich an, ich denke auch nicht sehr ruhig und professionell.«

Howe setzte zu einer Erwiderung an, schwieg jedoch, als die Tür geöffnet wurde und Hart eintrat.

»Das war aber schnell, George«, sagte Pickering.

»Es wurde etwas von einem Drink gesagt«, erwiderte Hart, und dann platzte er heraus: »Als ich vom Kino zurückkehrte, und Sie waren nicht in der Suite …«

Mein Gott, er hat sich wirklich Sorgen um mich gemacht!

»Sie müssen der Einzige im Hotel sein, der nicht wusste, dass Colonel Huff mich zu einem Treffen mit MacArthur fahren ließ«, sagte Pickering.

»Dieser miserable Hurensohn!«, stieß Hart wütend hervor.

»Captain«, sagte General Howe amüsiert, »Sie beziehen sich auf den sehr ranghohen Adjutanten des Supreme Commanders. Da wäre ein wenig Respekt angebracht.«

»Sehr wenig«, sagte Pickering.

Menschenskind, es war blöde von dir, das zu sagen. Du musst mehr als ein wenig besoffen sein, Fleming Pickering.

»Den meinte ich nicht. Ich sprach von dem CIC unten in der Halle. Ich fragte ihn, ob er Sie gesehen hat, und er behauptete, keine Ahnung zu haben, wo Sie waren oder sind.«

»Sie haben also nach mir gesucht?«, fragte Pickering leise.

»Ja, Sir. Ich dachte, Sie machen vielleicht einen Spaziergang.«

»Oder ich betrinke mich in der Hotelbar? Haben Sie dort nach mir gesucht?«

»Ja, Sir. Ich wollte gerade zu General Howe gehen – ich wusste nicht, was ich sonst tun sollte – als Charley – Sergeant Rogers – in die Suite kam.«

»Mit mir ist alles in Ordnung, George. MacArthur hatte das von Pick gehört und wollte mir sein Beileid aussprechen.«

»Jawohl, Sir.«

»Schenken Sie sich was zu trinken ein, George«, sagte Howe.

Er sah dabei Pickering an.

Mein Gott, er denkt das Gleiche wie ich. George war wirklich besorgt und beunruhigt. Mehr noch, Howe hat erkannt, dass Georges Besorgnis über die eines Adjutanten/Leibwächter für seinen General hinausging. Es war sozusagen liebevolle Besorgnis. Nun, vielleicht keine liebevolle, *mehr die Sorge eines Sohns um seinen Vater. Aber ist das nicht gleichbedeutend mit* liebevoller *Sorge?*

»Nein, danke, Sir«, sagte Hart. »Ich bleibe nur hier, bis der Boss sich entscheidet, zu Bett zu gehen.«

»Der Boss hat soeben genau das entschieden«, sagte Pickering und trank sein Glas leer. Er sah Howe an. »Mit Verlaub, Sir?«

»Das klang sehr militärisch, Flem«, sagte Howe. »Sehr professionell, wenn Sie verstehen, was ich meine. Und nur, dass das zwischen uns klar ist: Ich bezweifle, dass Sie nicht fähig sind, klar zu denken. Gute Nacht, mein Freund.«

Als Pickering aus der Dusche kam und in sein Schlafzimmer ging, verriet ihm ein Streifen Licht unter der Tür des Wohnzimmers, dass George immer noch auf war.

»Gehen Sie ins Bett, Captain Hart!«, rief er.

»Aye, aye, Sir«, rief Hart zurück, »nur noch einen Moment.«

Pickering legte sich ins Bett und schaltete das Licht aus.

Es dauerte volle drei Minuten, bis der Lichtstreifen unter der Tür des Wohnzimmers verschwand.

Nun, wenn ich's mir recht überlege, ist es nicht so sonderbar, dass George an mich denkt wie ein Sohn an seinen Vater. Seit der Killer ihn aus Parris Island rekrutiert hat, vom ersten Tag an, hat er sich um mich gekümmert.

Als ich in Washington krank war. Während des gesamten Kriegs. Danach. Ich war sein Trauzeuge, als er heiratete, weil er seinen eigenen Vater verloren hatte. Sein zweiter Sohn heißt Fleming Pickering Hart. Und er hat ihn nicht so genannt, um sich bei mir einzuschmeicheln. Bei einem halben Dutzend Gelegenheiten habe ich ihm so klar gemacht wie nur möglich, dass ich ihm gern helfen würde – ihm Geld leihen oder schenken würde –, und er hat es stets abgelehnt.

Und er fühlte sich wirklich unbehaglich, als Patricia und ich das Treuhandvermögen für seine Kinder einrichteten.

Was heißt das?

Es heißt, dass ich zwar einen Sohn verloren habe – vielleicht verloren habe, jedoch einen anderen habe: George!

Allmächtiger! Nicht nur einen. Zwei! Der Killer ist ebenfalls wie ein Sohn.

Pick, George und Ken waren wie Brüder.

Patricia war wirklich aufgeregt, als Ernie den Killer heiratete und nicht Pick. Mich hat es nicht aufgeregt. Für mich zählte der Killer zur Familie, und es war mir nun wirklich gleichgültig, ob Ernie Pick oder Ken McCoy heiratete.

Mein Gott! Hier endet die Ahnenreihe der Pickerings! Und die der Fosters!

Jetzt bestehen offenbar sehr wenig Chancen, dass es jemals ein Kind namens Malcolm S. Pickering junior oder Fleming Pickering II. geben wird. Oder Foster Pickering oder irgend so etwas.

Macht mir das etwas aus?

Picks Tod macht mir höllisch viel aus. Ich hätte wirklich gern gesehen, dass der Name meiner Familie fortbesteht. Patricia wird nie die Großmutter eines Kindes sein, das den Namen ihres Vaters trägt.

Und das öffnet die Tür zu einem weiteren Problem, über das ich noch nie nachgedacht habe. Was geschieht mit der P&FE und den Foster Hotels, wenn Pick nicht da ist, um sie zu erben, wie Patricia und ich sie geerbt haben?

Guter Gott, all die Zeit und das Geld, das wir für Anwälte ausgegeben haben, um sicherzustellen, dass nach Patricias und meinem Tod Pick die P&FE und die Foster Hotels, Inc. bekommt und nicht die verdammte Regierung.

All dies ist für die Katz.

Was macht das?

Wen interessiert das?

Irgendetwas wird getan werden müssen.

Ich will verdammt sein, wenn die Regierung P&FE und die Foster Hotels bekommt! Oder eine diese verdammten karitativen Einrichtungen von Greater San Francisco United Charities, Inc!!!

Soll ich sie George und dem Killer vererben?

Jemanden plötzlich mit enormen Geldsummen überschütten, der zuvor kaum Erfahrung mit Geld gehabt und sich Sorgen gemacht hat, wie er die Ratenzahlungen für sein Auto bezahlen soll, führt bestimmt zur Katastrophe.

Wenn wir das Geld zwischen George und dem Killer teilen, kann Ernie den Anteil des Killers verwalten, aber George?

Das wird einige Gedanken erfordern. Sobald dieser Schlamassel vorüber ist – Hölle, bevor er vorüber ist –, werde ich mich mit den gottverdammten Anwälten zusammensetzen müssen …

Mein Gott, Pickering, du bist betrunken!

Du weißt nicht einmal mit Sicherheit, ob Pick tot ist, und du machst dir Sorgen, was mit seinem Erbe geschehen wird.

Oh, Pick!

Warum du und nicht ich? Mein Leben ist fast vorüber, und deines hatte gerade erst angefangen!

Er verspürte plötzlich Magenschmerzen, das Atmen fiel ihm schwer, die Kehle war ihm eng und seine Augen wurden feucht.

Allmächtiger, ich heule!

Lieber Gott, bitte lass Pick am Leben sein!

3

Evening Star Hotel
Tongnae, Südkorea

5. August 1950, 6 Uhr 05

Captain Kenneth R. McCoy war binnen fünf Sekunden aus tiefem Schlaf hellwach. Es hatte nichts mit seinem Aufenthaltsort oder einer unterbewussten Wahrnehmung von Gefahr zu tun. Dies war einfach die Art, wie er erwachte. Manchmal ärgerte sich seine Frau darüber, die überall von drei bis dreißig Minuten brauchte, um völlig wach zu werden. Sie war auch nicht in der Lage, in dem Moment, in dem sie die Augen öffnete, zum Beispiel zu berichten, was der Mann bei der Garage über den Zustand der Bremsen des Wagens gesagt hatte.

Ohne den Kopf zu bewegen, sah sich McCoy im Raum um und stellte fest, wo er war. Als Nächstes blickte er auf seine Armbanduhr. Dann warf er die Decke von sich und schwang die Beine aus dem Bett.

Er hatte nackt geschlafen, weil er mit einer warmen und schwülen Nacht gerechnet hatte. Das war jedoch nicht der Fall gewesen. Das Hotel war nicht nur nahe genug am Wasser, um von dort eine Brise mitzubekommen, sondern irgendein findiger Asiate – er fragte sich, ob es ein Japaner oder Koreaner gewesen war, wer auch immer das ›Urlaubshotel‹ für die Offiziere der kaiserlichen Armee erbaut hatte – war auf die Idee gekommen, irgendeine Vorrichtung einzubauen, wodurch die kühlende Brise in die Räume geleitet wurde.

Er befand sich in einem der besseren – vielleicht im besten – Zimmer des Hotels. Es verfügte über ein eigenes Badezimmer, Toilette, Waschbecken, Wanne und Dusche, während die meisten der anderen Zimmer nur Toilette und Waschbecken hatten, wie Major Kim Pak Su am vergangenen Abend bei einem Besichtigungsrundgang erklärt hatte.

McCoy drehte das Wasser an, und nach einem Moment wurde es heiß. Er nahm einen Rasierapparat aus seinem Matchbeutel und rasierte sich während des Duschens. Als er ins Schlafzimmer zurückkehrte, war das Bett abgezogen, und ein frisch gebügelter Arbeitsanzug lag darauf, dazu frisch gebügelte Unterwäsche.

Er fragte sich, wie viele Marines in der 1. Brigade heute einen frisch gewaschenen – geschweige denn gebügelten – Arbeitsanzug und frische Unterwäsche tragen würden.

Und er fühlte sich ein wenig unbehaglich bei dem Wissen, dass jemand im Hotel ihn genau genug beobachtet hatte, um zu wissen, wann er aus dem Bett aufgestanden war. Während des Duschens hatte er niemanden das Zimmer betreten gehört.

Er zog die Unterwäsche an, schnallte sein Fairbairn-Messer an den linken Unterarm, zog den Arbeitsanzug an und schlüpfte mit den nackten Füßen in Gummisandalen. Dann machte er sich auf die Suche nach dem Speiseraum.

Da standen fünf Tische für jeweils sechs Personen in einem Raum. Major Kim, Lieutenant Taylor und Master Gunner Zimmerman saßen an einem davon. Der Stuhl am Kopfende war unbesetzt. McCoy fragte sich, ob das Zufall war oder ob man ihn für ihn frei gelassen hatte. Die von der 1. Brigade rekrutierten Marines saßen an den anderen Tischen verteilt.

McCoy bemerkte, dass alle Männer frisch gewaschene und gebügelte Arbeitsanzüge trugen.

Zimmerman stand auf, als sich McCoy dem Tisch näherte. Einen Augenblick später erhob sich Major Kim, und schließlich folgte Taylor seinem Beispiel.

»Guten Morgen, Sir«, sagte Zimmerman.

Das erklärte den leeren Stuhl am Kopfende des Tisches. Es war Zimmermans Methode, um allen die Hackordnung klar zu machen.

»Guten Morgen, Gentlemen«, erwiderte McCoy, als er sich ans Kopfende des Tisches setzte. »Bitte behalten Sie Platz.«

Eine junge Koreanerin in weißem, knöchellangem Kleid mit einer weißen Schürze kam sofort mit einer Kanne Kaffee. Sie war keine Schönheit, aber weiblich und jung, und McCoy nahm sich vor, den Marines klar zu machen, dass die Bedienstete tabu war.

Das Frühstück entsprach offenbar dem Lebensstandard in dem Hotel. Es war nicht zu vergleichen mit dem, was die übrigen Marines in Korea bekamen. Sie aßen Pulvereier mit Dosenfleisch von Stahltabletts und tranken schwarzen Kaffee aus Kantinentassen. Die Koreanerin servierte McCoy zwei Spiegeleier und zwei Scheiben Schinken auf einem Porzellanteller. Auf einem anderen Teller lag Toast. Dazu gab es Orangenmarmelade und Butter.

Es war zu viel für McCoy, um kommentarlos darüber hinwegzugehen.

»Es entzückt mich, dass die Navy die Messe übernommen hat, Mr Taylor«, sagte er. »Wir Marines sind nicht an ein solches Luxusleben gewöhnt.«

»Aber Sie können sich schnell daran gewöhnen, wie?«, erwiderte Taylor. »Eigentlich haben Sie das Major Kim zu verdanken.«

»Dann danke ich Ihnen, Major Kim«, sagte McCoy auf Koreanisch.

Kim zuckte mit den Schultern, um anzuzeigen, dass kein Dank nötig war.

»Major Dunston sagte, ich soll mein Bestes tun …«

»Hat er Sie informiert, was wir hier tun sollen?«

»Nein, Sir.«

»Ein Pilot des Marine-Corps ist abgeschossen worden«, sagte McCoy. »In der Nähe von Taejon. Es gibt Grund zu der Annahme, dass er den Absturz überlebte und noch am Leben ist. Aus Gründen, die ich nicht näher erläutern kann, ist es wichtig, dass wir ihn zurückholen. Oder einen Beweis haben, dass er tot ist.«

»Wenn er gefangen genommen worden ist«, sagte Kim sofort, »können wir das vielleicht herausfinden. Ebenfalls, wo er gefangen gehalten wird. Aber – die Kommunisten machen oftmals keine Gefangenen und …«

»Und sie führen keine Akten, welche Gefangenen erschossen wurden und wo«, sprach McCoy für ihn weiter.

Kim nickte.

»Gleich nach dem Frühstück fahren Sie und ich nach Pusan«, sagte McCoy. »Major Dunston hat daran über Nacht gearbeitet, und vielleicht können Sie uns helfen.«

»Jawohl, Sir.«

Ich glaube, das hat er geschluckt, dachte McCoy.

»Wenn wir ihn ausfindig machen können«, fuhr McCoy fort, »versuchen wir vielleicht, ihn zu befreien. Meine Männer sind ausgebildet, um hinter den feindlichen Linien zu operieren.«

Major Kim sagte nichts.

Er hält das für eine blöde Idee. Aber er scheint mir zu glauben, und das ist wichtig.

»Wen wir uns entscheiden, diesen Piloten zu befreien, könnte die Dschunke nützlich sein, um das Team einsickern zu lassen«, sagte McCoy. »Deshalb wird sich Lieutenant Taylor ansehen, in welchem Zustand sie ist, während wir in Pusan sind. Wenn etwas nicht in Ordnung mit ihr ist, wird es repariert werden müssen. Wenn sie seetüchtig ist, machen wir so bald wie möglich eine Probefahrt. Vielleicht sogar noch heute Nachmittag. Zeit ist wichtig.«

Major Kim nickte.

»Bei der Probefahrt – der Übung – werden wir die Hälfte der Marines und acht oder zehn Ihrer Männer mitnehmen«, sagte McCoy.

»Darf ich fragen, warum?«

»Beim Marine-Corps versuchen wir eine Probe oder Übung so realistisch wie möglich zu machen«, sagte McCoy.

»Ich werde meinem Leutnant sagen, dass er die Männer vorbereiten soll«, sagte Kim.

Und das hat er ebenfalls geschluckt. So weit, so gut.

»Ich weiß nicht, wie viel – wenn überhaupt – Treibstoff an Bord der Dschunke ist«, sagte Taylor. »Oder wie viel hier verfügbar ist.«

»Um dieses Problem soll sich Sergeant Jennings kümmern, Mr Zimmerman«, sagte McCoy. »Lassen Sie es lösen, bis wir von Pusan zurückkommen.«

»Aye, aye, Sir«, sagte Zimmerman.

McCoy blickte auf seinen Teller und stellte überrascht fest, dass er alles aufgegessen hatte.

Er stand auf.

»Bringen wir die Sache ins Rollen«, sagte er.

4

Verbindungsbüro des Marine-Corps
USAF Airfield K-1
Pusan, Korea

5. August 1950, 11 Uhr 05

»Die COD der *Badoeng Strait* ist noch nicht eingetroffen, McCoy«, sagte Captain Kenneth Overton, als McCoy und Zimmerman sein Büro betraten.

»Colonel Dunn sagte ›um zwölfhundert‹«, erwiderte McCoy.

»Aber es ist ein Kuvert für sie da«, sagte Overton, lächelte ein wenig selbstgefällig und überreichte McCoy einen Umschlag, auf dem »Capt K. McCoy, USMC« in Handschrift stand.

McCoy öffnete den Umschlag. Er enthielt eine mit Bleistift geschriebene Nachricht.

K-1, 0800 5 AUG
MCCOY,
ICH WILL WISSEN, WAS MIT PICK PICKERING PASSIERT IST.
ICH WEISS, WOMIT SEIN VATER IN WIRKLICHKEIT SEINEN LEBENSUNTERHALT VERDIENT.
DER PIO DER 8TH ARMY WIRD WISSEN, WO ICH ZU FINDEN BIN.
WENN ICH NICHT VON IHNEN HÖRE, WERDEN ICH IN MEINER STORY SCHREIBEN, WAS ICH BIS JETZT WEISS.

JEANETTE PRIESTLY
CHICAGO TRIBUNE

»Mist, verdammter«, sagte McCoy und gab Zimmerman den Zettel.

»O Gott«, stieß Zimmerman hervor.

»Wann war sie hier?«, fragte McCoy Captain Overton.

»Sie war zweimal hier. Gestern Abend, gleich nach Ihnen. Und dann heute Morgen. Sie hat nach Major Pickering gefragt.«

»Was hat sie über Pickering wissen wollen?«

»Ob ich etwas von ihm gehört habe.«

»Und – haben Sie?«

»Ist das nicht der Junge, der all die Lokomotiven in die Luft gejagt hat?«

»Ist das alles, was Sie über ihn wissen?«

»Ich hatte das Gefühl, dass die Lady scharf auf ihn ist. Sie sagte, er sei an Bord der *Badoeng Strait*, und sie wollte dorthin fliegen.«

»Und?«

»Gestern Abend sagte ich ihr, es fliegt erst heute Morgen eine COD dorthin. Sie war um punkt sieben Uhr hier. Eine COD von der *Sicily* landete um halb acht, und sie bearbeitete den Piloten, damit er sie zur *Badoeng Strait* brachte.«

»Und?«

»Sie ist eine Überredungskünstlerin. Und eine verdammt gut aussehende Lady. Der Pilot der *Sicily* war so beeindruckt, dass er sich überreden ließ, die Air Force über Funk um Genehmigung zu bitten. Er erhielt sie nicht. Dann fragte die Lady, ob ich Sie schon mal hier gesehen habe.«

»Und Sie sagten ›ja‹?«, fragte McCoy eisig.

»Ich sagte ihr, dass Sie schon hier gewesen sind.«

»Und dass ich heute Mittag wieder herkomme?«

»Nein. Nur, dass Sie manchmal vorbeikommen. Und dann schrieb Sie diese Nachricht und bat mich, sie Ihnen zu geben.«

»Was werden Sie tun, Ken?«, fragte Zimmerman.

»Ich weiß, was ich ihr gern antun möchte«, erwiderte McCoy.

»Sie und jeder andere Marine in Korea«, bemerkte Captain Overton.

»Ich rede nicht davon, sie zu pimpern«, sagte McCoy.

Er wies auf das Telefon auf Overtons Schreibtisch.

»Kann ich den PIO der 8th Army über diese Leitung erreichen?«

»Sie können es versuchen«, sagte Overton.

»Ernie, fahren Sie zur Eighth Army. Holen Sie sie. Bringen Sie sie zum Evening Star Hotel.«

»Und wenn sie nicht mitkommen will?«

»Bringen Sie sie zum Evening Star«, wiederholte McCoy. »Wie Sie das schaffen, ist mir scheißegal.«

»Und wie kommen Sie dorthin zurück?«

»Dunston sagte, er würde Major Kim in einem Jeep dort rausschicken. Ich lasse mich von Kim hier abholen. Und ich werde bei der Eighth Army anrufen – wenn ich durchkomme – und Miss Priestly informieren, dass Sie unterwegs sind.«

»Wollen Sie, das sie das Evening Star sieht?«

»Ich will nicht, das sie eine Story schreibt, die auf dem basiert, was sie zu wissen glaubt.«

»Und wenn sie nach Pick fragt?«

»Sagen Sie ihr, ich werde ihr über alles, was sie wissen will, Auskunft geben.«

Captain Overton zupfte an McCoys Ärmel und wies aus dem Fenster. Eine Avenger rollte vor das Abfertigungsgebäude.

»Das ist Ihre COD von der *Badoeng Strait*«, sagte Overton.

»Fahren Sie los, Ernie«, sagte McCoy.

5

Evening Star Hotel
Tongnae, Südkorea

5. August 1950, 12 Uhr 15

Als McCoy und Major Kim um das Hotel herum zum Kai fuhren, stand ein Wasseranhänger der U.S. Army am Uferende des Kais hinter einem der frisch gespritzten USMC-Jeeps. Auf einer weißen Aufschrift stand ›Nur trinkbares Wasser!‹, doch was aus dem Wasserhahn kam und in Fünf-Gallonen-Benzinkanister abgefüllt wurde, war offensichtlich kein Wasser.

Sobald einer der Benzinkanister voll war, trug ihn einer der südkoreanischen Nationalpolizisten auf den Kai neben die Dschunke und hob ihn so hoch, dass ein anderen Koreaner auf der Dschunke ihn erreichen und an Bord heben konnte. Dann wurde dem Mann auf dem Pier ein offenbar leerer Benzinkanister übergeben, der ihn zu dem ›Wasseranhänger‹ zurücktrug und seine Position in der Schlange einnahm.

Vier Männer waren damit beschäftigt, die Benzinkanister zu füllen und zur Dschunke zu tragen, und sie scheuten keine Mühe, doch der Anhänger enthielt fünfhundert Gallonen, was bedeutete, dass die Prozedur noch hundert Mal wiederholt werden musste. McCoy fragte sich, wie lange sie schon so zu Gange waren.

»Sie haben den Diesel vor etwa zwanzig Minuten gebracht!«, rief Lieutenant Taylor, als hätte er McCoys Gedanken gelesen.

McCoy blickte auf und sah Taylor an der Reling am hohen Heck lehnen.

»Dies wird ein wenig dauern«, fügte Taylor hinzu und wies auf eine Strickleiter an der Seite der Dschunke beim Heck.

McCoy stieg aus dem Jeep und ging zu der Leiter. Er hoffte, Major Kim würde warten, bis er eine Einladung erhielt, sich zu ihm zu gesellen – er musste mit Taylor unter vier Augen sprechen –, doch Kim folgte ihm die Leiter hinauf.

Was soll's, er versucht einfach nur, sich nützlich zu machen.

McCoy kletterte die Leiter hinauf an Deck. Es gab drei Luken, und alle waren offen. Er ging über das Deck und schaute in jede.

Der entfernteste Laderaum achtern war fast leer. Der mittlere enthielt einen Caterpillar-Dieselmotor und seine Tanks zu beiden Seiten. Beide Tanks sahen größer aus als der Wasseranhänger am Ufer, was bedeutete, dass das Fassungsvermögen über tausend Gallonen war, eine Information, die nutzlos war, solange man nicht wusste, wie viel Treibstoff der Caterpillar Diesel pro Stunde brauchte und wie weit die Dschunke in dieser Stunde fahren würde.

Der vordere Laderaum war halb voll. Darin standen ein Dutzend Holzkisten mit Tragegriffen, alle gekennzeichnet als Besitz der japanischen kaiserlichen Armee. Auf dreien verrieten Aufschriften, dass sie Arisaka-Gewehre enthielten, in den anderen befand sich Munition dafür.

McCoy stieß auf dem Vorderdeck eine Tür auf und sah, dass dahinter eine Kombination aus Schlafraum und ›Küche‹ war. Es gab acht primitive Kojen, befestigt an den Schotts. Am vorderen Schott gab es einen Tisch. In der Mitte des Raums stand ein Herd, auf dem drei große Pfannen mit gerundetem Boden standen.

Woks, dachte McCoy. *Wer mag diese Pfanne erfunden haben? Die Chinesen? Die Japaner? Die Koreaner? Es gibt sie in ganz Asien.*

Unter einer der Kojen sah er einen Weidenkorb voller Holzkohle.

Er ging nach achtern und schob eine Luke auf, die zu einem Raum unter dem hohen Heck führte. Drei Türen zweigten von einem Gang ab, und Treppenstufen führten zu der offenen Fläche hinab und hinauf, wo er Taylor gesehen hatte. Er ging eine der Treppen hoch, und es war ihm bewusst, dass Kim ihm immer noch dichtauf folgte.

Taylor, der immer noch an der Reling lehnte, blickte über die Schulter, als McCoy aufs Deck kam.

McCoy grüßte.

»Erlaubnis an Bord zu kommen, Sir?«, fragte er.

»Gewährt«, sagte Taylor und erwiderte den Gruß. Dann fragte er: »Ist das der berühmte McCoy-Humor?«

»Nein«, sagte McCoy. »Ich wollte klar machen, dass ich als Offizier des Marine-Corps nicht viel über schwimmende Dinge weiß und Sie das Kommando haben, Captain.«

»Sind Sie zum ersten Mal auf einer Dschunke?«, fragte Taylor.

»Nein, aber dies ist das erste Mal, dass ich so tue, als wüsste ich alles über Dschunken, und was ich gesehen habe, hat mich nicht besonders beeindruckt.«

Taylor lachte.

»Wollen Sie eine schnelle Lektion hören, um damit vertraut zu werden?«

»Bitte.«

»Okay. Diese Dschunke wurde laut Aufschrift auf dem Heck *Wind of Good Fortune* getauft. Sie ist etwa zehn Jahre alt, würde ich raten, und ich nehme an, sie ist irgendwo in China gebaut worden. Gute Handwerksarbeit, gutes Holz. Das findet man nicht oft bei koreanischen Dschunken. Der Caterpillar wurde in Macao eingebaut, würde ich wetten. Ich habe einige Papiere auf Portugiesisch gefunden, und die Schiffsbauer von Macao haben den Schmuggelhandel versorgt, seit Christus ein Corporal war. Schöne Installation. Sie hat den früheren Besitzer ein Vermögen gekostet. Ich nehme an, sie macht dreizehn, vielleicht vierzehn Knoten.«

»Und wir haben genug Sprit, um wie weit zu kommen?«

»Ich nehme an, dieser Cat-Motor wird zehn, zwölf Gallonen pro Stunde brauchen. Sagen wir zwölf. Hölle, rechnen wir fünfzehn – ihr Rumpf ist vielleicht sechs Zoll dick. Ich schätze, wir haben zwölfhundert Gallonen in diesen beiden Tanks. Zwölfhundert Gallonen geteilt durch fünfzehn sind achtzig Betriebsstunden zu einer vernünftigen Reisegeschwindigkeit – sagen wir zwölf Knoten. Achtzig Stunden – vorausgesetzt, die Winde und Gezeiten sind nicht wirklich gegen uns – zu zwölf Knoten sind neunhundertsechzig Meilen.«

»Major Kim, wollen Sie uns bitte für eine Minute entschuldigen?«, sagte McCoy so höflich wie er konnte. »Ich muss mit Lieutenant Taylor sprechen.«

»Ja, selbstverständlich«, erwiderte Kim lächelnd. Er stand für einen Moment still und ging dann die Treppe hinunter.

McCoy wartete, bis er auf dem Deck erschien.

»Mit anderen Worten, wir haben genug Sprit, um bis zu den Tokchok-Inseln zu kommen?«

»Leicht, selbst wenn wir mit Vollgas fahren«, erwiderte Taylor.

»Wie lange werden wir bei normaler Reisegeschwindigkeit brauchen?«

»Die Entfernung ist etwa vierhundert Meilen von hier aus. Bei zwölf Knoten – ich nehme an, wir können die mühelos schaffen, aber ich werde es erst wissen, wenn wir tatsächlich auf See sind – sind das vierhundert geteilt durch zwölf: dreiunddreißig Komma etwas. Sagen wir vierunddreißig Stunden.«

»Und mit vierzehn Knoten?«

»Sagen wir dreißig. Ich würde sie lieber nicht voll ausfahren, wenn es nicht sein muss.«

»Ich will, sobald wir nach Tokchok Kundo gelangen, an Land gehen, mich umsehen, das SCR-300 aufstellen und operieren.«

Taylor nickte verstehend.

»Planen Sie, zu bleiben?«

»Ich werde Zimmerman dort zurücklassen. Und Major Kim. Wenn Kim dort ist, kann er Dunston nicht erzählen, was wir im Sinn haben.«

»Haben die Marines die Luftfotos geliefert?«, fragte Taylor.

»Jede Menge«, sagte McCoy. »Aber bis ich sie mit den Landkarten vergleichen kann, weiß ich nicht, was ich sehe.«

»Seekarten, Captain McCoy, Seekarten.«

»Ich bitte den Kapitän um Verzeihung«, sagte McCoy lächelnd.

»Sie werden vierunddreißig Stunden Zeit haben, um das zu tun«, sagte Taylor. »Wir können in ungefähr einer Stunde ablegen. Ist das früh genug?«

»Wir müssen auf einen Passagier warten«, sagte McCoy.

»Darf ich fragen, auf wen?«

McCoy nahm den Zettel von Jeanette Priestly aus der Tasche und gab ihn Taylor.

»O Gott!«, stieß Taylor hervor, als er gelesen hatte. »Ist das die Kriegskorrespondentin, die den Artikel über Sie und Zimmerman geschrieben hat?«

»Ja.«

»Und wie ist ihre Verbindung zu Pickerings Sohn?«

»Sie kennt ihn. Der Knabe auf K-1 meint, sie ist scharf auf ihn. Ich weiß nicht, wie sie herausgefunden hat, was General Pickering macht.«

»Habe ich das richtig verstanden? Sie wollen sie mitnehmen?«

McCoy nickte.

»Darf ich fragen, warum?«

»Weil mir sonst nichts einfällt, was ich mit ihr anfangen könnte«, sagte McCoy. »Ich kann sie keine Story schreiben lassen, in der sie erzählt, wer Pickerings Vater ist.«

»Wie kommen Sie auf den Gedanken, dass sie bereit ist, mitzukommen?«

»Sie wird an Bord sein, wenn wir losfahren, Kapitän.«

Taylor sah ihn lange an, sagte jedoch nichts.

»Captain«, rief Major Kim, und sowohl Taylor als auch McCoy gingen zur Reling und schauten auf ihn hinab.

»Captain, mein Sergeant meldet, dass die Tanks voll sind.«

»Danken Sie ihm bitte!«, rief Taylor zurück, und dann sah er McCoy an.

McCoy wandte sich von der Reling ab und sagte leise: »Er hat mit Ihnen geredet. Er hat mitbekommen, dass ich klar gemacht habe, dass Sie der Kapitän sind.«

»Guter Mann, finde ich«, sagte Taylor.

»Das Dumme bei guten Männern ist, dass sie dazu neigen, sauer zu sein, wenn sie herausfinden, dass sie belogen worden sind«, sagte McCoy.

»Ihre Befehle, Captain?«, rief Major Kim.

»Sagen Sie ihm, er soll einen Moment warten«, raunte McCoy.

»Halten Sie sich bitte zur Verfügung, Major!«, rief Taylor auf Koreanisch.

»Wir nehmen Major Kim und ein Dutzend seiner Leute mit ihrer Ausrüstung mit«, sagte McCoy. »Plus acht der Marines und Zimmerman. Und deren Ausrüstung.«

»Plus die Lady Kriegskorrespondentin«, fügte Taylor hinzu.

»Wo bringen wir die alle unter?«

»Es gibt unten drei Kabinen«, sagte Taylor. »Eine ist die Messe und Küche für die Offiziere. Es gibt eine Kapitänskabine, mehr oder weniger – darin können wir die Lady unterbringen – und eine andere Kabine für Sie und mich, Zimmerman und Major Kim. Das Wetter ist gut. Wenn es so bleibt, können wir auf Deck schlafen. Die Offiziere hier oben, die Männer auf dem Hauptdeck.«

»Und wenn das Wetter schlecht ist?«

»Sobald es schlecht wird, werden die Männer in die Laderäume gehen und die Luken dichtmachen müssen.«

»Das wird kein Spaß sein.«

»Besser keinen Spaß, als über Bord gespült zu werden und zu ersaufen.«

»Wie bekommen Sie Ihre Besatzung zusammen?«

»Drei von Kims Männern waren Matrosen. Sie können den anderen zeigen, was zu tun ist. Über das Segeln einer Dschunke braucht man nicht viel zu wissen. Die Segel sind quadratisch, okay, rechteckig, und mit Bambus versteift. Sie sind wie Stabjalousien, man öffnet – hebt – sie, indem man an einem Strick zieht. Es gibt kein Steuerrad, nur dieses Ding …«

Er wies auf einen sechs Zoll großen Griff, der am Heck befestigt war.

»… das Ruder. Das Ruder ist riesig. Es dient auch als Kielschwert, wenn man unter Segeln ist. Manchmal braucht man – um scharf zu drehen – mehr als einen Mann daran. Ebenfalls, wenn man mit dem Motor fährt. Vor dem Ruder gibt es einen Propeller. All die Kraft des Motors wird auf das Ruder geleitet. Wenn man das Ruder halten kann, ist man in der Lage, wirklich scharfe Drehungen durchzuführen.«

»Ich sehe keine Motorkontrollen und keinen Kompass«, sagte McCoy.

Taylor ging zur vorderen Reling und zog das zurück, was McCoy für eine robuste Stütze der Reling gehalten hatte. Darin befanden sich eine Kontrolltafel für den Caterpillar Dieselmotor und ein Kompass. Sie waren verchromt und wirkten auf der Dschunke völlig fehl am Platz.

»Wie schon gesagt, McCoy, die Schiffsbauer von Macao verstehen ihr Handwerk«, sagte Taylor.

Er griff in das kleine Fach und betätigte verschiedene Hebel. Der Kompass und die Kontrollanzeigen für den Motor leuchteten auf und wurden aktiv. Da leuchtete ein rotes Licht – offenbar eine Art Warnlicht.

McCoy wollte gerade fragen, was es war, als es ausging. Taylor griff wieder in das Fach und drückte einen Knopf. Es folgte ein Grollen, und dann sprang der Dieselmotor an.

»Das ist ein Ding!«, sagte McCoy. »Sehr gut.«

Taylor schaltete den Motor wieder aus.

»Sie sind zuversichtlich, dass wir diese Dschunke für die Landungen benutzen können?«, fragte McCoy.

»Hölle, nein, das bin ich nicht«, erwiderte Taylor und schüttelte den Kopf. »Ich weiß nichts über die Gewässer vor Yonghung-do und Taemuii-do, aber ich habe niemals eine Dschunke an einer Pier dort anlegen sehen. Das lässt mich annehmen, dass die angrenzenden Gewässer zu seicht sind, selbst bei Hochwasser, um das Ruder einer Dschunke aufzunehmen. Wir werden irgendwoher Boote bekommen müssen.«

»Mein Gott!«

»Ich hatte gedacht, wir können einige von der Navy bekommen«, sagte Taylor. »Ein paar Boote für den Landurlaub wären perfekt.«

»Und wenn wir darum bitten, wird die Navy sehr neugierig werden und sich fragen, was wir damit vorhaben.«

»Und wir müssen sie von Kobe oder Yokohama oder sonst wo abschleppen.«

»Wir müssen uns etwas einfallen lassen, verdammt!«

Taylor zuckte mit den Schultern.

»Ich gehe an Land, um zu sehen, ob ich herausfinden kann, wo Zimmerman und diese verdammte Frau sind«, sagte McCoy. »Und wir sollten alles zu verladen anfangen, was wir mitnehmen. Sagen Sie Kim Bescheid.«

Taylor reckte den Daumen hoch, und McCoy stieg die Leiter zum Hauptdeck herab.

6

Evening Star Hotel
Tongnae, Südkorea

5. August 1950, 16 Uhr 25

Master Gunner Zimmerman fuhr direkt zum Kai, gefolgt von einem Jeep mit einem Schild »Kriegskorrespondent« unten an der Windschutzscheibe. Zimmerman stieg aus seinem Jeep und nahm seine Thompson-MPi und eine Segeltuchtasche heraus.

Miss Jeanette Priestly von der *Chicago Tribune,* die einen viel zu großen Arbeitsanzug der U.S. Army trug und ihr Haar unter die Mütze gesteckt hatte, stieg aus ihrem Jeep und neigte sich dann über den Rücksitz, um eine Reiseschreibmaschine und eine Leica-Kamera aus einem Segeltuchbeutel zu nehmen. Dann ging sie zu McCoy, der an einem Pfosten der Pier lehnte.

»Was ist los, McCoy?«, fragte sie statt einer Begrüßung, öffnete das Lederetui der Leica und machte ein Foto von der *Wind of Good Fortune*, die im Hintergrund zu sehen war.

McCoy hob eine Hand mit gespreizten Fingern vor sein Gesicht und machte mit der anderen Hand eine obszöne Geste.

»Sie Hurensohn«, sagte Jeanette. Es lag eine Spur von Bewunderung in ihrer Stimme. Dann fragte sie lächelnd: »Wie lange wollen Sie da mit der Hand vor dem Gesicht herumstehen?«

»Bis Sie Ihre Kamera wegtun«, sagte er.

Nach kurzem Zögern schloss sie das Etui der Leica, und er nahm seine Hand vom Gesicht fort.

»Erzählen Sie mir von Pick Pickering«, verlangte sie.

»Wenn Sie die Kamera ohne meine Erlaubnis wieder aus dem Etui nehmen, werde ich sie Ihnen abnehmen«, drohte McCoy.

»Jesus!«

»Nachdem ich das gesagt habe, nehme ich an, ich kann Ihnen einige Fotos für Ihre Zeitung garantieren.«

»Werden Sie mir von Pickering erzählen oder nicht?«

»Wenn wir unterwegs sind«, erwiderte er. »Gehen wir an Bord der Dschunke.«

»Den Teufel werde ich tun!«

»Wie Sie wollen«, sagte er und begann die Pier hinabzugehen.

Nach einer Weile ging sie zurück zu ihrem Jeep, nahm einen Karabiner und einen Brotbeutel vom Sitz und trottete hinter McCoy her. Als sie ihn einholte, verneigte er sich spöttisch und forderte sie mit einer Geste auf, vor ihm die Leiter hochzuklettern.

Als sie hochstieg, signalisierte er Zimmerman, ihre übrigen Sachen aus dem Jeep zu holen.

Die Marines längs der Reling der *Wind of Good Fortune* beobachteten die attraktive Kriegsberichterstatterin auf der Leiter mit großem Interesse.

Als sie es – mit einiger Mühe; der Karabiner, die Leica und ihr Brotbeutel hingen von ihrem Hals herab – schließlich an Deck geschafft hatte, sah sie sich Lieutenant David R. Taylor, USNR, gegenüber.

Sie schenkte ihm ein atemberaubendes Lächeln.

»Ich bin Jeanette Priestly von der *Chicago Tribune*«, sagte sie.

»Willkommen an Bord«, erwiderte er.

Jeanette lächelte und winkte den Marines zu.

McCoy schlenderte heran.

»Erlaubnis zur Abfahrt, Sir?«, fragte Taylor.

»Gewährt«, sagte McCoy.

Taylor ging nach achtern und stieg die äußere Leiter zum Heck der Dschunke empor. Jeanette folge ihm. Sie sah nicht, dass Zimmerman mit dem Rest ihrer Sachen an Bord kam.

Taylor begann Befehle auf Koreanisch zu geben.

McCoy kam die Leiter herauf.

»Erlaubnis, auf die Brücke zu kommen, Sir?«, fragte er.

»Gewährt«, sagte Taylor.

Taylor öffnete die Abdeckung der Kontrolltafel und startete den Motor, was Miss Priestly faszinierte.

Koreanische Matrosen zogen – unterstützt von Marines – an Tauen, und drei Segel richteten sich an ihren Masten wie Jalousien auf.

Taylor band den Griff des Ruders los, schaltete und gab Gas. Die *Wind of Good Fortune* bewegte sich fast seitwärts von der Pier weg.

»Was hat das zu bedeuten?«, fragte Jeanette in ihrem freundlichsten Tonfall.

Keiner antwortete.

Taylor lenkte die *Wind of Good Fortune* in tiefes Wasser und stellte dann den Motor ab.

Die Segel der Dschunke füllten sich mit Wind, und die *Wind of Good Fortune* begann sich wie ein Segelschiff zu verhalten.

»Kommen Sie schon, McCoy, sagen Sie mir, was hier vorgeht«, drängte Jeanette.

»In einer Minute«, sagte McCoy. »Ich muss erst mit Major Kim sprechen. Genießen Sie derweil die schöne Aussicht.«

Er stieg die Leiter zum Hauptdeck hinab und ging zu Major Kim, der auf halbem Weg zwischen Heck und dem Vorderdeck stand. McCoy hatte lange hin und her überlegt, wie er mit Major Kim zurechtkommen konnte. Schließlich hatte er sich entschieden, es mit dem alten Sprichwort zu halten »Wenn man Zweifel hat, soll man die Wahrheit sagen«. Das schien nicht die beste, aber wirklich die einzige Lösung zu sein.

Als er auf Kim zuschritt, schaute ihm der Offizier der koreanischen Nationalpolizei erwartungsvoll entgegen.

»Major, wir segeln nach Tokchok Kundo«, sagte McCoy.

Kim nickte und wartete darauf, dass er weitersprach.

»Es besteht die große Möglichkeit, dass General MacArthur eine amphibische Invasion bei Inchon machen wird«, fuhr McCoy fort. »Da sind zwei Inseln im Flying Fish Channel, jetzt besetzt vom Feind, von denen aus Schiffe der Invasionsflotte unter Artilleriebeschuss genommen werden können …«

»Yonghung-do und Taemuii-do«, unterbrach Kim und nickte.

McCoy war überrascht, sogar bestürzt, weil Kim von den Inseln wusste.

»… und sie sollten so schnell und still wie möglich eingenommen werden«, sprach McCoy weiter und hoffte, dass ihm die Überraschung nicht an der Miene oder der Stimme anzumerken war.

Das war offenbar jedoch der Fall gewesen.

»Major Dunston«, sagte Kim, der spürte, dass eine Erklärung angebracht war. »Als wir über die Operation Bluehearts sprachen …«

McCoy war von neuem überrascht. Diesmal platzte er heraus: »Sie wussten von der Operation Bluehearts?«

Kim nickte. »Als das möglich wirkte – nicht wahrscheinlich, aber möglich –, ließ mich Major Dunston den Kanal erkunden. Wir sahen die Gefahr, die Yonghung-do und Taemuii-do darstellen.«

»Was meinen Sie mit ›wir sahen‹?«

»Wir fuhren mit einem Fischerboot dorthin, Captain McCoy«, sagte Kim, »zu beiden Inseln, und sahen uns um.«

»Davon wusste ich nichts«, sagte McCoy.

Was soll's, McCoy, du hast dich entschieden, wenn alles sonst scheitert, die Wahrheit zu sagen.

»Wenn Major Dunston einen Bericht für den Nachrichtendienst gemacht hat …«

»Das hat er«, sagte Major Kim.

»Ich habe ihn nicht gesehen. Ich erhielt meine nachrichtendienstlichen Erkenntnisse – noch wichtiger, meine Vorgesetzten erhielten ihre – über Yonghung-do und Taemuii-do von Lieutenant Taylor. Ich weiß genau, dass General Pickering nie einen Bericht von Dunston gesehen hat.«

»Das ist sonderbar«, meinte Kim.

»Dunstons Bericht wurde abgeliefert, bevor General Pickering das Amt des stellvertretenden CIA-Direktors für Asien übernahm«, dachte McCoy laut.

»Ja«, stimmte Kim zu.

»General Pickering hat mir befohlen, Yonghung-do und Taemuii-do so schnell und lautlos wie möglich einzunehmen«, sagte McCoy.

Kim nickte.

»Ich habe entschieden«, fuhr McCoy fort, »dass Major Dunston kein Recht auf Information über diese Sache hat, und ich habe ihm nichts davon erzählt. Und ich habe Sie im Unklaren gelassen, Major Kim, weil ich weiß, dass Sie für Major Dunston arbeiten und sich vielleicht verpflichtet gefühlt hätten, ihm zu melden, was wir vorhaben.«

Kim nickte.

»Wenn er erfährt, dass die *Wind of Good Fortune* mit Ihnen und Ihren Marines und mir und meinen Männern losgesegelt ist …«

»… wird er vermutlich sehr leicht erraten, was wir machen«, sagte McCoy. »Das tut mir Leid. Aber je weniger Leute von dieser Operation wissen, desto geringer ist die Möglichkeit, dass die Nordkoreaner davon erfahren werden.«

Kim nickte, sagte jedoch nichts.

»Ich musste auch die Marines im Unklaren lassen«, sagte McCoy.

»Sir?«

»Major, ich bin Captain. Sie sollten mich nicht mit ›Sir‹ ansprechen – eher ich Sie.«

»Sie haben das Kommando«, wandte Kim ein. »Unter diesen Umständen schlage ich vor, dass wir einander mit ›Captain‹ und ›Major‹ anreden.«

»Vor den Männern«, sagte McCoy. »Zwischen uns würde es mich freuen, wenn Sie mich ›Ken‹ nennen.«

Kim sah ihm einen Moment in die Augen.

»Meine Vornamen sind Pak Su. Meine Freunde nennen mich

›Su‹. Es würde mich freuen, wenn Sie mich – unter uns – ›Su‹ nennen würden.«

Er streckte McCoy die Hand hin.

Eines der ersten Dinge, die ich in Schanghai gelernt habe, war: wenn ein Asiate lächelt und dir die Hand hinhält, solltest du schnell mit der anderen Hand die Brieftasche festhalten.

Aber ich bezweifle, dass dies hier zutrifft. Ich glaube, dieser Kim ist ein ehrbarer Mann, ein Offizier von Ehre, der soeben bei uns an Bord gekommen ist.

»Danke, Su«, sagte McCoy.

»Sie sagten etwas über das Marine-Corps?«, erinnerte Su.

McCoy brauchte einen Moment, um sich zu erinnern, was er gesagt hatte.

»O ja. Die Flugzeuge des Marine-Corps an Bord unserer Flugzeugträger werden uns einmal pro Tag Luftfotos von den Inseln im Flying Fish Channel liefern. Ich möchte nicht das Risiko eingehen, dass ein Pilot des Marine-Corps gefangen genommen wird und weiß, dass wir an irgendeiner besonderen Insel interessiert sind. So haben ich ihnen nichts von Yonghung-do und Taemuii-do erzählt.«

»Wann werden Sie die ersten Fotos erhalten?«

»Die ersten Fotos haben wir bereits bekommen«, sagte McCoy und wies zum Heck.

»Ich glaube, es wäre nützlich, wenn ich sie sehe«, sagte Su.

»Ich weiß, dass es nützlich wäre, wenn Sie mir zeigen könnten, welche der Inseln Yonghung-do und welche Taemuii-do ist«, sagte McCoy und forderte den südkoreanischen Offizier mit einer Handbewegung auf, ihm zum Heck zu folgen.

Jeanette Priestly wartete auf McCoy am Fuß der Leiter.

»Jetzt?«, fragte sie.

»Noch einen Moment«, erwiderte McCoy.

Sichtlich ärgerlich folgte sie ihm, als er zu seiner Segeltuchtasche ging und den Umschlag mit den Fotos nahm, die von der COD Avenger der *Sicily* nach Pusan geflogen worden waren.

»Was ist das?«, fragte sie.

»Lieutenant Taylor wollte Ihnen die Kapitänskabine überlassen«, sagte McCoy. »Ich habe jedoch soeben entschieden, dass wir sie mehr brauchen als Sie.«

»Wofür sollte ich eine Kabine brauchen?«

»Weil es vier – vielleicht fünf – Tage dauern wird, bis wir nach Pusan zurückkehren«, sagte McCoy.

»Was?« Sie starrte ihn entgeistert an.

»Captain«, sagte McCoy zu Taylor, »ich schlage vor, dass wir Ihre Kabine zum Einsatzraum umfunktionieren und Miss Priestly eine der anderen Kabinen geben.«

»Genehmigung erteilt«, sagte Taylor lächelnd.

»Wenn Sie meinen, ich verbringe die Nacht auf diesem Ding …«

»Sie sind eine ziemlich gute Schwimmerin, nicht wahr?«, fragte McCoy und deutete zum inzwischen weit entfernten Ufer.

Zimmerman lachte, und Jeanette blickte ihn böse an.

»Ernie, bringen Sie Major Kim zu der Kapitänskabine und lassen Sie sich diese Fotos erklären«, befahl McCoy.

»Aye, aye, Sir«, sagte Zimmerman.

McCoy wandte sich an Jeanette.

»Okay«, sagte er. »Jetzt zu Ihnen. Möchten Sie lieber hier reden oder in Ihrer Kabine?«

»Sie werden sofort diesem Mann sagen, dass er dieses Ding wendet und mich aussteigen lässt.«

»Nein, ich werde jetzt hinabsteigen und mir Ihre Kabine ansehen. Wenn Sie dorthin für ein Gespräch mitkommen wollen, prima. Wenn nicht, genießen Sie die Aussicht.«

Zimmerman lachte wieder, und Jeanette blickte ihn abermals giftig an.

McCoy griff von neuem in seine Segeltuchtasche und holte eine Flasche Famous Grouse hervor, die in ein sauberes T-Shirt gewickelt war.

»Was soll das?«, fragte Jeanette.

»Es ist siebzehn Uhr«, sagte McCoy. »Cocktailstunde. Auf dieser Reise bekommen wir einmal pro Tag einen Drink. Ich werde meinen jetzt nehmen. Sie können Ihren auch jetzt nehmen, oder Sie können hier oben bleiben und die Aussicht bewundern.«

Mit der Flasche in der Hand stieg er die innere Leiter hinab und ging in die kleinste der drei Kabinen.

Eine Minute später trat Jeanette hinter ihm ein.

Er trat um sie herum und schloss die Tür. Sie sah ihn mit erhobenen Augenbrauen an.

»Zimmerman – nein, Sergeant Jennings – hat einige Luftmatratzen von der Army bekommen«, sagte McCoy. »Dies sollte nicht zu unbequem sein.«

Sie sah ihn mit einer Mischung aus Ungläubigkeit und Ärger an.

Er überreichte ihr die Flasche Famous Grouse.

»Ich will keinen verdammten Drink, verdammt noch mal!«

»Sie werden vielleicht einen brauchen«, sagte McCoy. »Pick ist abgeschossen worden, hinter den nordkoreanischen Linien, in der Nähe von Taegu. Wir wissen nicht, ob er noch lebt.«

Sie sah ihn lange stumm an und nahm dann die Whiskyflasche. Sie schraubte den Verschluss ab, trank einen Schluck und gab ihm die Flasche zurück.

»Was ist passiert?«, fragte sie ruhig.

»Er schoss Lokomotiven ab. Es wird vermutet, dass er entweder von Flugabwehrfeuer oder von Stücken der Lok getroffen wurde. Colonel Dunn flog anschließend über die Absturzstelle. Das Flugzeug brannte, doch das Cockpit war leer. Wir denken, dass er nach dem Absturz vielleicht noch an einem Stück war, wenn er aussteigen konnte.«

»Und jetzt ist er ein Gefangener?«, fragte Jeanette ruhig.

»Es besteht die Chance …«, begann McCoy und verstummte, als sie ihm die Whiskyflasche aus der Hand nahm. Er sagte nichts, als sie einen weiteren tiefen Schluck trank, bevor sie ihm die Flasche zurückgab.

»Das war mein Drink für morgen, okay«, sagte sie. »Was wollten Sie sagen?«

»Es besteht die Chance, dass die Nordkoreaner gern einen Piloten des Marine-Corps, einen Major, verhören wollen.«

»Besonders, wenn sie wissen, dass sein Vater der CIA-Mann für Asien ist«, stimmte Jeanette zu.

»Wir glauben nicht, dass sie das wissen«, sagte McCoy. »Und es ist klar, dass ich Ihnen nicht erlauben kann, eine Story zu schreiben und es ihnen darin mitzuteilen.«

»Was werden Sie tun, mich bis zum Ende des Krieges gefangen halten?«

Er gab keine Antwort.

»Zum Teufel mit Ihnen, McCoy«, fuhr sie fort. »Sie hätten es mir nur zu sagen brauchen.«

»Dieses Risiko konnte ich nicht eingehen.«

»Und was ist das, eine Art Rettungsoperation?«

»Es gibt zwei Inseln im Flying Fish Channel, der nach Inchon führt, von denen aus die Nordkoreaner die Invasionsflotte auf dem Weg nach Inchon unter Artilleriebeschuss nehmen können. Wir versuchen, diese Inseln jetzt einzunehmen, sehr lautlos, unter dem Einsatz südkoreanischer Nationalpolizei und auf eine solche Weise, dass die Nordkoreaner nicht erraten werden, dass es die Einleitung einer amphibischen Invasion ist.«

Jeanette dachte einen Moment darüber nach.

»Das wäre eine gute Story«, sagte sie dann. »Und unter diesen Umständen wäre es eine exklusive, nicht wahr?«

Er nickte.

»Natürlich keine so gute Story wie eine Titelgeschichte ›heldenhafter Sohn des CIA-Chefs in Korea abgeschossen‹. Aber eine ziemlich gute kleine Story.«

McCoy schwieg.

»Aber offenbar könnte ich nichts über Pick schreiben, richtig?«

»Warum ›offenbar‹?«

»Sie blöder Hurensohn, Sie verstehen nicht, wie?«

»Was soll ich verstehen?«

»Ich liebe den Hurensohn!«

Nach einer Weile fragte McCoy: »Wann ist es passiert?«

»Vermutlich im Hotel, an dem Abend, an dem ich ihn kennen gelernt habe«, sagte sie. »Oder vielleicht, als er von diesem ersten Kampfeinsatz zurückkehrte, mich küsste und ich ihn praktisch ins Bett zerrte.«

»Das wusste ich nicht«, sagte McCoy. »Es tut mir Leid.«

»Aber ich wusste es nicht bis zu diesem Augenblick, als Sie mir erzählten, was passiert ist.«

McCoy schwieg.

»O Gott, McCoy!«, sagte sie.

McCoy legte leicht eine Hand auf ihre Schulter. Er spürte, dass sie zitterte, und bevor sie beide wussten, was geschah, lag sie schluchzend in seinen Armen, und er streichelte sie tröstend.

VI

1

An Bord der *Wind of Good Fortune*
34° 18′ nördlicher Breite, 126° 30′ östlicher Länge
Das Gelbe Meer

6. August 1950, 4 Uhr 45

Sie hatten den Hafen von Pusan nicht mit Motorkraft verlassen wollen, weil sie keine Aufmerksamkeit auf sich ziehen wollten – McCoy schätzte, dass sich an die hundert nordkoreanische Agenten in Pusan befanden –, und so waren sie in tiefes Wasser hinausgesegelt. Als sie außer Sicht von Pusan gewesen waren, hatten sie die Segel eingeholt, den Dieselmotor angelassen und waren durch die Nacht ›gedampft‹ – Lieutenant Taylor hatte es so bezeichnet –, so schnell wie Taylor es für klug gehalten hatte.

McCoy hatte sich dann freiwillig angeboten, Taylor an der Ruderpinne abzulösen so lange er wollte, doch Taylor hatte erklärt, er werde seinen Schlaf nachholen, wenn sie Tokchok Kundo erreichten. Er hatte McCoy vorgeschlagen, so viel zu schlafen wie möglich.

Als McCoy beim ersten Tageslicht erwachte, das durch das kleine Fenster fiel – er konnte es nicht als Bullauge bezeichnen, denn es war aus Holz, dünn verglast und hatte sogar einen kleinen Vorhang –, ging er zur Brücke und stellte fest, dass Zimmerman und Jeanette Priestly bereits dort waren.

Steuerbord war eine Küstenlinie soeben sichtbar, nach McCoys Schätzung etwa vier Meilen entfernt. Er glaubte den Duft von gebratenem Speck zu riechen.

»Nun, Kapitän Kidd ist endlich erwacht«, sagte Jeanette als Begrüßung.

»Ich ziehe es vor, mich für Jean Lafitte zu halten«, erwiderte McCoy. »Er war einer der guten Piraten, wir haben diesen Krieg gewonnen und er wurde trotz seiner Untaten begnadigt und lebte fortan glücklich und zufrieden. Captain Kidd hingegen wurde aufgehängt.«

Taylor lachte.

»Ist das gebratener Speck, den ich rieche?«, erkundigte sich McCoy. »Und wer weiß, wie man an Kaffee kommt?«

»Ich«, sagte Zimmerman und wies zum Deck, wo ein olivfarbener Warmhaltebehälter mit der Aufschrift ›D Co. 24th Inf‹ an der Reling befestigt war.

McCoy ging hin und öffnete ihn. Er enthielt zwei Feldflaschen, vermutlich mit Kaffee gefüllt, und einen Stapel mit Aluminiumbechern. Er schenkte Kaffee ein und bot dann den Becher Taylor an, der nickte und lächelte.

»Das Frühstück wird in Kürze serviert«, sagte Zimmerman. »Sandwichs mit Ei und Speck.«

»Aller Komfort wie zu Hause«, meinte McCoy. »Was will man mehr?«

»Eine Toilette mit Spülung wäre schön«, sagte Jeanette.

»Wo sind wir?«, fragte McCoy.

»Nun, wenn wir dort sind, wo ich hoffe, haben wir es durch die Cheju-Straße geschafft, sind jetzt im Gelben Meer auf dem Weg nach Norden und es ist an der Zeit für eine Entscheidung.«

»Lassen Sie mich Kaffee trinken, bevor ich anfange, Entscheidungen zu treffen«, sagte McCoy und ging zu dem Warmhaltekasten. Dann gesellte er sich mit seinem Kaffee zu Taylor.

»Ich meinte es ernst, wissen Sie, als ich sagte, Sie sind der Kapitän«, sagte McCoy.

Taylor äußerte sich nicht direkt dazu.

»Es wird hell«, sagte er. »Ich weiß nicht, ob wir hier draußen irgendjemandem begegnen werden – und die Wahrscheinlichkeit wäre noch geringer, wenn wir noch ein paar Meilen von der Küste wegführen –, aber wenn uns jemand sieht und den Motor hört, führt das zu Fragen. Unsere Geschwindigkeit wird halbiert, wenn wir die Segel hissen und den Motor ausschalten. Zeit der Entscheidung.«

»Wir müssen so schnell wie wir können nach Tokchok Kundo«, dachte McCoy laut. »Die Worte, auf die es ankommt, sind ›müssen‹ und ›so schnell wie wir können‹. Die Optionen widersprechen sich.«

»Ihre Entscheidung, McCoy.«

»Ich glaube ›so schnell wie wir können‹ berechtigt zu einem gewissen Risiko.«

»Mit anderen Worten, wir lassen den Diesel laufen?«

»Wenn wir einem Schiff der Marine begegnen, einem unserer Navy, einem britischen oder südkoreanischen«, sagte McCoy, »wird man uns vermutlich einen Schuss vor den Bug feuern und uns stoppen. Wir könnten uns dann herausreden.«

»All diese Gewässer sind für alle außer örtlichen Fischern tabu«, sagte Taylor. »Wenn wir von einem Aufklärungsflugzeug entdeckt werden, wird man nur sehen, dass es eine Dschunke mit Motorkraft ist. Örtliche Fischer haben keine Dschunken mit Motor. Wenn ich ein Pilot wäre, würde ich an Nordkoreaner denken.«

»Warum?«

»Weil man mir gesagt hätte, dass ein befreundetes Schiff in diesem Gebiet sein wird.«

»Nun, wenn uns einer unserer Jungs entdeckt, können wir nur hoffen, das er uns tief überfliegt und passieren lässt, anstatt uns aus dem Wasser zu blasen. Ich weiß nicht, wie wir rechtfertigen können, dass wir mit sechs Knoten fahren, wenn wir zwölf machen können.«

»Was ist mit ihr?«, fragte Taylor und warf einen Blick zu Jeanette Priestly.

»Sie ist eine Kriegsberichterstatterin, richtig? Diese Leute geraten schon mal in die Feuerlinie.«

»Ich mag sie«, sagte Taylor. »Als Person, meine ich.«

»Ja, ich mag sie auch«, sagte McCoy ohne zu denken.

Da will ich doch verdammt sein! Das habe ich ernst gemeint.

Er sah, dass Taylor mit einiger Mühe einen Kurswechsel durchführte und von der Küstenlinie wegfuhr.

Zehn Minuten später wurde der Kurs der *Wind of Good Fortune* erneut korrigiert, und McCoy sah, dass sie jetzt nach Norden fuhren. Er blickte zu der Landmasse.

»Mr McCoy!«, rief Taylor und bemühte sich, wie Charles Laughton in Meuterei auf der *Bounty* zu klingen.

McCoy wandte sich um und ging dann zu ihm.

»Sie haben gerufen, Kapitän?«

»Sie haben das Steuer«, sagte Taylor.

»Sie sollten mir besser sagen, was ich damit soll, Kapitän.«

»Den Kurs steuern, auf dem wir sind«, sagte Taylor und wies auf den Kompass.

»Aye, aye, Sir«, erwiderte McCoy und legte die Hand auf das glatte Holz der Ruderpinne.

Taylor ging nach unten und kehrte sofort mit einer Luftmatratze und zwei Schlafsäcken zurück, mit denen er sich schnell ein ›Bett‹ auf dem Deck machte.

Und dann legte er sich schlafen, ohne auf sein Ei-Sandwich zum Frühstück zu warten.

Als das Frühstück ein paar Minuten später eintraf, nahm Jeanette aus einem anderen Warmhaltebehälter der Army ein Ei-Sandwich und gab es McCoy.

»Danke.«

»Wann sind wir am Ziel, wo immer das sein mag?«, fragte sie.

Er rechnete im Kopf – so und so viele Meilen mit so und so vielen Knoten – und gelangte zu dem Schluss, dass die Fahrt noch etwas über vierundzwanzig Stunden dauern würde.

»Wir fahren – ich dachte, das hätte ich Ihnen gesagt – zu einer Insel namens Tokchok Kundo, und nach meiner Berechnung sollten wir dort zwischen vier und fünf Uhr morgen früh eintreffen.«

Sie nickte.

McCoy kam ein anderer Gedanke, und er sprach ihn aus.

»Es wird um vier Uhr noch dunkel sein, und ich bezweifle, dass Taylor mit diesem Ding in der Dunkelheit anlegen will. So wird es vermutlich später werden, vielleicht ein paar Stunden später.«

»Und wenn wir von Bord der *Queen Mary* gehen, was dann?«

»Als Erstes stellen wir das SCR-300 auf und nehmen es in Betrieb«, erklärte McCoy. »Kim sagt, es gibt einen Diesel-Generator auf der Insel, aber vermutlich wenig – oder keinen – Treibstoff. Wir haben Treibstoff dabei und ebenfalls einen kleinen, mit Gas betriebenen Generator, der – wenn wir Glück haben – ein paar Stunden laufen wird, wenn wir ihn benutzen müssen.«

»Was heißt SCR?«

»Signal Corps Radio«, sagte McCoy. »Ein Funkgerät des Fernmeldekorps.«

Jeanette nahm ein Notizbuch aus ihrer Tasche und schrieb das auf. »Und wenn es aufgestellt und in Betrieb ist, was dann?«

»Wir informieren Tokio über Funk, dass wir hier sind, und fragen an, ob sie irgendetwas für uns haben.«

»Wie zum Beispiel eine Nachricht über Pick?«

»Wenn es etwas Neues über Pick gibt, wird General Pickering es an uns weitergeben«, sagte McCoy.

»Und dann?«

»Wir laden das Material aus, das wir mitgebracht haben, machen eine Inventur, was auf Tokchok Kundo für uns brauchbar ist, und planen die Einnahme von Taemuii-do und Yonghung-do.«

»Das sind die Inseln im Flying Fish Channel?«

McCoy nickte.

»Sie wissen, wie die Inseln geschrieben werden?«, fragte Jeanette und nahm wieder ihr Notizbuch.

»Je mehr Informationen Sie haben, desto mehr bin ich versucht, Sie auf Tokchok Kundo zurückzulassen, bis diese Operation vorüber ist.«

Ihre Blicke trafen sich.

»Genau dies würden Sie tun, nicht wahr?«, fragte sie. »Wie hat sich ein nettes Mädchen wie Ernestine Sage nur mit einem unbarmherzigen Bastard wie Ihnen einlassen können?«

»Sie hatte Glück, nehme ich an«, sagte McCoy.

»Ich dachte, ich hätte klar gemacht, dass ich jetzt ein persönliches Interesse an diesem Krieg habe«, sagte Jeanette.

»Ich weiß nicht, wie weit ich Ihnen vertrauen kann«, sagte McCoy. »Wenn überhaupt.«

»Okay. Lassen Sie mich auf der verdammten Insel zurück, wenn Sie meinen, das Sie das tun müssen. Aber buchstabieren Sie jetzt die verdammten Inseln für mich.«

»Wenn es hell wird, hat Taylor Karten, auf denen die Inseln verzeichnet sind. Ich bin mir nicht sicher, wie sie buchstabiert werden.«

»Sie planen eine Invasion von Inseln, die Sie nicht mal buchstabieren können?«, fragte Jeanette.

»Wir Marines – wir können alles«, erwiderte McCoy.

»Das Traurige ist, dass Sie das wirklich glauben«, sagte Jeanette. »Und nachdem Sie die *Queen Mary* ausgeladen und Ihre Pläne für die Invasion der Inseln gemacht haben, die Sie nicht buchstabieren können, was dann?«

»Taylor und ich kehren mit ein paar Koreanern als Besatzung nach Pusan zurück. Jeder sonst – vermutlich einschließlich Sie – bleibt auf der Insel und beginnt mit der Ausbildung der Koreaner für die Operation. Taylor und ich haben eine Menge in Pusan zu tun, und vielleicht auch in Tokio.«

»Zum Beispiel?«

»Nun – Jeanette, Sie verstehen, dass es mir ernst ist, Sie auf Tokchok Kundo zurückzulassen? Und je mehr Sie wissen …«

»Ich würde für immer auf dieser verdammten Insel bleiben, wenn es Pick helfen würde«, sagte Jeanette. »Okay?«

»Okay. Das ist geklärt. Wir werden Boote benötigen, um die Inseln einzunehmen«, sagte McCoy. »Das bedeutet, dass wir (a) Boote auftreiben müssen und (b) eine Möglichkeit finden müssen, sie nach Tokchok Kundo zu schaffen.«

»Was für Boote? Und wie viele?«, fragte sie.

Was soll's, solange ich persönlich auf sie aufpasse und sie keinen Zugang zu Kommunikationsmitteln hat, ist es gleichgültig, wie viel sie weiß. Und es ist immer eine gute Idee, eine solche Operation durchzudiskutieren. Bei einem solchen Gespräch stößt man immer auf irgendetwas, an das man nicht gedacht hat.

So erzählte er ihr, welche Art Boote gebraucht wurden und wie viele. Und er beantwortete all ihre sonstigen Fragen.

2

Dewey-Suite
Imperial Hotel
Tokio, Japan

6. August 1950, 17 Uhr 30

Als es an der Tür klopfte, lag Captain George F. Hart, USMC, auf einer Couch im Wohnzimmer und las in einer Taschenbuchausgabe von Mickey Spillanes ›*My Gun is quick*‹.

Er ging leise zur Tür und zog sie auf.

Major General Ralph Howe stand auf dem Flur, gekleidet wie Hart mit einem Uniformhemd ohne Krawatte und Uniformhose.

»Lesen Sie beruflich, George?«, fragte Howe.

»Ich kann dieses Ding nicht glauben«, erwiderte Hart.

»Vielleicht nennt man es deshalb Fiktion«, meinte Howe. »Wo ist Ihr Boss?«

Hart wies zum Schlafzimmer.

»Ich hoffe, er schläft«, sagte er und fügte hinzu: »Die Drinks, die ich ihm zur Cocktailstunde gegeben habe, waren steif.«

Howes Augenbrauen ruckten hoch.

»Er ist nicht betrunken«, sagte Hart. »Ich habe ihn noch nie betrunken gesehen.«

»Ich muss mit ihm reden, George«, sagte Howe.

»Jawohl, Sir.« Hart warf *My Gun is quick* auf die Couch und ging zu Pickerings Schlafzimmer. Er klopfte zweimal an und trat ein, ohne auf eine Aufforderung zu warten.

Pickering – ebenfalls in Uniformhemd und -hose – lag auf seinem Bett.

»Verzeihen Sie die Störung, Boss«, sagte Hart.

»Kein Problem«, sagte Pickering. »Ich habe bereits zweimal die Kimono-Ladys auf der Tapete gezählt. Was ist los?«

»General Howe ist da, Sir.«

Pickering schwang die Beine vom Bett und ging auf Strümpfen zum Wohnzimmer.

»Tut mir Leid, dass ich Sie geweckt habe, Flem«, sagte Howe.

»Ich war bereits wach«, entgegnete Pickering. »Möchten Sie einen Drink?«

»Eigentlich gerne, doch dies ist vielleicht nicht der richtige Zeitpunkt. Ich erhielt einen Anruf von Harriman. Sie sind soeben in Haneda gelandet und kommen her, um uns zu besuchen. Sie wollen uns beide sprechen, und zwar getrennt.«

»Mit sie meinen Sie Harriman und Ridgway?«, fragte Pickering.

Howe nickte.

»Besorgen Sie uns Kaffee, George, während ich meine Schuhe anziehe«, befahl Pickering.

»Aye, aye, Sir.«

»Ist mit Ihnen alles in Ordnung, Flem?«, fragte Howe.

»Sie meinen, ob ich besoffen bin? Nein. Ich habe ernsthaft

überlegt, ob ich mich betrinken soll, und mir gesagt, dass dies nicht klug wäre.«

Howe folge Pickering und lehnte sich an die Schlafzimmertür, während Pickering seine Schuhe anzog.

»Neulich sagte McCoys Frau, sie kennt Harriman. Kennen Sie ihn, Flem?«

Pickering nickte.

»Vermutlich will er deshalb zuerst mit Ihnen sprechen«, meinte Howe.

»Wir sind keine Kumpel«, sagte Pickering. »Wir sind uns im Laufe der Jahre oftmals begegnet. Meine Frau kennt ihn besser als ich. Und sie kann ihn nicht ausstehen.«

»Wie ist er?«

»Sie sind ihm nie begegnet?«

»Nur kurz. Truman ist beeindruckt von ihm.«

»Interessanter Mann. Als er achtzehn war, starb sein Vater. Hinterließ ihm die Union Pacific Railroad. Und die Southern Pacific. Während des Zweiten Weltkriegs war er unser Botschafter in Russland. Ich dachte stets, Roosevelt spielt wieder Machiavelli, als er einen der reichsten Männer Amerikas als Botschafter zu den Kommunisten schickte.«

»Ich habe das Gefühl, dass er einer der Ersten – und sehr wenigen – der Horde um Roosevelt war, der Truman davor warnte, dass Onkel Joe ›*Der freundliche Bär*‹ Stalin ein wahrer Hurensohn ist«, sagte Howe.

»Kann sein«, sagte Pickering, während er die Schuhriemen band. »Er arbeitet für Truman. Die meisten dieser Horde sind Gott sei Dank verschwunden.«

Er richtete sich auf und ging ins Badezimmer.

»Siebzehn-Uhr-Bartschatten«, sagte er. »Ich weiß nicht, ob Sage diesen Slogan erfunden hat, doch er hat ihm höllisch viel Geld eingebracht.«

»Sage?«, fragte Howe, ging zum Badezimmer und blieb an der Tür stehen.

»McCoys Schwiegervater«, erklärte Pickering. »Zuerst sorgte American Personal Pharmaceuticals – das war der Konzern von Ernies Vater – dafür, dass sich die Männer schämten, einen Bart zu haben, und dann begann der Konzern mit dem Verkauf von

Sicherheitsrasierern und Rasiercreme. Haben Sie jemals darüber nachgedacht, wie blöde das Rasieren ist?«

Howe lachte glucksend.

»Hatten Sie jemals einen Bart?«, fragte er.

»Ich hatte einen Bart von meinem Ausscheiden aus dem Marine-Corps nach dem Ersten Weltkrieg an bis zum Tag meiner Heirat. Genauer gesagt, bis zu dem Tag, an dem ich geheiratet wurde. Patricia sagte, sie würde mich nicht ›mit diesem Pelz im Gesicht‹ heiraten, und ich glaubte ihr. Ich hätte standhaft bleiben sollen.«

»Nach dem, was ich von ihr gesehen habe, ist sie eine wundervolle Lady«, sagte Howe. »Sie sagten zuvor, sie mag Harriman nicht.«

»Sie kann ihn nicht ausstehen.«

»Warum?«

»Patricia hat stets die sonderbare Vorstellung, dass Männer keine fleischliche Kenntnis von Damen haben sollten, mit denen sie nicht in heiliger Ehe verbunden sind«, sagte Pickering, während er sein Gesicht einseifte.

»Ich frage mich, woher sie diese alberne Vorstellung bekommen«, bemerkte Howe.

»Und die Sünde ist noch schlimmer, wenn der Mann, der die Lady vögelt, mit der er nicht verheiratet ist, selbst verheiratet ist.«

»Natürlich«, sagte Howe. »Sie reden von Harriman? Er sieht aus – und gibt sich – wie der Vorsitzende der Bischofskonferenz.«

»Und so was Ähnliches ist er vermutlich auch«, sagte Pickering.

»Aber?«

»Während des Krieges war Patricia oft in London und wohnte in einem Apartment im Claridge's Hotel. Dort wohnte auch Botschafter Harriman, wenn er von Moskau einflog, um bei Eisenhower Rücksprache zu nehmen und – rein zufällig – Pamela Churchill zu vögeln.«

»Pamela Churchill?«

»Winstons Schwiegertochter«, sagte Pickering. »Die Frau seines Sohns Randolph.«

»Das hatte ich nie gehört«, sagte Howe.

»Nun, es ist kaum ein Geheimnis«, sagte Pickering. »Ich hörte davon hier in einem von Wild Bill Donovans monatlichen

Top-Secret-Berichten über wichtige Weltereignisse, bevor Patricia mir davon erzählte. Und wenn Wild Bill über Harriman und seine Freundin Bescheid wusste, dann war auch Roosevelt im Bilde. Sie waren während des Krieges in Europa, Ralph. Haben Sie jemals etwas über Eisenhowers ›Fahrer‹ gehört, dem englischen Mädchen, das er in die U.S. Army als Captain rekrutiert hatte?«

Howe nickte.

»Mein Gott, ich werde eine Plaudertasche, nicht wahr?«, sagte Pickering. »Waren Georges Drinks doch stärker, als ich dachte?«

»Taktlose Frage«, sagte Howe. »Haben Sie jemals etwas über den Vizekaiser gehört?«

»Kein Wort. Und ich hätte Gerede mitbekommen. Natürlich ist es viel leichter, seiner Frau treu zu sein, wenn sie bei einem ist. Wie sagte Oscar Wilde, ›Enthaltsamkeit ist die ungewöhnlichste aller Perversionen‹?«

»Wenn Sie mich nicht über Treue befragen, während Sie Gott, Mutter und den Apfelkuchen verteidigen«, sagte Howe, »dann werde ich auch nicht nach Ihrer Treue fragen.«

Pickering lachte.

»Ich glaube, was Patricia wirklich ärgerte, war der Umstand, dass es Harriman anscheinend gleichgültig war, wer über die Churchill-Frau wusste, was sehr peinlich für Mrs Harriman gewesen sein muss.«

»Wie heißt es in der Bibel, Flem? Richte nicht …«

»Ich habe nie eine Frau kennen gelernt, die so weit im Lesen der Bibel gekommen ist«, sagte Pickering.

Er klatschte sich Wasser ins Gesicht, wischte es mit einem Handtuch ab und tupfte Aftershave auf Kinn und Wangen.

»Das hätten wir. Mein schändlicher Nachmittags-Bartschatten ist beseitigt, ich rieche wie eine französische Hure und bin jetzt darauf vorbereitet, mich mit dem Botschafter zu treffen. Und Ken McCoys Schwiegervater ist ein kleines bisschen reicher.«

»Wann erwarten Sie eine Nachricht von McCoy?«, wollte Howe wissen.

»Wenn er mir etwas zu sagen hat, Ralph. Er ist sehr gut in seinem Job. Mein Vater lehrte mich, den Leuten, die wissen, was sie tun, aus dem Weg zu bleiben und sie gewähren zu lassen.«

Howe nickte.

»Ich ziehe besser eine Krawatte und meinen Rock an«, meinte Pickering.

»Daran hatte ich auch gedacht«, sagte Howe. »Harrimans Tonfall hat mir nicht sonderlich gefallen.«

»Was?«

»Er gab Befehle«, erklärte Howe. »Als hätte er das Recht dazu.«

»Hat er das nicht?«

»Und wenn er hier reinspaziert und uns alle in unseren Generalsuniformen sieht«, sagte Howe, »mit polierten Schuhen et cetera – und einer von uns ist frisch rasiert und riecht wie eine französische Hure –, wird er die Hackordnung aufstellen, wie sie ihm beliebt. Harriman wird der erhabene Botschafter sein, der es mit ein paar unwichtigen, rangniedrigeren Generals zu tun hat, die vielleicht einige Informationen haben, die er nützlich finden könnte.«

»Sind wir das nicht auch?«

»Flem, in unseren Befehlen – die von Harry Truman unterzeichnet sind – heißt es, dass wir uns auf einer Mission für den Präsidenten der Vereinigten Staaten befinden. Ich weiß nicht, wie es bei Ihnen ist, aber ich habe nicht vom Präsidenten gehört, dass ich mich diesem Typen zur Verfügung halten soll. Er hat mir nur gesagt, dass er kommt.«

Pickering äußerte sich nicht dazu.

»Wie ist es mit Ihnen?«, hakte Howe nach.

Pickering schüttelte verneinend den Kopf.

»Harry Truman hat mich hierhin geschickt, damit ich einen Job für ihn erledige, und ich bezweifle, dass ich diesen Job richtig ausführen kann, wenn Harriman denkt, ich – wir – sind nur dazu da, ihm bei seiner Mission zu assistieren. Noch wichtiger, dass er sich anhört, was wir zu sagen haben und es einfach ignoriert, wenn er es nicht hören will.«

»Ja«, sagte Pickering nachdenklich.

»Ich glaube, das richtige Wort ist ›Agenda‹«, sagte Howe. »Und ich bezweifle, dass unsere sich unbedingt nach seiner richten muss.«

Pickering nickte.

»Sie kennen ihn gut genug, um ihn mit Vornamen anzusprechen?«, fragte Howe.

Pickering dachte kurz darüber nach.

»Warum nicht?«

»Haben sie jemals den Vizekaiser ›Douglas‹ genannt?«

»Nicht oft«, sagte Pickering. »Manchmal, bei privaten Anlässen, wenn niemand, nicht mal seine Frau, dabei ist, nenne ich ihn Douglas. Seine Frau spreche ich mit Jean an, was die Palastwache sehr ärgert.«

»Wenn Sie den Vizekaiser heute Abend im Gespräch erwähnen, reden Sie von ›Douglas‹«, sagte Howe. »Sind wir uns darin einig, Flem?«

Pickering nickte wieder.

Howe lächelte.

»Und ich werde es schaffen und wenigstens ein paar Mal meinen Status im Leben vergessen und unseren Präsidenten und Oberbefehlshaber ›Harry‹ nennen«, sagte Howe.

3

Als Master Sergeant Charley Rogers in Khakiuniform und mit gelockerter Krawatte auf das Klopfen hin die Tür öffnete, blickten Major General Ralph Howe, USAR, Brigadier General Fleming Pickering, USMCR, und Captain George F. Hart, alle in Hemdsärmeln, vom Tisch auf, an dem sie saßen und pokerten.

»Gentlemen«, kündigte Colonel Sidney Huff an, »Botschafter Harriman und General Ridgway.«

»Kommen Sie rein, Averell«, rief Pickering. »Wie war der Flug?«

Harriman betrat die Suite, und Pickering erinnerte sich daran, dass Howe gesagt hatte, Harriman sehe aus wie der Vorsitzende der Bischofskonferenz. Harriman war ein großer, schlanker, kahl werdender Mann mit scharfen Gesichtszügen. Seine buschigen Augenbrauen waren pechschwarz.

Er ging zum Tisch, und Pickering und Howe erhoben sich.

»Schön, Sie zu sehen, Fleming«, sagte Harriman und gab ihm die Hand. »Wenn wir einen Moment für uns alleine haben können, habe ich eine Botschaft und ein Päckchen von Patricia für Sie.«

»Sie kennen Ralph, nicht wahr, Averell?«, fragte Pickering.

»Ja, natürlich«, sagte Harriman. »Wie geht es Ihnen, General?«

General Matthew B. Ridgway war jetzt im Raum und ging zum Tisch. Er war hoch gewachsen und muskulös, und als Pickering dem Blick seiner glänzenden und intelligent wirkenden Augen begegnete, erinnerte er sich daran, das MacArthur Ridgway als ›einen der klügsten Köpfe in der Army‹ bezeichnet hatte.

Colonel Sidney Huff und ein Lieutenant Colonel mit einer Aktentasche und der Achselschnur eines Adjutanten traten ein und blieben bei der Tür stehen.

»Schön, Sie wiederzusehen, Sir«, sagte Howe und gab Ridgway die Hand.

»Wie geht es Ihnen, Ralph?«, sagte Ridgway.

»Sie kennen Pickering noch nicht?«, fragte Howe.

»Nein, ich hatte noch nicht das Vergnügen«, sagte Ridgway und gab Pickering die Hand. »Guten Tag, General.«

»Guten Tag, Sir«, erwiderte Pickering, und dann wandte er sich an Harriman. »Möchten Sie etwas essen? Sind Sie im Flugzeug beköstigt worden? Vielleicht einen Drink?«

»Einen kleinen Schluck könnte ich gebrauchen«, sagte Harriman.

»General?« Pickering sah Ridgway fragend an.

»Bitte«, sagte Ridgway. »Ich weiß nicht, welche Zeit es nach meiner inneren Uhr ist, aber es muss so um die Cocktailstunde sein.«

»Charley«, befahl Howe, »servieren Sie bitte die Drinks.«

»George, rufen Sie unten an und lassen Sie eine Platte Hors-d'œuvres heraufschicken«, befahl Pickering. »Über das Abendessen entscheiden wir später.« Er wandte sich an Huff. »Kommen Sie herein, Sid.«

»Verzeihen Sie, Gentlemen, dies ist Colonel James, mein Adjutant«, sagte Ridgway.

»Wir versuchen, einen Begriff zu finden, der Charley und George beschreibt«, sagte Howe. »Charley war mein First Sergeant, als ich Kompaniechef war, und George – ein Captain der Mordkommission, wenn er kein Marine ist – war bei Flem während des Zweiten Weltkriegs. Er saß mit Flem im ersten Flugzeug, das in Japan landete, nachdem der Kaiser sich zur Kapitulation entschloss.«

»Mit Ihrer Erlaubnis, Sir«, sagte Sidney Huff, »werde ich Sie jetzt verlassen und dem Supreme Commander berichten, dass Sie sicher hier abgeliefert worden sind.«

Ridgway machte eine Geste, die anzeigte, dass er gehen konnte.

»Sie haben meine Telefonnummer, Colonel, falls Sie etwas brauchen. Und der Wagen wird von acht Uhr an hier sein«, fügte Huff für Ridgways Adjutanten hinzu.

»Ja, Sir, danke«, sagte Colonel James.

Huff verließ die Suite.

»Sid ist schon seit einer kleinen Ewigkeit Douglas' Dogrobber«, sagte Pickering. »War nicht böse gemeint, Colonel.«

»So habe ich das auch nicht aufgefasst«, sagte James lächelnd. »Ich kenne die Bezeichnung für Adjutant.«

»Gentlemen ...«, sagte Charley Rogers, und sie blickten ihn an. Er befand sich an einem Sideboard, auf dem ein Sortiment von Whiskyflaschen stand.

»Für mich bitte Scotch«, sagte Harriman.

»Ich bevorzuge Bourbon«, erklärte Ridgway.

»Colonel?«, fragte Rogers James, der unschlüssig zu Ridgway blickte.

»Jack trinkt für gewöhnlich Scotch«, sagte Ridgway.

»Scotch, bitte«, sagte Rogers.

»Sie waren damals in dem ersten Flugzeug nach Japan, Captain?«, fragte Ridgway George Hart.

»Jawohl, Sir.«

»Das muss sehr interessant gewesen sein«, meinte Ridgway.

»Die Straßen vom Flughafen waren gesäumt von Japanern – Soldaten, Matrosen und Zivilisten Seite an Seite. Sie verbeugten sich, als der Wagen uns herfuhr«, sagte Hart. »Ja, es war sehr interessant.«

»Ich nehme an, Sie und Master Sergeant Rogers haben alle erforderlichen Unbedenklichkeitsbescheinigungen?«, fragte Ridgway.

»Top Secret/White House«, antwortete Howe für Hart. »Und wir haben unsere eigenen Kommunikationswege mit dem Weißen Haus.«

»Sie verstehen, dass ich das fragen musste«, sagte Ridgway. »Nun, das bedeutet, dass wir gleich zum Geschäftlichen kommen können, nicht wahr?«

»Geben Sie mir bitte erst einen Moment allein mit General Pickering«, sagte Harriman.

»Selbstverständlich.«

»Wir können in meinem Schlafzimmer sprechen«, sagte Pickering und wies zu dieser Tür.

Harriman öffnete die Tür und trat ein, und Pickering folgte ihm.

»Ich sah Patricia buchstäblich auf meinem Weg zum Flughafen im Foster Lafayette«, sagte Harriman. »Sie bat mich, Ihnen ihre Liebe auszurichten – und Ihnen dies zu geben.«

Er überreichte Pickering eine kleine Schmuckschatulle. Pickering öffnete sie.

Die Schatulle war für einen Ring bestimmt. Darin, in dem kleinen Schlitz, der dazu diente, einen Ring zu halten, befand sich ein kleines silbernes Objekt mit einer dünnen silbernen Kette. Dabei lag ein kleines Tuch zum Polieren von Schmuck.

»Mein Gott, ich dachte, dies Ding sei vor langer Zeit verloren gegangen«, sagte Pickering und nahm das Objekt in die Hand. »Es ist das Kreuz eines Soldaten und Angehörigen der Episkopalkirche. Patricia schenkte es mir, als ich in den Zweiten Weltkrieg zog.«

»In dem Tuch eingewickelt sind zwei weitere«, sagte Harriman. »Ich habe den Befehl, Ihnen zu sagen, dass sie an Ihren Sohn und einen Captain McCoy abgeliefert werden sollen.«

»Das wird vielleicht ein wenig schwierig werden«, sagte Pickering.

»Wie bitte?«

»Captain McCoy befindet sich derzeit irgendwo hinter den feindlichen Linien«, sagte Pickering. »Und mein Sohn – unser Sohn – wurde am zweiten August abgeschossen.«

»Guter Gott! Mein lieber Freund, das wusste ich nicht!«

»Es gibt einige Hoffnung, eine schwache, dass er noch lebt. Er stürzte in der Nähe von Taegu hinter den feindlichen Linien ab. Ein anderer Marine flog kurz danach über die Absturzstelle und meldete, dass das Cockpit leer war.«

»Sie meinen, er könnte gefangen genommen worden sein?«

Pickering zuckte mit den Schultern.

»Eine Gefangennahme ist besser als die Alternative«, sagte Pickering. »Der Feind hat viele Amerikaner – mindestens tausend, fast mit Sicherheit mehr – kurzerhand erschossen.«

»Wenn er ein Gefangener ist – wird Sie das gefährden, General Pickering?«

Pickering gab keine Antwort.

»Verzeihen Sie, ich hätte das nicht fragen sollen.«

»Nein, Averell, Sie hätten das nicht fragen sollen«, sagte Pickering. »Danke dafür, dass Sie mir dies gebracht haben.«

Er hielt das Kreuz der Episkopalkirche hoch und hängte es dann an seinen Hals. Dann schloss er die Schatulle, schob sie in seine Tasche und ging ins Wohnzimmer zurück.

Harriman folgte ihm einen Augenblick später.

»Ich habe stets die Erfahrung gemacht, dass man angesichts einer schwierigen Lage so schnell wie möglich handeln soll«, sagte Harriman.

Jeder blickte ihn neugierig an.

»General Ridgway«, sagte Harriman, »General Pickering hat mir soeben erzählt, dass sein Sohn vermisst ist.«

»O Gott«, sagte Ridgway. »General, mein Beileid.«

»Danke«, sagte Pickering.

»Nach meiner Einschätzung wird unter diesen Umständen der Präsident informiert werden müssen«, sagte Harriman.

»Der Präsident weiß es«, sagte Howe.

»Tatsächlich? Sind Sie dessen sicher?«

»Ich habe ihn angerufen und es ihm gesagt«, sagte Howe.

»Und seine Reaktion?«

»Er fragte mich, wie General Pickering es aufnimmt, und ich erzählte es ihm, und er sagte, ich solle persönlich entscheiden, ob ich ihm sein tiefes persönliches Mitgefühl ausdrücken soll oder nicht. Ich entschied, dass General Pickering keine weiteren Mitleidsbekundungen braucht.«

»Das war alles?«, fragte Harriman.

»Harry sagte zu mir, handeln Sie nach Ihrem Ermessen, Ralph«, erwiderte Howe kühl. »Wenn ihm ein wirklich tief empfundenes Beileid hilft, dann sagen Sie es. Wenn nicht, verzichten Sie darauf. Das ist praktisch wörtlich zitiert. Und das war alles, was er zu sagen hatte. Ist das klar genug?«

»Ja, natürlich«, saget Harriman. »War nicht böse gemeint.«

Es folgte peinliches Schweigen, und dann sagte General Ridgway: »Der Botschafter und ich werden uns am Morgen mit

General MacArthur treffen. Es gibt einige Dinge, die Sie meiner Meinung nach wissen sollten und vielleicht noch nicht wissen, und es gibt einige Dinge, die Ihnen bekannt sind und von denen wir keine Kenntnis haben und vor diesem Treffen erfahren sollten. Darf ich vorschlagen, dass wir uns damit beschäftigen?«

Es klopfte an der Tür. Hart öffnete sie, und ein Kellner rollte einen Servierwagen herein, auf dem ein gewaltiges Sortiment von Appetithäppchen arrangiert war.

»Ist es hier abhörsicher?«, fragte Ridgway.

»Charley hat einige Mikrofone gefunden«, sagte Howe. »Sie sind vielleicht Überbleibsel der Japaner, vielleicht auch nicht. Jedenfalls haben Charley und Sergeant Keller, unser Kryptograf, die Räume gesäubert – und sie überprüfen Charleys und meine Suite weiterhin – und so weit wir wissen, ist alles sicher.«

»›Vielleicht auch nicht‹?«, zitierte Ridgway.

»Ich bezweifle, das der KGB diese Suite verwanzt hat, General«, sagte Howe. »Und ich bezweifle ebenso, dass der KGB als Einziger daran interessiert wäre, was in dieser Suite gesagt wird.«

»Sie haben kein Sicherheitshaus, Fleming?«, fragte Harriman.

»Es gibt anscheinend keine Möglichkeit, dies taktvoll zu umschreiben«, sagte Pickering. »Also: Der hiesige CIA-Stationsleiter betrachtet sich selbst als Mitglied von MacArthurs Stab. Ich nehme an, alles, was im Sicherheitshaus der CIA gesagt werden würde, wäre binnen einer Stunde im Dai-Ichi-Gebäude bekannt.«

»Und es gibt keinen anderen sicheren Ort?«

»Ernie McCoy – Ernie Sage McCoy – hat hier ein Haus«, sagte Pickering. »Ralph und ich haben es benutzt.«

»Das ist Ernests Tochter, richtig? Sie hat einen Marine geheiratet?«

Pickering nickte.

»Und sie hat eine Unbedenklichkeitsbescheinigung Top Secret/White House«, sagte Howe. »Ich habe sie für unbedenklich erklärt.«

»Könnten wir dorthin gehen?«, fragte Harriman.

»George, rufen Sie Ernie an und sagen Sie ihr, dass sie Gäste erwarten soll«, befahl Pickering. »Und sagen Sie ihr, dass sie sich keine Sorgen um Horsd'oeuvres machen soll. Wir werden unsere eigenen mitbringen.«

»Sie werden erfahren, das wir dorthin fahren, Flem«, sagte Howe.

»Vielleicht kann der Botschafter beiläufig erwähnen, dass er die Tochter eines alten Freundes besuchte, wenn er MacArthur trifft«, sagte Pickering.

4

Saku-Tun Nr. 7
Denenchofu, Tokio, Japan

6. August 1950, 19 Uhr 05

»Ich dachte mir, dass Sie es vielleicht sind«, sagte Ernie Sage zu Botschafter Harriman, als sie den Besuchern öffnete. »Es ist schön, Sie wiederzusehen, Sir.«

»Verzeihen Sie die Störung, Ernestine«, sagte Harriman, »aber wir brauchten einen sicheren Ort, um zu reden, und General Pickering schlug Ihr Haus vor.«

»Im Esszimmer ist Kaffee, und ich hörte, Sie haben Hors-d'oeuvres mitgebracht?«

»George holt sie aus dem Kofferraum«, warf Pickering ein.

»Ich habe die Bediensteten weggeschickt, und jetzt werde auch ich Ihnen aus dem Weg gehen.«

»Sie sind sehr freundlich, Ernestine«, sagte Harriman.

»Mein Name ist Ridgway, Mrs McCoy«, sagte Ridgway. »Danke, dass Sie uns die Störung verzeihen.«

»Es stört überhaupt nicht«, sagte Ernie. »Mein Mann ist – wie soll ich sagen – ›geschäftlich außerhalb der Stadt‹, und es ist gut, etwas zu tun zu haben.«

Sie führte sie ins Esszimmer und ließ sie allein. Hart und Rogers trugen die Appetithäppchen herein und sahen Pickering und Howe fragend an.

»Leisten Sie Ernie Gesellschaft, George«, befahl Pickering.

»Nehmen Sie einige der Häppchen mit, Charley«, befahl Howe.

Als sie fort waren, nahm Harriman ein Schrimps-Kanapee, biss hinein und sagte: »Das war die Sorge des Präsidenten – dass Sie beide zu gut miteinander auskommen und es deshalb das Beste wäre, getrennt mit Ihnen zu reden. Er sagte, Sie wären von der gleichen Art.«

»Wir hatten keinen Grund zu Uneinigkeit«, sagte Howe. »Wir sehen die Dinge – aus unseren verschiedenen Perspektiven – auf die gleiche Weise. Aber wir können uns auch separat verhören lassen, nicht wahr, Flem?«

»Verhören ist nicht das richtige Wort, General«, sagte Harriman.

»Es klang am Telefon so, als hätten Sie das vor«, sagte Howe offen heraus.

»Nach meiner Ansicht«, sagte Ridgway hastig, wie um zu verhindern, dass der Wortwechsel unangenehmer wurde, »und angesichts der Tatsache, dass sowohl General Howe als auch General Pickering das Vertrauen des Präsidenten genießen, könnten wir uns viel Zeit sparen, indem wir uns einfach an den Tisch setzen und dies gemeinsam ausdiskutieren.«

»Einverstanden«, sagte Harriman, setzte sich und griff über den Tisch, um sich noch ein Kanapee zu nehmen.

Die anderen nahmen Platz.

»Dieses Haus ist sicher?«, fragte Ridgway.

»Sicherer als das Imperial«, sagte Howe.

»Ich lasse Ihnen den Vortritt, Mr Harriman«, sagte Ridgway.

Der Botschafter nickte und tupfte seine Lippen mit einer Serviette ab.

»Köstliche Schrimps«, lobte er, und dann fuhr er ernst fort: »Der Präsident ist besorgt – was eine Untertreibung ist – über verschiedene Aktionen von General MacArthur. Beschäftigen wir uns als Erstes mit seinem Ausflug nach Formosa. Zwei Fragen in dieser Hinsicht. Erstens, versteht MacArthur, dass der Präsident nicht wünscht, dass die Nationalchinesen in Korea verwickelt sind? Zweitens, was hat er in Formosa getan? General Howe?«

»Ich lasse General Pickering den Vortritt«, sagte Howe. »MacArthur hat das nicht mit mir diskutiert.«

»Und das hat er mit Ihnen, Fleming?«

»Ich war in der Residenz«, erwiderte Pickering. »General MacArthur und seine Gattin hatten das von meinem Sohn erfahren und wünschten, mir ihr Mitgefühl auszudrücken. Das Thema kam zur Sprache. MacArthur versteht, wie der Präsident über die Nutzung nationalchinesischer Truppen denkt, und er wollte sie auch nicht, weil sie ausgebildet und ausgerüstet werden müssten. Er sagte mir, er sei nach Taipeh gegangen, um zu symbolisieren, dass die Vereinigten Staaten nicht tatenlos zusehen würden, wenn die Kommunisten den Konflikt in Korea als eine Einladung für eine Invasion der Insel nutzen würden.«

»Und Sie glauben ihm?«

»Ja, das tue ich«, antwortete Pickering.

»Und Sie meinen, wenn ich das Thema bei ihm zur Sprache bringe, wird er mir das Gleiche dazu sagen wie Ihnen?«

»Davon bin ich überzeugt.«

»Als der Präsident erfuhr, dass General MacArthur Tschiang Kai-schek besuchte, war er wütend«, sagte Harriman. »Verschiedene Mitglieder seines Kabinetts und andere machten klar, dass es ihrer Meinung nach ein ausreichender Grund ist, General MacArthur abzulösen.«

Weder Pickering noch Howe sagten etwas

»Die Frage der Ablösung MacArthurs kam wieder auf angesichts seiner Botschaft an die ›Veterans of Foreign Wars‹, kurz VFW«, sagte Harriman. »Sind Sie vertraut damit?«

Pickering schüttelte verneinend den Kopf und blickte zu Howe, der mit einem Schulterzucken anzeigte, dass er keine Ahnung hatte, wovon Harriman redete.

»Keiner von Ihnen ist vertraut mit der Botschaft?«, fragte Harriman.

»Nein«, sagte Pickering. »Was war das für eine Botschaft?«

»Ein desinteressierter Beobachter würde denken, General MacArthur stimme nicht mit der Außenpolitik der Vereinigten Staaten überein«, sagte Harriman sarkastisch. »Ein Zyniker könnte es als die erste Planke in der Plattform für den Präsidentschaftskandidaten Douglas MacArthur bezeichnen.«

»Es stand nichts über eine VFW-Botschaft in *Stars & Stripes*«, sagte Howe.

»Die Botschaft wurde auf Befehl des Präsidenten ›zurückgezogen‹«, sagte Harriman.

»Welchen Grund gibt es denn für den Druck auf den Präsidenten, ihn abzulösen?«, wollte Howe wissen.

»Ich vermute, es gibt einige Leute, die nicht die Meinung teilen, die General MacArthur von sich selbst hat.«

»Sie wissen, was Frank Lloyd Wright gesagt hat, Averell«, sagte Pickering. »Dass es ziemlich schwierig ist, bescheiden zu sein, wenn man ein Genie ist.«

»Aber Wright ist ein Genie«, sagte Harriman.

»MacArthur auch«, sagte Pickering. »Er hat seine Schwächen, gewiss. Die haben wir alle. Aber er ist ein militärisches Genie, und das sollte nicht vergessen werden.«

»Es gibt Leute, die ihm die Schuld an dem Schlamassel geben, in dem wir uns in Korea befinden«, sagte Harriman.

»Wie ist es mit der Acheson-Rede?«, sagte Pickering. »Ich habe mir die Mühe gemacht, sie zu lesen. Er machte ziemlich klar – vielleicht durch Zufall –, dass Korea nicht in unserem Interessengebiet liegt. Es war fast eine Einladung für Nordkorea, nach Süden einzumarschieren.«

»MacArthur hat das Kommando über jede Armee hier gehabt, die unfähig ist, einen Krieg zu führen – wie bewiesen worden ist«, wandte Harriman ein.

»Seit ich hier bin, habe ich mit vielen Offizieren gesprochen«, sagte Pickering. »Sie geben die Schuld Louis Johnson. Johnsons ›Verteidigungssparmaßnahmen‹ gehen weit darüber hinaus, Fett zu beseitigen – sie schneiden bis zum Knochen und kratzen daran. Die erste Division des Marine-Corps hatte die halbe – die halbe, Averell – Kriegsstärke. Und es ist fast kein Geld für die Army da gewesen. Wenn kein Geld da ist, gibt es keine Ausbildung, und ohne Ausbildung können sich Armeen nicht auf den Kampf vorbereiten.«

»Louis Johnson dient als Verteidigungsminister zur Freude des Präsidenten. Indirekt sagen Sie, dass die Offiziere, mit denen Sie gesprochen haben, und vielleicht Sie selbst dem Präsidenten die Schuld an der Misere geben.«

»Als ich das letzte Mal im Oval Office war«, sagte Howe, »stand ein Schild auf Harrys Schreibtisch: ›Der schwarze Peter stoppt hier.‹«

»›Harrys Schreibtisch‹, General?«, fragte Harriman. »General, Sie sprechen vom Präsidenten der Vereinigten Staaten!«

Howe blickte betreten drein.

Pickering lachte. Jeder schaute ihn überrascht an.

»Ich habe soeben herausgefunden, was Sie tun, Harriman«, sagte er. »Ich bin ein Amateur in dem Spiel, das Sie treiben. Es dauerte eine Weile, bis ich es durchschaute.«

»Ich habe keine Ahnung, wovon Sie reden, General«, sagte Harriman glatt.

»Sie sammeln nachteilige Zitate von mir – und von Ralph –, die Sie bei Harry Truman als Trumpfasse benutzen können, wenn wir nicht einer Meinung mit dem sind, was Sie bereits entschieden haben, ihm zu erzählen.«

»Hören Sie, Pickering …«

»Lassen Sie mich Ihnen einige Zeit ersparen«, unterbrach Pickering. »Ich denke, Douglas MacArthur ist ein militärisches Genie. Ich habe ihn bei der Arbeit gesehen. Er ist ein Soldat, der völlig einen Befehl zu befolgen versteht, besonders wenn er vom Oberbefehlshaber kommt. Er hält eine Invasion bei Inchon für die beste – und vielleicht die einzige – Möglichkeit, einen sehr blutigen und langen Kampf auf der koreanischen Halbinsel zu vermeiden. Ich bin seiner Meinung. Wenn es Leute gibt, die anderer Ansicht sind, irren sie sich meiner Meinung nach. Der Präsident wird entscheiden müssen, wer am besten qualifiziert ist, diesen Krieg zu führen: MacArthur oder jemand eine halbe Welt entfernt im Pentagon. Das ist offensichtlich sein Recht. Aber bis er entscheidet, dass die hohen Tiere im Pentagon Recht haben und MacArthur Unrecht, sollte er MacArthur aus dem Weg bleiben – und ihm seine Leute aus dem Weg halten – und ihn diesen Krieg führen lassen. Ihn abzulösen oder die hohen Tiere vom Pentagon herzuschicken, um ihm über die Schulter zu schauen und kleinlich seine Pläne zu zerreden, wäre fast kriminell blöde.«

Harrimans Gesicht nahm einen härteren Zug an.

»Schließen Sie General Ridgway in Ihre Bezeichnung ›hohe Tiere im Pentagon‹ ein, Pickering?«, fragte er

»Ich wünsche, Botschafter«, sagte Howe eisig, »mich völlig General Pickerings Äußerungen anzuschließen. Dementsprechend werde ich den Präsidenten der Vereinigten Staaten informieren.«

Harriman sah ihn mit kalter Verachtung an.

»Nichts Persönliches, gewiss nicht, General Ridgway«, sagte Pickering. »Aber nach meiner Definition ist die Nummer zwei in der Army ›ein hohes Tier des Pentagons‹.«

»Ich habe ›hohes Tier des Pentagons‹ nie für eine abfällige Bezeichnung gehalten.« Ridgway lächelte. »Ein hohes Tier im Pentagon zu werden ist der Ehrgeiz jedes Second Lieutenants. Und ich stimme Ihnen zu, dass General MacArthur ein militärisches Genie ist.«

Dafür erntete er einen verächtlichen Blick von Harriman.

»Danke«, sagte Pickering.

»Andererseits«, sagte Ridgway, »müssen gewisse hohe Tiere des Pentagon – darunter General Collins und ich – noch davon überzeugt werden, dass eine amphibische Landung bei Inchon die beste Taktik oder überhaupt möglich ist. Das heißt nicht, dass wir dagegen sind. Nur, dass wir im Augenblick keine ausreichenden Informationen haben, um eine Position dafür oder dagegen zu beziehen. Ich habe vor, General MacArthur zu bitten, mir im Detail zu erzählen, was er plant. Ich weiß nicht, ob man das als ›kleinliches Zerreden‹ bezeichnen kann.«

»Er ist darauf vorbereitet, Ihnen alles zu erzählen, was Sie wissen möchten«, sagte Pickering. »Und er wird es vermutlich aus dem Stegreif heraus tun.«

»Meine Mission hier ist, Informationen für General Collins zu sammeln«, sagte Ridgway, »und Meinungen einzuholen, besonders von General Howe und Ihnen, über MacArthur und die Lage hier, nicht beschränkt auf die Invasion bei Inchon.«

»Mir kam gerade ein Gedanke, General Ridgway«, sagte Howe. »Wenn Truman MacArthur feuert, wären Sie die wahrscheinliche Wahl, um seine Stelle einzunehmen, nicht wahr?«

»Ich hoffe, es kommt nicht dazu«, sagte Ridgway. »Wollen Sie fragen, ob das ein Interessenkonflikt für mich ist?«

»Dieser Gedanke kam mir, ehrlich gesagt, in den Sinn«, sagte Howe.

»Ich möchte mich für einen Soldaten halten, der seine Befehle befolgt«, sagte Ridgway. »Sie werden mich beim Wort nehmen müssen, dass ich nicht hergekommen bin, um zu versuchen, MacArthurs Job zu bekommen.«

»Ihr Wort ist gut genug für mich«, sagte Howe.

»Danke.«

»An welchen anderen Meinungen sind Sie interessiert?«, fragte Howe.

»Es gibt Leute, die sich fragen, ob General Walker der Herausforderung gewachsen ist.«

»Eine Ablösung von General Walker hätte enorme politische Auswirkungen«, platzte Harriman heraus.

Howe und Pickering schauten ihn an.

Nun, das ist das Erste, was Harriman davon gehört hat, dachte Howe.

Ich dachte immer, Diplomaten sollten ein Pokerface bewahren, dachte Pickering.

»Wie die meisten Amerikaner, Averell, möchte ich denken, dass unsere ranghohen Offiziere politische Auswirkungen so wenig wie möglich bedenken, wenn sie militärische Entscheidungen treffen.«

»Ehrlich gesagt, Pickering, das ist ein wenig naiv.«

Pickering zuckte geringschätzig mit den Schultern.

»Wenn Sie fragen, ob ich denke, dass er ›der Herausforderung gewachsen‹ ist«, sagte Howe, »dann würde ich nicht davon ausgehen, eine solche Einschätzung zu machen.«

»Ich auch nicht«, sagte Pickering.

»General Collins fragt sich, warum MacArthur General Walker nicht abgelöst hat, obwohl er in der Vergangenheit nie davor zurückgeschreckt ist, überforderte oder untaugliche Offiziere abzulösen. Ist es, weil er mit seiner Leistung zufrieden ist? Oder weil er sich zu der gleichen Loyalität verpflichtet fühlt, die er denjenigen entgegenbringt, die mit ihm auf den Philippinen gewesen sind? Oder weil er nicht beschuldigt werden will, einen Sündenbock zu suchen? Oder weil er bei Walkers Ablösung wahrscheinlich Ersatz bekommen wird, der nicht seiner Wahl entspricht?«

»Walker ist kein Mitglied der Bataan-Gang«, sagte Pickering. »Ich bezweifle sogar, dass MacArthur ihn mag. MacArthur kritisiert keinen ranghohen Offizier wie Walker vor einem popeligen Teilzeit-Brigadier, aber nachdem ich das gesagt habe, glaube ich, eine unausgesprochene Kritik von MacArthur aufgeschnappt zu haben, und davon hat es bisher nie auch nur eine Spur gegeben.«

»MacArthur hat sich sehr bemüht, dass General Almond befördert wird.«

»Das überrascht mich nicht«, sagte Pickering. »Es wäre wohlverdient.«

»Da stimme ich Ihnen zu«, sagte Howe. »Almond scheint mir

ein sehr kompetenter Offizier zu sein. Ich habe mich gefragt, warum er nur zwei Sterne hat.«

»General Collins teilt nicht diese Meinungen über General Almond«, sagte Ridgway. »Ich weiß nicht, warum. Wie kommt Almond mit Walker aus?«

»Sie können sich nicht leiden«, sagte Pickering. »Den Grund weiß ich nicht.«

»General Collins regt sich besonders über MacArthurs Pläne auf, Almond das Kommando über das X Corps zu geben …«

»Warum?«, fragte Howe. »Ist es nicht das Vorrecht MacArthurs, seine untergebenen Kommandeure auszuwählen?«

»… und durch MacArthurs offen gesagt sonderbare Entscheidung, ihm das Kommando als zusätzliche Pflicht zu geben«, fuhr Ridgway fort, ohne zu antworten. »Ohne ihn von seinem Posten als Stabschef abzulösen, was normalerweise geschehen würde.«

»Das hat er ebenfalls nicht mit mir diskutiert«, sagte Pickering. »Aber das kann verdammt gut sein, weil er nicht will, dass Almond von jemandem ersetzt wird, den er nicht ausgewählt hat.«

»Und das X Corps wird als ein separates Korps aufgestellt, nicht als Teil der Eighth Army«, sagte Ridgway. »Nicht unter General Walkers Kommando. Das wirft für General Collins ebenfalls Fragen auf – und für mich.«

»Es kann eine Reihe von Gründen dafür geben«, sagte Pickering. »Zum Beispiel war Almond von Anfang an für die Inchon-Invasion und Walker nicht. Weder Walker noch Almond haben Erfahrung mit einer amphibischen Invasion. Ich habe das Gefühl, dass MacArthur, der enorme Erfahrung hat, plant, die Invasion selbst zu befehligen, und das wäre peinlich, wenn das X Corps der Eighth Army unterstellte wäre.«

Ridgway nickte.

»Wenn die Invasion bei Inchon stattfindet und scheitert …«, begann Harriman.

»Ich bezweifle, dass sie scheitern wird«, unterbrach Pickering.

»Aber wenn doch, wäre es eine gewaltige Katastrophe, meinen Sie nicht auch?«

»Für die Douglas MacArthur die volle Verantwortung übernehmen würde«, sagte Pickering. »Ich glaube, er würde seinen Abschied nehmen, wenn sie scheitert. Und das ist ein anderer

Grund, weshalb ich annehme, dass er sie selbst befehligen will, damit sie nicht scheitert.«

»General, Sie haben all die Fragen gestellt«, sagte Howe. »Ich möchte auch etwas fragen. Was ist das Problem zwischen Collins und MacArthur?«

Ridgway zögerte einen Moment, bevor er sich entschied, die Frage zu beantworten.

»Schnelle Antwort: Ich nehme an, das General Collins denkt, General MacArthur zollt ihm oder dem Amt, das er innehat, nicht den nötigen Respekt.«

»Offene Erwiderung«, sagte Pickering. »MacArthur respektiert das Amt des Stabschefs – und versteht seine Probleme –, weil er als Stabschef gedient hat. Er hat fünf Sterne – er hatte sie, als General Collins zwei hatte. Während des Zweiten Weltkriegs, als Collins Korpskommandeur gewesen ist, hatte MacArthur das Kommando über einen Kriegsschauplatz. Er befehligte damals mehr Männer – und ich bezweifle, dass jemand davon etwas an seinem Kommando auszusetzen hatte –, als es jetzt in der gesamten U.S. Army gibt. Unter diesen Umständen ist es meiner Meinung nach verständlich, dass MacArthur keinen so gewaltigen Respekt vor dem Stabschef hat, wie ihn der Stabschef gern hätte.«

»Aber er ist ein Untergebener des Stabschefs«, sagte Harriman.

»Und er hat seine Befehle vom Stabschef entgegen genommen und wird das auch weiterhin tun«, sagte Pickering. »Das heißt nicht, dass er von dem Amtsinhaber persönlich sehr beeindruckt sein muss. Für MacArthur ist der Amtsinhaber nur ein weiterer General, rangniedriger und mit weniger Erfahrung als er.«

»Wird er so über mich denken?«, sagte Ridgway.

»Dies mag ein Vertrauensbruch sein, General: Ich hoffe es nicht«, sagte Pickering. »MacArthur sprach bewundernd über Sie. Er bezeichnete Sie als einen der klügsten Köpfe in der Army.«

»Ich habe ihn niemals kennen gelernt«, sagte Ridgway.

»Dann wird es eine interessante Erfahrung für Sie werden«, sagte Howe. »Sie werden versucht sein, sich nach der Audienz unter Verneigungen zurückzuziehen.«

Pickering lachte.

»Ich habe noch eine Frage an Sie, General Pickering«, sagte Ridgway.

»Schießen Sie los.«

»Es hat Gerede gegeben, dass Admiral Hillenkoetter seinen Abschied nehmen wird …«

»Freiwillig?«, fragte Howe dazwischen.

Ridgway ignorierte ihn.

»… und dass man Ihnen die Position anbieten wird.«

»Ich bin völlig unqualifiziert, um CIA-Direktor zu sein«, sagte Pickering. »Wenn man mir den Job anbieten würde, dann würde ich ihn nicht annehmen.«

»Das wird den Präsidenten enttäuschen«, sagte Howe. »Als ich das letzte Mal mit ihm sprach, fragte er, ob ich Sie gut genug kennen gelernt habe, um eine Meinung darüber zu haben, dass Sie die CIA übernehmen. Ich sagte ihm, meiner Meinung nach würden Sie das prima machen.«

»Dann kennen Sie mich nicht gut genug«, sagte Pickering.

»Gentlemen«, schaltete sich Harriman ein. »Sind wir mit unserem Geschäftlichen so weit am Ende?«

Pickering dachte: *Der Hurensohn sagt sich wohl, da er das Treffen – also mich, Howe und Ridgway – nicht kontrollieren kann, hat es keinen Sinn mehr.*

Sie schauten einander an, und jeder zeigte durch Schulterzucken oder Gesten an, dass er nichts mehr zu sagen oder zu fragen hatte.

Harriman stand auf.

»Ich bleibe noch ein wenig länger«, sagte Pickering. »Ich möchte etwas Zeit mit Ernie McCoy verbringen.«

»Ich auch«, sagte Howe.

»Sollen wir Ihnen den Wagen zurückschicken?«, fragte Ridgway.

»Bitte«, sagte Pickering.

»Würden Sie bitte Ernestine sagen, dass wir ihre Gastfreundschaft sehr zu schätzen wissen?«, fragte Harriman.

Pickering nickte. »Ich bringe Sie zur Tür.«

»Fleming«, sage Harriman. »Ich bedaure den – Ton, den dies manchmal angenommen hat.«

»Ich auch«, sagte Pickering.

»Sie gehen morgen nicht mit zu dem Treffen mit General MacArthur?«, fragte Ridgway.

»Pickering und ich haben die Meinungen des Vizekaisers gehört«, sagte Howe.

»›Des Vizekaisers‹?«, fragte Harriman.

»Da haben wir's wieder, Averell«, sagte Pickering. »Sie sammeln Zitate.«

Howe lachte.

Pickering forderte Harriman und Ridgway mit einer Geste auf, ihm durch die Tür des Esszimmers vorauszugehen.

Zu seiner Überraschung folgte Howe ihnen allen auf die Straße hinaus und schaute zu, als Ridgway und Harriman in den Stabswagen stiegen und davonfuhren.

Pickering wollte ins Haus zurückkehren. Howe hielt ihn am Arm fest.

»Das war interessant, nicht wahr?«, fragte Howe. »Sie haben ziemlich klar gemacht, was Sie über Harriman denken. Was halten Sie von Ridgway?«

»Guter Mann«, erwiderte Pickering ohne Zögern.

»Könnte er das Amt des Vizekaisers übernehmen?«, fragte Howe. »Der Präsident wird wissen wollen, was ich darüber denke.«

»Keiner ist unentbehrlich«, sagte Pickering nachdenklich. »Diese Erfahrung machte ich, als mein Vater – den ich achtete, wie ich MacArthur achte – plötzlich verstarb und mir die Verantwortung für die P&FE hinterließ. Aber ich wiederhole meine Worte: Es wäre kriminell blöde, MacArthur abzulösen.«

»Harriman hatte in einem Recht, Flem. Sie sind naiv. Auf dieser Ebene zählen politische Erwägungen für die hohen Tiere.«

»Ich hatte vorhin wieder das Gefühl, Ralph, in einer Liga zu hoch zu spielen«, sagte Pickering.

»Ich war Brigadier General, Kommandeur einer Artillerie-Division, als der Divisionskommandeur einen Herzanfall erlitt. Mein Korpskommandeur ernannte mich zum Kommandeur, über zwei andere Männer hinweg, Generals von der regulären Army, die ich für weitaus qualifizierter hielt als mich, und das nicht aus Bescheidenheit, Flem. Ich hatte mein Leben damit verbracht, zu lernen, eine Firma zu leiten, die Maschinen für die Schuhindustrie herstellte, und ich war eine kurze Zeit lang im Ersten Weltkrieg Captain gewesen und zwischen den Kriegen ein Wochenend-Krieger – ich wusste, dass ich als Divisionskommandeur in einer

Liga oder gar ein paar zu hoch spielte. Ich brachte diese Division vom Rhein zur Elbe, und man gab mir einen zweiten Stern und verlieh mir eine Medaille. Als mir zwei Tage nach Roosevelts Tod Harry Truman sagte, er spiele als Präsident in einer zu hohen Liga, wusste ich genau, wie er sich fühlte.«

Pickering sah ihn an, äußerte sich jedoch nicht.

»Der Präsident hat uns beide hier rübergeschickt, um einen Job für ihn zu erledigen«, fuhr Howe fort. »Ich bin mir nicht sicher, wie ich bei diesem Treffen gewesen bin, aber Sie haben verdammt gut getan, was der Präsident von Ihnen erhofft hat.«

»Danke«, sagte Pickering.

»Lassen Sie uns jetzt reingehen und einen trinken«, sagte Howe. »Oder zwei.«

5

USS *Badoeng Strait*
35° 42′ nördlicher Breite, 130° 48′ östlicher Länge
Japanisches Meer

7. August 1950, 11 Uhr 05

Auf der Fliegerkombination von Lieutenant Colonel William C. Dunn, USMC, waren Schweißflecken unter den Armen, auf seinem Rücken und am Gesäßteil. Als er die Tür zum Fotolabor öffnete und ihm die klimatisierte Luft entgegenblies, fröstelte er vor Kälte.

Er war den ganzen Morgen und auch den ganzen Tag zuvor geflogen. Die Müdigkeit war ihm am Gesicht anzusehen.

Verstärkungen waren in Pusan eingetroffen, genug für General Walkers 8th Army, um ernsthaftere Gegenangriffe zu starten, als sie bis vor kurzem möglich gewesen waren. Das war die offizielle Version. Nach Dunns Einschätzung waren Gegenangriffe mit nur einer geringen Chance auf Erfolg eine bessere Alternative, als zuzulassen, dass die Nordkoreaner die 8th Army ins Meer fegte.

Der Beweis dafür schien die 1. Marine Brigade (Provisional) zu sein, die als Feuerbrigade der 8th Army benutzt wurde und die Feuer löschte, wenn die amerikanischen Gegenangriffe scheiterten oder wenn die Nordkoreaner irgendwo durch die amerikanischen Linien brachen. Zum Beispiel hatte Walker gestern Gegenangriffe des 19. Infanterieregiments auf nordkoreanische Stellungen auf ein Gebiet südlich einer Ortschaft namens Sesil befohlen. Wegen seiner Form war das Gebiet als »Kleeblatt-Hügel« bekannt. Der Angriff sollte beim ersten Tageslicht beginnen.

Er fing nicht rechtzeitig an, und als er schließlich erfolgte, kurz vor Mittag, erfuhr das 19. Infanterieregiment, dass die Nordkoreaner in der vergangenen Nacht ein Bataillon über den Katong-Fluss verlegt hatten und dass diese Verstärkung ihrer Stellungen – plus die Verzögerung des Angriffs, die dem Feind Zeit gab, sich vorzubereiten, wie Dunn glaubte – reichte, um den Gegenangriff zurückzuschlagen.

Im Süden war ein Angriff des 35. Infanterieregiments der Army wenigstens teilweise erfolgreich. Er begann wie geplant, doch drei Meilen vom Ausgangspunkt entfernt stieß er auf eine von Panzern unterstützte nordkoreanische Stellung, und es dauerte fünf Stunden, um sie zu überwinden.

Lieutenant Colonel Dunn, der drei Luftangriffe gegen die Panzer geflogen hatte, dachte insgeheim: besser spät als nie.

Südlich davon war ein Gegenangriff des 24. Infanterieregiments gegen feindliche Stellungen in den Sobuk-Bergen gescheitert.

Und noch weiter südlich hatte sich ein Angriff des 5th Regimental Combat Team (RCT) der Army und eines großen Teils der 1st Marine Brigade nach Colonel Dunns Meinung noch mehr als eine Feuerwehrübung erwiesen.

Das 5th RCT, das auf der Chinju-Straße nach Westen vorrücken sollte, gelangte an eine Straßenkreuzung und nahm die falsche Gabelung, die von den Marines bereits passiert worden war. Gegen Mittag waren sie in Positionen auf Hügeln drei Meilen südlich der Straßenkreuzung, anstatt auf einem der Hügel nordwestlich der Gabelung, wo sie hätten sein sollen.

Die Nordkoreaner stießen prompt zu dem unbesetzten Hügel vor, und in der Verwirrung fand sich die Fox Company des 5th RCT vom Feind auf einer anderen Hügelkuppe umzingelt, die jetzt ›Fox Hill‹ getauft wurde.

Während sich dies abspielte, schaffte es der Feind mit anderen Truppen, die Hauptnachschubroute von Masan zu blockieren.

All dies zwang die 8th Army, den Marines zu befehlen, zu halten und umzukehren – was bedeutete, dass sie das Terrain aufgeben mussten, das sie soeben eingenommen hatten – und zu versuchen, dieses Feuer zu löschen.

Das 2. Bataillon der Brigade versuchte – und scheiterte – zu den umzingelten Männern der Fox Company vorzustoßen, und das 3. Bataillon der Brigade, zusammen mit Teilen des 2. Bataillon des 24. Infanterieregiments, versuchte – und scheiterte – die Straßensperre des Feindes auf der Hauptnachschubroute zu zerstören.

In der Dämmerung an diesem Morgen war das 2. Bataillon der Brigade mit Luftunterstützung von Corsairs des Marine-Corps zur Fox Company durchgebrochen – hatte ihr »den Arsch gerettet«, war nach Dunns Meinung eine bessere Formulierung –, doch ein weiterer Versuch des 3. Bataillons, wiederum mit Luftunterstützung von Corsairs des Marine-Corps, die Straßensperre auf der Hauptnachschubroute zu zerstören, war abermals gescheitert.

Doch das 3. Bataillon würde von neuem versuchen, die Straßensperre zu öffnen, sobald Dunns Corsairs aufgetankt, neu bewaffnet und wieder in der Luft sein würden.

Auf dem Flugdeck, auf dem Dunn soeben gelandet war, hatte er Captain Dave Freewall – der jetzt nach dem Verlust des Kommandanten die Jagdstaffel 243 der USMC-Reserve befehligte – gebeten, ihm vom Steward ein paar Eier-Sandwichs zu machen und in einen Beutel zu tun. Er müsse auf dem Weg zum Commander beim Fotolabor vorbeischauen, hatte Dunn gesagt – und entweder gebe es Eier-Sandwichs im Cockpit oder gar kein Mittagessen.

Der Bericht beim Commander hatte nicht so lange gedauert, wie er gedacht hatte, und wenn es kein Problem im Fotolabor gab, würde er in zwei Minuten wieder heraus sein und vielleicht eine Verschnaufpause beim Mittagessen haben, wenn auch nur eine kurze.

Das Fotolabor hatte ein Personalproblem. Nominell war ein Chief Photographer's Mate der Navy verantwortlich, doch die Männer im Labor hatten den Befehl, für die Marines zur Verfügung zu stehen, was in Wirklichkeit Master Sergeant P. P. McGrory,

USMCR, bedeutete, der nicht gerade für seinen Charme bekannt war.

Überraschend für Dunn waren die beiden vom ersten Moment an gut miteinander ausgekommen. Dunn wartete jedoch stets ab, um zu sehen, ob die Sympathie auf Gegenseitigkeit beruhte, und er blieb jedes Mal vorsichtig, wenn er ins Fotolabor ging.

Er hob eine Hand, um anzuzeigen, dass die Männer nicht stillzustehen brauchten.

»Und wie laufen die Dinge in Ihrem klimatisierten kleinen Paradies?«, fragte er.

»Morgen, Colonel«, sagten die Männer unisono.

»Die Fotos vom Norden?«

»Sie sind mit der COD um zwanzig nach zehn nach Pusan geflogen, Sir«, sagte Sergeant McGrory.

»Gut, vielen Dank. Und jetzt werde ich zusehen, ob ich etwas zu essen bekommen kann, bevor ich an die Arbeit zurückkehre.«

»Chief Young hat etwas, das Sie sich meiner Meinung nach ansehen sollten, Colonel«, sagte McGrory.

Ich hätte wissen sollen, dass mein Mittagessen aus Eier-Sandwichs bestehen wird.

»Was ist das?«

McGrory ging zu einem Schrank, nahm einen Stapel Abzüge heraus und kehrte damit zurück.

»Da war heute Morgen eine Foto-Mission – Wunsch des Air Commanders –, Aufnahmen von einer Eisenbahnbrücke bei Taegu«, sagte McGrory. »Wo dieser gottverdammte Narr Pickering abstürzte.«

Dunn wusste, dass es nicht respektlos gemeint war. Im Zivilleben war McGrory ein Mitglied der American Society Of Cinematografers (ASC), und diese Kameraleute haben sich durch ihre Erfahrung und künstlerische Leistung als würdige Mitglieder erwiesen. McGrorys künstlerische Leistung bestand darin, attraktive Frauen so zu filmen, dass sie auf der Leinwand noch schöner wirkten. Er wurde für seinen Job gut bezahlt und besaß ein Haus am Strand von Malibu, in dem man oftmals eine Ansammlung von erstaunlich schönen Frauen sehen konnte – und Captain Malcolm S. Pickering von Trans-Global Airways, der McGrorys Interesse an wirklich gut aussehenden Frauen teilte.

McGrory überreichte Dunn die Luftfotos.

»Young sah dies beim Entwickeln des Films und machte zusätzliche Abzüge«, sagte er.

»Wonach soll ich suchen, Mac?«, fragte Dunn.

McGrory wies hin.

Dunn schaute noch einmal hin und schüttelte verständnislos den Kopf.

»Es ist ein Reisfeld, Colonel«, sagte Chief Young. »Es sieht aus, als wäre es entwässert. Diese Brücke wurde zerbombt, und anscheinend ist der Damm oder das, womit das Wasser gestaut wurde, gebrochen.«

Dunn sah wieder hin.

»Haben wir eine Lupe oder so was?«

Chief Young nahm das Foto, ging damit zu einem Schreibtisch, legte es ab und stellte ein Gerät auf dünnen Metallbeinen darüber.

»Das ist dreidimensional«, sagte er. »Aber es hilft sogar bei einer normalen Aufnahme.«

Dunn neigte sich darüber. Mit einiger Mühe schaffte er es, ein scharfes Bild zu bekommen.

»Das ist ein Hammer!«, entfuhr es ihm.

»Ja«, sagte McGrory. »Das ist kein Zufall. Jemand hat dies mit seinen Füßen in den Schlamm gestampft.«

Dunn neigte sich wieder über das Gerät.

Und dann musste er sich am Schreibtisch festhalten. Die *Badoeng Strait* vollzog eine scharfe Wende. Sie drehte in den Wind.

»Bereithalten zum Katapultstart«, ertönte es aus den Lautsprechern. »Piloten, bemannen Sie Ihre Flugzeuge. Vorbereiten zum Katapultstart. Piloten, bemannen Sie Ihre Flugzeuge!«

»Hat jemand dies gesehen?«, fragte Dunn.

»Nein, Sir.«

»Behalten wir es für uns, bis ich zurückkomme«, sagte Dunn. Und dann fragte er plötzlich: »In welcher Richtung ist auf dem Foto Süden?«

McGrory zeigte es.

»Er nimmt die falsche Richtung«, sagte Dunn.

»So sieht es aus«, stimmte McGrory zu.

»Sie haben keinem davon erzählt?«

»Nein, Sir. Ich nehme an, wenn ich etwas davon erzählt hätte, wäre jeder von seiner Staffel auf der Suche nach ihm.«

»Halten Sie es weiterhin für sich, Mac. Bis ich zurückkomme.«

McGrory nickte, und dann schien er auf weitere Befehle zu warten.

Und wenn Sie nicht zurückkommen, Colonel?, schien er zu fragen.

»Ich sollte gegen fünfzehn Uhr zurück sein. Wenn ich mich verspäte, geben Sie dies Captain Freewall.«

»Aye, aye, Sir«, sagte McGrory. »Ich werde Sie dann um fünfzehn Uhr erwarten, Sir.«

»Richtig.«

»Wie sind die Dinge dort drüben?«

»Würden Sie glauben, dass eines unserer Regimenter eine falsche Straßengabelung nahm und den falschen Hügel hielt?«

»Das kann doch nicht wahr sein!«

Dunn verließ das Fotolabor und kletterte schnell eine scheinbar endlose Folge von steilen Leitern hinauf, bis er schließlich die Ebene des Flugdecks erreichte. Er schwitzte ein wenig, als er aufs Flugdeck hinaustrat und seine Corsair sah, die mit laufendem Motor die erste Maschine in der Startreihe war.

Er kletterte hinauf, und sein Air Captain instruierte ihn über das Flugzeug, während er ihm half, seine persönliche Ausrüstung richtig anzulegen – die Mae-West-Schwimmweste, die Überlebensausrüstung und eine .45er ACP Pistole – die er abgeschnallt hatte, als er gelandet war.

Er stieg ins Cockpit. Der Air Captain schnallte ihn in seinen Fallschirm, reckte den Daumen empor, gab ihm eine kleine braune Papiertüte – sein Mittagessen – und stieg dann vom Flugzeug herunter.

Dann wartete Dunn auf den Start.

Aber seine Gedanken waren nicht beim bevorstehenden Fliegen der Corsair.

Es muss Pick sein, dachte er. Wer sonst würde ein ›PP‹ und einen Pfeil in den Schlamm eines koreanischen Reisfelds stampfen?

Und wer sonst außer diesem blöden Hurensohn würde sich von unseren Linien entfernen?

Keine fünfundvierzig Sekunden später war er in der Luft.

XVI

1

An Bord der *Wind of Good Fortune*
37° 44′ nördlicher Breite
126° 59′ östlicher Länge
Gelbes Meer

7. August 1950, 11 Uhr 55

»Das sieht wie ein Leuchtturm aus«, sagte Captain Kenneth R. McCoy, USMCR, zu Lieutenant David R. Taylor, USNR.

»Gott, sind Sie ein cleveres Kerlchen, Mr McCoy«, erwiderte Taylor in seinem besten Charles-Laughton-Meuterei-auf-der-Bounty-Akzent. »Das ist in der Tat ein Leuchtturm, und er markiert die Einfahrt in den Flying Fish Channel.«

Jeanette Priestly lachte.

»Das macht drei Punkte für Captain Bligh und zwei für Jean Lafitte«, sagte sie.

»Eine Frage, Kapitän, Sir«, sagte McCoy. »Darf ich zu hoffen wagen, dass wir bald an unserem Ziel sein werden?«

»Ich würde schätzen, Mr McCoy, dass wir in einer Stunde, vielleicht etwas weniger, dort sein werden.«

Die vorangegangenen vierundzwanzig Stunden waren langsam und ereignislos vergangen. Die Landmasse von Südkorea war stets steuerbord in Sicht gewesen, doch Taylors Kurs war weit genug auf See gewesen, sodass die *Wind of Good Fortune* für jemanden an Land praktisch unsichtbar gewesen war.

Die andere Seite der Medaille war, dass die Passagiere der *Wind of Good Fortune* auch nichts an Land hatten sehen können. Es war still und friedlich gewesen, und Jeanette Priestly hatte bemerkt, es sei schwer zu glauben, dass ein Krieg im Gange war.

Sie hatten ein Dutzend kleine Schiffe gesehen – vermutlich Fischerboote –, doch die waren weit entfernt gewesen, gerade sichtbar am Horizont, und keines war nahe gekommen. Größere Schiffe hatten sie nicht gesichtet, und wenn die Marinekräfte des United Nations Command im Gelben Meer patrouillierten, war kein Anzeichen von ihnen zu sehen gewesen, abgesehen von vielleicht vier Flugzeugen – nach McCoys Schätzung auf etwa zehntausend Fuß Höhe, zu hoch, um sie zu identifizieren –, von denen anscheinend keines die *Wind of Good Fortune* bemerkt hatte.

Im Laufe des Tages war Taylor jede Stunde erwacht, um sich schnell umzusehen. Zufrieden mit dem Gesehenen hatte er sich wieder schlafen gelegt. McCoy war so fasziniert von Taylors Fähigkeit, so leicht und regelmäßig aufzuwachen, dass er ihn gefragt hatte, wie er das schaffte. Taylor hatte ein wenig selbstgefällig gegrinst, seine Armbanduhr hochgehalten und ›*Ringelingeling*‹ gesagt. Seine Armbanduhr war ebenfalls ein Miniaturwecker..

Mit Proviant aus den Kisten, die Sergeant Jennings aus den Lagerhäusern der Army in Pusan gestohlen hatte, und mit Hühnern, Fisch, Eiern, Schweinelenden und Gemüse, von Major Kims Nationalpolizisten in Tongnae gekauft, hatten zwei der Marines und zwei der Nationalpolizisten ein überraschend schmackhaftes Mittagessen, ein sogar noch besseres Abendessen und einen abendlichen Snack auf dem mit Holzkohle befeuerten Herd auf dem Vorderdeck zubereitet. Es musste natürlich aus dem Kochgeschirr gegessen werden, und nachdem Zimmerman die Marines daran erinnert hatte, wie das Gemüse gedüngt worden war, verloren sie ein wenig den Appetit, doch sonst gab es keinen Grund, sich darüber zu beklagen.

Jeanette hatte den Großteil ihrer Zeit mit den Marines verbracht und dabei einige Filmrollen verknipst. Die Marines hielten sie für eine willige Passagierin, die mitgekommen war, um ihre Mission für ihre Zeitung aufzuzeichnen, und sie fühlten sich geschmeichelt durch die Aufmerksamkeit der Presse.

Bei Einbruch der Dunkelheit war nicht viel zu tun gewesen, außer am Bug und Heck einen Ausguck aufzustellen und zu schlafen, und gegen 19 Uhr sah man überall auf dem Deck ausgestreckte Marines und Nationalpolizisten schlafen.

Taylor hatte bei Einbruch der Nacht das Ruder übernommen, und kurz nach 20 Uhr war McCoy nach unten zum Schlafen gegangen.

Als er erwacht war, hatte ihm seine Armbanduhr angezeigt, dass es sechs Uhr war, und das Schwanken der *Wind of Good Fortune* hatte ihm verraten, dass sie immer noch auf See waren. Er ging an Deck und erwartete, dass sie sich einer Art Hafen näherten oder was auch immer Tokchok Kundo zu bieten hatte.

Stattdessen sah er jetzt backbord die südkoreanische Landmasse und dass die Segel der *Wind of Good Fortune* gehisst waren.

»Ich dachte, Tokchok Kundo liegt dort«, sagte McCoy und wies über das Heck der *Wind of Good Fortune*.

»So ist es auch«, erwiderte Taylor. »Ich versuche jetzt, die Gezeiten auszurechnen. Sie tun nicht immer das, was sie sollten. Und es wäre peinlich, in den Schlammzonen aufzulaufen.«

»Wann meinen Sie, haben Sie die Gezeiten ausgerechnet?«

»Nie«, sagte Taylor ernst. »Aber heute, beim relativ flachen Tiefgang dieser Dschunke, glaube ich, gegen elf Uhr im Hafen einzutreffen.«

»Wenn wir den Leuchtturm sehen können, sieht man uns ebenfalls«, gab McCoy zu bedenken.

»Eine weitere kluge Bemerkung«, sagte Taylor und spielte immer noch Charles Laughton. »Ich staune über Ihren Scharfsinn, Mr McCoy.«

McCoy musste lächeln.

»Meinen Sie nicht, der Leuchtturmwärter könnte melden, dass eine fremde Dschunke, beladen mit mehr Leuten als gewöhnlich, von denen einige sehr asiatisch aussehen, soeben vorbeigesegelt ist?«

»Das wäre eine echte Möglichkeit, wenn es (a) einen Leuchtturmwärter auf dem Leuchtturm gäbe und er (b) einen Generator für ein Funkgerät hätte, um mit jemandem zu kommunizieren«, sagte Taylor. »Aber Sie können sich entspannen, Mr McCoy. Ich weiß aus zuverlässiger Quelle, dass es keinen gibt.«

»Aus welcher zuverlässigen Quelle?«

»Unser eigener geschätzter Major Kim hat es mir gesagt«, sagte Taylor und wies zu Kim, der an der Reling des Hecks lehnte.

Kim trug ein bauschiges schwarzes Baumwollhemd und eine ausgebeulte Hose. Als McCoy ihn zum letzten Mal gesehen hatte, war er in tadellos gebügelter amerikanischer Khakiuniform gewesen.

»Als ich das letzte Mal in Tokchok Kundo gewesen bin«, sagte Major Kim, »hat sich der Leuchtturmwärter dort draußen versteckt«, sagte Major Kim. »Er erzählte mir, dass er die wichtigen Teile des Generators und Funkgeräts ausgebaut und mitgenommen hatte, als er gesehen hatte, dass die Nordkoreaner in Inchon waren.«

»Meinen Sie nicht, die Nordkoreaner würden versuchen, es zu reparieren und in Betrieb zu nehmen? Was tun sie ohne einen Leuchtturm? Es darauf ankommen lassen?«

»Der Feind fährt nicht mit irgendwelchen Schiffen mit Tiefgang nach Inchon, Captain McCoy«, sagte Kim. »Er benutzt die eigenen Häfen, die durch Luftabwehrwaffen geschützt sind. Sie werden warten, bis sie das Gebiet Pusan eingenommen haben, um diese Gegend hier zu säubern. Sie haben wichtigere Dinge zu tun, als einen Leuchtturm zu reparieren, der im Augenblick nur hilft, südkoreanischen Fischern den Weg nach Hause zu zeigen.«

»Aber wird unsere Invasionsflotte ihn nicht brauchen?«, fragte McCoy.

»Wenn sie bei Nacht die Fahrt durch den Kanal beginnt, ja«, sagte Taylor. »Und genau das wird sie tun müssen.«

»So müssen wir daran denken, ihn zu reparieren und selbst in Betrieb zu nehmen?«

»Im Dai-Ichi-Gebäude hatten die hohen Tiere folgende Idee: Wenn sie am Tag vor der Invasion von euch Marines Taemuii-do und Yonghung-do einnehmen lassen, setzen die Landungsboote ein halbes Dutzend Männer am Leuchtturm ab, entweder mit einem Generator oder mit genügend Gas und Öl, um ein Signalfeuer zu machen.«

»Deshalb haben Sie nichts gesagt?«

»Ich wollte warten und sehen, ob wir damit durchkommen, Taemuii-do und Yonghung-do einzunehmen«, sagte Taylor. »Wenn wir damit durchkommen, und wenn sie keine Leute schicken, um sie sich zurückzuholen, bleibt viel Zeit, um zu überlegen, was wir mit dem Leuchtturm tun wollen.«

»›Wenn‹?«, zitierte Jeanette. »Wenn. Wie nennt man das, ›Zuversicht‹, ›Wunschdenken‹?«

»Fakten ins Auge sehen«, sagte Taylor. Dann wies er hin. »Da ist sie. Backbord.«

McCoy sah eine felsige Insel und Steinhäuser mit Strohdächern.

»Wo sind Taemuii-do und Yonghung-do?«, fragte McCoy.

»Die können Sie von hier aus nicht sehen. Man kann sie so gerade von der anderen Seite von Tokchok Kundo erkennen. Aber von hier an sollten wir alle nach unten gehen. Das schließt Sie ein, Jeanette. Wenn Sie hier oben bleiben wollen, McCoy, ziehen Sie sich ein koreanisches Hemd an.«

Er wies auf Major Kims bauschige Baumwollkleidung.

»Mein koreanisches Zeug ist unten«, sagte McCoy. »Ich hole es.«

Major Kim zupfte ihn am Arm, und als sich McCoy zu ihm umwandte, überreichte er ihm ein schwarzes Baumwollhemd und eine Hose.

»Danke«, sagte McCoy.

»Mit Ihrer Erlaubnis, Captain«, sagte Kim zu Taylor, »werde ich meine Männer darauf vorbereiten, wie sie auf das reagieren sollen, was immer wir vorfinden werden, wenn wir anlegen.«

»Was, zum Beispiel?«, erkundigte sich Jeanette.

»Wir haben keine Kommunikation mit Tokchok Kundo, Miss Priestly«, sagte Kim. »Die Nordkoreaner haben sich möglicherweise entschieden, sie zu besetzen.«

»Bereiten Sie Ihre Männer vor, Major«, befahl Taylor.

»Und wenn die Nordkoreaner die Insel besetzt haben, was dann?«, fragte Jeanette.

»Dann können wir nur hoffen, das wir mehr Männer haben als sie«, sagte Taylor. »Gehen Sie bitte nach unten, Miss Priestly.«

2

Der Landungsplan war einfach. Taylor würde die *Wind of Good Fortune* in den Hafen von Tokchok Kundo segeln – eigentlich nicht mehr als ein Einschnitt in die Küstenlinie mit einem steinernen Kai, der daraus vorsprang – und ›sehen, was geschah‹.

Falls ›was geschah‹ eine Abteilung nordkoreanischer Soldaten war, würde er den Dieselmotor laufen lassen, damit sie schnell abhauen konnten, wenn McCoy einen Rückzug für das Klügste hielt.

Es bestand jedoch die große Möglichkeit – je nach McCoys Einschätzung der Stärke der feindlichen Einheit, sofern dort eine war –, dass es das Klügste war, vor dem Rückzug die feindliche Abteilung auszuschalten.

Wenn sich eine Abteilung Nordkoreaner auf der Insel befand, würde sie vermutlich ein Funkgerät haben, mit dem sie zum Festland funken und melden konnte, dass weiße Männer (sprich Amerikaner) versuchten, die Insel einzunehmen. Das konnte ihnen nordkoreanische Patrouillenboote auf den Hals schicken, und es würde den Nordkoreanern bestimmt einen Hinweis geben, dass die Amerikaner ein ungewöhnliches Interesse an Tokchok Kundo zeigten.

Ein Ausschalten der Abteilung würde das verhindern. Wenn es dort Gefangene gab, konnten sie nach Pusan gebracht werden. Leichen konnten ein Grab in der See bekommen.

Zu dem Zeitpunkt, an dem jemand ermitteln würde, warum man seit einiger Zeit nichts mehr von Tokchok Kundo gehört hatte, würde die *Wind of Good Fortune* weit entfernt auf dem Meer sein.

Und der Plan, die nordkoreanische Einheit auszuschalten – wenn es eine dort gab – war ebenfalls einfach. Major Kim, der hoffte, wie ein Matrose auszusehen, würde steuerbord kurz hinter der Back an Deck stehen. Seine Nationalpolizisten würden auf dem Vorderdeck warten, bereit, auf sein Signal hin auf das Deck zu stürmen.

Captain McCoy würde steuerbord und achtern auf dem Deck sitzen und hoffen, dass die solide Reling ihn vor Sicht von jedem an Land schützte. Sein Äußeres ähnelte dem eines koreanischen Matrosen nicht sehr.

Ebenso wenig sah Lieutenant Taylor koreanisch aus, obwohl er jetzt ebenfalls ein schwarzes Baumwollhemd und eine schwarze Hose trug und sein Haar und die Stirn mit einem schwarzen Baumwolltuch verhüllt hatte. Er war in der besten Position, um zu sehen, was auf dem Kai und dem Ufer los war.

Die Marines würden im Durchgang unterhalb der Brücke am Heck sein, bereit, auf McCoys Befehl hin zu handeln.

Dieser Befehl würde kommen, wenn entweder Major Kim oder Lieutenant Taylor entschieden, dass es nichts mehr ausmachte, wenn jemand an Land erkennen konnte, dass McCoy kein koreanischer Seemann war, und Alarm schlagen würde.

McCoy würde dann aufstehen, sich selbst umsehen und entscheiden, wie am klügsten gehandelt wurde.

Reflektiertes Licht ließ die solide Reling aufblitzen, hinter der sich McCoy verbarg. Er blickte auf und sah Jeanette Priestly auf Händen und Knien von der Tür zum Durchgang unter dem Heck zu ihm kriechen. Ihre Leica, das Etui offen, hing von ihrem Hals und schleifte über das Deck.

»Okay?«, fragte sie, als sie ihn erreichte, sich aufs Deck setzte und den Rücken ans Schott des Achterschiffs lehnte.

»Prima. Mit etwas Glück werden Sie sich, wenn die Schießerei beginnt, eine Kugel einfangen.«

»Das meinen Sie nicht ernst«, sagte sie.

»Nicht?«

»Nein«, sagte sie, hob die Leica an und fotografierte ihn.

»Ich habe Ihnen gesagt, wenn Sie mich das nächste Mal ohne Genehmigung fotografieren, werfe ich Ihre Kamera über Bord.«

»Das haben Sie ebenfalls nicht ernst gemeint«, sagte sie. »Und außerdem können Sie das jetzt nicht tun. Jeder an Land würde es sehen.«

Er schüttelte nur den Kopf.

»Sie wirkten sehr nachdenklich vorhin, bevor Sie mich sahen«, sagte Jeanette. »Was haben Sie eben gedacht, Captain McCoy?«

»Allmächtiger!«, sagte er, doch es wurde ihm klar, dass er lächelte.

»Nun?«

»Als ich ein kleiner Junge war«, sagte er, »hatte meine Großmutter einen großen Teller, mehr eine Platte, aus China in ihrem Esszimmer. Sie war bemalt mit Bildern von Pagoden und einer Dschunke und Bäumen …«

»Weiden«, unterbrach Jeanette, »das waren Weiden. Man nennt diese Platten ›Weidengeschirr‹, glaube ich.«

»Wenn Sie meinen«, fuhr er fort. »Und ich schaute mir das verdammte Ding die ganze Zeit an. Es faszinierte mich. Dieser kleine Junge wusste nicht, dass er eines Tages auf einer richtigen Dschunke im Gelben Meer fahren würde …«

»Vielleicht sind Sie trotz allem menschlich«, sagte sie.

»… mit einer verrückten Lady, die wahrscheinlich, wie die Katze aus Neugier, gekillt wird.«

»Ich versuche nur, meinen Job zu tun«, sagte sie.

»Ihr Job stört mich bei meinem«, sagte McCoy. »Wenn ich in ein paar Minuten aufstehe, bleiben Sie, wo Sie sind, bis ich Ihnen sage, dass Sie sich bewegen dürfen. Sollten Sie aufstehen, werde ich sie niederschlagen. Kapiert?«

»Das meinen Sie anscheinend ernst«, sagte sie. »Okay.«

Eine Minute später hob McCoy vorsichtig den Kopf und spähte um eine Stütze der Reling herum. Dann zog er den Kopf schnell wieder ein.

»Denken Sie an die Katze«, sagte Jeanette. »Was haben Sie gesehen?«

»Wir sind fünfzig Meter, vielleicht etwas mehr, vom Kai entfernt. Abgesehen von ein paar hungrig aussehenden Kötern an Land habe ich überhaupt kein Anzeichen auf Leben entdeckt.«

Koreanische Matrosen holten alle Segel bis auf eines ein.

McCoy wartete darauf, dass Taylor den Motor anließ, für den Fall, dass sie einen schnellen Rückzug machen mussten.

Und wartete.

Und wartete.

»Was ist?«, fragte Jeanette.

»Taylor hat gesagt, er startet den Motor«, erwiderte McCoy.

Er schaute über das Deck zu Major Kim, der seinem Blick begegnete und dann mit einem Achselzucken beide Hände anhob. Die Botschaft war klar: Ich sehe nichts Verdächtiges.

McCoy stand auf, als die *Wind of Good Fortune* gegen den steinernen Kai kratzte.

Abgesehen von den Hunden, die aus Neugier vom Strand auf den Kai gekommen waren, gab es immer noch kein Anzeichen auf Leben.

»Kim, lassen Sie Ihre Männer von Bord gehen und uns vertäuen«, befahl McCoy auf Koreanisch. Dann wechselte er zu Englisch. »Ernie, schicken Sie Ihre Männer den Kai runter, um festzustellen, was sie in dem Dorf sehen können.«

Zimmerman kam geduckt aus dem Durchgang unter dem

Achterdeck, seine Thompson-MPi in den Händen. Er legte die Maschinenpistole aufs Deck und warf eine Strickleiter über Bord. Als er das getan hatte, kamen zwei Marines, einer mit einem Browning-Automatikgewehr, der andere mit einem Garand, aus dem Durchgang, knieten sich hinter die Reling und richteten ihre Waffen auf den Kai.

Zimmerman schlang seine Thompson über den Rücken, kletterte die Strickleiter hinab und verschwand außer Sicht. Sergeant Jennings, ebenfalls mit einer Thompson-MPi, kam aus dem Durchgang und kletterte sofort die Strickleiter hinab. Der Marine mit dem M-1 schlang es am Riemen über den Rücken und kletterte von Bord. Ihm folgte der Marine mit dem BAR, der das Automatikgewehr über Bord einem der Marines auf dem Kai zuwarf, bevor er die Strickleiter hinabkletterte.

McCoy war erfreut über den Ablauf der Dinge. Nicht nur, dass die Marines, die von der Brigade rekrutiert worden waren, ihren Job zu verstehen schienen, sondern sie waren auch schon halb über den Kai hinweg, bevor Kims Nationalpolizisten es schafften, die *Wind of Good Fortune* am Kai zu vertäuen.

»Kann ich jetzt aufstehen?«, fragte Jeanette.

»In einer Minute«, antwortete McCoy.

Ein älterer Koreaner kam aus einem der Steinhäuser mit Strohdach, als die Marines den Strand erreichten. Zimmerman forderte zwei der Marines, die ihm folgten, mit einem Wink auf, um ihn herum und in die Häuser zu gehen, die am nächsten beim Kai standen.

Einen Augenblick später kamen sie wieder aus den Häusern heraus, und einer von ihnen reckte den Daumen hoch.

»Okay, Sie können aufstehen«, sagte McCoy, schlang sein Garand über den Rücken und begann dann die Leiter hinabzuklettern.

Als er auf dem Kai war und sich den Häusern zuwandte, sah er Major Kim, der mit einem Karabiner bewaffnet über den Kai trottete und fast auf dem Strand war. Einer seiner Nationalpolizisten war dicht hinter ihm, und als McCoy landeinwärts ging, rannte ein anderer an ihm vorbei.

Kim stellte den älteren Mann McCoy als das Dorfoberhaupt und dem Alten McCoy als den befehlshabenden Offizier vor. Den Alten schien es überhaupt nicht zu überraschen, dass McCoy Koreanisch sprach.

Er erzählte ihnen, dass keine Nordkoreaner auf Tokchok Kundo gewesen waren, seit Kim zum letzten Mal dort gewesen war. Er hatte auch keine Anzeichen darauf gesehen, dass die kleinen Garnisonen auf Taemuii-do und Yonghung-do mit Männern oder schwereren Waffen verstärkt worden waren.

»Okay, Ernie«, befahl McCoy, »holen wir das Zeug von der Dschunke.«

Der alte Mann wandte sich plötzlich um und ging oder trottete so schnell er auf seinen Stelzenschuhen konnte, zu den Häusern und betrat eines davon und dann zwei andere. Sofort kamen Leute, Männer, Frauen und Kinder, aus den Häusern und eilten den Kai hinunter zur *Wind of Good Fortune*, offenbar um beim Tragen der Dinge zu helfen, die an Land gebracht werden sollten. Dann kehrte der Alte zu McCoy, Kim und Zimmerman zurück.

»Verstehen Sie Englisch?«, fragte McCoy überrascht.

Der alte Mann blickte ihn verständnislos an.

»Sie haben Koreanisch gesprochen, Mr McCoy«, sagte Major Kim lächelnd.

McCoy sah Jeanette auf dem Kai knien und Fotos von den Koreanern machen.

Ich habe ihr nicht erlaubt, an Land zu kommen, sondern nur gesagt, dass sie aufstehen darf. Aber ich hätte wissen sollen, was sie tun würde.

»Erste Priorität, Ernie, ist es, das SCR-300 in Betrieb zu nehmen.«

Major Kim fragte den alten Mann, ob der Generator funktionierte und wo er war.

Der Generator war betriebsbereit oder würde es sein, wenn Treibstoff zur Verfügung stehen würde. Der Koreaner wies auf ein kleines Steingebäude mit Strohdach. McCoy sah, dass elektrische Leitungen aus dem Gebäude führten, eine Leitung zu mehreren der Häuser und eine andere zum Kai.

McCoy ging zu dem Gebäude und betrat es, und Kim folgte ihm. Da stand ein kleiner, mit Diesel betriebener Generator. McCoy sah, dass er in Deutschland hergestellt worden war. Und da gab es einen Raum, in dem das SCR-300 aufgestellt werden konnte, und McCoy sagte das.

»Ich lasse es herbringen«, sagte Kim.

»Und dann sollten wir feststellen, ob das Dorfoberhaupt irgendetwas auf den Luftfotos sehen kann, was uns entgangen ist«, sagte McCoy. »Und wir brauchen ein Quartier für meine Leute. Mir gefällt nicht der Gedanke, dass sie am Ufer bleiben – sie werden zu leicht gesehen, wenn jemand zu Besuch kommt.«

»Es gibt einige Hütten auf dem Hügel«, sagte Kim.

»Sehen wir sie uns an. Das Dorfoberhaupt kann dort die Fotos betrachten.«

Die Hütten auf dem Hügel boten zweierlei Vorteile. Sie befanden sich in Reichweite der Waffen der Marines, sollten sich die Nordkoreaner entscheiden, einen Blick auf Tokchok Kundo zu werfen, aber sie waren weit genug entfernt, sodass die Marines, die koreanische Kleidung trugen, vermutlich für Koreaner gehalten werden konnten.

Es gab auch einen Nachteil. Die Hütten waren an dieser Stelle errichtet worden, um das Trocknen von Fisch auf Gestellen zu erleichtern, die an ihren Strohdächern befestigt waren.

Was soll's, nach einem Tag werden die Jungs den Gestank nicht mal mehr bemerken.

Die kleinen Häuser waren aus Stein erbaut, im Wesentlichen Rundbauten mit Innenräumen, von denen gerade Wände fortführten. Im mittleren Gebäude befanden sich Plattformen an der äußeren Wand, die anscheinend als Bettlager benutzt wurden. In der Mitte war Platz für ein Feuer, das offenbar zum Kochen und zum Heizen des Bodens und der Plattformen im Winter benutzt wurde. Die Hütten waren einfach und raffiniert zugleich.

McCoy war während des Winters auf dem Festland in ähnlichen Hütten gewesen, und er hatte nie herausfinden können, wie das Heizsystem funktionierte.

Eine nackte Birne – eine von dreien hing über den Plattformen – glühte für einen Moment rötlich und schien dann hell, ein Anzeichen, dass der Generator jetzt in Betrieb war. McCoy legte die Luftfotos auf eine der Plattformen und sagte dem alten Mann, er wäre dankbar, wenn er sie sich ansehen würde.

Überhaupt nicht überraschend für McCoy kam die Kriegskorrespondentin der *Chicago Tribune* in die Hütte, als sich der alte Mann die Luftfotos anschaute.

»Soll ich etwa hier bleiben?«, fragte sie.

»Vermutlich«, erwiderte McCoy. »Das ist das Gebet jeder Jungfrau – das einzige Mädchen teilt eine Hütte mit Seeblick mit vier gut aussehenden und potenten Marines.«

»Was machen Sie hier?«, fragte sie ärgerlich.

»Dies sind Luftfotos von Taemuii-do und Yonghung-do«, sagte er. »Die Inseln, die wir einnehmen müssen.«

Als er sich vorneigte, um die Fotos zu betrachten, kamen Zimmerman, Taylor und Staff Sergeant Worley, der Funker, ein kleiner, schmächtiger Mann Ende dreißig, in die Hütte. Alle drei schwitzten.

Sie sind den Hügel raufgelaufen, sagte sich McCoy. Aber sie wirken mehr angewidert als ärgerlich oder alarmiert. Was ist los?

»Sehen Sie sich dieses gottverdammte Ding an«, sagte Zimmerman und wies auf eine fast quadratische – etwa fünf Zoll breite und hohe – olivfarbene Blechbüchse in Worleys Hand.

»Was ist das?«

»Es ist vom SCR-300 …«

»Es ist ein Transformator, Sir«, sagte Sergeant Worley.

»Ohne den das SCR-300 nicht funktioniert?«

Oh, Scheiße!

»Als ich ihn aus der Kiste nahm, Sir, bemerkte ich Öl«, sagte Worley. »Ich stellte fest, dass es hier ausgelaufen ist.«

Er wies auf eine Ecke des Transformators, wo eine Lötstelle undicht war.

»Die Frage lautete, funktioniert das Funkgerät ohne das Ding?«

»Nein, Sir.«

»Können Sie es reparieren? Das Öl ersetzen oder was immer?«

»Vielleicht hätte ich etwas tun können«, sagte Worley verlegen. »Aber ich habe den Transformator kaputtgemacht, als ich ihn angeschlossen habe. Da ist er durchgebrannt. Captain, ich hatte noch nie so ein defektes Teil. Aber es ist meine Schuld, ich hätte es vorher überprüfen sollen.«

Ja, das hättest du tun sollen. Aber es hat keinen Sinn, dich jetzt zur Sau zu machen. Es lässt sich nicht mehr rückgängig machen.

»Ich hatte Ihnen gesagt, dass die Inbetriebnahme dieses Dings erste Priorität hat«, sagte McCoy. »So haben Sie sich beeilt. Es ist genauso meine Schuld wie Ihre.«

»Nein, Sir, es ist allein meine«, sagte Worley zerknirscht.

»Und was machen wir jetzt?«

»Ich werde versuchen, etwas zusammenzubasteln, Captain, aber ich kann nicht versprechen …«

»Wie lange wird das dauern?«, fragte McCoy.

»Länger, als wir Zeit haben«, sagte Taylor. »Es sei denn, Sie wollen weitere zwölf – vielleicht sogar vierundzwanzig – Stunden hier verbringen.«

»Diese beschissenen Gezeiten?«, fragte McCoy ärgerlich.

»Diese – Kraftausdruck gestrichen – Gezeiten«, erwiderte Taylor.

»Verzeihung«, sagte McCoy. »Das ist mir rausgerutscht.«

»Ich habe es Ihnen gesagt«, meinte Taylor. »Die Daten im Gezeitenbuch stimmen nicht.«

»Ist es dasselbe Gezeitenbuch, das im Dai-Ichi-Gebäude benutzt wird?«

»Daher habe ich es.«

»Und was stimmt da nicht?«

»Ich habe es schon gesagt, wir haben es hier mit gemischten Gezeiten zu tun. Und dies muss hier der schlimmste Teil des monatlichen Zyklus sein. Der Wasserstand in diesem Gebiet sollte nicht so tief sein, wie er ist. Oder die Strömung sollte nicht so schnell sein.«

»Und was ist mit der Invasionsflotte?«

»Wir sollten unbedingt dieses Funkgerät betriebsbereit haben, wenn sie sich entscheiden, durch den Flying Fish zu kommen«, sagte Taylor. »Oder Schiffe werden von hier bis Inchon im Schlamm stecken bleiben.«

»Wie bald müssen wir von hier fort?«

»Sofort«, sagte Taylor. »Je früher, desto besser.«

»Okay«, sagte McCoy. »Worley, ich werde Ihnen so schnell wie möglich einen Transformator beschaffen. Wie empfindlich sind die Dinger?«

»Die sind normalerweise robust, Sir. Was mit dem hier passiert ist, wird vermutlich jahrelang nicht wieder vorkommen.«

»Wenn wir einen gut verpacken und polstern, könnte er dann von einem Flugzeug abgeworfen werden?«

»Ja, aber es wäre vermutlich besser, ihn per Fallschirm abzuwerfen, Sir.«

»Zimmerman, ich werde Jennings mit mir zurücknehmen. Er ist ein erstklassiger Schnorrer. Und wir werden schnell und listig schnorren müssen.«

Zimmerman nickte sein Einverständnis.

»Ich schlage vor, Sie lassen sich in diesen Hütten nieder. Legen Sie Positionen für Markierungsfeuer fest, falls Sie welche brauchen werden. Wenn Sie Signaltücher benutzen, bringen Sie sie zwischen den Hütten an. Fangen Sie mit der Ausbildung der Einheimischen an. Und stellen Sie sicher, dass die bösen Jungs von Ihrer Anwesenheit auf der Insel nichts erfahren.«

Zimmerman berührte seine Stirn in einer Geste, die nur vage an ein militärisches Grüßen erinnerte. Aber es war ein Gruß.

»Sie werden hier von einem Flugzeug Nachschub abwerfen lassen?«, fragte Jeanette.

»Wenn ich kann, ja«, sagte McCoy.

»Und Sie fliegen nach Tokio?«

»Richtig.«

»Ich muss eine Minute mit Ihnen reden«, sagte sie.

»Okay.« Er wies zu einem der kleinen Räume.

Sie ging hinein, und er folgte ihr.

»Machen Sie's schnell«, sagte er, als sie herumdruckste.

»Ich weiß nicht, warum ich so verlegen bin«, sagte sie. »Sie sind verheiratet, nicht wahr? Und Sie hatten in der High School diese Kurse ›persönliche Hygiene‹ und so, nicht wahr?«

»Wovon zur Hölle reden Sie?«

»Würden Sie bitte Ihre Frau bitten, mir Monatsbinden und Tampons zu kaufen? Und sie dann hier mit dem Transformator für das Funkgerät abwerfen lassen?«

Er antwortete nicht sofort.

»Seien Sie nicht stur, McCoy«, sagte sie. »Ich hatte diese Reise nicht geplant.«

»Haben Sie wirklich gedacht, ich würde Sie hier zurücklassen?«

Sie gab keine Antwort.

»Jeanette, meine Marines brauchen all ihre Kraft, die sie noch haben«, sagte McCoy. »Sie können mit ihnen nicht tun, was Delila mit Samson gemacht hat. Begeben Sie sich unverzüglich auf die *Wind of Good Fortune*.«

»Sie Bastard!«, sagte sie.

Der Wasserpegel war so tief gesunken, dass das Deck der *Wind of Good Fortune* nur vier oder fünf Fuß darüber ragte.

Und die Dschunke liegt nur so hoch, weil wir fast alle Last abgeladen haben, dachte McCoy.

Taylor kletterte an Bord und startete sofort den Motor, während Major Kim und zwei seiner Männer die Leinen losmachten. Der Kiel der *Wind of Good Fortune* schabte zweimal geräuschvoll über den Meeresboden, als Taylor vom Kai ablegte, und dann abermals, als er wendete und sie in den Flying Fish Channel einfuhren.

3

Piloten-Bereitschaftsraum
USS *Badoeng Strait*
39° 6′ nördliche Breite, 129° 44′ östliche Länge
Japanisches Meer

8. August 1950, 9 Uhr 55

Als Lieutenant Colonel William C. Dunn zu ihm in den Bereitschaftsraum ging, saß Lieutenant Commander McDavit, USNR, bereit für den Flug, in der hintersten Reihe der Lederstühle. Er hielt eine Zigarette in einer Hand und ein Eis in der anderen.

McDavit wollte aufstehen, doch Dunn machte ihm mit einer Geste klar, dass er sitzen bleiben sollte.

»Guten Morgen, Colonel«, sagte McDavit. Er konnte die Piloten des Marine-Corps an Bord der *Badoeng Strait* nicht sonderlich leiden, doch er mochte Dunn. »Sie sind schon zurück?«

»Wir flogen um null-null-hundert«, sagte Dunn. »Die Nordkoreaner versuchten ab drei Uhr eine Division – die dritte, glaube ich – über den Naktong zu schicken.«

»›Versuchten‹? Sagen Sie nicht, die Army hat sie aufgehalten?«

»Die fünfte Kavallerie hat ihnen ziemliche Prügel verpasst«, sagte Dunn. »Sie hatten viel Artillerie und gutes Schussfeld für ihre Automatikwaffen. Ein Teil eines nordkoreanischen Regiments kam rüber, doch die anderen beiden bekamen eine Abreibung aus der Luft und zogen sich auf ihre Seite des Naktong zurück.«

»Luftunterstützung von Marine-Corps und Navy, meinen Sie?«

Dunn nickte. »Die Brigade brauchte uns nicht bis heute Nachmittag, und so gab sie uns an die Army frei.«

»Was geschieht heute Nachmittag?«

»Das dritte Bataillon der Brigade wird gen Chingong-Nim angreifen. Dann wird sie uns brauchen.«

»Ich kann mich auf einen weiteren aufregenden Flug freuen, bei dem ich auf K-1-Transportern der Air Force ausweiche«, sagte McDavit. »Habe ich Ihnen jemals erzählt, dass ich einst ein ehrbarer Wildcat-Pilot war?«

»Das Fliegen der Avenger ist ein dreckiger Job, stimmt, aber jemand muss ihn erledigen«, sagte Dunn mitfühlend. »Und Sie fragen sich, warum gerade Sie?«

»Selbst der Name ›Avenger‹ ist veraltet«, sagte McDavit. »Dieser Krieg ist lange vorüber. Wir haben Pearl Harbor bereits gerächt.«

»Eigentlich wollte ich mit Ihnen darüber reden.«

»Über Pearl Harbor?«, scherzte McDavit. Dann: »Was kann ein alter Seemann wie ich für Sie tun, Colonel?«

»Sie sind bereit, nach Pusan zu fliegen?«

»Sobald ich irgendeinen geheimnisvollen Umschlag für den Verbindungsoffizier des Marine-Corps auf K-1 bekomme, kann ich losfliegen.«

Dunn zog den Reißverschluss seiner Fliegerkombination auf und zeigte an, dass er den geheimnisvollen Umschlag hatte.

»Da ist ein Freund von mir in Pusan, den ich unbedingt sehen will«, sagte er. »Und man tauscht Hydraulikteile an meiner Corsair aus, was bedeutet, dass ich die Zeit habe, dorthin zu fliegen.«

»Auf dem Hinflug ist noch viel Ladekapazität frei, und Sie können gern mitkommen«, sagte McDavit. »Aber ich habe keine Ahnung, was ich auf dem Rückflug mitnehmen muss. Vielleicht nur ein paar Postsäcke, vielleicht auch die in Stücken zerlegte Golden Gate Bridge. Möglichweise hängen Sie über Nacht dort fest.«

»Ich bin in der Avenger geprüft«, sagte Dunn. »Erst letzte Woche habe ich eine geflogen.«

Ihre Blicke trafen sich, und McDavit verstand, dass Dunn die Avenger haben wollte.

»Ich werde die Genehmigung des Skippers brauchen«, sagte er.

»Ich habe bereits gefragt. Er hat gesagt, es liegt an Ihnen, ob Sie mich fliegen lassen oder nicht.«

»Sie wollen diesen Freund wirklich unbedingt sehen, wie? Wenn herauskommt, dass Sie den Transporter geflogen haben, wird sich jeder fragen, wie Sie Mist gebaut haben.«

»Das nehme ich alles auf mich«, sagte Dunn.

»Klar, Colonel«, sagte McDavit. »Aber fliegen Sie mir bitte meinen Vogel nicht zu Schrott. Ich bin mir nicht sicher, ob überhaupt noch Ersatzteile dafür hergestellt werden.«

Lieutenant Colonel William C. ›Billy‹ Dunn betrachtete Hinterhältigkeit als unakzeptabel – sogar ein so verabscheuungswürdiges Verhalten für einen Offizier des Marine-Corps wie freches Lügen. Er war jetzt hinterhältig, und dabei fühlte er sich sehr unbehaglich, doch er wusste nicht, wie er sonst die Situation meistern konnte.

Es hatte damit angefangen, dass er Master Sergeant Mac McGrory gebeten hatte, die Luftfotos des Reisfelds, wo jemand ›PP‹ und einen Pfeil in den Schlamm gestampft hatte, geheim zu halten.

Es war ihm einfach keine Zeit geblieben, darüber nachzudenken – aus den Lautsprechern hatte es gedröhnt »Piloten, bemannen Sie Ihr Flugzeug!«, während er noch die Luftfotos angeschaut hatte – doch dies rechtfertigte nicht sein anschließendes Verhalten. Bei nüchterner Analyse war es unprofessionell und hinterhältig gewesen.

Bei dieser ersten Mission, kurz nach dem Betrachten der Luftfotos, war er vom Missionsplan abgewichen und hatte eigenmächtig das Wrack von Picks Corsair überflogen. Er wusste, wo es war, hatte jedoch keine Ahnung, wo sich das Reisfeld befand. McGrory hatte nur gesagt, es sei ›nahe‹ der Stelle, an der Pick abgestürzt war, und er hatte nicht gefragt, ›wie nahe?‹ oder ›in welcher Richtung?‹.

Er glaubte, es finden zu können. Weil es ein schlammiges – im

Gegensatz zu bewässertes – Reisfeld war und es vermutlich nicht allzu viele davon geben würde.

Doch es gab viele davon. Die Bombardierung und vermutlich auch Artilleriebeschuss, hatte die Staudämme von mehr als einem Dutzend Reisfeldern in der Nähe des Wracks von Picks Corsair zerstört, sodass das Wasser abgeflossen war. Und während dieses einen Überflugs mit zweihundert Knoten – er konnte das Gebiet nicht mehr als einmal überfliegen – war es unmöglich gewesen, nach ›PP‹ und einem Pfeil in allen von ihnen zu suchen.

Das gesuchte Reisfeld hatte er nicht gefunden, aber er hatte koreanische Bauern gesehen, die Dämme bei mehreren Reisfeldern repariert hatten.

Als er am nächsten Tag das Gebiet überflog, das er inzwischen bei sich als ›Picks Reisfeld‹ bezeichnete, diesmal mit einer präziseren Lagebeschreibung von Chief Young, fand er den Beweis der fleißigen Arbeit der koreanischen Reisbauern: Alle Reisfelder waren mit Wasser gefüllt. Die Bastarde mussten die ganze Nacht durchgearbeitet haben!

Der einzige Beweis, dass jemand ›PP‹ und einen Pfeil in den Schlamm gestampft hatte, gab es auf den Luftfotos.

Die Marines haben eine lange Tradition, dass sie ihre Toten und Verwundeten nicht auf einem Schlachtfeld zurücklassen. Es ist ein heiliges Gesetz.

Unter diesen Umständen gab es einige Probleme mit dieser fast heiligen Tradition.

Erstens wusste Dunn nicht, dass Major Malcolm S. Pickering, USMCR, die Zeichen in den Schlamm gestampft hatte.

Und selbst wenn er es getan hatte, bestand die Wahrscheinlichkeit, dass er es kurz nach seinem Abschuss getan hatte. Nach Meinung eines Experten für Feldoperationen hinter den feindlichen Linien – Captain Kenneth R. McCoy – war es wahrscheinlich, dass die Nordkoreaner ihn entweder gefangen genommen oder erschossen hatten. Es war unwahrscheinlich, dass er sich in dem Gebiet versteckte und auf seine Rettung wartete. Außerdem schien es nirgendwo ein Versteck für ihn zu geben.

Wenn er, Dunn, die Luftfotos zu General Cushman brachte, würde Cushman sicherlich einen sofortigen Rettungsversuch befehlen – vermutlich nach ein paar sehr scharfen Fragen, warum

Dunn ihm die Fotos nicht sofort gebracht hatte, sondern zwei Tage später und deshalb die Chancen einer erfolgreichen Rettung verringert hatte.

Dunn bezweifelte, das Cushman das Risiko eingehen würde, einen der vier Sikorsky-Hubschrauber auf die Suche nach Major Malcolm S. Pickering zu schicken. Es gab nur vier davon – nicht genug –, und wenn sie nicht General Craig auf dem Schlachtfeld herumflogen, transportierten sie verwundete Marines zu Sanitätseinrichtungen.

Pick Pickering würde nicht verantwortlich dafür sein wollen, dass Helikopter und ihre Piloten für die Suche nach ihm benutzt wurden, wenn sie nützlicher eingesetzt werden konnten, um irgendwelche zusammengeschossenen Marines, die sonst sterben würden, zu einem Lazarett zu fliegen.

Blieben die Piper Cubs. Davon gab es mehr, aber ebenfalls nicht genug. Dunn war kein Hubschrauberpilot, doch er konnte eine Cub fliegen. Er war ebenfalls Lieutenant Colonel, und er wusste, dass sich General Cushman sagen würde, dass es zwar eine Reihe von Lieutenants und Captains gab, die Cubs fliegen konnten, es jedoch nur wenige Lieutenant Colonels gab, die Kampfstaffeln befehligten. Dunn wusste, dass er keine Genehmigung erhalten würde, nach Pick in einer Piper Cub zu suchen. General Cushman würde ihn schief ansehen, wenn er nur um die Erlaubnis fragen würde.

Aber die Lieutenants und die Captains würden tief hinter den feindlichen Linien fliegen, weil das Marine-Corps seine Toten und Verwundeten niemals auf dem Schlachtfeld zurückließ. Und sehr wahrscheinlich würde mindestens einer von ihnen abgeschossen werden.

Es musste auch in Erwägung gezogen werden, dass Major Malcolm S. Pickering, USMCR, nicht dort wäre, wo er war – wenn er tatsächlich dort war –, wenn er nicht versucht hätte, der Rekordhalter im Abschießen von Lokomotiven in der Geschichte des Marine-Corps zu werden.

Und auch Brigadier General Fleming Pickering, USMCR, musste in Betracht gezogen werden. Dunn bewunderte General Pickering und glaubte ihn gut genug zu kennen, um zu wissen, dass er den Verlust seines Sohns akzeptiert hatte und weiterhin seine Pflicht tat. Picks Vater würde als Erster einsehen, dass der Einsatz der Helikopter zum Transport von Verwundeten, und die Benutzung der Piper Cubs zum Leiten von Artilleriefeuer – oder sonst ihr Nutzen für die First Marine Brigade (Provisional) – von größerer Wichtigkeit war, als das Risiko einzugehen, damit vielleicht einen Offizier retten zu können.

Und wenn Pickering von den Zeichen ›PP‹ und den Pfeilen erfuhr, würde er natürlich glauben wollen, dass es Lebenszeichen von Pick waren, und das würde seine frischen Wunden aufreißen.

Die Kehrseite von alldem war natürlich, dass Pick die Initialen und einen Pfeil vielleicht hinterlassen hatte, um seinen geplanten Kurs anzuzeigen – oder vielleicht war das eine Desinformation; er wusste, wo sich die amerikanischen Linien befanden –,und dass er sich vielleicht irgendwo versteckte, vielleicht buchstäblich bis zu den Ohren in einem mit Fäkalien gedüngten Reisfeld, und inzwischen hungrig und entmutigt war.

Und wenn einer von Picks Piloten abgeschossen wurde und mit einer Piper Cub gesucht werden musste, würde Pick sie fliegen und sich erst später Sorgen machen, was General Cushman einem Staffelkommandanten sagen würde, der ein solches Risiko einging, ganz zu schweigen von dem Risiko für seine eigene Haut.

Ich kann den Hurensohn einfach nicht dort draußen lassen. Selbst nicht, wenn er es verdient. Er würde mich nicht dort draußen lassen, und ich kann ihn ebenfalls nicht im Stich lassen.

Dunn hatte immer gehört, dass die Hoffnung niemals stirbt. Bis jetzt hatte er das nie geglaubt.

Ihm fiel nur eines ein, was er tun konnte: Killer McCoy zu suchen und zu hoffen, dass er einen Ausweg aus der Situation wusste.

4

K-1 USAF Airfield
Pusan, Korea

8. August 1950, 11 Uhr 05

Captain James Overton, der Verbindungsoffizier des Marine-Corps auf K-1, war überrascht, als Lieutenant Colonel William C. Dunn vom Cockpit der Avenger herunterkletterte. Aber er war nicht zu überrascht, um zu vergessen, seine Füße vom Schreibtisch zu nehmen, aufzustehen und stillzustehen, als Dunn in sein Büro kam.

»Weitermachen«, sagte Dunn und lächelte, als er sich rührte.

»Guten Morgen, Sir«, sagte Overton. »Ich hatte nicht erwartet, zu sehen, dass Sie die COD fliegen.«

»Nun, Overton, das Leben ist voller kleiner Überraschungen, habe ich festgestellt«, sagte Dunn.

Er nahm den Umschlag mit den Fotos aus der Innentasche seiner Fliegerkombination.

»Sie wissen, was das ist«, sagte er.

»Jawohl, Sir.«

»Zu welcher Zeit kommt McCoy für gewöhnlich vorbei, um es abzuholen?«

»Sir, es wird von einem Sergeant abgeholt«, sagte Overton, blickte auf seine Armbanduhr und fügte hinzu: »Für gewöhnlich zwischen zwölf Uhr dreißig und dreizehn Uhr.«

»Ich muss mit Captain McCoy sprechen«, sagte Dunn. »Meinen Sie, der Sergeant weiß, wo McCoy ist? Gibt es eine Telefonnummer, wo ich ihn erreichen kann?«

»Leider nicht, Sir«, sagte Overton. »Ich habe das Gefühl, Sir, dass er irgendwo außerhalb der Stadt ist.«

»Sie meinen, außerhalb der Stadt wie ›fort‹ oder außerhalb von Pusan?«

»Außerhalb von Pusan, Sir. Aber ich weiß nicht, wo.«

»Verdammt, es ist wirklich wichtig, dass ich Captain McCoy erreiche. Haben Sie irgendeine Ahnung, wo er sein könnte oder wie ich Kontakt mit ihm aufnehmen kann?«

Captain Overton senkte die Stimme.

»Dieser CIA-Agent, Major Dunston, wird es vielleicht wissen, Sir.«

»Und wie kann ich Kontakt mit Major Dunston aufnehmen?«

»Ich weiß es nicht, Sir. Vielleicht weiß das der G-2 der Army. Aber sie werden es Ihnen vielleicht nicht sagen, wenn sie es wissen.«

»Mit G-2 ist der G-2 der Eighth Army gemeint, richtig?«

»Jawohl, Sir.«

»Sie haben einen Jeep. Wie lange würde es dauern, dorthin zu fahren?«

»Eine Stunde, Sir. Vielleicht ein wenig länger.«

Also anderthalb Stunden. Zweimal anderthalb Stunden, denn ich muss ja auch zurückfahren. Und Overton hat Recht. Sie könnten wissen, wo der CIA-Knabe ist – vielleicht wissen sie sogar, wo McCoy ist – aber sie würden es mir vermutlich nicht sagen. Ich habe kein Recht auf Information.

»Dann bleibt mir anscheinend nichts anderes übrig, als hier zu warten, bis McCoys Sergeant auftaucht.«

»So sieht es aus, Sir«, sagte Overton.

Eine halbe Stunde später kam der Crew Chief der Avenger herein und meldete, dass sie starten konnte, wann immer der Colonel bereit sei, »da kaum etwas für die *Badoeng Strait* da ist«.

Dunn entschied sich, eine weitere halbe Stunde auf McCoys Sergeant zu warten, und als die Zeit vorbei war, noch einmal dreißig Minuten.

Nach fünfundzwanzig der dreißig Minuten nahm er Captain Overton am Arm und führte ihn nach draußen.

»Overton, es ist mir egal, wie Sie es anstellen, aber Sie bitten Major Dunston – diskret, denn dies ist eine nachrichtendienstliche Angelegenheit –, Captain McCoy zu sagen, er möchte so bald er kann Kontakt mit mir aufnehmen. Es ist sehr wichtig. Und rufen Sie den Sergeant Major der Brigade an und sagen Sie ihm das Gleiche. Oder sonst jemanden, der Ihnen einfällt. Diskret.«

»Aye, aye, Sir.«

Dann stieg Dunn in die Avenger, startete und flog zur *Badoeng Strait* zurück.

5

K-1 USAF Airfield
Pusan, Korea

9. August 1950, 9 Uhr 05

»Guten Morgen, behalten Sie Platz«, sagte Major William Dunston, TC, USA, zu Captain James Overton, USMC, als er Overtons winziges Büro betrat. »Es heißt, Sie haben nach mir gesucht?«

»Jawohl, Sir. Ich habe überall herumtelefoniert und mich erkundigt, wo ich Sie erreichen kann.«

Dunston hob scherzhaft die Hände in einer Geste ›Hier bin ich‹. »Was haben Sie auf dem Herzen?«

»Sir, wissen Sie, wie ich Kontakt mit Captain McCoy aufnehmen kann?«

Dunston schüttelte den Kopf. »Nein.«

»Wissen Sie, wo er ist, Sir?«

Dunston schüttelte abermals den Kopf.

»Was wollen Sie von Captain McCoy?«

»Colonel Dunn ...« Overton verstummte, bis Dunston mit einem Nicken anzeigte, dass er wusste, wer gemeint war, »... war gestern hier, Sir, von der *Badoeng Strait*, und er sagte, er müsse dringend mit Captain McCoy reden, es sei sehr wichtig. Er befahl mir, Sie ausfindig zu machen und Sie zu bitten, ihm das zu sagen.«

»Können Sie mit Colonel Dunn Kontakt aufnehmen?«

»Ich kann ihm eine Nachricht schicken, Sir. Die COD der *Badoeng Strait* wird in ein paar Stunden hier sein. Ich weiß nicht, ob der Colonel sie heute wieder fliegen wird, aber ...«

»Dunn hat die Avenger geflogen?«, unterbrach Dunston überrascht.

»Jawohl, Sir.«

»Dann muss er so begierig wie ich darauf sein, mit McCoy zu sprechen«, sagte Dunston. »Haben Sie ein Blatt Papier und einen Umschlag?«

»Jawohl, Sir«, sagte Overton, gab ihm das Gewünschte und wies dann auf seinen Stuhl, damit er einen Platz zum Schreiben hatte.

Dunston schrieb eine kurze Nachricht auf ein liniertes Blatt Papier, steckte es in das Kuvert, das Overton ihm gegeben hatte, schrieb Dunns Namen darauf und gab es Overton.

»Wenn Colonel Dunn fliegt, sagen Sie ihm, dass ich nicht weiß, wo McCoy ist. Ich würde es ihm sagen, wenn ich es wüsste. Und wenn er McCoy vor mir findet, wäre ich wirklich sehr dankbar, wenn er ihn bittet, mit mir Kontakt aufzunehmen.«

»Aye, aye, Sir.«

»Oh, Ihr Marines!«, sagte Dunston. »Das steht in der Nachricht. Wenn Dunn herkommt, verbrennen Sie die Nachricht. Andernfalls geben Sie sie dem Piloten der COD und sagen sie ihm, er soll sie persönlich Dunn übergeben.«

»Jawohl, Sir.«

»Und wenn Sie McCoy sehen …«

»Soll er Kontakt mit Ihnen aufnehmen, ja, Sir.«

»Eigentlich mag ich dieses ›Aye-aye‹«, sagte Dunston. »Und ich habe mich gerade daran erinnert, was es heißt: ›Befehl verstanden, und ich werde ihn ausführen‹. Richtig?«

»Jawohl, Sir.«

»›Jawohl, Sir‹ andererseits heißt: ›Ich habe gehört, was Sie gesagt haben, und werde erwägen, es zu tun.‹«

Overton lachte.

»Wie wäre es mit ›aye, aye, Sir‹?«, fragte Dunston. »Dies ist wirklich wichtig, Overton.«

»Aye, aye, Sir.«

6

Kommunikationszentrum
Eighth United States Army (Rear)
Pusan, Korea

10. August 1950, 1 Uhr 20

Captain R.C. ›Pete‹ Peters, Fernmeldekorps, USA, machte ein Nickerchen im Vorzimmer, als Captain Kenneth R. McCoy,

USMCR, und Technical Sergeant J.M. Jennings, USMC, eintraten. Es war der erste Schlaf in vierundzwanzig Stunden, doch er wachte trotzdem sofort auf, als er die Tür quietschen hörte. Und er erschrak und bekam sogar ein wenig Angst, als er die beiden Marines sah.

Sie trugen schwarze Hemden und Hosen. Die Hemden waren zu klein für sie und deshalb nicht zugeknöpft, sodass ihre Brust nackt war. Von McCoys Schulter hing ein Garand-Gewehr, und Jennings war mit einem Karabiner bewaffnet. Am Riemen von McCoys Gewehr hingen zwei Ladestreifen mit acht Patronen, und Jennings' Karabiner hatte zwei Magazine mit jeweils fünfzehn Patronen.

»Mein Gott, McCoy! Warum laufen Sie in Schwarz herum, ist das 'ne Art Pyjama oder was?«

»Gehen Sie nie in Spionagefilme? Wir Geheimagenten laufen alle verkleidet herum.«

»Wissen Sie, dass Jeder und sein Bruder nach Ihnen sucht?«, fragte Peters, während er aufstand.

»Haben Jeder und sein Bruder Namen?«

»Fangen wir mit Ihrem General an«, sagte Peters. »Er – das heißt sein Adjutant – rief alle vier Stunden oder so an und erinnerte mich, Ihnen zu sagen, dass Sie ihn sofort anrufen sollen, wenn Sie bei mir auftauchen.«

»Sonst noch jemand?«

»Major Dunston vom Transportkorps«, sagte Peters. »Und Captain Overton von den Marines.«

»Wer ist das?«

»Der Verbindungsoffizier auf K-1«, sagte Peters.

»O ja.« McCoy erinnerte sich. »Hat er gesagt, was er will?«

»Sie sollen so bald wie möglich Kontakt mit einem Colonel Dunn aufnehmen.«

»Okay. Ich fliege von hier aus dorthin«, sagte McCoy.

»Was ist mit Ihrer Uniform passiert? Darf man das fragen?«

»Würden Sie glauben, dass sie über Bord geflogen ist, während sie gewaschen wurde? Oder eigentlich trocknete? Gerade lag sie noch auf dem Deck unseres Luxusdampfers und trocknete in der Sonne, und im nächsten Augenblick kam eine Riesenwelle aus dem Nichts, und bye-bye Uniform.«

»Ich glaube nicht, dass Sie scherzen«, sagte Peters. »Was haben Sie denn auf einem Luxusdampfer gemacht?«

»Das dürfen Sie nicht fragen«, sagte McCoy.

»Ich habe den persönlichen Befehl eines Brigadegenerals, Sie binnen dreißig Sekunden nach Ihrem Auftauchen an die Strippe zu schaffen. Diese Zeit ist um.«

»Bevor ich ihn anrufe, können Sie vielleicht helfen.«

»Was?«

»Ich brauche ein Teil für ein SCR-300«, sagte McCoy.

»In einem SCR-300 sind drei mit Öl gefüllte Transformatoren«, sagte Peters. »Welchen brauchen Sie?«

»Den, der wie eine quadratische Blechbüchse aussieht.«

»Die sehen alle wie quadratische Blechbüchsen aus«, sagte Peters.

»Na wunderbar!«, meinte Jennings.

»Dann müssen wir alle drei haben.«

»Sie haben nicht zufällig den kaputten dabei?«, erkundigte sich Peters.

»Nein.«

»Ich habe zwei SCR-300er hier, die nach Japan zur Instandsetzung ins Depot gehen sollen. Ich kann die Transformatoren rausnehmen, wenn das helfen würde.«

»Woher würden wir wissen, ob sie funktionstüchtig sind?«

»Das wissen wir nicht«, sagte Peters. »Aber über den Daumen gepeilt funktionieren sie ewig, wenn sie kein Öl verloren haben.«

»Das hat Sergeant Worley ebenfalls gesagt«, sagte Jennings.

»Ist es schwierig, sie auszubauen?«

»Ein paar Schrauben lockern, ein paar Kontakte loslöten …«

»Geben Sie Sergeant Jennings einen Lötkolben und einen Schraubenzieher, und er kann anfangen, während ich mich melde.«

»Wenn Sie möchten, habe ich einen ziemlich guten Sergeant, der die Transformatoren ausbauen und in Ihre einbauen kann«, sagte Peters.

»Meiner ist weit entfernt«, sagte McCoy. »Aber trotzdem vielen Dank.«

»Sie wissen, wonach Sie suchen, Sergeant?«

»Jawohl, Sir.«

»Sie sind dort hinten, ich zeige sie Ihnen.«

7

K-1 USAF Airfield
Pusan, Korea

10. August 1950, 3 Uhr 25

Das Transit-Quartier für Offiziere auf K-1 war ein Mannschaftszelt der U.S. Army, das mit sechs Feldbetten und einer Glühlampe ausgestattet war.

Lieutenant (Junior Grade) Preston Haywood, USNR, hatte nicht vorgehabt, in Pusan zu übernachten, doch auf dem Instrumentenbrett seiner Avenger waren ein paar Warnlämpchen aufgeleuchtet, und als die Mechaniker der Air Force überprüft hatten, ob etwas defekt oder ob es falscher Alarm war, war es zu spät gewesen, um mit der COD zurück auf den Flugzeugträger *Sicily* zu fliegen.

Nächtliche Landungen auf Flugzeugträgern sind verständlicherweise gefährlicher als Landungen am Tage, und wenn es keinen triftigen Grund dafür gab, wurde davon abgeraten. Nach Lieutenant Haywoods Einschätzung – Diskretion ist der bessere Teil der Tapferkeit – war der Transport eines Dutzend Postsäcke zur *Sicily* kein ausreichend triftiger Grund für eine Nachtlandung auf ihr.

Nachdem Haywood sichergestellt hatte, dass sein Crew Chief, Motor Machinist's Mate 3rd Class José Garcia, einen Platz zum Schlafen und etwas zum Essen bekam, nutzte er die Situation und ging in den Offiziersklub auf K-1. Er sagte sich, dass er dort vielleicht ein Bier bekommen konnte, denn es gab natürlich kein Bier oder sonstigen Alkohol an Bord der *Sicily*.

Er trank vier Flaschen Asahi-Bier im Offiziersklub von K-1. Und er hatte Gelegenheit, darüber nachzudenken, dass die Air Force ihre Leute nicht so gut mit Essen versorgte wie die Navy. Das Abendessen bestand aus einem zähen Schweinekotelett, Stampfkartoffeln und breiigen grünen Bohnen.

Es war absolut sonst nichts los auf K-1, und als er sein viertes Bier intus hatte, ging er zu Bett, das heißt zum Zelt, zog sich bis auf die Unterwäsche aus und legte sich auf das Feldbett, das er mit seiner Khakiuniform und seiner Fliegerkombination teilte, weil er die Sachen nirgendwo sonst unterbringen konnte.

Haywood setzte sich abrupt auf, als plötzlich die nackte Glühbirne anging.

Zwei Männer betraten das Transit-Quartier für Offiziere. Einen erkannte er als den Verbindungsoffizier des Marine-Corps. Der andere war eine sonderbare Erscheinung, ein Weißer, der mit etwas gekleidet war, das wie ein schwarzer Pyjama aussah. Er war mit einem Garand-Gewehr bewaffnet und trug ebenso wie der Verbindungsoffizier einen Karton.

»Haywood, richtig?«, fragte der Verbindungsoffizier des Marine-Corps.

»Jawohl, Sir.«

»Haywood, dies ist Captain McCoy«, sagte der Verbindungsoffizier.

»Ja, Sir?«, fragte Haywood.

»Ich muss zur *Badoeng Strait* rausfliegen«, sagte der Mann mit dem schwarzen Pyjama. »So bald wie möglich.«

»Sir, ich bin von der *Sicily*.«

»Das hat mir Captain Overton gesagt«, sagte McCoy. »Ich will dort sein, bevor die Marines ihren ersten Flug am Morgen machen.«

»Sir, ich bin mir nicht sicher, ob ich das tun kann«, sagte Haywood. »Zum einen …«

»Sie können es«, unterbrach McCoy. Er überreichte Haywood ein Schreiben. »Dies ist meine Befugnis.«

Lieutenant Haywoods einzige bisherige Erfahrung mit der Central Intelligence Agency war ein Dokumentarfilm, den er im Kino gesehen hatte, doch er erkannte, dass er einen Befehl in der Hand hielt, der vom Direktor der CIA ausgestellt worden war – der ein Konteradmiral der U.S. Navy war. Er wusste, dass keine Flaggoffiziere an Bord der *Sicily* waren, und er war sich ziemlich sicher, dass es auch auf der *Badoeng Strait* keinen gab.

»Jawohl, Sir«, sagte Lieutenant Haywood. »Sir, ich werde um Landegenehmigung auf der *Badoeng Strait* bitten müssen.«

»Hypothetisch gesprochen, Mr Haywood«, sagte McCoy, »was würde passieren, wenn Sie die *Badoeng Strait* anrufen und sagen würden, Sie hätten einen Notfall und müssten landen?«

»Man würde mir natürlich die Genehmigung geben, Sir.«

»Okay, so werden wir's machen.«

»Sie möchten, dass ich nicht um die Genehmigung bitte, Sir?«

»Man könnte möglicherweise ›nein‹ sagen«, sagte McCoy. »Ziehen Sie sich bitte an, Mr Haywood.«

8

USS *Badoeng Strait*
35° 24' nördlicher Breite
129° 65' östlicher Länge
Japanisches Meer

10. August 1950, 4 Uhr 20

Lieutenant Haywood irrte sich in seiner Annahme, dass es keine Flaggoffiziere an Bord der *Badoeng Strait* gab. Auf dem Flugzeugträger war die rote Flagge mit dem Stern eines Brigadier General des Marine-Corps gehisst.

Brigadier General Thomas A. Cushman, Stellvertretender Kommandant des 1. Luftgeschwaders des Marine-Corps, war gestern am späten Nachmittag am Steuerknüppel einer Avenger an Bord des Flugzeugträgers geflogen, die er auf dem Stützpunkt der U.S. Navy in Kobe ausgeliehen hatte.

General Cushman wollte mit seinen Männern zusammen sein. Gestern Abend hatte er in der Messe der Chief Petty Officers gespeist, die ebenfalls den Master Sergeants des Marine-Corps an Bord diente. Er hatte den Nachtisch in der Messe der Unteroffiziere und Mannschaften genommen und schließlich mit den Offizieren des Marine-Corps im Piloten-Bereitschaftsraum und in der Offiziersmesse Kaffee getrunken.

Übernachtet hatte er – obwohl er zuerst das Angebot abgelehnt hatte – in der Kabine des Kapitäns der *Badoeng Strait*. Der Kapitän, der General Cushman jahrelang kannte, hatte ihm gesagt, er ziehe seine kleine Kabine gleich bei der Brücke ohnehin vor, und so hatte Cushman das Angebot angenommen.

Cushman hatte seinen Reisewecker auf 0400 Uhr gestellt. Die ersten Corsairs würden um 4 Uhr 45 starten, und er wollte an der Einsatzbesprechung teilnehmen und dann den Start sehen.

Alles Nachrichtenmaterial, das General Cushman gesehen hatte, wies auf die Erkenntnis der Nordkoreaner hin: Je länger sie es nicht schafften, die Eighth Army ins Meer zu fegen, desto geringer wurde die Chance – die amerikanische Stärke im Gebiet Pusan wuchs täglich –, dass sie es jemals schaffen würden.

Folglich griffen sie ständig und an allen Fronten an – vielleicht war es keine Verzweiflung, doch es kam nahe heran. Die Corsairs des Marine-Corps würden an diesem Tag viel beschäftigt sein.

Cushman war überrascht und erfreut, als er das Licht anschaltete und sah, dass jemand während seiner Abwesenheit die Kabine betreten und silbernes Kaffeegeschirr auf den Schreibtisch des Kapitäns gestellt hatte. Er schenkte sich in eine Tasse ein, duschte und rasierte sich schnell und zog eine bereit gelegte, frisch gebügelte und gestärkte Khakiuniform an – eine Gefälligkeit, die ihm der Steward des Kapitäns erwiesen hatte. Dann verließ er die Kapitänskabine und ging zur Brücke.

»Erlaubnis, auf die Brücke zu kommen, Kapitän?«

»Gewährt. Haben Sie gut geschlafen, General?«

»Sehr gut. Und danke für den Kaffee und die Aufmerksamkeit Ihres Stewards.«

»Es war mir ein Vergnügen, Sir. Noch Kaffee, General?«

»Danke, gern«, sagte Cushman, und einer der Weißmützen auf der Brücke reichte ihm schnell einen Porzellanbecher.

»Brücke, Luftkontrolle«, tönte es aus dem Lautsprecher.

»Kommen.«

»Wir haben einen Funkruf von einer Avenger, die einen Notfall erklärt und um sofortige Landegenehmigung bittet.«

Der Kapitän und General Cushman tauschten einen Blick. Das Gesicht des Generals spiegelte Interesse und Überraschung wider.

Der Kapitän betätigte einen Hebel auf dem Kommunikationsgerät neben seinem Sitz.

»Informieren Sie die Avenger, dass wir jetzt in den Wind drehen«, sagte der Kapitän. Dann drückte er den Hebel eine Stufe weiter, sodass seine Stimme auf dem ganzen Schiff über Lautsprecher zu hören war.

»Hier spricht der Kapitän. Bereiten Sie die Bergung einer Avenger vor, die einen Notfall gemeldet hat«, sagte er. Dann schob er den Hebel zurück.

»Drehen Sie uns in den Wind!«, befahl er.

»In den Wind drehen, aye, aye, Sir«, erwiderte der Steuermann.

Die *Badoeng Strait* begann eine scharfe Drehung.

Der Kapitän erhob sich und forderte General Cushman mit einer höflichen Geste auf, ihm zu dem Bereich der Brücke voranzugehen, von dem aus sie den Landeanflug und die Landung der Avenger beobachten konnten.

Als die *Badoeng Strait* in den Wind gedreht hatte und wieder in gerader Linie fuhr, bereitete hektische Aktivität auf dem Flugdeck die Bergung eines Flugzeugs unter Notfallbedingungen vor.

General Cushman wandte sich an den Offizier, der die Bergungsaktion leitete, sah, dass er im Augenblick nicht beschäftigt war, und fragte: »Hat er gesagt, was mit ihm nicht in Ordnung ist?«

»Nein, Sir, und ich habe ihn dreimal gefragt.«

»Da ist er«, sagte der Kapitän.

General Cushman spähte nach achtern und sah eine Avenger, die sich dem Flugzeugträger in einem Landeanflug näherte, der perfekt normal wirkte.

Eine Minute später, nach einer schönen, sauberen Landung – sein Haken erwischte das erste Kabel – war die Avenger an Bord der *Badoeng Strait* von Feuerwehrleuten in hitzebeständigen Aluminiumanzügen und von vielen anderen Spezialisten umgeben, und sogar ein Traktor stand bereit, um das Flugzeugwrack notfalls zur Seite zu räumen, damit die Start- und Landebahn wieder benutzbar war.

Die Tür im Rumpf wurde geöffnet, und jemand, der so etwas wie einen schwarzen Pyjama trug, stieg rückwärts aus.

»Was, zum Teufel, ist das?«, fragte General Cushman.

»Wenn es das ist, was ich denke, ist es jemand, der die nächsten zwanzig Jahre in Portsmouth im Marinegefängnis verbringen wird«, sagte der Kapitän.

Der Typ im schwarzen Pyjama griff in den Rumpf und nahm einen Karton heraus, dann einen weiteren und schließlich ein Gewehr Kaliber .30 M-1, an dessen Riemen zwei Ladestreifen mit je acht Patronen befestigt waren.

»Entschuldigen Sie mich, General«, sagte der Kapitän. »Ich befasse mich mit dem Problem. Ich würde ihn herschaffen lassen, doch ich will nicht, dass dieser Huren… äh – Typ meine Brücke beschmutzt.«

Der Kapitän stieg eine Leiter zum Flugdeck hinab. General Cushman blickte lange genug zu dem Typen in dem schwarzen Pyjama, um sich zu vergewissern, dass er ihn richtig erkannt hatte, und dann stieg er die Leiter hinab.

Als er das Flugdeck erreichte, prallte General Cushman gegen Lieutenant Colonel William C. Dunn, USMCR, der für den ersten Feindflug an diesem Morgen gekleidet war.

»Guten Morgen, Sir«, sagte Colonel Dunn.

»Billy, ist das Ihr Freund, Captain McCoy?«

»Jawohl, Sir, das ist er.«

»Was ist los?«, fragte Cushman.

»Ich habe keine Ahnung, Sir«, erwiderte Dunn.

»Finden wir es heraus«, sagte Cushman. »Der Kapitän sprach von zwanzig Jahren Knast in Portsmouth für ihn.«

Captain Kenneth R. McCoy stand still vor dem Kapitän der *Badoeng Strait* – der die geballten Fäuste in die Hüften gestemmt hatte und ziemlich laut und heftig sprach –, als sich General Cushman und Lieutenant Colonel Dunn näherten.

Als der Kapitän General Cushman wahrnahm, verstummte er mitten im Satz.

»Sir, darf ich vorschlagen, dass wir uns vom Flugdeck entfernen?«, fragte General Cushman höflich.

Der Kapitän sah ihn einen Moment an und fand schließlich seine Sprache wieder.

»Einverstanden. Wenn Sie mir bitte folgen wollen?«

Der Kapitän, der General und der Lieutenant Colonel marschierten vom Deck. Der Lieutenant Colonel spürte, dass sich der junge Captain nicht der kleinen Prozession anschloss, und blickte über die Schulter.

McCoy hob gerade einen der Kartons auf.

»Colonel, ich kann dies nicht allein tragen«, sagte McCoy und wies auf den zweiten Karton.

Lieutenant Colonel Dunn ging schnell zu McCoy zurück, nahm den zweiten Karton und schloss sich wieder der Prozession an.

Der Kapitän ging voran über innere Leitern zu seiner Kabine. Die anderen folgten ihm hinein. Der Kapitän schloss die Tür. McCoy und Dunn stellten die Kartons auf dem Boden ab.

»Kapitän«, sagte General Cushman, »da wir alle begierig darauf sind, Captain McCoy über eine Reihe von Dingen Fragen zu stellen, darf ich vorschlagen, dass wir vielleicht damit warten, bis Captain McCoy seine Anwesenheit auf der *Badoeng Strait* erklärt?«

»Ja, Sir. Das wäre vermutlich das Beste.«

»Also los, McCoy«, sagte General Cushman.

»Sir, ich hielt es für nötig, hierher zu kommen, bevor Colonel Dunn zu den morgendlichen Missionen startet«, sagte McCoy. »Dies konnte ich nur schaffen, indem ich diese Avenger requirierte.«

»›Diese Avenger requirierte‹?«, wiederholte der Kapitän. »Für wen, zum Teufel, halten Sie sich, um irgendetwas zu requirieren? Wer hat Ihnen die Befugnis gegeben?«

»Ich dachte, wir waren uns einig, unsere Fragen zurückzuhalten«, sagte General Cushman höflich. »Aber ich glaube, wir möchten auf diese eine Antwort hören.«

McCoy überreichte General Cushman die Befehle vom Weißen Haus.

Cushman las sie, hob eine Augenbraue und gab sie dann dem Kapitän.

»Die habe ich gesehen, Sir«, sagte der Kapitän.

»Nun, das gibt Ihnen anscheinend die Befugnis, McCoy«, sagte General Cushman. »Aber es beantwortet nicht, warum Sie an Bord der *Badoeng Strait* kommen und einen Notfall erklären mussten, wenn keiner berechtigt war.«

»Ich befürchtete, keine Landegenehmigung zu erhalten.«

»Und Ihr Zweck? Was ist so wichtig?«

»Diese Kartons, Sir, enthalten Teile eines SCR-300 Funkgeräts. Ich muss sie so schnell wie möglich nach – zum Funkgerät schaffen. Ich wollte sie von Colonel Dunn abliefern lassen.«

»Wo abliefern lassen?«

»Sir«, sagte McCoy und fühlte sich sichtlich unbehaglich, »bei allem Respekt, ich muss Sie und den Kapitän informieren, dass das, was ich Ihnen sagen soll, als Top Secret/White House erklärt ist und niemandem ohne General Pickerings ausdrückliche Genehmigung mitgeteilt werden darf.«

»Nicht einmal General Craig?«, fragte Cushman.

»General Craig ist eingeweiht, Sir«, sagte McCoy. »Aber er ist einer der wenigen.«

»Aber die wenigen schließen Colonel Dunn ein?«

»Der Colonel weiß einiges davon, Sir.«

»Aber vermutlich weiß General of the Army Douglas MacArthur, der Supreme Commander, nichts davon?«, fragte der Kapitän sarkastisch.

»So weit ich weiß, nein, Sir«, sagte McCoy.

Der Mund des Kapitäns klaffte zu einer Erwiderung auf, doch Cushman sprach, bevor er etwas sagen konnte.

»Ich erkenne die Geheimhaltung an«, sagte Cushman. »Fahren Sie fort.«

»Sir, da gibt es Inseln im Flying Fish Channel …«, begann McCoy.

»Lassen Sie mich das richtig verstehen«, sagte Cushman. »Sie haben eine Hand voll Marines auf diese Insel abgesetzt – wie heißt sie noch?«

»Tokchok Kundo, Sir.«

»Und von dort aus wollen Sie eine Operation zur Einnahme der Inseln …«

»Taemuii-do und Yonghung-do, Sir.«

»… durchführen, und General MacArthur weiß nichts von dieser Operation?«, fragte der Kapitän ungläubig.

»Ich glaube, er weiß nichts davon, Sir.«

»Wer außer den von Ihnen erwähnten Personen wissen davon?«, fragte Cushman.

»Nur General Howe, Sir.«

»Wer ist das?«, wollte der Kapitän wissen.

»Ein Zwei-Sterne-General der Army, Sir. Er ist auf der gleichen Mission für den Präsidenten wie General Pickering.«

»Hat Ihres Wissens der Präsident Kenntnis von dieser Operation?«, fragte Cushman.

»Meines Wissens nein, Sir. Aber ich wette, er weiß es.«

»Warum sagen Sie das?« Cushman blicke McCoy fragend an.

»Weil General Pickering und General Howe den Befehl haben, den Präsidenten über alles zu informieren, das er ihrer Meinung nach wissen möchte, Sir.«

»Wir sind vom Thema abgekommen«, sagte Cushman. »Kommen wir zu meiner ursprünglichen Frage zurück: Sie haben Ihre Marines auf Tokchok Kundo abgesetzt …«

»Und die Polizisten der südkoreanischen Nationalpolizei, Sir.«

»Und die Polizisten der südkoreanischen Nationalpolizei. Und nachdem Sie dort eintrafen, war Ihr Funkgerät defekt?«

»Jawohl, Sir.«

»Und Sie wollen, dass Colonel Dunn diese Kartons bei Ihren Leuten abwirft?«

»Jawohl, Sir.«

»Können Sie das tun, Billy?«, fragte Cushman.

»Wenn ich die Insel finden kann, ja, Sir.«

»Ich kann Ihnen die Insel auf den Luftfotos zeigen, Colonel«, sagte McCoy. »Ich habe Zimmerman befohlen, ein Signaltuch zwischen zwei Hütten auf einem Hügel zu spannen, wenn eine Corsair auftaucht.«

»Ich werde drei Überflüge machen müssen. Einen, um die Insel zu identifizieren; einen, um das Signaltuch zu entdecken; einen, um Ihr Material abzuwerfen. Wird das keine Aufmerksamkeit auf die Insel lenken?«

»Ich dachte mir, wenn Sie jedes Mal außer Sicht fliegen, sagen wir, für fünf Minuten …«

»Das kann ich tun, Sir«, sagte Dunn und sah Cushman an.

Cushman blickte lange nachdenklich vor sich hin.

»Mir scheint, wir haben es mit einer vom Präsidenten gebilligten Mission zu tun, zu deren Unterstützung wir verpflichtet sind«, sagte er schließlich. »Finden Sie nicht auch, Kapitän?«

Der Kapitän brauchte sogar länger, um über seine Antwort nachzudenken.

»Ja, Sir, da würde ich zustimmen«, sagte er schließlich.

»Okay, Billy, das wär's«, sagte Cushman. »Viel Glück.«

»Aye, aye, Sir. Danke, Sir«, sagte Dunn.

»Noch eine Frage, McCoy«, sagte Cushman. »Nein, zwei. Wohin

fliegen Sie von hier aus? Und was hat dieser schwarze Pyjama zu bedeuten? Wo ist Ihre Uniform?«

»Als ich sie zum letzten Mal sah, versank sie im Gelben Meer, Sir«, sagte McCoy. »Sie wurde auf dem Rückweg von Tokchok Kundo über Bord gespült.«

»Bestimmt kann der Kapitän eine Khakiuniform für Sie auftreiben«, sagte Cushman. »Und dann?«

»Zurück nach Pusan, Sir.«

»Und?«

»Dann muss ich einen Flug nach Tokio erwischen. Ich muss General Pickering melden.«

»Ich bringe Sie nach Tokio«, sagte Cushman. »Ich möchte selbst mit General Pickering sprechen.«

»Jawohl, Sir. Danke, Sir.«

»Sie können meine Kabine benutzen, um zu duschen und sich zu rasieren«, sagte Dunn. »Ich zeige Ihnen den Weg.«

Als sie Lieutenant Colonel Dunns Kabine erreichten, sah McCoy, dass der Name von Major Malcolm S. Pickering von dem Schild draußen entfernt worden war.

Dunn ging in der Kabine sofort zum Safe, öffnete ihn und nahm ein Kuvert heraus.

»Niemand außer den beiden Jungs im Fotolabor haben dies gesehen«, sagte Dunn. »Und sie werden keinem ein Sterbenswörtchen sagen.«

McCoy öffnete den Umschlag und sah das Foto eines schlammigen Reisfelds, in das jemand ›PP‹ und einen Pfeil gestampft hatte.

»Das Foto wurde am Tag nach Picks Absturz gemacht«, sagte Dunn. »Die Zeit und die Koordinaten stehen auf der Rückseite.«

McCoy schaute ihn völlig überrascht an.

»Sie meinen, er lebt noch und läuft dort frei herum?«

»Sagen Sie's mir, Killer. Sie sind der Experte.«

»Allmächtiger!«, stieß McCoy hervor.

»Ja«, sagte Dunn, klopfte McCoy auf die Schulter und verließ seine Kabine.

XVII

1

Haneda Airfield
Tokio, Japan

10. August 1950, 8 Uhr 05

Der Verbindungsoffizier des Marine-Corps auf Haneda, dem der Tower mitgeteilt hatte, dass in fünfzehn Minuten eine Avenger mit einem Code Seven (General) an Bord landen würde, der keinen Empfang mit militärischen Ehren, jedoch Bodentransport wünschte, hatte Zeit gehabt, um einen Stabswagen mit Ein-Stern-Stander der Army zu besorgen und dafür zu sorgen, dass die Marines, die das Flugzeug empfingen, tipptopp angetreten waren, als die Avenger nach der Ladung zum Hangar der Navy rollte und hielt.

Wenn der Verbindungsoffizier etwas sonderbar an dem Mann auf dem Rücksitz der Avenger fand, so stellte er keine Fragen. Der Mann, der zu Boden kletterte, trug zum Beispiel ein M-1-Gewehr, und als er seine Fliegerkombination auszog, war eine nagelneue Khakiuniform der Navy ohne das geringste Abzeichen zu sehen.

Der Code Seven war Brigadier General Thomas A. Cushman, stellvertretender Kommandant des 1. Geschwaders des Marine-Corps. Der Verbindungsoffizier erkannte ihn wieder.

First Lieutenants des Marine-Corps gehen davon aus, dass Offiziere im Generalsrang allzeit wissen, was sie tun, und dass Letzterer eine Erklärung geben würde, wenn er eine für erforderlich hielt.

Cushman befahl, das Flugzeug aufzutanken, er würde in ein, zwei Stunden zurückkehren, und er brauche etwas, um das Garand zu verhüllen. Ein imprägnierter Regenmantel war schnell gefunden, und der Mann mit dem Garand zog ihn an. Dann fuhren General Cushman und sein Begleiter davon.

2

Imperial Hotel
Tokio, Japan

10. August 1950, 9 Uhr 05

Der CIC-Agent auf dem Flur des Imperial Hotel hatte General Cushman bereits im Dai-Ichi-Gebäude gesehen und erkannte ihn wieder. Und er erkannte McCoy. Er ließ sie ohne Kontrolle passieren, und McCoy klingelte an der Tür der Dewey-Suite.

Da der Agent des Counter Intelligence Corps jedoch sehr gewissenhaft war, notierte er in seinem Bericht, dass Captain McCoy eine Uniform ohne Abzeichen anhatte und ein Gewehr trug, vermutlich ein M-1 Garand, das nicht besonders gut unter einem Regenmantel versteckt war.

»O Mann!«, stieß Captain George Hart hervor, als er die Tür der Suite öffnete. Dann sah er General Cushman und fügte hinzu: »Guten Morgen, Sir.«

McCoy dachte: *Wenigstens hat Hart eine gebügelte Uniform an und läuft nicht gammelig mit gelockerter Krawatte herum.*

Brigadier General Fleming Pickering, ebenfalls in frisch gebügelter Uniform und mit korrekt sitzender Krawatte, tauchte hinter Hart auf.

»Ich hatte Captain McCoy heute viel später erwartet«, sagte Pickering. »Und Sie habe ich überhaupt nicht erwartet, General.«

»Wollten Sie gerade weggehen, Pickering?«

»Höllisch überraschend für mich hat mir General MacArthur eine Nachricht geschickt, dass er erfreut wäre, wenn ich an dem Treffen teilnähme, das er mit General Collins und Admiral Sherman hat«, sagte Pickering.

»Haben Sie trotzdem ein paar Minuten für mich Zeit?«, fragte Cushman, als er und Pickering sich die Hände schüttelten. »Kann ich Sie vielleicht zum Dai-Ichi-Gebäude rüberfahren? Ich habe einen Wagen.«

»Kommen Sie rein«, sagte Pickering. »Um ehrlich zu sein, als jemand an der Tür klingelte, dachte ich, es wäre vielleicht eine gute Idee, wenn ich mich ein wenig zu dem Treffen verspäte.«

»Verzeihen Sie, ich verstehe nicht.«

»Das ist etwas, das ich von General Howe lernte, als Averell Harriman und General Ridgway hier waren«, sagte Pickering. »Wenn ich beim Besuch hochrangiger Offiziere zur Stelle bin, mit glänzend polierten Schuhen wie ein Corporal, der auf die Inspektion seines Feldwebels wartet, werfen sie einen schnellen Blick auf meine polierten Schuhe – und meinen einsamen Stern – und schließen logischerweise daraus, dass ich ein unbedeutendes Sternchen in der Galaxis um den Supreme Commander bin, und ignorieren mich deshalb.«

Cushman lachte herzlich.

»Sie mögen das Prestige, das mit dem Amt des CIA-Manns für Asien verbunden ist. Das passt nicht so ganz für einen Meisterspion, nicht wahr?«

»Das ist nicht alles, was ich hier drüben tue, Tom«, erwiderte Pickering. Dann wandte er sich an Hart. »Besorgen Sie uns bitte Kaffee, George.«

»McCoy erwähnte etwas darüber«, sagte Cushman.

»Nun, wenn er das getan hat, so passt das wirklich nicht zu ihm.«

»Er wollte es nicht erwähnen, Fleming. Die Umstände erforderten es.«

»Hat er Ihnen auch erzählt, was er in Korea treibt?«

Cushman nickte. »Und dass die Operation als Top Secret/White House erklärt ist.«

»Okay«, sagte Pickering. »Da die Kuh auf dem Eis ist: Ken, vor einer Stunde haben wir von Zimmerman gehört.«

»Ich nehme an, diese Transformatoren sind dort eingetroffen, McCoy«, sagte Cushman.

Pickering sah ich an, sagte jedoch nichts.

»Was hat er gesagt?«, fragte McCoy.

»Die ganze Botschaft war ›wir stehen in Bereitschaft‹«, sagte Pickering. »Wie hat er das Funkgerät so schnell repariert? Als wir gestern Nacht miteinander sprachen, sagten Sie, Sie müssten sich eine Möglichkeit ausdenken, wie Sie die Teile zu ihm bekommen.«

»Sir, Colonel Dunn hat die Ersatzteile heute Morgen beim ersten Tageslicht bei ihnen abgeworfen.«

»Wie kam denn Billy Dunn ins Spiel?«

Cushman lachte.

»Um vier Uhr, als sich die *Badoeng Strait* auf die ersten Feindflüge des Tages vorbereitete, erklärte eine Avenger einen Notfall«, sagte er lächelnd. »Alle Notfallprozeduren wurden in Gang gesetzt. Die Avenger kam, machte eine perfekte Landung, und McCoy, in einem schwarzen Pyjama und unrasiert, stieg mit Kartons aus, in denen etwas war, das wie ein halbes Dutzend Blechbüchsen aussah.«

»Ich dachte, Sie haben gesagt, die Avenger hätte einen Notfall erklärt«, sagte Pickering.

»McCoy hat die Avenger in Pusan beschlagnahmt. Sie gehört zur *Sicily*«, erklärte Cushman. »Und um zu vermeiden, dass er von der *Badoeng Strait* keine Landegenehmigung erhält, meldete der Pilot einen Notfall. Der Kapitän war einem Schlaganfall nahe, wie Sie vermutlich verstehen können.«

»War das nötig, Ken?«, fragte Pickering kopfschüttelnd.

»Ich wollte die Transformatoren zu Colonel Dunn bringen, bevor er zu den ersten Feindflügen startet.«

»Und das waren die Umstände, unter denen sich Captain McCoy gezwungen fühlte, mich wissen zu lassen, was er vorhat«, sagte Cushman.

»Wie sagen die Jesuiten. ›Der Zweck heiligt die Mittel‹?«, fragte Pickering.

»Ich hoffe, dieses Ende tut das«, meinte Cushman.

»In diesem Fall glaube ich das«, sagte Pickering.

»McCoy sagte, General MacArthur ist nicht eingeweiht in seine – ich nehme an Ihre – heimliche Operation, aber er glaubt, dass der Präsident Bescheid weiß?«

»So ist es. General Howe hat ihm davon erzählt.«

»Das war das erste Mal, dass ich den Namen Howe hörte«, sagte Cushman.

»Ein sehr guter Offizier«, sagte Pickering.

»Werde ich ihn kennen lernen?«

Hart überreichte Pickering und Cushman Tassen mit Kaffee, gab dann McCoy ebenfalls eine Tasse Kaffee und bediente sich selbst.

»Gewiss. Wenn er aus Korea zurückkommt«, sagte Pickering.

»General Howe ist in Korea?«, fragte McCoy überrascht.

»Er sagte, er wird entweder heute Abend oder morgen zurückkehren«, sagte Pickering. Er wandte sich zu Cushman und fuhr fort: »Er flog hin, um General Walker zu besuchen. General Collins und einige andere meinen, Walker sollte abgelöst werden. Der Präsident wünscht Howes Meinung zu hören.«

»Nicht Ihre?«

»Ich bin nicht qualifiziert – oder kaum –, eine Meinung über die Leistung eines Kommandeurs der Army zu äußern.«

»Und ist General Howe das?«

»Er hat in Europa eine Division befehligt. Er ist besser qualifiziert als ich, doch Trumans Befehl ist ihm verdammt unangenehm. Und weil einer von uns in Tokio bleiben musste, um ein Auge auf Sherman und Collins zu halten, bin ich hier.«

»Meinen Sie, die Invasion bei Inchon ist eine sichere Sache?«

»Deshalb habe ich diese Operation befohlen«, erwiderte Pickering.

»Und weiß MacArthur, dass Sie dies tun?«

»Als stellvertretender CIA-Direktor für Asien brauche ich MacArthur nichts von jeder kleinen heimlichen Operation zu erzählen, die ich durchführe.«

»Und was wird geschehen, wenn er es herausfindet?«

»Das ist eine der Fragen, die wir beantworten, wenn sie sich stellt«, sagte Pickering.

»Sie spazieren ziemlich nahe am Abgrund, ich nehme an, das ist Ihnen klar.«

»Wenn ich ihm sagte, meiner Meinung nach sollten diese Inseln so bald wie möglich in unserer Hand sein, würde das eine Herausforderung für die kollektive Weisheit seines Stabes sein. Die meisten davon waren mit ihm auf den Philippinen.«

»Und er würde ihnen natürlich Rückendeckung geben.«

Pickering nickte.

»Kann ich irgendwie helfen?«, fragte Cushman.

»Das haben Sie bereits. Und da Sie jetzt eingeweiht sind, werde ich nicht zögern, Sie um jede nötige Hilfe zu bitten.«

Pickering warf einen Blick auf seine Armbanduhr.

»Jetzt müssen wir aufbrechen, George«, sagte er. Er wandte sich an McCoy. »Fahren Sie heim, Ken. Ruhen Sie sich ein bisschen aus. Was Sie auch glauben, tun zu müssen, wird warten, bis ich vom

Dai-Ichi-Gebäude zurückkehre. Kommen Sie um dreizehn Uhr wieder. Bringen Sie Ernie mit, wenn Sie möchten. Wir können uns Mittagessen vom Zimmerservice bringen lassen und uns hier unterhalten.«

»Aye, aye, Sir.«

»Was hat Taylor vor?«

»Er passt für mich auf Jeanette Priestly auf.«

»Wie bitte?«

»Bis ich mit ihr sprach, wollte sie in einer Story schreiben, dass Pick abgeschossen worden ist«, sagte McCoy.

»Und Sie konnten ihr das ausreden?«, fragte Pickering überrascht.

»Ich habe sie nach Tokchok Kundo mitgenommen«, sagte McCoy. »Es war das Einzige, was mir einfiel.«

»Und jetzt weiß sie über alles Bescheid?«, fragte Pickering kalt.

McCoy hielt Pickerings Blick stand.

»Ich glaube, wir brauchen uns ihretwegen keine Sorgen zu machen. Ich brachte sie auf die Dschunke, bevor ich wusste, dass sie glaubt, Pick zu lieben.« Und dann fluchte er.

»Wie bitte?«, sagte Pickering, teils fragend, jedoch hauptsächlich tadelnd.

McCoy nahm ein Kuvert aus seiner Innentasche und gab es Pickering.

»Billy gab mir das, kurz bevor er von der *Badoeng Strait* abflog«, sagte McCoy. »Niemand weiß etwas von diesen Aufnahmen außer den beiden Jungs im Fotolabor auf der *Badoeng Strait*, Dunn, mir und jetzt Ihnen.«

»Was sehe ich da?«

»Diese Fotos wurden am Tag nach Picks Absturz gemacht, nahe der Absturzstelle. Jemand hat ›PP‹ und einen Pfeil in ein Reisfeld gestampft.«

»Mein Gott«, stieß Pickering hervor. »Er lebt!«

Er reichte die Fotos an Cushman weiter.

»Warum waren diese Aufnahmen nicht …«, begann Cushman. »Pickering, Sie haben mein Wort, dass jede Anstrengung unternommen wird …«

»Sir, mit Verlaub«, sagte McCoy. »Colonel Dunn wusste, wenn diese Fotos bekannt werden, werden viele Leute und – ebenso wichtig – die Helikopter dafür eingesetzt werden, Major Pickering zu suchen.«

»Sie sind ein Marine, Captain. Sie kennen unsere Tradition ...«

»Colonel Dunn weiß, dass die einzige Möglichkeit, Major Pickering zu suchen und auszufliegen, der Einsatz von Hubschraubern bedeutet, und die einzigen Helikopter, die wir haben, werden für den Transport der Verwundeten gebraucht. Colonel Dunn weiß – und ich weiß –, dass Major Pickering nicht wollen würde, dass sie um seinetwillen eingesetzt werden.«

»Und ich will das ebenfalls nicht«, sagte General Pickering. »Ich will nicht, dass die Hubschrauber dem Risiko ausgesetzt werden und für die Suche nach meinem Sohn eingesetzt werden, General Cushman. Wir werden uns etwas anderes einfallen lassen.«

»Sie haben diese Entscheidung nun wirklich nicht zu treffen, Fleming«, wandte Cushman ein.

»Ich glaube, doch«, entgegnete Pickering. »Ich würde es sehr zu schätzen wissen, wenn Sie meine Wünsche in dieser Sache respektieren.«

Ihre Blicke trafen sich.

Nach langem Schweigen sagte Cushman: »Selbstverständlich.«

»Ich habe ein paar Ideen«, meinte McCoy.

»Und was Sie anbetrifft, Ken, ist für Sie das Wichtigste, Taemuiido und Yonghung-do einzunehmen«, sagte Pickering.

»Aye, aye, Sir«, sagte McCoy.

3

Dewey-Suite
Imperial Hotel
Tokio, Japan

10. August 1950, 14 Uhr 25

Mrs Ernestine McCoy nahm sich ein weiteres Törtchen zum Nachtisch, als der Türgong anschlug. Sie ging zur Tür und öffnete.

Auf dem Flur standen Brigadier General Pickering und Captain

Hart. Pickering küsste Ernie auf die Wange, schaute sich in der Suite um und sagte: »Du hast gegessen, gut. Das große Treffen dauerte länger als geplant.«

»Ken wollte warten«, sagte Ernie.

»Und du hast das nicht getan«, sagte Pickering. »Das beweist, was ich immer geargwöhnt habe – dass du die Klügere von euch beiden bist.«

Er ging zum Servierwagen des Zimmerservice, hob silberne Abdeckhauben ab, bis er eine Schüssel mit Salat entdeckte, pickte sich ein Radieschen heraus und schob es in den Mund. Dann wandte er sich an Hart.

»Bestellen Sie uns Mittagessen. In dieser Reihenfolge: ein kleines Steak, eine Tomate, mehr Salat für mich, ohne Dressing. Und natürlich Kaffee. Dann zeigen Sie McCoy, wo wir die Schreibmaschine abgestellt haben. Und dann machen Sie Sergeant Keller ausfindig, sagen ihm, er soll sich hier bereit halten und dann mit dem Wagen, den Sie für ihn besorgen, zum Dai-Ichi-Gebäude fahren.«

»Aye, aye, Sir.«

»Ken, fühlen Sie sich fit, um etwas schnell zu tippen?«

»Jawohl, Sir.«

»Okay, legen wir los. Ich will, dass der Präsident so schnell wie möglich erfährt, was bei diesem Treffen los gewesen ist.«

General Pickering hatte soeben sein kleines Steak verzehrt, als McCoy mit einigen Blättert Schreibmaschinenpapier ins Zimmer zurückkehrte. Pickering nahm sie entgegen und las.

»Sie sind ein großer Tipper, McCoy«, sagte Pickering heiter. »Wenn Sie jemals Arbeit suchen, kann ich Sie bei der P&FE als gute Schreibkraft einstellen.«

»Ich glaube, ich würde lieber Deodorant für American Personal Pharmaceuticals verkaufen, aber trotzdem vielen Dank«, erwiderte McCoy.

»Onkel Flem«, zürnte Ernie McCoy. »Mein Gott!«

»Manchmal geht das Mundwerk mit mir durch«, bekannte Pickering. »Ken, es tut mir Leid. Sie wissen, dass es ein mieser Versuch war, lustig zu sein.«

»Ist es okay?«, fragte McCoy und wies auf das Schreiben, das er getippt hatte.

»Es ist perfekt«, sagte Pickering und gab es zurück. »Wenn Sie ein paar Tippfehler gemacht hätten, wäre es auch nicht tragisch …«

McCoy gab das Schreiben Sergeant Keller.

»Sehen Sie sich das noch mal an«, befahl McCoy. »Stecken Sie es dann in einen Umschlag und schicken Sie es ab.«

Keller las.

TOP SECET/WHITE HOUSE
DUPLICATION FORBIDDEN ONE (1) COPY ONLY
DESTROY AFTER TRANSMISSION

TOKIO, JAPAN 0625 GREENWICH 10 AUGUST 1950
VIA SPECIAL CHANNEL
EYES ONLY THE PRESIDENT OF THE UNITED STATES

Dear Mr President:

Es ist jetzt ungefähr drei Uhr morgens Tokioter Ortszeit. Ich bin soeben vom Dai-Ichi-Gebäude gekommen, wo ich an dem Treffen zwischen General of the Army Douglas MacArthur, General Joseph C. Collins, USA, und Admiral Forrest Sherman, USN, und anderen ranghohen Mitgliedern ihrer jeweiligen Stäbe teilgenommen habe. General Howe befindet sich in Korea, aber ich bin überzeugt, er würde mit den hier gezogenen Schlüssen übereinstimmen, wenn er anwesend gewesen wäre.

Der Hauptzweck des Treffens bestand darin, General MacArthur Gelegenheit zu geben, seinen Plan für die amphibische Landung bei Inchon, die im Augenblick für den 15. September 1950 geplant ist, zu erklären.

Ich hatte das Gefühl, dass sowohl Collins als auch Sherman streng ablehnend – besonders gegenüber der Landung bei Inchon (das Argument der Gezeiten, mit dem Sie vertraut sind) – in das Treffen gingen und allgemein gegen jede amphibische Operation eingestellt waren, bis sich die Lage im Gebiet Pusan stabilisiert, hauptsächlich weil die Invasion bei Inchon den Einsatz der Marines erfordern wird, die jetzt bei Pusan kämpfen. Ich hatte ebenfalls das Gefühl, dass Collins zwar unbeeindruckt von MacArthurs – meiner Meinung nach – triftigen und brillanten Erklärung, warum die Inchon-Invasion die richtige Aktion ist, das Treffen verließ, dass Sherman jedoch wenigstens teilweise die Inchon-Operation billigte. Er sagte nichts in dieser Hinsicht, doch die Fragen, die er MacArthur stellte, ließen darauf schließen, dass er die Inchon-Invasion nicht für so verrückt hält, wie sie nach Collins Meinung ist, wie er klar gemacht hat.

Collin gab sehr geschickt MacArthur Gelegenheit, die Schuld für unsere ursprünglichen Niederlagen General Walker zu geben. MacArthur erklärte sehr deutlich, dass Walker seiner Meinung nach ›seinen Job bemerkenswert gut gemacht hat und macht, angesichts dessen, was auf ihn zugekommen ist und auf ihn zukommen wird‹.

Wenn es Collins' Absicht war, MacArthurs Einwilligung für eine Ablösung Walkers zu bekommen – entweder weil er glaubt, Walker ist der Aufgabe nicht gewachsen oder weil Walkers Ablösung ihm erlauben würde, Ridgway oder sonst jemandem nach seinem Geschmack den Job zu geben –, so ist er gescheitert.

Sehr früh heute Morgen rief mich General Howe aus Korea an. Er sagte, er würde Ihnen seine Gedanken auf seiner Mission dort so bald wie möglich mitteilen, aber er bat mich, Ihnen Folgendes mitzuteilen, wenn ich vor ihm mit Ihnen kommunizieren sollte: ›Nach dem, was ich sehe, wäre ein Wechsel der Führerschaft zu diesem Zeitpunkt ungerechtfertigt und unklug‹.

Es ist meine Meinung, Mr President, dass MacArthur seine Absicht, mit zwei Divisionen am 15. September bei Inchon zu landen, fortführen wird, sofern er keine gegenteiligen Befehle von Ihnen persönlich oder von den Stabschefs der Streitkräfte erhält. Ferner meine ich, dass sich Collins bei den Stabschefs der Streitkräfte und vielleicht auch bei Ihnen persönlich stark dafür einsetzen wird, die Inchon-Invasion zu verbieten, dass er aber in Sherman keinen so starken Verbündeten haben wird, wie er vermutlich erhofft hat.
Captain McCoy und Lieutenant Taylor sind heute Morgen von der Insel zurückgekehrt, die wir im Flying Fish Channel halten. Er wird in Kürze dorthin zurückkehren und ist darauf vorbereitet, seine Operation binnen einer Woche durchzuführen. Die Umstände erforderten, dass Brig Gen Thomas Cushman über diese Mission und über die Missionen von General Howe und mir informiert werden musste.

Mit vorzüglicher Hochachtung
F. PICKERING, BRIGGEN USMCR

TOP SECRET/WHITE HOUSE

»Ich habe keine Tippfehler gefunden, Captain«, sagte Keller.

»Begleiten Sie ihn, George«, befahl McCoy. »Jetzt trinke ich meinen Kaffee.« Er gab ihm weiteres Schreibmaschinenpapier, das in zwei Hälften zerrissen war. »Dies wird mit der Reinschrift verbrannt.«

»Was ist das?«

»Die Version mit den Tippfehlern, die ich noch mal abgeschrieben habe«, sagte McCoy. Er setzte sich an den Tisch und griff nach der Kaffeekanne.

»Ernie«, rief eine weibliche Stimme, »hat Ihr Mann Ihnen erzählt, was er mir angetan hat?«

McCoys Kopf ruckte zur Tür herum.

Miss Jeanette Priestly von der *Chicago Tribune* betrat die Suite, gefolgt von Lieutenant (Junior Grade) David Taylor, USNR.

»Nun, Jeanette«, sagte Ernie und erhob sich. »Wie schön, Sie wiederzusehen.«

»Ich hatte nicht erwartet, dass Sie vor uns hier eintreffen«, sagte Taylor zu McCoy.

»Das ist eine lange Geschichte. Ich erzähle sie Ihnen später.«

»Was hat dies alles zu bedeuten?«

»Dies wäre früher hier gewesen«, sagte Jeanette und schenkte McCoy ein strahlendes Lächeln. »Aber dies musste sich ein wenig frisch machen. Und dies muss sagen, dass Sie viel besser aussehen, als dies Sie zum letzten Mal sah.«

McCoy musste lächeln.

Als er sie zum letzten Mal gesehen hatte, kurz vor Mitternacht im Evening Star Hotel in Tongnae, hatte sie einen Arbeitsanzug der Army und Kampfstiefel getragen. Sie hatte seit einer Woche keine Seife und kein fließendes Wasser gehabt und die vergangenen zweieinhalb Tagen auf einer Dschunke verbracht, die durch das oftmals raue Gelbe Meer gefahren war. Auf ihrem Gesicht, den Händen und dem Haar hatte getrocknetes Salzwasser eine sichtbare Schicht hinterlassen.

Jetzt war sie sauber, geschminkt, trug ein schlichtes, aber elegantes schwarzes Kleid und Pumps und duftete nach Parfüm, das McCoy quer durch den Raum riechen konnte.

Das Einzige, was bei ihr gleich geblieben war, war die Leica mit ihrem verschrammten Etui, die am Riemen von ihrem Hals hing.

»Sie hat darauf bestanden, hierhin zu fahren«, sagte Taylor. »Ich wusste nicht, was ich tun sollte …«

Taylor trug eine seiner abgetragenen Khakiuniformen.

»Es ist in Ordnung«, sagte General Pickering. McCoy blickte zu ihm und sah, dass er lächelte. »Hallo, Miss Priestly.«

Er erntete ein strahlendes Lächeln.

»Wie schön, Sie wiederzusehen, General«, sagte sie,

»Zimmerman hat sich per Funk gemeldet«, sagte McCoy.

»Das war schnell«, sagte Taylor überrascht. »Das ist eine verdammt gute Neuigkeit.«

»Ich will wissen, in allen Einzelheiten, wie Sie das geschafft haben«, verlangte Jeanette.

»Später«, sagte McCoy.

»Was können wir für Sie tun, Miss Priestly?«, fragte General Pickering.

»Hat Ihnen Captain McCoy das nicht gesagt?«, fragte sie. »Als Gegenleistung dafür, dass ich eine Story nicht schreibe, hat er versprochen, mir eine Exklusivgeschichte über etwas anderes zu geben. Ich kann gar nicht sagen, was, weil ich nicht weiß, wie viele Geheimnisse McCoy mit seiner Frau teilt. Nichts für ungut, Ernie.«

General Pickering lachte.

»Ich bezweifle, dass Captain McCoy irgendwelche Geheimnisse vor seiner Frau hat«, sagte er. »Wie war die Kreuzfahrt, Miss Priestley?«

»Ehrlich gesagt, sie war absolut schrecklich«, sagte sie. »Jedenfalls, bis geschieht, was geschieht, werde ich an diesen beiden …«, sie wies auf McCoy und Taylor, »… kleben wie eine Klette.«

»Fair genug«, sagte Pickering.

»Und ich dachte auch, Sie sagen mir, ob es irgendwelche Neuigkeiten über Pick gibt. Gibt es welche?«

Pickering signalisierte McCoy mit den Augen, nicht die Fotos zu erwähnen, die er von Dunn erhalten hatte.

»Leider nein«, sagte Pickering.

»Verdammt!«, murmelte sie.

»Wo ist der Film, den Sie auf der *Wind of Good Fortune* verknipst haben?«, fragte McCoy.

»Hier drin.« Sie klopfte auf ihre Handtasche.

»Ich vergaß, ihn zu beschlagnahmen«, sagte McCoy. »Oder Taylor zu sagen, dass er das tut. Darf ich ihn bitte haben?«

»Vertrauen Sie mir immer noch nicht?«

»Sagen wir, ich bin von Natur aus misstrauisch«, erwiderte McCoy.

»Geben Sie ihn bitte mir, Miss Priestly«, sagte Pickering. »Sie haben mein Wort, dass Sie ihn zurückbekommen.«

Sie zuckte mit den Schultern, öffnete ihre Handtasche, nahm den Film aus einem Etui und gab ihn Pickering.

»Danke«, sagte er.

»Kann man hier wirklich unbelauscht sprechen?«, fragte sie.

Pickering nickte.

»Wie kommen Sie mit den Booten klar?«, fragte sie McCoy.

»Welche Boote?«, wollte Pickering wissen.

»Meinen Sie, ich kann dieses Brötchen haben?«, fragte Jeanette und wies auf eines in dem Brotkörbchen bei Pickerings Essen. »Ich habe wirklich Kohldampf.«

»Selbstverständlich«, sagte Pickering.

»Sie haben nichts gegessen?«, erkundigte sich McCoy.

»Wir hatten gegen fünf Uhr einige Pulvereier auf K-1«, sagte Taylor.

»Und hier haben Sie nichts gegessen?«

»Ich habe es Ihnen gesagt«, sagte Jeanette. »Dies könnte nicht hier sein, wie dies aussah, als dies von Bord der *Queen Mary* ging.«

McCoy lächelte. »Sie haben ebenfalls nichts gegessen?«, fragte er Taylor.

»Sie hatten mir gesagt, ich soll auf sie aufpassen«, antwortete Taylor keineswegs belustigt. »Das habe ich getan. Ich saß in ihrem Raum im Presseklub, während sie ein Bad nahm und sich zurechtmachte, und dann brachte ich sie in mein Zimmer und duschte schnell. Nein, ich habe ebenfalls gefastet.«

»Das Problem kann gelöst werden«, sagte Ernie McCoy, ging zum Telefon, nahm den Hörer ab und verlangte auf Japanisch den Zimmerservice.

»Welche Boote?«, griff General Pickering den Faden wieder auf.

»Hat Ken Ihnen das nicht erzählt?«, fragte Jeanette. »Wir werden ein paar Boote brauchen, um die Männer von Tokchok Kundo nach Taemuii-do und Yonghung-do zu transportieren. Die *Wind of Good Fortune* können wir nicht benutzen. Wir können uns nicht darauf verlassen, genug Wasser unter dem Ruder zu haben, und eine Dschunke ist ein lausiges Landungsboot.«

»Wir werden ein paar Boote brauchen?«, zitierte Pickering.

»Sie haben nicht zugehört, General, als ich sagte, ich werde Captain Bligh und Jean Lafitte nicht aus den Augen lassen, bis diese Operation vorüber ist. Das bedeutet, wenn sie nach Taemuii-do und Yonghung-do fahren, wird die *Chicago Tribune* ebenfalls dort sein.«

»Wer von beiden ist Captain Bligh?«, fragte Pickering lächelnd.

Sie wies auf Taylor.

»Und das passt auch«, meinte sie. »Taylor erzählte mir, dass

Bligh ein wirklich guter Junge war und Fletcher Christian ein Meuterer, den man hätte aufhängen sollen.«

Pickering lachte.

»Das stimmt«, sagte er. »Bligh war auch ein hervorragender Seemann. Er segelte das große Beiboot von der Bounty höllisch weit, nachdem sie ihn über Bord geworfen hatten. Okay, Captain Bligh, erzählen Sie mir von den Booten.«

»Sie hat es gesagt, Sir«, erklärte Taylor. »Wir werden ein paar Boote brauchen. Vielleicht kleine Rettungsboote. Gerade groß genug zum Transport von acht, zehn Männern und ihrer Ausrüstung. Es wäre besser, wenn sie kleine Motoren hätten, vielleicht sogar Außenborder – es ist ein langer Weg von Tokchok Kundo nach Taemuii und Yonghung-do. Aber zur Not können wir es auch mit Ruderbooten schaffen.«

»Die erste Sache hielt ich für kein Problem«, sagte Pickering. »Wir werden sehen, ob die hiesige P&FE ein paar Boote zur Verfügung stellen kann. Aber das beantwortet nicht die Frage, wie sie nach Tokchok Kundo kommen, und zwar schnell und ohne Aufsehen, nicht wahr?«

»Nein, Sir«, sagte McCoy. »Und wenn wir zur Navy gehen, will man wissen, wofür wir sie haben wollen.«

»Und selbst wenn wir uns da herausreden könnten, müssten wir sie immer noch nach Tokchok Kundo bringen«, sagte Pickering.

»Jawohl, Sir.«

»Mir kam soeben ein kühner Gedanke«, sagte Pickering. »Taylor, wissen Sie, wer Admiral Matthews ist?«

»Der Engländer?«

Pickering nickte.

»Jawohl, Sir.«

»Gibt es jemanden, den Sie im Dai-Ichi-Gebäude anrufen und seine Nummer erfragen könnten, ohne dass sich herumspricht, dass Sie danach gefragt haben?«

»Ist er in der Stadt, Sir?«

»Er war heute Morgen bei dem Treffen«, sagte Pickering.

»Wer ist das?«, fragte McCoy.

»Er befehligt die UN-Flotte bei der Blockade der Wesküste von Korea«, erklärte Pickering.

Fünf Minuten später hatte Taylor die Telefonnummer von Admiral William G. Matthews, und drei Minuten danach meldete sich der Admiral am Telefon.

»Ja, natürlich erinnere ich mich an Sie, Pickering. Sie waren heute Morgen einer der wenigen in diesem Konferenzraum, der zu wissen schien, dass es bei Gezeiten ein Auf und Ab gibt.«

»Admiral, könnte ich ein paar Minuten Ihrer Zeit haben?«

»Ich wollte gleich nach Sasebo aufbrechen, aber ja, gewiss, wenn Sie sofort herkommen könnten. Sie wissen, wo ich bin?«

»Ja, Sir. Und ich werde mich sofort auf den Weg machen.«

»Ich spendiere Ihnen sogar einen Drink. Gott weiß, dass wir den nach dem verdammten Treffen von Narren heute Morgen verdient haben.«

»Danke, Sir«, sagte Pickering und legte auf.

Er wandte sich an die anderen.

»Wir haben vielleicht Glück«, sagte er. »Und nein, Miss Priestly, Sie werden nicht mitkommen. Aber Sie haben mein Wort, dass ich Captain Bligh und – wer war der andere, Bluebeard, der Pirat? – zu Ihnen zurückbringen werde.«

»Jean Lafitte, Sir«, sagte McCoy.

4

Büro des Marineattachés
HM-Delegation des Supreme Command, Allied Powers in Japan
Tokio, Japan

10. August 1950, 16 Uhr 05

»Ah, Pickering!«, rief Admiral Sir William G. Matthews, RN, und erhob sich, als Pickering hereingeführt wurde. Dann sah er Taylor und McCoy und fügte hinzu: »Ich wusste nicht, dass Sie diese Gentlemen mitbringen. Jetzt werde ich auf meine Manieren achten müssen. Und auf mein Mundwerk.«

»Ich entschuldige mich dafür, dass ich sie nicht angekündigt habe, Sir.«

»Macht nichts«, sagte Matthews. »Ich bin so froh, dass ich aus dem verdammten Konferenzraum raus bin, dass ich auch ihnen einen Drink ausgebe.«

»Sehr freundlich von Ihnen, Sir«, sagte Pickering. »Und bitte nehmen Sie kein Blatt vor den Mund. Sowohl Captain McCoy als auch Lieutenant Taylor wissen, wie auch ich über dieses verdammte Treffen denke.«

Matthew stieß einen grollenden Laut aus.

Ein Japaner in weißem Jackett kam an den Tisch und nahm die Bestellungen auf. Matthew wartete, bis er fertig notiert hatte, und bestellte einen weiteren doppelten Whisky für sich.

»Ich habe gerade Fitzwater erzählt …«, sagte er und wies auf einen sehr schlanken, sehr großen Captain der Royal Navy, »… dass ich endlich einen Marine gefunden habe, der tatsächlich auf See gewesen ist. Gott, ich hatte Mühe, mich zu beherrschen, als dieser General der Army eine Predigt über die Gefahren der Gezeiten begann.«

»Eigentlich, Sir, bin ich mehr ein Matrose als ein Marine.«

»Wie das?«

»Ich wollte das gerade Sir William sagen«, sagte Fitzwater. »Wenn ich mich nicht irre, dann sind Sie mit der Pacific and Far East Shipping verbunden. Habe ich Recht?«

»Soweit ich weiß«, sagte Pickering, »bin ich der einzige Kapitän der P&FE, der sein Schiff in den Schlammzonen von Pusan auf Grund gesetzt hat.«

»Tatsächlich?«, staunte Admiral Matthews. »Wie ist das passiert?«

»Ich war damals ein wenig jünger«, sagte Pickering, »und folglich ein wenig mehr von mir überzeugt, als die Fakten erlaubten.«

»Was, zum Teufel, haben Sie dann in der Uniform eines Marine in diesem verdammten Konferenzraum gemacht?«

»Admiral, ich bin stellvertretender CIA-Direktor für Asien«, sagte Pickering.

»Ah!«

»Ich hatte gehofft, dass Sie diese Information geben, General«, sagte Captain Fitzwater. »Andernfalls hätte ich sie Sir William ins Ohr geflüstert.«

»Und diese beiden sind ebenfalls Spione?«, fragte der Admiral. »Der da sieht wie ein Seemann aus.«

»Lieutenant Taylor, Sir«, sagte Taylor.

»Eigentlich ist er ein höllisch guter Matrose«, sagte Pickering. »Er ist soeben von einer Segelfahrt mit einer Dschunke aus dem Gelben Meer zurückgekehrt.«

»Tatsächlich? Was höre ich da? Mit einer Dschunke, sagten Sie?«

»Das möchte ich Ihnen liebend gern erzählen, Sir William …«, sagte Pickering und verstummte, als der Steward ihm seinen Drink servierte.

»Cheers!«, sagte Admiral Matthew und hob sein Glas. »Sie möchten mir liebend gern etwas erzählen, aber?«

»Ich möchte nicht, dass es auf jemanden in diesem verdammten Konferenzraum zurückfällt. Bei dieser Sache möchte ich diesen Raum ausklammern.«

»Ah, mir schwant etwas«, murmelte der Admiral und dachte über Pickerings Worte nach. »Sie haben mein Wort, Sir, dass dies unter uns bleibt.«

»Würden Sie vorziehen, dass ich …«, begann Captain Fitzwater und wollte sich erheben.

»Nein«, sagte Pickering. »Bitte bleiben Sie. Aber könnten Sie mir Ihr Wort geben, dass Sie darüber schweigen?«

»Selbstverständlich«, sagte Fitzwater.

Pickering sagte sich, dass es sinnvoller war, an Fitzwaters Ehre zu appellieren, nicht weiterzuerzählen, was er gehört hatte, anstatt erst recht seine Neugier zu wecken, indem er ihn bat, ihn mit Matthews allein zu lassen. Offenbar war Fitzwater eine Art Nachrichtenoffizier – er hatte von P&FE und der CIA gewusst, und er würde Nachforschungen anstellen und verbreiten, was er herausgefunden hatte, ohne sich Beschränkungen aufzuerlegen, wenn er sich nicht dazu verpflichtet fühlte. Pickering war erfreut, als er Zustimmung zu diesen Gedanken auf McCoys Gesicht bemerkte.

»Lieutenant Taylor ist soeben mit der Dschunke *Wind of Good Fortune* zu der Insel Tokchok Kundo gesegelt«, sagte Pickering. »An Bord waren außer McCoy vier Marines und acht südkoreanische Polizisten der Nationalpolizei.«

»Wie interessant«, sagte der Admiral.

»Captain McCoy und Lieutenant Taylor planen, so bald wie möglich die Inseln Taemuii-do und Yonghung-do einzunehmen und somit den Nordkoreanern eine Basis zu nehmen, von der aus sie Schiffe, die durch den Flying Fish Channel fahren, unter Beschuss nehmen können.«

»Sie wissen, dass die Pläne eine Neutralisation dieser Inseln für den Tag vor einer Invasion vorsehen?«

»Ja, das weiß ich.«

»Haben Sie erreicht, dass man sich anders besinnt?«

»Nein, Sir. Die Planer wissen nichts von dieser Operation.«

»Ah«, staunte Admiral Sir William Matthews.

»Und was ist mit dem Leuchtturm?«, fragte Captain Fitzwater.

»In der Nacht vom dreizehnten auf den vierzehnten September werden wir den ebenfalls einnehmen«, sagte Taylor, »vorausgesetzt, wir können Taemuii-do und Yonghung-do einnehmen, ohne zu viel Aufmerksamkeit bei den Nordkoreanern zu erregen.«

»Und warum, wenn ich das fragen darf, wollen Sie, dass die Dummköpfe im Dai-Ichi-Gebäude nichts von dieser Operation wissen?«

»Weil ich weiß, dass man sie ablehnen würde«, sagte Pickering. »Vielleicht würde man mir sogar verbieten, sie fortzuführen.«

»Die Narren würden sie bestimmt ablehnen, und zwar ziemlich strikt, und zwar weil sie verdammt mehr Sinn ergibt, als das, was sie vorschlagen. Sie wollen sie vor vollendete Tatsachen stellen?«

»Ja, Sir, genau das will ich.«

»Wie kann ich helfen, ohne – wie soll ich es salonfähig formulieren? – ohne dass ich meinen Arsch in einem Maß unter die Schlachteraxt lege wie Sie?«

»Taylor«, sagte Pickering, »sagen Sie dem Admiral, was Sie brauchen.«

»Zwei kleine Boote, Sir, Rettungsboote würden reichen. Sie müssen acht oder zehn Männer und ihre Ausrüstung transportieren, vorzugsweise mit einem Hilfsmotor ...«

»Kein Problem«, warf der Admiral ein.

»... und so bald wie möglich nach Tokchok Kundo geliefert werden«, sprach Taylor zu Ende.

»Aha«, murmelte der Admiral.

Er blickte suchend nach seinem Drink, nahm das Glas, nippte daran und runzelte dann überlegend die Stirn.

»Fitz, wann fährt die *Charity* in Sasebo ab?«, fragte er schließlich.

»Am Sechzehnten beim ersten Tageslicht, Sir.«

»Grob gerechnet, sollte sie leicht zwanzig Knoten machen; es sind etwa fünfhundert Meilen nach Inchon. Das würde sie vierundzwanzig Stunden später zum Leuchtturm im Flying Fish Channel bringen. Beim ersten Tageslicht, und ich bezweifle, dass Mr Taylor dies am hellen Tag durchziehen will.«

Der Admiral legte eine Pause ein, und alle warteten darauf, dass er weitersprach.

»Funken Sie dem zuständigen Mann in Sasebo, dass ich (a) äußerst ärgerlich sein werde, wenn die *Charity* nicht wie geplant beim ersten Tageslicht auslaufen würde, und dass er (b) vor der Abfahrt zwei offene Boote für zehn Mann mit funktionierenden Hilfsmotoren – Betonung auf funktionierenden – an Bord nehmen und dafür sorgen soll, dass sie schnell auf hoher See eingesetzt werden können.«

»Jawohl, Sir.«

»Und wenn er fragt, was los ist, was zweifellos der Fall sein wird, deuten Sie so höflich wie möglich an, dass ich mich wieder besoffen habe und Sie nicht wissen, was das alles zu bedeuten hat.«

»Jawohl, Sir.«

Der Admiral wandte sich an Taylor.

»Die HMS *Charity* ist ein Zerstörer. Bevor sie Sasebo verlässt, um zu ihrem Blockadedienst im Gelben Meer zurückzukehren, werde ich ein Wort unter vier Augen mit ihrem Kapitän sprechen – oder Fitz wird das tun, er ist sein Schwager und wird weniger Aufmerksamkeit erregen – und ihm sagen, dass (erstens) zwei Amerikaner in der Nacht zum fünfzehnten August als Frachtaufseher an Bord kommen werden, zu einem Zweck, der nur ihm und erst auf See preisgegeben wird, und dass er (zweitens) befugt ist, jede nötige Geschwindigkeit zu fahren, um die *Charity* nicht später als drei Uhr am siebzehnten August drei Meilen bis an den Leuchtturm des Flying Fish Channel heranzubringen, wo das Boot und die Amerikaner über Bord gelassen werden.«

Er legte wieder eine Pause ein.

»Dies alles setzt voraus, dass nichts schief geht. Was fast mit Sicherheit der Fall sein wird«, fuhr er schließlich fort. »Aber es ist das Beste, was ich unter den gegebenen Umständen tun kann. Wird dies zufriedenstellend sein?«

»Ich weiß nicht, wie ich Ihnen danken soll, Admiral«, sagte Pickering.

»Eine Möglichkeit wäre, sicherzustellen, dass die *Charity*, wenn sie am fünfzehnten September in den Flying Fish Channel einfährt und der Leuchtturm in Betrieb ist, nicht unter Artilleriebeschuss gerät.«

XVIII

1

Haneda Airfield
Tokio, Japan

15. August 1950, 15 Uhr 30

Im USMC-Zug Aug9-2 (Provisional) gab es sieben Offiziere – der Ranghöchste ein Captain – und elf Unteroffiziere – vom Corporal bis zum Technical Sergeant. Der Zug war der zweite von zweien, die vor sechs Tagen, am 9. August, beim Replacement Batallion (Provisional) in Camp Joseph J. Pendleton, California, aufgestellt worden waren. Alle Mitglieder von Aug9-2 waren Reservisten des Marine-Corps. Für die Dauer des gegenwärtigen Konflikts plus sechs Monate unfreiwillig auf Befehl des Präsidenten der Vereinigten Staaten in aktiven Dienst gerufen.

Beide Züge hatten den gleichen Zweck, nämlich für die First Marine Brigade (Provisional) in Pusan, Südkorea, so schnell wie möglich Ersatz zu geben. Die Größe von Aug9-2 war von der Anzahl der Sitze bestimmt worden, die bei Trans-Global Airways Flug 1440, San Francisco nach Tokio, mit Zwischenstopps auf Honolulu, Hawaii und Wake Island, zur Verfügung standen.

Zug Aug9-2 war um Viertel nach sieben am Morgen aufgestellt worden und hatte um 7 Uhr 55 Camp Pendleton per Greyhound-Bus nach San Francisco verlassen. Arbeitsanzug war vorgeschrieben. Der Transport dauerte etwas mehr als zehn Stunden einschließlich eines halbstündigen Aufenthalts für ein Mittagessen mit Hamburger und Coke außerhalb von Los Angeles.

Für die Mitglieder von Aug9-2 blieb am Flughafen in San Francisco gerade genug Zeit, um kurz mit ihren Familien zu telefonieren. Die meisten der Männer taten das, und obwohl jedes Mitglied von Aug9-2 ermahnt worden war, die Angehörigen nicht über das Ziel zu informieren, bis es erreicht war, erzählten alle –

mit Ausnahme eines Offiziers, eines Second Lieutenant – ihren Familien, dass sie in San Francisco waren, bald in ein Flugzeug nach Tokio steigen und schließlich nach Südkorea fliegen würden.

Warum, zur Hölle, auch nicht? Wen glaubte man zum Narren zu halten? Was war das große verdammte Geheimnis? Wohin sonst sollte man Leute schicken, wenn nicht ins verdammte Korea?

Der Flug mit Trans-Global Airways war eine angenehme Überraschung. Es war eine glänzende – offenbar noch nagelneue – Lockheed Constellation. Auf dem Schott gleich neben der Tür befand sich eine Plakette, die verkündete, dass die *City of Los Angeles* am 1. Juni 1950 den Rekord für den schnellsten Flug zwischen San Francisco und Tokio aufgestellt hatte.

Die Sitze waren bequem und die Stewardessen sahen gut aus und waren charmant. Die Maschine war kaum in der Luft, als die Stewardessen schon kamen und nach den Gertränkebestellungen fragten. Die Drinks waren gratis.

Einer der Staff Sergeants von Aug9-2, der noch vor drei Wochen Schadenssachverständiger einer Versicherung in Seattle gewesen und oft mit Trans-Global und anderen Fluggesellschaften nach Honolulu geflogen war, war überrascht, dass Trans-Global in der Touristenklasse gratis alkoholische Getränke ausgab, und stellte einer Stewardess diesbezüglich Fragen.

»Ich weiß es wirklich nicht«, sage sie. »Ich hörte etwas, dass der Präsident der Gesellschaft ein Marine oder so etwas ist. Ich weiß nur, dass all unsere militärischen Passagiere gratis Erfrischungen kriegen.«

Die militärischen Passagiere in der Touristenklasse erhielten auch die gleiche Mahlzeit – Filet Mignon, Folienkartoffel und Wein zur Auswahl –, die in der ersten Klasse serviert wurde. Die Zivilisten im hinteren Teil der Maschine erhielten einen Hähnchenschenkel und keinen Wein.

Trotz der Tankstopps auf Hawaii und Wake Island war es eine höllisch lange Reise nach Tokio, und alle von Aug9-2 stiegen am 12. August in Haneda müde, unrasiert und in vielen Fällen mehr als ein wenig verkatert aus dem Flugzeug.

Sie wurden von einem Bus der U.S. Army nach Camp Drake außerhalb von Tokio gebracht. Dort wurden ihre Impfbescheinigungen überprüft; ihre Dienstakte; diejenigen, die es bisher versäumt hatten, erhielten Gelegenheit, eine Versicherungspolice abzuschließen, sodass ihre Angehörigen oder Begünstigten im Fall ihres Todes zehntausend Dollar erhalten würden; ihre persönlichen Waffen wurden eingeschossen; die 762-Ausrüstung und Munition wurden ausgegeben; und sie erhielten zweistündige Lektionen.

Eine der Lektionen von einem Army-Captain machte ihnen klar, was sie bei ihrer Ankunft in Korea – im militärischen Sinne – erwarten konnten. Es überraschte keinen der Männer, denn sie alle hatten Zeitungen gelesen.

Die gottverdammte Army bekam schlimme Prügel und hatte sich an das gottverdammte Marine-Corps gewandt – an wen sonst? –, damit es ihren Arsch rettete.

Die zweite Lektion – von einem Militärgeistlichen der Navy – machte ihnen klar, was sie in Korea – im Sinne von sexuell übertragbaren Krankheiten – vorfinden würden. Sie schloss einen zwanzigminütigen Farbfilm über Personen im Endstadium der Syphilis und Aufnahmen von anderen Personen ein, deren Genitalien von eiternden Wunden und Geschwüren bedeckt waren.

Am 15. August 1950 um 12 Uhr erhielt Zug Aug9-2 (Provisional) des Marine-Corps ein Mittagessen mit Steak und Eiern, was viele seiner Mitglieder zu Scherzen veranlasste, dass die Verdammten ihre Henkersmahlzeit bekamen.

Dann wurden sie in einen Bus der Army verfrachtet, der sie zum Flughafen Haneda zurückbrachte. Dort, so sagte man ihnen, würden sie an Bord einer Douglas R5D des Naval-Air-Transport-Corps gehen, die um 14 Uhr abfliegen und sie nach mehreren Zwischenstopps – in Osaka, Kobe und Sasebo – auf dem K-1 Airfield in Pusan, Südkorea, abliefern würde. Dort würden sie vom einem Verbindungsoffizier des Marine-Corps in Empfang genommen werden, der sie zur First Marine Brigade (Provisional) bringen würde, wo Aug9-2 der Brigade nach ihren derzeitigen Anforderungen zugeteilt werden würde.

Kurz nachdem sie an Bord des Flugzeugs gingen – die Hälfte des Rumpfs wurde von Fracht beansprucht –, sagte man ihnen, dass es eine unerwartete Verzögerung bei der Abflugzeit geben würde, sie müssten auf irgendein großes Ass warten, und weil es in der Maschine höllisch heiß sein würde, konnten diejenigen, die es wünschten, aussteigen und im Schatten des Hangars warten.

Der Lieutenant (Junior Grade), der ihnen diese Information gab, erinnerte sie daran, dass sie wegen des Verpassens eines Flugzeugs von der Militärjustiz nach dem ›Uniform Code‹ von 1948 streng bestraft werden würden, nicht nur wegen unerlaubten Entfernens von der Truppe. Das Verpassen dieses Flugs würde als ›unerlaubtes Entfernen von der Truppe, um gefährlichen Dienst zu vermeiden‹ ausgelegt werden.

Alle von Aug9-2 stiegen aus dem Flugzeug und setzten sich in den Schatten des Betons vor die Tore eines gewaltigen Hangars.

Um 15 Uhr 25 tauchte das große Ass, durch das sich der Flug verzögert hatte, in einem Mini-Konvoi aus zwei Stabswagen der Army auf. Der erste der beiden glänzenden olivfarbenen 1949er Chevrolet-Stabswagen hatte die Flagge mit einem Stern eines Brigadier General an einem kurzen Stab auf dem Kotflügel.

Ein Sergeant der Army sprang aus dem Wagen und öffnete die Tür. Ein Brigadier General des Marine-Corps stieg aus, dann ein Captain des Marine-Corps und schließlich ein Lieutenant der Navy. Der Sergeant öffnete den Kofferraum, und der Offizier der Navy nahm eine Aktentasche heraus.

Ein Captain des Marine-Corps – wie die anderen Offiziere in tadellos gebügelter und gestärkter Uniform – stieg aus dem zweiten Stabswagen aus und ging zum Kofferraum. Dann stieg eine – *Allmächtiger, sieh dir das an!* – gut gekleidete, schöne amerikanische Frau aus dem Wagen und schaute zu, wie der Captain einen Handkoffer aus dem Kofferraum nahm.

Sie begleitete ihn, als er zu dem Brigadier General ging. Sie grüßten sich schneidig. Dann schüttelte der General dem Captain und dem Navy-Offizier die Hände. Der Captain berührte die Wange der verdammt schönen Frau, und dann warf sie sich in seine Arme, und er hielt sie für einen Moment fest.

Danach gingen er und der Navy-Offizier zum Flugzeug und stiegen die Leiter hinauf. Der General legte in einer väterlichen, tröstenden Art und Weise den Arm um die schöne Frau.

Der Navy-Offizier, der sie informiert hatte, dass sie im Schatten warten konnten, tauchte an der Tür des Flugzeugs auf und winkte. Er signalisierte den Männern von Zug Aug9-2 USMC, dass sie jetzt wieder ins Flugzeug steigen sollten.

Das taten sie.

McCoy lehnte sich an Taylor vorbei und winkte Ernie, obwohl er sich ziemlich sicher war, dass sie ihn nicht sehen konnte.

»Das ist hart für Sie, Ken, nicht wahr?«, fragte Taylor nachdenklich. »Sie hier zu haben und zum Krieg hin und her zu pendeln.«

»Und was ist mit den Jungs der Air Force?«, erwiderte McCoy. »Sie tun das jeden Tag: ›Wie war dein Tag, Schatz?‹ ›Oh, ich habe ein paar Brücken zerbombt, einen Konvoi abgeschossen, ein kleines Flugabwehrgeschoss schlug in mein Fahrgestell und ich musste mit eingezogenen Rädern landen. Nichts Besonderes. Und wie war es bei dir?‹ ›Mein Tag war einfach grauenvoll. Ellsworth junior hat Marybell Smith, die kleine Tochter von Colonel Smith, getreten, und du musst Mrs Smith anrufen und dich entschuldigen. Die Batterie vom Wagen ist leer, und im PX weiß man nicht, ob sie die richtige reinbekommen. Man will dich ins PTA-Komitee einladen, und ich weiß nicht, wie ich absagen kann …‹«

Er wurde durch das Aufröhren der Motoren unterbrochen, doch Taylor hatte genug gehört, um zu lachen.

Die R5D begann zum Start zu rollen.

Als sich McCoy sagte, dass das Röhren der Motoren genug nachgelassen hatte, sodass Taylor ihn verstehen konnte, sagte er:

»Jetzt brauchen wir uns nur noch Sorgen zu machen, ob (erstens) Jennings und die anderen Jungs und das Material es von Pusan nach Sasebo geschafft haben und (zweitens) ob uns auf dem Zerstörer erlaubt wird, sie und das Zeug mit von Bord zu nehmen. Ich wünschte, der General hätte nach Sasebo kommen können. Die Leute sagen nicht so leicht ›nein‹ bei einem General.«

»Ich frage mich, was, zum Teufel, Howe so lange in Korea macht«, meinte Taylor. Howes Aufenthalt in Korea war der Grund, weshalb Pickering in Tokio bleiben musste.

McCoy zuckte mit den Schultern.

»Ich weiß es nicht. Aber was auch immer, er hält es für wichtig. Er ist ein guter Mann.«

»Ich nehme an, Jennings wird auf uns in Sasebo warten«, sagte Taylor. »Der Typ des Marine-Corps auf K-1 – wie war noch sein Name?«

»Captain Overton.«

Taylor nickte und fuhr fort: »Overton erzählte mir, dass viele, vermutlich die meisten der Transporter der Air Force und Navy, die auf K-1 landen, dort nicht auftanken. Sie fliegen nach Sasebo, was der nächste Flugplatz für große Flugzeuge ist und wo das Betanken prima organisiert ist. Auf K-1 gibt es das nicht, das haben Sie ja gesehen. Da gibt es nicht mal anständige Tankwagen für Flugbenzin …«

»Sie sind eine Quelle an Informationen, die mich wirklich nicht jucken, nicht wahr, Mr Taylor?«

»Es wird Sie jucken, Mr McCoy, denn die Flugzeuge, die von K-1 zum Tanken nach Sasebo fliegen, sind oftmals leer. Das bedeutet, dass Jennings Platz für sich und die anderen, für die Tarnnetze, Verpflegung, Arzneimittel und alles sonst, was er von der Army geklaut hat, an Bord einer dieser leeren Flugzeuge nach Sasebo finden wird.«

»Ich gebe meinen Fehler zu«, sagte McCoy.

»Und ich bezweifle, dass die Navy Ihrer Majestät uns irgendwelche Schwierigkeiten machen wird, Jennings et cetera von Bord der *Charity* mitzunehmen«, sagte Taylor. »Aber mal angenommen, man macht uns welche …«

»In diesem Fall sind wir aufgeschmissen. Die Briten werden uns dann Rettungsboote geben. Man kann kein Rettungsboot auf Tokchok Kundo verstecken. Und das bedeutet, die Nordkoreaner werden früher oder später erfahren – vermutlich früher –, dass zwei Rettungsboote auf Tokchok Kundo sind, und sie werden sich fragen, warum.«

»In diesem Fall – und ich gebe zu, das ist eine Verzweiflungstat – lassen wir uns von General Pickering ein Flugzeug besorgen, um das Zeug nach Pusan zurückzufliegen, und dann verschiffen wir es mit der *Wind of Good Fortune* nach Tokchok Kundo.«

»Darüber habe ich auch nachgedacht. Es gibt ein paar kleine Fehler dabei. Wenn Pickering um ein Flugzeug bittet, wird man wissen wollen, wofür er es braucht, und dies soll eine geheime Operation sein. Und wer würde die Dschunke segeln?«

»Einer der beiden Koreaner, die wir an Bord hatten, ist in der Lage, sie nach Tokchok Kundo zu segeln.«

»Okay. Sagen wir mal, wir machen es, und es klappt. Die *Wind of Good Fortune* könnte es nicht bis Tokchok Kundo schaffen, bis wir dort sind. Das heißt, die Rettungsboote wären da, den neugierigen Blicken von jedem Hurensohn im Flying Fish Channel ausgesetzt – drei oder vier, vielleicht sogar fünf Tage lang …«

»Hallo«, sagte jemand. »Ich bin Howard Dunwood.«

McCoy wandte sich um und schaute in das lächelnde Gesicht von einem der Offiziere des Marine-Corps, die er im Schatten des Hangars auf Haneda hatte warten sehen.

Noch vor drei Wochen hatte Howard Dunwood einen reservierten Parkplatz für das Spitzenmodell seines DeSoto gehabt, der ihn als ›Verkäufer des Monats‹ bei Mike O'Briens De-Soto-Plymouth-Autohaus in East Orange, New Jersey, ausgewiesen hatte.

Er war im Begriff gewesen, das Autohaus für einen nachmittäglichen Drink im Brick Church Lounge & Grill zu verlassen, als er ein Ferngespräch erhalten hatte.

Eine Woche danach hatte sich Captain Howard Dunwood, USMCR, beim Replacement Batallion (Provisional) in Camp Joseph Pendleton, California, gemeldet. Am 9. August hatte er das Kommando über den Zug Aug9-2 des Marine-Corps erhalten.

Vierundsiebzig Stunden später, hoch über dem Pazifischen Ozean, als sich Trans-Global Flug 1440 dem Ende der Reise nach Tokio näherte, hatte Captain Dunwood die Voraussicht gehabt, acht Mini-Flaschen von Jack Daniels Bourbon in den Taschen seines Arbeitsanzugs verschwinden zu lassen.

Man weiß nicht, wann ein kleiner Schluck schön wäre, hatte er sich gesagt.

Zwei der Miniflaschen Bourbon hatte er in Camp Drake getrunken, zwei davon in dem abgedunkelten Zuschauerraum während der Filmvorführung des Militärgeistlichen. Zwei hatte er im Bus nach Haneda gebechert, und die letzten beiden, während er in Schatten des Hangars auf das Eintreffen der großen Asse gewartete hatte, damit sie starten konnten.

Was soll's, warum nicht?, hatte sich der Veteran der amphibischen Invasionen im Zweiten Weltkrieg – einschließlich Tawara und Iwo Jima – gesagt. In Korea werde ich vermutlich erschossen, und man will nicht nur halb besoffen sein, wenn Leute auf einen feuern und man dem Tod ins Auge sieht.

Es gab natürlich keinerlei Erfrischung an Bord des NATS-Flugs 2022, abgesehen von einem Wasserspender an der Wand. Aber es gab ein beleuchtetes ›Fasten Seat Belts‹-Schild, und als nach ein paar Minuten in der Luft das Licht ausging, schnallte Captain Howard D. Dunwood, USMCR, der Zugführer von Aug9-2 (Provisional) seinen Sicherheitsgurt los und schlenderte durch den kurzen Mittelgang zu den Sitzen, auf denen die beiden geschniegelten Offiziere in ihren tadellos gebügelten Uniformen saßen.

Er ging in die Hocke, grinste und streckte ihnen die Hand hin.

»Hi, ich bin Howard Dunwood.«

»Guten Tag«, sagte McCoy reserviert.

»Sie sehen gar nicht aus, als ob Sie nach Korea fliegen.«

»Nein, so sehen wir nicht aus«, sagte McCoy.

»Das habe ich mir gleich gedacht«, sagte Dunwood. »Keine Waffen und die falsche Uniform.«

McCoy gab keine Antwort.

»Stationiert in Japan, wie? Die Lady war ja nicht zu übersehen. Ist das Ihre Frau? Vielleicht die Tochter des Generals?«

»Was wollen Sie, Captain?«, fragte McCoy.

»Ich bin nur ein bisschen neugierig, was Sie anbetrifft«, sagte Dunwood. »Wir sind beide Offiziere des Marine-Corps, richtig?«

»Okay, wir sind beide Offiziere des Marine-Corps.«

»Nun, ich habe mich nur gefragt, was, zum Teufel, Sie so Wichtiges in Japan zu tun haben, dass man ein Flugzeug, das Marines nach Korea bringt, über eine Stunde warten lässt.«

»Captain, Sie haben ein paar Drinks zu viel getrunken«, sagte McCoy. »Warum gehen Sie nicht zu Ihrem Platz und schlafen den Rausch aus, bevor Sie in Korea eintreffen?«

»Und warum sollte ich das tun, du blödes Arschloch?«

Und dann schrie Captain Dunwood schmerzerfüllt auf und stieß einen Fluch aus.

Taylor, der bemüht gewesen war, den Wortwechsel zwischen den beiden Offizieren des Marine-Corps zu ignorieren, indem er aus dem Fenster geschaut hatte, fuhr jetzt zum Mittelgang herum und sah, dass McCoy den Zeigefinger des Captains, der sich mit ihm angelegt hatte, gepackt und hinter den Rücken gedreht hatte, wodurch er ihn zwang, aus seiner hockenden Haltung auf die Knie zu gehen.

»Okay. Ich bin ein blödes Arschloch, und Sie sind besoffen«, sagte McCoy. »Einverstanden?«

»Leck mich am Arsch, du …«

Captain Dunwood stieß wieder einen Schmerzensschrei aus, fast ein Kreischen.

»Einverstanden?«, fragte McCoy.

»Einverstanden, okay, okay, einverstanden. Lassen Sie meinen Finger los!«

Zwei andere Offiziere von Aug9-2 kamen durch den Mittelgang.

»Was, zum Teufel, ist denn hier los?«, fragte einer von ihnen, ein großer Lieutenant, der wie ein Football-Halbstürmer aussah.

McCoy ließ Dunwoods Finger los. Dunwood betrachtete ihn, bewegte ihn und schrie vor Schmerzen auf, diesmal nicht so laut.

»Bringen Sie den Captain zurück zu seinem Platz und sorgen Sie dafür, dass er dort bleibt«, befahl McCoy.

»Was ist passiert?«

»Nichts. Bringen Sie ihn nur zu seinem Sitz, bevor etwas passiert.«

»Nun – okay«, antwortete der große Lieutenant ein wenig widerstrebend.

»Nun, okay? Antworten Sie so auf einen Befehl?«, fuhr McCoy ihn an.

»Nein, Sir. Aye, aye, Sir.«

Die beiden Lieutenants halfen Dunwood auf die Füße – er starrte immer noch ungläubig auf seine Hand – und führten ihn über den Mittelgang davon.

»Mann, o Mann«, sagte Taylor. »Was, zum Teufel, hatte das zu bedeuten?«

»Keiner mag blöde Arschlöcher«, sagte McCoy. »Und Sie und ich, wir sehen für eine Horde Marines auf dem Weg nach Korea wie solche aus.«

»Haben Sie ihm tatsächlich den Finger gebrochen?«

»Ich begann ihn auszurenken«, sagte McCoy nüchtern. »Er wird sich vermutlich von selbst einrenken. Wenn nicht, kann ihm jeder Sanitäter dabei behilflich sein.«

»O Mann«, sagte Taylor und lachte.

»Wir sprachen darüber, wie wir die Rettungsboote verstecken, glaube ich«, sagte McCoy.

2

U.S. Navy Base Sasebo
Sasebo, Kyushu, Japan

15. August 1950, 17 Uhr 40

Lieutenant Commander Darwin Jones-Fortin, RN, fast zwei Meter groß, aber kaum mehr als 70 Kilo schwer beziehungsweise leicht, stand in weißem Hemd mit offenem Kragen, weißen Shorts und weißen Kniesocken vor dem Passagier-Terminal, als McCoy und Taylor die Leiter herunterkamen.

»Ich nehme an, das ist unser Kapitän«, sagte Taylor leise.

»Hoffen wir, dass unser Freund ihn nicht sieht«, meinte McCoy.

»Wenn er das Kommando über einen Zerstörer hat, ist er kein blödes Arschloch«, sagte Taylor.

»Der Schein ist oft trügerisch«, sagte McCoy. »Haben Sie das noch nicht gehört?«

Als Darwin Jones-Fortin Taylor und McCoy die Leiter herabsteigen sah, ging er ihnen entgegen und traf sie auf halbem Weg zum Passagier-Terminal.

»Ich nehme an, die beiden Gentlemen sind meine Frachtaufseher«, sagte er. »Mein Name ist Jones-Fortin.«

»Mein Name ist Taylor, Kapitän«, sagte Taylor, erwiderte den Gruß und streckte ihm die Hand hin. »Und dies ist Captain McCoy.«

»Es freut mich, Sie beide kennen zu lernen«, sagte Jones-Fortin. »Captain, dort drinnen ist ein Sergeant des Marine-Corps …«, Jones-Fortin nickte zum Abfertigungsgebäude, »… der mich fragte, ob ich von der *Charity* bin. Ich hielt das für ein bisschen sonderbar.«

»Captain McCoy und ich diskutierten gerade über die beste Möglichkeit, dies bei Ihnen zur Sprache zu bringen«, sagte Taylor.

»Lassen Sie mich raten«, sagte Jones-Fortin. »Sie möchten ihn und diesen Berg von Zeug …«, er nickte zu einem Stapel Kisten und einem Tarnnetz neben dem Passagier-Terminal, »… dorthin bringen, wo wir hinfahren.«

McCoy lächelte.

»Sie wissen nicht, wo wir hinfahren, Kapitän?«, fragte er.

»Ich hatte den Eindruck, dies sei ein militärisches Geheimnis«, sagte Jones-Fortin.

»Ja, das möchten wir tatsächlich«, bestätigte Taylor. »Wird das möglich sein?«

»Ich hatte Gelegenheit, darüber nachzudenken«, sagte Jones-Fortin. »Ich glaube, es fällt unter meine Befehle von Admiral Matthews, mich mit der *Charity* so nützlich zu machen wie möglich.«

»Danke, Sir«, sagte Taylor. »Das nimmt uns eine große Last von den Schultern.«

»Ich habe diskret Erkundigungen eingezogen«, sagte Jones-Fortin. »Es gibt anscheinend drei Marines zusätzlich zu dem einen, mit dem ich gesprochen habe.«

»Lassen Sie mich feststellen, was los ist, Sir«, sagte McCoy und wandte sich zum Terminal.

Während er darauf zuging, kam Technical Sergeant J.M. Jennings heraus und salutierte.

»Nun, wie ich sehe, haben Sie es hierhin geschafft«, sagte McCoy.

»Es war leicht, Captain«, erwiderte Jennings. »Es gibt viele Transporter, die K-1 leer verlassen und herkommen …«

»Ich weiß«, sagte McCoy lächelnd. »Wie haben Sie von der *Charity* erfahren?«

»Ich ging hinaus zu den Kais«, sagte Jennings. »Und da war dieser Zerstörer der Tommys, und Deckschrubber banden ein paar Rettungsboote daran.«

»Sie sind ein cleverer Mann, Sergeant Jennings«, sagte McCoy. »Und wo sind die anderen Jungs?«

»Im Metropole Hotel, Sir. Ich hielt es für besser, Sie vom Stützpunkt fortzubringen.«

»Woher wissen Sie von dem Hotel?«

»Ich bin schon hier gewesen, 1948, Sir. Ich war Kanonier der Marines an Bord der *Midway*.«

»Okay. Kommen Sie mit, ich werde Sie dem Kapitän der *Charity* vorstellen. Und benutzen Sie nicht das Wort ›Tommy‹.«

»Aye, aye, Sir.«

»Ah, ja«, sagte Lieutenant Commander Jones-Fortin, »das Hotel Metropole. Darf ich einen Vorschlag machen, Gentlemen?«

»Selbstverständlich, Sir«, sagte Taylor.

»Ihre Leute waren so freundlich, mich mit einem Lastauto zu versorgen. Ich glaube, Sie nennen diese Wagen Waffentransporter.«

»Jawohl, Sir.«

»Ich schlage vor, wir laden Ihr Material auf den Waffentransporter. Es wird wohl alles hineinpassen. Dann setzen wir Ihre Gentlemen und den Sergeant am Metropole ab. Anschließend lasse ich das Material an Bord der *Charity* laden. Wenn es dunkel ist, werde ich Sie am Metropole abholen lassen. Ich wäre erfreut, wenn Sie mir beim Abendessen im Offiziersklub Gesellschaft leisten würden, und danach können wir dann an Bord der *Charity* gehen.«

»Das ist prima, Sir, doch wir bestehen darauf, dass Sie beim Abendessen unser Gast sind«, sagte Taylor.

»Darüber können wir später streiten«, meinte Jones-Fortin. »Sollen wir uns jetzt mit dem Material beschäftigen, was immer es auch ist?«

3

An der Wand neben der Rezeption im Hotel Metropole hing ein ordentlich gedrucktes Schild:

WICHTIGE MITTEILUNG

Alle im Hotel verfügbaren Damen
müssen **ausnahmslos**
vom Management gestellt werden!!!
Danke

Das Management

Technical Sergeant J.M. Jennings, USMC, öffnete die Tür von Zimmer 215 und bellte: »Aach-tung!«, kurz bevor Captain McCoy und Lieutenant Taylor hereinmarschierten.

Es ist etwas äußerst Drolliges am Anblick dreier nackter Männer, welche die Hacken zusammenschlagen und stramm stehen – besonders, wenn zwei der drei nackte Japanerinnen am Hals hängen haben –, und Captain McCoy konnte ein Lächeln nicht unterdrücken.

»Weitermachen«, schaffte er einigermaßen ernst zu sagen, was die beiden Marines mit den nackten Ladys nutzten, um ihren Hals von denselben zu lösen, und alle drei Marines veranlasste, hastig ihre Genitalien mit den Händen zu bedecken.

Captain McCoy fand es nötig, zu hüsteln. Lieutenant Taylor sah sich gezwungen, sich umzudrehen und durch die Tür zu schauen.

»Lieutenant Taylor und ich sind erfreut, zu sehen, dass Sie Ihre Freizeit nutzen, die kulturellen Freuden von Sasebo auszuprobieren«, sagte McCoy. »Aber alle guten Dinge müssen mal enden.«

Die drei Marines sahen ihn mit steinernen Gesichtern an.

»Kurz nach Einbruch der Dunkelheit wird ein Waffentransporter hier sein, um …«

»Der Marine gefällt mir«, sagte eine der Ladys zu ihren Kolleginnen, und sie sprach natürlich Japanisch.

»Vielen Dank«, erwiderte McCoy auf Japanisch. »Und ihr gefallt mir auch, aber ich bin ein verheirateter Mann.«

Alle drei Ladys kicherten hinter vorgehaltener Hand.

»Na und?«, fragte die erste Lady.

»Meine Frau ist viel stärker und größer als ich, und wenn sie wütend ist, schlägt sie mich zusammen«, sagte McCoy.

Alle drei Ladys kicherten wieder, und Taylor lachte. Die drei Marines, des Japanischen unkundig, blickten verwirrt und sehr neugierig.

»… wie ich schon sagte, bevor mich die Lady fragte, ob alle Marines Pimmelchen von der Größe ihres kleinen Fingers haben, oder ob ihr drei einfach zu wenig zu bieten habt …«

»Das hat sie nicht gefragt!«, protestierte einer der Marines heftig. »Nicht wahr, Sir?«

»Meinen Sie, ich hätte das erfunden, Sergeant?«

Nach langem Zögern sagte der Sergeant: »Nein, Sir, das meine ich nicht.«

Er schaute zu seiner Lady und senkte den Blick dann auf seine Genitalien.

»Wie schon gesagt«, fuhr McCoy fort, »kurz nach Einbruch der Dunkelheit wird uns ein Waffentransporter abholen und uns zu unserem Ziel bringen. Ich bezweifle, dass das Essen dort so gut sein wird, wie Sie es laut Sergeant Jennings hier bekommen können. Es ist Ihre Wahl. Aber Sie trinken nichts Alkoholisches mehr, und in einer Stunde werden Sie alle in Uniform und nüchtern sein und alle Rechnungen bezahlt haben. Noch irgendwelche Fragen?«

Alle drei sagten: »Nein, Sir.«

»Haben Sie noch etwas, Mr Taylor?«

»Ich finde, Sie haben alles gesagt«, antwortete Taylor.

»Sergeant Jennings?«

»Nein, Sir.«

»In diesem Fall, Männer, weitermachen!«, sagte McCoy. »Ich sehe Sie in einer Stunde.«

Er machte eine Kehrtwendung und marschierte aus dem Zimmer, und Taylor und Jennings schlossen sich ihm an.

4

An Bord der HMS *Charity*
33° 10′ nördlicher Breite, 129° 63′ östlicher Länge
Ostchinesisches Meer

16. August 1950, 6 Uhr 35

Lieutenant Commander Darwin Jones-Fortin, RN, sah das Gesicht von Lieutenant David R. Taylor, USNR, durch das runde Fenster des inneren Schotts spähen. Er winkte ihm zu und wies dann zuerst auf die Tür im Schott – Taylor nickte verstehend – und dann zu dem Matrosen, der hinter dem Steuermann stand, um klar zu machen, dass er zur Tür gehen und helfen sollte, sie zu entriegeln und zu öffnen.

Entriegelt, schwang die schwere Stahltür auf, als die *Charity* ihren Bug in die See stach, und der Matrose hatte alle Mühe, die Tür zu halten. Taylor kam auf die Brücke und lehnte sich gegen das Schott, und dann gesellte sich McCoy zu ihm.

»Erlaubnis, auf die Brücke zu kommen, Sir?«, rief Taylor.

»Erlaubnis erteilt«, antwortete Jones-Fortin. »Ihnen beiden.«

Taylor wartete den richtigen Moment ab und ging dann schnell über das Deck zu Jones-Fortin, der auf seinem Kapitänssitz saß. Das Schiff schlingerte, und McCoy rutschte halb über das Deck, fiel fast und krachte schließlich gegen Taylor.

»Die See ist ruhig wie ein Mühlteich, wie?«, sagte Jones-Fortin. »Aber im Ernst, wird dieses Wetter ein Problem sein? Ich befürchte, es kommt noch einiges auf uns zu. Möglicherweise, sehr wahrscheinlich, wird es schlimmer als jetzt.«

»Noch schlimmer?«

»Und die *Charity* ist natürlich ein Zerstörer«, fügte Jones-Fortin hinzu. »Sie liegt nicht so gut im Wasser wie die *Queen Mary* und auch nicht wie andere Kriegsschiffe, die mir in den Sinn kommen.«

»Ich frage mich, wie meine Männer damit fertig werden, in einem solchen Sturm aufzuwachen«, sagte McCoy. »Sie fühlten sich noch ziemlich gut, als wir an Bord kamen.«

»Hat nicht jemand gesagt ›der Sünde Sold ist der Tod‹?«, meinte Jones-Fortin. »Vermutlich sind viele meiner Besatzung in der gleichen Verfassung. Aber ich muss Sie wohl korrigieren, McCoy. Dies ist kein Sturm. Dies nennt man ›die Ausläufer‹ des Sturms. Der Sturm selbst tobt weiter nördlich, kommt durch das Gelbe Meer von China.«

»Genau auf unserem Kurs nach Inchon, richtig?«, fragte Taylor.

»Ich befürchte es«, sagte Jones-Fortin. »Da liegt eine Planpause mit den jüngsten Wetterdaten auf der Karte. Vielleicht möchten Sie sich das ansehen. Wir müssen eine Entscheidung treffen.«

Er wies zum Kartenraum, achtern vom Steuerrad.

»Danke, Sir«, sagte Taylor und ging zum Kartenraum.

»Haben Sie gesehen, was ich gesehen habe?«, fragte Jones-Fortin bei Taylors Rückkehr.

»Ich nehme es an«, sagte Taylor und wandte sich an McCoy.

»Ken, bei der Geschwindigkeit des Sturms – und wie der Kapitän sagt, ist es ein starker – bezweifle ich, dass wir morgen früh die Boote über Bord lassen können. Und vielleicht nicht mal übermorgen früh.«

»Sie meinen, es wäre riskant, oder wir können es einfach nicht schaffen?«

»Morgen können wir es einfach nicht. Basta. Und übermorgen vielleicht, immer noch mit der Möglichkeit, dass etwas schief geht.«

»Was sollen wir also tun?«, wollte McCoy wissen.

»Das liegt an Kapitän Jones-Fortin«, sagte Taylor.

»Es sind etwas über sechshundert Meilen«, sagte Jones-Fortin. »Ich denke, die *Charity* kann fünfzehn Knoten machen, selbst in dem Sturm. Etwas weniger, wenn es so schlimm wird, wie ich befürchte, ein bisschen mehr, wenn es Perioden relativer Ruhe gibt. Das würde uns in vierzig Stunden zum Leuchtturm des Flying Fish Channel bringen – irgendwann vor Mitternacht des achtzehnten August. Wie Mr Taylor auf der Wetterkarte gesehen hat, wird der Sturm zu dieser Zeit immer noch in dem Gebiet sein. Ob er genug nachlässt, sodass es einigermaßen sicher ist, die Boote bis drei Uhr am Neunzehnten über Bord zu lassen – oder ob es für Sie sicher ist, mit ihnen bis nach Tokchok Kundo zu gelangen –, werden wir erst dann wissen.«

»Und wenn es nicht aufklart, Sir, was dann?«, fragte McCoy.

»Dann werden wir die Stunden des Tageslichts am Neunzehnten damit verbringen, in weiten Kreisen vor der Küste zu fahren. Oder, was das anbetrifft, wir könnten weiter südlich fahren, zum nördlichen Rand des Sturms, und ihm südwärts folgen und sehen, wo wir sind und wann.«

»Sie meinen, wir würden mit dem Sturm in dessen Richtung fahren, Sir?«, fragte McCoy.

»Er hat jetzt eine Geschwindigkeit zwischen fünfzehn und zwanzig Meilen pro Stunde«, sagte Taylor.

»Wenn wir ihm folgten, wären wir aus ihm heraus?«, fragte McCoy.

»Das käme darauf an, Ken«, erwiderte Taylor milde, als erkläre er etwas einem geistig zurückgebliebenen Kind, »wie nahe wir wären, wenn wir ihm folgen.«

»Ich werde mich natürlich dem Urteil von Kapitän Jones-Fortin fügen«, sagte McCoy. »Und sogar Ihrem, Mr Taylor. Aber wenn es eine Möglichkeit gibt, aus dem Sturm herauszukommen, wäre das die Wahl dieser Landratte.«

»Nun, Mr Taylor«, sagte Kapitän Jones-Fortin, »eine Alternative wäre, auf ost-nordöstlichem Kurs zu fahren und zu hoffen, am östlichen Rand des Sturms ruhigere Gewässer zu finden.«

»Es ist natürlich Ihre Entscheidung, Kapitän«, sagte Taylor, doch sein Tonfall machte klar, dass er hoffte, Jones-Fortin würde genau diese Entscheidung treffen.

»Dann werden wir das tun«, sagte Jones-Fortin.

»Das bedeutet, Ken«, sagte Taylor, »dass es vermutlich nicht viel schlimmer werden wird, als es jetzt ist.«

»Wunderbar«, sagte McCoy.

5

An Bord der HMS *Charity*
39° 6′ nördlicher Breite, 123° 25′ östlicher Länge
Das Gelbe Meer

19. August 1950, 4 Uhr 05

»Sehen Sie sich das an, Mr McCoy«, sagte Kapitän Jones-Fortin und wies aus dem nassen Fenster der Brücke. »Wie heißt es so schön: ›Alles Gute kommt zu demjenigen, der warten kann‹?«

Ein heller Lichtstrahl brach durch die Wolkendecke.

»Ist das der nördliche Rand des Sturms?«, fragte McCoy.

»Nicht genau«, antwortete Jones-Fortin. »Wir sind im nördlichen Rand des Sturms – ich bin sicher, Sie werden nicht sonderlich überrascht sein, zu hören, dass sich die Wetterfrösche entschieden haben, den Sturm, durch den wir gefahren sind, als Hurrikan zu bezeichnen. Und dieses Licht, das Sie sehen, ist die Morgendämmerung über ruhigen Gewässern, wie ich hoffe.«

»Das hoffe ich auch.«

Die *Charity* rollte anscheinend nicht mehr so stark in schwerer

See wie in den vergangenen vierzig Stunden, doch McCoy war sich nicht sicher, ob es wirklich der Fall oder nur Wunschdenken war.

Zehn Minuten später wandte sich Jones-Fortin wieder an McCoy.

»Nach der professionellen Einschätzung Ihres Kapitäns, Mr McCoy, wird es in – sagen wir, zehn Minuten – sicher sein, meine Dusche zu betreten, um zu duschen und sich zu rasieren. Wenn Sie ein ähnliches Bedürfnis haben, schlage ich vor, dass Sie Ihre Kabine aufsuchen und mir dann anschließend in der Offiziersmesse Gesellschaft leisten. Sagen wir, in zwanzig Minuten?«

»Danke, Sir.«

»Es würde mich freuen, wenn Sie Mr Taylor hinzubitten.«

»Ja, Sir, selbstverständlich.«

Jones-Fortin hob die Stimme. »Nummer Eins, Sie übernehmen das Steuer. Ich werde in meiner Kabine sein.«

»Aye, aye, Sir.«

»Wenn sich nach Ihrer Einschätzung die Lage weiterhin verbessert, befehlen Sie in zehn Minuten der Messe, das Frühstück zuzubereiten.«

»Aye, aye, Sir.«

Zwanzig Minuten später gingen McCoy und Taylor in die Offiziersmesse. Jones-Fortin war bereits dort. Er trug eine frische, gestärkte Uniform, ein weißes Hemd mit offenem Kragen, Shorts und knielange weiße Socken. Taylor war in seiner üblichen Khakiuniform und McCoy im Arbeitsanzug des Marine-Corps.

Sie hatten kaum Platz genommen, als ein Steward in weißem Jackett ihnen eine ordentlich getippte Frühstücks-Speisenkarte überreichte und für sie Tee aus einer silbernen Kanne einschenkte.

Einen Moment später servierte ein anderer Steward etwas, das McCoy zuerst für Frühstück für sie alle hielt. Doch er stellte das Tablett – mit Toast, sechs Spiegeleiern auf einem Teller und eine dicke Scheibe Schinken auf einem anderen – vor den Kapitän hin und wandte sich dann an McCoy und Taylor.

»Und was kann ich den Koch für Sie zubereiten lassen, Gentlemen?«

Sie nannten ihm ihre Bestellung.

»Kurz nachdem ich zur Marine Seiner Majestät ging«, sagte Jones-Fortin, während er ein Stück Toast, das mit Eidotter getränkt war, in den Mund schob, »machte ich die Erfahrung, dass das alte Sprichwort ›wenn du den Magen voll hältst, leidest du nicht an Seekrankheit‹ überhaupt nicht auf den Leutnant zur See Darwin Jones-Fortin zutraf. Ganz im Gegenteil. Wenn ich auch nur ein Stück trockenen Toast esse, wie wir gerade erst erlebt haben, werde ich grün und bin raus aus dem Spiel. Sie werden mir diese Völlerei verzeihen. Seit wir Sasebo verlassen haben, habe ich keinen Bissen gegessen.«

»Ich habe ebenfalls keinen Hunger gehabt, Sir«, sagte McCoy.

»Apropos Essen«, sagte Jones-Fortin. »Kann ich Ihnen irgendetwas aus dem Vorrat der *Charity* mitgeben, das besser ist als das Essen auf Tokchok Kundo?«

»Sie sind sehr freundlich, Kapitän«, sagte Taylor.

»Brot, Sir«, sagte McCoy. »Das Einzige, was mir wirklich fehlt, ist richtig frisches Brot.«

»Ich werde mich darum kümmern.«

»Wann werden wir Ihrer Meinung nach zum Flying Fish Channel gelangen, Sir?«, erkundigte sich Taylor.

»Es sind ungefähr hundertzwanzig Meilen. Der Sturm zieht südwärts mit etwa fünfzehn Knoten. Das sollte uns gegen neun Uhr am Abend zum Leuchtturm bringen. Es wird dann dunkel sein, und ich nehme an, die See wird sich beruhigt haben.«

»Aber wie werden wir Tokchok Kundo im Dunkeln finden?«, fragte McCoy. »Der ursprüngliche Gedanke war, in der Dunkelheit zum Strand zu fahren, jedoch erst dort einzutreffen, wenn es hell wird.«

»Und ich denke, wir halten uns am besten auch daran«, sagte Taylor. »Ich möchte nicht versuchen, im Dunkeln durch den Kanal zu fahren.«

»Das bedeutet, dass wir die Dinge so arrangieren müssen, dass wir zu der ursprünglich geplanten Zeit eintreffen.«

»Drei Tage später«, sagte McCoy.

»Leider«, pflichtete Jones-Fortin ihm bei.

»Sie werden sich Sorgen um uns machen«, sagte McCoy. »Auf Tokchok Kundo und in Tokio.«

»Natürlich werden sie von dem Sturm wissen«, meinte Jones-Fortin. »Tokchok Kundo war davon betroffen.«

»Und General Pickering wird sich deswegen ebenfalls Sorgen machen«, sagte McCoy.

»Er muss im Augenblick schon genug Kummer ertragen, nicht wahr?«, sagte Jones-Fortin.

Der Klang seiner Stimme veranlasste McCoy, ihn fragend anzublicken.

»Es kam irgendwie heraus«, sagte Jones-Fortin. »Fitz – Tony Fitzwater, mein Schwager – sagte, er hat gehört, dass General Pickerings Sohn abgeschossen wurde.«

»Das stimmt«, sagte McCoy.

»Verdammtes Pech«, sagte Jones-Fortin. »Es muss wirklich hart sein, einen Sohn zu verlieren, wenn man ein ranghoher Offizier ist. Ich meine, härter als für jemanden, der nicht im Militärdienst ist.«

»Es besteht die Möglichkeit, dass Pick – Major Pickering, der mein bester Freund ist …«

»O Gott, da habe ich ins Fettnäpfchen getreten, nicht wahr?«, unterbrach Jones-Fortin.

»… wieder einmal Glück gehabt hat«, endete McCoy.

»Wie bitte?«

»Es besteht Grund zu der Annahme, dass er den Absturz überlebt hat«, sagte McCoy. »Ich glaube das. Es ist nicht das erste Mal für ihn. Ich vermute, dass er hinter den feindlichen Linien herumläuft und darauf wartet, dass jemand kommt und ihn holt, bevor er von den Nordkoreanern gefangen genommen wird.«

»Und man kann wirklich nicht nach ihm suchen, oder?«, sagte Jones-Fortin mitfühlend.

»Wenn ich nicht unterwegs nach Tokchok Kundo wäre, würde ich nach ihm suchen«, sagte McCoy.

»Als wir in Pusan waren, haben Sie Dunston erzählt, dass Sie eine Such-Operation vorhaben«, sagte Taylor. »Meinen Sie, dass dies klappen wird?«

»Das war eine harte Entscheidung«, sagte McCoy. »Ich weiß nicht, wer Dunstons Agenten sind oder für wen sie arbeiten. Agenten wechseln schon mal die Seiten. Eine Suche auf die Beine zu stellen bedeutet ebenfalls das Risiko, dass die Nordkoreaner davon erfahren, und sie würden wissen, dass wir nur eine solche

Operation durchführen, wenn wir nach jemandem Wichtigen suchen. Vielleicht habe ich nur die Suche der Nordkoreaner nach ihm verstärkt, falls eine im Gange ist. Oder wenn sie ihn bereits gefunden haben, würde sie das wissen lassen, dass sie einen wichtigen Gefangenen haben.«

»Und dennoch haben Sie diese … Suche befohlen?«, fragte Jones-Fortin.

McCoy nickte.

»Das war wirklich eine harte Entscheidung, Ken«, sagte Taylor. »Aber ich hätte die gleiche getroffen.«

»Ich nehme an, ich hätte das ebenfalls getan«, meinte Jones-Fortin. »Gott sei Dank brauchte ich diese Entscheidung nicht zu treffen.«

6

An Bord der HMS *Charity*
37° 41′ nördlicher Breite, 126° 58′ östlicher Länge
Das Gelbe Meer

20. August 1950, 4 Uhr 05

Die HMS *Charity* lag ruhig im Wasser.

Kapitän Honorable Darwin Jones-Fortin, RN, in gestärkter und tadellos weißer Uniform, Lieutenant (j.g.) David R. Taylor, USNR, und Captain K.R. McCoy, USMCR – beide im Arbeitsanzug des Marine-Corps –, befanden sich auf der Laufbrücke und blickten aufs Hauptdeck hinab, wo im Schein von Flutlicht ein Arbeitstrupp die beiden Rettungsboote beluden, die längsseits dümpelten.

Die Arbeit wurde von einem drahtigen Chief Petty Officer beaufsichtigt, der keine einssechzig groß war und nur sechzig Kilo wog, doch dessen gebrüllte ›Anweisungen‹ an den Arbeitstrupp gut auf der Laufbrücke zu hören waren.

»Ich sage ja immer«, meinte Kapitän Jones-Fortin, »dass so etwas am besten von einem fähigen Petty Officer gehandhabt werden sollte. Das Einzige, was ein Offizier erreichen würde, wenn er versuchte, so etwas zu beaufsichtigen, würde nur zu Verwirrung führen.«

»Wie wäre es mit ›Chaos‹, Sir«, erwiderte McCoy.

»Die Stimme der Erfahrung, Captain?«, fragte Jones-Fortin trocken.

»Leider«, sagte McCoy. »Ich kann mich noch an einige spektakuläre Beispiele aus meiner Zeit als Corporal erinnern.«

Der Chief sprang behände in eines der Rettungsboote, startete den Motor, winkte zwei der Marines, die auf dem Deck standen, ins Boot, wartete, bis sie darin saßen, wo sie seiner Meinung nach sitzen sollten, und sprang dann auf das zweite Boot – diesmal mit einiger Mühe – und startete den Motor.

Er forderte zwei der anderen Marines mit einem Wink auf, ins Boot zu kommen, platzierte sie und blickte dann zur Laufbrücke auf.

»Wir sind anscheinend bereit für die Offiziere, Captain!«, rief er mit tiefer Stimme.

»Sie werden sofort unten sein!«, rief Jones-Fortin zurück. »Gut gemacht, Chief!«

Jones-Fortin gab erst Taylor und dann McCoy die Hand.

»Viel Glück«, sagte er. »Wir werden uns bald wiedersehen.«

Der Chief beobachtete vom Deck aus, wie Taylor – geschickt – und McCoy – sehr vorsichtig – in eines der Boote stiegen.

Taylor wies McCoy an dem Kontrollpult für den Motor ein und signalisierte dann dem Chief, die Leinen loszumachen. Dann umfasste er die Ruderpinne und lenkte das Boot sehr vorsichtig längsseits des zweiten.

»Folgen Sie mir einfach, Ken. Sie haben die *Wind of Good Fortune* gesteuert – Sie können auch dies schaffen.«

McCoy nickte und umfasste die Ruderpinne.

Taylor sprang in das zweite Boot, signalisierte ›Leinen los!‹ und stieß es dann mit einem Tritt vom Rumpf der *Charity* ab. Dann packte er die Ruderpinne, gab Gas und fuhr von der *Charity* fort.

McCoy wartete, bis die Boote drei Längen voneinander entfernt waren, und gab dann Gas.

Einen Moment später gingen die Scheinwerfer auf dem

Zerstörer aus. Es dauerte sehr lange, bis sich McCoys Augen an die Dunkelheit gewöhnt hatten. Schließlich sah er, dass sich Taylors Boot weiter entfernt hatte.

Er gab noch ein wenig mehr Gas.

Einen Augenblick später ertönte Jones-Fortins megafonverstärkte Stimme durch die Dunkelheit: »Glückliche Reise, Gentlemen!«

Als McCoy einen Blick über die Schulter warf, konnte er die *Charity* kaum noch erkennen.

Dreißig Minuten später verwandelte sich eine Erhebung am kaum wahrnehmbaren Horizont langsam in den Leuchtturm an der Einfahrt in den Flying Fish Channel.

Und eine halbe Stunde danach – inzwischen war es hell – kamen die Häuser am Strand von Tokchok Kundo in Sicht. Als sich die Boote näherten, war der Schaden zu sehen, der vom Sturm angerichtet worden war.

Sie waren fast am Kai, als jemand dort auftauchte: Master Gunner Ernest W. Zimmerman, USMC.

Er stand auf dem Kai und salutierte, als Lieutenant Taylor geschickt mit seinem Rettungsboot anlegte, und er schaffte es, eine ausdruckslose Miene zu behalten, als das von Captain McCoy gesteuerte Boot Taylors Boot rammte und Taylor von den Füßen gerissen wurde.

XIX

1

Dai-Ichi-Gebäude
Tokio, Japan

20. August 1950, 9 Uhr 05

Die rote Flagge mit den zwei Sternen eines Major General flatterte an einem kleinen Stab auf dem rechten Kotflügel des glänzenden Buick-Stabswagens. Noch bevor er vor dem Haupteingang des Dai-Ichi-Gebäudes stoppte, schickte der Captain der Ehrengarde – oder weniger respektvoll ›Palastwache‹ oder noch respektloser ›Chrom-Helme‹ genannt – zwei Männer, die eilig die Treppe hinunterliefen, damit sie in Position waren, um die Türen zu öffnen, wenn der Stabswagen hielt.

Die »Chrom-Helme« bezogen sich auf die chromüberzogenen Stahlhelme der Soldaten, die das Hauptquartier des Supreme Commander und ihn selbst bewachten. Der Rest ihrer Uniformen war gleichermaßen prächtig. In ihren am Hals offenen, steif gestärkten Khakihemden trugen sie die blauen Seidenschals der Infanterie. Ihre Khakihosen mit den messerscharfen Bügelfalten waren über den Schäften glänzender Fallschirmspringerstiefel gebauscht. Dies wurde erreicht durch das Gewicht einer Sprungfeder im Hosenbein, das den Stoff an Ort und Stelle hielt.

Nicht alle der Chrom-Helme waren Fallschirmspringer, die berechtigt waren, Corcoran-Springerstiefel zu tragen. Das Hauptkriterium für ihre Auswahl bestand darin, dass sie zwischen einsachtundsiebzig und einsfünfundachtzig groß und zwischen hundertfünfundsechzig und hundertneunzig Pfund schwer sein und das haben mussten, was die auswählenden Offiziere als ›militärische Haltung und militärisches Benehmen‹ bezeichneten.

Der ausgegebene Standard-Stiefel für Nicht-Fallschirmspringer war bekannt als ›Kampfstiefel‹. Er bestand aus einem knöchelhohen Schuh aus rauem Leder, auf den ein Oberteil mit der glatten Lederseite nach oben aufgenäht war und der zwei Schnallen hatte.

Der Kampfstiefel war natürlich praktisch, doch die raue Lederseite war schwer zum Glänzen zu bringen und wirklich nicht geeignet, um ein Teil der Uniform der Elitesoldaten zu sein, die den Supreme Commander und sein Hauptquartier bewachten. So wurden Springerstiefel gewählt, um sie zu ersetzen.

Die braunen Schnürriemen der Corcoran-Stiefel wurden ebenfalls ersetzt, mit weißen Nylonriemen, die von Fallschirmen stammten, deren Benutzung nicht mehr für sicher gehalten wurde. Die ›Schnürriemen‹ wurden in einem kunstvoll gekreuzten Muster gebunden.

Offiziere der Palastwache trugen Sam-Browne-Lederkoppel, die seit den frühen Tagen des Zweiten Weltkriegs keine Verwendung mehr fanden. Unteroffiziere der Chromhelme trugen Standard-Pistolengurte, doch sie waren weiß gefärbt wie das Zubehör dazu – das lederne Pistolenholster und zwei Patronentaschen für Ersatzmagazine.

Der Buick stoppte. Die Türen wurden geöffnet, und drei Männer stiegen aus. Einer davon war Colonel Sidney Huff, Senior-Adjutant von General Douglas MacArthur. Er trug wie üblich seine hervorragend geschneiderte Tropenuniform und all die besonderen Abzeichen, die für die Uniform des Adjutanten eines Fünf-Sterne-Generals vorgeschrieben waren. Huff war unbewaffnet.

Der zweite Mann, der aus dem Buick stieg, trug einen etwas schmutzigen Arbeitsanzug und mit Schlamm bedeckte Kampfstiefel, in die er nicht die Säume seiner Hosenbeine gestopft hatte. Die Winkel eines Master Sergeants waren auf seine Ärmel aufgenäht. Er war mit einer Maschinenpistole Modell 1928 Thompson, Kaliber .45 ACP und einer Pistole Modell 1911A1, Kaliber .45 ACP bewaffnet, die er in einem Schulterholster trug. Die Taschen seiner Jacke des Arbeitsanzuges waren von Ersatzmagazinen für beide Waffen ausgebeult.

Der dritte Mann war identisch wie der Master Sergeant gekleidet – einschließlich der von Ersatzmagazinen ausgebeulten Taschen –, doch es gab diese Ausnahmen: Er trug eine Maschinenpistole M3, Kaliber .45ACP anstatt einer Thompson. Die

M3, entwickelt im Zweiten Weltkrieg, war billig aus hauptsächlich Fertigteilen zusammengesetzt und bekannt als »Schmierpresse«, weil sie ähnlich aussah. Und anstelle von Winkeln als Rangabzeichen trug er zwei silberne Sterne auf den Kragenspitzen seines Arbeitsanzugs.

Major General Ralph Howe, NGUS, erwiderte den zackigen Gruß des Chrom-Helms, der ihm die Wagentür aufhielt, und folgte Colonel Huff die Treppe hinauf ins Dai-Ichi-Gebäude. Master Sergeant Charley Rogers bildete den Schluss.

Gleich vor der Tür standen sechs weitere Chrom-Helme und der Chrom-Helm-Offizier, der bereits salutierte, und zwei andere hielten die Tür auf.

»Vielleicht«, sagte Colonel Huff im Vorzimmer des Supreme Commanders, »wäre es das Beste, Sie ließen Ihre Waffen bei Ihrem Sergeant.«

»Colonel, ich hatte wirklich nicht vor, General MacArthur zu erschießen«, sagte Howe. Er überreichte Rogers die MPi, traf jedoch keine Anstalten, sich von seiner Pistole zu trennen.

»Colonel, wie wäre es, wenn Sie jemanden schicken, der Charley etwas zu essen bringt? Keiner von uns konnte sich mit den Pulvereiern anfreunden, die es auf K-1 gibt.«

»Jawohl, Sir.«

Huff ging zu der doppelflügeligen Tür, klopfte zweimal an und schob sie auf, bevor Howe eine Antwort hörte.

»General, Major Howe«, kündigte er an.

Er wies Howe mit einer Geste an, einzutreten.

MacArthur, der in seiner Khakiuniform ohne Krawatte hinter seinem Schreibtisch saß, erhob sich, als Howe den Raum betrat und salutierte. MacArthur erwiderte den Gruß, kam dann um den Schreibtisch herum und reichte Howe die Hand.

»Danke dafür, dass Sie so bald gekommen sind, General«, sagte MacArthur. »Ehrlich gesagt, ich hätte nicht gedacht, dass es so bald sein würde.«

»Ich bin gleich vom Flughafen hergekommen, Sir. Ihr Colonel auf Haneda sagte mir, Sie möchten mich ›so bald wie möglich‹ sprechen. Da es von Ihnen kam, nahm ich an, es sollte sofort sein.«

»Ich hätte sicherlich verstanden, wenn Sie sich die Zeit genommen hätten, um sich zu erfrischen«, sagte MacArthur.

»Wenn ich das gewusst hätte, dann hätte ich mir die Zeit genommen, zu frühstücken«, sagte Howe.

»Kann ich Ihnen etwas kommen lassen?«, fragte MacArthur.

»General, ich würde fast alles für ein Sandwich mit Spiegelei, ein Glas Milch und eine Tasse Kaffee tun.«

Howe sah den Ausdruck der Überraschung auf MacArthurs Gesicht.

Ich hätte sagen sollen »Nein, danke, Sir, trotzdem vielen Dank.« Richtig? Ich hätte in El Supremos Büro keinen Snack bestellen sollen, richtig?

MacArthur wandte sich um und drückte einen Knopf auf seinem Schreibtisch.

Sofort kam Colonel Huff in das Büro.

»Huff, lassen Sie bitte aus der Messe ein Sandwich mit Spiegelei schicken – bestellen Sie zwei, nein drei, ich habe plötzlich selbst Hunger –, ein Glas Milch und eine Kanne Kaffee, ja?«

Colonel Huff konnte seine Überraschung nicht ganz verbergen.

»Sofort, General«, sagte er.

»Es sollte bald hier sein«, sagte MacArthur zu Howe. »Es ist zu früh am Morgen für Sie für eine Zigarre, General?«

»Es ist nie zu früh oder zu spät für eine gute Zigarre oder eine gute Frau, Sir«, erwiderte Howe.

MacArthur lachte, wandte sich dann wieder zu seinem Schreibtisch um, nahm einen kleinen Feuchthaltebehälter und hielt ihn Howe hin. Howe nahm eine der langen, dünnen, schwarzen Zigarren heraus, schnüffelte daran und rollte sie zwischen den Fingern.

»Philippinische«, sagte MacArthur. »Ich rauchte solche den ganzen Krieg über, dank unseres Freundes Pickering.«

»Wie das, Sir?«

»Die Pacific Princess brachte kurz nach unserer Ankunft dort eine der ersten Transporte für die Truppen nach Australien. Fleming, in seiner Rolle als Kommodore der P&FE-Flotte, räumte ihre sämtlichen Zigarren aus und genug von diesem Scotch, den er bevorzugt …«

»Famous Grouse, Sir«, warf Howe ein.

»Und jetzt tue ich das, um uns beide für den Rest des Krieges zu versorgen.«

Er schweift ab, um mir klar zu machen, dass er und Pickering Kumpel sind. Wohin mag das führen?

MacArthur gab ihm erst einen Zigarrenabschneider und dann ein Feuerzeug.

»Sehr gut«, sagte Howe nach dem ersten Paffen, »danke.«

MacArthur machte eine bescheiden abwehrende Geste.

»Während Sie in Korea waren, hatte ich mehrmals Gelegenheit – fast jedes Mal, wenn Colonel Huff seinen Kopf durch die Tür steckte und mir sagte, dass Sie noch dort sind –, um an diese Zeiten und über die Rolle des Adjutanten in der Army nachzudenken.«

Howe sah ihn an und wartete darauf, dass er fortfuhr.

»Dies sind keineswegs Gedanken über Colonel Huff – ich weiß nicht, was ich ohne ihn anfangen würde –, doch ich dachte, dass seine Rolle als mein Adjutant einem die beträchtliche Veränderung der Rolle des Adjutanten in der Vergangenheit vor Augen führt, und Ihre und Fleming Pickerings Rollen hier. Und die während des Zweiten Weltkriegs.«

»Wie meinen Sie das, Sir?«

Jetzt kommt es, aber was, zum Teufel, ist es?

»Denken Sie darüber nach, Howe. Napoleons Adjutanten – und was das anbetrifft, vermutlich die von Hannibal, der 218 mit seinen Elefanten über die Pyrenäen marschierte – waren weit mehr als Offiziere, die für das Wohlbehagen ihres Generals sorgten. Sie waren seine Augen und Ohren, und wenn sie im Feld waren, sprachen sie mit seiner Befugnis.«

»Weder General Pickering noch ich haben irgendwelche Befugnis, General, um irgendjemandem Befehle zu erteilen«, wandte Howe ein.

»Der Unterschied ist, wenn einer von Hannibals Adjutanten im Feld war, hatte er keine Kommunikation mit Hannibal. Sie haben Kommunikation mit unserem Oberbefehlshaber. Pickering hatte während des gesamten Kriegs Kommunikation mit Präsident Roosevelt, bis Roosevelt starb. Wenn er mir da, oder Sie jetzt, gesagt hätte, dass der Präsident wünscht, ich soll dieses so oder so machen oder nicht, hätte ich das als Befehl betrachtet.«

Worauf, zum Teufel, will er hinaus?

»Ich kann mir nicht vorstellen, das dies geschieht, General«, sagte Howe.

»Ich auch nicht«, sagte MacArthur. »Der andere Unterschied ist, wenn der Oberbefehlshaber wünscht, mir oder sonst jemandem einen direkten Befehl zu erteilen, hat er die Mittel dazu. Aber das ist nicht wirklich der springende Punkt meiner Ausführungen.«

Okay. Jetzt endlich heraus damit!

»So?«

»Ich wollte auf die andere Funktion des Adjutanten zu sprechen kommen: die Augen und Ohren seines Chefs zu sein. Ist Ihnen in den Sinn gekommen, was Sie tun? Sie und Pickering?«

»Jawohl, Sir. Unsere Mission ist es, dem Präsidenten über alles zu berichten, was wir uns in seinem Auftrag anschauen sollen oder was wir sehen und hören, das ihn unserer Meinung nach interessieren würde.«

»Natürlich hat Fleming Pickering eine zusätzliche Pflicht – oder vielleicht ist es seine hauptsächliche; es spielt hier im Moment keine Rolle – die CIA und ihren heimlichen Nachrichtendienst und andere Operationen zu leiten.«

»Das stimmt, Sir«, sagte Howe.

Okay. Jetzt kenne ich die Richtung, in die der Hase läuft, glaube ich.

Es klopfte an der Tür, und ein Japaner mit weißem Jackett trat ein. Er trug ein Tablett, auf dem ein silbernes Kaffeeservice und eine Platte mit silberner Abdeckhaube standen.

»Unsere Spiegelei-Sandwichs, glaube ich«, sagte MacArthur. »Stellen Sie das bitte auf den Tisch.«

»Das war schnell«, meinte Howe.

»Es ist schön, der Kaiser zu sein«, sagte MacArthur mit unbewegtem Gesicht, und dann, als er Howes Miene sah, lächelte er breit, um anzuzeigen, dass er einen kleinen Scherz gemacht hatte.

»Ich nehme an, so ist es, Sir.«

»Ich bin Soldat, nicht mehr und nicht weniger«, sagte MacArthur. »Und ich habe wirklich mein Bestes getan, um die Leute zu entmutigen, zu denken, ich sei mehr und wichtiger, als ich mich selbst finde.«

Ich weiß nicht, ob ich das glauben soll oder nicht. Aber ich nehme an, ich glaube es.

MacArthur hob die Haube von der Platte.

»Bedienen Sie sich«, sagte er. »Sie schmecken viel besser, wenn sie warm sind.«

»Danke, Sir.«

»Das erinnert mich an West Point«, sagte MacArthur. »Meine Mutter hatte die Sorge, dass ich in der Messe der Kadetten nicht richtig ernährt wurde, und wenn ich sie des Abends im Hotel Thayer besuchte, ließ sie Eier-Sandwichs aufs Zimmer schicken.«

Howe erinnerte sich, gehört zu haben, dass MacArthurs Mutter während seiner vier Jahre in West Point im Hotel Thayer gewohnt hatte. Er sah plötzlich vor seinem geistigen Auge ein Foto von Douglas MacArthur als Kadett, das er einst gesehen hatte.

Er sah auch damals wie ein arroganter Hurensohn aus. Und ein wenig falsch. Wie viele andere Kadetten wurden von ihren Müttern verhätschelt und des Abends mit Eier-Sandwichs beköstigt?

Und warum hat er mir das erzählt?

Ralph, du bist nicht in einer Liga mit dem Mann. Pass auf!

Der Supreme Commander Allied Powers in Japan und United Nations Command schob ein dreieckiges Stück Eier-Sandwich in den Mund, kaute genussvoll und erklärte: »Sehr gut. Ich bin froh, dass Sie daran gedacht haben, Howe.«

»Ich habe es während des Krieges wirklich gelernt, Pulvereier zu verabscheuen«, sagte Howe. »Das war das Menü auf K-1.«

»Das soll natürlich keine Kritik an Ihnen sein, Howe, aber immer wenn man mir etwas serviert, was ich nicht mag, erinnere ich mich daran, dass wir auf Bataan und Corregidor schließlich nur noch Notverpflegung hatten, und plötzlich schmeckt es mir.«

War das nur eine harmlose Bemerkung, oder will er mich daran erinnern, dass ich ein Eier-Sandwich in Anwesenheit des Helden von Bataan und Corregidor esse?

»Pulvereier beiseite. Ich esse jetzt in Korea besser, als ich oftmals in Italien gegessen habe«, sagte Howe.

»Das ist gut zu hören, Howe, und es bringt uns zum Kern dieser etwas weitschweifigen Unterhaltung.«

Kommst du jetzt endlich zur Sache?

»Mir kam in den Sinn, Howe«, fuhr MacArthur fort, »dass Hannibal, Napoleon und Roosevelt etwas hatten – das jetzt Präsident Truman hat –, was ich wirklich haben sollte.«

»Was ist das, Sir?«

»Und dabei fällt mir ein, was General Montgomery klugerweise während seiner Feldzüge im Zweiten Weltkrieg hatte: erfahrene, vertrauenswürdige Offiziere – Adjutanten im historischen Sinn des Begriffs –, die als seine Augen und Ohren auf dem Schlachtfeld agierten und ihm berichteten, was er ihrer Meinung nach wissen sollte – im Gegensatz zu dem, was er ihrer Ansicht nach gerne hören wollte.«

»Ja, Sir, ich nehme an, das stimmt.«

»Ich weiß nicht, wo ich solche Offiziere finden werde, die diese Rolle für mich ausüben – es wird jemand sein müssen, der gegenwärtig nicht in meinem Stab ist –, aber ich werde sie finden. Und auch so bald wie möglich.«

Da kommt es.

Aber was bedeutet die Bemerkung ›es wird jemand sein müssen, der gegenwärtig nicht in meinem Stab ist‹?

»Das wird sicherlich nützlich sein, Sir.«

»Unterdessen, Howe, da ich weiß, dass Ihre Berichte an Präsident Truman das höchstmögliche Maß an Vertraulichkeit besitzen und ich Sie nicht bitten würde, dieses Vertrauen zu enttäuschen, habe ich Colonel Huff nach Haneda geschickt, um Sie zu mir zu bitten, weil ich hoffe, dass Sie mit mir teilen können, was Sie in Korea gesehen und empfunden haben.«

Der Hurensohn will, dass ich ihm erzähle, was ich Truman berichte. Jesus Christus!

»Ich kann Ihnen ansehen, dass Sie sich bei dieser Vorstellung unbehaglich fühlen, Howe, und ich habe volles Verständnis dafür. Ich werde Sie auf den neuesten Stand der Dinge bringen, die sich ereignet haben, seit Sie Korea verlassen haben, um Ihnen eine Vorstellung zu geben, woran ich interessiert bin, und dann werde ich Ihnen einige Fragen stellen. Wenn Sie sie beantworten wollen, ist das prima. Wenn nicht, werde ich das verstehen.«

»Jawohl, Sir«, sagte Howe.

»Ich bezweifle, dass ich es geschafft habe, General Collins zu überzeugen, dass die Invasion bei Inchon das klügste Vorgehen ist …« MacArthur unterbrach sich, ging zum Schreibtisch, nahm ein Fernschreiben aus einer Schublade und gab es Howe. »Lesen Sie dies, Howe.«

Es war eine Top Secret/›Eyes Only MacArthur‹-Botschaft von den Joint Chiefs of Staff. MacArthur wartete geduldig, bis Howe gelesen hatte.

»Wenn Sie die diplomatische Sprache weglassen, werden Sie mir wohl zustimmen, Howe, dass darin nicht steht, dass die JCS Inchon billigen. Dass sie mit Collins übereinstimmen, der meint, dass die Invasion – und sie nennen es nicht mal ›Invasion‹ sondern ›Operation zur Wende‹ – irgendwo stattfinden sollte, vorzugsweise bei Kunsan, aber überall, nur nicht bei Inchon.«

»So klingt es für mich, Sir«, pflichtete ihm Howe bei.

»Aber es steht ebenfalls nicht darin, dass man mir die Genehmigung für die Landung bei Inchon versagt. Das bedeutet für mich ehrlich gesagt, dass es jemandem in Washington widerstrebt, meine Einschätzung über Inchon in Frage zu stellen – und dass dieser Jemand der Präsident persönlich ist. Wer sonst außer dem Präsidenten könnte die Einschätzung der Stabschefs der Streitkräfte in Zweifel ziehen? Und warum sollte der Präsident, in Ermangelung von Ratschlägen, die er von einer Person oder Personen bekommt, denen er vertraut, ob ich mit Inchon Recht habe und General Collins Unrecht hat, die Einschätzung der JCS in Zweifel ziehen?«

Nicht zu glauben! Er weiß – weiß nicht, hat es sich jedoch zusammengereimt –, dass Pickering und ich Truman mitgeteilt haben, dass unserer Meinung nach die Invasion bei Inchon Sinn macht.

»Ich erwarte keine Antwort darauf, Howe«, sagte MacArthur. »Aber lassen Sie mich dies sagen: In Ermangelung gegenteiliger Befehle vom Oberbefehlshaber werde in am fünfzehnten September mit zwei Divisionen bei Inchon landen.«

Howe sah ihn an, sagte jedoch nichts.

Er muss wissen, dass ich Truman mitteilen werde, was er gesagt hat. Aber Harry ist kein Dummkopf. Er weiß das bereits.

»Es sind einige Probleme damit verbunden«, sagte MacArthur. »Wenn Sie Kommentare dazu abgeben, würde ich dies begrüßen. Wenn Sie einen Kommentar für unpassend halten, werde ich das verstehen.«

»Ja, Sir?«

»Das erste Problem dreht sich um General Walker. Ich werde manchmal, vielleicht zu Recht, beschuldigt, zu loyal zu meinen

Untergebenen zu sein. Es hat einige Behauptungen gegeben, dass ich sonst General Walker abgelöst hätte.«

»General, ich bin nicht qualifiziert, um die Leistung eines Kommandeurs der Army zu beurteilen.«

»In Ordnung, ich verstehe Ihre Position. Aber ich hoffe, Sie können dies für mich beantworten. General Almond, dem ich großen Respekt zolle, meint, er braucht die erste Division des Marine-Corps für die Leitung der Invasion. Das bedeutet, die First Marine Brigade – die, wie Sie wissen, im Wesentlichen das fünfte verstärkte Regiment ist – von Pusan abzuziehen und der First Marine Division zuzuteilen – wieder zuzuteilen. General Walker, dessen Einschätzung ich gleichermaßen schätze, erklärt rundweg, dass er nicht garantieren kann, seine Stellungen in Pusan halten zu können, wenn er die First Marine Brigade an die Invasionsstreitmacht verliert – die übrigens jetzt als X Corps bezeichnet wird. Dieses Problem wird vergrößert durch die Tatsache, dass Walker und Almond keine gegenseitigen Bewunderer sind.«

Howe sah MacArthur schweigend an.

»Wieder kein Kommentar?«, fragte MacArthur.

»General, Sie fragen mich gewiss nicht um Rat?«

»Ich nehme an, ich bitte Sie – die Entscheidung ist übrigens gefällt – zu sagen, was Sie an meiner Stelle getan hätten.«

»Ich kann nur sagen, was jeder kluge Second Lieutenant sagen würde, General, dass Sie entscheiden mussten, was wichtiger ist: ein größeres Risiko für die Stellungen in Pusan, indem Sie die Marines dort abziehen, oder ein größeres Risiko für die Invasion bei Inchon, weil den Marines ein Regiment fehlt.«

»Und was, glauben Sie, würde Ihr hypothetischer Second Lieutenant entscheiden?«

Howe blickte MacArthur einen Moment in die Augen, bevor er antwortete.

»Er würde die Marines nach Inchon schicken, Sir.«

»Und Major General Howe, was würde er entscheiden, nachdem er die Stellungen bei Pusan gesehen hat?«

»Er würde die Marines nach Inchon schicken, Sir«, wiederholte Howe.

»Die Geschichte wird uns vermutlich sagen, ob der hypothetische Second Lieutenant, der Adjutant des Oberbefehlshabers, und der Kommandeur, der gezwungen war, die Entscheidung zu treffen, Recht hatten, nicht wahr? Das X Corps wird bei Inchon mit der vollen Stärke der First Marine Division als Vorausabteilung landen.«

MacArthur nahm die Kaffeekanne, füllte Howes Tasse auf und schenkte dann in seine eigene Tasse ein.

»Da ist noch eine heikle Frage, Howe, die Sie vielleicht nicht beantworten wollen.«

»Ja, Sir?«

»Es ist meinem Stab zur Kenntnis gelangt, dass Ihr Freund Fleming Pickering eine seiner heimlichen Operationen durchführt. Ich weiß nicht, wie zuverlässig die Informationen sind, die mein Stab hat, aber es besteht einige Sorge, dass sich die Operation auf Inchon auswirken könnte.«

Mit anderen Worten, Charley Willoughbys Schnüffler haben etwas – wie viel? – von der Flying Fish Channel-Operation erfahren. Warum sollte mich das überraschen? Sie haben uns verfolgt, wie der KGB mich bei Potsdam verfolgt hat.

»Ich dachte, dass diese Operation vielleicht in Zusammenhang mit Pickerings Sohn steht«, fuhr MacArthur fort. »Der nicht nur Marineflieger, sondern der Sohn des CIA-Direktors für Asien ist.«

Warum fragst du dann nicht Pickering selbst?

»General Pickering erzählt mir nicht viel über seine geheimen CIA-Operationen, General«, sagte Howe. »Aber ich bin sicher, dass sich die eine oder andere davon – oder alle – auf Inchon auswirken könnten. Wenn das der Fall wäre, würde er Ihnen das sicherlich sagen.«

»Nun, wenn Sie ihm erzählen – Sie werden es ihm doch sagen? –, dass die Inchon-Invasion abläuft, wird er vielleicht zu mir kommen.«

»Ich werde es ihm sagen, General«, bekräftigte Howe.

MacArthur stellte seine Kaffeetasse ab.

»Danke für den schnellen und so bereitwilligen Besuch«, sagte er.

Damit bin ich entlassen.

Wie viel habe ich ihm gesagt, was ich nicht hätte preisgeben sollen?

»Ich hoffe, es war Ihre Zeit wert, General«, sagte Howe.

MacArthur legte Howe eine Hand auf die Schulter und führte ihn zur Tür.

»Noch einmal vielen Dank«, sagte er und reichte ihm die Hand.

Major General Charles A. Willoughby stand im Vorzimmer und wartete darauf, mit MacArthur zu sprechen.

Und vielleicht will er herausfinden, was MacArthur von mir erfahren hat.

»Kommen Sie, Charley«, sagte Howe, blickte zu Willoughby und wartete, bis Master Sergeant Charley Rogers schnell aufgestanden war und ihm seine MPi gegeben hatte, bevor er hinzufügte: »Guten Morgen, General Willoughby.«

2

Befehlsstand
Kompanie C, 2. Bataillon, 5. Regiment des Marine-Corps
First Marine Brigade (Provisional)
Obong-ni, Naktong-Ausbuchtung, Südkorea

20. August 1950, 11 Uhr 55

Der stellvertretende Bataillonskommandeur, ein Major, fand den Chef der Charley Kompanie im Schatten einer Zeltplane, die halb von Pfosten und halb von der schlimm zusammengeschossenen Wand eines koreanischen Bauernhauses gestützt wurde.

Die Uniform des Kompaniechefs war mit getrocknetem Schlamm bedeckt, und er war unrasiert und sah äußerst mitgenommen aus, was natürlich unter den gegebenen Umständen nicht anders zu erwarten war. Dennoch begann sich der Kompaniechef zu erheben, als er den stellvertretenden Bataillonskommandeur sah.

Der Major forderte ihn mit einer Geste auf, liegen zu bleiben, ließ sich auf die Knie nieder und kroch zu ihm unter die Segelplane.

Der Kompaniechef grüßte, legte sich hin, und der stellvertretende Bataillonskommandeur erwiderte den Gruß.

»Sie sehen ziemlich erschöpft aus, Captain«, sagte er.

»Ich nehme an, ich bin nicht an diese Hitze gewöhnt, Sir.«

»Ich glaube, das geht jedem so«, sagte der stellvertretende Bataillonskommandeur. »Es war ein wenig kühler während des Sturms ...«

Er verstummte, als der Blick des Captains ihm verriet, dass er nicht das geringste Interesse an Smalltalk hatte.

»Wie schlimm steht es?«, fragte der Major und bezog sich damit auf die Kompanie, nicht auf den Kompaniechef persönlich.

»Ich habe etwas mehr als die Hälfte meiner Männer und zwei meiner Offiziere verloren. Vierzehn Unteroffiziere und Mannschaften und ein Offizier KIA (killed in action). Einige starben an Hitzschlag.«

Der stellvertretende Bataillonskommandeur nickte.

Um 8 Uhr hatte das 2. Bataillon des 5. Regiments der Marines nordkoreanische Stellungen bei Obong-ni angegriffen. Es hatte ein einleitendes Sperrfeuer von 105-mm-Haubitzen und Mörsersperrfeuer auf die feindlichen Stellungen gegeben, und danach hatte das 5. Regiment durch ein Reisfeld und dann hinauf auf die steilen Hänge des Hügelkamms angegriffen. Bei diesem Angriff war die A-Kompanie die Vorhut gewesen, die B-Kompanie war gefolgt und die C-Kompanie war in Reserve geblieben.

Der Colonel hatte diese Gefechtsaufstellung für die Beste gehalten, hauptsächlich, weil der Chef der Charley-Company erst ein paar Tage an der Front war.

Der Colonel hatte es für nötig gehalten, seine Reserve einzusetzen, denn als die A-Kompanie den Hügelkamm erreicht hatte, war über die Hälfte seiner Männer gefallen, entweder durch feindliches Feuer oder am Hitzschlag, und als die B-Kompanie dorthin gelangte, hatte sie ein Fünftel ihrer Männer verloren, hauptsächlich durch Hitzschlag, und die Übrigen mussten die Toten und Verwundeten von den Hängen heruntertragen, und die C-Kompanie wurde nun gebraucht, um sie zu schützen.

Und dann hatte der Colonel jeden vom Höhenkamm bei Obong-ni zurückbefohlen, als für ihn offenkundig wurde, dass die Männer, die den Hügelkamm hielten, einen nordkoreanischen Gegenangriff nicht zurückschlagen konnten.

Als jeder sich ziemlich sicher in die Stellungen zurückgezogen hatte, die sie zu Beginn des Angriffs verlassen hatten, wurde die

Artillerie wieder eingesetzt, und die nordkoreanischen Stellungen am Obong-ni Hügelkamm gerieten von neuem unter Beschuss.

Danach griff das 2. Bataillon abermals an, diesmal mit den Resten der Able- und Baker-Company in der Vorhut, der die Charley-Company folgte und dann die Headquarters & Service-Company in Reserve.

Als sich die First Marines wieder bis auf den Hügel vorgekämpft hatten, waren sie um vierzig Prozent reduziert, und die Charley-Company hatte fast so viele Männer verloren, doch es waren nach Einschätzung des Colonels genügend übrig, sodass sie eine Chance hatten, den zwangsläufig erfolgenden nordkoreanischen Gegenangriff zurückzuschlagen. So hatte der Colonel dem Kompaniechef der C-Kompanie befohlen, das Kommando über die Marines auf dem Hügelkamm zu übernehmen und ihn nach besten Kräften zu verteidigen.

Eine halbe Stunde nach dem Beginn des nordkoreanischen Gegenangriffs erhielt der Colonel Meldungen über die erlittenen Ausfälle und das Knappwerden der Munition. Der Colonel wusste, dass er nicht das Personal hatte, um die erforderliche Menge an Munition auf den Obong-ni-Hügelkamm zu schaffen.

Er rief die Brigade an und erklärte die Lage. Die Brigade sagte, das 1. Bataillon werde sofort in das Gebiet geschickt werden, und sobald es eintreffen würde, habe er die Genehmigung, die Marines vom Hügel zurückzubefehlen. Und er erhielt den Befehl, jede Anstrengung zu unternehmen, um die Toten und Verwundeten mit ihnen zurückzubringen.

Wieder zurück, würden sie sich neu formieren. Es gab einigen Ersatz, nicht so viel, wie Sie sich wünschten, aber mehr war nicht da, und er würde so bald wie möglich geschickt werden.

»Es werden Trucks kommen«, sagte der Major. »Sie haben es höllisch schwer, durch den Schlamm zu kommen, aber sie werden in Kürze hier sein.«

Der Kompaniechef schwieg.

»Sie bringen das Mittagessen und einigen Ersatz«, sagte der stellvertretende Bataillonskommandeur. »Und nach einem Artillerie-Sperrfeuer wird um 16 Uhr das zweite Bataillon durch das erste Regiment angreifen. Die Charley-Company wird die Führung übernehmen.«

»Major, ich habe, mich mitgezählt, zwei Offiziere und anderthalb Zug Männer.«

»Bis dahin werden sich einige der Männer von ihrem Hitzschlag erholt haben, und Sie werden – wie schon gesagt – einigen Ersatz haben.«

»Aye, aye, Sir«, sagte der Kompaniechef.

»Und das Sperrfeuer wird diesmal vielleicht wirkungsvoller sein. Man hat uns einige 155-mm von der Army versprochen. Und es wird TOT* sein.

»Ich frage mich, ob jemand hier jemals etwas von TOT gehört hat«, sagte der Kompaniechef.

»Wir werden ihnen einheizen, Captain«, sagte der Major.

»Jawohl, Sir, aber mir scheint, Sie heizen uns viel mehr ein als wir ihnen«, sagte der Kompaniechef.

»Ich werde vor Ihrem Einsatz zurück sein. Das Erste ist dort oben. Ich bezweifle, dass die Nordkoreaner aus dieser Richtung zu kommen versuchen. Lassen Sie die Männer so gut wie möglich ausruhen.«

»Aye, aye, Sir.«

»Sind Sie an der Hand verwundet, Captain? Sie scheinen sie zu schonen.«

»Ich habe mir den Finger auf dem Weg hier rüber im Flugzeug verletzt, Sir. Tut ein wenig weh, aber es ist nichts Ernstes.«

Aber wenn ich jemals diesen verdammten Captain wiedersehe, der mir das angetan hat, reiße ich ihm den Arm ab und schiebe ihn ihm in den Arsch.

Ich frage mich, was dieses blöde Arschloch im Augenblick macht. Vermutlich spielt er mit seiner Frau, der Generalstochter, Tennis.

Gottverdammtes Marine-Corps!

* *T*ime *O*n *T*arget. Alle Artilleriegeschütze feuern zur gleichen, vorherbestimmten Zeit. Unter anderem überrascht dies den Feind und hält ihn davon ab, Deckung zu suchen, bevor weitere Geschosse einschlagen. Es hat oftmals auch eine Furcht erregende psychologische Wirkung.

3

Tokchok Kundo

20. August 1950, 12 Uhr 15

»Ein kleines Problem, Mr Zimmerman?«, fragte Captain McCoy und betrachtete, was von dem kleinen Steingebäude mit dem Strohdach übrig geblieben war, das den kleinen deutschen Diesel-Generator und das SCR-300 Funkgerät beherbergt hatte, als McCoy zum letzten Mal hier gewesen war. »Ich würde sagen, wir haben kein kleines, sondern ein riesengroßes verdammtes Problem!«

Von dem Gebäude waren nur noch drei Wände übrig – eine davon war nahe daran einzustürzen – und der Generator lag jetzt auf der Seite. Der Boden der Ruine – und der Generator – war mit einer dicken, stinkenden Schlammschicht bedeckt.

»Als der Sturm wirklich schlimm zu werden begann, brachten wir das SCR-300 auf den Hügel«, sagte Zimmerman. »Wir hatten nicht die Kraft, um den Generator zu tragen. Zu diesem Zeitpunkt war hier drei Fuß hohes Wasser. Die ganze Zeit, meine ich. Beim Wellengang war es tiefer, man konnte sich kaum auf den Beinen halten.«

Ernie meint »Ich konnte mich kaum auf den Beinen halten«, sagte sich McCoy. *Ich habe ihm die Verantwortung übertragen, und er hat seine Pflicht erfüllt, so gut er konnte.*

Vor seinem geistigen Auge sah er den stämmigen Marine Gunner bis zu den Hüften im Wasser stehen und versuchen, etwas im Toben des Sturms in dem Generator-Gebäude zu retten.

»Ich nehme an, der Dieseltreibstoff ist ebenfalls futsch? Selbst wenn wir diesen Generator wieder in Gang bekommen könnten?«

Zimmerman nickte betrübt.

»Alles, was nicht auf dem Hügel war, wurde fortgespült«, sagte er. »Einschließlich der Munition für die japanischen Waffen.«

»Wie steht es mit Proviant?«

»Wir haben die Rationen auf den Hügel geschafft, auch den Reis, den die Koreaner hatten. Und ein paar Boote der Einheimischen sind übrig geblieben. Sie versuchten, sie zurück ins

Wasser zu schaffen, als wir Sie sahen. Major Kim meint, sie können genügend Fische fangen, um sich und uns zu ernähren.«

»Jemand verletzt worden?«

Zimmerman schüttelte den Kopf. »Nein.«

»Ich dachte mir, wenn wir eine ihrer Insel einnehmen – Taemuii ist am nächsten –, finden wir dort etwas Diesel«, sagte Zimmerman.

Wenn sie Diesel hatten, wie kommst du auf die Idee, dass er noch da ist? Taemuii-do und Yonghung-do sind so hart vom Sturm getroffen worden wie Tokchok Kundo. Und wenn wir Taemuii-do jetzt angreifen und nicht sofort danach Yonghung-do einnehmen, wird man dort mit einem Angriff rechnen, wenn er schließlich erfolgt. Und gewiss würde man melden, dass gleich nach dem Sturm jemand Taemuii-do eingenommen hat. Das würde sie höllisch neugierig machen.

Blöde Idee, Ernie.

»Meinen Sie, dass der Diesel noch brauchbar ist, nachdem er stundenlang unter Wasser gewesen ist?«

»Wir müssen den Generator auseinander nehmen und sicherstellen, dass kein Wasser in den Zylindern ist. Und dann muss man mal sehen.«

»Hören Sie auf, an die Beschaffung von Dieseltreibstoff für einen Dieselmotor zu denken, bei dem wir nicht sicher sind, ob wir ihn reparieren können«, sagte McCoy.

Zimmerman nickte.

»Die Rettungsboote haben Motoren«, sagte McCoy. »Können wir die benutzen, um das SCR-300 zu betreiben?«

»Sie haben die falsche Voltspannung, wette ich«, meinte Zimmerman. »Aber vielleicht können wir daraus etwas basteln.«

»Okay. Das Erste zuerst«, befahl McCoy. »Teilen Sie Leute ein, die Taylor beim Ausladen der Rettungsboote helfen, und dann ziehen Sie sie auf den Strand und decken sie ab. Danach bringen Sie die Fischerboote der Koreaner ins Wasser. Schicken Sie Major Kim mit einem von ihnen. Vielleicht kann er sehen, was der Sturm auf Taemuii und Yonghung-do angerichtet hat.«

»Und dann?«

»Ernie, ich habe nicht die geringste Idee«, sagte McCoy. »Im Augenblick sieht es aus, als seien wir auf dieser schönen tropischen Insel gestrandet.«

4

Dewey-Suite
Imperial Hotel
Tokio, Japan

20. August 1950, 13 Uhr 15

Major General Ralph Howe, NGUS, saß in einem der grünen Ledersessel im Wohnzimmer, als die Tür geöffnet wurde und Brigadier General Fleming Pickering eintrat, gefolgt von Captain George F. Hart.

»Ich habe mich selbst reingelassen, Flem«, sagte Howe. »Ich hoffe, das ist in Ordnung?«

»Seien Sie nicht albern«, sagte Pickering. »Wann sind Sie zurückgekommen?« Er winkte Master Sergeant Rogers zu. »Hallo, Charley.«

»Nachdem ich einen Großteil der gestrigen Nacht auf K-1 verbracht und darauf gewartet habe, dass der Sturm nachlässt, konnten wir endlich starten, und wir landeten kurz nach acht auf Haneda«, sagte Howe. »Dort wartete Colonel Sidney Huff auf mich, um mir zu sagen, dass El Supremo erfreut wäre, wenn ich ihn so bald wie möglich besuchen würde.«

Pickering runzelte die Stirn.

»Was bezweckte er damit?«

»Ich bin mir nicht sicher, ob ich es weiß«, sagte Howe, »und ich habe darüber nachgedacht, seit ich aus dem Thronsaal entlassen wurde. Ungefähr das Einzige, dessen ich mir sicher bin, ist die Tatsache, dass Willoughby von unserer Operation im Flying Fish Channel Wind bekommen hat.«

»Ich nehme an, das war unvermeidlich. Hat er Sie deswegen kommen lassen, um Sie zu fragen, was Sie darüber wissen?«

»Ich weiß es nicht, Flem. Lassen Sie mich erzählen, was geschah, und dann sagen Sie's mir.«

»Kann es warten, bis ich meinen Zwölf-Uhr-Schluck genommen habe?«, fragte Pickering.

Er ging zu einem Sideboard und nahm eine Flasche Famous Grouse. »Möchten Sie einen?«

»Warum nicht?«, meinte Howe. »Gott weiß, dass ich einen verdient habe.« Dann fragte er: »›Zwölf-Uhr-Schluck‹?«

»Ich habe festgestellt, wenn ich mir keinen Plan mache, schlucke ich den ganzen Tag«, sagte Pickering. »Ich glaube, ich könnte mit Leichtigkeit zum Alkoholiker werden.«

»Das glaube ich keine Minute lang«, sagte Howe. »Sie hatten allerhand Stress, Flem …«

»Ich trinke einen um zwölf Uhr«, sagte Pickering und ignorierte ihn, »einen um siebzehn Uhr, einen Brandy nach dem Abendessen und manchmal einen Schlummertrunk. So kann ich mich schlafen legen und einigermaßen sicher sein, wie ich heiße und wo ich bin. Erzählen Sie mir von Ihrer Sitzung mit El Supremo.«

»Nun«, sagte Howe und lachte, »es begann, wenn Sie das glauben können, mit einem Eier-Sandwich, genauso einem, wie Mama es ihm zu bestellen pflegte, als er in West Point war und mit Hannibals Elefanten …«

»Ich weiß auch nicht«, sagte Pickering, als Howe zu Ende erzählt hatte, »es ist durchaus möglich, dass er hören wollte, was Sie über Korea zu sagen haben. Aber für wahrscheinlicher halte ich – nachdem ich jetzt eine Minute Zeit hatte, um darüber nachzudenken –, dass es eine indirekte Antwort auf die Botschaft der JCS war, die er Ihnen gezeigt hat. Ich finde es viel sagend, dass er sie Ihnen gezeigt hat. Er weiß, dass Sie dem Präsidenten berichten, was bedeutet, dass Sie ihm mitteilen, was er gesagt hat, nämlich, dass er ignorieren wird, was Collins und die JCS denken, und am fünfzehnten September zwei Divisionen nach Inchon schicken wird, da man es ihm nicht ausdrücklich verboten hat. Er hat seine Botschaft zum Präsidenten gebracht, ohne sie ihm auf dem Dienstweg zu schicken.«

Howe stieß einen Grunzlaut aus.

»Das meint Charley auch«, sagte er und fügte hinzu: »Sie haben meine Bemerkung gehört, dass der wahre Test der Intelligenz eines anderen das Maß ist, in dem man mit ihm übereinstimmt? Ich scheine von Genies umzingelt zu sein.«

Pickering und Rogers lachten.

»Sie meinen nicht – vielleicht zusätzlich zu dem Obigen – dass er Ihnen eine subtile Warnung geben wollte, dass er hinter Ihre Flying Fish Channel-Operation gekommen ist? Er sprach von Besorgnis über die möglichen ›Auswirkungen‹ auf Inchon. Vielleicht ist es an der Zeit, dass Sie ihm von der Operation erzählen?«

»Ich bezweifle, dass die Operation im Flying Fish Channel überhaupt irgendwelche Auswirkung auf die Invasion bei Inchon haben wird«, sagte Pickering.

»Mir gefällt nicht, was ich zu hören glaube«, meinte Howe.

»Wir haben seit vier Tagen nichts von Zimmerman gehört«, sagte Pickering. »Seit seinem Ruf um halb acht am Sechzehnten. Sie wissen, wie das funktioniert?«

Howe schüttelte verneinend den Kopf.

»Wir senden zu einer festgelegten Zeit einen Kodesatz. Zimmermans Funker, der die Frequenz abhört, antwortet mit einem Code aus zwei Worten in seinem Satz, zweimal wiederholt. Die Grundidee ist, die Möglichkeit zu reduzieren, dass die Nordkoreaner überhaupt mitbekommen, dass gesendet wird, und wenn sie Glück haben sollten und den Funkverkehr hören, nicht genügend Zeit haben, um den Sender durch Triangulation zu orten.«

Howe nickte verstehend.

»Seit halb acht am Sechzehnten gab es keine Antwort von Tokchok Kundo«, fuhr Pickering fort. »Heute Morgen hatten wir die Kodewort-Botschaft: Eier gelegt 0430 von HSM *Charity*. Zu dem Zeitpunkt, an dem wir uns den Kode ausdachten, hielten wir uns für ziemlich schlau, denn es bedeutet: ›McCoy, Taylor und alle Männer sind um halb fünf erfolgreich von Bord gegangen.‹ Sie sollten kaum länger als eine Stunde Fahrt bis Tokchok Kundo gebraucht haben. Bei ihrer Ankunft sollte Zimmerman einen Kodesatz senden, der bedeutet, dass sie angekommen sind. Es gab keine solche Sendung.«

»Im Sturm kann ihr Funkgerät beschädigt worden sein«, meinte Howe.

»Das ist eine Möglichkeit. Als andere müssen wir in Betracht ziehen, dass die Nordkoreaner unsere Leute auf Tokchok Kundo entdeckt und die Insel eingenommen haben und McCoy und Taylor ihnen geradewegs in die offenen Arme gefahren sind.«

»Das wissen Sie nicht, Fleming«, wandte Howe ein.

»Wir haben eine andere Botschaft gesendet, sozusagen einen Notruf, einen Satz, der bedeutet, dass sie die Frequenz wechseln und sich auf eine Kommunikation vorbereiten sollen. George und ich kommen gerade aus dem Kommunikationszentrum, wo wir zuschauten, wie Sergeant Keller anderthalb Stunden lang alle zehn Minuten den Kodesatz sendete. Es gab keine Antwort.«

»Was nur beweist, dass Zimmermans Funkgerät wieder außer Betrieb ist. Es gab schon zuvor Probleme damit, nicht wahr?«

»In solchen Situationen suchen Sie immer nach einem Silberstreif am Horizont, Ralph«, sagte Pickering. »Ich hoffe jetzt, dass die Nordkoreaner, wenn sie unsere Leute auf Tokchok Kundo entdeckt haben, annehmen, dass es nur ein kleiner nachrichtendienstlicher Außenposten ist, und keinen Zusammenhang mit der Invasion bei Inchon erkennen.«

Zuerst dachte Howe, dass Pickering über Gebühr pessimistisch war, doch dann erinnerte er sich daran, dass dies nicht die erste geheime Operation war, die Pickering geleitet hatte, und dass sein Pessimismus auf Erfahrung beruhte.

»Verdammt«, murmelte Howe vor sich hin. »Und was werden sie tun?«

»In den nächsten vierundzwanzig Stunden werde ich hoffen – beten –, dass Sie – und George – Recht haben und das einzige Problem Zimmermans Funkgerät ist.«

»Und dann?«

»Dann fahre ich nach Pusan und stelle fest, was mein Stationsleiter dort davon hält, die *Wind of Good Fortune* wieder hinzuschicken.«

5

Evening Star Hotel
Tongnae, Südkorea

23. August 1950, 21 Uhr 05

»O Scheiße!«, stieß Captain George F. Hart hervor, als das Scheinwerferlicht des Jeeps über den Hof des Hotels strich.

»O Scheiße was, George?«, erkundigte sich Brigadier General Pickering.

»Picks …«, begann Hart und verstummte.

»Picks was?«, fragte Pickering.

»Ich wollte gerade sagen, Picks Freundin ist hier«, sagte Hart. »Oder vielleicht ist es sonst jemand mit dem Jeep eines Kriegskorrespondenten? Dort an der Ecke?«

»Ich kann sie gerade jetzt hier nicht gebrauchen«, sagte Pickering. »Aber ich befürchte, Sie haben Recht.«

»Vielleicht hat Major Sowieso …«

»Dunston«, half Pickering aus.

»… Dunston einen solchen Jeep«, sagte Hart, als er den Jeep parkte, der ihnen mehr oder weniger freudig von Captain James Overton, dem Verbindungsoffizier des Marine-Corps, besorgt worden war.

»Könnte sein«, meinte Pickering. »Ich hoffe wirklich, dass sie es nicht ist.«

»Sie war ein wenig aufgeregt, als wir sie zum letzten Mal sahen, nicht wahr, Boss?«, fragte Hart.

»Es ist einige Zeit her, dass man mich als ›hinterhältigen Hurensohn‹ bezeichnete«, sagte Pickering. »Besonders mit solcher Überzeugung.«

»Ich glaube, ihre genauen Worte waren ›Sie erbärmlichen hinterhältigen Hurensöhne‹, Mehrzahl«, sagte Hart. »Sie war anscheinend auch ein wenig sauer auf mich.«

»Nun, ich konnte sie nicht nach Tokchok Kundo zurückkehren lassen, selbst wenn der Engländer sie auf dem Zerstörer mitgenommen hätte.«

»Nein, das konnten Sie nicht«, erwiderte Hart ernst, während er aus dem Jeep ausstieg. »Und ich bezweifle, dass ich ihr das hätte erklären können.«

Bevor sie die Tür erreichten, kündigte Scheinwerferlicht die Ankunft eines anderen Jeeps beim Hotel an.

»Das muss er sein«, sagte Hart. »Der Killer sagte, er sieht aus wie ein Major des Transportation-Corps der Army.«

»Ken sagte auch, er hält ihn für ziemlich gescheit«, sagte Pickering. »Denken Sie daran.«

»Major« William Dunston schlenderte zu ihnen.

»General, ich bin Bill Dunston, Ihr hiesiger Stationsleiter. Es tut mir Leid, dass Sie vor mir eingetroffen sind, und es freut mich, dass Sie das Hotel überhaupt gefunden haben.«

»George ist ein Cop, wenn er nicht für mich arbeitet«, sagte Pickering. »Er ist gut im Aufspüren von Dingen. Außerdem hat er sich eine Wegbeschreibung geben lassen.«

»Bill Dunston, Captain«, sagte Dunston und gab Hart die Hand. »Ich hörte, dass Sie schon lange für den General arbeiten.«

»Ja, wir kennen uns lange«, sagte Hart. »Wie geht es Ihnen? Wer ist der Kriegskorrespondent?«

»Jeanette Priestly«, sagte Dunston.

»Was treibt sie hier?«, wollte Pickering wissen.

»Ich wusste nicht, wie ich sie fern halten sollte«, bekannte Dunston. »Sie fragte mich, ob sie hier bleiben könnte, anstatt im Pressezentrum. Sie will sich hier anscheinend herumtreiben, weil es vermutlich der beste Ort ist, um zu erfahren, was im Flying Fish Channel passiert. Sie sagte, Sie wollten sie nicht dorthin zurückkehren lassen.«

»Ich bezweifle, dass sie das diplomatisch formulierte, oder irre ich mich da?«, fragte Pickering.

»Die Worte ›hinterfotzig‹ und ›gebrochene Versprechen‹ kamen in unserem Gespräch vor«, sagte Dunston. Er zögerte und fuhr dann fort: »Einer der Gründe, weshalb ich nicht um halb neun hier war, wie sie in Ihrer Botschaft gebeten haben, bestand darin, dass ich hoffte, etwas über Major Pickering zu erfahren. Einige meiner Agenten sind von den feindlichen Linien zurückgekehrt …«

»Und?«

»Die gute Nachricht ist, es gibt keine nachrichtendienstlichen Erkenntnisse, dass die Nordkoreaner einen Piloten des Marine-

Corps in ihren Kriegsgefangenenlagern haben«, sagte Dunston. »Die schlechte Nachricht ist, dass dies alle nachrichtendienstlichen Erkenntnisse sind. Es tut mir Leid, Sir. Ich finde, das alles getan worden ist, was getan werden konnte.«

»Davon bin ich überzeugt«, sagte Pickering. »Danke.«

»Wie zuverlässig sind Ihre Quellen?«, fragte Hart.

»Ich habe einen nordkoreanischen Polizeimajor im Feld«, sagte Dunston. »Wenn ein Pilot des Marine-Corps Kriegsgefangener wäre, wüsste er das.«

»Und er würde es Ihnen auf die Nase binden?« Hart klang sehr sarkastisch.

»He, George«, mahnte Pickering.

»Schon gut, Sir«, sagte Dunston. »Ja, er würde es mir auf die Nase binden. Ich habe seinen Vater.«

»Captain McCoy sagte, Sie seien sehr gut in Ihrer Arbeit«, sagte Pickering.

»Anscheinend habe ich keinen Erfolg, was Informationen über Major Pickering anbetrifft, Sir.«

»Nun, arbeiten Sie bitte weiter daran«, sagte Pickering.

»General, wie viel kann ich Miss Priestly über Major Pickering erzählen?«

»Wie viel haben Sie ihr bis jetzt erzählt?«

»Nur, dass wir nach ihm suchen.«

»Sagen Sie ihr, was Sie herausgefunden haben«, befahl Pickering.

»In allen … Einzelheiten, Sir?«

»Wenn wir beide mit ›Einzelheiten‹ das Gleiche denken, sagen Sie es mir, bevor Sie es ihr erzählen. Wenn es überhaupt möglich ist, möchte ich ihr die Nachricht über die ›Einzelheiten‹ persönlich mitteilen.«

»Jawohl, Sir. Darf ich fragen, was im Flying Fish Channel vorgeht?«

»Deshalb bin ich hier«, sagte Pickering. »Es besteht die Möglichkeit, dass die Operation vermasselt ist. Wir haben seit sieben Tagen nichts von Zimmerman gehört. McCoy und Taylor gingen am Zwanzigsten um halb fünf von Bord eines britischen Zerstörers und hätten eine Stunde später auf Tokchok Kundo sein sollen. Auch von ihnen gab es keine Nachricht.«

»Der Sturm könnte ihr Funkgerät zerstört haben«, gab Dunston zu bedenken. »Oder es ist einfach wieder defekt.«

»Wir hoffen auf diese geringe Möglichkeit. Ich möchte ...«

Licht fiel aus dem Hotel, als die Tür geöffnet wurde.

Jeanette Priestly, in einem Arbeitsanzug der Army, stand in der Tür und hielt einen Karabiner in einer Hand.

»Sieh an, wer da ist«, sagte sie.

»Hallo, Jeanette«, erwiderte Pickering.

»Ich würde fragen, was los ist, doch ich weiß, dass ich Ihnen kein gottverdammtes Wort glauben kann, das Sie sagen.«

»Ich mag wirklich Frauen, die einen Groll hegen«, bemerkte Hart.

»Halten Sie die Klappe, George«, sagte Pickering. »Ich werde Ihnen sagen, was los ist, Jeanette, und Sie können sich überlegen, ob Sie mir glauben oder nicht.«

Sie wandte sich um und ging ins Hotel. Die Männer folgten ihr.

»O mein Gott«, sagte Jeanette. »Alles ist wirklich vermasselt, nicht wahr?«

»Das wissen wir nicht«, sagte Dunston. »Ich gehe immer noch davon aus, dass ihr Funkgerät defekt ist.«

»Nehmen wir an, dass diese geringe Möglichkeit besteht, dann ist die Lösung, ihnen ein anderes Funkgerät zu besorgen«, sagte Pickering. »Dabei gibt es Probleme. Im Augenblick bin ich nicht in der Lage, ein Funkgerät zu beschaffen, das (a) geeignet ist, um von einem Flugzeug über Tokchok Kundo abgeworfen zu werden und das (b) stark genug ist, um entweder mit Pusan oder Japan zu kommunizieren. Alles, was verfügbar ist und mit der Chance, intakt zu landen, abgeworfen werden kann, sind die Standard-Boden-Luft-Funkgeräte, die in Flugzeugen mitgeführt werden. Sie können nur mit einem anderen Flugzeug arbeiten, das in dem Gebiet operiert. Wenn wir ein Flugzeug über Tokchok Kundo kreisen lasen, werden die Nordkoreaner davon wissen und sich fragen, warum. Das kommt also nicht in Frage. Die Army hat einige experimentelle Funkgeräte, die vielleicht funktionieren – das Wort, auf das es ankommt, ist ›vielleicht‹ –, und sie werden per Luft nach Tokio transportiert. Aber die kürzeste Zeit, in der wir sie erwarten können, sind sechs Tage von gestern an gerechnet. Irgendwann heute Abend – vielleicht ist es bereits hier – transportiert das Fernmeldedepot Yokohama ein anderes SCR-300 und einen mit Gas betriebenen Generator nach K-1. Wir dachten, wenn wir dieses heute Abend an Bord der Dschunke laden und die Dschunke am Morgen lossegeln könnte, wäre es möglicherweise in ungefähr dreißig Stunden auf Tokchok Kundo.«

»Wenn die *Wind of Good Fortune* dorthin fährt, fahre ich mit«, kündigte Jeanette an.

»Nein, das werden Sie nicht tun«, sagte Pickering. »Wir wollen nicht, dass den Nordkoreanern die Kriegsberichterstatterin der *Chicago Tribune* in die Hände fällt.«

»Ich bin bereit, dieses Risiko einzugehen«, erklärte Jeanette.

»Ich nicht«, sagte Pickering. »Die Nordkoreaner würden sich fragen, was so wichtig an Tokchok Kundo ist, dass eine Kriegskorrespondentin deswegen mit einer Dschunke dorthin gefahren ist. Keine Diskussion, Jeanette. Wenn Sie das nächste Mal Tokchok Kundo sehen, wird es am fünfzehnten September von Deck der *Mount McKinley* sein.«

»Was ist die *Mount McKinley*?«, fragte Dunston.

»Das Kommandoschiff für die Inchon-Invasion.«

»Die Palastwache wird sicherstellen, dass ich dafür keine Pressegenehmigung bekomme«, sagte Jeanette.

»Sie werden eine CIA-Genehmigung haben«, sagte Pickering. »Sid Huff hat mich angerufen und gesagt, El Supremo hat ihn gebeten, mich zu fragen, wie viele Kabinen ich auf der *Mount McKinley* beanspruche. Ich sagte ihm, ich würde zwei Personen bei mir haben und zwei Kabinen brauchen. Sie sind eine der beiden Personen. Vertrauen Sie mir, Jeanette, es bedarf schon eines direkten Befehls von MacArthur, um Sie von der *Mount McKinley* fern zu halten.«

Sie sah ihn einen Moment prüfend an und sagte dann: »Nun, vielleicht sind Sie doch nicht so ein Hurensohn.«

»Die Invasion findet also definitiv am Fünfzehnten statt?«, fragte Dunston.

»Und so ist der geplante Angriff auf die Inseln – wenn wir sie nicht vorher einnehmen können – der Tag davor«, sagte Pickering. »Was uns zu den Leuten zurückbringt, die wir vielleicht ohne

Funkgerät auf Tokchok Kundo haben. George und ich haben uns gedacht, dass wir nur einen Amerikaner – zum Betreiben des Funkgeräts – an Bord haben. Er wird funken, dass sie auf dem Weg zur Insel sind. Dann wird er sich so gut wie möglich unsichtbar machen, während ihre südkoreanische Besatzung die Dschunke nach Tokchok Kundo segelt. Wenn unsere Leute da sind, sind wir fein raus.«

»Und wenn nicht?«, fragte Jeanette.

»Mit etwas Glück fährt die Dschunke dann einfach zurück auf See«, sagte Pickering.

»Und wenn Lady Fortuna pennt, wird jeder auf der *Wind of Good Fortune* gefangen genommen und nach dem Verhör als Spion erschossen werden«, sagte Jeanette.

»Sie hat Recht, Boss«, meinte Hart.

Pickering setzte zu einer Erwiderung an, besann sich dann jedoch anders. Stattdessen wandte er sich an Dunston.

»Finden Sie die Idee durchführbar, Dunston?«

»Ja, Sir, das finde ich«, sagte Dunston.

»Und wären Sie bereit, die Dschunke dorthin zu bringen?«

»Ja, Sir, selbstverständlich.«

»Das wäre blöde«, sagte Hart.

»Wie bitte?«

»Zum einen wäre es dumm, zu riskieren, dass er gefangen genommen wird. Die Nordkoreaner müssen wissen, wer er ist. Zum anderen brauchen Sie ihn hier. Ich fahre die verdammte Dschunke.«

»Das kommt nicht in Frage«, sagte Pickering, ohne zu denken.

»Warum nicht? Wen haben Sie sonst? Ich kann entbehrt werden, und ich kann es machen. Ich sehe da überhaupt kein Problem.«

»Ich nehme an, Sie sind auch keiner«, sagte Jeanette.

»Keiner – was?«

»Kein Hurensohn«, sagte Jeanette.

»Sind Sie sicher, das Sie das tun wollen, George?«, fragte Pickering.

»Klar, Boss«, erwiderte Hart.

XX

1

Tokchok Kundo

24. August 1950, 6 Uhr 05

Major Kim Pak Su, koreanische Nationalpolizei, Captain Kenneth R. McCoy, USMCR, Lieutenant David Taylor, USNR, und Master Gunner Ernest W. Zimmerman, USMC, alle in schwarzen Hemden und Hosen, schauten auf die beiden Signaltücher, die auf dem Boden zwischen zwei Hütten auf dem Hügel ausgelegt waren.

Auf ein Tuch waren die Buchstaben R, A und D geschrieben, auf das andere die Buchstaben I und O. Die Buchstaben waren groß mit Schlamm geschrieben, der das Einzige war, von dem sie genügend zur Verfügung hatten.

Master Gunner Zimmerman war es peinlich, dass er nicht eher daran gedacht hatte – vierundzwanzig Stunden vor McCoys und Taylors Ankunft –, die Signaltücher zum Übermitteln von Nachrichten zu benutzen, als durch den Sturm der Generator ausgefallen war, doch McCoy hatte darauf hingewiesen, dass der Regen erst Stunden vor seiner Ankunft aufgehört hatte und die Buchstaben sofort weggespült hätte.

»Es ist ohnehin ein kühner Versuch, Ernie«, sagte McCoy. »Wir wissen nicht, wann es einen weiteren Überflug der Insel geben wird, oder ob der Pilot Luftaufnahmen machen wird oder ob er …«

Das Geräusch von Flugzeugmotoren näherte sich.

Die drei Offiziere wichen zur Seite der Fläche zwischen den beiden Hütten und begannen, den Himmel abzusuchen.

Keine zwei Minuten später tauchten plötzlich zwei Corsairs auf und flogen auf etwa fünfhundert Fuß Höhe vom Leuchtturm aus mit vielleicht zweihundertfünfzig Knoten über den Flying Fish Channel. Mit anderen Worten, nicht volle Pulle, jedoch langsamer, als sie geflogen wären, wenn sie kein Interesse an den Inseln rings um den Flying Fish Channel gehabt hätten. Dennoch flogen sie schnell genug, sodass jeder, der sie von den von Nordkorea gehaltenen Stränden aus zufällig sah, nicht den Eindruck haben konnte, dass sie sich die Inseln im Kanal genau ansehen wollten, und sich Fragen stellen würden, warum.

Sie wichen nicht von ihrem Kurs ab, und dreißig Sekunden nach ihrem Auftauchen verschwanden sie in Richtung Inchon.

McCoy nahm an, dass sie Gelegenheitsziele in Inchon angreifen würden, bevor sie entweder ein wenig weiter nördlich fliegen oder direkt zu ihrem Flugzeugträger zurückkehren würden, nachdem sie sozusagen ihre Anwesenheit im Gebiet des Feindes gerechtfertigt hatten.

»Sie sagten, Mr McCoy?« Taylor sah ihn fragend an.

»Wir wissen nicht, ob diese Jungs entweder (a) die Signaltücher gesehen haben, und wenn, ob sie einen Sinn darin erkennen konnten, oder (b) Fotos gemacht haben«, sagte McCoy. »Oder (c), wenn sie Aufnahmen gemacht haben, ob sie die Signaltücher scharf genug fotografiert haben, sodass sie von Fotoauswertern gelesen werden können. Oder (d), wenn sie sie gesehen haben und lesen konnten, dass die Fotos in den Händen von jemandem landen, der uns etwas Gutes tun kann. Wie ich schon zu Mr Zimmerman gesagt habe, Mr Taylor, ist es nur ein kühner Versuch, ein Schuss ins Blaue.«

»Was soll's, Killer, wir haben es versucht«, sagte Zimmerman. »Wir müssen eben abwarten und Tee trinken.«

»Mir gefällt nicht, hier untätig herumzusitzen und zu warten«, sagte McCoy.

»Wie meinen Sie das, Ken?«, fragte Taylor.

»Korrigieren Sie mich, wenn ich mich irre, Major Kim, aber Ihre beste Schätzung der nordkoreanischen Stärke auf Taemuii-do ist dreißig Mann unter einem Sergeant, deren schwerste Waffen ein paar Maschinengewehre sind?«

»Das ist meine Information«, sagte Major Kim.

»Und auf Yonghung-do?«

»Dort sind insgesamt sechsundzwanzig Mann einschließlich des befehlhabenden Lieutenants und seines Sergeants. Aber wir haben ebenfalls erfahren, dass sie Leute auf Taebu-do …«

»Das ist die kleine Insel im Süden?«, unterbrach McCoy.

»Von hier aus nach Norden die nächste Insel bei Taemuii-do, dann kommt Taebu-do und dann Yonghung-do. Ich nehme an – wenn ich der Lieutenant wäre, würde ich es jedenfalls tun –, dass er sechs, sieben, acht Mann unter seinem Sergeant auf die kleinere Insel geschickt hat. So bleiben sechzehn Mann und er selbst. Und er hat zwei MGs …«

»Vielleicht hat er eines davon zu der kleinen Insel geschickt«, warf Zimmerman ein.

»Dann sind es insgesamt sechsundfünfzig NK-Soldaten, mehr oder weniger, richtig?«, sagte Taylor. »Wir haben zehn Marines, Sie beide mitgezählt, und fünfzehn Nationalpolizisten einschließlich Major Kim …«

»Und natürlich Sie«, erwiderte McCoy. »Und die hiesige Miliz …«

»Zur Sache«, sagte Taylor. »Worauf wollen Sie hinaus, McCoy?«

»Wenn die Nordkoreaner ein Funkgerät haben oder hatten – und den Generator dafür und Sprit für den Generator –, wäre es vermutlich bei dem Lieutenant«, sagte McCoy.

»Und wenn sie ihres ebenfalls im Sturm verloren haben?«, fragte Taylor.

»Dann sind sie nicht schlimmer dran als wir jetzt«, sagte McCoy.

»Damit ich Sie richtig verstehe«, sagte Taylor. »Sie schlagen vor, dass …«

»Wir kommen vom Thema ab«, unterbrach McCoy. »Und es ist kein Vorschlag, Dave.«

Taylor ignorierte das und fuhr fort:

»… wir unsere sechsundzwanzig Leute in die Rettungsboote laden und versuchen, zuerst Yonghung-do einzunehmen, die entfernteste Insel …«

»… weil dort ihr Befehlsstand und ihr Funkgerät ist, wenn sie eins haben.«

Taylor ignorierte das ebenfalls und sprach weiter: »… und um das zu erreichen, müsste sich unsere kleine Invasionsflotte an Taemuii-do und Taebu-do vorbeistehlen, was bedeutet, dass wir es in der Dunkelheit tun müssten, denn bei Tageslicht würden zwei Rettungsboote und drei Fischerboote unter Segeln gesehen und …«

»Ich nehme an, Sie haben nicht zugehört, als ich gesagt habe, dies ist kein Vorschlag, Dave«, unterbrach McCoy.

»Ist es keiner?«

»Richtig, es ist keiner«, sagte McCoy ruhig, doch es war ein stählerner Ich-will-Gehorsam-Klang in seiner Stimme.

Taylor schaute ihn lange an.

»Darf ich fragen, warum zuerst Yonghung-do?«, sagte er schließlich.

»Wenn wir zuerst Taemuii-do einnehmen, würde es der Lieutenant auf Yonghung-do wissen. Und wenn er nur die Schüsse hört. Und wir werden vermutlich Granaten einsetzen müssen, wenn sie viel Widerstand leisten. Wenn der Lieutenant ein Funkgerät hat, wird er das dem Festland melden. Und dann würde er vermutlich versuchen, Hilfe nach Taemuii-do zu schicken, ob er Befehle vom Festland bekommt oder nicht. So schalten wir das Funkgerät aus, wenn es eines gibt, und den Lieutenant ebenfalls. Und nach dem, was ich von den Nordkoreanern gesehen habe, werden die Sergeants auf den anderen Inseln nichts ohne Befehl unternehmen.«

»Die Koreaner dort rüberzubringen, ohne entdeckt zu werden, wird eine harte Nuss werden, Killer«, meinte Zimmerman. »Taylor hat Recht. Man kann ein Segel von weitem sehen, und wenn sie zwei Segelboote sehen, werden sie wissen, dass etwas im Gange ist.«

»Ihre Miliz ist unsere zweite Welle, Ernie«, sagte McCoy. »Die Männer werden nicht mal von hier aus zu erkennen sein, bis es hell wird. Bis dahin sollten wir Yonghung-do eingenommen haben. Dort gehen Sie an Land und legen sie in Garnison, und wir fahren zurück, umfahren die kleine Insel und nehmen Taemuii-do ein. Dann legen die Koreaner diese Insel in Garnison, und schließlich nehmen wir die kleine Insel ein.«

»Wir lassen nur die Koreaner auf den Inseln?«, fragte Taylor.

»Ich nehme an, Captain McCoy hat im Sinn, wenn die Nordkoreaner vom Festland aus einen Gegenangriff starten und Erfolg haben, werden sie keine Amerikaner finden«, sagte Major Kim.

McCoy nickte.

»Wann geht es los, Killer?«, erkundigte sich Zimmerman.

»Haben Sie große Pläne für morgen vier Uhr, die Sie nicht sausen lassen können?«

2

Fotolabor
USS *Badoeng Strait*
35° 48′ nördlicher Breite, 129° 91′ östlicher Länge
Japanisches Meer

24. August 1950, 11 Uhr 05

»He, Mac«, rief Chief Photographer's Mate Young Master Sergeant P.P. McGrory zu, »sehen Sie sich das an!«

»Was soll ich mir ansehen?«

Chief Young wies hin.

»R A D auf einem Signaltuch, I O auf dem anderen«, sagte er. »Sehen Sie's?«

»Ja. RADIO.«

»Das sind die Jungs auf dieser Insel, wo Colonel Dunn die Transformatoren des Funkgeräts abgeworfen hat«, sagte Chief Young. »Vermutlich ist ihr Funkgerät wieder kaputt.«

»Er wird dies sehen wollen«, sagte McGrory. »Sofort.«

»Sie sind kurz vor dem Katapultstart«, sagte Young.

McGrory schnappte sich den Abzug vom Tisch und verließ das Fotolabor im Laufschritt.

Er war außer Atem, als er aufs Flugdeck rannte.

»Wo ist Colonel Billy?«, schrie er gegen das Röhren der startenden Flugzeuge an.

Der Mechaniker wies hin.

Dunn stand auf der Tragfläche seiner Corsair, und man half ihm in die Flugausrüstung.

»Dies kam gerade aus der Entwicklung, Colonel«, sagte McGrory und gab ihm den Fotoabzug.

Dunn betrachtete die Aufnahme.

»Stecken Sie dies in einen Umschlag, geben Sie es dem COD-Piloten und sagen Sie ihm, er soll es so schnell wie möglich zum Verbindungsoffizier des Marine-Corps bringen. Schreiben Sie auf den Umschlag ›Major William Dunston, Army-Transportation-Corps‹.«

»Aye, aye, Sir«, sagte McGrory.

Dunn sah seinen Gesichtsausdruck.

»Nein, Mac«, sagte er. »Tut mir Leid, Sie können nicht fragen, was das zu bedeuten hat.«

3

Dewey-Suite
Imperial Hotel
Tokio, Japan

24. August 1950, 15 Uhr 25

»Ich habe Sie nicht so schnell zurückerwartet«, sagte Major General Ralph Howe, als Brigadier General Fleming Pickering an seine Tür klopfte. Er saß in seinem Sessel, hatte die Füße auf eine Fußbank gelegt und las in *Stars & Stripes*. »Kommen Sie rein und erzählen Sie mir, was los ist.«

»Ich wollte überhaupt nicht zurückkommen«, sagte Pickering.

»Warum haben Sie es dann getan?«

»Man hat mich zum Abendessen in die Residenz eingeladen«, antwortete Pickering.

»Sie sind bereits berühmt als der einzige Mann in Japan, der es wagt, El Supremo zu sagen ›Bedaure, ich habe bereits eine Verabredung‹«, sagte Howe. Es war eine unausgesprochene Frage.

»Zwei Gründe, Ralph«, sage Pickering. »Erstens wollte ich nicht, dass er sich fragt, um welche Verabredung es sich handelt, und zweitens befolgte ich den Rat meines Vaters – jetzt mein eigener –, fähigen Leuten, die für mich arbeiten, aus dem Weg zu bleiben und sie ungestört ihren Job erledigen zu lassen.«

»Haben Sie bereits Ihren Zwölf-Uhr-Schluck gehabt? Und wenn ja, ist halb vier zu früh für einen Fünf-Uhr-Schluck?«

»Nein und nein«, sagte Pickering. »Behalten Sie Platz, Ralph. Ich hole die Drinks.«

»Wo ist unser üblicher Barmann?«

»Irgendwo im Gelben Meer. Ich hoffe, ich weiß kurz nach einundzwanzig Uhr, wo im Gelben Meer.«

»Was lassen Sie ihn dort tun?«, fragte Howe.

»Im Augenblick ist er auf einer Dschunke auf dem Weg nach Tokchok Kundo«, sagte Pickering. »Es war das Einzige, was uns einfiel, um herauszufinden, was auf der Insel passiert ist, und – vorausgesetzt McCoy und Co. sind dort und das Problem ist ein defektes Funkgerät – ihnen ein anderes zu bringen.«

»Warum Hart?«

»Weil er anführte, dass er besser entbehrt werden kann – wir beide wissen, dass er ›besser zur Verfügung stehen kann‹ meint – als Dunston, mein Stationsleiter in Pusan«, sagte Pickering, während er einschenkte. »Dunston war bereit, mit der Dschunke zu fahren. George, mit dem nicht gerade überwältigenden Taktgefühl eines Captains, der mit seinem General spricht, wies korrekt darauf hin, dass es blöde wäre, Dunston zu schicken.«

Er gab Howe das gefüllte Glas, und sie prosteten sich zu.

»Was werden Sie tun, wenn El Supremo Sie heute Abend rundheraus über diese Operation befragt? Ich habe den Verdacht, dass er genau dies tun wird.«

»Darüber habe ich nachgedacht«, sagte Pickering. »Ich nehme an …«

Die Tür wurde geöffnet, und Master Sergeant Charley Rogers trat ein.

»Ich wusste nicht, dass Sie zurück sind, General. Da ist ein Major Dunston in der Leitung von Pusan. Als er Sie oder Hart nicht erreichen konnte, hat er gebeten, General Howe zu sprechen.«

»Kann ich den Anruf hier entgegennehmen?«

»Ich glaube, das macht keinen großen Unterschied«, sagte Rogers bitter. »All unsere Leitungen werden abgehört.«

Er ging zum Telefon, nahm den Hörer ab und sagte: »Verbinden Sie mein Gespräch bitte hierhin.« Dann hielt er Pickering den Hörer hin.

»Dunston«, sagte Pickering am Telefon. »Ich bezweifle, dass dies eine gesicherte Leitung ist.«

»Jawohl, Sir«, erwiderte Dunston. »General, ich blicke gerade auf ein Luftfoto, das uns unser Freund Dunn geschickt hat. Es wurde früh an diesem Morgen aufgenommen. Können Sie raten, wo?«

»Ich habe eine ziemlich gute Vorstellung«, sagte Pickering.

»Das Foto zeigt ein Signaltuch, auf das jemand ›Radio‹ geschrieben hat«, sagte Dunston. »Es zeigt ebenfalls, verschwommen, einen Mann, der so etwas wie einen schwarzen Pyjama trägt.«

»Interessant«, sagte Pickering.

»Ich dachte mir, Sie möchten das wissen, General.«

»Danke. Ist Ihrerseits alles bereit für einundzwanzig-hundert heute Abend?«

»Jawohl, Sir.«

»Lassen Sie mich wissen, sobald Sie etwas erfahren, ja?«

»Jawohl, Sir. Selbstverständlich.«

»Danke, Bill.«

»Jawohl, Sir«, sagte Dunston, und dann war die Verbindung unterbrochen.

»Charley, ist Sergeant Keller erreichbar?«

»Ich hole ihn, General«, sagte Rogers und verließ die Suite.

»Gute Nachrichten?«, erkundigte sich Howe.

»Sehr gute«, sagte Pickering.

»Über Ihren Sohn?«

»Nein. Die beste Nachricht, die ich über Pick habe, ist Dunstons Behauptung, er sei ziemlich sicher, dass Pick kein Kriegsgefangener ist.«

»Worum ging es bei diesem Anruf?«

Master Sergeant Keller trat ein.

»Ja, Sir?«

»Ich muss eine Botschaft rausschicken – sie braucht nicht als geheim eingestuft zu werden, aber als ›Eilt! Zur sofortigen persönlichen Kenntnisnahme von Lieutenant Colonel William Dunn, an Bord der *Badoeng Strait*‹.«

»Ja, Sir?«

»Die Botschaft lautet wie folgt: ›Vielen Dank. Funkgerät ist unterwegs. Gezeichnet, Pickering, Brigadier General, USMC.‹ Haben Sie das?«

»Ich schicke es sofort raus, Sir«, sagte Keller.

Pickering wandte sich an Howe.

»Eines der Luftfotos, die Colonel Dunn heute Morgen von Tokchok Kundo machte, zeigt ein Signaltuch mit der Aufschrift ›RADIO‹«, sagte Pickering.

»Dann denkt El Supremo vielleicht – vorausgesetzt, Charley hat Recht, was ich befürchte, und jemand hat Ihr Telefonat abgehört –, dass es etwas mit der Suche nach Ihrem Sohn zu tun hat.«

»Ah, zur Hölle damit, Ralph. Wenn er mich fragt, werde ich es erzählen«, sagte Pickering.

4

An Bord der *Wind of Good Fortune*
34° 20′ nördlicher Breite, 126° 29′ östlicher Länge
Das Gelbe Meer

24. August 1950, 20 Uhr 50

Captain George F. Hart, USMCR, der an der Reling am hohen Heck der *Wind of Good Fortune* lehnte, neben dem koreanischen Matrosen an der Ruderpinne, konnte jetzt das Licht der Beleuchtung des Kompasses in dem kleinen Kontrollfeld am vorderen Rand des Achterdecks sehen.

Er warf einen Blick auf seine Armbanduhr, stieß sich von der Reling ab und ging über das Deck zu dem Kapitän, der Kim hieß wie zwei andere der vier koreanischen Seeleute an Bord. Der vierte Matrose, der Koch, hieß Lee.

Hart berührte Kapitän Kim an der Schulter und machte ihm mit Zeichen klar – zuerst wies er auf seine Uhr, dann nach unten und schließlich hielt er ein imaginäres Mikrofon vor den Mund –, dass es an der Zeit war, die Position an ihr Hauptquartier zu melden.

Kapitän Kim nickte und gab einen Laut von sich, der entweder ein Räuspern oder Grunzen war.

Hart nahm eine Seekarte aus der Tasche seines Uniformrocks. Überraschend für ihn war es nach einem langen, heißen und schwülen Tag am Abend auf dem Achterdeck kühl geworden, und er war nach unten in seine Kabine gegangen, um seinen Uniformrock zu holen.

Er hielt die Karte Kapitän Kim hin, der sie einen Moment eingehend betrachtete und dann ihre Position anzeigte. Sie befanden sich ein wenig südwestlich der äußersten Spitze der koreanischen Halbinsel. Mit anderen Worten, sie hatten soeben begonnen, nordwärts an der koreanischen Halbinsel hinaufzufahren, weit genug auf See, sodass es unwahrscheinlich war, dass die *Wind of Good Fortune* von jemandem am Strand gesehen werden konnte.

Sie segelten nicht, sondern hatten die Segel eingeholt, sobald sie außer Sicht von Pusan gewesen waren. Seither fuhren sie mit Dieselkraft.

Hart ging zu seiner Kabine – es war die Kapitänskabine –, schloss die Tür und schaltete das Licht ein. Das SCR-300, noch auf einer Transportpalette, war auf dem Boden festgezurrt. Auf dem Funkgerät stand ein Hallicrafters-Empfänger, der ebenfalls sorgfältig festgebunden war.

Die Funkgeräte waren in den frühen Morgenstunden persönlich von Captain R.C. ›Pete‹ Peters, Fernmeldekorps, USA, vom Kommunikationszentrum der 8th Army installiert worden. Und beim ersten Tageslicht hatte er persönlich die Installation der Antenne beaufsichtigt. Schließlich hatte er Funkkontakt mit seinem Funkraum hergestellt.

Da hatten die Funkgeräte funktioniert, was nicht hieß, das dies jetzt auch der Fall sein musste. Und weil etwas defekt sein konnte und sich Hart trotz Captain Peters' Anweisungen nicht mit dem Gerät auskannte, hatte Hart jeden Schritt sorgfältig in ein Notizbuch geschrieben.

Hart legte die Karte auf das Funkgerät, nahm ein großes Blatt durchscheinendes Papier aus der Tasche seines Uniformrocks und legte es als Planpause auf die Karte. Am vergangenen Abend hatte ›Major‹ Dunston zwei Stunden damit verbracht, Planpausen vorzubereiten. Es gab zwei Sätze davon, einen für die Gewässer vor der Küste der koreanischen Halbinsel und einen anderen für die Inseln im Flying Fish Channel. Die Planpausen von jedem Satz waren identisch. Auf jede war eine Reihe von Kästchen aufgemalt, jedes mit einer Nummer beschriftet. Die Nummern waren – absichtlich – keineswegs aufeinander folgend. ›063‹, zum Beispiel, war umgeben von ›109‹, ›040‹, ›101‹ und ›171‹.

Als er die Planpause auf die Karte legte, sah Hart die Position, die Kapitän Kim ihm angegeben hatte, im Kästchen ›091‹. Hart schrieb die Nummer in das Notizbuch, faltete dann sorgfältig die

Karte und die Planpause und steckte beide zurück in die Tasche seines Uniformrocks, zusammen mit dem Luftfoto der Inseln des Flying Fish Channel und der Planpause.

Dann studierte er die ersten Notizen, die er während Captain Peters' sehr geduldiger Einweisung gemacht hatte, betätigte ›Hebel unten links‹ des Hallicrafters und war erleichtert und angenehm überrascht, als die Skalen sofort aufleuchteten.

Drei Minuten später leuchteten alle Anzeiger beim Sender und Empfänger und zeigten an, was sie laut Harts Notizen anzeigen sollten.

Er setzte seine Kopfhörer auf und hörte ein Zischen.

Er nahm das Mikrofon, schaltete die Sprechtaste ein und sagte: »Verschlüsselt, Verschlüsselt, H-1, H-1!«

H-1 war das Funkrufzeichen des Chefs der Mordkommission der Polizei von St. Louis. Als die Frage der Funkrufzeichen für die *Wind of Good Fortune* gegen drei Uhr an diesem Morgen aufgekommen war, war H-1 ein so gutes Rufzeichen gewesen wie alle anderen, die vorgeschlagen worden waren, und ein Besseres als viele. Und Hart wusste, dass er es bestimmt nicht vergessen würde. Er dachte jetzt daran und an St. Louis und die dortige Polizei und fragte sich laut: »Was, zum Teufel, tue ich hier?«

Das Zischen in einem Kopfhörer verschwand plötzlich, und eine Stimme sagte laut, dass es fast in seinen Ohren schmerzte: »Verschlüsselt. Fahren Sie fort.«

»Zero Niner One«, sprach Hart ins Mikrofon und wiederholte es.

»Verschlüsselt verstanden Zero Niner One, bestätigen«, ertönte die zu laute, sehr klare Stimme in Harts Kopfhörer.

Hart bestätigte.

»Im Klartext«, sagte die zu laute Stimme, und das Zischen kam wieder über den Kopfhörer.

Hart legte das Mikrofon auf das SCR-300, betrachtete dann eingehend die Front des Hallicrafters und drehte schließlich einen runden Knopf. Sehr vorsichtig. Das Zischen in seinem Kopfhörer verschwand. Er wollte den Knopf in dieser Position lassen, doch nach kurzem Überlegen – *wenn ich ihn zu weit runterdrehe, kann ich ihn vielleicht beim nächsten Mal nicht hören* – drehte er ihn etwas weiter. Dann zog er seine Notizen zu Rate und schaltete das Funkgerät aus.

5

Tokchok Kundo

25. August 1950, 4 Uhr 05

Sie hatten die meiste Zeit des vergangenen Tages mit Übungen verbracht, die Boote zu Wasser zu lassen und ihre Ausrüstung einzuladen, und als Kenneth R. McCoy vom Kai aus in Boot zwei sprang, ging ihm durch den Kopf, dass zumindest dieser Teil der Operation keine Probleme machen würde.

Er drückte den Anlasserknopf auf dem Instrumentenbrett, und der Motor des Rettungsboots erwachte zum Leben.

Die Übungen, die Boote ins Wasser zu lassen, waren eine Art Spaß gewesen, obwohl es unpassend gewesen wäre, über die Aktivitäten der Männer zu lächeln.

Er hatte die Übungen mit der Erklärung begonnen, dass sie die Tarnnetze nicht wirklich von den Booten entfernen würden – weil die Boote dann gesehen werden konnten –, sondern nur mimen würden, die Boote abzudecken, zu Wasser zu lassen und dann zu beladen.

Jeder schien zuzustimmen, dass dies eine logische Lösung des Problems war.

Da die Boote, wenn sie tatsächlich zu Wasser gelassen wurden, dorthin getragen werden mussten, begannen sie mit dieser Übung. Die Boote waren schwer, und acht Mann auf jeder Seite würden erforderlich sein, um sie zu tragen.

Den Männern wurden Nummern zugeteilt, links eins bis links acht, rechts eins bis rechts acht.

Nachdem Boot eins im Wasser war, würde Boot zwei enttarnt und ins Wasser gebracht werden. Woraufhin links sieben und links acht bei Boot zwei bleiben und rechts sieben und rechts acht zu Boot eins gehen würden und jeder sonst eine Reihe zu dem Haus bilden würde, das jetzt ohne Dach war und in dem ihre Waffen, die Munition und alles sonst, was sie mitnehmen würden, nach einem genauen Plan ausgelegt war. Dann würde als Erstes jede persönliche Waffe und danach jede Ausrüstung von Mann zu Mann weitergereicht und in die Boote gelegt werden.

Das System auszuklügeln und durchzuspielen, hatte den ganzen Morgen gedauert, und nach der Mittagspause hatten sie geübt, wie sie Yonghung-do angreifen würden.

Gegen 17 Uhr hatte McCoy alle versammelt und war durchgegangen, was Major Kim über die charakteristischen Merkmale der Insel und die Position der nordkoreanischen Soldaten herausgefunden hatte, und hatte den Plan besprochen.

Yonghung-do war etwa drei Meilen lang, und die Form der Insel ähnelte der einer Sanduhr. Jedes Ende der Insel war ungefähr eine Meile breit, und jedes hatte einen fünfundzwanzig bis dreißig Meter hohen Hügel im Zentrum. Etwa in der Mitte verengte sich die Insel auf ein paar Hundert Meter.

»Dort werden wir landen«, sagte McCoy und wies auf die Skizze der Insel, die er in den jetzt trockenen Schlamm gezeichnet hatte. »Sie werden uns nicht erwarten, und wir können dort ungesehen landen. Wir lassen ein Vier-Mann-Team dort – das MG-Team für das Browning .30, plus einen BAR- und einen Gewehrschützen – und acht von Major Kims Männern unter dem Kommando von Mr Taylor. Ihre Aufgabe wird es sein, die Nordkoreaner im Dorf Nae-ri am Nordende der Insel davon abzuhalten, den Nordkoreanern im Dorf Oe-ri am Südende der Insel zu Hilfe zu kommen. Mit etwas Glück werden die Leute, die wir am Strand zurücklassen, nichts zu tun bekommen. Wenn wir diese Meile leise über den Hügel vorrücken können – keiner feuert irrtümlich, und Mr Zimmerman furzt nicht …«

Er erntete das erwartete Gelächter, wartete, bis es abklang und fuhr fort: »Sie werden uns nicht erwarten, und wir können sie ohne einen einzigen Schuss gefangen nehmen. ›Sie‹ ist ihr Lieutenant, eines ihrer Maschinengewehre, vielleicht der Munitionsvorrat für all die Inseln und ihr Funkgerät mit vielleicht einem Generator, den wir für den Betrieb unseres Funkgeräts benutzen können. Wir stürmen nicht schießend in dieses Dorf. Wenn es dort ein Funkgerät oder Dieseltanks gibt, will ich nicht, dass sie von Kugeln zersiebt werden. Außerdem sind dort ungefähr zweihundert Zivilisten. Ich werde jedem den Arsch aufreißen, der einen Zivilisten umlegt. Okay, wenn wir erst das südliche Dorf gesichert haben, lassen wir Major Kims Leute dort, kehren zurück zum Strand, holen jeden ab außer dem MG-Team und Mr Taylor, gehen nach Norden und überqueren den anderen Hügel und sichern das andere Dorf, Nae-ri. Wenn wir das getan haben, wird ein Freiwilliger über den Hügel zum Strand zurück rennen und das Mr Taylor melden, der daraufhin die Boote nach Nae-ri bringt und uns – minus Major Kim und seine Polizisten, die bleiben werden, bis wir die Miliz dorthin schaffen – herausholt. Noch irgendwelche Fragen?«

Es gab keine Fragen.

»Nun, in diesem Fall, sollten wir, bevor es dunkel wird, noch eine oder zwei Übungen mit den – fiktiven – Booten machen«, sagte McCoy.

Allgemeines Stöhnen. Nachdem das System ersonnen, ausprobiert und mehrmals erfolgreich geübt worden war, fand jeder die Übung todlangweilig.

McCoy wartete, bis sich das Stöhnen gelegt hatte.

»Andererseits«, fuhr er dann mit ausdrucksloser Miene fort, »wäre es vielleicht leichter, jetzt die Boote ins Wasser zu bringen, die Ausrüstung reinzuladen und die Tarnnetze darüber zu spannen. Dann brauchten wir am Morgen nur noch einzusteigen, die Netze abzunehmen und loszufahren.«

Es folgte ein Moment betroffenes Schweigen, und dann setzte Gemurmel ein.

McCoy wies auf einen der Marines, auf einen Technical Sergeant, der Marine Raider gewesen war.

»Was haben Sie gesagt, Sergeant?«

»Ich habe nichts gesagt, Sir.«

»Sonderbar«, sagte McCoy. »Ich könnte schwören, von Ihnen gehört zu haben ›Oh, welch ein Jammer, dass unser geliebter und brillanter Commander nicht früher daran gedacht hat.‹ Oder ähnliche Worte.«

»Jawohl, Sir, ähnliche Worte.«

»Nun, Sergeant, Sie werden jetzt zum Ende des Kais rennen und dies mitnehmen …«, er warf ihm seinen Feldstecher zu, »… durch das Sie die See absuchen werden. Wenn Sie absolut sicher sind, dass dort draußen nichts ist, werden Sie ein entsprechendes Signal geben …«, McCoy hob die Arme über den Kopf und schwenkte sie, »… woraufhin sich der Rest dieses großartigen Expeditionskorps des Marine-Corps bei Boot eins versammelt, das

Tarnnetz entfernt und es so schnell wie möglich ins Wasser bringt, die Ausrüstung einlädt, es mit dem Tarnnetz verdeckt und dann wieder zu Ihnen späht. Wenn Sie kein Signal geben, das anzeigt, dass sich dort draußen ein Boot befindet, werden sie die Operation mit Boot zwei wiederholen. Wenn Sie ein Boot auf See sehen, während die Männer ihre Aufgabe erledigen, werden Sie das signalisieren, aber die Männer werden das Boot zu Ende beladen und mit dem Tarnnetz bedecken, bevor sie sich außer Sicht begeben. Irgendwelche Fragen?«

»Nein, Sir«, sagte der Sergeant.

»Dann los!«, sagte McCoy.

Der Sergeant machte sich in schnellem Laufschritt auf den Weg zum Kai.

Zwanzig Minuten später waren beide Boote im Wasser, beladen und mit Tarnnetzen bedeckt.

McCoy signalisierte dem Sergeant am fernen Ende des Kais, zurückzukommen.

»Um die Frage zu beantworten, die Sie nicht zu stellen wagen«, sagte McCoy. »Sie haben diese Pantomime gemacht, damit sie Ihnen in Fleisch und Blut übergegangen ist, wenn Sie es tatsächlich tun. Und bis jetzt haben wir noch nicht die Realität geübt. Es ist fast dunkel. Selbst wenn ein Boot aufgetaucht wäre, bezweifle ich, dass man die Rettungsboote am Kai gesehen hätte, sofern man nicht dort hingefahren wäre. Irgendwelche Fragen?«

Niemand hatte eine Frage.

»Sind Sie bereit, Captain McCoy?«, rief Lieutenant Taylor.

»Bereit.«

Das Motorengeräusch von Taylors Boot veränderte sich, als er den ersten Gang einlegte.

McCoy sah, dass die beiden Marines an den Leinen, die das Boot am Kai hielten, zu ihm schauten.

»Leinen los!«, rief McCoy. »Schieben Sie uns fort!«

Beide Marines schoben das Boot mit Tritten vom Kai fort.

McCoy betätigte den Schalthebel

Metall kreischte gequält auf.

Er hatte keine Ahnung, was er falsch gemacht hatte, aber es war offenbar an der Zeit, das Getriebe zu schonen. Er schob den Hebel nach vorne, und das Kreischen hörte auf.

»Scheiße, was war das?«, fragte jemand im Boot.

Taylor fuhr mit seinem Rettungsboot einen engen Kreis, lenkte es längsseits an McCoys Boot und sprang geschickt hinein.

»Ich weiß nicht, was, zum Teufel …«, begann McCoy.

Taylor bewegte den Schalthebel und zog ihn sofort zurück, als das Kreischen wieder begann.

»Sie haben die Kurbelwelle erwischt, glaube ich«, sagte Taylor. »Hoffen wir, dass es alles ist.«

»Ist es ernst?«

»Es bedeutet, dass wir heute Morgen nirgendwohin fahren«, erwiderte Taylor. »Ich kann mir den Schaden erst ansehen, wenn das Boot aus dem Wasser raus ist und ich Licht habe.«

6

Tokchok Kundo

25. August 1950, 7 Uhr 25

Boot zwei war jetzt am Strand, mit dem Oberteil nach unten, und das Tarnnetz hing von der Wand des Generator-Gebäudes aus darüber.

Boot eins war noch im Wasser, beladen und unter einem Tarnnetz. Die Partie war verloren. McCoy hatte gehofft – und Taylor ebenfalls, obwohl er das für sich behielt –, dass der Schaden an dem Boot schnell repariert werden konnte, damit die Operation fortgesetzt werden konnte. Das schien das Risiko zu rechtfertigen, Boot eins im Wasser zu lassen, wo es sehr verdächtig für jeden sein würde, der nahe an Tokchok Kundo herankam.

Als sie Boot zwei ausgeladen hatten, damit es an Land gebracht werden konnte, war der Tag angebrochen, und das bedeutete, dass die Operation ganz von vorne angefangen werden musste. Es war unmöglich, bei Tageslicht ungesehen an Taemuii-do vorbeizukommen.

Und der Schaden an Boot zwei war nichts, was schnell repariert werden konnte – wenn überhaupt. Die Kurbelwelle, die durch den Rumpf zum Propeller führte, war irgendwie verbogen.

Eine Reparatur machte einen Ausbau erforderlich. Dann musste die Kurbelwelle erhitzt, gerade gehämmert und wieder eingebaut werden. Taylor war sich überhaupt nicht sicher, ob es geschafft werden konnte, und das sagte er McCoy.

»Können wir das Boot nicht von dem anderen schleppen lassen?«, fragte McCoy.

Taylor schüttelte den Kopf. »Vielleicht auf offener See, aber nicht bei den Gezeiten im Kanal.«

»Dann müssen wir wohl dieses Boot reparieren«, meinte McCoy.

Als sie das Geräusch von Flugzeugmotoren hörten, hatten sie die Kurbelwelle ausgebaut und aus Felsen einen behelfsmäßigen Hammer und Amboss gemacht. Die Kurbelwelle musste zuerst erhitzt werden, bis sie rot glühend war, bevor versucht werden konnte, sie gerade zu hämmern.

Es gab beträchtliche Zweifel, dass sie auf einem Holzfeuer genügend erhitzt werden konnte, und weder Taylor noch die Koreaner, die einige Grundkenntnisse in Schmiedearbeiten hatten, konnten auch nur schätzen, wie oft die Erhitzen/Hämmern-Prozedur wiederholt werden musste, sofern das Erhitzen überhaupt gelingen würde.

Die beiden Corsairs, die auftauchten, kamen vom Leuchtturm den Flying Fish Channel herab. Heute flog eine davon viel tiefer, nicht mehr als dreihundert Fuß über dem Wasser, und das Fahrgestell war ausgefahren.

»Mein Gott«, sagte McCoy leise zu Taylor und Zimmerman, »ob man uns ein Funkgerät abwirft?«

»Er wird etwas abwerfen«, sagte Zimmerman.

McCoy starrte angespannt zu dem nahenden Flugzeug, konnte jedoch nur Artillerie in den Halterungen unter den Tragflächen erkennen.

Und dann löste sich etwas von dem Flugzeug, etwas Kleines, an dessen Ende etwas hing, das wie ein Band aussah.

In dem Moment, in dem das Objekt zu fallen begann, wurde das Fahrgestell eingefahren, und das Flugzeug legte sich nach links in die Kurve, um über den Hügel hinweg an Höhe zu gewinnen.

Das Objekt, das von der Corsair gefallen war, verlor die Vorwärtsgeschwindigkeit und fiel dann gerade herab. Es landete zehn Meter vom Kai und zwanzig Meter vom Strand. Das Band oder was es war, lag jetzt auf dem Schlamm, den die Ebbe zurückgelassen hatte. Etwas war an dem Band befestigt, und es war jetzt im Schlamm begraben.

McCoy wandte sich Zimmerman zu und sah ihn an. Er saß auf dem Boden, zog seine Arbeitsschuhe und die Socken aus. Dann streifte er das schwarze Hemd und die Hose des ›Pyjamas‹ ab und zog auch die Unterwäsche aus.

Er watete durch den Schlamm auf das Band zu. Bis zu den Knöcheln sank er im Schlamm ein, und einmal sah es für einen Moment aus, als stecke er im Schlamm fest und fiele hin. Er konnte jedoch das Gleichgewicht bewahren, und schließlich streckte er die Hand nach dem weißen Band aus. Es gelang ihm, es zu fassen, und er zog daran, doch er stieß auf mehr Widerstand, als er gedacht hatte. So watete er noch weiter hinaus zum Ende des Bandes, das im Schlamm steckte. Vorsichtig begann er zu ziehen. Bald darauf hielt er etwas in der Hand.

»Eine verdammte Taschenlampe!«, rief er wütend.

»An Land bringen!«, rief McCoy, und Zimmerman begann zurück zum Strand zu waten, wobei er das Band um die »Taschenlampe« wand.

Als er schließlich am Strand war, keuchte er vor Anstrengung.

»Wie bekomme ich diesen stinkenden Dreck von den Beinen?«, fragte Zimmerman und warf die »Taschenlampe« und das schlammige Band McCoy zu.

Das Band war Fallschirmseide, wie McCoy sofort erkannte. Er wickelte es von der »Taschenlampe« los und sah, dass es sich tatsächlich um eine Taschenlampe handelte, eine große mit vier Batterien. Der lange Streifen Fallschirmseide war mit dickem Klebeband an den Fuß der Taschenlampe geklebt.

Er schaltete die Lampe an. Kein Licht.

Er schraubte den Fuß ab und stellte fest, dass die Batterien entfernt worden waren und an ihrer Stelle ein gefaltetes Blatt Papier darin steckte. Vorsichtig zog er es heraus und entfaltete es. Es war eine mit Fettstift geschriebene Botschaft.

VON PICKERING
FUNKGERÄT UNTERWEGS
HALTET DURCH
SEMPER FI
DUNN

Lieutenant Taylor, Major Kim und Master Gunner Zimmerman – der immer noch nackt war und dessen Hände mit dem Schlamm bedeckt waren, den er vergebens von seinen Beinen zu wischen versucht hatte – gingen zu McCoy.

»Was, zur Hölle, ist es?«, fragte Taylor.

McCoy gab ihm die Botschaft. Taylor las und wollte sie Zimmerman geben, besann sich dann anders und hielt sie ihm vors Gesicht, damit er sie lesen konnte.

»Mr Zimmerman, nehmen Sie's mir nicht übel«, sagte McCoy, »aber Sie stinken wie ein toter Fisch und andere Dinge, über die ich gar nicht nachdenken mag.«

»Sie können mich mal, Killer«, sagte Zimmerman, doch er musste lächeln.

Taylor gab den Zettel mit der Botschaft Major Kim.

»›Unterwegs‹ sagt uns nicht, wann oder wie«, meinte Taylor.

»Wenn General Pickering sagt, ein Funkgerät ist unterwegs, dann ist es so«, erwiderte McCoy. »Das ist eine gute Nachricht.«

»Und was machen wir, bis die gute Nachricht eintrifft?«, wollte Zimmerman wissen.

»Sie, Mr Zimmerman, werden keine Mühen scheuen, sich wieder gestankfrei und manierlich zu machen«, sagte McCoy. »Wir anderen werden versuchen, das Boot zu reparieren, und hoffen, dass niemand vorbeisegelt und sich fragt, was die Einheimischen hier unter diesem Tarnnetz am Kai versteckt haben.«

»Bei dieser Ebbe«, dachte Taylor laut, »können wir auch nicht landen.«

»Fangen wir mit dem Boot an«, sagte McCoy. »Major Kim, postieren Sie bitte ein paar Leute auf dem Kai, die uns warnen, wenn Besucher kommen?«

7

An Bord der *Wind of Good Fortune*
37° 38′ nördlicher Breite, 126° 57′ östlicher Länge
Das Gelbe Meer

25. August 1950, 15 Uhr

Captain George F. Hart, jetzt mit schwarzem Baumwollpyjama und Stirnband aus dem gleichen Material, nickte, als Kapitän Kim auf eine Landmasse am Horizont wies.

Dann hielt er ein imaginäres Mikrofon vor den Mund und tat, als funkte er. Kapitän Kim nickte und stieß einen Laut aus, der wie ein Räuspern oder Grunzen klang.

Hart stieg die Leiter zu seiner Kabine hinab, schaltete das Licht ein, holte sein Notizbuch hervor und ging jeden nötigen Schritt durch, um das Funkgerät einzuschalten. Dann setzte er den Kopfhörer auf und nahm das Mikrofon.

»Dispatch, Dispatch, H-1, H-1.«

Die Antwort kam sofort und schmerzte diesmal nicht in den Ohren – Hart hatte es inzwischen geschafft, die Lautstärke an seinem Kopfhörer zu regulieren.

»H-1, Dispatch, kommen.«

»One Seven Three«, sprach Hart ins Mikrofon. »Ich wiederhole, One Seven Three.«

»Dispatch verstanden, One Seven Three, bestätigen«, ertönte die Stimme in Harts Kopfhörer.

»Bestätigt, bestätigt«, sagte Hart.

»H-1, Dispatch. Bleiben Sie dran zur Übertragung.«

Es war das erste Mal, dass er diesen Befehl hörte, und er hatte absolut keine Ahnung, was er antworten sollte.

»Okay, Dispatch«, murmelte er ins Mikrofon.

»Beginn der Nachricht. Setzen Sie Ihre Diskretion mit großer Vorsicht fort. Melden Sie sofort. Viel Glück. Ende der Nachricht. Bestätigen.«

»Bestätigt«, sagte Hart, ohne richtig zu denken.

»Dispatch, Ende.«

Es zischte in Harts Kopfhörer.

Hart legte das Mikrofon ab, nahm den Kopfhörer ab und schaltete das Funkgerät aus.

Er kehrte an Deck zurück.

Kapitän Kim schaute ihn an, und seine Augen spiegelten eine Frage wider.

Er will wissen, ob ich fertig bin.

Hart nickte.

Kapitän Kim blickte ihn weiterhin fragend an.

Hart machte die Geste des Halsabschneidens und hoffte, Kim würde das so auslegen, dass er den Funkverkehr erledigt hatte.

Kapitän Kim begann zu schreien.

Was, zur Hölle, soll denn das?

Einer der anderen Kims und Lee, der Koch, tauchten plötzlich in der Tür der Back auf und blickten zu Kim auf, offenbar in der Erwartung von Befehlen. Er brüllte etwas, und sie eilten sofort zum vorderen Mast und setzten die Jalousie, sprich das Segel.

Kapitän Kim griff zum Instrumentenpult und schaltete den Dieselmotor aus.

Binnen Minuten waren die Segel gehisst, und die *Wind of Good Fortune* segelte auf die Landmasse zu.

Hart ging im Geiste die Botschaft von General Pickering durch.

Er brauchte mir nicht zu sagen, dass ich meine Diskretion mit großer Vorsicht fortsetzen soll. Ich habe keine ›Diskretion‹. Ich habe ihm gesagt, das ich auf diesem Ding nach Tokchok Kundo segeln und McCoy das SCR bringen werde, vorausgesetzt, er und die anderen sind noch dort, was bedeutet, dass ich es tun muss, und da ist keine Diskretion im Spiel.

Große Vorsicht? Ich bin kein John Wayne, und das weiß er. Natürlich werde ich vorsichtig sein.

Sofort melden? Er hätte wissen sollen, dass ich das ohnehin tue. Ich bringe McCoy das verdammte Funkgerät, damit der General Kontakt mit McCoy hat. Und McCoy – vorausgesetzt er ist dort – wird nicht bis Donnerstag nächster Woche warten, um sich bei ihm zu melden.

Was hat die widersprüchliche Formulierung zu bedeuten? Was entgeht mir da?

Okay. McCoy ist nicht dort. Er und Taylor haben es nie vom Zerstörer zur Insel geschafft. Oder sie haben es geschafft und sind von den Nordkoreanern geschnappt worden. In diesem Fall sind Zimmerman und die anderen ebenfalls gefangen genommen worden.

Wunschdenken beiseite, das ist die wahrscheinlichste Lage.

So segeln wir dorthin, fett, blöde und glücklich, und werden geschnappt. Und erschossen als Spione, besonders ich in diesem gottverdammten Pyjama.

O Scheiße! Sofort melden *bedeutet, wenn er nichts sofort von mir hört, bin ich gefangen genommen worden – was heißen würde, dass auch alle sonst geschnappt worden sind – und dies bedeutet, dass die ganze Operation gescheitert ist.*

Natürlich will er das sofort wissen. Vielleicht wäre noch Zeit, um etwas anderes zu versuchen, vielleicht auch nicht, aber er will sofort Gewissheit haben.

Was bedeutet große Vorsicht?

Wenn die Nordkoreaner Tokchok Kundo halten, besteht dann eine Chance, dass ich sie sehen kann, bevor sie mich sehen, und dass ich meinen Arsch retten kann?

Die Chance ist ungefähr so groß, wie ich lebend ins Himmelreich kommen kann.

Es läuft also darauf hinaus, dass mich (a) McCoy entweder mit einer Blaskapelle willkommen heißt und fragt, warum ich so lange gebraucht habe oder (b) wir dort ankommen und von der halben nordkoreanischen Armee mit ein paar MG-Salven begrüßt werden.

Und nach einem Verhör erschossen werden – wozu die NK jedes Recht hat; besonders ich werde mit meinem Pyjama wie ein Spion behandelt werden.

Ich will nicht verhört werden; irgendwie habe ich den Verdacht, dass ich nicht in der Lage sein werde, meine verfassungsmäßigen Rechte geltend zu machen und mich zu weigern, irgendwelche Fragen zu beantworten, die mich selbst belasten könnten.

Was kann ich also tun?

Ich kann diesen verdammten Pyjama ausziehen, das kann ich tun. Und wenn ich ohnehin abgeknallt werde, kann ich vielleicht einige von ihnen mitnehmen, bevor ich den Löffel abgebe. Dann werde ich wenigstens in der Uniform eines Marine begraben.

Zehn Minuten später kehrte Captain George F. Hart wieder zum Achterschiff zurück. Er trug jetzt die vorgeschriebene Sommeruniform für Offiziere des U.S. Marine-Corps, einschließlich Feldhalstuch. Die Uniform hatte die Bügelfalten verloren und war nicht sehr sauber. Eine Thompson-Maschinenpistole Modell

1928 Kaliber .36 ACP hing an einem Stoffriemen von seiner Schulter.

Als er sich umblickte, lag der Leuchtturm des Flying Fish Channel hinter ihm zu seiner Linken.

Das konnte man auch seemännisch ausdrücken, aber einer Landratte wie ihm fielen die richtigen Begriffe nicht ein.

8

Tokchok Kundo

25. August 1950, 15 Uhr 35

Einer der beiden Nationalpolizisten, die Major Kim am Ende des Kais postiert hatte, rannte über den Kai zu Kim, der zuschaute, wie ein weiterer seiner Männer die schwach rote Kurbelwelle von Boot zwei mit dem Hammer bearbeitete.

Er meldete eine Dschunke am Horizont, die den Flying Fish Channel herunterkam. Es sei noch zu früh zu sagen, ob ihr Ziel Tokchok Kundo sei oder nicht.

Major Kim begann zu übersetzen, doch dann verstummte er, als McCoy die Hand hob.

»Danke«, sagte McCoy auf Koreanisch zu dem Polizisten. »Ich wäre dankbar, wenn Sie auf Ihren Posten zurückkehren und vielleicht vom Kai selbst herunterklettern würden, damit Sie nicht gesehen werden. Und sagen Sie uns bitte, was Sie sonst noch beobachten.«

Der Nationalpolizist salutierte und rannte zurück auf den Kai.

»Und was machen wir, wenn sie herkommt oder nahe genug heranfährt, um einen genauen Blick auf die Insel zu werfen?«, fragte Zimmerman.

»Dave, könnten Sie vom Rettungsboot aus auf diese Dschunke klettern, wenn sie – sagen wir – fünfzig Meter vom Strand entfernt wäre?«

»Das könnte ich, wenn keine Leute an Deck wären, die auf mich schießen«, erwiderte Taylor.

»Zimmerman und ich werden versuchen, dafür zu sorgen, dass kein Lebender an Deck ist«, sagte McCoy. »Wir gehen den Hügel rauf, Ernie, sodass wir gutes Schussfeld auf das Deck haben …«

»Wir könnten das Deck mit TOT-Feuer belegen«, schlug Zimmerman vor. »Wir haben genug Feuerkraft, um es leer zu fegen.«

»Es sind vermutlich nur vier oder fünf Leute darauf«, entgegnete McCoy. »Ich fange vom Heck aus an, Sie vom Bug aus.«

Zimmerman nickte sein Einverständnis.

»Ich möchte nicht, dass ein plötzliches Feuerwerk von Handfeuerwaffen jemanden aufmerksam macht«, sagte McCoy und wandte sich dann an Major Kim. »Major Kim, sehen Sie zu, wo Sie dies verstecken können …«, er wies zu dem umgedrehten Rettungsboot und dem behelfsmäßigen Amboss, »und sorgen Sie dann dafür, dass niemand zu sehen ist.«

Major Kim nickte.

»Wir feuern erst, wenn sich die Dschunke dem Kai nähert«, sagte McCoy zu Zimmerman. »Dann wird sie langsam sein. Und die Distanz wäre ungefähr zweihundert Meter von der Hügelmitte aus.

»Ich stelle auf zweihundert Meter ein«, stimmte Zimmerman zu.

»Halten Sie Ihr Feuer, bis ich schieße«, befahl McCoy.

Zehn Minuten später blickte McCoy von seiner Schussposition – hinter einem kniehohen Felsbrocken auf halbem Weg zur Hügelkuppe – auf das Dorf unterhalb von ihm. Niemand war in Sicht, und es gab keinerlei Anzeichen von Aktivität.

Er überprüfte noch einmal sein National Match Garand und sah, dass es schussbereit war. Dann warf er einen schnellen Blick zum Ende des Kais – hauptsächlich, um sich zu vergewissern, dass er eine gute Schussposition hatte – und legte das Gewehr dann sorgfältig auf dem Felsbrocken auf.

Dann hielt er den Feldstecher an die Augen und spähte zur Dschunke, beginnend beim Bug.

Plötzlich stutzte er. »Das ist ein Hammer!«, entfuhr es ihm.

»Was?«, fragte Zimmerman von seiner Position aus, zwanzig Meter links von McCoy.

»Ich hätte fast George erschossen.« McCoy erhob sich lachend, nahm das Garand, sicherte es wieder und eilte den Hügel hinab.

Zimmerman hielt seinen Feldstecher an die Augen und sah zur Dschunke. Dann erhob er sich kopfschüttelnd und folgte McCoy.

»Dispatch, Dispatch, H-1, H-1«, sprach Hart in sein Mikrofon.

»H-1, Dispatch. Kommen.«

»Fünf, ich wiederhole, fünf«, sagte Hart.

Fünf war ein Kodewort – eines von acht hastig in Pusan vorbereiteten – und stand für: ›In Tokchok Kundo. McCoy-Trupp sicher.‹

»H-1, verstanden fünf, fünf, bestätigen.«

»Bestätigt, bestätigt.«

»Bleiben Sie auf Sendung.«

Eine neue Stimme mit starkem britischem Akzent kam über den Äther.

»H-1, hier spricht Saint Bernard, H-1, hier spricht Saint Bernard.«

»Mein Gott, wer ist denn das?«, fragte Hart und meldete McCoy, was er über seinen Kopfhörer vernommen hatte.

McCoy forderte ihn mit einer Geste auf, ihm den Kopfhörer und das Mikrofon zu geben.

»Station, die H-1 ruft, kommen«, sagte McCoy.

»Es erfreut mich, zu hören, dass Sie wohlauf sind, mein Freund. Wir machten uns schon ein wenig Sorgen.«

»Es ist Kapitän Jones-Fortin«, sagte McCoy.

»Meine gegenwärtige Position ist vier-null-drei«, sagte Jones-Fortin.

»Bleiben Sie dran«, sagte McCoy. »George, geben Sie mir Ihre Karte und die Planpause.«

»Verstanden vier-null-drei«, sprach McCoy ins Mikrofon.

Es dauerte höchstens eine Minute, die Karte zu entfalten und die Planpause darüber zu legen, doch es kam McCoy viel länger vor.

»Ich habe Ihre Position.«

»Könnten Sie heute Abend um neun dorthin kommen? Wir müssen reden.«

»Dave, können Sie die Position im Dunkeln finden?«

»Ich nehme es an. Es ist ungefähr zehn Meilen von Leuchtturm entfernt, genau westlich davon.«

»Positiv, positiv«, sagte McCoy ins Mikrofon.

»Bis dann«, sagte Jones-Fortin. »Saint Bernard Ende.«

»George, wissen Sie etwas darüber?«, fragte McCoy.

Hart zuckte hilflos mit den Schultern.

XXI

1

An Bord der *Wind of Good Fortune*
37° 36′ nördlicher Breite, 126° 53′ östlicher Länge
Das Gelbe Meer

25. August 1950, 20 Uhr 55

»Sie verstehen, dass dies eine Navigation mit gegisstem Besteck ist«, sagte Lieutenant David Taylor, USNR, zu Captain Kenneth R. McCoy, USMCR. »Auch bekannt als ›Rate-wo-ich-bin-Navigation‹.«

Sie standen mit Major Kim an der vorderen Reling der ›Brücke‹ auf dem hohen Achterschiff der *Wind of Good Fortune*. Ein koreanischer Seemann stand an der Ruderpinne, und zwei weitere waren als Ausguck auf dem hinteren Mast und der andere auf dem Vorderdeck postiert.

Kurz nach ihrem Funkkontakt um 18 Uhr mit der HMS *Charity* waren sie losgefahren. McCoy hatte die *Wind of Good Fortune* nicht am Kai von Tokchok Kundo haben wollen, wo sie gesehen werden konnte, und Taylor hielt es für die einfachste Möglichkeit, sie zu verstecken, indem er sie außer Sicht der koreanischen Halbinsel zurück durch den Flying Fish Channel ins Gelbe Meer segelte.

McCoy hatte Zimmerman abermals auf Tokchok Kundo zurückgelassen, weil er für das Kommando offenbar besser qualifiziert war als George Hart, doch nachdem er mit dem Gedanken gespielt hatte, Hart auf der *Wind of Good Fortune* mitzunehmen, war ihm klar geworden, dass Hart nützlicher auf der Insel sein würde, wenn auch nur, um Zimmerman über den neuesten Stand der Planungen ins Bild zu setzen. Hart war ein Marine, und alle Marines können mit dem Gewehr schießen, und wenn sie schließlich Taemuii-do und Yonghung-do einnehmen würden, würde Hart gebraucht werden.

Erst nach Einbruch der Dunkelheit hatte Taylor einen Kurs gewählt, der sie zu einem Rendezvous auf See mit der HMS *Charity* bringen würde.

»Ich befürchte, Sie werden mir sagen müssen, was das bedeutet«, sagte McCoy.

»Wir wissen nicht genau, wo wir sind«, erklärte Taylor. »Ich bin einen Kompass-Kurs gesegelt, der uns genau dort hinbringt oder auch nicht, wo wir hinwollen. Es gibt vielleicht – vermutlich – Strömungen, die uns vom Kurs abbringen.«

»Und was müssen wir tun, um ›genau‹ hinzukommen?«, wollte McCoy wissen.

»Mit einem Sextanten den Kurs nach den Sternen bestimmen, das ist die übliche Methode«, sagte Taylor, »aber wir haben keinen Sextanten.«

Ein paar Minuten später blitzte backbord ein weißes Licht auf. Es schien direkt auf sie gerichtet zu ein. In Zehn-Sekunden-Intervallen folgte ein Aufblitzen von Licht, das vor sie zu weisen schien, dann direkt von ihnen fort und schließlich hinter sie.

Dann erlosch das Licht und blieb aus.

»Versuchen Sie, dies für mich aufregend zu machen, oder wissen Sie nicht, was es bedeutet?«, fragte McCoy.

»Fahren Sie auf diese Lichter zu!«, rief Taylor auf Koreanisch dem Mann an der Ruderpinne zu.

»Ist das die *Charity*?«, fragte McCoy.

»Gott, ich hoffe es«, sagte Taylor.

Er griff in das Fach der Instrumentenkonsole und holte eine Taschenlampe hervor. Er schaltete sie ein, und McCoy erkannte, dass er Morsesignale über die Backbordseite sandte.

»Ist das die Taschenlampe, die Dunn abgeworfen hat?«, fragte McCoy.

»Sie brauchte nur eine Batterie, und dann war sie so gut wie neu«, sagte Taylor selbstzufrieden. »Ich hatte Batterien.«

Jetzt leuchtete ein Licht auf, das direkt auf sie gezielt war.

Danach wurde das Signal alle sechzig Sekunden wiederholt. Fünf Minuten später, gerade als McCoy glaubte, das Schiff vor dem Horizont erkennen zu können, flammten Scheinwerfer auf, die am Bug mittschiffs und achtern der *Charity* montiert waren, und erhellten den Rumpf fünf Sekunden lang, bevor sie wieder erloschen. Es war jetzt möglich, die Distanz zwischen dem Zerstörer und der Dschunke – nicht mehr als zweihundert Meter – zu schätzen.

Ein kleiner Punktscheinwerfer strahlte auf und ging an und aus, bis sie ganz dicht an der *Charity* waren, und dann erhellten Scheinwerfer eine Leiter, die von ihrer Seite hing.

»Warum nennt man das eine Leiter, wenn es in Wirklichkeit eine Treppe ist?«, fragte sich McCoy laut.

»Menschenskind, Ken!«, sagte Taylor.

Zwei Seeleuter unter der Aufsicht des zwergenhaften Chief Petty Officer, der auch das Kommando gehabt hatte, als die Rettungsboote über Bord gelassen worden waren, stand auf der Plattform am unteren Ende der Leiter. Er trug eine makellose weiße Uniform.

»Kapitän«, rief er, als die *Wind of Good Fortune* nahe heran war, »der Kapitän schlägt vor, dass die Gentlemen an Bord kommen und dass Ihr Schiff achtern von uns kreist!«

»Verstanden, Chief!«, rief Taylor und erteilte dem Steuermann die nötigen Befehle.

McCoy sah, dass er ihm ebenfalls die Taschenlampe aushändigte, die Colonel Dunn in den Schlamm abgeworfen hatte.

McCoy sprang vom Deck der *Wind of Good Fortune* auf die Plattform, gefolgt von Major Kim und schließlich Taylor.

»Wenn Sie bitte die Leiter hinaufsteigen wollen, Gentlemen«, sagte der Chief Petty Officer.

Als McCoy die Ebene des Decks erreichte, schob die See die *Wind of Good Fortune* gegen die Leiter, und das Geräusch veranlasste ihn, hinabzuschauen, um zu sehen, was geschehen war.

Es war anscheinend keinerlei Schaden entstanden. Die Dschunke schien von der *Charity* wegzutreiben.

McCoy kletterte die letzten beiden Sprossen der Leiter hoch und stieg an Deck, wo der stellvertretende Kommandant des Schiffes in gestärkter weißer Uniform stand, und zwei Reihen Matrosen in weißer Uniform, jeweils drei in einer Reihe, waren angetreten und salutierten. Gerade als McCoy klar wurde, was vorging, ertönte der schrille Pfiff der Pfeife eines Bootsmanns, und eine Stimme ertönte:

»United States Marines gehen an Bord!«

McCoy grüßte schneidig den stellvertretenden Kommandanten, drehte sich dann nach achtern und salutierte zur britischen Flagge.

»Erlaubnis, an Bord zu kommen, Sir?«

»Erteilt.«

Der stellvertretende Kommandant blickte mit großen Augen auf Major Kim, als er aufs Deck trat, bekleidet wie McCoy und Taylor mit einem schwarzen Pyjama, und für einen Moment spiegelte sein Gesicht Verwirrung wider, doch er war der Situation gewachsen.

»Südkoreanischer Offizier an Bord!«, rief er.

Und Major Kim war der Situation gewachsen, denn er ahmte jeden Schritt von McCoys Reaktion perfekt nach.

Und schließlich trat Taylor in seinem schwarzen Pyjama aufs Deck.

»United States Navy, an Bord!«

Als Taylor vor der britischen Flagge salutiert hatte, verstummte die Pfeife des Bootsmanns, und der stellvertretende Kommandant des Zerstörers gab Taylor die Hand.

»Schön, Sie wieder an Bord zu haben, Lieutenant«, sagte er. »Wollen Sie mir bitte folgen?«

Er führte sie zwischen den Reihen der salutierenden Matrosen hindurch – die nichts Komisches daran zu finden schienen, drei Männern in schwarzen Pyjamas ihre Ehre zu bekunden – um den Aufbau und durch innere Durchgänge zur Brücke.

Kapitän Darwin Jones-Fortin winkte Ihnen die Erlaubnis, auf die Brücke zu kommen.

»Ihre Begrüßung überwältigt uns, Kapitän«, sagte Taylor.

»Nun, beim letzten Mal habe ich Sie mehr an Bord geschmuggelt. Jetzt sind Sie offiziell hier, und da ist ein richtiger Empfang passend. Eines nach dem anderen. Es gefällt mir nicht, hier im Wasser herumzuliegen. Wie viel Knoten kann Ihr prächtiges Schiff machen? Und haben Sie genug Treibstoff?«

»Zwölf, dreizehn Knoten in einer solchen See, Sir«, sagte Taylor. »Und Treibstoff ist genügend an Bord.«

»Na prima«, sagte Jones-Fortin. »Gehen Sie auf zehn Knoten«, befahl er. »Fahren Sie einen weiten Kreis nach backbord.«

Der Steuermann wiederholte den Befehl.

»Sie führen das Schiff!«, befahl Jones-Fortin.

»Ich führe das Schiff«, sagte der Stellvertreter des Kapitäns.

»Gehen wir zu meiner Kabine, Gentlemen.« Jones-Fortin winkte sie vor sich her in einen inneren Durchgang.

In der Kapitänskabine hielt sich bereits jemand auf, ein Lieutenant der Royal Marine in Feldkleidung.

»Gentlemen, darf ich Ihnen Lieutenant Richard Diceworth, Royal Marines, vorstellen?«, sagte Jones-Fortin. »Diceworth, dies sind Captain McCoy von den U.S. Marines, Lieutenant Taylor von der U.S. Navy und ich hatte noch nicht die Ehre …«

»Major Kim Pak Su, koreanische Nationalpolizei.«

Die Männer schüttelten sich die Hände.

»Admiral Matthews«, erklärte Jones-Fortin, »hat Diceworth und fünfzehn Royal Marines von der HMS *Jamaica*, seinem Flaggschiff, geschickt, nachdem er sich offenbar länger mit Ihrem General Pickering beraten und entschieden hat, dass Ihre Flying Fish Channel-Operation ein bisschen mehr Unterstützung verdient, als er ursprünglich angeboten hat.«

»Ich weiß nicht, was ich sagen soll«, bekannte McCoy.

»Lassen Sie mich erklären, was wir anzubieten haben, und dann sagen Sie mir, ob es Ihrer Meinung nach hilfreich sein würde«, sagte Jones-Fortin. »Zusätzlich zu Diceworth und seinen Männern haben wir die Boote, die sie von der *Jamaica* zur *Charity* gebracht haben. Es sind zwei, jedes mit einem Bootsführer, und sie sind ein bisschen größer – ungefähr doppelt so groß, würde ich schätzen – als die Rettungsboote. Sie sind auch ein bisschen schneller und seetauglicher.«

McCoy war sprachlos vor Überraschung und Freude.

»Und während wir auf Ihr Eintreffen gewartet haben, haben mein Stellvertreter und mein Artillerieoffizier nach genauer Betrachtung der Luftfotos von den Inseln die Meinung geäußert, dass wir sie alle mit unseren Geschützen erreichen können.«

»Dazu müssten Sie in den Flying Fish Channel fahren, Sir, nicht wahr?«, meinte Taylor.

»Nein, eigentlich nicht. Wir können von einer Position auf See aus die Kanonen einsetzen und die Inseln sozusagen als Felsen benutzen, hinter denen wir uns vor feindlicher Entdeckung verstecken.«

»Allmächtiger!«, stieß McCoy hervor.

»Sir William hat mir ziemlich klar gemacht, Captain McCoy, dass der Einsatz von britischen Elementen bei Ihrer Operation keinesfalls ein Befehl ist. Ob Sie etwas oder alles nutzen, was wir Ihnen anbieten können, liegt völlig bei Ihnen. Was meinen Sie?«

»Ich meine, wenn Taylor keine falsche Vorstellung von Marines bekommen könnte, würde ich Lieutenant Diceworth küssen«, sagte McCoy.

»Nun, vielleicht wird dafür später Zeit sein«, sagte Jones-Fortin. »Aber jetzt heißt es erst mal ›erst die Arbeit, dann das Vergnügen‹, richtig?«

2

Tokchok Kundo

26. August 1950, 3 Uhr 30

»Was, zum Teufel, ist los?«, fragte Master Gunner Ernest W. Zimmerman, als Captain Kenneth R. McCoy von der *Wind of Good Fortune* auf den Kai sprang. »Ich habe euch fast aus dem Wasser geblasen, als ich euch mit dieser Festbeleuchtung kommen sah.«

Ein anderer Mann sprang auf den Kai, und Zimmerman schaute ihn völlig überrascht an.

»Lieutenant Diceworth, Royal Marines, Master Gunner Zimmerman«, stellte McCoy vor.

»Guten Tag, Mr Zimmerman«, sagte Diceworth höflich.

Zimmerman salutierte und blickte dann McCoy fragend an.

»Ich will alle, die nicht in Boot zwei passen – einschließlich der Miliz – in zehn Minuten auf der *Wind of Good Fortune* haben«, sagte McCoy. »In einer Viertelstunde will ich im Flying Fish Channel sein.«

»Ich habe gefragt, was los ist, Killer«, beharrte Zimmerman.

»Es hat eine leichte Veränderung bei der Operation gegeben.«

»Welche Veränderung?«, fragte Zimmerman zweifelnd.

»Ich wiederhole mich nicht gern, Ernie«, sagte McCoy. »Sorgen Sie dafür, dass alle eingeladen werden.«

»Guten Morgen, Lieutenant«, sagte Zimmerman zu Diceworth. »Mit Verlaub, Sir, darf der Gunner fragen, wo, zur Hölle, der Lieutenant herkommt?«

Diceworth lächelte.

»HMS *Jamaica*«, sagte er.

»Er und fünfzehn weitere englische Marines«, fügte McCoy hinzu.

»Eigentlich, Captain, sind es Royal Marines«, korrigierte Diceworth.

»Verzeihung«, sagte McCoy. »Und zwei ziemlich große Boote mit Bootsführern und Funkgeräten, damit sie mit der *Charity*, dem Zerstörer, sprechen können, der beim Leuchtturm wartet.«

»Kein Scheiß?«

»Und der mit Geschützfeuer von See all die Inseln erreichen kann und Luftfotos hat, sodass wir anfordern können, was wir brauchen, wenn es nötig ist.«

»Kein Scheiß?«

»Und jetzt, wenn Ihre Neugier für den Moment befriedigt ist, Mr Zimmerman, würden Sie bitte zu Taten schreiten?«

Der wesentliche Unterschied zwischen dem Plan vor der Unterstützung durch die Royal Marines und die HMS *Charity* bestand darin, dass das Überraschungsmoment nicht annähernd so wichtig war, wie es zuvor gewesen war.

Wenn die ›Invasionsflotte‹ aus zwei Rettungsbooten entdeckt worden und von irgendwelchen nordkoreanischen Truppen unter Beschuss genommen worden wäre, hätte das fast mit Sicherheit eine Katastrophe bedeutet. Die Nordkoreaner verfügten über Maschinengewehre und Gewehre und hätten die Rettungsboote beschossen, wenn sie entdeckt hätten, dass sie voller bewaffneter Männer waren.

MG- und Gewehrfeuer von festem Boden trifft dahin, wohin es gezielt ist. MG- und Gewehrfeuer aus überfüllten Rettungsbooten, die sich im schnellen Gezeitenwechsel im Flying Fish Channel auf und ab bewegen und hin und her schwanken, würde die Ziele nur durch Zufall treffen.

So war das Überraschungsmoment bei dem ursprünglichen Plan von größter Bedeutung gewesen. Jetzt fiel es in die Kategorie ›schön, wenn es klappt, aber es muss nicht unbedingt sein‹.

Der jetzige Plan sah eine Rolle für die *Wind of Good Fortune* vor. Wenn die beiden Boote von der HMS *Jamaica* an ihrer Steuerbordseite fuhren, wo sie vermutlich nicht gesehen wurden, und das Rettungsboot im Schlepptau hatten, würde die Dschunke den Flying Fish Channel herauffahren, mit Diesel- und Segelkraft an Taebu-do und Taemuii-do vorbei. Die Segel würden vermutlich wenig zum Vorankommen der Dschunke beitragen, und dass sie gehisst worden waren, konnte die gegenteilige Wirkung haben, wenn ein starker Wind von Norden blies; in diesem Fall würden sie eingeholt werden.

Alle Marines – Royal und U.S. – und die meisten von Major Kims Nationalpolizisten würden in den Booten sein. Sie waren jetzt in drei Teams eingeteilt, die Royal Marines mit den U.S. Marines vermischt.

Die beiden größeren Teams, eines befehligt von Captain McCoy, das andere von Lieutenant Diceworth, würde, wenn alles gut ging, unbemerkt an der schmalen Stelle – der Mitte der Sanduhr – von Yonghung-do landen, sich dann trennen und gleichzeitig landeinwärts vorrücken; Diceworth'Team, um das Dorf Oe-ri am Südende der Insel einzunehmen, und McCoys Team, um Nae-ri am Nordende einzunehmen.

In dem Rettungsboot würde ein siebenköpfiges Team unter dem Kommando von Zimmerman als Reserve dienen.

Taylor, Hart und Kim würden an Bord der *Wind of Good Fortune* sein, Kim, um die Miliz zu kontrollieren, und Hart, um das Funkgerät zu bedienen und zu melden, was sich abspielte – besonders, wenn irgendetwas schief ging.

Es war ein guter Operationsplan, und er klappte auch fast.

Sie schafften es, an Taebu-do und Taemuii-do vorbeizukommen, ohne irgendwelche Aufmerksamkeit zu erregen.

Als sie sich jedoch Oe-ri am südlichen Ende von Yonghung-do näherten und hofften, dort ebenfalls unentdeckt zu bleiben, wurde ein nordkoreanischer Posten auf die Dschunke aufmerksam, die den Flying Fish Channel heraufsegelte. Zuerst heulte eine Sirene, dann wurde die *Wind of Good Fortune* von Scheinwerferlicht erfasst und schließlich hämmerte MG-Feuer und die Geschosse pflügten durch das Wasser und schlugen in den Rumpf der *Wind of Good Fortune*.

Und einen Moment später schlugen zwei Salven 5-Zoll-Geschützfeuer von See bei der MG-Stellung ein. Der Scheinwerfer erlosch, das Maschinengewehr verstummte und das äußere der beiden Boote von der *Jamaica* – das mit Lieutenant Diceworth' Team – löste sich von der *Wind of Good Fortune* und nahm Kurs auf das Dorf.

Während ein Royal Marine einem U.S. Marine, der mit seinem Browning-Automatikgewehr aus dem Bug des Bootes feuerte, Magazine mit zwanzig Patronen anreichte, landeten zwei weitere Salven von 5-Zoll-Geschossen von der *Charity* in Oe-ri.

Das zweite Boot von der *Jamaica* – mit McCoys Team – begann jetzt der *Wind of Good Fortune* vorauszufahren. Es nahm Kurs auf das Nordende der Insel und das Dorf Nae-ri.

Das Überraschungsmoment war verloren, und es war jetzt nicht mehr nötig, in der Mitte von Yonghung-do zu landen und landeinwärts vorzurücken.

Die Distanz betrug etwas über drei Meilen, und das Boot fuhr fast fünfzehn Knoten. Sie brauchten nur eine Viertelstunde, um das Ende der Insel zu erreichen, aber das war anscheinend genügend Zeit für die Nordkoreaner auf dem Südende der Insel, um die Nordkoreaner auf dem Nordende zu alarmieren, dass sie angegriffen wurden. Als McCoys Boot aus dem Flying Fish Channel drehte und Kurs auf das Dorf Nae-ri nahm, wurde es sofort unter Gewehrfeuer genommen.

Sie haben vermutlich eine Telefonleitung über die Insel verlegt, dachte McCoy, während er beobachtete, wie ein Sergeant der Royal Marine in das Mikrofon seines Feld-Funkgeräts sprach:

»Mutter, Mutter, Baby zwei, Baby zwei, sechzehn, sechzehn«, sagte er, ließ das Mikrofon sinken und wandte sich McCoy zu.

»Unterwegs, Sir«, sagte er. »Wenn sich der Captain erinnert, sechzehn sind vier Salven vom Fünfzöllern der *Charity*.«

»Gute Show, Sergeant!«, sagte McCoy mit dem besten englischen Akzent, den er zustande brachte.

Ein paar Sekunden später war das zischende Geräusch eines großkalibrigen Geschosses in der Luft zu hören, und danach folgte eine gewaltige Explosion im Dorf Nae-ri. Dann eine zweite, eine dritte und vierte.

McCoy, der im Bug stand, signalisierte dem Bootsführer, zum Strand zu fahren, und befahl dann Sergeant Jennings mit seinem Browning-Automatikgewehr in den Bug.

3

T O P S E C R E T

0500 GREENWICH 25 AUGUST 1950

FROM: OFFICER COMMANDING HMS *CHARITY*

TO: HMS *JAMAICA*
PERSONAL AND IMMEDIATE ATTENTION VICE ADMIRAL SIR WILLIAM MATTHEWS, RN

Sir,
ich habe die Ehre, das Folgende zu melden, basierend auf Informationen, die mir von Captain George F. Hart, USMC, geliefert wurden:

(1) Die Inseln Yonghung-do und Taemuii-do wurden heute früh erfolgreich von U.S. und Royal Marines eingeschlossen, und jeder Widerstand endete um 15 Uhr Ortszeit.
(2) U.S. und britische Verluste null Gefallene, null Verwundete.
(3) Feindliche Verluste sieben Gefallene, sechs Verwundete, neun Gefangene.
(4) Es ist die Absicht von Captain K.R. McCoy, USMC, die Insel Taebu-do einzunehmen, sobald es die Gezeiten

erlauben. Es wird berichtet, dass weiße Flaggen gehisst wurden, was vermutlich den Wunsch des Feindes anzeigen soll, dass er zur Kapitulation bereit ist. Captain McCoy erbittet, dass Brigadier General Pickering, USMC, von Ihnen über diese Entwicklungen in Kenntnis gesetzt wird.

Mit vorzüglicher Hochachtung

DARWIN JONES-FORTIN, RN
COMMANDING HMS CHARITY

TOP SECRET

4

Residenz des Supreme Commander UN Command/Allied Forces in Japan
Botschaft der Vereinigen Staaten
Tokio, Japan

26. August 1950, 19 Uhr 30

»Oh, Fleming, da sind Sie ja«, sagte MacArthur und erhob sich aus einem Sessel im oberen Wohnzimmer. »Danke für Ihr Kommen.«

»Es ist freundlich von Ihnen, dass Sie mich so kurzfristig empfangen«, sagte Pickering. »Und noch freundlicher, mich zum Abendessen einzuladen. Ich weiß, dass ich störe …«

Er ging zu Jean MacArthur und küsste sie auf die Wange.

»Seien Sie nicht albern«, sagte sie. »Wir sehen Sie gesellschaftlich zu wenig, Fleming.«

»Dies ist eigentlich nicht gesellschaftlich, Jean«, sagte Pickering.

»Für die nächsten zehn Minuten, während wir einen Cocktail und Horsd'œuvres nehmen, wird es das sein«, sagte MacArthur.

Ein Filipino hielt Pickering ein Tablett hin, auf dem ein Kristallglas mit Whisky stand.

»Auf Ihr Wohl«, sagte Pickering und nahm das Whiskyglas.

»Hören Sie oft von Patricia?«, wollte Jean wissen.

»Fast jeden Tag rufe ich sie an oder sie mich«, erwiderte Pickering.

»Und wie erträgt die Arme die Sache mit Ihrem Sohn?«

»Das Härteste ist, nichts Genaues zu wissen«, erwiderte Pickering ehrlich.

»Es gibt immer noch keine Nachricht über Ihren Sohn?«, fragte MacArthur.

»Nur in dem Sinne, dass mein Stationsleiter in Pusan gemeldet hat, dass es keine Nachricht von Picks Gefangennahme gibt.«

»Würde er davon erfahren?«, fragte Jean MacArthur.

»Ja, das würde er«, erwiderte Pickering. »Er macht seine Arbeit sehr gut.«

»Verzeihen Sie mir«, sagte MacArthur. »Er – die CIA – war anscheinend nicht in der Lage, uns im Voraus zu informieren, was am 26. Juni geschah.«

Mein Gott, wenn ich darüber sprechen muss, werde ich wirklich Probleme bekommen.

»Ja, ich weiß«, sagte Pickering. »Das ist einer der Gründe, weshalb ich hergeschickt worden bin, um zu sehen, ob ich verhindern kann, dass sich solche Schnitzer wiederholen.«

»Und ich kann mir keinen Geeigneteren dafür denken«, sagte MacArthur. Ihr Bericht wird an Admiral Hillenkoetter gehen, nehme ich an?«

»Ich habe noch nicht einmal angefangen, einen Bericht vorzubereiten«, sagte Pickering. »Aber wenn ich das tue, wird er an den Präsidenten gehen.«

»Trotz der vielleicht unfreundlichen Dinge, die ich über das OSS in der Vergangenheit gesagt habe, stellte ich Präsident Trumans Entscheidung, es abzuschaffen, sofort nach dem Krieg in Frage«, sagte MacArthur.

»Er hat seinen Fehler anscheinend schnell erkannt«, erwiderte Pickering. »Ein paar Monate später bildete er die CIA.«

»Ich frage mich manchmal …«, begann MacArthur und unterbrach sich. »Lassen Sie es mich so formulieren: Präsident Truman scheint zu verstehen, welch eine Bedrohung Joseph Stalin und Co. für die Welt darstellen. Offen gesagt, ich habe mich oftmals gefragt, ob viele derjenigen in Präsident Roosevelts Umfeld ähnlich besorgt waren. Viele davon waren immer noch in den oberen Ebenen um Präsident Truman, als er das OSS abschaffte.«

»Ich bin überzeugt, das gefiel diesen Leuten, General«, sagte Pickering. »Aber meine beste Information war, dass ranghohe Offiziere des Militärs das OSS begraben wollten und Präsident Truman erfolgreich dazu drängten.«

»Warum hätten sie das tun sollen?«

»Weil sie das OSS nicht selbst kontrollieren konnten.«

»Das ist eine schlimme Anschuldigung, Fleming«, sagte MacArthur, »und ich will mich schnell und nachdrücklich von dieser Gruppe ranghoher Offiziere distanzieren. Ich bin nie gefragt worden, was meiner Meinung nach mit dem OSS passieren sollte. Hätte man mich gefragt, hätte ich gesagt, dass ich es für sehr wertvoll für die Nation halte. Und als die CIA gebildet wurde, war ich erfreut, wenn man ihre Experten schickte, um mich hier zu unterstützen.«

Ah, was soll's. Ich werde in ohnehin erzürnen. Warum es noch zehn Minuten aufschieben?

»General, tatsächlich war die CIA nicht hier, um Ihnen zu assistieren«, sagte Pickering. »Nicht in dem Sinne, den Sie andeuten. Sie geben zu verstehen, dass Sie die CIA als Teil Ihres Stabes betrachten, und das läuft darauf hinaus, dass sie unter Ihrer Kontrolle stand.«

»Und Sie finden das nicht in Ordnung?«

»Um ihre Aufgabe richtig zu erledigen, können CIA-Leute nicht Untergebene des örtlichen Befehlshabers sein«, sagte Pickering.

»Auch nicht bei jemandem wie Douglas?«, sagte Jean MacArthur loyal. »Ich kann Ihre Position verstehen, glaube ich. Auf Divisionsebene oder Korpsebene mag das vielleicht zutreffen, aber Douglas ist der Supreme Commander!«

»Das ist der springende Punkt, Jean«, sagte Pickering. »Je wichtiger, je beeindruckender der örtliche Befehlshaber ist – und ich behaupte, dass Ihr Gatte der wichtigste und beeindruckendste aller Befehlshaber ist, von denen ich weiß –, desto unwahrscheinlicher ist, dass der CIA-Mann sein Urteil in Frage stellt. Und der CIA-Mann soll unabhängig denken und handeln.«

»Würden Sie sagen, dies trifft auf unsere Beziehung zu?«, fragte MacArthur.

»Ja, Sir, das würde ich sagen«, antwortete Pickering. »Unsere Freundschaft beiseite, ich denke wirklich, Sie waren glücklicher, bevor ich herkam, als sich der CIA-Stationsleiter – und Sie ihn – als ein Mitglied Ihres Stabs betrachtete und Sie sich beide dementsprechend verhielten.«

»Sie halten anscheinend nicht viel von Ihrem CIA-Stationsleiter«, sagte MacArthur.

»Oder vielleicht auch nicht von Douglas«, sagte Jean. »Fleming, ich hätte nie gedacht, Sie so reden zu hören …«

»Jean, Sie wissen es besser«, unterbrach Pickering. »Meine Bewunderung für Douglas als Offizier und Mensch ist nahezu grenzenlos.«

»So klingt es gewiss nicht«, sagte sie.

Pickering wandte sich MacArthur zu.

»Der einzige Grund, weshalb ich den Stationsleiter nicht abgelöst habe, ist die Befürchtung, dass sein Nachfolger sogar noch schlimmer sein könnte.«

»In welchem Sinn?«, fragte MacArthur eisig. »Dass er sogar noch mehr mit dem örtlichen Befehlshaber kooperieren würde?«

»Ich halte es für ganz natürlich, dass jeder ranghohe Offizier – einschließlich Sie – Unbehagen bei der Vorstellung hat, dass jemand auf ihrem Spielfeld spielt, den sie nicht kontrollieren können. Und dass sie alles tun, um diese Kontrolle zu bekommen. Im Fall des Tokioter CIA-Stationsleiters haben Sie genau dies getan. Oder Charley Willoughby hat es getan, was das Gleiche ist.«

MacArthur starrte ihn einen Moment eisig an.

»Angenommen, um des Argumentes willen, dass ich es geschafft habe oder Willoughby es geschafft hat, Ihren Stationsleiter auf den Gedanken zu bringen, sich für ein Mitglied des Teams zu halten, was hat das geschadet?«

»Ich war nicht ganz ehrlich, als ich vorhin andeutete, dass ich den Stationsleiter ablösen werde, weil er sich von Charley Willoughby – und Ihnen – hat einwickeln lassen. Tatsache ist, dass er nachlässig – sogar kriminell nachlässig – in der Erfüllung seiner Pflichten gewesen ist.«

»Das bedarf einer näheren Ausführung«, sagte MacArthur.

»In seinem Fall muss ich glauben, dass er seinen Job absichtlich nicht richtig gemacht hast. Entweder das, oder er war buchstäblich so unfähig oder so blöde, dass er nicht wusste, was vorging.«

»Und was ging vor?«

»Ein Bericht wurde von einem Nachrichtenoffizier des Stabs vom Naval Element, SCAP, verfasst, der eindringlich darauf hinwies, dass die Nordkoreaner eine Invasionsstreitmacht vorbereitet hatten.«

»Ich weiß nichts von einem solchen Bericht, und ehrlich gesagt, Pickering …«

»General, es gab einen Bericht. Ich habe ihn gesehen. Sie bekamen ihn offenbar nicht zu Gesicht, weil General Willoughby befahl, ihn zu vernichten.«

»Das ist eine empörende Anschuldigung!«

»Leider ist es die Wahrheit«, sagte Pickering.

»Welcher Nachrichtenoffizier?«, fragte MacArthur. »Wir werden jetzt sofort Folgendes tun, General Pickering: Wir holen General Willoughby und Ihren Nachrichtenoffizier hierher und gehen der Sache auf den Grund. Danach werde ich Maßnahmen treffen, die ich für angemessen halte.«

»Sie können General Willoughby herholen, wenn Sie möchten, General, und ich werde wiederholen, was ich Ihnen soeben gesagt habe. Wenn dies Ihr Wunsch ist, schlage ich vor, dass Sie ebenfalls Captain Edward C. Wilkerson kommen lassen …«

»Wer ist das?«, unterbrach MacArthur.

»Der Chef von Naval Element, SCAP. Er ist der andere Schurke in dieser traurigen Sache. Er fügte sich, als General Willoughby die Vernichtung des Berichts befahl.«

»Ich glaube nichts von alldem«, sagte Jean MacArthur.

Nach Douglas MacArthurs Miene zu schließen, erging es ihm ebenso.

»Wir werden mit dem Nachrichtenoffizier beginnen, der angeblich diesen Bericht verfasst hat«, sagte MacArthur. »Und dann …«

»Leider ist er heute Abend nicht verfügbar«, sagte Pickering.

»Warum nicht? Wo ist er?«

»Auf der Insel Tokchok Kundo«, sagte Pickering.

»Wo?«

»Von der aus er heute früh eine Invasion der Inseln Taemuii-do, Yonghung-do und Taebu-do durchführte, die seit heute fünfzehn Uhr unter unserer Kontrolle sind.«

MacArthur starrte ihn ungläubig an.

»Habe ich Sie richtig verstanden, General Pickering, dass Sie eine Operation durchgeführt haben – ohne mich zu Rate zu ziehen, geschweige denn eine Genehmigung von mir oder jemandem von meinem Stab einzuholen , die möglicherweise, nein fraglos ernsthafte Auswirkungen auf die Inchon-Invasion haben wird?«

Pickering antwortete nicht sofort. Aber er lächelte.

MacArthur wurde blass. »Ich sehe keinen Humor in diesen Ungeheuerlichkeiten. Seien Sie bitte so nett, mir zu sagen, warum Sie lächeln?«

»Verzeihen Sie mir«, sagte Pikering. »Ich dachte gerade an General Pattons Antwort gegenüber General Bradley während des Sizilien-Feldzugs …«

MacArthurs Gesicht hellte sich auf, und dann begann er zu lachen.

»Ich verstehe nicht«, sagte Jean MacArthur.

»Bradley war besorgt, Liebling«, erklärte MacArthur, »dass die gegenseitige Abneigung zwischen George Patton und General Montgomery dazu führen würde, dass Georgie außergewöhnliche – möglicherweise zu riskante – Schritte unternehmen könnte, um in Palermo zu sein, bevor Montgomery dort eintreffen konnte. So schickte er ihm eine Botschaft mit diesen oder ähnlichen Worten: ›Nehmen Sie Palermo nicht ohne meine Genehmigung ein.‹ Woraufhin Georgie antwortete: ›Ich halte Palermo, soll ich es zurückgeben?‹«

Jetzt lachte auch Jean. »Das habe ich nie gehört«, sagte sie.

»Ich wünschte, die Lage wäre so amüsant«, sagte MacArthur zu Pickering.

»General, ich glaube, ich sollte Ihnen sagen, dass Präsident Truman von meinem Plan wusste«, sagte Pickering.

»Würden Sie mir sagen, warum Sie es getan haben?«, fragte MacArthur.

»General, ich hatte die Ehre, bei der Planung vieler Ihrer Invasionen beteiligt zu sein«, sagte Pickering. »Mir gefällt der Gedanke, dass ich gelernt habe, indem ich Ihnen zugesehen habe.«

»Warum sind Sie nicht zu mir gekommen?«

»Ihr Stab war entschlossen, die Insel am Tag vor der Invasion bei Inchon einzunehmen«, sagte Pickering. »Sie stimmten zu. Ich sagte mir, dass dadurch der Feind vierundzwanzig Stunden vor der Invasion Kenntnis von unseren Absichten haben würde. Diese Frage kam zur Sprache, und es wurde zugunsten der Einnahme der Inseln am Tag vor der Invasion entschieden. Wenn ich damit zu Ihnen gekommen wäre, wären Sie gezwungen gewesen, sich zwischen Ihrem Stab, dem Sie vertrauen, und einem Amateur zu entscheiden, der sein – und Ihr – Urteil anzweifelt.«

»Ich habe mich schon zuvor über meinen Stab hinweggesetzt, und das wissen Sie.«

»Ich war mir nicht sicher, ob ich den Plan durchführen konnte. Ich nicht. Captain McCoy. Ich sagte mir, es ist das Risiko wert. Bei einem Scheitern würden wir nur wenige Männer verlieren. Bei einem Erfolg …«

»Und wie kommen Sie auf den Gedanken, der Feind würde nicht sofort Aktionen einleiten, um die Inseln wieder einzunehmen?«

»Es besteht die Hoffnung, dass der Feind glauben wird, die Südkoreaner wollen nur ihre Positionen längs des Flying Fish Channel verbessern. Die Nordkoreaner werden vielleicht nicht mal etwas unternehmen. Wenn doch, werden sie auf den drei Inseln nur südkoreanische Nationalpolizisten finden.«

»Und wenn die Invasion in den nächsten drei, vier Tagen nicht stattfindet, werden sie sich entspannen?«

»Ja, Sir«, sagte Pickering. »Bevor ich herkam, sprach ich kurz mit Captain McCoy über Funk. Er sagte, die Nordkoreaner auf den Inseln standen nicht in Funkkontakt mit dem Festland. So können Sie nicht gemeldet haben, dass sie von U.S. und Royal Marines angegriffen wurden. McCoy glaubt, dass die Täuschung wirkt.«

»Royal Marines?«

»Jawohl, Sir. Von der HMS *Jamaica*. Und die HMS *Charity* trug mit Geschützfeuer bei den Angriffen bei.«

»Admiral Matthews war also ebenfalls der Meinung, dass eine Einnahme der Inseln einen Tag vor der Invasion keine gute Idee ist«, sagte MacArthur. »Ich frage mich, warum er nicht mit seinen Einwänden zu mir gekommen ist.«

»Ich kann nur raten, dass er in dieser Sache das gleiche Gefühl hatte wie ich, Sir.«

MacArthur sah ihn lange an und fragte dann nachdenklich: »Wir haben keine Ahnung, was zwischen jetzt und der Invasion geschehen wird, oder?«

»Nein, Sir. Aber McCoy meint – und ich stimme ihm zu –, wenn es einen Angriff auf die Inseln gibt und wir es unterlassen, ihn mit Geschützfeuer von der *Charity* zurückzuschlagen, würde es der Idee, dass die ganze Sache nur eine südkoreanische Operation war, Glaubwürdigkeit verleihen.«

»In diesem Fall würden wir die Inseln verlieren.«

»Nicht unbedingt, Sir. Es sind bereits dreißig südkoreanische Polizisten auf den Inseln, und wir haben vor, sie zu verstärken. Wenn ein paar Tage lang kein Angriff erfolgt, sollten wir genügend Südkoreaner dort haben, um alles außer einem Großangriff zurückzuschlagen.«

»Das ist eine ziemlich unsichere Situation«, meinte MacArthur. »So unsicher, dass ich es für unklug halte, diese Möglichkeit – was ist, wenn wir bereits die Inseln halten? – jetzt noch nicht in die Planung für die letzte Minute mit einzubeziehen. Je weniger Leute im Augenblick davon wissen, desto besser, und wir werden die Dinge nehmen, wie sie sich entwickeln. Meinen Sie nicht auch, Fleming?«

»Jawohl, Sir.«

Sag mir nicht, das ist alles.

Wir sind wieder bei ›Fleming‹? Und du willst es dabei belassen, ›wir werden die Dinge nehmen, wie sie sich entwickeln‹?

»Möchten Sie noch einen Schluck oder nicht, bevor wir zum Abendessen übergehen, Fleming?«, fragte der Supreme Commander.

»Ich nehme an, einer würde noch gut runtergehen, Sir. Danke.«

5

Tokchok Kundo

27. August 1950, 5 Uhr 30

»Ich kann bleiben«, sagte Lieutenant David Taylor, USNR, zu Captain Kenneth R. McCoy, USMC. »Kim ist ein so guter Skipper für die *Wind of Good Fortune* wie ich, und Major Kim wird an Bord sein.«

»Was, gibt es nur zwei Nachnamen in ganz Korea – Kim und Lee?«, bemerkte Master Gunner Ernest W. Zimmerman rhetorisch.

Taylor und McCoy lachten.

»Lassen Sie sich das nicht zu Kopfe steigen, Taylor«, sagte McCoy. »Aber ich bin anderer Meinung, und wir können uns gerade jetzt nicht erlauben, ein Problem mit der *Wind of Good Fortune* zu bekommen. Sie fahren. Wir werden zurechtkommen.«

»Sagte der ewige Optimist«, bemerkte Zimmerman.

»Je eher wir die Miliz von den Inseln runter- und Kims Nationalpolizisten raufbekommen, desto besser wären wir dran«, sagte McCoy.

»Wie können wir so sicher sein, dass wir mehr Nationalpolizisten bekommen?«, fragte Zimmerman.

»Weil wir jetzt die Inseln halten und ich bezweifle, dass irgendein Polizeichef als der Mann bekannt werden will, der verantwortlich dafür ist, sie wieder zu verlieren, nur weil er zu ängstlich war, sie zu verstärken.«

Zimmermans Achselzucken zeigte an, dass er die Logik akzeptierte.

»Ich wünschte, wir hätten die Tommys behalten können«, meinte Zimmerman. »Wenigstens die Boote.«

»Sie konnten ja nicht zur *Charity* schwimmen«, sagte McCoy. »Sie haben uns das Funkgerät und eines ihrer Boote hier gelassen …«

»Aber nicht den Bootsführer«, wandte Zimmerman ein.

»… und damit werden wir auskommen müssen«, fuhr McCoy fort und ignorierte ihn. Und dann besann er sich anders.

»Ich will, dass dies für Sie ganz klar ist, Ernie, also sage ich es noch einmal. Wir können unmöglich eine dieser Inseln halten, wenn die Nordkoreaner sie wirklich wieder einnehmen wollen. Und wenn sie es versuchen und wir ihnen einen höllischen Kampf liefern, würden sie verdammt neugierig werden …«

»Wir hoffen also, dass sie blöde bleiben«, unterbrach Zimmerman.

»Sie kommen schon nahe daran, Ernie«, sagte McCoy kühl. »Wenn sie ein paar Boote schicken – und das werden sie –, um nachzusehen, was auf Taemuii-do und Yonghung-do passiert ist, lassen wir die Miliz mit Gewehren auf sie feuern. Keiner von der Miliz kann wirklich schießen, und sie haben nur die japanischen Arisakas – aber vielleicht haben sie Glück und treffen ein paar der Nordkoreaner. Doch selbst wenn sie niemanden treffen, werden Kugeln fliegen, und das mag keiner. Als Erstes werden sich die Nordkoreaner zurückziehen. Aber sie werden wiederkommen, und dann feuert die Miliz weiter auf sie und flüchtet dann in die Hügel. Die Nordkoreaner, so hoffen wir, werden sich umschauen, keinen Beweis finden, das jemand anders als Südkoreaner hier sind, und vielleicht, vielleicht verfolgen sie die Miliz. Wahrscheinlicher ist, dass sie einfach wieder in ihre Boote steigen. Sie werden nicht genügend Männer haben, um genügend Personal auf den Inseln zurückzulassen, um sie in Garnison zu legen. Und warum sollten sie das tun? Es ist nichts auf den Inseln außer einer Horde Südkoreaner, bewaffnet mit ein paar japanischen Gewehren, die gegen den obligaten Triumph der Armeen des Sozialismus anstinken. Ihre irregeleiteten Brüder können dort gelassen werden, und jemand anders kann sich dann mit ihnen befassen.«

»Und wenn sie herkommen? Dann werden sie erfahren, dass Amerikaner hier sind.«

»Damit beschäftigen wir uns, wenn es geschieht«, sagte McCoy. »Und wir beten, dass es nicht in den nächsten beiden Wochen passiert. Wir müssen jetzt auf Zeit spielen. Haben Sie das jetzt alles kapiert?«

»Kapiert«, bestätigte Zimmerman.

»Was ich zu bekommen hoffte, Mr Zimmerman, war die Antwort eines Marine, der einen Befehl erhalten hat.«

Ihre Blicke trafen sich.

»Aye, aye, Sir«, sagte Zimmerman.

»Danke, Mr Zimmerman.«

»Mann, Killer, ich habe nur Fragen gestellt.«

»Ich werde euch Turteltauben jetzt verlassen«, sagte Lieutenant Taylor. »Mit etwas Glück werde ich in achtundvierzig Stunden zurück ein.«

»Und zwar mit frischen Eiern, Hähnchen und Brot, richtig?«, erkundigte sich Zimmerman.

»Mit frischen Eiern, Hähnchen und Brot«, versprach Taylor.

Er salutierte, was McCoy überraschte, und ging auf den Kai. Dort signalisierte er der Besatzung der *Wind of Good Fortune*, die Leinen loszumachen, und kletterte an Bord. Der Ebbstrom zog die Dschunke sofort vom Kai und zum Flying Fish Channel hin, noch bevor Taylor es bis zum Achterschiff schaffte und den Motor anschaltete.

»Darf ich etwas sagen?«, fragte Zimmerman.

»Warum nicht?«

»Erinnern Sie sich an Guadalcanal? Die Navy setzte die Erste Division am Strand ab und machte sich dann mit der schweren Artillerie und der Verpflegung davon, und die Division blieb am Strand zurück.«

»Ich erinnere mich, etwas darüber gehört zu haben«, sagte McCoy.

»Ich habe mich immer gefragt, wie sich diese Jungs gefühlt haben müssen, als sie die Navy davonfahren sahen. Jetzt weiß ich es.«

6

US-Marinestützpunkt Sasebo
Sasebo, Kyushu, Japan

5. September 1950, 15 Uhr

LST steht für Landing Ship Tank, was bedeutet, dass das Schiff entwickelt wurde, um gepanzerte Kettenfahrzeuge direkt auf Stränden abzusetzen. Je weniger Tiefgang ein LST hat, wenn es sich dem Strand nähert, desto besser. So wurde der Schiffsboden flach konstruiert. Natürlich war den Marinekonstrukteuren bekannt, dass ein hochseetaugliches Schiff mit flachem Boden außer in den ruhigsten Gewässern hin und her schwankt, dass es für die Passagiere äußerst unbequem ist und sie vermutlich – sogar wahrscheinlich – seekrank werden, doch das Wohlbefinden der Passagiere war kein Kriterium für die Konstruktion und die Vorgabe, Panzerfahrzeuge so nahe wie möglich an den Strand zu bringen.

Dem ersten Marineinfanteristen der B-Kompanie des 5. Marineinfanterieregiments, der an Seekrankheit litt, wurde es übel, nachdem das LST-450 vor zehn Minuten Pusan verlassen hatte, um nach Sasebo zu fahren. Als das LST-450 in Sasebo anlegte, waren mit Ausnahme von drei Mann alle Mitglieder der B-Kompanie in dem einen oder anderen Maße seekrank, einschließlich Captain Howard Dunwood, USMCR, Kompaniechef.

Er fand dies deprimierend und beruflich demütigend. Ein Kompaniechef, dem unzählige Male das Essen unter Würgen und Spucken aus dem Mund fällt, ist kaum ein Beispiel für seine Männer.

Der befehlshabende Offizier des LST-450, Lieutenant John X. McNear – ein dreißigjähriger Marine-Reservist, der sechs Wochen zuvor Golfprofi im Happy Hollow Country Club, Phoenix, Arizona, gewesen war –, gewährte Captain Dunwood das Privileg, sich auf seiner Brücke aufzuhalten, und zwischen Brechanfällen erfuhr Captain Dunwood von Lieutenant McNear, dass dies – das Wetter, die hohe See – ziemlich schlimm jedoch nichts im Vergleich zum Wetter und der See war, das er erlebt hatte, als er mit dem LST von San Diego, California, nach Pusan gefahren war.

Der Lieutenant informierte Captain Dunwood ebenfalls, dass ihr Ziel der US-Marinestützpunkt Sasebo in Japan war.

Dies veranlasste Captain Dunwood zu dem Gedanken, dass in Sasebo seine Kompanie wieder auf die Sollstärke gebracht werden würde – die B-Kompanie zählte nur noch hundertundein Unteroffiziere und Mannschaften und drei Offiziere, einschließlich Captain Dunwood – und dass sie vermutlich an der angeblich geheimen Invasion irgendeines Hafens der koreanischen Halbinsel – Inchon, hatte er gehört – teilnehmen würde.

Er war jedoch sehr neugierig, warum die B-Kompanie vom Bataillon getrennt und an Bord des LST befohlen worden war, als sie in Pusan auf dem Kai darauf gewartet hatten, an Bord eines der Angrifftransporter zu gehen.

Es waren natürlich nur Gerüchte, doch auf dem Kai hatte man behauptet, das Ziel der Angriffstransporter sei Yokohama bei Tokio. Wenn es so war, warum fuhr die B-Kompanie dann nach Sasebo?

Captain Dunwood hatte unangenehme Erinnerungen an Sasebo. In Sasebo war das verdammte Arschloch, dieser Captain des Marine-Corps, der ihm fast den Finger gebrochen hatte, in seiner geschniegelten Uniform von Bord des Flugzeugs gegangen.

Lieutenant McNear konnte nicht einmal raten, warum die B-Kompanie mit dem LST-450 fuhr, das für die relativ kurze Reise leicht viermal so viel Männer hätte transportieren können – oder was mit ihr in Sasebo geschehen würde. Seine eigenen Befehle lauteten, in Sasebo zu bleiben und auf weitere Befehle zu warten. Dabei hatte er erwartet, gleich wieder nach Pusan zurückbefohlen zu werden.

Nach dem Anlegen in Sasebo musste die B-Kompanie in einen Flugzeug-Hangar marschieren, der in eine behelfsmäßige Kaserne umgewandelt worden war, indem zwei Reihen Feldbetten und eine Reihe von Toiletten und Duschen installiert worden waren.

Die Unteroffiziere und Mannschaften der Marines mussten sich ausziehen, duschen und sich einer ärztlichen Untersuchung unterziehen – was eine Inspektion zur Erkennung von Gonorrhö einschloss, was nach Captain Dunwoods Einschätzung zeigte, dass die Navy kein Ahnung hatte, was in Korea los war –, und dann wurden drei Paar Unterwäsche und Strümpfe und zwei Paar neue Arbeitsanzüge ausgegeben. Privates bis Corporals erhielten eine Abschlagzahlung auf den Sold von zwanzig Dollar, Sergeants und höher dreißig und Offiziere fünfzig Dollar.

Danach wurde die Baker Company informiert, dass der Kommandant der Sasebo Naval Base wegen besonderer Umstände die Dienst- und Freizeitbestimmungen geändert hatte und sie von 17 Uhr bis 23 Uhr 30 in Sasebo frei haben würden.

Ein Militärgeistlicher und ein Arzt der Navy sprachen dann fast emotional über die Gefahren für Körper und Seele, denen die Marines in Sasebo ausgesetzt sein würden, wenn sie sich nicht an ihre Mütter und andere geliebte Frauen erinnerten, die in der Heimat auf sie warteten und darauf vertrauten, dass sie sich wie christliche – oder jüdische, wenn das der Fall sein sollte – Gentlemen benahmen, die sie sein sollten.

Es folgte die Vorführung eines zwanzigminütigen Films über Personen im Endstadium der Syphilis und anderer Kranker, deren Genitalien mit eiternden Wunden bedeckt waren. Captain Dunwood hatte den Film bereits gesehen, in Camp Drake, als er zuerst in Japan eingetroffen war, und in Camp Pendleton, California, als er sich zu aktivem Dienst gemeldet hatte.

Dann tauchte ein Bus auf, um diejenigen Marines abzuholen, die wünschten, sich ein wenig der örtlichen Kultur der Stadt zu widmen.

Captain Dunwood überlegte, ob es klüger sein würde, in der Messe zu Abend zu essen, die einen Bereich für Offiziere hatte, in der es jedoch keine berauschenden Getränke gab, oder ob er in den Offiziersklub gehen sollte, in dem es Alkoholika gab. Wenn er in den O-Klub gehen und ein paar Drinks nehmen würde und dieses Arschloch von Captain, das ihm fast den Finger gebrochen hätte, dort sein würde, war es wahrscheinlich, dass er sich in Schwierigkeiten brachte.

Ein paar Drinks und die plötzliche Erkenntnis – *Wenn ich dem Bastard ein paar Zähne ausschlage, was er verdient, denn der verdammte Finger tut immer noch weh, was kann mir dann schon passieren, was können sie mit mir machen, mich nach Korea schicken?* – veranlassten Captain Dunwood sowohl sein Abendessen als auch das Frühstück am nächsten Morgen im Offiziersklub einzunehmen.

Das Arschloch von Captain sah er bei keiner der beiden Mahlzeiten, und er wusste nicht, ob das gut war oder nicht.

Um acht Uhr am ersten Morgen in Sasebo kamen zwei Offiziere des Marine-Corps, ein Major und ein Lieutenant, und ein Technical Sergeant in die ›behelfsmäßige Kaserne‹. Sie befahlen, an allen Türen Wachen zu postieren, stellten eine Tafel und ein Stativ auf und erklärten, dass sie von der Abteilung G-3 dessen seien, was jetzt die First Marine Division sei, und dass sie die Baker Company über ihre ganz besondere Rolle bei der ersten amphibischen Invasion des Marine-Corps der Vereinigten Staaten seit dem Zweiten Weltkrieg informieren würden.

Anhand von Landkarten – und durch einen überraschend künstlerisch begabten Technical Sergeant, der auf die Tafel malte, was immer auch illustriert werden musste – wurde den Männern und Offizieren der Baker Company erklärte, dass die Invasionsflotte auf den Landeplätzen bei Inchon zuerst den Flying Fish Channel durchqueren musste und darin die Inseln Taemuii-do und Yonghung-do lagen.

Diese Inseln, fuhr der Major fort, und seine Art erinnerte Captain Dunwood an den Distrikt-Manager der Chrysler Corporation, der die Vertreter zu größeren Leistungen antreiben wollte, hatten eine solche Position, dass von ihnen aus jede Artillerie die Schiffe der Invasionsflotte im Flying Fish Channel treffen konnte.

Das konnte natürlich nicht hingenommen werden. Beginnend um vier Uhr am 14. September, würden beide Inseln (und andere in der unmittelbaren Umgebung) durch verschiedene Schiffe der Invasionsflotte, vermutlich einschließlich des Kriegsschiffs USS *Missouri,* unter intensives Marine-Artilleriesperrfeuer genommen werden. Die *Missouri* war hastig wieder in Dienst gestellt und von der Westküste nach Japan befohlen worden.

Ob die *Missouri* nun tatsächlich ihre 15-Zoll-Kanonen auf die Inseln richten würde oder nicht, es war genug Feuerkraft von den anderen Kriegsschiffen, Kreuzern und Zerstörern, vorhanden, um die Inseln sauber zu fegen. Die B-Kompanie sollte praktisch auf keinen Widerstand stoßen, wenn sie auf Taemuii-do und Yonghung-do an Land gehen würde.

Das hielt Captain Dunwood für absoluten Schwachsinn. Er war in Tawara und Iwo Jima an Land gegangen, und beide Male hatte man ihm versichert, dass nach massivem Sperrfeuer der Marine-Artillerie auf diese Inseln der Widerstand minimal sein würde.

Er behielt natürlich seine persönliche Meinung – oder, fragte er sich, war es seine berufliche? – für sich und ging so weit, einen anderen Marine zurechtzuweisen, der ebenfalls auf Okinawa gewesen war und sagte »Scheiße, diesen verlogenen Mist habe ich schon mal gehört«, als von dem Furcht einflößenden, Widerstand brechenden Artilleriesperrfeuer der Navy die Rede war.

Die nächsten fünf Tage, sagte der Major der Abteilung G-3 der First Marine Division, würde der Ausbildung und Ausrüstung für die Einnahme der Inseln Taemuii-do und Yonghung-do im Flying Fish Channel gewidmet werden.

Dann würde die B-Kompanie wieder an Bord des LST-450 gehen und zum Kanal selbst fahren.

Die Ausbildung war gut – das musste Captain Dunwood zugeben – und notwendig. Es war für jeden lange her, seit er von einem LST in ein Higgins-Landungsboot umgestiegen war, und einige seiner Männer hatten dies nie getan.

Captain Dunwood nahm an jedem Tag das Abendessen im Offiziersklub ein, doch während seines Aufenthalts in Sasebo sah er niemals Captain Arschloch, der seinen Finger misshandelt hatte. Aber er dachte oft an ihn und hoffte, ihn wiederzusehen.

XXII

1

Tokchok Kundo

13. September 1950, 15 Uhr 30

Die letzte Botschaft von General Pickering an McCoy – am 12. September, 12 Uhr – hatte die rätselhafte Formulierung »… werde in den nächsten paar Tagen außerhalb der Stadt sein« enthalten. McCoy hatte das richtig ausgelegt als Mitteilung, dass Pickering Tokio verließ, um an Bord des Kommandoschiffs USS *Mount McKinley* zu gehen.

Das ließ darauf schließen, dass die Invasion stattfand, dass es keine Verzögerungen gab.

Taylor hatte ihm gesagt, wegen der Gezeiten könne die Invasion nur in den frühen Morgenstunden des 15. September durchgeführt werden.

Bei diesem Kriterium hätte es bei einem ernsthaften Problem bei der Vorbereitung der Invasion keine Möglichkeit gegeben, eine Verzögerung in Kauf zu nehmen, um erst das Problem zu lösen. Man hätte mit dem Problem entweder leben oder die Invasion abblasen müssen. Doch die Invasion fand statt, dessen war sich McCoy sicher.

Und mangels eines gegenteiligen Befehls bedeutete dies, dass der Angriff auf Taemuii-do, Yonghung-do und Tokchok Kundo am Tag vor der Invasion stattfinden würde.

In der vergangenen Woche, während Major Kim Nationalpolizisten auf Taemuii-do und Yonghung-do eingeschleust hatte, hatte McCoy die Miliz rausgeschmuggelt. Das war nicht annähernd so schwierig gewesen, wie er gedacht hatte. Die Miliz waren örtliche Fischer gewesen, bevor man ihnen Arisaka-Gewehre und Patronengurte mit Munition ausgegeben und ihnen gesagt hatte, was von ihnen erwartet wurde.

Mit der Ankunft der Nationalpolizei waren sie wieder hiesige Fischer geworden, hatten ihre Waffen der Nationalpolizei übergeben und waren verschwunden. Zum Beispiel waren die kleinen hiesigen Fischerboote, die am Tag mit zwei Fischern am Strand bei Nae-ri anlegten, mit dreien oder vieren weggefahren.

McCoy persönlich hatte sich bei dem Gedanken an die Miliz unbehaglich gefühlt, denn es waren Zivilisten, und sein ganzes Leben im Marine-Corps hatte ihn gelehrt, Zivilisten aus der Feuerlinie zu halten.

Jetzt bereitete ihm die Vorstellung Unbehagen, dass etwas über hundertzwanzig Nationalpolizisten auf den drei Inseln waren, die sie hielten. Verstandesmäßig war ihm klar, dass sie mehr wie Gendarmerie waren, eine paramilitärische Streitmacht, mehr organisiert und ausgebildet wie Soldaten, statt Polizisten, aber gefühlsmäßig waren sie für McCoy ›Kims Cops‹.

Und wenn die Artillerie zu landen begann, wie es zwangsläufig der Fall sein würde, wenn es Pickering nicht gelang, MacArthur dazu zu bringen, es abzublasen, würden Kims Cops von Taemuii-do und Yonghung-do weggeblasen werden. Major Kims Beteuerungen bei McCoy, dass er seine Männer genau instruiert hatte, sie würden unter Artilleriebeschuss geraten und ihn bestimmt überstehen, beruhigte McCoy kein bisschen.

Insgeheim stimmte er dem zu, was Zimmerman gesagt hatte, nachdem Kim erklärt hatte »Ich habe die Männer genau instruiert« und dann irgendwohin fortgegangen war.

»Der nächste Schritt«, hatte Zimmerman gesagt, »heißt hinknien, die Hände hinter den Kopf und die Ohren zwischen die Knie. Und dann kommt die tödliche Kugel.«

»Na, na, Ernie«, hatte McCoy gesagt. »Kim ist ein guter Offizier. Er hat seine Sache gut gemacht.«

»Ja«, hatte Zimmerman zugegeben. Es stimmte.

Als die Nordkoreaner zum Beispiel ihre ersten Ermittlungen in dem Dorf Nae-ri durchgeführt hatten, war es Kim gelungen, genügend Nationalpolizisten einzuschleusen und genug Männer der Miliz auszuschleusen, sodass siebzig Prozent der »Fischer«, welche die Abteilung der Nordkoreaner gesehen hatte, tatsächlich Nationalpolizisten gewesen waren, die ihre japanischen Arisaka-Gewehre zu nutzen wussten und drei der zwanzig nordkoreanischen Soldaten töteten oder verwundeten, bevor sich die Abteilung aus der Feuerlinie zurückziehen konnte.

Die Nordkoreaner kehrten zwei Tage nicht zurück, und als sie Truppen landeten, fanden sie Nae-ri verlassen vor.

Die Nordkoreaner ließen eine Korporalschaft in Nae-ri zurück, und als sie beim Dorf Oe-ri am Südende der Insel landeten, stießen sie auf keinerlei Widerstand. Sie ließen wieder sechs Mann unter einem Korporal zurück und fuhren davon, zufrieden, die sozialistische Ordnung wieder hergestellt zu haben.

Kims Cops hatten die nordkoreanischen Soldaten in Nae-ri entwaffnet und gefesselt und versteckt, bevor der Erkundungstrupp Oe-Ri erreicht hatte, und eine Viertelstunde, nachdem sie den Hafen verließen, wurden die Gefangenen an Bord der nächsten kleinen Fischerboote abtransportiert.

Die Nordkoreaner brauchten drei Tage, um dahinter zu kommen, dass in Nae-Ri etwas nicht stimmte, und als sie zurück in den Hafen segelten, wurden sie vom einem Kugelhagel empfangen, der drei weitere ihrer Soldaten tötete, bevor der befehlshabende Leutnant den Befehl zum Rückzug gab, um die Lage neu einzuschätzen.

Mit kleinen Variationen hatten sich die gleichen Szenen auf Taemuii-do und Taebu-do abgespielt. Beide Inseln hatten den Nordkoreanern genügend Widerstand entgegengesetzt, sodass sie erwägen mussten, ob es die Sache wert war, genügend Truppen zusammenzuziehen, um den Widerstand zu brechen oder – da es sich anscheinend um eine Gruppe irregeleiteter kapitalistischer Lakaien handelte – ob es das Beste war, abzuwarten und zu sehen, was geschah.

Es war so geschehen, wie McCoy es gewollt hatte und wie er es Major Kim klar gemacht hatte, und das war fast völlig Kims Verdienst gewesen, weil er seine Männer unter Kontrolle gehabt hatte.

Und wenn jetzt nicht der Angriff auf die Inseln im Kanal vor der Invasion abgeblasen wurde, würden die Nationalpolizisten vom ›Feuer des Freundes‹ hinweggefegt werden.

Das andere, was McCoy Sorgen machte, war der Umstand, dass es überhaupt keine nordkoreanischen Ermittlungen auf Tokchok Kundo gegeben hatte. Kein einziges Boot, gleich welcher Größe, hatte sich im ›Hafen‹ blicken lassen.

McCoy sagte sich, dass es dafür mehrere mögliche Gründe gab. Zum einen war Tokchok Kundo am weitesten von den NK-Stellungen am Festland entfernt, mit Ausnahme der Insel mit dem Leuchtturm, und das war wirklich keine Insel, sondern ein großer Fels, der aus dem Wasser ragte.

Zum anderen war möglich, dass Tokchok Kundo auf der Ermittlungsliste stand und wenn nötig – vom nordkoreanischen Standpunkt aus – nach Taemuii-do, Yonghung-do und Taebu-do neutralisiert und befriedet werden sollte.

Und es war ebenfalls möglich, dass einer, zwei oder ein halbes Dutzend der freundlichen einheimischen Fischer, die Kim Informationen verkauft hatten – oder freiwillig gegeben hatten – ebenso den Nordkoreanern die Informationen verkauft – freiwillig gegeben – hatten, dass nicht nur eine Horde Amerikaner auf Tokchok Kundo war, sondern dass sie auch ein Boot hatten und die Insel unter anderem als provisorisches Gefängnis für nordkoreanische Gefangene benutzten.

McCoy machte einen Scherz daraus, lächelte stets, wenn er mit großem Pathos sagte: »Ich glaube fest daran, dass schlimme Dinge zwangsläufig passieren, und wenn, dann zum schlimmstmöglichen Zeitpunkt, und deshalb müssen wir dieses und jenes tun, und zwar so …«

Aber die Wahrheit war, dass er inbrünstig genau dies glaubte.

Das Schlimme, das zwangsläufig geschehen würde, war eine nordkoreanische Ermittlung auf der Insel Tokchok Kundo, und der schlimmstmögliche Zeitpunkt dafür war jetzt.

Bis jetzt hatten sie Glück gehabt, aber auch Glück währt nicht ewig.

Der amerikanische Angriff auf die Inseln fand anscheinend als Erstes am Morgen statt. Wenn er nicht stattfinden würde, hätte es eine Nachricht von General Pickering gegeben. Das USS *Mount McKinley* hatte ein so gutes Kommandozentrum an Bord – vielleicht sogar ein besseres als es im Dai-Ichi-Gebäude eines gab. Wenn Pickering ihnen etwas zu sagen gehabt hätte, dann hätte George Hart davon erfahren.

In diesem Fall waren keine Nachrichten gute Nachrichten.

Es bestand nur eine geringe Chance, den Beschuss der Inseln zu vermeiden: Wenn die Kriegsschiffe morgen in den frühen Stunden durch den Flying Fish Channel fuhren, musste der Leuchtturm Licht zeigen.

Der Leuchtturmwärter, von dem Kim gesprochen hatte, war nicht auf Tokchok Kundo gewesen, als McCoy und Taylor eingetroffen waren. So war auszuschließen, dass er heraufgeklettert war und den Leuchtturm in Betrieb genommen hatte, aber es war reichlich Dieseltreibstoff verfügbar, und Diesel brennt und kann für ein Signalfeuer benutzt werden.

Captain McCoy berief seinen Stab zu einer Offiziersbesprechung zusammen. Sie fand in der Kapitänskabine der *Wind of Good Fortune* statt. Anwesend waren Lieutenant Taylor, Captain Hart und Master Gunner Zimmerman.

»Ich habe Grund zu der Annahme, dass die Nordkoreaner heute Abend in den Hafen kommen könnten, vermutlich kurz vor der Dunkelheit«, begann McCoy.

»Woher haben Sie das, Killer?«, fragte Zimmerman neugierig.

Von meiner Theorie, das Schlimmste passiert zum schlimmstmöglichen Zeitpunkt, Ernie.

»Ich dachte, Sie wüssten, das Gott mich auf dem Laufenden hält«, sagte McCoy.

»Mein Gott, McCoy!«, stieß Taylor halb lachend, halb angewidert hervor.

»Und es hat zwei Änderungen im Plan gegeben«, sagte McCoy. »Wenn sie kommen, werden wir jeden an Bord töten oder das Torpedoboot versenken müssen, vorzugsweise beides.«

»Sie nicht nur vertreiben, damit sie später zurückkommen und wir weiter auf Zeit spielen?«, fragte Taylor.

»In der Minute, in der sie in den Hafen kommen, werden sie das Boot sehen«, sagte McCoy. »So schießen wir als Erstes auf ihr Boot, wo das Funkgerät sein könnte und auf jeden, der ein Mikrofon in der Hand halten könnte.«

»Warum werden sie das Boot sehen?«, wollte Hart wissen.

»Weil das Tarnnetz entfernt sein wird.«

»So?«

»Weil Sie und ich, Hart, in dem Moment, in dem wir mit den Nordkoreanern fertig sind, zum Leuchtturm fahren. Vielleicht, nur vielleicht, wird es kein Geschützfeuer auf die Inseln geben, wenn der Leuchtturm in den frühen Morgenstunden leuchtet.«

»Nein, Sie tun das nicht«, sagte Zimmerman.

»Was haben Sie gesagt, Mr Zimmerman?«, fuhr McCoy ihn eisig an.

»Hart und ich fahren zum Leuchtturm«, sagte Zimmerman. »Wir werden zwei der Jungs mitnehmen.« Er legte eine Pause ein, bevor er weitersprach. »Wen wollen Sie hier haben, wenn sich der General über Funk meldet? Sie oder mich?«

»Taylor wird hier sein.«

»Er hat Recht, Ken«, sagte Taylor. »Sie können nicht hier weg. Aber ich finde, auch Ernie sollte hier bleiben. Hart und ich können mit dem Leuchtturm zurechtkommen, wenn Sie uns zwei Männer mitgeben, und Ernie kann das Funkgerät bedienen.«

»Ich stimme mit der Navy«, sagte Hart. »Die Vorstellung, dass mich der Killer in der Dunkelheit mit einem Boot herumfährt, bereitet mir ein wenig Magendrücken.«

»Okay«, sagte Taylor. »Das ist geregelt. Wir hatten nur eine Stimme bei der Wahl.«

»Wahl?«, regte sich McCoy auf. »Sind wir im Kongress oder was?«

»Ich möchte wissen, Ken«, sagte Taylor und ignorierte ihn, »wie Sie so sicher sein können, dass die Nordkoreaner so plötzlich auftauchen werden.«

»Ich habe so ein Gefühl«, gab McCoy zu. »Das ist alles.«

»Das ist gut genug für mich, Killer«, sagte Zimmerman schlicht. »Ich werde die Jungs alarmieren, sich darauf vorzubereiten, Enterer zurückzuschlagen.«

Er stand auf und verließ die Kapitänskabine.

Hart und McCoy sahen einander an.

»Sie bleiben beim Funkgerät, George«, befahl McCoy. »Sagen Sie Kim, er soll den Motor eingeschaltet und laufen lassen. Vielleicht, mit etwas Glück, werden wir von dem General hören, und nichts von dieser John-Wayne-Show wird nötig sein.«

Hart nickte.

»Aye, aye, Sir.«

Die John-Wayne-Show erwies sich als nötig. Zwanzig Minuten später, als Technical Sergeant Keller das Tarnnetz von dem Boot zog, begann der Posten am Ende des Kais plötzlich über den Kai und zum Strand zu laufen.

Keller signalisierte ihm, zu bleiben, wo er war, und nach ein paar weiteren Schritten sprang der Posten an einer Seite des Kais herunter und versteckte sich zwischen den Felsen.

Keller ließ das Tarnnetz fallen und sprang auf den Strand. Geduckt rannte er in die Gasse zwischen den nächsten beiden Häusern. Er rannte hinter die Häuser, bis er zu demjenigen gelangte, wo er Captain McCoy vermutete.

Er war nicht da.

Keller hetzte zum nächsten Haus.

Dort fand er McCoy, der mit seinem Garand eine Feuerposition einnahm, als sei er auf dem Schießplatz in Camp Lejeune.

»Captain!«

»Ich sehe sie, Jennings«, sagte McCoy.

Jennings spähte durch das Fenster, und zum ersten Mal sah er das Boot und die nordkoreanischen Soldaten in ihren Baumwolluniformen im Bug, die etwas bemannten, das wie ein luftgekühltes Maschinengewehr Kaliber .50 aussah.

Das teilweise unbedeckte Boot erregte ihre Aufmerksamkeit, und sie feuerten einen kurzen Feuerstoß darauf.

»Scheiße«, sagte McCoy. »Ich hatte gehofft, sie würden versuchen, es unbeschädigt zu erbeuten!«

Dann krachte sein Garand, und danach noch zweimal, und Jennings sah zwei Koreaner auf das MG fallen, als hätte ihnen etwas einen Stoß versetzt, und einen zusammenbrechen und vornüber stürzen.

»Wenn Sie sich erinnern, wie man dieses Gewehr benutzt, Sergeant«, sagte McCoy, »dann wäre jetzt ein guter Zeitpunkt, um davon Gebrauch zu machen.«

2

An Bord des LST-450
37° 11′ nördlicher Breite, 125° 58′ östlicher Länge
Das Gelbe Meer

13. September 1950, 16 Uhr 15

LST-450 fuhr jetzt in einem weiten Kreis im Gelben Meer, ungefähr fünfzig Meilen vom Leuchtturm entfernt, der die Einfahrt zum Flying Fish Channel markierte. Das Schiff war allein in dem Sinn, dass es nicht von einem Zerstörer oder irgendeinem anderen Kriegschiff eskortiert und beschützt wurde, doch es war stets irgendeine Art Flugzeug mehr oder weniger über ihm gewesen, seit es von Sasebo abgefahren war, und je weiter nördlich das LST-450 gefahren war, desto mehr Schiffe schienen auf allen Seiten davon gerade sichtbar zu sein.

Kein Konvoi, hatte sich Captain Howard Dunwood gesagt, obwohl es sicherlich dort draußen irgendwo einen Konvoi gab, umgeben von Kriegsschiffen. Er sah Schiffe der Invasionsflotte, und jemand hielt es für unnötig, ihnen so viel Schutz zu geben wie einigen anderen Schiffen – ein LST war offenbar nicht so wertvoll wie ein Flugzeugträger oder ein Angriffstransporter – und das LST war bis auf weiteres weit genug vom möglichen Geschehen entfernt, um relativ sicher zu sein.

Nachdem Dunwood mit seinen Männern zum x-ten Mal über die Rolle belehrt worden war, die seine Baker Company bei der Inchon-Invasion spielen würde, hatte er das Kommando über seine Männer dem First Sergeant übergeben und war zur Brücke gegangen. Er würde mit dem Kapitän eine Tasse Kaffee trinken, bevor es das Abendessen geben würde.

Der Major, der von der Abteilung G-3 der Division nach Sasebo geschickt worden war, war – wie Dunwood nicht anders erwartet hatte – ein Blödmann, aber je mehr Dunwood über das nachdachte, was man von der Baker Company erwartete, desto mehr glaubte er, dass der Major bei einer Sache Recht hatte: Die Rolle der B-Kompanie bei der Invasion würde gefährlich sein.

Man kann keine ungepanzerten Schiffe langsam an Artillerie

vorbeifahren, und genau das würde geschehen, wenn die Baker Company nicht (a) die Inseln einnehmen und (b) bei einem Gegenangriff lange genug halten konnte, damit die Navy einige Kreuzer und Zerstörer durch den Kanal an ihnen vorbeischicken konnte.

Und je öfter die Baker Company ihre Rolle geübt hatte, desto überzeugter war Dunwood gewesen, dass der G-3 der Division einen ziemlich guten Plan für das, was getan werden musste, präsentiert hatte und dass der Plan – geändert durch das, was sie aus den Übungen gelernt hatten – jetzt nahezu perfekt war.

LST-450 würde während der Stunden der Dunkelheit – vermutlich hieß das, sobald es wirklich dunkel wurde – das Kreisen beenden und zu einer Position genau gegenüber des Leuchtturms fahren, der die Einfahrt zum Flying Fish Channel markierte.

Dort würde sich LST-450 mit fünf Higgins-Booten treffen, die von der USS *Pickaway* (APA-222) zu Wasser gelassen wurden.

Um halb vier am nächsten Morgen – 14. September – nach dem Frühstück, würde die B-Kompanie vom LST-450 in die Higgins-Boote umsteigen. In dreien der Boote würden zwanzig Mann und ein Offizier sein, zwanzig Mann unter dem First Sergeant im vierten, und zwanzig Mann unter einem Gunnery Sergeant im fünften.

Das Marine-Geschützfeuer auf die Inseln im Kanal würde um vier Uhr beginnen und um vier Uhr dreißig enden. Sobald es aufhörte, würden die Higgins-Boote in den Flying Fish Channel einfahren, ihn hinabfahren und zuerst die Inseln Taemuii-do und Yonghung-do besetzen und dann – je nach der Lage – andere Insel in der unmittelbaren Umgebung einnehmen.

Dann würden sie Stellungen einrichten, von denen aus sie die Inseln gegen einen feindlichen Gegenangriff verteidigen konnten. So lautete der Plan.

Insgeheim glaubte Captain Dunwood, dass es anders laufen würde: Wenn die Higgins-Boote vor Taemuii-do und Yonghung-do auftauchten, würden nordkoreanische Truppen aus ihren unterirdischen Stellungen kommen, in denen sie sich – erfolgreich – von dem Marine-Geschützfeuer abgeschirmt hatten, und mit ihren MGs auf die nahenden Higgins-Boote feuern.

Captain Dunwood hatte die Erfahrung gemacht, dass leichte

MGs (grob gesagt das japanische Äquivalent des US-Kaliber .30) manchmal die Seiten eines Higgins-Bootes durchschlugen und schwere MGS (grob gesagt, das japanische Äquivalent des US-Kaliber .50) immer.

Wenn Projektile nicht sofort auf einen Körper in dem Boot trafen, dann flogen sie oftmals als Querschläger durch das Boot, bis sie auf Körper trafen.

Um sich von den Gedanken an diese unangenehme Möglichkeit für sich und seine Männer abzulenken, rief sich Captain Dunwood wieder das Gesicht des Arschloch-Captains des Marine-Corps in Erinnerung, der fast seinen Finger gebrochen hatte. Vor seinem geistigen Auge sah er ihn in diesem Augenblick beim Cocktail vor dem Abendessen mit seiner Frau, der Generalstochter, im Offiziersklub in Sasebo. Der Hurensohn hatte vielleicht gehört, dass sich einige richtige Marines auf dem Stützpunkt aufhielten, und war klug genug gewesen, sich während ihrer Anwesenheit rar zu machen.

Lieutenant John X. McNear, USNR, winkte Dunwood auf die Brücke.

»Meine Befehle sind ziemlich offen«, gab McNear freiwillig preis. »›Die Stunden der Dunkelheit‹, das ist eine ziemlich vage Formulierung. Ich dachte mir, bis einundzwanzig Uhr zu warten und dann zur Sache zu kommen.«

»Ich hatte mich schon gefragt, wann es losgeht«, sagte Dunwood und bediente sich mit Kaffee.

»Ich soll mich bei ComNavForce – der *Mount McKinley* – melden, wenn ich hier abfahre. Ich erwarte bald etwas von ihnen zu hören, wenn sie denken, ich sollte früher losfahren.«

»Dessen bin ich mir sicher«, erwiderte Dunwood.

»Brücke, Funkraum«, ertönte es metallisch aus der Bordsprechanlage.

McNear drückte auf den Schalter neben seinem Sitz.

»Sprechen Sie, Sparks«, sagte er.

»Skipper, ich habe einen Eilfunkspruch von ComNavForce.«

»Nun, wenn Sie ihn abgetippt und eingetragen haben, warum bringen Sie ihn dann nicht zur Brücke?«, sagte McNear und wandte sich dann an Dunwood. »Habe ich's nicht gesagt?«

Zwei Minuten später kam der Funker, ein Neunzehnjähriger in

blauem Arbeitsanzug, auf die Brücke und überreichte McNear ein mit Schreibmaschine beschriebenes Blatt Papier.

McNear las und gab es an Dunwood weiter.

SECRET
URGENT

1530 13 SEPT 1950

FROM: COMNAVFORCE

TO: LST-450

Betrifft Einsatzbefehl 12-222
Paragraf II B 6 ist geändert wie folgt:

LST-450 wird Anker werfen auf Position 23-23 NLT 0400 15 September 1950 und sich mit Landungsbooten von USS *Pickaway* versammeln.
Rest von ursprünglichem Paragrafen II B 6 ist zu streichen wie alles von Paragraf II B-7.
Weitere Neufassungen folgen.
Ende

SECRET

»Was heißt das?«, fragte Captain Dunwood.

»Sie haben das vom Fünfzehnten gelesen?«, wollte McNear wissen. Dunwood nickte.

»Vorher stand da der Vierzehnte, morgen früh«, sagte McNear. »Aus Gründen, die ComNavForce nicht mit mir teilen will, hat man sich anders besonnen. Oder MacArthur persönlich hat anders entschieden. Im Besonderen heißt das, wir brauchen erst übermorgen zur Einfahrt in den Flying Fish Channel zu fahren, und wenn wir dort sind, brauchen wir nicht in die Higgins-Boote zu steigen. Wir bleiben einfach auf unserer Position und warten, bis man sich entscheidet, was man mit uns macht.«

3

An Bord LST-450
37° 36′ nördlicher Breite, 126° 53′ östlicher Länge
Das Gelbe Meer

15. September 1950, 3 Uhr 20

Als hochseetaugliche Schiffe sind LSTs nicht sehr groß, und LST-450 fuhr in Steuerfahrt, und so würde man das Schiff als keine besondere Bedrohung für andere Schiffe betrachten, die in der Umgebung der Einfahrt in den Flying Fish Channel operierten.

Dennoch war für den Bootsführer in einem der fünf Higgins-Boote, die im Wasser schaukelten, der Anblick des Rumpfs des nahenden LST, auch wenn er sich kaum bewegte, ein bisschen beunruhigend.

»Scheißer«, sagte der einundzwanzigjährige Bootsführer des nächsten Bootes zu keinem im Besonderen, und dann ergriff er Maßnahmen, die er für notwenig und für die Sicherheit seines Bootes und der Besatzung von allergrößter Wichtigkeit hielt.

Er schaltete einen starken Suchscheinwerfer ein und richtete ihn auf die Brücke von LST-450.

»Wir sind direkt vor dir, du Blödmann!«, sagte der Bootsführer. »Siehst du uns jetzt?«

Auf der Brücke von LST-450 blendete das grelle Licht, das plötzlich aus der Schwärze aufflammte, den Kapitän, Steuermann und Captain Howard Dunwood, USMCR.

»Halten Sie die Augen geschlossen, bis das verdammte Licht ausgeht!«, befahl Kapitän McNear. »Wo, zum Teufel, ist der Ausguck?«

»Was, zur Hölle, war das?«, fragte Captain Dunwood, die Augen fest geschlossen.

Er sah jetzt einen schmerzhaften roten Kreis, und es dauerte lange, bis er verblasste, selbst nachdem das grelle weiße Licht ausging.

»Ich glaube, wir hätten soeben fast die Higgins-Boote gerammt«, sagte McNear.

In den nächsten paar Minuten erkannte Kapitän McNear, dass er zweierlei Wahl hatte, seine Position beizubehalten – drei, wenn Anker werfen inbegriffen war, was er unter keinen Umständen tun wollte. Erstens, bei seinem Schiff den Rückwärtsgang einzulegen und zu versuchen, es gegen die starke Strömung, jetzt nordwärts in den Flying Fish Channel, zu halten. Mit jedem Schiff ist eine Rückwärtsfahrt schwierig, und es ist sehr schwierig, mit einem LST rückwärts zu fahren. Er entschied sich für seine andere Wahl.

Er eilte zu seiner Laufbrücke und nahm das Megafon.

»Ahoi, Higgins-Boot, ich bin im Begriff, hundertachtzig zu drehen, in die Strömung.«

Keine Antwort.

»Ist dort jemand?«, rief Kapitän McNear durch das Megafon.

»Wir haben Sie gehört, Captain«, rief eine Stimme, nicht verstärkt durch ein Megafon, schwach, jedoch verständlich.

»Um hundertachtzig nach Backbord drehen!«, befahl McNear, als er wieder zur Brücke ging und selbst die Kontrollen übernahm.

»He, sehen Sie sich das an!«, rief Captain Dunwood überrascht.

»Nicht jetzt, um Himmels willen, Howard!«, sagte McNear ärgerlich und angewidert.

Captain Dunwood schwieg äußerst verlegen, verließ dann die Brücke und stellte sich auf die Laufbrücke.

Und dann, als der Bug seines Schiffes die Drehung beendet hatte, sagte Kapitän McNear genau dasselbe, was Captain Dunwood zuvor gesagt hatte.

»He, sehen Sie sich das an!«

Ein Viertel des Horizonts, von Backbord bis gerade vor dem LST-450, leuchtete in weiße Flammen, denen sofort feurig rotes Glühen folgte. Schiffe – und in einigen Fällen ihre Kanonen – tauchten kurz in der Schwärze auf, und einen Moment später war das stetige Pfeifen fliegender Geschosse zu hören.

Er drehte sich, um Captain Dunwoods Reaktion zu sehen. Von Dunwood war nichts zu sehen.

Verdammt, was jetzt? Ist er über Brod gefallen? Habe ich eines dieser beschissenen Higgins-Boote gerammt?

»Übernehmen Sie das Steuer!«, befahl McNear. »Halten Sie den Kurs!«

»Den Kurs halten, aye, aye, Sir!«, sagte der Steuermann.

McNear fand Dunwood an der hinteren Reling der Laufbrücke, wo er in den Flying Fish Channel starrte.

»Howard, ich glaube, das Marine-Geschützfeuer hat angefangen«, sagte McNear trocken.

»Ja«, sagte Dunwood. »Aber es landet nicht auf meinen Inseln. Es landet weit im Kanal.«

»So ist es«, stimmte McNear nachdenklich zu.

»Und das Licht dort drüben, das Feuer, was auch immer? Was ist das?«, fragte Dunwood und wies hin.

McNear schaute hin.

»Wenn ich nicht blöder bin, als ich denke, dann ist es der Leuchtturm, der gestern von diesen massiven Geschütz-Sperrfeuer weggeblasen werden sollte, das erst jetzt kam.«

»Ich dachte, die Lichter des Leuchtturms gingen an und aus, wissen Sie«, sagte Captain Dunwood.

»Sie rotieren«, sagte Kapitän McNear. »Diese rotieren nicht. Aber es ist der Leuchtturm. Kommen Sie zurück zur Brücke, Howard, vielleicht brauche ich Sie.«

Drei Minuten später, als der Chief Boatswain des LST-450 (in Wirklichkeit ein Petty Officer Second Class) Kapitän McNair meldete, dass die Higgins-Boote längsseits festgemacht wurden, und McNear überlegt hatte, ob er eine weitere 180-Grad-Drehung machen sollte, damit der Bug wieder in den Flying Fish Channel wies, kam der Funker auf die Brücke und brachte eine neue eilige Funkbotschaft von ComNavForce.

McNear las und gab sie Dunwood.

SECRET
URGENT

0335 15 SEP 1950
FROM: COMNAVFORCE
TO: LST-450

Bei Erhalt werden Sie sofort das USMC-Landeteam an Bord nehmen und Landungsboote wie folgt einsetzen:

(1) Ein Higgins-Boot mit Marines an Bord zum Leuchtturm im Flying Fish Channel mit dem Ziel, die Insel mit Garnison zu belegen, existierendes Leuchtturmfeuer bis zum Tageslicht in Gang zu halten und US-Personal zu evakuieren, das gegenwärtig den Leuchtturm hält.
(2) Zwei Higgins-Boote mit Marines an Bord zur Insel Tokchok Kundo mit dem Ziel, die Insel mit Garnison zu belegen und USMC-Personal zu evakuieren, das gegenwärtig die Insel hält.
(3) Das evakuierte USMC-Personal zum USS *Mount McKinley* zu transportieren.
(4) CamNavForce erhält schnellstmöglich Meldung von Abfahrt von LST-450 und Landungsbooten, von Landungen auf dem Leuchtturm und der Insel Tokchok Kundo und voraussichtlicher Ankunftszeit der Evakuierten auf der *Mount McKinley*.

ENDE

SECRET

»Was hat das alles zu bedeuten?«, fragte Captain Dunwood.

»Howard, ich habe keine Ahnung«, bekannte Captain McNear. »Aber es sieht aus, als wäre Ihnen jemand bei diesen Inseln zuvorgekommen.«

Dunwood dachte darüber nach.

»Ja«, meinte er schließlich. »Vielleicht waren wir nur eine Unterstützungseinheit, falls etwas schief gegangen wäre.«

»Könnte sein«, stimmte McNear zu.

Das hätten sie uns sagen können, die Hurensöhne, dachte Captain Dunwood. Anstatt uns diesen Scheiß zu erzählen, dass die ganze Invasion davon abhängt, dass wir diese Inseln einnehmen.

Gottverdammtes Marine-Corps!

Dunwood fühlte sich ein bisschen besser, als er seine Marines über die Änderung der Befehle informierte. Als er abschließend sagte: »Irgendwelche Fragen?«, hob Staff Sergeant Schmidt die Hand.

»Okay, was möchten Sie wissen, Sergeant?«

»Captain, gleich nach unser Ankunft in Pusan gab es einen Aufruf, dass sich alle ehemaligen Marine Raiders melden sollten ...«

»Und?«

»Nun, Sir, die Einnahme dieser Inseln klingt wie etwas, das die Raiders erledigen würden, Sir. War nur so ein Gedanke, Captain.«

»Nun, wir werden es herausfinden, nicht wahr?«, sagte Dunwood. »Aber Sie haben Recht, Schmidt. Die Einnahme dieser Inseln klingt wie etwas, das die Marine Raiders tun würden.«

4

Tokchok Kundo

15. September 1950, 5 Uhr 15

»Captain, da flatterte eine amerikanische Flagge am Heck dieser Dschunke!«, rief Staff Sergeant Schmidt Captain Howard Dunwood zu, als sich die beiden Higgins-Boote Tokchok Kundo näherten.

»Ja, das sehe ich. Vorsichtig. Diese Insel stinkt mir.«

»Ich glaube, es riecht nach trocknendem Fisch«, meinte Staff Sergeant Schmidt.

»Verdammt lustig«, sagte Dunwood. »Ich werde Ihrer Witwe erzählen, dass Sie mit einem Grinsen gestorben sind. Und jetzt vorsichtig, verdammt, Mann!«

Das Higgins-Boot berührte den Strand. Die Rampe fiel mit lautem Klirren auf den Strand.

Die Marines rannten die Rampe herab, trennten sich nach rechts und links, verteilten sich, die Waffen schussbereit im Anschlag. Captain Dunwood war in der Mitte dessen, was schließlich eine V-Formation ergab, und hielt seinen Karabiner in einer Hand.

»Halten Sie sich zurück! Halten Sie sich zurück!«, rief eine offenkundig amerikanische Stimme.

Eine Gestalt tauchte auf. Sie trug einen schwarzen Pyjama und ein Stirnband aus dem gleichen Stoff und hielt die Hände erhoben.

»Das ist Jennings, Captain«, sagte Staff Sergeant Schmidt.

»Sie kennen ihn?«

»Sir, als sich die Ex-Marine-Raiders melden sollten …«

»Er war einer davon, wie?«

»Jawohl, Sir«, sagte Schmidt. »Jennings?«

»Wie hängen die Eier, Smitty?«, fragte Technical Sergeant Jennings.

»Sie sind ein Marine Raider, Sergeant?«, fragte Captain Dunwood. Er hatte noch nie einen Marine Raider gesehen.

»Nein, Sir, die Raiders wurden vor langer Zeit abgeschafft. Aber es ist das Gleiche wie bei den Marines, Captain. Einmal Raider, immer Raider. Es sind einige von uns hier.«

»Haben Sie das Kommando, Sergeant?«

»Nein, Sir«, sagte Jennings.

»Ich habe das«, ertönte eine Stimme, und Dunwood sah einen anderen Typen in schwarzem Pyjama und mit schwarzem Stirnband, der die Hände in einer Geste der Kapitulation erhoben hatte. Ein Garand-Gewehr hing am Riemen von seiner Schulter, und er hatte eine Art Messer an sein Handgelenk geschnallt.

»Sie sind ein Offizier des Marine-Corps?«

»Captain K.R. McCoy, USMCR, zu Befehl, Sir.«

Captain Dunwood schaute Captain McCoy an.

Er sah nicht so aus, wie Dunwood sich immer einen Marine Raider vorgestellt hatte, aber da war irgendetwas Vertrautes an ihm.

»Kenne ich Sie?«

»Wir haben uns kennen gelernt«, sagte McCoy lächelnd, und dann fragte er: »Wie geht's Ihrem Finger?«

»Da will ich doch verdammt sein! Sie sind das Arschloch aus dem Flugzeug!«

»Kann ich jetzt die Hände runternehmen?«, fragte McCoy.

5

USS *Mount McKinley*
Flying Fish Channel

15. September 1950, 6 Uhr 10

»Erlaubnis, an Bord zu kommen, Sir?«, fragte Captain K.R. McCoy den Deckoffizier.

»Erteilt.«

McCoy betrat das Deck, grüßte den Deckoffizier und die Nationalflagge und dann Brigadier General Fleming Pickering.

»Wie geht es Ihnen, Ken?«

»Ich brauche unbedingt ein Bad«, erwiderte McCoy.

»Es macht mir nichts aus, wie sie riechen«, sagte Miss Jeanette Priestly von der *Chicago Tribune*. »Ich küsse Sie trotzdem.«

Sie küsste ihn auf die Wange und umarmte ihn begeistert.

Pickering begrüßte jeden Mann, als er von der Leiter auf Deck stieg. Der Nächste, der an Bord kam, war Technical Sergeant Jennings.

»Jennings, zu mir!«, befahl McCoy, und Jennings ging zu ihm.

»Zeigen Sie sie ihr«, befahl McCoy.

Jennings kramte in der Tasche seines schwarzen Pyjamas und holte drei Aluminiumröhren mit 35-mm-Filmrollen hervor.

»Jennings ist, zusätzlich zu seinen vielen anderen Talenten, ein Amateurfotograf«, sagte McCoy. »Ich sagte ihm, Sie würden vermutlich einen guten Preis für diese Bilder zahlen.«

»Wenn sie das sind, was ich denke, dann werde ich das ganz bestimmt tun.«

»Ich könnte kein Geld nehmen«, sagte Jennings.

»Und ob Sie das können«, meinte McCoy.

»Ich weiß nicht, wie die Fotos geworden sind, Miss Priestly«, sagte Jennings. »Aber ich war im Leuchtturm mit Mr Taylor, als das Sperrfeuer begann.«

»Wie ich schon sagte, Jeanette, ein solches Foto wäre viel Geld wert«, sagte McCoy.

Schließlich kam Taylor an Bord.

»General, ich weiß nicht, was los ist …«

»Die 5th Marines sind im Begriff auf Wolmi-do zu landen«, sagte Pickering.

»Ich habe einiges neues Nachrichtenmaterial – frisch von fünf Uhr.«

»Dann werden wir es und Sie zu General Willoughby bringen«, sagte Pickering.

»In dieser Kleidung, Sir?«, fragte Taylor.

»Ja, Mr Taylor, in genau dieser Kleidung«, sagte Pickering. »Und Sie, McCoy, kommen ebenfalls mit.«

Im Durchgang auf dem Weg zur Kommandozentrale legte Pickering seine Hand auf McCoys Arm.

»Eine kleine Aufmunterung, Ken«, sage er. »Ich habe General MacArthur von Ihrem Bericht erzählt.«

McCoy wirkte überrascht.

»Und?«

»Ich weiß es nicht, Ken«, gab Pickering zu. »Ich kann mir nicht vorstellen, dass er Willoughby rausschmeißt, aber er weiß Bescheid. Und ich nehme an, jetzt glaubt er es.«

»Sie wollen mir also sagen, dass ich wieder auf meinen Rücken aufpassen muss?«

»Sagen wir so, Ken: Zeigen Sie sich überrascht, wenn MacArthur Ihnen sagt, er und der Kommandant des Marine-Corps haben entschieden, dass Sie wieder berechtigt sind, das goldene Blatt des Majors zu tragen. Und ich bin überzeugt, dass er Ihnen das sagen wird.«

»Was hat MacArthur damit zu tun?«

»Er hat dem Kommandanten persönlich eine Botschaft geschickt. Hatte eine Reihe netter Dinge über Sie zu sagen.«

»Und Sie hatten nichts damit zu tun?«

»Ich schäme mich ein bisschen, zuzugeben, dass er mir zuvorgekommen ist – ich hätte schon längst etwas in dieser Hinsicht unternehmen sollen«, sagte Pickering. »Jedenfalls sind Sie ab dem heutigen Tag Major McCoy.«

General of the Army Douglas MacArthur lehnte am Kartentisch im Kommandoraum, stützte sich mit beiden Händen auf, und sein Stab um ihn herum rangelte um die besten Positionen.

Pickering kam in den Sinn, dass der Anblick Fotos ähnelte, die er von Hitler und seinen Generälen gesehen hatte.

»Ah«, sagte er, als Pickering, Taylor und McCoy den Raum betraten. »Gentlemen, für diejenigen von Ihnen, die ich – aus Gründen, für die Sie sicherlich Verständnis haben – zuvor nicht ins Bild setzen konnte, dies sind die beiden Offiziere, Lieutenant David Taylor, USN, und Major K.R. McCoy, USMC, die mit großem Geschick und Mut die geheime Operation leiteten, die ich durchführte, um die Inseln im Flying Fish Channel einzunehmen.«

6

Einzelkabine B-65
USS *Mount McKinley*
Flying Fish Channel

15. September 1950, 9 Uhr 15

»Sehr schön«, sagte McCoy, als er, Taylor, Hart und Zimmerman Pickering in die Kabine folgten. »Ich bin noch nie in dieser Art Reich eines Offiziers gewesen.«

»Es gibt zwei solcher Kabinen«, sagte Pickering. »Ihr Jungs könnt entscheiden, wer wo schläft. Ich lasse das gesamte Gepäck in die Kabine nebenan bringen.«

»Dies sind Quartiere für Flaggoffiziere«, wandte McCoy ein.

»Man hat sie mir zugeteilt, und jetzt lasse ich sie von euch benutzen«, sagte Pickering. »Die ursprüngliche Idee war, euch alle ins Schifflazarett zu bringen.«

»Ich dachte, Sie haben eine Kabine für sich und eine für Jeanette bekommen«, sagte Hart und setzte sich auf die Koje. »Ah, fühlt sich das gut an.«

»Jeanette hat dem Kapitän schöne Augen gemacht«, sagte Pickering, »woraufhin er ihr seine Kabine angeboten hat, und ich bin in General Howes Kabine gezogen, kurz bevor Sie an Bord kamen.«

»Wo ist er?«

»Als er zum letzten Mal gesehen wurde, war er unterwegs nach Inchon«, sagte Pickering. »Mit der angekündigten Absicht, per Anhalter mit Chesty Puller und seinen First Marines zu fahren.«

»Er muss Todessehnsucht haben«, meinte McCoy.

Pickering bemerkte den bitteren Tonfall. Er setzte zu einer Erwiderung an, besann sich dann jedoch anders und ging stattdessen zu einem Metallschrank, dessen oberstes Fach ein Kombinationsschloss hatte. Er stellte die Kombination ein, öffnete das Fach und holte eine Flasche Famous Grouse heraus, die in ein Handtuch eingewickelt war.

»Ich nehme an, Sie können einen davon gebrauchen, Ken«, sagte Pickering. »Oder zwei.«

»Als Letztes hörte ich, dass Schnaps auf Schiffen absolut verboten ist«, sagte McCoy. »Danke, General, aber nein.«

»Mir können Sie einen geben, Boss«, sagte Hart.

Pickering gab ihm die Flasche und fragte dann: »Welche Laus ist Ihnen über die Leber gelaufen, Ken?«

McCoy zuckte mit den Schultern.

»Dass El Supremo die Lorbeeren für die Operation für sich in Anspruch nimmt?«

»Das hat mich überhaupt nicht überrascht«, sagte McCoy. »Aus ›Fertig, der Verrückte‹ wurde ›mein brillanter Guerillaführer auf den Philippinen‹, erinnern Sie sich?«

»Sehr gut«, sagte Hart.

»Ich kenne diese Geschichte nicht«, sagte Taylor.

»Ich nehme an, mich macht sauer, dass Willoughby ungeschoren davonkommt. Ist es nicht so?«

»Was dachten Sie denn, was mit ihm passieren wird? Dass man ihn zum Dai-Ichi-Gebäude marschieren lässt, ihm die Sterne und Ordensbänder von seiner Uniform abschneidet und ihn in die Gosse wirft?«

»Das wäre eine Lösung«, sagte McCoy und fügte hinzu: »Ach, zum Teufel, George, geben Sie mir einen.«

»Zum einen, Ken, hat er El Supremo lange und treu Dienst geleistet …«

»Seinen eigenen Arsch bedeckt gehalten, auf jedem Schritt des Weges, nehme ich an«, sagte McCoy und trank einen Schluck Famous Grouse aus der Flasche. Er reichte sie Taylor, der sie einen Moment ansah, als wüsste er nicht, was er damit anfangen sollte, dann einen Schluck trank und die Flasche an Zimmerman weitergab.

»Ken«, sagte Pickering, »sehen Sie es so. MacArthur wird ihm nie wieder völlig vertrauen. Das ist schmerzlich für beide. MacArthur hat die Erfahrung machen müssen, dass jemand, dem er vorbehaltlos vertraute, nicht vertrauenswürdig war. Und Willoughby wird für den Rest seines Lebens wissen, dass MacArthur ihm keinen Tritt gibt, ihn nicht öffentlich demütigt, weil es zum Besten des Dienstes ist. Und ich kenne Douglas MacArthur gut genug, um zu wissen, dass er deshalb so handelt. Ich nehme an, er denkt, Willoughby wird jetzt um seine Versetzung in den Ruhestand bitten, und er wird ihn gehen lassen, und das wird das Ende sein, ohne dass es irgendwelche Anschuldigungen und Entschuldigungen oder Dementis geben wird.«

McCoy sah Pickering lange in die Augen.

»Wenn Sie das meinen, Sir«, sagte er schließlich.

»Das war eine Ansprache, Ken, kein Befehl«, sagte Pickering.

McCoy setzte zu einer Erwiderung an, doch da klopfte es an der Tür.

»Wer ist da?«, fragte Pickering und wies Zimmerman mit einer Geste an, die Scotchflasche verschwinden zu lassen.

»Schiffsarzt. Lassen Sie mich bitte herein«, rief eine Männerstimme.

»Hier ist General Pickering, worum geht's?«

»Captain Arnold, General. Bitte lassen Sie mich eintreten.«

»Haltet eure Hände vor den Mund, damit er keine Fahne riecht«, befahl Pickering leise. »Einen Moment, Doktor!«

»Was wird man machen, wenn man uns erwischt, Boss?«, fragte Hart. »Uns ohne Abendessen ins Bett schicken?«

Es war nicht so lustig, doch es führte zu Heiterkeit und bald zu hemmungslosem Gelächter.

Pickering, der sich vergebens bemühte, nicht zu schmunzeln, öffnete die Tür für den Arzt, der einen kleinen Karton trug. Was der Doktor, ein grauhaariger Mann in Pickerings Alter, sah, waren vier anscheinend hysterische Männer in schwarzen Pyjamas, die auf den beiden Kojen hockten.

»General«, sagte der Schiffsarzt, »General MacArthur hat mich gefragt, ob ich nicht meine, dass dies medizinisch angebracht für diese Gentlemen ist.«

Er hielt den Karton hoch. Er enthielt 24 1,5-Unzen-Fläschchen Kentucky Bourbon Whiskey NUR FÜR MEDIZINISCHE ZWECKE.

Pickering war perplex.

»Gentlemen«, sagte er. »General MacArthur meint, Sie sollten einen zur Brust nehmen.« Und dann brach er in so heftiges Gelächter aus, dass er sich an der Tür festhalten musste.

Der Schiffsarzt hatte lange genug praktiziert und war lange genug in der Navy, um zu wissen, wann es weder gesund noch Praxis der Marine war, einem Verdacht nachzugehen …

»Ich lasse dies bei Ihnen, General«, sagte der Arzt. »Sicherlich werden Sie es diskret austeilen.«

»Doktor, und was ist mit meinen Marines?«, fragte McCoy.

»Sie sind …?«, fragte der Schiffsarzt und betrachtete McCoy.

»Major McCoy, Sir.«

Gott, das habe ich gesagt, ohne zu denken. Ich muss mir wirklich dieses goldene Blatt zurückgewünscht haben. Und, verdammt, ›Major‹ klingt gut.

»Ich werde mich um Ihre Marines kümmern, Major«, sagte der Schiffsarzt. »Dessen können Sie sicher sein.«

Die Hysterie – Pickering sagte sich, dass es genau das war, ein Zustand, der durch den plötzlichen Wechsel von einer lebensbedrohlichen Situation zu einer relativ sicheren, ausgelöst wurde – war fast abgeklungen, als fünf Minuten später Jeanette Priestly an die Tür von Kabine B-65 klopfte.

»Ich sage nur ungern, dass es hier wie in einer Destille stinkt«, bemerkte sie.

»Was können wir für Sie tun?«, fragte Pickering.

»Ich brauche Ihren Einfluss«, sagte sie. »Ich will in dem Higgins-Boot für die Presse sein, wenn es in zwei Stunden nach Inchon fährt.«

»Und man lässt Sie nicht mitfahren? Hat man gesagt, warum nicht?«

»Weil man nicht das Personal hat, um mich richtig zu schützen«, sagte Jeanette. »Ich dachte mir, Sie schulden mir einen Gefallen. Ich habe meinen Teil des Handels eingehalten.«

»Sagen Sie den Leuten, Sie haben zwei Marines als Beschützer«, sagte McCoy. »Einer davon ein Stabsoffizier.«

»He!«, sagte Pickering. »Wie viele von den Fläschchen haben Sie getrunken? Sie kommen soeben erst aus dem Krieg zurück.«

»General«, sagte McCoy. »Sie wissen, dass Miss Priestly nicht aufzuhalten ist, ob man ihr das verbietet oder nicht. Und wir haben schon einmal auf sie aufgepasst. Außerdem sind in Seoul einige Leute, die ich wirklich besuchen will.«

»Weshalb besuchen?«, fragte Pickering.

McCoy zögerte.

»Weshalb besuchen, Ken?«

»Pick«, sagte McCoy. »Sie könnten wissen, wo er ist.«

»Das war unterhalb der Gürtellinie, Ken«, sagte Pickering. »Wie kann ich da noch nein sagen?«

»Mir Verlaub, Sir, ich bezweifle, dass Sie das können.«

Pickering atmete tief durch.

»George, nehmen Sie eine schnelle Dusche und ziehen Sie eine anständige Uniform an«, befahl er. »Und dann suchen Sie denjenigen auf, der für dieses Higgins-Boot für die Presse verantwortlich ist, und sagen Sie ihm, die CIA beansprucht drei Plätze darin, und es ist mir gleichgültig, wer rausgeschmissen wird, damit sie zur Verfügung stehen.«

»Aye, aye, Sir«, sagte Hart und erhob sich von der Koje.

EILIGE PRESSEMELDUNG
FÜR CHICAGO TRIBUNE

SCHLAGZEILE: MACARTHUR GIBT SEOUL AN SÜDKOREANISCHEN PRÄSIDENTEN SYNGMAN RHEE ZURÜCK

VON JEANETTE PRIESTLY
CHICAGO TRIBUNE KRIEGSKORRESPONDENTIN

SEOUL KOREA 29. SEPTEMBER

Heute Mittag gab Fünf-Sterne-General Douglas MacArthur bei einer Ansprache, die sein Publikum aus ranghohen amerikanischen und südkoreanischen Offiziellen faszinierte, im Namen der Vereinigten Staaten die Rückgabe der zerstörten Hauptstadt dieser vom Krieg verwüsteten Nation ›in Gottes Namen‹ ihrem Präsidenten, Syngman Rhee, zurück. Während der Rede fielen durch die Erschütterung von schwerem Artilleriefeuer in den Außenbezirken der Stadt Mörtel und Glas von den Wänden, der Decke und den Fenstern des von Kugellöchern zernarbten Amtssitzes.
Kurz nach 19 Uhr an diesem Morgen flogen MacArthur und Rhee an Bord der ›Bataan‹ nach Seouls Flughafen Kimpo, nachdem sie über eine Pontonbrücke den Fluss Han überquert hatten, und fuhren dann durch die verwüstete Stadt zum Rathaus. Dort wurden sie von US-Botschafter John C. Mucio, Major General Edward M. Almond, dem Kommandeur der Invasion, General ›Johnnie‹ Walker, dem Kommandeur der Rundumverteidigung Pusans, und anderen ranghohen Offizieren empfangen.
MacArthur schloss seine kurze Ansprache, indem er die

Anwesenden aufforderte, mit ihm ein Gebet zu sprechen, und sofort danach verlieh er Almond und Walker das Distinguished Service Cross, den zweithöchsten Orden ›für persönliche Tapferkeit vor dem Feind‹.
Im Anschluss daran kehrte er zum Airport Kimpo zurück, ging an Bord der Bataan und flog nach Tokio. Unterwegs sprach er bescheiden gegenüber dieser Reporterin über seine eigene Rolle in diesem Krieg und sagte, der Verdienst gebühre einzig und allein den jungen Männern mit den Gewehren in den Händen und den Offizieren, von denen sie auf dem Gefechtsfeld geführt wurden.

ENDE. KEINE FORTSETZUNG

8

Residenz des Supreme Commander UN Command/Allied Forces in Japan
Botschaft der Vereinigten Staaten
Tokio, Japan

29. September 1950, 20 Uhr 30

»Danke, dafür, dass Sie mich heute begleitet haben, Fleming«, sagte Fünf-Sterne-General Douglas MacArthur zu Brigadier General Fleming Pickering.

»Mein Gott, es war eine Ehre, dort zu sein«, sagte Pickering. »Danke dafür, dass Sie mich mitgenommen haben.«

»Sie haben Ihren Beitrag zu diesem Feldzug geleistet«, sagte MacArthur.

»Das ist unberechtigt, aber danke«, erwiderte Pickering.

»Ich habe General Howe nicht gesehen«, sagte MacArthur.

»Er war dort, Sir.«

Und er sagte: »Befreite Stadt, dass ich nicht lache! Innerhalb der Stadtgrenzen wird immer noch geschossen!« Aber irgendwie schien es unpassend, das zu erwähnen.

Der Steward überreichte Pickering ein Glas Whisky.

Und es ist jetzt meine Pflicht, eine Art Toast auszusprechen. Aber mir fällt wirklich keiner ein. Dieser Krieg ist nicht vorüber, und wenn die Chinesen darin eintreten, was mit jedem Tag wahrscheinlicher wird, werden wir bis zu den Ohren in einem schlimmeren Schlamassel stecken, als es vor Inchon der Fall gewesen ist.

Dennoch hob er sein Glas und begann: »Ich schlage vor …«

In diesem Augenblick wurde die Tür geöffnet, und Colonel Huff trat ein.

»Sir, da ist ein Lieutenant Colonel Porter, der Sie sprechen möchte.«

»Bitten Sie ihn, so nett zu sein, mich morgen früh anzurufen«, sagte MacArthur. »Sid, ich habe gesagt, ich wünsche nicht …«

»Er hat eine persönliche Botschaft von General Ridgway, General.«

»Ich werde sie mir morgen früh ansehen, danke, Sid.«

»Sir, der Colonel hat den Befehl, Ihnen General Ridgways persönliche Botschaft so bald wie möglich auszuhändigen«, beharrte Huff.

»Bitten Sie ihn herein«, sagte MacArthur ungeduldig.

Ein großer, gut aussehender junger Offizier marschierte herein, grüßte schneidig und sagte: »General Ridgway lässt grüßen, General.« Dann überreichte er MacArthur einen Umschlag.

»Danke, Colonel«, sagte MacArthur. »Bitte seien Sie so nett, mich morgen nach zehn Uhr in meinem Hauptquartier zu besuchen.«

»Jawohl, Sir«, sagte Colonel Porter, salutierte von neuem, machte kehrt und marschierte aus dem Raum.

MacArthur öffnete das Kuvert, warf einen Blick auf den Inhalt und las dann sorgfältig. Dann hielt er das Schreiben auf Armlänge von sich und wedelte damit, bis seine Frau zu ihm ging und es ihm abnahm.

Danach drehte er Pickering und seiner Frau den Rücken zu, zog ein Taschentuch aus der Tasche seiner Khakiuniform und schnäuzte sich ziemlich laut.

Wenn ich es nicht besser wüsste, dachte Pickering, *und wenn ich es jedem außer Douglas MacArthur zutrauen würde, dann würde ich sagen, er heult. Was mag nur in dieser Botschaft stehen*?

Als ob Jean MacArthur seine Gedanken erraten hätte, gab sie Pickering das Schreiben, ging dann zu ihrem Mann und umarmte ihn.

»Douglas«, sagte sie. »Liebling, das ist einfach wunderbar!«

Pickering las die Botschaft.

★ ★ ★ ★

Washington, 26. September 1950

Per Kurieroffizier

Mein lieber General MacArthur,
unter Gottes Führung scheinen die vollen Früchte der unbezähmbaren Tapferkeit und unerschütterlichen Beharrlichkeit unserer Streitkräfte Ernte einzubringen.
Sie werden Zeugnis geben von der unvergleichlichen Brillanz Ihrer unübertroffenen Führerschaft und Ihres Urteilsvermögens.
Sie werden wieder die treue Reaktion der amerikanischen Streitkräfte auf wahre Führerschaft ungeachtet der Chancen demonstrieren.
Welch ein Beitrag, um in unserer Militärgeschichte für unsere Gefallenen und Kriegsversehrten aufgezeichnet zu werden.

Mit freundlichen Grüßen

M.B. Ridgway

MATTHEW RIDGWAY
VICE CHIEF OF STAFF
UNITED STATES ARMY

»Eine wundervolle Anerkennung«, sagte Pickering, »und wohlverdient.«

»Danke, Fleming«, sage MacArthur. Seine Stimme klang bewegt.

Mein Gott, ich hatte Recht. MacArthur hat tatsächlich vor Rührung geweint!

Pickering las die Botschaft noch einmal. ›Unbezähmbare Tapferkeit‹, ›unerschütterliche Beharrlichkeit‹, ›wahre Führerschaft‹. Er dachte an McCoy und Zimmerman und Taylor und die Südkoreaner, die mit ihnen zu den Inseln gefahren waren, und lächelte. All diese Worte trafen auch auf sie zu.

»Unbeachtet der Chancen.« Er hatte nichts mehr von McCoy gehört, seit sie sich von der *Mount McKinley* verabschiedet hatten. Er hatte versucht, die Worte des Killers aus seinen Gedanken zu verbannen, war jedoch jämmerlich gescheitert. »Sie wissen vielleicht, wo Pick ist.«

Verdammt! Ich bin mir nicht sicher, ob Hoffnung das ist, was ich in diesem Moment haben will.

Pickering spürte ein leichtes Brennen an den Augenwinkeln.

Allmächtiger! Zwei Generäle heulen wie Babys!

Er bemerkte das Glas in seiner Hand und hob es. »Ich habe meinen Toast noch nicht beendet, General.«

MacArthur sah ihn an.

»Ich möchte ihn jetzt aussprechen«, fuhr Pickering fort. »Auf unsere Männer in Korea – wo immer sie sein mögen. Gott schütze sie alle.«

»Darauf trinke ich«, sagte MacArthur und hob sein Glas.

Einen Moment schwiegen beide Männer. Dann tranken sie, und ihr Gespräch beschäftigte sich wieder mit dem Krieg.

Die Ziele des kubanischen Revolutionärs
Che Guevara lassen sich nicht verwirklichen,
trotzdem wird er zum glorreichen Märtyrer.
Aber wer hat in Wahrheit versucht, ihn zu töten –
und wer hat alles darangesetzt,
ihn am Leben zu erhalten?
In diesem Punkt hält Griffins spannendes
Abenteuerepos einige Überraschungen bereit.

In sich abgeschlossene Fortsetzung
der berühmten
SOLDATENSAGA.

ISBN 3-404-14778-2

BASTEI
LÜBBE